KB119918

선녀명란전

서녀명란전

4

관심즉란 장편소설

위즈덤하우스

知否? 知否? 应是绿肥红瘦

아는가, 아는가,
푸른 잎은 짙어지고
붉은 꽃은 진다는 걸

목차

제4장

엷은 색으로 진한 색의 아름다움을 알았네,
털어놓을 곳 없는 마음을 해당화에 전해보네

제98화	저희 집 여섯째는 본래 적출	11
제99화	혼수 문제에 관한 몇 가지 토론	30
제100화	섣달 그믐날 밤에 깊은 사색에 잠기다	57
제101화	혼수 준비	65
제102화	여란의 출가, 과거와의 이별	80
제103화	새 신부 上	97
제104화	새 신부 下	114
제105화	녕원후부 중생들의 모습 上	138
제106화	녕원후부 중생들의 모습 下	157
제107화	화성에서 온 남자	178
제108화	신혼 삼일	197
제109화	회문	207
제110화	명란의 고백, 고정엽의 집안 살림	229
제111화	그 옛날의 사정, 그 옛날의 정, 그 옛날의 사람, 그리고 그 옛날의 은자	242
제112화	안주인의 집안일 上	267
제113화	안주인의 집안일 中	291

제114화 안주인의 집안일 下   306

제115화 퇴근하고 돌아온 남편   325

제116화 CEO의 일일 업무 기록   336

제117화 고명 받기 전날   354

제118화 태후, 태후, 황후, 비빈, 국구 일가   361

제119화 제가 죽으면 제 여동생을 아내로 맞이할 건가요?   382

제120화 안채 정비, 해 씨의 출산, 하가의 의약서   393

제121화 외식, 집안일, 나랏일, 화란, 칼로 사람 목 베기……   431

제122화 돼지 허벅지 수육이 일으킨 소란   476

제4장

엷은 색으로 진한 색의 아름다움을 알았네,
털어놓을 곳 없는 마음을 해당화에 전해보네

제98화

저희 집 여섯째는 본래 적출

풍파가 지나가고 가장 큰 이득을 얻은 사람은 다름 아닌 성굉이었다.

고대의 문인은 풍격과 기개를 중시했다. 성굉은 과거 시험 출신의 문관이지만 세 딸 모두 작위가 있는 집안에 시집을 갔다. 충근백부는 영락한 지 오래고, 량함은 막내아들에 불과했지만 새롭게 고관이 된 고정엽은 가짜가 아니었다. 고결함을 표방하는 문관 집단 사이에서 '권력에 빌붙는다'는 평판을 피할 수 없었다.

그러나 성굉은 대단히 운이 좋았다. 아직 다리 어귀에 도착하지도 않았는데, 배가 알아서 대령한 것이다.

"자네 셋째 여식을 그 문 거인에게 시집보내려 하는가?"

성굉의 옛 상사이자 현재 내각차보內閣次輔를 맡고 있는 노盧 노대인이 자못 의아한 기색이었다. 그는 공부에 있을 적에 성굉과 친하게 지냈기에 성가 셋째 딸이야말로 적녀라는 걸 알고 있었다.

성굉이 무겁게 고개를 끄덕이더니 읍을 하며 말했다.

"소관이 어려서 부친을 잃고 친지 어르신 중에 경성에 계신 분이 없습니다. 노대인께서 제 두 여식의 중매인을 맡아주십시오."

노 노대인은 기꺼이 그러고 싶었다. 하지만 궁금한 것은 참을 수가 없었다.

"내가 알기로는……."

문인은 말을 하다 마는 특징을 갖고 있었다.

성굉의 얼굴에 유감스러운 표정이 떠올랐다. 그는 침통한 심경으로 말했다.

"송구하고, 송구합니다. 소관이 일전에 식언하여 문가에게 죄스러운 것이 많습니다. 진작부터 혼약을 다시 맺고 싶었으나 성인의 말씀을 저버리고 말았습니다."

노 노대인이 크게 감동하여 단박에 성가의 중매인이 되겠노라 승낙했다. 이 일이 바깥으로 전해지자, 경성의 수많은 사람들이 놀라 눈을 휘둥그레 뜨며 한참 멍하니 있다 다들 입을 모아 성굉의 풍격을 칭송하기 시작했다.

왕 씨는 묵란과 문가가 정혼도 하기 전에 일이 확정됐다고 생각해 사람들 앞에서 입을 놀렸었다. 그래서 적지 않은 이들이 성가가 묵란을 거인과 짝지어주려 한다는 것을 알고 있었다. 그러나 이후 예기치 않은 풍파가 일어 묵란은 량부로 시집을 가버렸다. 사람들은 내심 묵란이 복도 많다고 감탄하면서도 성가에게 물먹은 거인을 안타까워했다. 그러나 더욱 예기치 못했던 것은 성굉이 적녀를 군이 그 불운한 거인에게 시집보내려 한다는 것이었다. 성가는 고정엽의 기분을 거슬러도 두렵지 않다는 것인가?

그러나 예상과 달리 아무리 기다려봐도 고가 쪽에서는 화를 내지 않았다. 오히려 떠들썩하게 혼사 준비를 하고 있으니 재미난 구경거리를 기다리던 사람들은 크게 실망을 했다. 가장 우울한 것은 팽가였다. 적녀

대신 서녀를 들이댄 건 똑같은데 어째서 성가는 괜찮고 자기 집안은 안 된다는 것인가?! 고정엽, 네놈이 사람을 가려가며 대접을 하는구나.

고결하고 명망 높은 명사부터 육부 관헌에 이르기까지 매우 기뻐하며 성굉의 '풍격'을 대대적으로 칭송했다. 성굉은 명예와 이익을 둘 다 거머쥐고, 체면과 실속도 모두 챙기게 되었다.

일반적으로 부부는 원수지간이라 종종 상반되는 처지에 처한다. 성굉이 상사에게 칭찬을 듣고 부하들의 존경을 받던 그때, 왕 씨는 하는 일마다 꼬이고 있었다.

12월 초, 문가 마님이 마침내 정혼 예물을 준비해 성가를 방문했다. 처음에 묵란을 문가에게 시집보내기로 했을 때만 해도 왕 씨는 문가 마님에게서 어떤 나쁜 점도 찾지 못했다. 그런데 여란을 시집보내게 되자 그 마님의 일거수일투족이 전부 마음에 걸리기 시작했다.

갑자기 그쪽에서 가져온 정혼 예물이 너무 변변치 않게 보였고, 문 부인의 사람됨이 각박하고 인색하다는 생각이 들었다. 그녀의 이러한 심사를 집안의 여자 권속들 모두 눈치를 챘다. 해 씨는 총명하게도 입덧이 아직 다 끝나지 않았다며 방에 틀어박혀 나오지 않았다. 노대부인 쪽은 왕 씨가 말도 붙일 수 없었다. 왕 씨는 온종일 울적하게 지냈고, 성정도 열 배는 포악해지기 시작했다.

명란의 일 때문에 왕 씨에게 화가 나 있던 노대부인은 왕 씨의 그런 모습에 슬며시 화가 풀렸다. 여란도 결국은 그녀의 손녀인 것이다. 며칠 지나지 않아 보다 못한 노대부인이 결국 입을 열었다.

"너는 어찌 이런 중요한 일을 집안사람들과 상의하지 않느냐? 네 멋대로 하는구나."

노대부인이 구들 위에 앉아 엄한 목소리로 말했다.

아래쪽에 서 있던 왕 씨가 억울하다는 표정으로 변명했다.

"문 거인의 가세가 평범해 여란이가 서러워하니 제가 참지 못하고 조금 보태주었습니다."

노대부인이 왕 씨의 얼굴을 바라보다 화가 치밀어 올라 구들을 내리치며 불호령을 내렸다.

"아둔하구나! 너는 내가 그까짓 은자가 아까워 잔소리하는 줄 아느냐! 네가 이 집안에 들어오고 나서 그 오랜 세월 동안 네 혼수를 가지고 나와 애비가 뭐라고 한 적이 있더냐? 너의 그 속 좁은 행동거지를 뉘더러 보라는 게야?"

왕 씨는 노대부인이 정말로 화가 난 것을 보고 황급히 무릎을 꿇었다.

"어머님, 노여움을 푸시지요. 모두 제 잘못입니다. 어머님께 먼저 말씀을 드렸어야 했는데 여란이가 너무 서러워하는 바람에⋯⋯."

눈시울이 뜨거워진 왕 씨가 손수건을 꺼내 눈가를 닦았다.

"어머님께선 그 문가의 마님을 못 보셨지요. 참으로 상스럽기 그지없는 시골 아낙입니다. 여란이가 너무 안쓰러워서 그만⋯⋯."

노대부인은 왕 씨의 자애로운 모성애를 보자 저도 모르게 어조가 약간 누그러졌다.

"문 서방의 부친도 학문을 하는 사람이었는데 운이 나빴다. 진사 급제를 했는데 관직도 받기 전에 상한傷寒으로 목숨을 잃었으니 그 모친이 억척스럽지 않았다면 어찌 가문을 지탱할 수 있었겠느냐! 네가 혹 여란이가 수모를 겪을까 하는 걱정에 경성 안에 저택을 한 채 마련해준 걸 아느니라. 허나, 네가 그리 해준 것이 도리어 역효과를 불러올 게야."

왕 씨가 눈물을 멈추고 멍하니 고개를 들었다. 무슨 말인지 이해가 안 간다는 표정이었다.

노대부인은 왕 씨의 아둔함에 힘이 쭉 빠졌다. 고개를 숙이고 소맷자락의 석청색 다람쥐 모피를 쓰다듬으며 숨을 고른 뒤에야 겨우 평온한 마음으로 말할 수 있었다.

"문 거인의 모친을 본 적은 없다만 일개 과부가 아들 둘을 건사한 거며 지난날 문 거인의 생활용품을 헤아려 보면 알 수 있다. 그 여인은 분명 돈을 엄청나게 따질 것이다. 너도 그걸 느꼈기에 여란이를 걱정한 게야. 그렇지 않으냐?"

왕 씨가 힘껏 고개를 끄덕이며 황급히 끼어들었다.

"어머님 말씀이 옳습니다. 그 댁 마님이 예전부터 작은아들만 편애하여 은자를 전부 작은아들에게 줘버렸다는 소문을 듣고, 납채하러 온 날 슬쩍 떠보았습니다. 그랬더니 그 댁 마님이 돈이 부족하다는 핑계를 대며 여란이와 문 거인을 혼인시키고 나면 자기는 셋집을 얻어 살겠다지 않습니까! 그래서 제가……."

왕 씨는 노대부인의 부릅뜬 눈을 보고 무안해하며 입을 다물었다. 노대부인이 고개를 돌려 한숨을 쉬었다가 다시 말을 이었다.

"네가 문 서방에게 집을 마련해준 건 다소 거만하긴 했으나 큰 잘못은 아니다. 문인 집안에서 진사 급제를 한 빈한한 사위의 글공부 뒷바라지를 하는 건 흔한 일이니까. 허나 양진삼간兩進三間이나 되는 큰 저택을 덜컥 마련해 준 건 잘못이다. 두 식구가 그 집을 다 쓸 수 있겠느냐?! 큰아들이 경성의 큰 저택에 사는데 친어미가 어찌 밖에서 살겠어? 두고 보아라. 그 여인이 가솔들을 거느리고 경성 교외 시골에서 이사를 오게 될 것이다. 그리되면 여란이는 사서 고생하게 되겠지!"

곰곰이 생각하던 왕 씨는 이치를 깨닫고 입술을 떨었다. 안색이 창백해졌다.

노대부인은 왕 씨의 모자람을 한스러워하며 연신 고개를 가로저었다.

"너는 평생 성미가 그렇구나. 권력을 쥐고 혼자 휘두르고 싶어하지. 그렇다고 네 성미가 어떻다는 건 아니다. 한 집의 안주인이 되어 자기 뜻대로 하고 싶어 하지 않는 이가 뉘 있더냐? 허나, 사람이 마음을 놓을 수 있게 행동을 해야지! 걸핏하면 중요한 데서 아둔한 짓을 벌이니 말이다! 미리 나와 상의라도 했다면 이 지경은 되지 않았을 것이냐? 여란이가 아무리 덜된 아이라 한들, 그 아이도 내 핏줄인데 설마 내가 그 아이를 해치겠느냐! 네가 정말 여란이를 도와주고 싶었다면 은자와 전답을 쪼개어주고 조그마한 집 하나 마련해주면 될 일이었다. 그럼 그 댁 마님도 작은 집에 비집고 들어올 면목이 없겠지. 그래야 여란이 편안할 수 있을 것을!"

왕 씨가 허둥대기 시작했다. 한참 말문이 막힌 끝에 겨우 말했다.

"그럼 이제 어째야 합니까? ……제가 벌써 사람을 불러 새집을 정돈하라 분부했습니다. 계집종과 어멈들도 전부 사 왔습니다. 문가에서도 전부 알고 있습니다!"

노대부인은 울컥 화가 치밀었다.

"네 여식이니 네가 알아서 하거라."

왕 씨가 비로소 사태의 심각함을 깨닫고, 꿇어앉아 한참 노대부인에게 애걸했다. 연신 자신이 잘못했다며 사죄하고, 노대부인의 소매를 잡아끌며 울었다. 노대부인은 비록 화가 가라앉지 않았지만, 아예 모른 척할 수도 없었다. 결국, 노대부인이 대답했다.

"너도 너무 심려할 필요는 없다. 그 댁 마님이 대단하다 한들 며느리의 혼수를 빼거나 죽도록 괴롭히진 못할 것이다. 하물며 여란이 성미에 잠자코 당하고만 있겠느냐? 너는 아무 소리도 하지 말거라. 네가 입만 열면 공연히 일을 그르치게 될 터이니 장백이더러 문 거인에게 똑똑히 생각 잘하라 이르라고 하여라. 만약 어머니와 아내 사이에 의견이 맞지 않는다면 문 거인이 확실히 시비를 가려야겠지. 어느 한 편만 들지 않고 이치에 맞게…… 흥, 맞다. 그러고보니 우리 성가에도 화이和離[1] 한 여식이 있었지!"

왕 씨가 눈물을 흘리며 바닥에 멍하니 있었다.

도청 상습범으로 뒷방에서 깜빡 잠이 든 명란은 진작 일어나 이야기를 엿들으며 연신 고개를 가로젓고 있었다.

왕 여사는 굉장히 서툰 감독 같았다. 그녀가 코미디를 찍으면 관객들은 통곡을 했고, 비극을 찍으면 장내가 떠나갈 듯 웃었다. 흥행에는 성공했지만 늘 적절치 못한 부분에서 사람들을 울리고 웃겼다. 다행히 투자자와 제작자가 믿을 만해서 큰 방향성은 지킬 수 있었고, 전체적으로는 밑지는 지경까지는 이르지 않았다.

왕 씨가 또 울며 몇 마디 하소연하다가 결국 넋 잃은 표정으로 자리를 떠났다. 그제야 겨우 밖으로 나올 수 있게 된 명란이 궁금함을 참지 못하고 물었다.

"할머니, 문 거인의 모친이 정말 그렇게 골칫거리인가요?"

왕 씨 때문에 화가 있는 대로 났던 노대부인은 천천히 차를 마시며 명란의 질문에 조용히 대답했다.

"이 세상에 어디 성가시지 않은 시어머니가 있더냐? 허나, 이 일은 사위가 어찌 나오나 봐야 할 게야. 네 큰형부가 장백이 만큼 똑똑하지는 못

---

1) 합의 이혼.

한 탓에 화란이를 적잖이 고생시켰지. 그나마 화란이가 여러 해 동안 꾹 참더니 낙숫물이 바위를 뚫었지. 네 큰형부가 조금씩 생각이 바뀌더니 지금은 뭐든지 화란이를 거들려 하고, 자기 모친이 잘못했다고 생각한다더구나.”

명란이 장단을 맞추며 찬탄했다.

“큰언니는 정말 대단해요. 큰형부도 효성 깊고 온순한데 큰언니가 서서히 돌려놨잖아요.”

이전 삶에서는 시어머니와 조우할 기회가 없었으나, 화란의 능력에 대단히 감복했다. 만약 현대 여성들에게 화란 같은 능력이 있었다면 요의의 업무량은 아마 절반은 줄어들었을 것이다.

노대부인이 살짝 탄식하더니 말했다.

“가장 어려운 것이 ‘참는 것’이니라. 네 큰형부가 아무리 효성 깊고 온순하다고 한들 자기 모친의 편애가 그 지경까지 이르러서 좋은 것만 있으면 모조리 장남에게 주지 못해 안달하는 꼴은 두고 볼 수가 없겠지. 승진했으니 체면이 필요할 터이고, 바깥에서 사교도 하고 접대도 해야 할 것이다. 그렇게 곤란한 때 친어미가 수수방관하고 있으니 자기 아내에게 머리를 숙이고 손을 내밀 수밖에 없는 게지. 그러다 장남에게 일이 생기면 자기한테 도우라고 닦달을 하니……. 사람이라면 누구나 이기적인 마음을 갖고 있느니라. 네 큰형부도 처자가 있는데 매번 이런 식이면 친아들도 마음이 떠나게 마련이지.”

명란이 곧바로 맞장구를 쳤다.

“할머니 말씀대로 참는다는 건 정말 쉽지 않은 일이네요. 큰언니는 참으로 강한 사람이에요. 이렇게 꿋꿋이 참고 견딜 수 있다니요. 이게 다 할머님께서 훌륭히 가르치신 덕분이지요!”

노대부인은 명란이 귀여운 보조개 두 개를 드러내고 웃으며 비위를 맞추는 모습을 힐끔 바라보았다. 고정엽과의 사정을 털어놓은 뒤부터, 명란은 할머니에게 미안한 마음이 들었고 온종일 간절하게 반성하며 자신의 잘못을 보상하려 노력하는 모습을 보였다. 노대부인이 내심 우스운 마음이 들어 일부러 명란을 놀렸다.

"그러고보니, 너는 참으로 운이 좋구나. 네 시어머니는 계실繼室²⁾이니 앞으로 걱정을 덜 해도 될 게야."

일단 말을 마친 노대부인이 흥미진진하게 명란을 바라보았다. 그런데 명란이 조금도 얼굴을 붉히지 않고 침착하게 고개를 가로저으며 이렇게 말할 줄 누가 알았겠는가?

"아니에요. 직접 보고 들은 것이 아니면 경솔하게 결론을 내려선 안 되잖아요."

노대부인이 다시 차를 마시다 한참 지나서야 '오' 하고 감탄사를 내뱉을 뿐이었다.

법조계 종사자인 요의의는 본래 평소에도 늘 증거에 기반해 이야기를 해야 한다는 주장을 펼쳤다.

현재, 녕원후부는 활기를 잃고 위축되어 있었다. 편액을 떼어내야만 했을 뿐 아니라, 어사와 언관들은 부단히 상소를 올려 녕원후부가 "당파를 결성하여 멋대로 행동했고, 법도에 어긋나는 소행을 저질렀다"며 강경한 어조로 탄핵했다. 게다가 이미 구금되어 심문을 받고 있던 귀족 중 누군가가 녕원후부도 연루되어 있다며 자백했다. 역모자를 철저히 조

---

2) 후처.

사하는 임무를 맡고 있던 대리시에서는 즉각 작위를 박탈하거나 재산을 몰수하지는 않더라도 구속하여 심문해야 한다는 주장을 제기했다.

그러나 녕원후부 가주인 고정욱은 병이 깊어 종종 혼수상태에 빠져 있는 상황이었다. 황제는 고정엽의 체면을 고려해 녕원후부를 탄핵하는 모든 상소문에 비답을 내리지 않았다. 비바람에 흔들리던 녕원후부는 그제야 비로소 함께 연루된 권문세가 중에 홀로 자신을 보전할 수 있었다.

지금 고정엽의 권세는 하늘을 찌를 듯했다. 고정엽은 경성에 돌아온 뒤 줄곧 황제가 하사한 도독부에서 생활했고, 심지어 성가와의 혼담도 박 대장군 노부부를 청해 그들이 나서서 처리하게 했다. 이런 이유로 외부인들의 추측이 시작됐다. 꿍꿍이가 있는 사람들이 녕원후부의 옛일을 끄집어냈고, 소문이 퍼지기 시작했다. 당시 고정엽이 얼마나 괴롭힘을 당했는지를 암시하는 소문이었다.

사실 고부顧府의 태부인 진 씨는 경성의 귀부인들 사이에서 평판이 아주 좋았다. 온화하고 정중했으며, 덕이 있고 현숙했다. 그리고 자주 고아들을 원조했다. 지금과 같은 상황에 이르러서도 그녀를 겨냥해 계모인 그녀가 속으로는 음흉한 생각을 품고 있다는 소리를 하는 사람은 없었다. 고정엽에게 아첨하려는 자들을 제외하고 대부분의 사람들은 여전히 그녀를 내심 동정하고 있었다.

하지만 결과로 원인을 추측할 수 있다. 진 씨의 친아들은 잘 자라서 아내를 얻고 자식을 낳았다. 고정욱은 병으로 골골거리고 있긴 하지만 어쨌든 몇 년 동안 잘 버티고 있었다. 오직 고정엽 혼자만 집을 떠나 여러 해를 떠돌며 돌아가지 않았다. 이 말이 퍼지자 귀에 거슬리는 소리들이 들려왔다. 하지만 대체 어찌된 일이란 말인가? 명란은 고개를 들어 천장을 바라보았다. 이거…… 엄청 복잡할 거 같다.

하늘이 명란의 속마음을 들었는지 며칠 지나지 않아 고정엽이 사람을 시켜 서신을 보냈다. 고 태부인이 성부를 방문할 것이라는 전갈이었다. 이 소식에 명란은 얼떨떨해졌고, 노대부인은 한참 침묵하던 끝에 탄식했다.

"이렇게 하는 것도 괜찮겠지. 옛날 일이야 어찌됐든 혼사를 치를 때는 뭐든지 제대로 갖춰야 하는 법이니까."

잠시 후 노대부인이 다시 말을 이었다.

"고 장군이 세심한 데가 있구나……."

명란은 아무 말 하지 않았다. 노대부인의 말뜻을 알아챈 것이다.

정상적인 혼인 절차대로라면 머느릿감을 선보고, 납채를 보내고, 혼례를 치르는 것은 모두 부모가 처리해야 했다. 이 순서가 틀어지는 건 모양새가 좋지 않았다. 고 태부인은 진작부터 고정엽의 혼사에 관여하고 싶었지만 고정엽의 지독한 술책에 격파당한 뒤로는 다신 일언반구도 하지 않게 되었다. 이제 고정엽이 숙이고 들어오니, 고 태부인도 드디어 발 디딜 곳을 찾아 나귀에서 내려온 사람처럼 움직일 수 있었다.

그러나 고 태부인은 나귀가 아니라, 네 마리 말이 끄는 청색 비단 휘장에 암홍색 지붕을 올린 마차를 타고 와서 아주 일찍 도착했다.

이튿날, 밥을 배불리 먹은 명란은 구들에 앉아 진홍색 비단에 원앙이 수놓여 있는 베갯잇을 나른하게 받쳐 들고 있었다. 수초 두 줄기를 막 수놓았을 때, 취병이 급히 달려와 소식을 전했다. 녕원후부 고 태부인이 도착해 수안당에서 이야기를 나누고 있다는 것이었다.

"노마님께서 아가씨 의관을 제대로 준비하라고 하셨어."

멍하니 수수한 빛깔의 평범한 겉옷을 손에 들고 있는 소도의 모습을 본 취병이 황급히 단궐을 다그쳤다. 계집종들은 즉각 장롱을 헤집으며 옷을 찾았다.

명란은 석류꽃과 살구꽃 가지 무늬에 꽃술 자수가 놓인 왜단 편금 배자[3]와 주름이 깊은 장밋빛 분홍색 치마로 갈아입고, 머리는 법도에 따라 만월계[4]로 하고, 기쁠 희囍자와 여의문이 새겨진 점취장잠点翠長簪[5]만 한 쌍 꽂아 선명하고 청아해 보이게끔 단장했다.

명란 일행은 서둘러 수안당으로 향했다. 문가에 이르러 명란은 숨을 고르며 매무새를 가다듬었다. 문가를 지키던 계집종이 명란의 도착을 통보했다. 명란은 그 소리에 맞추어 안으로 발걸음을 옮겼다. 명란은 고개를 숙이고 천천히 걸으며 슬쩍 안을 살펴보았다. 노대부인이 상석에 앉아 있었고, 그 옆으로 나란히 놓인 탁자에는 비단옷을 입은 부인 한 명이 단정히 앉아 있었다. 왕 씨는 시녀들을 거느리고 하석에 앉아 있었다. 왕 씨가 명란이 들어오는 걸 보고 그녀를 가리키며 웃으며 말했다.

"저희 여섯째 여식입니다."

그러고는 비단 옷차림의 부인을 가리키며 명란에게 소개했다.

"이분이 바로 녕원후부의 태부인이시다. 명란아, 어서 인사드리지 않고 뭣 하느냐?"

명란이 공손하게 옷깃을 여미고 절을 올렸다. 치맛자락도 흐트러지지 않았고, 몸가짐도 훌륭했다. 수려하며 단정한 모습이었다.

고 태부인은 명란을 슬쩍 쳐다보곤 그 미모에 깜짝 놀랐다. 그녀는 명

---

3) 일본산 비단으로 만든 편금 배자.
4) 초승달 모양으로 틀어 올린 머리.
5) 금속으로 윤곽을 잡고 비취색 깃털로 공백을 채워 만든 긴 비녀.

란에게 얼른 일어나라고 하더니 명란을 자기 쪽으로 끌어당겨 세세히 살펴보았다. 명란의 눈처럼 흰 피부와 꽃 같은 모습을 말로 표현하기 어렵다 생각하며 저도 모르게 찬탄했다.

"참으로 곱구나. 어쩌면 이리도 예쁘게 생겼을꼬?"

명란은 몹시 겸연쩍어 하며 고개를 숙였다. 그리고 곁눈질로 고 태부인을 살펴보다 속으로 깜짝 놀라고 말았다.

고 태부인은 짙은 적갈색의 전지국화纏枝菊花가 수놓인 대금 배자와 연꽃 빛깔의 비단 치마를 입고, 간단히 원계圓髻[6]로 틀어 올린 머리에는 전신이 투명한 복수문 백옥 편방을 하나 꽂고 있었다. 하얀 피부에는 윤기가 흘렀고, 입가는 친근감 있는 단정한 미소를 띠고 있었다. 온유하고 상냥해 보이는, 대단히 아름다운 중년 부인이었다. 오직 눈가에 가늘게 잡힌 주름만이 그녀의 나이를 살짝 말해주고 있었다.

나이로 따지자면 그녀는 왕 씨보다 몇 살은 더 위였다. 하지만 용모를 따지면, 왕 씨는 부끄러워서 절대로 남 앞에서 그녀를 '언니'라고 부를 수 없을 것이다.

고 태부인이 명란을 잡아끌고 화기애애하게 이것저것 물었다. 무슨 음식을 좋아하는지, 무슨 책을 읽었는지, 평소에는 무엇을 하는지를 물었고, 명란은 예의 바르게 하나하나 대답했다. 고 태부인은 자못 흡족한 듯 팔에 차고 있던 비취 팔찌 한 쌍을 빼내어 명란의 손에 건네더니 고개를 돌려 웃으며 말했다.

"참 예쁜 아이입니다. 설마 그림 속에서 튀어나온 것은 아니겠지요?"

---

6) 둥글게 말아 올린 머리.

명란이 살짝 얼굴을 붉히며 고개를 숙이고 일어섰다. 쑥스러운 듯한 기색이었다. 노대부인이 담담히 그녀를 슬쩍 바라보더니, 고개를 돌려 겸허히 대답했다.

"그저 어린아이에 불과합니다. 아직도 모르는 게 많은 아이지요."

고 태부인이 가볍게 웃더니 말했다.

"노마님께서 너무 겸손하십니다. 이 아이의 기품이 어찌 꾸며낸 것이 겠습니까? 한눈에 우수하고 총명한 아이임을 알아보겠습니다. 성부의 규수들이 참으로 잘 컸습니다."

왕 씨는 내심 득의양양한 기분에 그만 참지 못하고 나서고 말았다.

"제 자랑은 아닙니다만 저희 집안에서는 아들보다 딸아이를 기르는 데 더 공을 들였답니다. 독서부터 바느질, 자수, 안살림 관리까지 모두 세세하게 가르쳤지요."

고 태부인이 눈을 빛내더니 웃으며 몇 마디를 더 보탰다. 왕 씨가 듣고 서 몹시 흡족해했다. 고 태부인의 목소리는 대단히 온화했고, 조곤조곤 소리를 낮춰 말하는 것이 마치 속삭임처럼 들렸다. 부지불식간에 듣는 이를 설득시키는 듯한 목소리였다. 웃고 떠드는 와중에도 고귀함과 단정함을 잃지 않았다. 영창후부 량 부인의 고귀함에는 거리감 같은 것이 느껴진다면, 고 태부인의 고귀함에는 감정이 드러나지 않는 완곡함이 느껴졌다.

그녀는 말재간이 훌륭했다. 노대부인과 말할 때는 우아한 어조를 취하고, 행간에 고상함이 담긴 후부 규수 특유의 말투를 사용했다. 왕 씨와 말할 때는 마음껏 웃고 떠들며 상냥하게 이야기했다. 한참 대화를 나누고 난 뒤, 노대부인은 정중한 가운데 다소 친밀함이 더해졌을 뿐 별반 달라진 게 없었으나, 왕 씨는 처음의 경계심을 풀고 갈수록 고 태부인과 의

기투합하고 있었다.

여자 권속들은 한참을 웃고 떠들었다. 고 태부인이 문득 머뭇거리는 듯한 기색으로 명란을 바라봤다. 하고 싶은 말이 있지만 차마 못 하겠다는 기색이었다. 평소에는 둔한 왕 씨가 갑자기 영민하게 낌새를 눈치채고 다급히 물었다.

"태부인, 하실 말씀 있으시면 어서 말씀하시지요. 저어하실 필요 없습니다."

고 태부인이 선뜻 웃더니 더는 머뭇거리지 않았다.

"그럼 제가 에두르지 않고 바로 말씀드리겠습니다. 제가 이렇게 찾아와 폐를 끼치게 된 것은 저희 둘째의 사주단자를 드리기 위해서입니다."

이렇게 말하며 고 태부인은 소매에서 금박을 입힌 붉은 종이를 꺼내두 손으로 공손히 노대부인에게 건넸다. 그러고는 다시 말을 이었다.

"두 분께서 보잘것없는 고부顧府를 꺼리시지 않는다면 낯두껍지만 제게 명란 낭자의 사주단자를 주십사 청하려 합니다."

명란이 힘껏 고개를 아래로 떨구었다. 내심 번뇌가 일었다. 지금 그녀는 얼굴을 붉히고 몹시 부끄러워하는 모습을 보여야만 할 터였다. 그러나…… 그녀의 얼굴은 조금도 붉어지지 않았다. 그렇다고 부채로 자기얼굴을 세게 칠 수도 없는 노릇이었다.

노대부인이 사주단자를 받아 들고 슬쩍 넘겨보았다. 노대부인이 흡족한 얼굴로 왕 씨를 힐끔 쳐다보았다. 왕 씨가 노대부인의 의중을 알아차리고 곧장 고개를 돌려 웃으며 말했다.

"거리끼다니요? 녕원후부는 개국공신이자 변경을 지켜 위용을 떨친 것을요. 녕원후부를 우러러보지 않는 자가 없는데 무슨 말씀이십니까. 그저 우리 명란이가 부족할까 걱정일 뿐입니다!"

사실 왕 씨가 이렇게 말하는 것은 겉치레일 뿐이었다. '천만에요'의 확장판 버전에 불과했다. 그런데 고 태부인이 갑자기 눈시울을 붉히더니 슬픈 표정을 짓는 게 아닌가.

왕 씨가 그 모습을 보고 다급히 까닭을 물었다. 고 태부인이 손수건으로 눈가를 훔치며 억지로 웃어 보였다.

"아무것도 아닙니다. 허나…… 오늘 제가 한 가지 말씀을 드려야겠습니다. 노마님과 마님께서 제 경솔함을 책망하지 마시길 바랍니다."

"말씀하시지요."

노대부인이 눈동자를 반짝 빛내더니 조용히 말했다.

고 태부인이 손수건을 내려놓고 전과 같이 온화한 미소를 지어 보였다. 다만 약간의 근심이 묻어 있었다.

"둘째는 어려서부터 성미가 남달랐습니다. 나리와 다투고 집을 떠나면서 가족들과도 서먹서먹하게 되었지요. 그 아이의 큰형과 제가 가슴앓이를 심하게 했습니다. 고가는 어쨌든 그 아이의 집이니 이번 혼사를 치러야 합니다. 제 생각엔…… 무조건 녕원후부에서 혼사를 치렀으면 합니다."

왕 씨가 다소 머뭇거리는 기색을 보였다. 의붓아들과 계모 간의 원한에 대해 정식 장모가 아닌 자신이 먼저 발언할 수는 없었다. 노대부인이 잠시 생각에 잠겼다가 입을 열었다.

"아직 혼사를 치르지 않았으니 오늘은 그렇다 치지만, 명란이가 시집가고 난 뒤에 고가의 집안일에 저희가 멋대로 참견할 수는 없지요."

고 태부인이 가볍게 한숨을 쉬더니 노대부인을 똑바로 쳐다보았다. 진실하고 성실한 눈빛으로 낮게 말했다.

"정엽이 큰형의 병세가 가볍지 않습니다. 온종일 침상에 누워 동생을 걱정하고 있습니다. 이런 큰일은 어쨌든 친형제에게 도와달라고 하는 법인데 손아래 동생들은 미덥지가 않다면서요. 정엽이가 후부로 돌아올 수만 있다면 장차…….”

그러더니 짧게 탄식했다.

왕 씨의 눈이 반짝 빛났다. 자식도 없는 고정욱의 병세가 위중한 것은 공공연한 비밀이었다. 후부에 시집간다는 것과 후부 부인이 된다는 것은 완전히 다른 개념이었다. 후부 자제의 장모와 후부 가주의 장모는 몸값 자체가 다른 것이었다. 게다가 지금 녕원후부에서는 고정엽이 돌아와 가문을 지탱해주길 바라고 있지 않은가. 여기까지 생각이 미치자 왕씨는 그만 참지 못하고 입을 놀렸다.

“당연히 집에 돌아가는 게 좋지…….”

다음에 이어질 말은 노대부인의 눈빛에 의해 중단되고 말았다. 왕 씨가 천천히 입을 다물었다.

노대부인이 왕 씨를 쳐다보던 눈빛을 거두고 고개를 돌리더니 웃으며 말했다.

“고 도독은 총명한 사람이니 필시 후부 나리의 곤란함과 마님의 걱정을 헤아리실 수 있을 것입니다.”

고 태부인은 불쾌한 기색 하나 없이, 고개를 돌려 한편에 서 있는 명란을 바라보았다. 그러다 다시 노대부인 쪽으로 시선을 돌려 그녀를 똑바로 바라보며 한 자, 한 자 천천히 말했다.

“자고로 계모 노릇은 하기 어렵다고 했습니다. 다들 저희 둘째가 어떤지 아실 겁니다. 어렸을 때부터 장난이 심했고, 나중에는 강호로 나갔으니 성미가 비뚤어질 수밖에 없었지요. 그 아이가 일찍부터 ‘적녀가 아니면 아내로 삼지 않겠다’고 호언장담하고 다녔는데, 지금은……. 제가 보니, 명란 낭자는 참으로 훌륭한 규수입니다. 제가 곁에 있다면 다른 건 몰라도 이 아이가 수모를 겪게 하지는 않을 겁니다!"

마지막에 이르러서는 목소리가 거의 잠기는 듯했다. 왕 씨는 자못 감동한 듯한 모습이었다. 이 말도 일리가 있다는 생각을 하며, 가볍게 한숨을 쉬며 고개를 끄덕이고 있었다.

그러나 노대부인은 미간을 찌푸리며, 영 마뜩찮은 기색이었다. 노대부인이 명란 쪽으로 시선을 돌렸다. 명란은 살짝 고개를 들고 있었다. 얼굴에는 별다른 표정이 없었으나, 커다란 두 눈동자가 반짝거리고 있었다. 명란이 즉각 고개를 숙였다. 남들이 자신의 미묘한 표정 변화를 감히 알아차리지 못하게 하기 위해서였다. 그녀는 어디서 문제가 발생했는지 알고 있었던 것이다!

고정엽이 성부에 혼담을 넣은 것은 이미 황상의 귀에도 들어간 상태다. 다들 시집갈 규수가 성부의 적녀인 줄 알고 있었다. 그런데 우여곡절 끝에 여란은 다른 이와 짝을 맺게 되었는데 고정엽이 군소리 없이 성부 서녀를 받아들일 줄 누가 알았겠는가? 어째서 문관 집단에서는 그렇게 기뻐했는가? 왜냐하면, 그들이 보기에는 이것이 신흥 권작 귀족이 그들에게 타협하고 경의를 표한 것이라 해석되었기 때문이다. 이에 외부에서 칭송하는 목소리가 일게 되었다.

명란은 내심 후련한 기분이 들었다. 일반인들은 다들 고정엽이 양보했다고 여길 것이다. 그러나 진실은 오직 그녀와 노대부인만이 알고 있었다. 실제 상황은 그와는 정반대였다. 명란이야말로 고정엽의 목표물이었던 것이다.

일반적으로 생각해 보면 고정엽과 고 태부인의 한결된 명성으로 볼 때 고 태부인이 방금 한 말은 사실 대단한 설득력이 있는 것이었다. 하지만…… 명란의 얼굴에 정체를 알 수 없는 미소가 번졌다. 그녀는 마침내 자신의 가장 큰 장점이 어디에 있는지 깨달은 것이다. 그녀는 주변 사람들이 모르는 고정엽을 알고 있다. 알고 있는 사람은 몇 명 없다. 특히 녕원후부 사람들, 그들은 결코 알 수가 없을 것이다.

명란이 천천히 고개를 들었고, 노대부인과 눈이 마주쳤다. 노대부인도 차츰 명란의 마음을 알아차리게 되었고, 입가에 기쁜 미소를 은근히 띠며 고개를 돌려 고 태부인에게 대답했다.

"부인께서 잘못 아신 것 같네요. 저희 집 여섯째는 적출입니다."

제99화

혼수 문제에 관한 몇 가지 토론

밤이 되고, 성굉은 왕 씨의 처소를 찾았다. 계집종을 불러 창의를 벗기게 하는 한편, 왕 씨가 재잘거리며 오늘 고 태부인이 방문한 이야기를 하는 것을 들었다.

"……그 태부인은 온화하고 귀티가 나는 것이 거만한 티라곤 요만큼 도 없습니다. 말도 이치에 딱딱 맞게 하니 문가의 그이와 비교하면 정말이지 하늘과 땅 차이입니다. 아…… 명란이는 복도 많지요!"

왕 씨가 채패에게서 하늘색 여요汝窯[1] 찻잔을 건네받았다.

"이것 좀 보세요. 오늘 태부인이 선물로 갖고 온 모첨毛尖[2]입니다. 나리, 맛 좀 보세요."

평상복으로 갈아입고 침상 위에 앉아 있던 성굉이 말했다.

"어머님께서도 이 차를 좋아하시니 전부 감춰놓진 말게."

---

1) 하남성 여주에서 생산되던 자기.
2) 안휘성 황산에서 나는 유명한 녹차.

그가 하는 말이 듣기 거북하다고 질책하지 말아야 할 것이다. 왕 씨는 전과가 있었기 때문이다.

왕 씨는 울컥해 신경질을 부렸다.

"나리 말씀하는 것 좀 보세요. 제가 아직도 젊었을 때처럼 법도도 모르는 사람으로 보이십니까? 절반은 수안당에 남겨두었고, 나머지를 나리와 아이들에게 나눠준 겁니다."

성굉이 살짝 고개를 끄덕이며 왕 씨가 건네주는 찻잔을 받아 차를 한 모금 마시더니 흡족한 표정을 지으며 감탄했다.

"좋은 차군. 진상품도 이보다는 못하겠어."

"아아, 명란이는 걱정할 필요 없겠어요. 하지만 가련한 우리 여란이는 지독한 시어머니와 살아야겠지요."

왕 씨가 침상 한쪽에 앉아 손가락에 낀 금옥반지를 만지작거렸다. 만면에 수심이 가득해서 여란의 처지를 탄식하다가 고 태부인의 현덕함과 온화함을 찬탄하기도 했다.

고 태부인의 장점을 생각할수록 문 부인의 저속함과 신랄함을 경멸하게 되었다. 그리고 문 부인을 경멸하면 할수록 더더욱 고 태부인이 좋은 사람이라고 생각하게 되었다. 마음이 심란하니 말이 도무지 멈춰지지 않았다. 성굉은 한쪽에서 차만 들이킬 뿐 아무 말도 하지 않았다.

"나리, 뭐라고 말씀 좀 해보세요."

한참 일인극을 벌이던 왕 씨가 맞장구 한 번 쳐 주지 않는 남편을 보고 그만 소리를 질렀다.

"나리도 여란이 걱정은 안 하는군요. 딸 걱정하는 건 저밖에 없어요."

성굉이 느릿하게 찻잔을 내려놓더니 고개를 돌려 왕 씨를 바라보았다. 왕 씨도 몸을 살짝 틀고 정색한 얼굴로 성굉의 말에 귀를 기울였다.

"당신은 앞으로 태부인과 왕래할 때마다 조심 또 조심해야 할 게요. 매사 삼 분…… 아니 칠 분의 여지를 두어야 할 거요. 말할 때도 전부 털어놓아선 안 될 것이며, 좀 더 경계해야 하오. 장래에 후회가 없게 말이오."

왕 씨가 의아해하며 눈을 휘둥그레 뜨고 물었다.

"어째서요? 태부인은 사람이 참 좋아 보이던데요. 나리는 만나 보지도 못하셨으면서 어찌 그런 말씀을 하십니까?"

성굉이 턱 밑의 짧은 수염을 쓰다듬으며 고개를 가로저었다.

"보지 않아도 알 수가 있소. 당신이 좋은 사람이라고 봤다니 필시 대단한 사람일 거요."

왕 씨는 일순 머릿속이 뒤죽박죽이 되었고, 남편이 은근히 자신을 비아냥대고 있다는 생각에 큰소리로 따졌다.

"나리, 그게 무슨 말씀이십니까?"

성굉은 기분이 좋은지 껄껄 웃으며 대답했다.

"천주에 있었을 때 당신과 지부 마님은 거의 의자매나 다름없었소. 그러다 나중에는 무슨 일로 틀어졌는지는 당신이 집에 와서 그 마님 욕을 두 시진이나 했소. 등주에서도 평녕군주와 거의 의자매를 맺을 뻔했지. 허나 지금은 어떻소? 광제사 주지스님이 말리지 않았다면 작은 인형에 바늘을 꽂으며 저주할 뻔하지 않소? 처형도 그랬소. 자매끼리 오랜만에 재회를 하더니 입이 모자라도록 언니 칭찬을 하며 그 댁에 도움을 주라고 부추기지 않았소. 헌데 지금은 또 어떻소? 지금은 언니 가죽을 벗겨내지 못해 한스러울 지경이잖소……. 하하, 당신이 좋게 본 사람들은 언젠가는 꼭 당신과 반목하는구려. 그러니 미리 준비해두라는 것이지!"

한차례 이야기를 마친 뒤, 성굉은 어깨가 들썩거리도록 웃었다. 턱 밑 수염도 따라서 어지러이 휘날릴 지경이었다. 왕 씨는 분칠한 얼굴이 빨개지도록 화가 났다. 그녀의 입이 마치 물 밖으로 나온 붕어처럼 열렸다 닫혔다 하며 뻐끔거렸으나 반박할 말을 찾지 못했다. 결국, 그저 씩씩대며 이렇게만 말할 수 있을 따름이었다.

"나리, 참으로 재미있으시겠습니다. 하릴없이 저를 갖고 놀리시니!"

근래 성굉은 모든 게 순조로운 나날을 보내고 있었다. 매일 밤 동료 혹은 동년배 혹은 상사들이 서로들 연회에 초대하려 들었고, 수많은 사람들이 음으로 양으로 그와 교유를 맺고자 하는 뜻을 표했다. 성굉이 어찌 즐겁지 않을 수가 있겠는가? 생각하면 할수록 더더욱 득의양양해질 뿐이었다. 왕 씨는 그가 웃으면 웃을수록 더더욱 분통이 터졌으나, 그저 굳은 얼굴을 하고 가슴팍을 들썩이며 화를 삭여야만 했다.

한참 웃고 난 성굉이 몸을 일으켜 왕 씨를 보며 물었다.

"두 아이의 혼사 준비는 어찌되고 있소?"

왕 씨가 시무룩하게 대답했다.

"여란이는 이미 정혼례를 마쳤으니, 내년에 춘위 급제자를 알리는 방이 붙고 나면 문 상공이 급제하든 못 하든 간에 2월 말에 혼례를 올리기로 했습니다. 명란이는 손아래 동생이라 여란이보다 먼저 가면 보기 안 좋으니, 3월 초 전후에 식을 올리기로 했고요."

성굉이 가볍게 고개를 끄덕이다 문득 한 가지 일을 떠올리고는 왕 씨에게 물었다.

"새해에 경사를 치르게 됐으니 이번 설은 간소하게 보내야 하오. 남들의 이목을 끌지 않게, 너무 떠들썩해서도 아니 될 것이오. 그리고……."

그가 잠시 멈칫하더니 정색한 얼굴로 왕 씨에게 말했다.

"설 쇠고 나서 집안일은 며느리에게 맡기고 당신은 봉천에 한번 다녀오시오."

왕 씨가 놀란 얼굴로 물었다.

"봉천에 가서 뭘 하라고요?"

성굉이 잠시 침묵하더니 가볍게 탄식했다.

"당신이 봉천에 가서 장인어른과 장모님께 사죄드리고, 간 김에 두 아이 혼사도 말씀드리란 말이오."

왕 씨는 자신의 모친을 떠올리자, 내심 갑갑한 마음이 들었다. 왕 씨가 울적한 목소리로 말했다.

"여러 번 사죄드렸는데 어머니께서 아직도 제게 화가 나셨을까봐 걱정입니다. 남들은 모녀간의 원한은 하룻밤도 안 간다고 하던데 저희 어머니는 참 독하십니다."

성굉이 진지한 얼굴로 왕 씨를 다독였다.

"저번 일은 확실히 우리 잘못이니 장모님께서 화를 내신다 해도 할 수 없소. 요 몇 년간 장모님과 손위처남이 우리를 도와주었는데 당신이 친정을 그리 홀대하지 않았소. 외조카가 그래도 왕씨 집안의 적장손인데 당연히 화가 나지 않겠소! 지금은 왕가와 강가가 이미 혼인을 맺었고, 상황도 바뀌지 않았소. 언제까지 반목할 수도 없는 노릇이고. 당신이 이번에 가거든 잘 빌어 보시오. 장모님께서 한가하시고 건강도 괜찮으셔서 우리 집에 얼마간 머무실 수 있다면 우리도 즐겁지 않겠소."

성굉은 장모를 대단히 존경하고 있었다. 당시 그가 왕가에 혼인을 청했을 때, 왕 노대인은 그가 서자 출신에 가세도 기댈 만하지 않으니 마음에 들지 않는다며 반대했었다. 그러나 왕 노대부인은 성굉을 보자마자 마음에 들어했다. 성굉이 천성적으로 관대하니 전도가 유망할 것이라며 자신의 둘째 딸을 그에게 준 것이다. 이런 연유로 성굉은 줄곧 왕 노대부인의 은혜에 감사하는 마음을 품고 있었다.

왕 씨가 눈시울을 붉히며 수십 년 동안 자애로운 모친에게서 받은 온정을 생각했다. 혼인 이후 임 이랑이라는 위기에 맞닥뜨렸을 때, 왕 노대부인이 사람을 보내 훈계하며 도움을 주었었다. 왕 씨의 눈에서 눈물이 흐르기 시작했다.

"이게 다 제가 불효한 탓입니다. 어머니께서 그렇게 저를 걱정하고 신경 써 주셨는데 올케 앞에서 면목 없게 만들었어요."

왕 씨가 손수건으로 눈물을 닦고는 몸을 돌려 웃으며 말했다.

"나리 말씀대로 하겠습니다. 제가 직접 가서 머리를 조아리며 사죄하겠어요. 그래봐야 어머니께 매박에 더 맞겠습니까!"

성굉이 그 모습을 보더니 웃으며 탄식했다.

"그래야지. ……좋은 일에 경하 드리긴 쉬워도, 어려울 때 돕기란 어려운 게야. 근래 권세에 빌붙어 아첨하며 사귀려드는 자들을 보면서 예전 장모님의 인정을 떠올렸소. 지금은 우리 집안 사정이 좋아졌지만 그래도 근본을 잊을 수는 없는 법이지."

내심 감동한 왕 씨가 남편의 눈빛 속에 부드러운 온정이 담긴 것을 보고 흥분한 어조로 말했다.

"과연 어머니께서 나리를 잘못 보지 않으셨어요. 나리는 온정을 잊지 않는 분입니다."

듣기 좋은 이야기는 다 했으니, 이제는 듣기 나쁜 이야기를 할 차례다. 성굉은 조정에서 여러 해 구르며 닳고 닳은 사람이라 말하는 재주가 뛰어났다. 그가 찻잔을 들어 또 한 모금 차를 마신 뒤 물었다.

"두 아이가 출가를 하는데 각각 혼수를 얼마나 해줄 생각이오?"

이 화제를 언급하자, 왕 씨의 얼굴이 일순 굳어졌다. 탁자 위의 두툼한 천으로 감싼 바구니를 젖혀 찻주전자를 꺼내고, 느릿느릿하게 꾸물거리며 성굉의 찻잔에 따뜻한 물을 따랐다.

"진즉에 말씀드리지 않았습니까? 예전에 하던 대로 하면 되지요. 필요한 만큼 준비하면 됩니다."

성굉이 계속 자신을 응시하는 것을 보며 왕 씨는 더 얼버무릴 수는 없음을 깨달았다. 이에 내키지 않은 마음으로 대답했다.

"하지만 솔직히 말씀드리면 여란이에게 좀 더 후하게 갈 수밖에 없지 않겠습니까. 우선은 여란이의 신분이 더 귀하지요. 그리고……."

왕 씨가 입술을 깨물었다.

"여란이는 시댁이 변변치 않으니 아무래도 지니고 갈 것을 좀 더 준비해야지요."

"아둔하기는!"

성굉이 대뜸 호통을 쳤다. 손바닥으로 탁자를 내리치는 바람에 찻잔이 기울어지면서 찻물이 넘쳐흘렀다.

왕 씨가 굴하지 않고 즉각 반박했다.

"명란이는 귀한 남편을 얻지 않았습니까? 그거면 됐지 뭐가 더 필요합니까!"

성굉이 언성을 높이며 빈정거렸다.

"그 귀한 사위를 당신이 명란에게 구해준 거요? 아니면 여란이가 자기 동생에게 양보한 거요?"

왕 씨는 즉각 말문이 막혔다.

성굉이 눈을 부릅뜨고 왕 씨를 연신 쳐다보았다. 소매를 휘휘 휘두르다 비로소 소매가 찻물로 반쯤 젖은 것을 깨닫고 소매를 비틀어 물을 짜냈다. 성굉이 어두운 얼굴로 왕 씨를 질책했다.

"애초에 이 혼사는 어머님께서 반대하셨던 거요. 당신이 여식을 잘못

가르친 탓에 여란이가 그런 염치도 모르는 짓을 벌인 게지. 결국, 방도가 없어서 명란이를 데려다 몰래 바꿔치기한 것이거늘, 당신이 그래도 할 말이 있다는 게요?!"

매번 이 일을 언급할 때마다 성굉은 비아냥거리며 왕 씨를 나무랐다. 결국, 도덕과 학문을 찬양하는 문관에게 적녀가 사사로이 외간 남자를 만난 사실은 그의 얼굴에 먹칠한 것이나 다름없었다. 왕 씨는 매번 그저 고분고분 듣고 있을 수밖에 없었다. 어쨌든 딸을 가르치는 것은 모친의 책무였기 때문이다.

성굉은 여란과 문염경의 사건을 떠올리자마자 파리를 삼킨 듯 구역질이 일었다. 결국, 참지 못하고 왕 씨를 또 한 번 질책했다. 화가 조금 누그러진 뒤에야 다시 원래 안건으로 돌아왔다.

"똑똑히 일러두겠소! 이번에는 공공연히 하든 몰래 하든 당신이 일전에 여란이에게 사준 저택도 포함해서 두 아이의 혼수를 똑같이 후하게 준비하시오!"

왕 씨의 입술이 몇 번 파르르 떨렸다. 왕 씨는 말을 하진 않았으나, 불만으로 가득 찬 얼굴이었다.

성굉이 몸을 일으키더니 왕 씨의 달가워하지 않는 표정을 보고 낮은 목소리로 말했다.

"당신이 성가에 시집오고 난 뒤 내가 당신 혼수에 간섭한 적이 있었소? 당신 소생인 세 아이에게 모조리 물려주겠다고 해도 나는 일언반구도 하지 않았지. 허나, 양심에 손을 얹고 생각해보시오, 당신 언니가 이렇게 운이 좋았는지. 요 몇 년간 처형의 혼수가 다 어디로 갔느냔 말이오! 형님의 씀씀이가 헤픈 건 제쳐놓더라도 그 댁의 서자, 서녀들이 시집 장가를 가면서 처형 혼수에 기대지 않은 이가 누가 있소. 그런데 처형이 어디 여기저기 울며 하소연이라도 했소?"

자신의 언니와 비교하면 왕 씨는 확실히 운이 좋았다. 왕 씨는 할 말을 잃었다.

성굉이 다소 누그러진 듯한 그녀의 태도를 보며 틈을 두지 않고 재빨리 말했다.

"묵란이와 장동이 얘기는 할 필요가 없겠지. 허나, 명란이는 당신 밑에 이름을 올린 아이요! 당신이 여란이에게 얼마나 마련해주든 간에 명란이에게도 똑같이 마련해주시오! 탓하려거든 당신이 여식을 잘못 가르친 탓을 하시오. 집안사람들을 위험에 끌어들인 화근을 방종하게 내버려 둔 당신 탓을 하란 말이오. 이 일을 장모님께 가서 여쭤보시오. 당신을 칭찬하시나 안 하시나! 당신 자매가 출가할 때 우리 집안은 강가의 권세와 부에 한참 미치지도 못했지. 그렇다고 장모님께서 당신 자매의 혼수를 차별하셨소?"

왕 씨는 억울한 마음이 들었으나 하소연할 데가 없었다. 풀 죽은 모습으로 구들 위에 얼어붙어 있었다. 손에 쥔 손수건은 하도 비틀어대는 통에 볼품없는 꼴이 되어 있었다.

성굉이 차가운 눈으로 왕 씨를 바라보더니 다시 천천히 한마디를 더 했다.

"그리고 어머님께서 명란이에게 얼마를 더 보태주시건 당신은 입도 뻥긋하지 마시오!"

왕 씨의 마음이 덜컹 내려앉았다. 왕 씨가 별안간 고개를 들더니 남편을 바라보며 노기등등하게 따졌다.

"그건 어째서입니까? 나리의 분부를 제가 감히 어길 수는 없으니 두 아이의 혼수는 똑같이 준비하지요! 허나 그 아이들 모두 어머님의 손녀입니다! 그런데 누군 후하게 주고 누군 박하게 준다는 겁니까?!"

성굉이 냉랭하게 한마디 했다.

"어머님께서 비록 모든 아이에게 똑같이 은자 천오백 냥씩 보태주시겠다고 말씀하셨지만 정작 화란이가 시집갈 때 어머님께서 보태주신 돈은 그보다 훨씬 많았소! 당신은 내가 모를 줄 알았소?"

왕 씨가 다급히 따지고 들었다.

"하지만 화란이는 어머님께서 키우신 아이입니다!"

그녀는 흥분하여 파르르 떨다가 다음 말을 잇지 못했다. 그러고보면 명란이야말로 노대부인이 기른 아이였기 때문이다.

성굉이 왕 씨를 응시했다. 실망하는 기색을 감추지 못하는 눈빛이었다. 성굉이 느릿하게 말했다.

"어머님께서는 나를 키워주셨소. 내 앞날을 위해 많은 걸 도와주셨지. 어머님께서 지니고 계시던 물건들과 남은 은자를 누구에게 주시든 우리가 떠들 일이 아니오!"

왕 씨는 속으로 욕을 했다. 누구에게 주건 간에 어쨌든 성굉의 혈육이다. 그가 신경 쓰지 않는 건 당연한 일이다.

성굉이 왕 씨를 바라보다 어조를 누그러뜨리고 말을 이었다.

"어머님께서는 정을 중시하시는 분이오. 어머님께서 화란이와 명란이를 기르셨으니 더 많이 보태주려는 것도 자연스러운 이치지. 지금 우리는 어머님의 의사를 거역하고 명란에게 대신 책임을 지게 했소. 어머님께서 명란에게 얼마나 보태주시든 당신이 일언반구라도 잔소리하는 걸 허락하지 않겠소! 안 그랬다간……."

왕 씨는 성굉은 탁자를 힘껏 내리치는 걸 보며 벌벌 떨었다. 성굉이 무서운 목소리로 말했다.

"당신이 성가에 시집온 뒤 어머님께 얼마나 불효하고 불경했소. 첩실과 서출들에게는 또 얼마나 부덕했느냔 말이오. 내가 당신 잘못을 꾹 참고 있었던 건 장모님과 손위 처남의 체면을 봐서 그랬던 거요. 당신은 내가 정말 아무것도 모르는 줄 알았소? 하물며 위 이랑의 죽음에 당신은 단 하나라도 잘못한 게 없다고 할 수 있소?!"

왕 씨는 벼락이라도 맞은 듯 온몸을 심하게 떨었다. 창백한 낯빛이 마치 죽은 사람 같았다. 그녀는 독실한 불교 신자가 된 다음부터 스님들을 청해 여러 번 독경을 하게 했다. 정말로 인과응보가 있다고 믿게 되었고, 거기다 임 이랑은 이미 업보에 대한 죗값을 치르고 있었다. 임 이랑은 시골에서 춥고 외로운 나날을 보내고 있었고, 묵란도 량가에서 잘 지내지 못하고 있었다. 그렇다면 자신의 그 업보는 어디로 떨어지게 될 것인가?

그녀가 죽은 사람 같은 잿빛 얼굴을 하고 낮은 목소리로 말했다.

"뭐든 나리의 뜻에 따르겠습니다."

왕 씨는 비록 다소 옹졸한 데가 있었고 인품도 관대하지 않으나, 어쨌든 자신이 그러겠다고 동의한 것은 곧바로 실행에 옮겼다.

이튿날, 그녀는 며느리에게 집안일을 맡겼다.

"……새해가 되면 나는 출타를 할 것이다. 게다가 한동안 네 시누이들의 혼수를 준비해야 하니 네가 집안일에 좀 더 신경 쓰거라. 혹여 설 선물을 준비하다가 모르는 게 있거든 내게 묻고, 내가 출타한 뒤에는 할머님께 여쭈어라. 너는 홑몸이 아니니 몸이 불편하거나 거동하기 어렵거든 여란이와 명란이더러 와서 도우라고 하고."

해 씨는 일찍이 집안 살림의 반은 도맡아 하고 있었으니 이미 숙달될 대로 숙달되어 왕 씨의 분부를 수행하지 못할 게 없었다. 다만 왕 씨의 붉게 부어오른 눈가를 보며 속으로 의아하게 생각할 뿐이었다. 그러고선 며칠간 왕 씨가 고방庫房[3]을 열어 오래전부터 보관해왔던 능라 비단과 귀중한 목재들을 균등하게 반으로 나누고 있다는 소식을 듣고, 해 씨는 즉각 대체 무슨 일이 있었던 것인지 눈치챘다.

해 씨는 명민한 사람이었다. 해 씨가 곧바로 왕 씨에게 말했다.

"아가씨들이 출가를 하는데 올케가 돼서 빈손으로 보낼 수는 없지요. 저도 장신구와 비단을 보태겠습니다. 그저 저희 부부의 작은 성의라 봐주세요."

왕 씨가 연신 큰 소리로 사양했다. 그녀는 산수에 능했으니 이런 계산에 관해서는 분명했다. 해 씨의 혼수가 그대로 보전된다면 장차 전부 자신의 손자들에게 갈 것이다. 만약 여란에게 한몫 준다면 명란의 몫도 반드시 챙겨줘야 했다. 매일매일 재물과 혼수를 점검할 때마다 칼로 가슴을 도려내는 것처럼 속이 쓰릴 지경인데 어찌 기꺼이 또 재물을 내놓을 수 있겠는가?

"한림원은 청빈한 곳인 데다 아이들도 아직 어리니 장차 네가 은자를 써야 할 데가 많을 게다. 그러니 신경 쓰지 말거라! 네 시누이들의 혼수는 내가 알아서 처리할 것이다. 혹여 마련할 수 없게 되거든 그때 가서 네게 말하마. 자고로 우리 성가에서는 며느리의 혼수를 절대 함부로 건들지 않느니라!"

왕 씨가 해 씨의 손을 꽉 붙들며 단번에 며느리의 의사를 거절했다.

말이야 그랬지만 해 씨도 눈치가 대단히 빠른 사람이었다. 돌아가서 장백과 의논한 뒤 귀하고 정교한 장신구며 장식품들을 몇 가지 준비하

---

3) 세간을 넣어두는 창고방.

여 여란과 명란의 혼수에 보탰다.

· · ·

혼수는 시어머니, 며느리, 시누이에게까지 영향을 미치는 영원한 화제였다. 성가의 따스하고 보기 좋은 분위기와 달리 원가의 상황은 눈살을 찌푸리게 했다.

충근백부 본채 명당明堂[4]. 사면의 문과 창은 굳게 닫혔고, 바닥에는 자잘한 도자기 파편들이 흩어져 있었다. 바닥에 쏟아진 찻물로 인해 집안 전체에 은은한 차 향기가 퍼졌다. 엎어진 향로에서 그윽한 단향이 퍼지며 차 향기와 섞여 뭐라 말할 수 없는 냄새를 풍기고 있었다.

원 대인이 시퍼런 얼굴을 하고 하석에 서 있는 원 부인을 손가락으로 가리키며 부들부들 떨고 있었다.

"당신, 당신이 잘도 뻔뻔스러운 생각을 다 했구려?! 감히 며느리의 혼수를 가져다 문영이 혼수에 보태려 하다니! 제정신이 아니구려!"

원 부인이 곁의 원문소를 쳐다보았다. 차마 면목이 없어진 그녀가 통명스러운 목소리로 말했다.

"그 아이가 시집온 이상 우리 집 사람이지요! 왜 혼수니 아니니를 따집니까. 전부 원가 것인데요! 시어머니가 달라면 순순히 내놓을 것이지 어디 무슨 낯짝으로 남자들에게 일러바칩니까! 대체 가정교육을 어찌 받았기에?!"

---

4) 중앙에 있는 정원.

'짝' 하는 소리가 한 번 울렸다. 원 대인이 네모난 탁자를 손바닥으로 내리치는 소리에 다들 깜짝 놀라 가슴이 덜컹 내려앉았다. 그가 수염을 파르르 떨며 큰소리로 호통쳤다.

"입 닥치시오! 당신이 무슨 낯짝으로 며느리 소릴 하는 거요. 지난 몇 십 년간 당신이 갖고 온 혼수는 말할 것도 없고, 당신이 당신 친정과 장가에 보태 주려고 빼돌린 우리 원가의 은전이 얼마요. 당신은 어찌 그게 전부 원가 것이란 생각은 못 했소?!"

원 부인은 목구멍이 꽉 막히는 듯했다. 남편이 서슬 퍼런 표정으로 아들 앞에서 자신의 바닥을 까발리는 것을 보니 아무래도 정말 화가 단단히 난 것 같았다. 그녀는 손수건을 꺼내 얼굴을 가리며 우는 척을 할 수밖에 없었다.

"제가 이렇게 한 것은 전부 문영이를 위한 것이지요! 수산백부에 형제들이 그렇게 많은데 문영이가 혼수를 후하게 가져가지 못했다가 나중에 동서들에게 푸대접이라도 받으면 어쩝니까? 나리는 며느리만 아끼지 마시고 자기 여식 생각도 하세요. 우리 딸은 이 아이 하나밖에 없잖습니까!"

원 부인은 처음에 우는 척을 했을 뿐이었으나, 자신의 딸을 떠올리자 그만 정말 눈물이 나오기 시작했다. 생각하면 할수록 마음이 아팠다. 이에 그녀가 원망하는 목소리로 욕을 하기 시작했다.

"이 야비한 것, 내가 그년의 입을 찢어버려야겠다! 그년이 우리 아들을 꼬드겨 불효를 저지르게 하다니! 며느리가 돼서 시어미 말을 안 듣고 감히 거역할 생각을 해?"

그녀가 몸을 돌리더니 곁의 원문소에게 달려들었다. 주먹을 쥐고 그를 때리며, 울부짖었다.

"……내 팔자가 어찌 이리 고될꼬. 내 힘들게 너를 길렀거늘 마누라가 생겼다고 바로 어미를 잊는구나! 나는 그저 네 누이동생에게 혼수를 조금 보태주려 했을 뿐인데 네가 네 아비에게 고자질하느냐! 이 후레자식아, 차라리 너를 패 죽이는 게 낫겠구나!"

원문소는 감히 모친을 밀칠 수 없으니 그저 피하기만 하다가 까닭 없이 몇 대를 얻어맞았다. 원 대인은 화가 나 부글부글 끓었다. 그는 성광처럼 고상한 지식인은 아니었다. 성큼성큼 앞으로 걸어 나오더니 소란을 피우는 아내를 잡아 끌어냈다. 그리고 손을 뻗어 한 차례 내리쳤다.

짝!

원 대인이 원 부인의 얼굴을 힘껏 내리쳤다. 그녀가 믿을 수 없다는 듯 자신의 얼굴을 감싸고 원 대인을 쳐다보았다.

"당신, 당신이 어찌 아이들 앞에서…… 저는 죽어버리겠습니다!"

그녀가 울부짖으면서 원 대인에게 달려들었다. 원 대인이 힘껏 뿌리치는 바람에 원 부인이 바닥에 내동댕이쳐지듯 자빠졌다.

원 대인이 냉랭하게 말했다.

"어머님께서 돌아가실 때 하셨던 말씀을 아직 기억하는가?"

원문소가 무슨 소리인지 몰라 어리둥절하고 있는 가운데 원 부인이 갑자기 잠잠해졌다. 원 부인의 얼굴에 두려워하는 기색마저 떠오르고 있었다.

원 대인이 냉담한 표정으로 천천히 말했다.

"어머님께서 큰누님과 당신 그리고 내 앞에서 말씀하셨지. 당신은 사람됨이 우둔하고 탐욕스러워 작은 이득만 좇다가 대의를 잊어버리니 며느리로서 부적당하다고 말이야. 허나 이미 아이들이 있으니 어쩔 수 없다셨네. 어머님께서 임종하시기 전에 나를 불러 휴서를 써두게 하셨지. 어머님께서도 친히 뒷장에 덧붙여 써두셨네. 원가가 다시 작위를 회복하는 건 어려운 일이라 하늘의 뜻에 달렸으니 다시는 어떤 실수도 있어서는 안 된다고 말이야. 만약 당신이 썩은 나무처럼 쓸모없이 가문에 누를 끼치거든 부모님 두 분의 삼년상을 지킬 생각 말고 당장 내치라고 하셨네! 그 휴서가 지금도 사당 제사상 위에 놓여 있지!"

원문소는 깜짝 놀랐다. 이 일에 관해서 한 번도 들어본 적이 없었기 때문이다. 이번에 원 부인은 울지 않았다. 그저 온몸을 사시나무처럼 떨 뿐이었다.

원 대인의 눈에 혐오가 떠올랐다. 그가 호통을 치며 말했다.

"지금 자신의 꼴이 어떤지 한번 보시오. 원가의 안주인이라 할 수 있겠소?! 두 며느리를 얻고 나서 내가 시어미 되는 당신 체면을 생각해 오랫동안 참았거늘. 당신은 욕심이 끝이 없어!"

놀란 원 부인의 낯빛은 이미 사람의 것이 아니었다. 원문소가 어머니를 부축해 옆에 있던 의자에 앉게 했다. 실은 그도 잘 알고 있었다. 휴서는 겁을 주기 위한 용도였다. 정말로 어머니에게 휴서를 내린다면 충근 백부의 체면에도 좋지 않기 때문이다.

집 안은 정적만이 감돌았다. 들리는 거라고는 원 부인의 가녀린 흐느낌과 원 대인이 씩씩대며 가쁜 숨을 몰아쉬는 소리뿐이었다. 그때 문이 벌컥 열리더니 원문영이 눈물범벅이 된 얼굴로 뛰어 들어왔다. 온통 난잡하게 어질러진 방 안에서 분노로 온몸을 부들부들 떨고 있는 부친과 뺨을 감싸고 넋을 잃고 있는 모친을 본 원문영의 눈에서 왈칵 눈물이 쏟아졌다. 원문영이 털썩 무릎을 꿇더니 부친과 모친에게 머리가 땅에 닿도록 절을 했다. 원문소는 심상치 않음을 느끼고, 얼른 문가로 달려가 문을 닫았다.

원문영이 옥 같은 얼굴에 눈물을 흘리며 잠긴 목소리로 말했다.

"큰올케가 제게 다 말해주었습니다. 이게 다 제가 불효한 탓입니다. 저 때문에 아버지와 어머니가 다투시다니요!"

원 대인은 평소 딸을 몹시 아꼈으나 딸의 행동을 보더니 묵묵히 자리에 앉으며 차갑게 냉소했다.

"그 아이는 말 옮기는 것도 참으로 빠르구나! 다른 재주는 없어도 입을 놀려 남에 대해 이러쿵저러쿵하는 데는 도가 텄어!"

원 부인은 남편이 자신의 조카딸을 탐탁지 않아 하는 것을 듣고는 황급히 몸을 날려 딸을 어루만지며 통곡했다.

"우리 불쌍한 문영아, 네 아버지와 오라비가 참으로 독하구나!"

원문소가 어이없다는 표정을 지으며 결국 참지 못하고 입을 열었다.

"어머니! 다른 건 몰라도 어머니께서는 말끝마다 제 안사람이 혼수로 가져온 마을을 내놓으라 하시지 않습니까. 십몇 경頃[5]은 족히 되는 경성 교외의 기름진 밭을 말입니다. 성가가 바로 그 근처에 있는데 그 전답에 변동이라도 생긴다면 그분들이 모르실 것 같습니까? 어머니, 그러면 아들이 장차 장인어른 댁에 가서 어찌 고개를 들겠습니까? 안사람은 무슨 낯으로 장차 친정에 가겠습니까?"

이 이야기가 나오자, 원 대인은 또 부아가 치밀기 시작했다. 원 대인이 원 부인을 가리키며 큰소리로 호통쳤다.

"그렇지! 요 몇 년간 당신이 음으로 양으로 둘째 며느리의 가산이 얼마나 되나 계산하고 있다는 걸 내가 모를 줄 아오? 사돈댁이 무던하고

---

5) 논밭의 면적 단위. 1경은 약 2만여 평.

화목해 우리와 따지지 않았을 뿐이오! 혼수가 며느리의 재산인 건 말할 필요도 없고, 시댁에서 급히 변통해서 써도 곤란한 것이오. 아주 잘하는 짓이구려……. 날강도는 겨우 면했소! 도대체 낯짝이 있는 게요, 없는 게요?!"

그는 말하면 할수록 화가 치밀었다. 그러다 또 문득 한 가지 일이 떠올라 큰소리로 고함을 질렀다.

"일전에 작은아버님댁의 아우 두 명이 찾아와 혼사가 몇 번이나 어그러졌다며 하소연을 했지. 당신이 우리 원가의 체면을 망쳤소. 원가 시어미가 각박해 며느리의 혼수에만 눈독을 들인다고 소문이 퍼졌더군. 그러니 누가 우리 집안에 시집오려 하겠소! 당신이 무슨 낯짝으로 친지들 사이에서 큰형수 노릇을 할 수 있단 말이오. 당신 때문에 내가 얼굴을 들고 다닐 수가 없어!"

집안의 아우들을 생각하자 원 대인의 얼굴에 죄책감이 떠올랐다. 원가의 자제들은 이도 저도 아닌 자들이라 걸맞은 혼처를 찾기가 쉽지 않았다. 자기 부인의 아둔함 때문에 친지들에게까지 누를 끼쳤다는 생각을 하니 속에서 또 열불이 터졌다. 그는 다시 무섭게 부인을 야단치기 시작했다.

원 부인은 괴로운 얼굴이었다. 수산백 부인은 예전부터 동생의 아내인 자신을 무시했었다. 그러니 억지로라도 수산백 부인 앞에서 체면을 세우고 싶었던 것이다.

원문영은 통찰력이 있는 사람이라 문제의 요점이 어디에 있는지 알고 있었다. 원문영이 바로 원 부인 앞에 꿇어앉으며 애원하는 목소리로 채근했다.

"어머니께서 저 잘되라고 하신 걸 압니다. 허나, 어머니…… 생각해보세요. 원가에서 나고 자란 고모님이 우리 집안 사정을 어찌 모르시겠습니까? 고모님께서는 원래부터 저를 아끼셨는데 제가 한 푼도 없이 시집간들 설마 제게 수모를 주시겠습니까? 제가 둘째 올케의 전담이나 은자를 갖고 시집간다면 도리어 고모님의 비웃음을 사게 될 겁니다! 둘째 올케는 저를 늘 친동생처럼 아껴주었어요. 맛있는 거나 좋은 옷, 좋은 장신구가 있으면 항상 제 생각부터 하지 않았습니까? 어머니께서 이러시면 올케의 마음만 상하게 될 겁니다. 그렇게 되면 시누이, 올케 사이가 껄끄러워지지 않겠어요?!"

원 부인은 사람들이 모두 둘째 며느리 편을 드는 것을 보자 쓰디쓴 탕약이라도 머금은 사람처럼 한마디도 할 수가 없었다.

원문소는 마음이 조금 느슨해지는 기분이 들었다. 어쨌든 여동생은 사리 분별을 할 줄 알았다. 원 대인이 흐뭇하게 딸을 바라보며 길게 한숨을 쉬었다. 그러다 문득 원문소가 밤에 용무가 있어 나가봐야겠다고 말했던 게 생각나 아들에게 눈짓을 했다. 원문소가 그걸 보고 문에 붙은 채 슬그머니 걸음을 옮기다 밖으로 빠져나갔다. 그러나 그가 향한 곳은 대문이 아니었다. 원문소가 곧장 달려간 곳은 바로 서측원에 있는 화란의 처소였다.

한달음에 방으로 들어선 원문소의 눈에 안에 융을 덧댄 청록색 바탕에 꽃무늬가 들어간 낡은 비단 대금 배자를 걸친 화란의 모습이 들어왔다. 그는 내심 미안한 마음이 들었다. 문득 화란이 시집오면서 가져왔던, 상자를 가득 채운 최신 유행의 옷들이 떠올랐다. 그런데 지금은……. 화란은 구들 가장자리에 앉아 팔꿈치를 탁자 위에 괴고 있다가, 남편이 돌아온 것을 보고 담담하게 물었다.

"다 끝났나요?"

원문소가 고개를 끄덕였다.

화란이 처량하게 웃었다.

"번번이 그러시더니 이번에도 어김없이 조용한 집안을 시끄럽게 만드시는군요. 정말이지 어머님께 여쭙고 싶어요. 대체 제 어디가 그렇게 마음에 안 드셔서 트집을 잡으시려고 하시는지요. 어머님께서 정말로 저를 받아들이지 못하시겠다면 일찌감치 휴서를 써주세요. 그럼 저도 나가서 제 살길을 찾겠습니다. 이런 자질구레한 일로 계속 시달리고 싶지 않아요!"

이렇게 말하는 화란의 뺨에 눈물이 흘렀다.

원문소가 다가가 아내를 껴안으며 부드러운 목소리로 달랬다.

"무슨 허튼소리를 하는 게요. 우리는 백년해로해야지. 당신이 나를 떠나겠다고 해도 내가 놓지 않을 것이오!"

화란이 눈물을 줄줄 흘리며 울었다.

"제가 불효한 게 아니라면 한 가지만 여쭙고 싶습니다. 이런 생활은 대체 언제 끝나게 되나요? 제가 시집올 때 가져온 은자는 진즉에 다 없어졌습니다. 옷상자 안의 좋은 옷감이며 좋은 물건들도 어머님께서 보신 날 다 빼앗겼습니다. 이제는 그 전답들을 마음에 두고 계시지요. 어머님, 어머님…… 도대체 어쩌실 작정이신 건가요?! 집안에 또 무슨 곤란이 생긴 것도 아니잖습니까?"

화란의 얼굴에 눈물이 쏟아져 내렸다. 화란이 엉엉 울며 남편의 품 안으로 뛰어들었다. 원문소도 내심 몹시 원통하고 분하단 생각이 들었다. 사실 그는 자기 모친의 생각을 잘 알고 있었다. 화란은 친정이 힘도 있었고, 시아버지의 예쁨과 남편의 총애를 받고 있었다. 그에 비해 원 부인은 방치되어 있었다.

원문소도 딱히 무슨 말을 하면 좋을지 알 수가 없었다. 그저 부드러운 말로 화란을 위로할 따름이었다. 화란이 갑자기 남편의 품을 빠져나와 벌떡 일어서더니, 의연한 표정을 하고 큰 소리로 말했다.

"소랑, 저 혼자만이라면 당신과 거칠고 변변치 않은 음식을 먹게 되더라도 절대 불평 한마디 하지 않겠어요! 하지만…… 하지만……."

그녀가 울기 시작했다.

"불쌍하기 그지없는 우리 아이들! 그 아이들…… 그 아이들은 아직 어린걸요!"

원문소는 구슬프게 우는 아내를 보자 칼로 심장을 도려내는 듯한 기분이 들었다. 화란이 울며 하소연했다.

"작위는 장차 아주버님의 것이 되겠지요. 어머님이 하시는 걸 보면 저희들에겐 가산도 나눠주지 않을 테고요. 그럼 아이들은 어쩌나요? 친정 어머니께서는 벌써 의심하기 시작하셨어요. 제가 임산부는 헌 옷을 입는 게 더 편하다고 둘러대긴 했지만, 장이가 입고 있는 옷은 누구도 속일 수 없었어요. 나중에 어머니가 붉은 비단 두 필을 보내셨답니다! 외할머니가 외손녀에게 물건을 보내주는 건 괜찮지만 만약 또 그런다면 그때는 원가의 체면이 깎이지 않겠습니까?"

원문소는 갑자기 경각심이 들었다. 아래턱을 앙다문 그가 차가운 눈빛을 뿜으며 말했다.

"……앞으로 어머니가 뭐라고 하시든 당신은 그 모두를 고분고분 따를 필요 없소. 어머니께서 무슨 요구라도 하시거든 당장 내게 알리시오! 그리고……."

그가 잠시 멈칫하더니 무서운 목소리로 말했다.

"당신 몸이 괜찮다면 내일 당장 그 계집종들 넷을 팔아버리시오!"

화란이 깜짝 놀라더니 떨리는 목소리로 물었다.

"그…… 그 아이들은 어머니께서 당신에게 주신 통방인데 어찌……."

원문소의 눈빛 속에 은근히 분노가 어렸다.

"어머니께서 가계가 어렵다고 하시지 않았소. 게다가 누이동생의 혼사를 치르느라 주머니 사정이 어렵다고 하셨지. 공연히 그 아이들을 데리고 있어봤자 뭐 하겠소? 그 아이들을 팔아 치우면 계집종들과 어멈들도 줄일 수 있겠지. 판 돈을 모두 어머니께 드립시다! 그때 가서 또 은자가 없다고 하시진 않겠지!"

화란은 내심 몹시 기뻤으나 감히 표정에 드러내지 못하고 그저 우물쭈물 물을 따름이었다.

"그, 그래도 되겠어요?"

"안 될 게 뭐가 있겠소? 내 진작부터 그 교태 부리는 것들과 노닥거릴 마음이 없었거늘!"

원문소는 군인 출신이라 말투가 시원시원했다. 책임자가 한번 결정을 내렸으니 그걸로 바로 결판이 났다.

화란이 힘껏 눈물을 닦았다. 남편이 자신을 걱정하는 것을 알고 살포시 그에게 몸을 기댔다. 부부가 잠시 서로를 보듬으며 위로했다. 화란이 남편을 밀어내더니 웃으며 말했다.

"두 대인께서 오늘 밤 주연에 초대하시지 않았던가요? 소랑, 시간 낭비하지 말고 얼른 가세요!"

이렇게 말하면서 화란은 침상 머리맡에서 묵직한 작은 보따리 하나를 꺼냈다. 화란이 그 보따리를 건네며 따뜻한 목소리로 말했다.

"가지고 가세요."

원문소는 그 보따리를 받아 들자마자 은자가 가득 들었음을 알아챘다. 가슴이 철렁해 화란을 쓱 살펴보다 다급히 물었다.

"당신, 그 목걸이는 어쨌소?"

화란이 부끄러운 듯 웃었다.

"어미가 된 사람이 금목걸이는 차서 뭐 하겠습니까?"

원문소는 성가의 딸들이 금목걸이를 하나씩 갖고 있다는 것을 알고 있었다. 이제 화란은 전당포에 물건을 저당을 잡혀야만 자신에게 뭔가를 마련해줄 수 있는 지경이 된 것이다. 그의 마음속에 원 부인에 대한 불만이 더더욱 솟아났다. 그가 낭랑한 목소리로 약조했다.

"안심하시오! 당신의 혼수는 내가 앞으로 하나씩 만회해주겠소!"

화란이 온유한 미소를 지었다.

"소랑은 약조를 지키는 분이지요. 한 번도 식언한 적이 없었습니다."

부부가 한차례 작별 인사를 나눈 뒤, 화란이 웃음을 머금고 외출하는 원문소를 배웅했다. 그의 모습이 멀어지자 화란은 입가의 웃음기를 천천히 거두고 굳은 얼굴을 하고 앉았다. 잠시 후 젊은 여인이 발을 걷어 올리고 들어와 웃으며 말했다.

"아씨, 나리께서 대문 밖으로 나가셨습니다."

화란이 고개를 끄덕였다. 그 여인이 정성스럽게 화란을 부축하고 침상 위에 눕혔다. 이부자리 정돈을 말끔히 마치고서야 그녀가 다시 웃으며 말했다.

"아씨, 또 이기셨군요. 요 몇 년간 나리께서 매번 아씨 편을 드십니다. 노마님께서 아신다면 필시 기뻐하실 겁니다."

화란이 냉담한 표정으로 천천히 말했다.

"꾹 참고 견딘 지 벌써 십 년이야. 드디어 희망이 조금 보이는구나. 취선아, 다리가 좀 쑤시는구나……"

취선이 다급히 침상 모서리에 몸을 숙이고 화란의 다리를 가볍게 주물렀다. 화란이 반쯤 눈을 감은 채 물었다.

"전부 엿듣고 왔느냐?"

취선은 화란이 무엇을 묻는지 알아듣고 목소리를 낮춰 대답했다.

"엿들을 필요도 없었습니다. 어르신 목소리가 어찌나 큰지 들은 사람이 적지 않습니다. 어르신께서 무섭게 마님을 혼내셨고, 문영 아가씨도 설득하셨고, 그리고…… 아, 또 휴서 이야기가 나왔습니다."

그러고서 즉각 원 대인이 일찍이 휴서를 썼던 일을 보고했다.

화란의 두 눈이 밝게 빛났다.

"정말이냐?!"

취선이 힘껏 고개를 끄덕이더니, 입을 가리고 슬쩍 웃었다.

"이번에 마님께서 크게 체면을 잃으셨지요. 앞으로 아씨 앞에서 어떻게 위세를 떠실지 두고볼 일입니다!"

화란이 웃음을 머금은 얼굴로 자리에 눕더니 눈을 감은 채로 느긋하게 말했다.

"그럼 한동안 잠잠해지겠구나. 과연 할머님 말씀이 옳았어. 여인은 모름지기 머리를 써야 해. 남을 함부로 괴롭혀도 안 되지만 내키는 대로 성질을 부리거나 고집을 피워서도 안 돼."

취선이 화란의 말을 들으며 웃었다. 취선은 화란의 다리를 가볍게 두드리다가 그녀의 피곤한 얼굴을 보더니 소매로 눈가를 훔치며 낮은 목소리로 말했다.

"아씨, 정말 힘드시겠어요. 제가 성부에 갈 때마다 방씨 어멈이 저를 잡아끌고 아씨께서 잘 지내시는지 한참을 묻는답니다."

할머니를 떠올리자 이내 눈가가 촉촉해진 화란이 흐느끼는 목소리로 말했다.

"이게 다 내가 불효해서 할머님께 심려를 끼친 탓이지. 이번에는 명란이 일로 필시 내게 화가 나셨을 게야."

취선이 다급히 말했다.

"그럴 리가요?! 노마님께서 잠깐 화가 나셨을 수는 있지만, 나중에 명란 아가씨가 잘 지내는 모습을 보시면 금방 누그러지실 거예요. 저번에 마님 오셨을 때 말씀하셨잖아요. 고가를 보는 노마님의 눈이 훨씬 부드러워지셨다고요."

취선은 원래 수안당 출신으로, 화란이 출가할 때 방씨 어멈이 손수 뽑아 딸려 보낸 사람이었다. 이후 화란을 따라온 계집종들을 관리하는 관사와 혼인한 그녀는 현재 화란의 가장 친밀하고 믿음직한 조력자가 되었다.

화란이 눈물을 그치고 웃었다.

"그래! 고 장군도 성미가 참 급하지 뭐니. 사주단자를 교환하고 며칠 밖에 안 지났는데 우리 집안에 설 선물을 보냈지 뭐야. 상자마다 좋은 옷감이 가득 들어 있었어. 강남의 비단은 말할 것도 없고, 스라소니, 자고紫羔[6], 여우, 눈곰이니 하는 변경 밖에서 난 모피와 반 척은 되는 겨울 인삼까지……. 어머니께서 받다가 손이 다 저릴 지경이었지. 알고봤더니, 고 장군이 일찌감치 모아두었던 것이란 거야. 이제 정식으로 혼례를 올릴 일만 남았어!"

이 말을 하면서, 화란이 웃음을 참지 못하고 하하거리며 웃음을 터트

6) 검은 양.

렸다.

취선이 듣다가 부러운 마음에 입이 떡 벌어졌다.

"좋은 물건을 그렇게나 잔뜩 보내셨다고요? 노마님께서는 그런 재물이 눈에 차지 않는다고 하시더라도, 고가의 정중한 마음만은 알아주셔야겠네요."

화란이 고개를 끄덕이며 미소 지었다.

"그러게."

화란은 고개를 끄덕이다 문득 자신이 걸친 낡은 의복을 보고 일순 침울한 마음이 들었다.

취선은 슬쩍 화란의 눈치를 살피고 바로 그녀의 심경을 알아차렸다. 취선이 다급히 말을 보태며 경쾌하게 말했다.

"아씨, 마음에 두지 마세요. 명란 아가씨는 아직 출가하지 않았잖아요. 그리고 보면 고가도 깊은 속사정이 있으니, 명란 아가씨가 장차 얼마나 많은 공격에 응대하고 고생해야 할지도 모를 일입니다. 게다가 아씨께선 이제 고생 끝에 보람을 얻게 되셨잖아요. 노마님께서 말씀하시지 않으셨습니까. 일단 나리께서 어찌 나오시나 보자고요. 만약 나리께 양심이 없거든, 아씨께선 은전을 감추어 두고 좀 더 자신을 돌보셔요. 만약 나리께 양심이 있고 아씨를 아끼는 마음이 있다면 아씨께선 전심전력으로 나리를 위하시면 됩니다. 뭐든지 아까워하지 마시고요!"

정신이 번쩍 든 화란은 기쁜 기색을 감추지 않고, 취선의 손을 잡아끌고 따뜻한 목소리로 말했다.

"할머님께서 너를 보내주셔서 지난 세월 동안 의지할 수 있었다. 그래, 어쨌든 나도 혼수를 전부 내놓지는 않았으니까! 이제 실이 아버지도 옳고 그른 것을 가리게 되었으니 이제 시어머니께 은자를 더 내어드리지 않을 거야. 그저 그분이 나와 한마음이기만 하다면 은자를 얼마큼 써도 아깝지 않을 거야. 앞으로 지방관을 몇 번 지내고나면 더 잘 지낼 수 있을 테지."

취선이 이 말을 듣고 장단을 맞추며 웃었다.

"나리께서 얼마 전에 오성병마사 지휘사로 승진하시지 않았습니까? 아씨는 참으로 포부도 크십니다. 자기 밥그릇을 비우자마자 솥 안에 있는 밥을 탐내십니까?"

화란이 취선의 이마를 손가락으로 짚더니 삐죽거리며 웃었다.

"네 이년, 주인을 놀리는구나!"

취선에게 눈을 부라린 뒤, 화란이 살짝 근심하는 기색으로 가볍게 탄식했다.

"말이 나와서 말인데…… 지금은 그저 할머님께 죄송하기만 하구나. 허나……."

화란의 눈가에 물기가 어렸다. 화란이 낮은 목소리로 말했다.

"남의 며느리 노릇이 어찌 이리 어려울꼬! 하물며 이런 시어머니를 만나 더 그렇지. 나도 일부러 명란이를 해치려고 수를 쓴 게 아니야. 고 도독 같은 신분과 풍모면 성가의 여식에게 모욕은 아니잖아. 적녀인 여란이도 미련을 갖지 않았고. 아, 그저 명란이가 잘 지내길 바라야지. 안 그러면 내가 무슨 낯으로 할머님을 뵙겠어."

제100화

섣달 그믐날 밤에
깊은 사색에 잠기다

숭덕 2년의 춘절은 명란이 이 세계로 넘어온 뒤 보낸 설날 중 가장 적적한 설날이었다. 크게 연회를 벌이지도 않았고, 폭죽을 몇 개 터트리지도 않았고, 심지어는 새 옷도 몇 벌 지어 입지 않았다. 그러나 이런 적적한 분위기가 성굉의 열렬한 심경을 가리지는 못했다. 섣달 그믐날 밤, 성가의 몇몇 가족들은 집 안에 틀어박혀 함께 저녁을 먹고 밤을 보냈다.

성굉은 시와 학문을 대대로 전할 것을 표방했으니, 당연히 시권猜拳[1]이나 골패 노름같이 교양 없는 여흥은 허용하지 않았다. 늘 그랬듯이 이번에도 장백이 앞장을 섰다. 장백이 무표정한 얼굴로 자리에서 일어나 낭랑한 목소리로 시를 낭송했다.

"내년이라고 어찌 새해가 없을까마는, 헛된 세월 보낼까 두렵구나. 오

---

1) 두 명이 각자 숫자를 말하며 손가락을 내밀고, 내민 손가락이 그 둘이 말한 숫자의 총합과 같을 때 이겼다고 간주하고 진 쪽에게 벌주를 마시게 하는 놀이.

늘 밤을 소중히 여겨야 하리, 소년은 세월을 헛되이 보내지 않으리라!²⁾"

소동파의 〈수세守歲〉는 대단히 적극적이고 진취적이며, 아주 고무적인 시다.

한차례 시 낭송이 끝나자 분위기가 썰렁해졌다. 오직 입을 헤 벌리고 쌀알 같은 젖니를 드러낸 뽀얗고 통통한 전이만이 부친의 체면을 살려주었다. 전이가 깔깔 웃으며 손발을 신나게 버둥거렸다. 성굉은 눈가 근육을 실룩였고, 명란은 입술을 삐죽거렸고, 여란은 자신의 걱정거리에 잠겨 있었고, 장풍은 고개를 숙인 채 술잔을 들고 있었고, 왕 씨는 졸린 눈을 부릅뜨고 연신 노대부인에게 음식을 권하고 있었다. 그야말로 하늘을 향해 큰 소리로 외칠 수 있을 정도였다. 왕 씨마저 이 시를 전부 암송할 수 있을 정도가 되었다고!

장백은 참으로 괴짜였다. 매년 섣달 그믐밤마다 비바람이 치건 말건 아랑곳없이 이 시를 낭송했다. 똑같은 내용에 똑같은 어조, 똑같은 레퍼토리, 심지어는 무표정한 얼굴까지 변함이 없었다.

첫해만 해도, 신혼이었던 해 씨는 그래도 살뜰한 마음이 담긴 눈빛을 하고 홍조 띤 얼굴로 자신의 낭군을 바라보았다. 수줍은 듯한 기색으로 그가 낭송하는 시에 귀를 기울였으나, 두 해가 지난 지금은 심드렁한 표정으로 창밖을 바라보고 있었다. 섣달 그믐밤의 달이 참으로 환하고 크구나.

이어서 장풍이 격정적으로 맹교孟郊의 〈등과후登科後〉를 낭송했다. 장풍은 리드미컬한 어조로 '봄바람에 뜻을 얻어 바삐 말을 모니, 하루 만에

---

2) 소동파의 〈수세〉 중, 明年豈無年, 心事恐蹉跎努力盡今夕少年猶可誇.

온 장안의 꽃을 다 보았네!³⁾라는 마지막 구절을 마무리했다. 성굉이 수염을 쓰다듬으며 미소 띤 얼굴로 듣다가, 낭송을 다 듣고 난 뒤 굳은 얼굴로 한 차례 그를 훈계했다.

"……교만함과 성급함을 경계해야 하느니라. 언제든 허튼 생각을 해서는 아니 될 것이며, 우쭐함과 자만이야말로 공부하는 자의 가장 큰 금기니라!"

장풍은 우울한 표정으로 고개를 떨구었다. 본디 그는 세속적이고 호방한 귀공자였다. 그는 거인에 급제한 뒤부터 온종일 밖에 나가 놀 궁리뿐이었으나, 성굉에 의해 죽은 듯 성부에 틀어박혀 공부만 하게 되리라고는 예상도 못 했었다. 원래는 설을 틈타 잠깐 기분 전환을 할 작정이었으나, 성굉이 위아래를 막론하고 전 성부의 식솔들에게 자숙하고 또 자숙할 것을 요구하고 일괄적으로 외출 금지 명령을 내릴 줄 누가 알았겠는가.

명란은 성굉의 의중을 잘 알고 있었다. 마치 1억 위안 복권에 당첨된 사람이 가족들과 야반도주를 하는 것처럼, 바람이 거셀수록 더더욱 꼬리를 내리고 약한 척을 하는 것이다. 지금 역모 가담자에 대한 황제의 철저한 수사도 아직 끝난 게 아니니, 경성 안의 수많은 권문세족은 근심하며 불안에 벌벌 떨고 있었다. 이런 때 만약 어느 집에서 너무 행복한 티를 냈다간, 자칫 야밤에 누군가 가스통이라도 투척할지 모를 일이었다.

그래서 성굉은 현재 너무나 즐거운 상태임에도 불구하고 겉으로는 근심스러운 표정을 지어 보이며 이따금 연신 한숨을 쉬고 탄식해대고 있

---

3) 맹교의 〈등과후〉 중, 春風得意馬蹄疾, 一日看盡長安花.

는 것이다. 그럼으로써 자기 집의 구구절절한 경사는 언급할 가치가 없으며, 그보다는 전국의 인민이 행복해야 비로소 정말 행복한 것이라 표명하는 것이다.

명란은 내심 우스운 마음이 들었으나, 얼른 고개를 숙이고 숙연한 표정을 가장했다.

여의문으로 장식된 윤기 나는 홍목 원탁 위에 김이 모락모락 나는 열 몇 가지 설음식이 차려졌다. 쟁반 아랫부분은 뜨거운 물에 잠겨 식지 않게 보온이 되고 있었다. 오복임문五福臨門[4], 삼양개태三陽開泰[5], 년년단원年年團圓[6]…… 그밖에도 몇 가지 닭, 오리, 생선, 고기로 만든 탕 종류가 있었다. 보기만 해도 너무 거창한 의미가 담겨 있어, 명란은 거의 젓가락질을 못 하고 있었다. 명란은 짙푸른 접시 쪽으로 젓가락을 뻗었다. 생선과 양고기로 속을 채워 빚은 교자를 몇 점 집어 입속으로 옮겼다. 천천히 맛을 보니, 온 입안이 신선함으로 가득 찼다.

성굉이 장풍을 훈계하고 나자, 노대부인은 피곤해서 먼저 들어가 쉬겠다고 말했다. 명란이 간절한 눈빛으로 노대부인을 바라보았으나 노대부인을 따라 자리를 뜨기는 곤란했다. 이 날은 그녀가 친정에서 마지막으로 보내는 섣달그믐이다. 노대부인이 그녀더러 얌전히 성굉 및 왕 씨와 섣달 그믐밤을 지새우고 효도를 다하라고 분부했기 때문이다.

왕 씨는 시어머니가 가는 것을 보자마자 기쁜 기색으로 젓가락을 놓고, 미소 띤 얼굴로 해 씨를 돌아보았다. 이제 드디어 그녀가 며느리에게

---

4) 배추, 돼지고기, 해삼 등 다섯 가지 재료에 소금과 후추 양념을 하고 쪄서 만든 설 요리.
5) 돼지고기, 닭고기, 오징어, 표고, 죽순 등에 굴소스 양념을 하고 뭉근히 끓여 만든 설 요리.
6) 큰 고기경단을 빚어 튀기고 양념한 설 요리.

큰소리를 칠 순서가 돌아온 것이다. 그런데 그녀가 입을 열기도 전에, 해 씨가 또 갑자기 입덧이 올라와 입을 막고 바깥으로 나가 미친 듯이 구토할 줄 누가 알았겠는가. 사람을 불러 부축을 받으며 자리에 돌아온 해 씨의 얼굴은 창백했고 입술은 하얗게 핏기가 가셔 있었다.

성굉이 손을 저으며 며느리에게 돌아가 쉬라고 분부했다. 장백도 손짓하며 아내에게 아이를 데리고 돌아가라고 일렀다. 부자가 손을 내젓자, 왕 씨는 말 한마디 할 겨를도 없이 옆자리가 비게 되었다. 왕 씨는 멍하니 눈을 크게 뜬 채 아무 말도 못 하고, 그저 여란과 명란을 바라볼 따름이었다.

바깥에서는 함박눈이 소복이 내리고 있었다. 비록 실내의 지룡과 화로에 불을 때긴 했지만, 여전히 한기가 가시지는 않았다. 방 안 사람들 중 오직 왕 씨만이 혈색 좋은 얼굴에 광채를 뿜고 있었다. 명란은 그녀를 바라보며 속으로 마음을 안정시키는 약 두 병만 있다면 얼마나 좋을까 하고 탄식했다.

왕 씨는 태산 같은 근심에 한 잔 한 잔 손수 술을 따라 연거푸 마셨고 연신 명란을 힐끔댔다. 그녀는 자신이 악독한 적모는 아니라 여겼고, 서자와 서녀들을 대단히 걱정해주는 사람이라 여겼다. 명란이 아직 태어나기 전부터 그녀는 계획을 세워두었었다.

당시 그녀의 생각은 이랬다. 만약 위 이랑이 아들을 낳는다면 위 이랑을 괴롭혀야만 했다. 만약 딸을 낳는다면 계속 그녀의 편을 들 작정이었다. 결국, 하늘이 소원을 들어준 모양인지, 어여쁜 딸이 응애응애 울며 뚝 떨어졌다. 임 이랑과 위 이랑의 싸움은 계속되었고, 왕 씨는 굳건한 지위를 지킬 수 있었다.

이후 이 작은 여자아이는 갈수록 미모를 드러냈다. 단정한 모습을 보니 장차 보기 드문 미인이 되리란 것은 의심할 여지가 없었다. 이에 왕 씨는 장차 성가에게 대단히 유리한 혼사를 맺을 수 있거나 납채 예물을 한몫 챙길 수 있겠단 생각이 들었다.

그러고서 또 시간이 지나 위 이랑이 세상을 떠났다. 명란은 자신의 처소에서 얼마 있지도 못했는데 바로 수안당으로 보내졌다. 명란은 날이 갈수록 난초나 옥으로 만든 나무처럼 예뻐졌고, 성격도 사랑스러워 사람들의 호감을 사게 되었다. 한편으로는 성공적으로 성굉의 묵란에 대한 총애를 분산케 했으나, 또 한편으로는 자신의 딸인 여란과 갈수록 대비되면서 왕 씨를 남부끄럽게 했다.

구석에 앉아 있던 명란은 왕 씨가 불편한 기색을 하고 있는 것을 보며 최근 그녀가 혼수를 준비하느라 갑갑하고 울적한 기분임을 눈치챘다. 이에 슬쩍 고개를 틀어 여란을 바라보았다. 여란은 고개를 숙이고 얼굴을 비스듬히 돌리고 있었다. 분홍빛 홍조를 띤 얼굴을 하고 기쁜지 아닌지 알 수 없는 미묘한 감정이 담긴 눈을 하고 창밖을 바라보고 있었다. 명란은 속으로 소리를 질렀다. 머리를 굴리지 않아도 곧장 그녀가 또 그 소중한 경 오라버니를 생각하고 있음을 알 수 있었기 때문이다!

그 사건 뒤, 성굉 부부는 이 거저 장가드는 것이나 다름없는 사위를 대단히 미워하게 되었다. 그러나 문염경은 노력을 게을리하지 않았다. 장백에게 언어맞은 상처가 낫자마자 직접 성굉 부부를 찾아가 머리를 바닥에 찧고 절하며 사죄했다. 처음에 왕 씨는 화를 내며 그를 꿇어앉게 한 뒤 상대도 하지 않았고, 성굉도 애매하게 몇 마디 의례적인 말만 한 뒤 책을 읽겠다며 방으로 들어가버렸다.

여란은 이 소식을 듣고 미친 사람처럼 달려오더니, 문염경을 보자마자 콸콸 솟는 샘처럼 눈물을 쏟았다. 불운한 원앙 한 쌍이 꿇어앉아 서로 마주 보며 눈물을 흘렸다. 자칫 엉엉 소리 내며 피눈물이라도 쏟을 기세였다. 이 광경을 차마 보다 못한 왕 씨가 결국 억지로 성굉을 데리고 나왔다.

중간의 세세한 과정은 명란도 확실치 않았다. 그저 대강 알고 있는 것이라곤, 문염경이 장래의 장인과 장모 앞에서 자신의 여란에 대한 애정이 쇠보다 단단하고 바다보다 깊으며, 공주 열두 명을 데려와도 절대 돌아보지 않으리라며 힘차게 진술했다는 사실이다!

문염경의 이 말을 들은 왕 씨는 그 자리에서 뜨거운 눈물을 흘렸다고 한다. 왕 씨는 곧바로 노대부인의 일관된 주장에 공명하게 되었다. 귀한 보물을 얻기란 쉬워도 진심을 지닌 자를 얻기란 어려운 법이다. 심지어 조정에서 닳고 닳은 성굉도 눈시울이 촉촉해졌다. 성굉이 문염경의 양손을 꽉 붙들고, 학업 진전과 행복한 혼인에 대한 축복과 격려가 담긴 덕담을 했다. 이상의 장면은 유씨 어멈에 의해 함구령에 처해졌으나, 희견이 명령을 어기고 명란에게 단독 보고한 것이다.

명란은 이 보고를 듣고 어안이 벙벙했다. 그녀가 이해한 바에 따르면 왕 씨는 정말 감동을 받은 모양이었다. 여자는 천성적으로 남자보다 낭만적이다. 아무리 거친 여자라 할지라도 결국은 여자인 것이다. 그런데 성굉이라……. 어쨌든 이 사위는 반품할 수도 없는 노릇이고, 화도 낼 만큼 냈으니 관계를 서먹하게 해 봤자 무슨 쓸모가 있겠는가? 적당한 핑곗거리를 찾아 모두 함께 빠져나오면 될 일이다.

그 뒤, 여란은 그 전까지의 침울함에서 벗어나 온종일 희희낙락한 얼굴로 입가에는 미소를 띠게 되었다. 한 땀 한 땀 손수건 위에 경 오라버니가 적어 준 시구를 수놓았다. '달빛이 버드나무 가지 드리워진 연못가에 어리네, 기러기는 구름 속을 날고 물고기는 물속을 노니네, 서글픈 이 마음 전하기 어려워라.' 명란은 오싹하게 닭살이 돋았으나, 여란은 대단히 편안한 기색으로 만면에 쑥스러운 듯한 표정을 띠며 세심히 자수를 놓았다.

그 광경에 명란은 일순 할 말을 잃었다.

사랑이란 무엇인가? 안나 카레니나가 남편과 아이를 버리고 불법적인 동거 생활 끝에 철로에 누워 자살하는 것인가, 왕보천王寶釧[7]이 아가씨란 지위를 버리고 18년간 한요寒窯[8]에 웅크리고 지내는 것인가? 명란은 갑자기 엉뚱한 생각이 들었다. 설마 그녀가 고정엽에게 가서 물어야 한단 말인가, 만약 그녀가 점프를 한다면 당신도 점프를 하겠냐고?

허튼 장난질은 그만두자! 명란은 자신의 헛된 망상이 참 우습다는 생각이 들었다.

---

7) 당나라 승상 왕윤의 딸로 거지 설평귀와 사랑의 도피를 떠남.
8) 서안 남쪽 교외의 대안탑 부근.

제101화
혼수 준비

자숙하며 정월 대보름을 보낸 왕 씨가 짐을 꾸려 북쪽의 봉천을 향해 떠났다. 성부의 집안일 일체는 모두 해 씨가 관장하게 되었다. 해 씨가 이전부터 맡아 본 일이 많았기에 업무 인수인계는 의외로 순조로웠다. 한두 명 조심성 없는 어멈들이 잘난 척을 하려 들면, 해 씨가 시의적절하게 입덧을 하며 자주 왕 씨를 도와 집안일을 처리하던 여란을 청해 도와달라 했다.

경 오라버니의 위대한 인격에 저도 모르게 감화를 받은 것인지 아니면 여란이 정말로 성장한 것인지 그도 아니면 저번에 성굉과 왕 씨에게 호되게 혼난 덕분인지는 알 수 없었으나 여란은 배출구를 찾지 못하고 안에 쌓아두었던 화기를 전부 방출해 어멈들을 호되게 꾸짖었다.

"이 조심성 없는 것 같으니! 네가 감히 큰올케의 말에 반박을 해?! 어머니께서 계실 때도 네가 이렇게 말대꾸를 했더냐? 편히 지내는 게 질려서 다른 집으로 옮기고 싶은가보지?!"

"너는 왕씨 집안에서 데려온 사람이다. 내 외가댁의 은전 장부는 아주 명확하지. 한데 오늘 네가 내민 금액을 보거라. 이렇게 해서 왕씨 집안의 체면을 세울 수 있겠느냐?!"

"무슨 헛소리야? 시킨 일부터 제대로 해! 뼈마디가 근질거리는 모양인데 아주 호되게 맞아야 정신을 차리지!"

여란이 호되게 혼을 내고 나면 해 씨의 입덧이 멎었다. 여란도 편안한 마음으로 혼수에 수를 놓기 위해 자리를 떴다. 명란은 한참을 멍하니 있다가 참지 못하고 말했다.

"여란 언니, 언니도 곧 출가할 텐데 좀 더 너그럽게 대해줘……. 안 그러면……."

명란은 그다음에 어떻게 말을 해야 할지 알 수 없었다. 여란이 가뿐하게 말을 이어받았다.

"안 그러면 그네들이 바깥에서 내 험담을 지껄일 거라고?"

명란이 그녀를 응시했다. 이미 다 알고 있으면서 왜……?

여란은 살뜰한 눈빛으로 수틀 위의 반쯤 수놓다 만 '푸른 물 위에서 연잎을 희롱하는 원앙'을 뚫어져라 바라보더니 고개도 들지 않고 느닷없이 물었다.

"저번에 나랑 같이 문가 마님을 뵀잖아. 네 보기엔 어떻든?"

명란이 여란의 눈빛을 피하더니 말을 더듬었다.

"어…… 입담도 좋으신 것 같고, 시원시원하시고, 또…… 솔직하신 것 같고……."

실은 너무 시끄럽고, 너무 사납고, 너무 거칠고, 목소리도 너무 컸다. 그러나 여란을 앞에 두고 그녀의 미래의 시어머니 흉을 볼 수는 없는 것이다.

여란이 고개를 들고 명란을 흘겨보더니 말했다.

"방심할 수 없는 시어머니지!"

명란은 입을 닫았지만, 여란은 계속 말을 이었다.

"나는 멍청이가 아니야. 나를 진심으로 아껴주는 건지 그런 척하는 건지 똑똑히 알고 있다고. 어릴 때 유양 본가에 갈 때마다 그 손가의 그 못된 할망구가 숙란 언니한테 어떻게 했고, 그 염치없는 수재 손가놈이 어땠는지 봤어. 네가 전에 해 줬던 충고도 다 알아들었고. 나도 경 오라버니가 나를 정말 아끼는지 생각해본 적 있어."

명란은 숙연한 표정의 여란을 바라보며 조용히 듣고 있었다. 여란이 목소리를 낮추며 말했다.

"내가 경 오라버니가 마음에 든 건, 그분이 자기 집안일을 한 번도 숨기지 않기 때문이야. 그분 어머니의 편애, 발전 없는 형제 그리고 또다시 연기된 혼사, 전부 내게 일러주었지. 그분도 내게 그랬어. 그 집안에서 큰며느리 노릇하기가 녹록지 않을 거라고."

"언니는 그런데도……."

명란이 조용히 말했다.

여란이 명란의 말을 가로막더니 단언했다.

"내가 경 오라버니에게 말했어. 시어머니에게 효도하고, 동생들에게도 잘하겠지만 단 한 가지 조건이 있다고. 반드시 그분이 나와 한마음이어야만 한다는 걸 말이야. 그렇기만 하다면 나는 아무것도 두렵지 않다고 했어!"

명란은 일순 가슴이 두근거렸다. 여란의 이 말이 대단히 익숙하게 들렸기 때문이다. 이전에 화란도 비슷한 말을 한 적이 있었다. 명란은 서서히 할 말을 잃었다. 당시 왕 씨와 성굉의 갈등과 왕 씨가 임 이랑에게 패배했던 과거가 과연 화란과 여란 두 여자아이의 마음속에 깊은 상처를 남겼던 것이다.

여란이 갑자기 경쾌하게 웃기 시작했다.

"경 오라버니는 나와 약조했어. 만약 누가 날 괴롭히거든, 그분은 절대 그쪽 편을 들지는 않겠다고. 그래봤자 피하면 그만인걸! 그래서 내가 이런 생각을 하게 됐지. 이번에 담력과 목청을 키우는 연습을 해두자고. 그때 가서 지지 않게 말이야!"

명란은 웃을 수도 울 수도 없는 심경으로 머리를 가로저을 뿐이었다. 돼지인 척을 해서 호랑이를 잡아먹는 작전이겠지만, 누가 돼지이고 누가 호랑이가 될지는 아직 모르는 것이다.

"언니는 잘 지낼 수 있을 거야."

명란이 진심을 담아 말했다.

여란이 명란을 흘기더니 코웃음 치며 말했다.

"당연하지! 다들 높은 집안에 시집가고, 나만 낮은 집안에 시집가게 되었는데 무조건 잘 지내야지. 너희들에게 비웃음당하진 않을 거야!"

명란은 하늘을 올려다보며 침묵에 잠겼다. 그래 이게 바로 성가의 다섯째 아가씨. 매번 그녀가 여란에 대해 조금 긍정적인 감정, 이를테면 호감, 탄복, 동정 등을 품게 되어도 늘 5분도 안 되어 바로 부정적인 감정으로 전환하게 되어버리는 것이다.

• • •

하루하루 날짜가 지나갔다. 여란은 자신의 손수건에 정성껏 자수를 놓기만 하면 됐다. 그녀의 혼수는 왕 씨가 진즉에 준비를 다 해놓았다. 그러나 명란의 혼수는 한참 멀었다. 노대부인은 원래 여란의 혼사를 치르고 반년 있다가 명란의 혼사를 치를 생각이었다. 그런데 이렇게 변고가 생겼으니 그저 서두를 수밖에 없었다.

며칠 전 유양에서 기별이 왔다. 작년 섣달 초에 품란과 태생이 혼례를 올렸고, 경성에서 보내 준 축하 선물은 잘 받았으며 모든 것이 다 평안하다는 소식이었다. 노대부인은 설을 쉬러 돌아온 윤아에게 품란의 혼수에 관해 세세히 물었다. 그러고는 마음을 다잡고 명란의 혼수 준비 전투에 몰두하기 시작했다.

고대의 벼슬 있고 부유한 집안의 규수에게 혼수란 대단히 중요한 항목이었다. 몇몇 호사스러운 생활을 하는 우아한 가문에서는 소중한 적녀가 옹알이를 시작할 때부터 어른들이 혼수를 하나하나 모았다.

설령 똑같은 분량의 혼수라 할지라도 복잡하게 하느냐 간소하게 하느냐의 두 가지 상황이 있다. 복잡하게 할 경우, 혼수로 딸려 보내는 계집종, 어멈, 관사와 부동산을 제외하더라도 크게는 침상, 탁자, 장롱, 상자 등의 가구에서 작게는 사계절 의복, 심지어는 금테를 두른 홍목 요강과 세숫대야까지, 또 조금 과장을 덧붙인다면 수의마저 전부 준비해야만 하는 것이다. 노대부인과 해 씨의 경우가 그러했다. 그녀들은 머리끝에서 발끝까지 지극히 엄격한 법도에 따라 혼수를 준비했었다.

그러나 어쨌든 이런 경우는 극소수였다. 수많은 벼슬아치 집안들은 여러 곳에서 임기를 보내야 하는데 어디 천천히 혼수를 모아둘 시간이 있었겠는가? 또 어떤 집안은 나중에야 형편이 폈으니 처음부터 제대로 혼수를 갖출 새가 없었다. 이에 가장 유효한 방책을 생각하게 되었다.

바로 은자였다!

노대부인은 곰곰이 생각해 보았다. 장백에게 주어 대대로 성가 자손에게 물려줘야 할 당시 금릉 친정에서 챙겨온 골동품 도자기 세 발 솥을 제외하면 나머지는 명란에게 못 줄 것도 없었다. 그녀는 궤짝을 뒤져 전답과 가게들의 토지 문서를 꺼내 명란에게 하나하나 설명해주었다.

"……이 전답은 경성 교외의 백통하白通河에 있는 것이니라. 얼추 오육백 무畝[1]쯤 되는 기름진 밭이지. 최씨 어멈의 영감이 관리하고 있다. 그 두 사람은 믿음직한 일꾼들이니 시집갈 때 데리고 가거라. 그리고 전답 옆에는 작은 산이 하나 있는데 비록 크지는 않아도 풍수가 아주 좋은 곳이니라. 두어 해 전에 같이 사놓고 최씨 어멈의 아들들에게 과일나무를 심어두게 했다."

노대부인이 한꺼번에 이렇게 많은 말을 쏟아내는 건 드문 일이었다. 그녀는 하나하나 알려주면서 질문을 했다.

"멍하니 있지 말거라……. 너는 이 할미가 일러 준 전답 관리법을 기억하고 있느냐?"

명란이 즉각 반응하며 청산유수처럼 대답했다.

"네! 사람을 쓸 때는 신용을 중시해야 하고, 시시때때로 점검해야 합니다. 아무리 성실한 하인이라고 해도 만약 제대로 관리 감독하지 않는다면, 오랫동안 일한 사람이라도 딴마음을 품게 될 것입니다. 허나 그렇다고 과하게 의심해선 안 되지요. 아랫사람들의 마음을 상하게 할 테니까요."

노대부인이 흡족하게 고개를 끄덕이다가 또 한숨을 쉬었다.

"그 전답에서 멀지 않은 곳에 죄지은 관리가 헐값에 내놓은 비옥한 너른 밭이 하나 있었다. 족히 천 무는 되었는데, 황상의 전답과 너무 가까워 적당치 않단 생각에 사지 않았지. 네가 이렇게 시집갈 줄 알았더라면

---

1) 논밭의 면적 단위. 1무는 약 666m².

내가 바로…… 아!"

"아니에요. 충분해요, 충분해요!"

명란이 다급히 말했다. 묵란은 논 이백 무와 거친 밭 하나만 받았고, 화란이 가져간 전답도 칠백 무에 불과했다. 물론 왕 씨가 그녀에게 다른 것을 더 챙겨주긴 했지만 말이다.

"충분하긴 뭐가 충분하다는 게냐?!"

노대부인이 눈을 부릅떴다. 명란이 얼른 고개를 움츠렸다. 세상 물정 모르는 명란의 모습을 탐탁지 않게 생각하며 노대부인이 혼잣말을 계속했다.

"또 금릉과 친정 쪽에 점포가 몇 개 더 있는데 네 큰당숙이 관리하고 있다. 그리고 몇몇 거래에서 받아야 할 몫도 있고……."

"할머님!"

명란이 결국 소리쳤다. 전답과 산만 합해도 칠팔천 냥은 될 것이다. 명란이 참지 못하고 말참견을 했다.

"이만한 은자면 공부公府[2]에 시집가는 규수라 하더라도 충분할 거예요. 제가 어디 이렇게 많이 필요하겠어요. 그리고 할머님께서도 좀 남겨 두셔야요. 속담에서도 천 명 만 명 자식들보다 제 몸에 지닌 은자가 더 낫다고 하지 않습니까…… 아얏!"

이마에 꿀밤을 맞은 명란이 머리를 감싼 채 침상 위의 이불 속으로 파고들었다. 노대부인이 큰소리로 야단쳤다.

"이 못난 것! 너는 네가 그 큰 집에서 잘 지낼 수 있을 것 같으냐? 크게

---

2) 왕아나 가장 품계가 높은 정승의 집안.

는 동서와 시어머니, 시누이가 있고, 작게는 관사 어멈과 계집종들이 있는데 어디 하나 쉬운 사람이 있어? 시집가서 네가 은자를 쓸 데가 있을 게다."

명란은 조모의 의중을 알고 있었으나 고개를 저으며 말했다.

"제가 무슨 신분인지 남들은 다 알잖아요. 눈 뜨고 코 베일 일은 없을 거예요. 그때가 되면 될 대로 되겠지요, 세심히 방도를 생각하며 지내면 될 것입니다. 오히려 할머님이 걱정이에요. 연세도 많으시니 은자를 좀 더 지니시는 게 좋아요."

이 시대로 오고 나서 다른 건 몰라도 바보인 척 시치미 떼기가 명란이 익힌 가장 정교한 기예가 되었다.

노대부인은 내심 감동했으나, 여전히 훈계는 거두지 않았다.

"내가 쓸 은자는 남겨두었으니 네가 공연히 걱정할 필요는 없느니라! 네가 우리보다 더 높은 집안에 시집가게 되어 혼수를 더 준비하게 된 것이잖느냐."

명란은 원부袁府에서 화란이 지내는 광경을 떠올렸다. 그녀가 돈이 없던가? 또 거기서 잘 지내고 있었던가? 은전으로 존중과 사랑을 살 수는 없는 것이다. 명란이 노대부인의 눈을 마주 보며 정색하고 말했다.

"할머님, 제 말 한마디만 들어주세요. 만약 제가 복이 있다면 저절로 근심 없이 지내게 될 거예요. 만약 제가 박복하다면 아무리 혼수를 많이 갖고 가도 남 좋은 일만 하게 되겠지요. 차라리 할머님 쓰실 몫을 더 남겨 두세요. 할머님 몸도 안 좋으신데, 만약…… 제대로 돌보는 이도 없거나 아랫사람이 싹싹하지 않다면 할머님 수중의 은전으로 못할 게 뭐가 있겠어요?"

하나 같이 심장을 찌르는 듯한 말이었다. 심지어 다소 불효하고 거역하는 듯한 의사마저 안에 담겨 있었다. 이런 때가 아니라면 명란은 절대로 감히 이런 말을 할 수 없었을 것이다. 노대부인이 어찌 이를 모르겠는가? 눈가가 시큰해진 노대부인이 낮은 목소리로 말했다.

"걱정 말거라. 저들이 나를 대하면서 감히 게으름을 부리진 못할 게다! ……그리고 네 큰올케는 예법을 아는 아이다. 아주 효심이 깊어. 나는 그저 아둔한 네가 걱정이다……."

명란은 결국 눈가가 촉촉해졌으나 애써 즐거운 표정을 지어 보이며 웃었다.

"소도가 하는 말이 그 아이 고향 마을에는 이런 속담이 있대요. '먹고 살기 위해 시집가는 것이다.' 어쨌든 저는 높은 집안에 시집가는 것이니 못 먹고 살진 않겠지요."

노대부인이 이 말을 듣고 그만 웃음을 터트렸다. 그랬다가 바로 정색하고 엄중히 일렀다.

"그래! 그자가 온갖 꾀를 부려 너를 얻었으니 널 굶기지는 않을 게다."

조모와 손녀가 한참 동안 이야기를 나눈 끝에 부동산은 전답과 산만 가져가기로 결정했다. 시집갈 때 은자를 좀 더 보태고, 노대부인이 큰 상자 몇 개에 몇 년간 모아둔 귀한 옷감들도 더 보태기로 했다.

어차피 혼수는 생명이 없는 물건이니 한번 결정했으면 그걸로 끝이었다. 신부와 함께 보내는 사람들이 진짜 골칫거리였다.

당시 화란이 시집갈 때 왕 씨는 위유헌의 계집종 한 무리와 어멈들 외에 채잠을 주었다. 노대부인도 아끼는 큰손녀에게 취선을 보냈다. 십 년 가까운 세월이 지나 채잠은 이랑으로 승급되어 서장자를 낳아 현재 화란의 시기를 피할 수 없게 되었다. 취선은 원부에서 가장 유능한 관사에게 시집갔고, 화란의 신뢰를 가장 많이 받는 유력한 조수가 되었다.

묵란은 예외였다. 왕 씨와 노대부인 어느 누구도 그녀에게 사람을 보내주지 않았다. 그저 산월거에 있던 사람들을 데리고 갈 수밖에 없었다.

남은 여란과 명란을 위해, 왕 씨는 화란 때의 선례를 따랐다. 여란에게는 채패를 주었고, 명란에게는 채환을 주었다. 노대부인은 가장 노련하고 진중한 취병을 여란에게 보냈다. 명란에 대해 말하면 사실 소도와 단귤은 기본적으로는 수안당 출신이었고, 초록 사인방도 방씨 어멈이 손수 가르친 계집종들이었다. 거기에 취수까지 있었으니 노대부인이 더 시종을 보낼 필요는 없었다.

채환은 복사꽃 같은 얼굴에 살구 같은 눈망울을 지닌 미인이었다. 노대부인이 그녀를 보자마자 벌컥 화를 내며 노여운 목소리로 말했다.

"네 어머니는 대체 무슨 심사인 게야?"

명란이 얼른 노대부인을 위로하며 말했다.

"용모만 보면 약미보다 못한걸요. 게다가 물고기도 숨고, 나는 기러기도 떨어지며, 달도 몸을 감추고, 꽃도 부끄러워한다는 제가 있잖아요!"

노대부인은 비틀대다 하마터면 구들 침상에서 굴러떨어질 뻔했다.

모창재로 돌아온 명란은 속으로 계속 이 일을 곱씹다가 단귤에게 물었다.

"시집갈 때 데려갈 아이들을 할머님과 함께 골랐는데 네가 가서 그 아이들에게 물어봐. 부모를 떠나지 못하겠다거나 혹은 혼인하려는 아이들이 있는지 말이야. 지금을 놓치면 다신 기회가 없을 거야."

곁에 있던 소도가 그 말을 듣고 바삐 끼어들었다.

"저와 단귤 언니는 당연히 아가씨를 따라갈 거예요."

"쓸데없는 소리!"

명란이 그녀를 흘겨보았다.

"너는 조용히 해. 단귤한테 말한 거니까."

그런데 단귤이 난처한 얼굴을 하더니 손가락을 비비 꼴 줄 누가 알았겠는가. 명란이 대단히 의아해하며 물었다.

"나랑 가고 싶지 않은 거야? 솔직하게 말해도 괜찮아."

단귤이 깜짝 놀라더니 연신 손사래를 치며 말했다.

"아니에요, 아니에요! 제가 어찌 아가씨를 떠날 수 있겠어요. 실은 그게…… 연초와 약미 때문이에요."

명란이 미간을 찌푸리며 조용히 말했다.

"말해봐. 근래 적지 않은 사람들이 널 찾아왔을 텐데."

고정엽과의 혼사가 결정된 뒤 명란의 몸값은 수직 상승했다. 수많은 계집종들, 어멈들, 관사들이 그녀를 따라가고 싶어했다. 이에 알음알음 연줄로 부탁을 전하곤 했다. 소도는 솔직하고 아둔하기로 유명한 계집종이니 그녀에게 부탁했다간 거꾸로 일을 망칠지도 모를 일이었다. 녹지는 신랄하고 가차 없으니 그녀에게는 비아냥을 듣지 않는 것만으로도 다행이었다. 그러니 온유하고 인정 많은 단귤이 가장 좋은 돌파구가 된 것이다.

단귤이 난처한 얼굴로 더듬더듬 말했다.

"약미…… 그 아이는 밖에서 사 온 아이이고 장풍 도련님과의 일도 있으니 아가씨밖에 의지할 데가 없습니다."

명란은 머뭇거리며 말이 없었다. 약미는 방씨 어멈이 가장 먼저 제거하려고 벼르고 있는 이들 중 하나였다. 방씨 어멈에 따르면 그녀는 생긴 게 너무 곱고, 글도 좀 알며, 자존심이 강하고 지기 싫어하는 성미라서 분명 크게 사고를 칠 테니 좋지 않다는 것이다.

"그럼 연초는? 그 아이의 어미가 혼처를 정해두었다고 하지 않았어?"

단귤의 안색이 더욱 나빠졌다. 단귤이 낮은 목소리로 말했다.

"……아가씨를 떠나기 싫어요. 아가씨를 몇 년 더 모시고 싶답니다."

이번에는 명란의 안색마저 나빠졌다.

소도가 침상에 이부자리를 펴고, 청화전지향로를 들고 와 난각 안에서 연기를 피우다 그 이야기를 듣고는 고개를 돌리며 참견했다.

"며칠 전에 연초 언니네 아주머니가 와서 둘이 방에서 한참 이야기하더니 그 이야기였구나."

예기치도 않게 누설을 당하게 된 단귤이 일순 난감한 표정을 지었다.

명란이 한 차례 그녀를 바라보았다. 단귤은 고개를 들고 꼿꼿이 서 있었다. 명란이 담담하게 말했다.

"너는 항상 마음이 너무 여려."

명란의 시선에 단귤이 몹시 당황했다. 더 숨길 수 없다는 생각에 단귤이 우물거리며 말했다.

"모두 함께 자란 사이인걸요. 연초 말이 우리가 가면 복을 누릴 텐데 자매들을 빼놓아서야 되겠냐고 하더라고요."

일순 마음이 무거워진 명란은 한참을 아무런 말도 없이 있다가 천천히 입을 열었다.

"약미는 데리고 가고, 연초는 남겨둘 거야."

단귤이 깜짝 놀랐다.

명란이 그녀를 힐끔 바라보더니 계속 말을 이었다.

"……내일부터 녹지한테 그 아이가 하던 일을 맡으라고 해. 연초에게는 시집갈 준비나 잘하라고 하고. 그간의 정이 있으니 그 아이의 혼수는 소홀히 할 수 없겠지."

알겠다고 답한 뒤 발을 걷고 나가려던 단귤이 못 참겠다는 듯 다시 돌아보며 말했다.

"아가씨, 지난 세월 동안 연초도 정성을 다했어요. 잘못을 저지르지도 않았고요."

단귤은 십 년 가까이 명란 곁에서 시중을 들어 명란이 겉으로는 온화하고 말 걸기는 쉬워 보여도 의사가 확고해 한 번 내린 결정은 거의 바꾸지 않는 걸 잘 알고 있었다. 하지만 그래도 한 번 더 최선을 다해보는 것이었다.

"나도 알아."

명란이 경대 앞에 앉아 영롱히 빛나는 아름다운 백옥 팔찌를 받쳐 들며 천천히 말했다.

"하지만 그런 마음을 품은 건 문제가 돼. 그런 권문세가에서는 마음이 곧았던 사람도 쉽게 비뚤어질 수 있어. 게다가 그 아이는 애초에 마음이 곧지도 않았잖아. 이렇게 헤어지는 게 한때 주인과 하인으로서 맺었던 정을 보전할 수 있는 길이야."

명란은 속거나 배신당하는 건 두렵지 않았다. 하지만 자기가 믿고 아끼던 사람들로부터의 속임이나 배반은 두려웠다.

2월 초, 꽃샘추위도 절반은 물러갔다. 문염경과 장풍이 과거 고사장에 들어가고 그 이튿날, 왕 씨가 봉천에서 돌아왔다. 비록 온몸에 먼지를 뒤집어쓰고는 있었으나, 유쾌한 표정과 붉게 상기된 채 윤기나는 낯빛을 감출 수는 없었다.

"어머니께서 요새 기침을 하셔서 두 아이가 출가하는 모습을 보러 오시진 못하겠지만 날씨가 좀 따뜻해지고 나면 아이들 외숙모와 외삼촌, 사촌 내외를 데리고 한번 오시겠답니다!"

왕 씨는 득의만만했고, 성굉도 그 말에 크게 웃었다.

방 안에는 해당석海棠石³⁾으로 만들어진 커다란 여의문 원탁이 있었다. 그 위에는 털이 북실북실하게 달린 가죽과 두꺼운 융이 잔뜩 놓여 있었다. 한눈에 봐도 대단히 귀중해 보이는 물건이었다. 그밖에도 붉은 끈으로 묶은 인삼이 몇 상자 더 있었다.

왕 씨가 뜸을 들이지 않고 바로 말했다.

"……호호, 이건 외할머니께서 너희들에게 주시는 거란다. 마음에 드는 것으로 알아서 골라 가거라. 작년 겨울에 막 마련한 것들이야. 명란아, 멍하니 있지 말고. 네 외할머니께서 널 아주 걱정하신단다. 안에 네 몫도 있다."

왕 씨는 이번에 친정에 돌아가 대성공을 거두었다. 왕 노대부인은 작은딸이 무릎 꿇고 애원하는 모습을 보자 마음이 약해졌다. 결국 모녀는 서로 머리를 얼싸안고 한바탕 통곡했다. 과거사는 모두 없었던 일이 되었고, 다시 옛정을 회복하게 된 것이다.

명란은 웃으며 앞으로 다가갔고, 여란 옆에서 털이 복슬복슬 달린 모피들을 뒤적여 보았다. 손에 닿는 감촉이 따뜻하고 부드러운 것이 과연 상등품이었다. 명란은 입으로 칭찬을 하며 내심 곰곰이 생각해보았다. 지금껏 보아온 왕 씨는 자신에게 좋은 일이 생겼다고 저렇게까지 기뻐할 사람은 아니었다. 필시 주변의 누군가가 나쁜 일을 당해 그녀의 기분을 좋게 해주었을 것이다. 설마 왕가의 사촌오라버니와 새언니의 사이가 나쁘고, 고부간에도 화목하지 않은 게 아닐까?

---

3) 오랜 세월 풍화를 거쳐 표면에 자잘한 무늬가 생긴 돌.

여란이 불쑥 한참 생각에 잠긴 명란의 귓가에 대고 속삭였다.

"명란아, 원아 언니가 왕가에서 잘 지내지 못한다나봐."

일순 장난기가 발동한 명란이 고개를 돌려 여란의 귀를 깨물었다.

"영웅들은 안목이 다 비슷한가봐."

제102화

여란의 출가,
과거와의 이별

춘위 시험이 끝나던 날, 성굉은 내복 관사를 보내 시험장 밖에서 대기하게 했다. 관사가 목을 길게 빼고 한참 기다린 끝에 장풍과 문염경이 비틀비틀 걸어 나왔다. 한 명은 퍼렇게 질린 얼굴이 마치 과도하게 육욕에 빠져 절제에 실패한 사람 같았다. 다른 한 명은 누렇게 뜬 얼굴이 마치 며칠은 굶은 사람 같았다. 장풍의 무거운 표정과 달리 문염경은 홀가분해 보이는 모습이었다. 그가 급제하든 못 하든 아내와 처가가 도망가지는 않을 것이기 때문이었다.

마음가짐이 다르니 결과도 다를 수밖에 없었다. 보름 뒤 방이 붙었다. 문염경은 진사가 되었다. 전시殿試[1]에서 이갑二甲 32등의 성적을 거둔 것이다. 연수를 마치고 나면 한림원에 들어가거나 관직을 부여받게 될 것이다. 반면 장풍은…… 콜록콜록, 다시 시험을 쳐야 했다.

---

1) 과거시험의 최종 단계, 궁궐 대전에서 황제가 친히 주관하는 시험.

여란은 혼례가 가까워지자 평소와 다른 모습을 보이기 시작했다. 하하 호호 웃다가 느닷없이 짜증을 내곤 했다. 왕 씨가 딸을 찾아가 몇 마디 다정한 말을 건네려 해도 곧바로 여란에게 쫓겨났다. 보다 못한 희견이 명란을 찾아가 도움을 청했다.

"여섯째 아가씨, 아가씨가 가셔서……."

희견이 난처한 기색으로 말을 꺼냈다.

"더 말할 필요 없어. 내가 가서 살펴볼 테니까."

명란은 희견이 무슨 말을 하려는 건지 알았다. 왜냐하면, 그녀는 어리숙한 척을 할 줄도 알고, 어린 소녀를 달랠 줄도 알았기 때문이다. 언제부터인가 명란은 여란의 성질을 잠재우는 소화기나 다름없게 되었고, 희작은 종종 그녀에게 도움을 요청하곤 했다.

도연관에 들어서자 이미 혼수들을 옮기기 시작한 탓에 원래는 금은을 박은 듯 화려하던 규방이 텅 비어 보였다. 여란은 멍하니 창 앞에 앉아 있었다. 한쪽의 진홍색 옻나무 옷걸이 위에는 수놓인 비단으로 만든 휘황찬란한 다홍색 혼례복이 걸린 채 온 방 안에 광채를 무심히 내뿜고 있었다.

"어머! 높으신 분이 이번엔 어쩐 일로 내 처소까지 부러 발걸음을 하셨나?"

여란이 명란을 보자마자 즉각 정신을 차리더니 신랄한 어조로 빈정거렸다.

명란이 묵묵히 여란 곁에 앉아 미소를 지으며 말했다.

"언니, 무슨 일이야? 나한테 얘기해봐."

여란이 명란을 흘겨보며 냉소했다.

"나같이 못난 것이 어디 그런 복이 있다고?"

말을 마친 여란이 뾰로통하게 고개를 틀더니, 명란에게 등을 돌린 채 두 팔을 힘껏 탁자 위에 기댔다.

명란이 잠깐 곰곰이 생각하다 떠보듯 물었다.

"어머님께서 뭐라고 하셨어?"

여란은 돌아보지도 않은 채 크게 흥하고 콧소리를 낼 뿐이었다. 즉각 상황 파악이 된 명란은 답답한 마음에 속으로 욕을 했다. 이게 다 그 망할 고정엽 탓이야.

며칠 전, 문가에서 길일을 택해 납채 예물을 보내왔다. 한편 황력黃曆[2]을 뒤적이던 고정엽은 그날이 가장 좋은 길일임을 발견하고는 사람을 시켜 '그날 납채 예물을 보내도 될지'를 물었다. 왕 씨의 예상과 달리 성굉은 단박에 승낙했다.

그날이 되자 문가에서는 예법에 따라 꽃차, 단원과團圓果[3], 양고기, 거위고기, 술 항아리, 나무로 만든 원앙 한 쌍에 좋은 옷감 몇 필을 준비했다. 이걸로 끝이었다. 반면에 또 다른 예비 사위 고정엽은 마치 남미에서 막 금이라도 캐서 돌아온 벼락부자처럼 온 처소를 가득 채울 만큼의 납채 예물을 보내왔다.

우선 128쌍의 순금 돼지는 오륙백 냥兩[4]은 족히 될 것이다. 옷감으로는 강남에서 생산된 명주가 88필, 강북에서 생산된 우사羽紗[5]가 88필,

---

2) 중국의 옛 달력. 음력 절기 및 길흉일 등이 기록되어 있음.

3) 사과와 고구마를 다져 삶은 뒤 설탕에 버무려 빚은 떡.

4) 무게의 단위. 1냥은 약 50그램.

5) 면과 모를 섞어 짠 안감용 옷감.

색색의 수가 놓인 운금雲錦[6]과 촉단蜀緞[7]이 108필 있었고, 서너 량은 됨 직한 용봉龍鳳금팔찌 18쌍, 진주가 박힌 용봉금잠 18쌍이 있었다. 그밖 에도 전복, 말린 굴, 말린 가리비, 말린 표고, 말린 새우, 오징어, 해삼, 상 어지느러미, 생선 부레 및 말린 해초 같은 고급 해산물들이 있었다. 해 씨와 노대부인은 이 예물들이 진상품은 아닌가 하고 심각하게 의심했 다. 그밖에도 소고기, 돼지고기, 양고기, 생선, 술, 사계절에 맞춘 차, 설탕 과자 등의 물품이 셀 수 없을 정도로 많았다. 마지막은 꽥꽥거리며 시끄 럽게 우는 살찐 기러기 한 쌍이었다.

실은 고정엽도 호사스러운 생활을 누리는 저들 권문세가의 예법에 맞 춰 준비한 것이었으니, 과도하게 법도를 어긴 것이라고는 볼 수 없었다. 그러나 왕 씨는 너무나 눈꼴이 시었고, 결국 오랫동안 그녀의 마음을 짓 누르고 있던 불안이 폭발했다. 그녀는 진작부터 이런 빈부 격차가 서서 히 드러나리라는 걸 알고 있었다. 이 참혹한 대비가 개막을 알리는 징 소 리란 것은 의심할 여지가 없었다.

이날 이후, 왕 씨는 명란을 볼 때마다 그리 즐거운 마음이 들지 않았 다. 그러나 명란은 혼례를 앞둔 몸이라 매일같이 수안당에 틀어박혀 있 으니 손쓸 틈이 없었다. 왕 씨는 그저 여란을 찾아가 훈계를 늘어놓을 수 밖에 없었다. 훈계하는 말속에는 온통 듣기 거북한 넋두리가 섞여 있었 다. 명란은 굳이 생각해보지 않아도 곧바로 알 수가 있었다. 필시 '네가 말썽만 일으키지 않았다면 그 좋은 것들이 죄다 네 것일 텐데' 운운하는

---

6) 남경에서 생산되는 화려한 꽃무늬가 수놓인 비단.
7) 성도에서 생산되는 화려한 꽃무늬가 수놓인 비단.

이야기일 것이다.

왕 씨가 가장 분하게 여긴 것은 그 납채 예물들이 곧바로 수안당에 보내진 탓에 그녀가 손도 한번 대볼 수 없었다는 점이었다. 노대부인의 기분으로 볼 때 그 예물 대부분은 명란이 시집갈 때 함께 고부로 돌아가게 될 것이다.

여란이 문염경에 대해 여전히 깊은 애정을 품고 있다 해도 결국은 체면을 중시하고 허영심도 있는 보통 여자였다. 이런 엄청난 부유함을 마주하고 누가 부러워하지 않겠는가? 현재 성부에서는 위아래를 막론하고, 관사부터 계집종, 어멈들에 이르기까지 모두가 명란에게 은근히 아첨하고 있었다.

명란 역시 보통 사람이었다. 금은보석을 보자 그녀도 가슴이 매우 두근거렸다. 작은 산을 이룰 정도로 쌓인 납채 예물을 처음 봤을 때는 그녀도 조심스럽게 한참 폴짝거렸을 정도였다. 금은보석 장신구를 세는 데만 단귤과 소도가 족히 반 시진은 써야 할 정도였다. 예전에 노대부인이 준 배꽃이 새겨진 옻칠한 흑단으로 만든 9층에 81칸짜리 큰 패물함이 드디어 쓰임을 찾게 되어 장신구들로 가득 차게 되었다.

그녀는 평생 처음으로 이런 식으로 혼사를 맺는 것도 훌륭하다는 생각이 들었다. 만약 생활비가 보장된다면 혼인이 실패하더라도 결코 허둥댈 일은 없을 것이다.

"여란 언니, 뭐가 마음에 안 드는지 나한테 속 시원히 털어놔봐."

명란은 최대한 어조를 부드럽게 하며 말했다.

그런데 여란이 갑자기 고개를 돌리더니 경멸스러운 눈초리로 흘겨보며 차갑게 코웃음 칠 줄 누가 알았겠는가?

"내가 어떻게 감히 그러겠니? 어머니 말씀이 앞으로 내가 네 신세를 지게 될지도 모른다는데!"

명란은 날짜를 헤아려보았다. 며칠 안 있어 둘 다 출가하게 될 것이다. 그러니 자신이 여란을 달래는 것은 이번이 마지막일 것이다. 그러니 이 한 몸을 희생해 전심전력을 다 함으로써 그녀가 즐거운 마음으로 시집을 가게 하면 족할 것이다. 명란이 빙그레 웃으며 물었다.

"여란 언니, 내가 하나 물어볼게. 만약 가능하다면 언니는 나랑 바꾸고 싶어? 나는 문가에 시집을 가고, 언니는 고가에 시집을 가고."

여란의 얼굴에 놀랍고 어리둥절한 표정이 떠올랐다. 여란이 갸우뚱거리더니 반문했다.

"너는 그러고 싶어?"

"당연히 좋지!"

명란이 단번에 승낙하더니, 히히 웃으며 말했다.

"난 원래부터 형부가 훌륭하다고 생각했는걸. 한밤중에 산을 타고 가인을 만나러 올 줄도 알고, 자못 애절하게 시가를 읊어 사람들을 감동시킬 줄도 아는 데다 이번엔 진사 급제까지 했는데 어째서 좋지 않겠어?"

"네가 감히!"

여란이 힘껏 탁자를 내리치더니 벌떡 일어나 벼락같은 불호령을 내렸다. 어찌나 쩌렁쩌렁한지 명란의 고막이 웅웅거리며 울릴 지경이었다.

명란이 귀를 문지르며 의자 등받이에 기대더니 허리가 끊어지도록 웃었다.

"그럼 언니는 대체 뭐가 고민이야?"

여란이 깊은 한숨을 내쉬고는 한참 명란을 노려보다 씩씩대며 자리에 앉았다.

명란이 천천히 몸을 기울이며 여란의 어깨에 팔을 얹고, 조용히 여란의 귓가에 속삭였다.

"우리가 충근백부에 갔던 그해에 언니가 화란 언니의 시어머니를 보고 내게 했던 말을 다 잊은 거야?"

여란은 어안이 벙벙해졌다. 붉은 석류 모양의 보석으로 장식한 금 귀걸이가 귓가에 흔들거렸다. 여란이 천천히 말했다.

"기억나……. 내가 하늘 아래의 시어머니들은 다들 가증스럽다고 했어. 만약 큰언니처럼 수모를 겪으며 지내야 한다면 차라리 남은 평생 비구니로 살겠다고 했지."

명란은 내심 슬쩍 한숨을 쉬며 부드러운 목소리로 물었다.

"언니도 잘 알고 있으면서 굳이 화낼 필요가 있어? 언니…… 혹시 두려워?"

여란이 고개를 숙였다. 눈가에 눈물이 반짝였다. 저도 모르게 명란의 손을 꼭 쥐고 잠긴 목소리로 말했다.

"실은 두려워. 나중에 경 오라버니가 나를 배신할까 두렵고, 그 매몰찬 시어머니가 나를 괴롭힐까 두렵고, 나중에 자매들에게 고개를 들지 못하게 될까봐 두려워! 나도 그 고씨 집안에서 지내기가 만만치 않다는 건 잘 알아. 하지만 나는…… 나는…… 시집가고 싶지 않아……."

여란이 엉엉 울기 시작했다. 왕 씨의 잔소리에 '결혼 전 공포'가 더해지니 거친 그녀도 감당할 수가 없었던 것이다.

명란이 천천히 한숨을 쉬더니 말했다.

"사람들이 말하길 세상에는 세 가지 거짓말이 있다고들 해. 첫 번째는 노인이 더 살고 싶지 않다고 말하는 것이고, 두 번째는 소년이 어른 되기 싫다고 말하는 것이고, 세 번째는……."

"그게 뭔데?"

여란이 차츰 눈물을 거두며 물었다.

"세 번째는 다 큰 규수가 시집가기 싫다고 말하는 거지!"

여란은 부끄럽고 분한 나머지 화내며 두 주먹으로 명란을 내리쳤다. 명란이 연신 '아야' 하는 소리를 지르며 용서를 빌었다. 반나절은 혼이 난 뒤에야 겨우 끝이 났다. 이렇게 한차례 소란을 피우고 나자 여란의 마음이 드디어 풀렸다. 두 자매가 숨을 헐떡이며 함께 몸을 기대고 구들 위에 늘어진 채 이런저런 한담을 나누었다.

"며느리 노릇 하기는 정말 쉽지 않아……. 시어머니가 되면 훨씬 편하겠지만!"

"할아버지는 손자였던 자가 된 것이고, 시어머니도 고생을 견디던 며느리가 된 것이니 언니에게도 분명 그날이 올 거야."

"시어머니가 없다면 얼마나 좋을까."

"어머니 없는 아들이 어디 있겠어. 여란 언니는 염불 끝나니 스님을 내친다는 속담보다 더 지독하네."

"나는…… 우리는 가서도 하루하루 잘 살아보자!"

"당연하지. 살아 있으니 잘 살아야지."

"너는 조심해야 할 거야! 너는 서출이니 고부의 동서와 시부모가 눈치를 줄 거라고."

"괜찮아. 눈치를 안 보면 되지."

사실 명란은 여란을 결코 좋아하지는 않았다. 똑같이 외향적인 성격이라 해도 상대적으로 품란이 훨씬 호탕하고 시원시원하며, 자질구레한 데 얽매이지 않고, 명랑하며 상냥했다. 반면에 여란은 훨씬 신랄하고 제멋대로였으며, 무지막지하고 포악한 데가 있었다. 하지만…… 명란은 곁눈으로 여란을 슬쩍 바라보았다. 여란은 이미 화가 풀렸고, 기쁘게 명란을 잡아끌며 장차 신혼집을 어떻게 꾸밀지 이야기하고 있었다. 기쁨과 분노를 얼굴에 고스란히 드러내는 이 여자아이는 자신의 감정을 드러내지 않는 이 집안에서 유일하게 생생히 살아 있는 진실한 존재일 것이다.

2월 27일. 운수 대통한 길일. 혼인에 적합한 날이다.

문염경은 득의만만했다. 밖으로는 공명을 얻었고, 안으로는 유능한 처가가 있으니 말이다. 그가 신부 맞는 것을 거들기 위해 친한 벗과 동창들이 적지 않게 모였다. 붉은 비단을 휘감고 나팔 소리, 북 소리와 함께 움직이는 광경이 대단히 떠들썩했다.

이번에 장풍은 마침내 적수를 찾았는지 성부 대문 앞에서 문염경과 족히 반 시진 동안 날카로운 언쟁을 벌였다. 당나라와 송나라를 넘나들며 시가를 논했고, 진한 먹 향기가 풍기는 화려한 언사를 나누었다. 주변에 모인 이들로부터 큰 소리로 환호성을 이끌어 냈고, 대단히 떠들썩한 장관을 이루었다. 왕 씨도 결국 조금은 기쁜 기색을 드러냈다.

노대부인은 조용한 분위기를 좋아하는 성정이었으나 이번에는 왕 씨의 체면을 살려 준 셈이었다. 어쨌든 삼배주를 마시고 난 뒤에야 수안당에 돌아가 휴식을 취했기 때문이다. 명란도 너무 기쁜 마음에 되는대로 몇 잔을 들이켰다. 그랬더니 양 볼이 뜨겁게 달아오르고 머리가 어지러웠다. 방 안에 가만히 누워 있을 수 없어 정원에 나와 몇 발자국 걸으면서 취기를 쫓았다.

밤 기온은 물처럼 차가웠다. 바깥채 쪽에선 여전히 왁자지껄하게 웃고 떠드는 소리가 들려왔고, 가끔씩 술 냄새가 바람에 실려 왔다. 술잔이 오가는 걸 보니 아직 주연이 끝나지 않은 모양이었다. 그에 반해 안채는 조용하고 아늑했다. 명란은 자갈돌이 깔린 오솔길을 걸으며 문득 장난기가 발동했다. 그 연못의 얼음이 녹았는지 어떤지 궁금해졌다. 시집가기 전에 물고기를 몇 마리라도 잡아야겠다는 생각이 든 것이다.

종종걸음으로 막 연못가에 이르렀을 때, 미백색 달빛 아래 허리를 구부리고 있는 길쭉한 사람 그림자가 보였다. 연못가의 바위를 붙잡고 고개를 숙이고 있는 모습이 꼭 토하고 있는 것 같았다. 그 사람은 인기척을 느꼈는지 천천히 고개를 돌렸다. 연못 수면의 물결에 반달이 반사되어 일렁이는 밤 풍경 속에 아름다운 옥처럼 수려하고 우아한 모습이 드러났다.

명란은 발걸음을 멈칫했다. 일순 긴장된 마음에 얼른 몸을 돌려 그 사람을 피하려고 했다.

"……명란 동생?"

제형의 몸에는 연한 술 냄새가 배어 있었다. 훅하고 올라오는 초봄의 숨결이 오히려 청아하게 느껴질 정도였다.

명란은 애써 걸음을 멈추고, 얼굴에 미소를 띠었다.

"오랜만이에요. 아직 신혼 축하도 못 드렸군요. 축하해요."

제형의 두 눈동자는 대단히 아름다웠다. 은근하게 하소연하는 듯한 농밀한 애정이 담겨 있었고, 가득 찬 물처럼 표면은 맑고 속은 깊고 짙었다. 그가 고요히 명란을 바라보다 천천히 말했다.

"축하라니. 누이야말로 곧 혼례를 올린다지. 축하는 내가 해야지."

이렇게 말하면서 몸을 숙이고 읍을 하며 정중히 예를 올렸다.

명란도 얼른 옷깃을 여미고 사뿐하게 허리를 굽혀 인사했다.

둘은 한참 동안 서로 말이 없었다. 연못가에 그저 가볍게 찰랑거리는 물소리만이 들릴 뿐이었다.

명란은 슬그머니 자리를 뜨고 싶었으나 제형은 마치 아직 충분히 다 못 봤다는 듯이 계속 그녀를 응시하고 있었다. 거기에 아랑곳하지 않을 만큼 명란의 신경이 굳건하지 않았기에, 그녀는 그저 적당한 화제를 찾아 말을 할 수밖에 없었다.

"……여긴 어쩐 일이세요?"

이곳은 성부의 안채인데 외간 남자가 어찌 들어왔단 말인가.

제형이 살짝 눈웃음을 치며 말했다.

"술을 몇 잔 많이 마셨더니 즉성 형님이 서재에 들어가 쉬라셨지."

그는 성부 내부의 통로를 잘 알고 있었다. 또 장백의 서재는 바깥채와 안채의 경계 지점에 있었으니, 그가 바로 연못가에 도착하게 된 것도 신기한 일은 아니었다.

명란은 할 말이 없었다. 다시 기묘한 정적이 흘렀다.

제형이 명란을 바라보았다. 눈썹부터 시작해 속눈썹을 지나, 보조개까지 훑고 다시 입가에 있는 조그마한 보조개까지 훑어보면서 옛일을 떠올렸다. 제형은 일순 우울하고 분한 심경이 들었다. 그가 냉소하며 말했다.

"명란 누이는 걱정할 필요 없어. 저번 달에 위북후가 혼례를 올릴 때, 축하주를 권하는 자들이 구름처럼 몰려들었지. 고 도독께서 심 국구 대신 나서서 술을 잔뜩 마셨고. 심 국구께서 말씀하셨지. 고부에서 혼례를 올리게 되면 그때 자기가 답례를 하시겠다고. ……아, 잊고 있었군. 앞으로는 너를 명란 누이라고 부르면 안 되겠구나. 항렬로 따지면 내가 너를 둘째 아주머님이라고 불러야겠지!"

명란은 제형의 말을 들으며 한마디도 하지 않았다. 한참이 지나고서야 명란이 천천히 대답했다.

"오라버니 말씀이 참으로 옳습니다."

제형은 분한 마음에 술기운이 올라왔다. 일순 서 있던 몸을 두 다리로 제대로 지탱할 수 없었고, 바위에 기대고 나서야 겨우 넘어지지 않을 수 있었다. 몇 마디 모진 말로 명란을 자극하고 싶었으나 차마 그러지 못했다. 또다시 둘은 잠깐 침묵에 잠겼다.

제형은 너무나 우울한 마음이 들었다. 결국, 참다못한 그가 내뱉었다.

"오랫동안 마음속에 담아둔 한마디가 있어. 오늘 네게 묻겠다. 솔직하게 대답해주면 좋겠구나."

명란이 담담하게 말했다.

"말씀하세요."

제형이 똑바로 몸을 일으키더니 심호흡을 했다. 옥처럼 맑고 수려한 얼굴에 진지한 표정이 어렸다.

"요 몇 년간, 너에 대한 내 마음을 모르진 않았겠지. 허나, 너는 늘 시치미를 떼며 모른 척했고, 서릿발처럼 차갑게 날 대했어. 오늘 하늘에 대고 한마디하겠다. 네가 반만이라도 내 성의에 답해준다면 나도 죽을 각오로 싸우겠다! 허나, 너는 처음부터 나에 대해 단정을 내리고, 내가 믿을 수 없는 사람이라 여기고, 내가 너를 연루시켜 해칠 것이라 여기며 마치 내가 독사나 맹수라도 된 듯 피했지. 이, 이건 대체 어째서냐?"

명란이 고개를 들었다. 분홍색 연근 같은 목이 드러나면서 아름다운 목선을 뽐냈다. 바라보던 제형은 거의 정신이 아득해질 지경이었다. 잠시 후, 명란이 살짝 눈을 내리깔고 천천히 대답했다.

"우리는 어렸을 때부터 서로 알고 지냈어요. 오라버니 본인은 모르실 테지만 오라버니는 군주님과 많이 닮았답니다. 겉으로는 잔잔한 바람에 떠 있는 옅은 구름 같으나, 속은 대단히 강인하지요. 오라버니는 이미 대단한 가세가 있음에도 변함없이 학업에 노력을 게을리하지 않았고, 홀로 고결함을 지키고자 했으니 경성의 비단옷을 걸친 고귀한 자제분들 중에 으뜸가는 훌륭한 도련님입니다."

그녀의 어조는 아련했고, 얼굴은 연못 수면을 향하고 있었다. 아주 오래전의 과거를 떠올리고 있는 듯했다. 그녀가 천천히 말을 이었다.

"오라버니는 뭐든지 최고로 잘하고 싶어했어요. 한부漢賦[8]를 배운 지 며칠 안 되었는데,『시경』을 또 연구하고 싶어했지요. 관각체館閣體[9]를 연습하면서도 안체顔體[10]와 류체柳體[11]를 포기하려 하지 않았어요. 스승님께서 오라버니 글씨에 조금 진전이 있다고 칭찬하시자마자, 또 색조를 조절하며 그림을 그리고 싶어했지요. 오라버니도 지나친 욕심을 부리다 감당 못할 것을 알고, 매일같이 일찍 일어나고 밤늦게 잠에 들며 노력했고, 수많은 학문과 기예를 연마하여 일가를 이루게 되었어요."

제형은 명란의 어조 속에 담긴 옅은 슬픔을 느낄 수 있었다. 문득 그도 괴로운 마음이 들었다.

명란이 잠시 멈칫했다가, 마음을 굳히고 고개를 돌려 조용히 제형을 바라보았다. 명란이 한 마디 한 마디 또박또박 말했다.

"오라버니는 너무 훌륭합니다. 뭐든지 최고로 잘하고 싶어하지요. 저는 감당할 수 없습니다. 오라버니는 뜻이 너무 크고, 게다가 그 뜻을 놓지도 못하지요."

---

8) 한나라의 독특한 산문 형식.
9) 과거 시험 답안지에 쓰이는 단정한 서체.
10) 당나라의 서예가 안진경의 서체.
11) 당나라의 서예가 류공권의 서체.

제형은 가슴이 쥐어짜는 듯이 아팠다. 그가 힘껏 입술을 깨물었다. 혀 끝에 희미하게 비릿한 피의 맛이 느껴질 정도로 입술을 힘껏 깨물던 그 가 괴롭게 말했다.

"너는…… 진작부터 다 잘 알고 있었구나."

명란은 자신의 발끝을 응시했다. 마음이 둔탁하게 아파왔다. 명란이 말을 이었다.

"……아무 데도 의지할 곳이 없는 사람은 스스로 똑똑히 생각해야 하니까요."

제형은 명란의 바람이라도 한 번 불면 날아갈 듯한 곱고 가냘픈 몸을 보며 쓰라린 마음이 누그러지기 시작했다.

"네 어려움을 안다. 나, 나는 한 번도 너를 책망한 적이 없어. 그저 나 자신이 이렇게 쓸모없다는 것이 한스러울 뿐이구나. 고 도독…… 그분 은 실은 나쁜 사람이 아니야. 거리에 나도는 소문을 믿지 말거라. 너…… 너는 잘 지내야 한다!"

감정이 북받친 명란이 고개를 들고 낭랑한 목소리로 말했다.

"애초에 제가 이 세상에 온 것은 행복하게 지내기 위해서인걸요."

말을 마치고 바라본 제형의 눈가는 이미 붉게 부어올랐고 눈물이 그 렁그렁 맺히려는 참이었다. 명란은 예전처럼 밝은 햇살 같은 미소를 지 었고, 치마를 가지런히 정돈하고, 신발 끝을 덮은 이슬 몇 방울을 털어 냈다. 그러고는 우아하게 허리를 숙여 인사하고, 몸을 돌려 뒤도 안 돌아 보고 자리를 떴다.

머리 위에 갈고리 모양의 초승달이 은근히 반짝이며 그윽한 광채를 발하고 있었다. 그러나 이미 아까와 같은 광채는 사라진 뒤였다.

명란은 빠른 걸음으로 수안당을 향했다. 안에 들어서자마자 노대부인이 막 장신구와 의복을 벗고, 구들 침상에 기대어 몸을 쭉 펴고 휴식을 취하고 있는 모습이 보였다. 명란이 예를 올리고 문안 인사를 한 뒤, 주위 사람들을 물러가게 하고 앞으로 한 발짝 다가가 물었다.

"할머님, 제게 하가의 일을 말씀하셨지요. 저번에 할머님께서 다녀오신 뒤로 어찌되었나요?"

노대부인은 명란의 이런 거동에 다소 의아한 감이 들었는지 한참 그녀를 쳐다보았다. 대단히 신기하다는 감정을 드러내며, 노대부인이 미소를 지으며 말했다.

"혼사가 결정된 다음부터 하가의 일에 관해 일절 묻지 않더니 어쩐 일이냐. 오늘 갑자기 궁금해졌더냐?"

명란이 평소와 다름없는 얼굴로 시원시원하게 말했다.

"어떤 일들은 듣지도 묻지도 않고 없던 것으로 칠 수는 없어요. 차라리 똑똑히 아는 게 더 낫지요."

노대부인이 천천히 몸을 일으켰다. 약간의 찬탄과 흡족함을 띤 눈빛으로 명란을 바라보며 말했다.

"내가 하부에 가서 알아듣게 말하고 왔다. 네 혼사가 이미 정해졌다고. 우리와 그쪽은 정혼을 맺지도 않았고 중매인이나 증표도 없었으니 아무것도 아니었다고 일렀지."

명란이 고개를 끄덕이더니, 노대부인 쪽으로 몸을 구부려 또 물었다.

"그랬더니 하가에서는 뭐라고 하던가요?"

노대부인이 잠시 미소를 짓더니 눈을 빛내며 대답했다.

"내 아우는 도량이 아주 넓단다. 조가의 일이 벌어지고 나서 속으로 다른 생각을 했지만, 손을 쓰지는 않았단다. 평소 뜻이 컸던 홍문이는 장가張家가 운남과 귀주의 약재를 채집하고 명의를 두루 방문하려 한다는 애기를 듣더니 같이 떠나기로 결심했단다. 아마 며칠 내로 집을 나설 것이다. 이번에는 몇 년 동안 돌아오지 못할 게야. 하가 며느리는 원래도 병약했지만, 요즘에는 또 몸이 안 좋아졌다더구나. 천천히 요양하면 괜찮겠지."

명란의 얼굴이 수면처럼 고요히 가라앉았다. 거의 변함없는 표정으로 다시 물었다.

"하가 사람들이 제게 남긴 말이나 물건이 있나요?"

노대부인이 연신 웃음을 터트렸다. 팔에 걸고 있던 염주가 떨릴 정도로 웃다가 이윽고 입을 열었다.

"내 아우가 속사정을 알고는 네게 수모를 겪게 했다고 하더구나. 그리고 하가가 감히 할 말이 없다고 말이야. 어쨌든 노대인이 고향에 돌아가 여생을 보내겠다고 사직 상소를 올렸으니 아마 일 년 반쯤 느긋하게 지내다가 경성을 떠나게 될 게다. 나머지는…… 홍문이가 네게 한마디를 남겼다."

명란이 진지하게 물었다.

"뭐라던가요?"

노대부인이 천천히 대답했다.

"네게 미안하다더구나. 자기가 덕이 없고 박복한 것이니 너와는 상관없다고 말이야."

이야기를 듣고 난 명란은 한참 말이 없었다. 노대부인이 명란의 표정 변화를 지켜보며 간곡하고 의미심장한 어조로 말했다.

"너도 마음에 둘 것 없다. 마음속 응어리는 일찌감치 풀어버리는 게 낫지. 어쨌든 앞으로는 만나지 못할 테니. 너나 잘 지낼 궁리를 하는 게 중요한 것이야."

명란이 고개를 들고 웃어 보였다. 은근히 익살을 부리며, 맑고 쾌활하게 말했다.

"할머님 말씀이 옳아요. 앞으로 볼 수 있건 없건 중요한 건 아니지요. 하가 노마님은 할머님의 친한 벗이니, 평소처럼 친한 벗을 만나러 가신 것일 뿐이지요."

명란의 말에 노대부인은 마음속에 있던 큰 돌덩어리가 땅에 툭 떨어지는 듯한 기분이 들었다. 노대부인이 명란을 칭찬하며 말했다.

"네가 이제 마음에 두지 않게 되었으니 참으로 다행이구나."

명란이 웃으며 말했다.

"눈이 머리 앞에 달린 것은 앞을 바라봐야 하기 때문일 테지요."

제103화

새 신부 上

여란의 회문回門[1] 주연이 대단히 떠들썩하게 열렸다. 안팎으로 상을 여섯 개 차렸는데 수많은 친지와 벗은 물론 묵란 부부와 강 부인까지 찾아왔다. 노대부인은 매우 심기가 불편했다. 노대부인은 연회 자리에서 냉담한 눈으로 왕 씨를 응시했고, 이에 왕 씨는 고개를 숙이고 감히 말도 꺼내지 못할 지경이 되었다. 강 부인은 왕 씨 곁에 앉아 있었다. 여전히 온화하고 아름다운 모습이었다.

식사 후 노대부인과 왕 씨는 여란을 잡아끌고 혼인 뒤 잘 지내고 있는지를 물었다. 나머지 세 자매는 알아서 자리에서 물러나 차를 마시며 환담하러 떠났다.

묵란과 여란은 각각 자기 방으로 돌아가 옛날을 그리워했다. 그런 다음 명란의 모창재에 함께 모였다. 명란은 원수지간인 두 사람이 자신의 처소에 있는 걸 보고 일순 놀라 심장이 떨렸지만 두 눈을 딱 감고 단김에

---

1) 결혼 후 사흘째가 되는 날에 친정을 방문하는 것.

게 차를 내오라 분부했다.

맑은 향이 매력적인 상청과편常清瓜片[2]을 두 번쯤 물에 우려내니 보기 좋은 청록색이 드러났다. 묵란은 짙푸른 물빛의 얇은 능라 비단 오자를 걸치고 있었다. 초봄에 떠오르는 태양 같은 모습이 청아하고 아름다워 보였다. 묵란이 얇은 백자 찻잔을 마주하고 우울한 기색으로 미간을 찌푸리며 천천히 말했다.

"머지않아 우리 처소에 다른 사람이 들어와 살겠지. 이렇게 빨리 텅 비게 될 거라고는 생각 못 했어. 하나도 남은 게 없구나. 출가한 딸은 쏟아진 물이라더니."

묵란이 출가한 뒤, 산월거는 속속들이 물건들이 옮겨지고 텅 비게 되었다. 오직 몇몇 계집종들이 남아 청소하고 관리할 따름이었다. 일찍이 웃음소리와 환성으로 가득했던 규방의 주인은 이미 떠났고 건물만이 텅 빈 채로 남았다. 실은 도연관도 물건들이 옮겨지고 텅 비기 시작했다. 아직 완전히 텅 비기에 시간이 충분하지 못할 따름이었다.

묵란을 보자마자 싸움닭처럼 전신의 깃털을 세우고 전투 준비에 들어간 여란은 묵란의 말을 듣자마자 즉각 반박할 기세를 취했다. 명란이 다급히 끼어들더니 빙그레 웃으며 말했다.

"큰올케가 곧 둘째를 낳을 테고, 장풍 오라버니와 장동이도 아내를 맞이하게 되었잖아. 우리들이 모두 출가하고나면 조만간 조카들에게 우리 처소를 내어주고 살게 하겠지. 집안 식구들이 번창하는 것이니 좋은 일 아니겠어?"

---

2) 찻잎을 넓게 펴서 말려 만든 안휘성의 유명한 녹차.

묵란이 명란을 가만히 바라보다 가볍게 웃으며 말했다.

"명란이는 갈수록 말재간이 느는구나. 과연 높은 집안에 시집갈 만하네. 우리 자매들 중에 네가 가장 복이 많은 것 같구나."

명란이 즉각 단정한 표정으로 말했다.

"혼인은 큰일이니 부모님 말씀을 들어야지."

여란이 입을 가리고 가볍게 웃더니 곧바로 말했다.

"그렇고말고! 혼인 같은 큰일은 당연히 부모님 말씀을 들어야지. 어디 자기 멋대로 할 수 있어?"

명란이 그만 그녀를 힐끔 흘겨보았다. 이 녀석은 자기가 어떻게 자기 남편을 만났는지 까먹은 게 분명하군.

묵란이 노골적으로 떨떠름한 표정을 짓더니, 웃으며 말했다.

"두 동생들 말이 참으로……. 참, 다섯째 제부는 벌써 전시에 급제했다지, 앞으로 어쩔 계획이야?"

여란의 얼굴이 살짝 발그레해졌다. 수수한 얼굴 위로 신혼 특유의 요염함이 떠올랐고, 눈언저리에는 화색이 돌았다. 명란은 고개를 비스듬히 하고 허튼 생각에 빠지기 시작했다. 부부 금실이 꽤 좋은 모양이네.

"……일단 한림원에 들어가 사숙에서 가르치고, 다시 천천히 관직을 도모해 볼 참이야. 앞으로 어찌 될지는 아직 모르겠어."

여란의 볼이 이제 연지를 바른 듯 더욱 붉어졌다. 자못 자랑스럽다는 기색이었다. 문염경은 비록 장백처럼 서길사에 임명되지는 못했지만, 능히 한림원에 들어갈 수 있었으니 장차 관직에 오르는 것도 거의 정해진 것이나 다름없었다.

묵란이 눈을 반짝 빛내더니 교태가 섞인 웃음을 지으며 말했다.

"뭐 어려울 게 있겠어. 나중에 명란이한테 잘 부탁해봐. 지현이나 지부는 물론이고, 어쩌면 그보다 더 높은 관직도 얻을 수 있을지 모르지!"

즉각 여란의 낯빛이 변했다. 여란이 분개한 눈빛으로 묵란을 노려봤다. 명란이 얼른 허튼 생각을 하며 흘리던 침을 거두고, 재빨리 엄숙하게 굳은 얼굴을 하고 말했다.

"묵란 언니, 이상한 말은 하지 마. 육부의 관직은 엄연히 나라에서 재능을 헤아려 임명하는 큰일인데, 왜 그런 실없는 농담을 해? 묵란 언니가 한 말을 다른 사람이 들었다간 그 사람들이 넷째 형부마저…… 아, 아니, 넷째 형부 일가의 관직마저 모두 청탁해서 얻었다고 생각할 거야!"

이번에는 묵란의 낯빛이 변할 차례였다. 여란이 손수건을 쥐고 '하하' 하고 큰 소리로 웃기 시작했다.

명란은 이쯤 하면 되었다는 생각이 들었다. 너무 묵란의 체면을 떨어뜨려도 좋을 게 없기 때문이다. 명란이 얼른 화제를 돌렸다.

"여란 언니 혼삿날은 정말 온 집안이 떠들썩했지. 묵란 언니가 안 와서 정말 아쉬웠어!"

묵란의 얼굴에 대단히 기묘한 표정이 떠올랐다. 기쁨과 노여움이 교차하는 표정이었다. 잠시 후, 묵란이 차분한 목소리로 말했다.

"집안에 일이 있어서…… 만萬 이랑의 일 때문에 도저히 집을 비울 수가 없었어."

명란은 여전히 멍한 채로 이 만 이랑이 누군가 궁금해하고 있었다. 여란이 즉각 반응을 보이며, 자못 흥미진진하다는 듯이 추궁했다.

"만 이랑이 애를 낳았구나? 아들이야, 딸이야?"

묵란이 미소를 지으며 차를 한 모금 마신 뒤 천천히 대답했다.

"설 전에 낳았어. 딸이야."

그녀는 상당히 억지스러운 웃음을 짓고 있었다. 게다가 아직 말하지 않고 숨기는 것이 하나 있었다. 어제 진맥을 해보니 만 이랑이 또 회임을 한 것이다.

여란이 한숨을 내쉬었다. 실망한 듯한 기색이었다. 명란은 드디어 생각이 났다. 만 이랑이 바로 춘가였던 것이다.

묵란이 찻잔을 내려놓고 느긋하게 손수건을 꺼내 입가를 닦았다. 그러고는 자상하고 근심 어린 표정으로 말했다.

"의원 말이, 아이 낳을 때 순조롭지 못했던 탓에 만 이랑이 이후에 아이를 낳게 되거든 좀 어렵겠다는 게야. 저런……."

"왜 순조롭지 않았다는 거야?"

여란이 의아해하며 물었다.

묵란이 가볍게 탄식하며 대답했다.

"의원이 그러는데, 그 딸아이 머리가 너무 컸대……."

명란은 내심 엄숙한 마음이 들었다. 그녀도 집안사람들이 하는 이야기를 들은 적이 있었다. 묵란이 량가에서 대단히 지혜롭고 현숙하게 처신하고 있다는 것이다. 춘가에게도 살뜰하게 대했고, 날마다 제비집과 인삼을 대접했으며 끼니마다 산해진미를 내왔다고 한다. 심지어 때때로 자신의 혼수를 헐어 보태기까지 하며 안팎으로 사람들의 칭송과 부러움을 샀다.

그러나 명란은 똑똑히 기억하고 있었다. 당시 위 이랑은 태아가 너무 컸고, 차가운 음식을 먹은 탓에 조산에 이르게 되었다. 게다가 제때 산파를 찾지 못했기에 목숨을 잃게 된 것이다.

명란은 고개를 숙였다. 더 말할 기분이 들지 않았다.

여란은 자신이 이해할 수 없는 일엔 바로 흥미를 잃었다. 여란이 다시 새로운 화제를 찾았다.

"명란아, 이모님은 왜 또 오신 거야? 어머니께서 다시는 이 집에 발을 못 들이게 하겠다고 말씀하시지 않았어?"

명란이 탄식했다.

"언니 혼례 때문이잖아. 이모님께서 그걸 구실 삼아 또 오신 거지. 직접 본 건 아니지만, 어머님 방에서 또 울고 한참 말씀하셨다고 하더라고. 아마…… 음…… 원아 언니가 왕씨 집안에서 잘 못 지낸다나 봐. 어쨌든 친자매 사이니, 어머님께서도 결국 마음이 약해지셨지."

"원아가 어쨌는데?"

"원아 언니가 왜 잘 못 지내는데?"

이때는 묵란과 여란의 마음이 딱 일치했다. 각자 핵심을 포착하고, 이구동성으로 말한 것이다. 그러고는 서로 힐끔 쳐다보더니 겸연쩍어 하며 두어 번 헛기침했다. 명란을 바라보며 뒤에 이어질 말을 기다리고 있었다.

명란은 묵묵히 머릿속으로 대강 생각을 정리한 뒤 입을 열었다.

"아마 원아 언니가, 아, 이종사촌 올케언니라고 불러야 맞겠네. 아마 어르신들한테 대든 탓에 외숙모님께서 너무 화가 나서 이종사촌 올케언니 주변의 계집종들과 어멈들 몇 명을 팔아버리셨나 봐. 외할머님께서도 노하셔서 그 언니더러 예법을 익히라며 벌로 『여계』를 몇백 번이나 베껴 쓰라고 시켰대. 또 날마다 외할머님 곁에 서서 시중들라고 시키시고. 고분고분하지 않은 날엔 밥도 못 먹게 한다고…… 이모님께서 그렇게 말씀하셨어."

여란이 일순 느긋한 기세로 득의만만한 표정을 하고 말했다.

"내가 말했잖아! 원아 언니는 성미가 급하고 거칠어서 남의 며느리 노릇 하려면 한참 멀었다고. 외숙모님이 어찌 마음에 들어하시겠어."

명란이 한숨을 쉬며 말했다.

"다른 사람은 됐어. 하지만 할머님 말씀이 외할머님께선 대범하고 공정한 분이신데, 만약 그분마저 화를 내게 된다면 정말 원아 언니는 가망이 없을 거래."

묵란이 입술을 달싹거렸다. 자못 경멸스럽다는 기색이었다. 묵란이 눈동자를 굴리더니 무슨 생각이라도 떠올랐는지 별안간 길고 긴 한숨을 쉬었다. 묵란이 근심스럽게 말했다.

"원아가 잘못을 범했다곤 해도 아직 잘못을 고칠 기회야 있지. 그저 가련한 건…… 내 어머니께서…… 듣자 하니 시골에서 식사도 잘 못 하시고 잠도 제대로 못 주무신다더구나. 지금은 우리 모두 출가했고 어머니도 벌을 받으셨는데, 언제나 돼야 돌아오실 수 있을지 모르겠구나. 명란아, 지금은 네 신분이 가장 귀하잖니. 네가 할머님과 어머님 앞에서 부탁 좀 해주면 안 되겠느냐?"

이렇게 말하는 묵란의 눈가에 다시 물기가 가득했다.

여란이 냉소를 날리더니 경멸스럽다는 듯이 일갈했다.

"언니는 이미 출가했으니, 친정 일엔 덜 간섭하는 게 좋을걸. 먼저 자기 집이나 잘 관리하라고! 듣자 하니 요즘 량가 형편이 많이 안 좋다며. 게다가 황상께서 질책하시는 칙서를 두 번이나 내리셨다면서. 원래는 기세 좋던 집안이었는데, 집 안에 무슨 액운이라도 들어왔는지 계속 낭패만 보네!"

분칠한 묵란의 얼굴이 빨개졌다. 묵란이 부끄럽고 분한 마음에 성을 내며 적반하장으로 나왔다.

"나는 쓸모없는 년이야. 허나 내가 아무리 쓸모없는 년이라 해도 시댁에 기대서 살지, 아무개처럼 혼수를 끌어다 사내 쪽 일가족을 먹여 살리진 않지. 어쩐지 사람들이 다들 딸자식은 밑지는 장사라더니."

"뭐라고 그랬어?!"

"사람들이 다들 그렇게 얘기한다고! 여란이 넌 듣고도 몰라?"

명란은 천장을 쳐다보며 길게 한숨을 쉬었다. 시집가기 전 마지막 자
매 모임이 묵란과 여란의 반목으로 해산되었다. 전투가 끝난 뒤 손해를
헤아려 보니, 도합 찻잔 두 개, 찻잔 받침 세 장, 그리고 같은 무늬의 간식
쟁반이 전사했다.

"정말 큰일 날 뻔했어요!"

단귤이 가슴팍을 두드렸다.

"다행히 제가 손발이 빨라서 저 멀리 묵란 아가씨와 여란 아가씨가 오
는 걸 보고 얼른 노마님께서 보내신 그 최고급 해당동석海棠凍石[3]으로 만
든 초엽잔蕉葉盞[4] 다기들을 감춰 두었어요. ……다만 소도를 깜짝 놀라
게 했지요. 소도가 아까 방에서 차를 마시고 있었는데, 제가 재빨리 찻주
전자와 찻잔을 빼앗았거든요. 하하, 소도 네 물건을 깨트렸다고 화내진
말거라."

소도가 천천히 탁자를 닦고 있었다. 조금 민망해하는 기색이었다.

"그게…… 실은 제가 썼던 게 아가씨 찻잔이었거든요."

"……."

명란은 그만 할 말을 잃고 말았다.

출가를 며칠 앞두고 노대부인이 혼수로 주기로 한 전답을 관리하는

---

3) 복건성에서 나는 투명하고 무늬 있는 돌.
4) 파초 잎 모양으로 만든 얕은 높이의 찻잔.

관사를 불러, 명란과 얼굴을 익히게 했다.

"너희들은 나와 많은 세월을 보냈지. 너희 앞에서 먼저 일러두겠다. 자기 능력만 믿고 주인 앞에서 거들먹거려선 안 될 게야. 만약 무슨 잘못이라도 저질렀다간 이 아이가 당장 너희들을 내칠 것이야! 나도 너희들 사정을 조금도 안 봐줄 것이다!"

노대부인이 위엄에 찬 표정으로 단단히 질책했다.

아래쪽에 꿇어앉은 일군의 사람들 가운데 가장 중간 쪽에 앉아 있던 네모난 얼굴의 나이든 남자가 앞으로 나오더니 연신 머리를 조아리며 말했다.

"노마님, 무슨 말씀이십니까? 오늘부터 손녀 아가씨가 바로 저희들의 상전입니다. 저희가 어찌 감히 게으름을 피우겠습니까!"

노대부인이 고개를 끄덕이더니 말했다.

"네가 잘 알고 있구나. 너희들이 일을 잘한다면 명란이가 절대로 너희들을 섭섭하게 하지 않을 것이다."

잠시 후, 그 늙은 아범 최 씨가 최평催平, 최안催安이라고 하는 아들 둘을 데리고 나와 명란에게 절하게 시켰다. 명란이 고개를 끄덕이며 답례했다.

늙은 아범 최 씨는 실제로는 그렇게 늙은 사람은 아니었다. 아직 오십이 채 안 되었으나, 일 년 내내 햇볕을 쬔 바람에 얼굴이 온통 까무잡잡하고 주름져 있었다. 그는 전답의 농작물을 돌보는 데 일가견이 있었다. 두 아들도 보아하니 손발이 큼직큼직한 것이 매우 건장해 보였다. 한 명은 아버지를 도와 밭에 농작물 심기를 거들었고, 다른 한 명은 산림 안에 과일나무들을 몇 그루 심었다. 그밖에도 시집갈 때 데려갈 몸종이 둘 있었다. 한 명은 영리하고 야무져 보이는 얼굴을 한 유만귀劉滿貴라는 자로 무뚝뚝하고 과묵한 사람이었다. 다른 한 명은 계강計强이라는 자로 말더듬이에 손톱 사이에는 여전히 진흙이 낀 채였다. 자세히 물어보았더니, 놀랍게도 녹지의 오라버니였다.

명란은 깜짝 놀랐다. 이 남매는 정말이지 하늘과 땅 차이로구나.

"제 부모님께선 일찍 돌아가셨고, 오라버니는 순진하고 무던해서 자주 사람들의 괴롭힘을 받았지요. 힘들고 더럽고 피곤한 일은 모조리 오라버니에게 떠넘기고, 문제라도 생기면 제 오라버니가 대신 책임을 떠맡게 했어요. 방씨 어멈이 아니었다면 제 오라버니에게 아직도 명이 붙어 있을는지 모를 일입니다!"

녹지가 울적하게 옛일을 회상했다.

"벌써 스물다섯인데 아직 아내도 얻지 못했어요."

"어쩐지 녹지 언니가 그리도 지독하더라니."

취수가 웃으며 중얼거렸다.

"뭐가 지독하다는 거야? 노련하고 세상 물정에 밝다고 하는 거야."

진상이 부드러운 미소를 지으며 취수의 이마에 꿀밤을 먹였다.

"나중에 아가씨 시댁에 가서는 감히 허튼소리를 하면 안 된다. 안 그랬다간 아가씨의 체면을 떨어트릴 뿐만 아니라, 우리 성가가 교양 없다는 소릴 듣게 될 테니까."

취수가 이마를 감싸며 고개를 끄덕이더니 다시 말했다.

"아야…… 연초 언니와 구아 언니가 같이 갈 수 없게 돼서 안타까워요. 우리가 오랫동안 함께 지냈는데, 뭔가 빠진 느낌이 들어요."

약미가 가볍게 냉소하며 말했다.

"그 둘은 다들 복 받은 게지. 부모님이 얼마나 아끼는데. 공연히 네가 걱정할 필요가 뭐 있어!"

벽사가 애교스럽게 작은 입을 가리며 웃었다.

"구아는 말도 마, 유씨 어멈은 원래부터 그 아이를 보낼 생각이 없었어. 그저 우리 처소에 두고 편안하게 몇 년 보내게 할 작정이었지. 연초 언니는 말이야, 하하, 그 언니 어머니가 혹여 아가씨 따라서 시댁에 갔다가 고생할까 봐, 일찌감치 방씨 어멈에게 알아서 배필을 찾아 달라 부탁했대. 헌데, 사람의 계산이 하늘의 계산에 미치지 못할 줄 누가 알았겠어? 아가씨 시댁이 마님 댁보다 훨씬 낫잖아! 이제 말을 바꾸려고 해도 늦었어. 우리 아가씨가 어떤 분인데, 설마 모르실라구?"

단귤은 이들이 갈수록 듣기 거북한 소리를 하는 것을 듣다못해 굳은 얼굴을 하고 꾸짖었다.

"주인의 일을 우리가 이러쿵저러쿵할 수 있겠느냐! 아가씨께서 마음씨가 고우셔서 혈육지간의 천륜을 갈라놓길 원치 않으시는 게다. 그리고 듣자 하니, 연초의 부모님이 고른 배필도 대단히 훌륭하니 이번에 연초를 남기시기로 한 게야. 너희들은 무슨 헛소리를 지껄이는 게야……. 아까 진상이 말이 옳다. 아가씨께서 시집가시면 다들 언행을 삼가야 할 게야. 입단속 잘하고, 어디 천한 여편네들이 어지럽게 입 놀리는 것이나 배우지 말고! 아가씨 성정은 너희들도 알고 있을 것이다. 유약하고 만만한 분이 아니라고."

단귤은 이 처소 안의 큰 계집종이었다. 평소에도 처소의 여자아이들을 관리하고 단속했다. 성품이 너그럽고 온후한 사람이었으나, 몇 년이 지나면서 어느 정도 위엄을 갖추게 되었다. 벽사는 입을 삐죽이며 더 말을 하지 않았고, 약미도 고개를 숙이고 입을 다물었다.

취수는 비록 어렸으나 눈치가 빠르고 총명했다. 분위기가 경직된 것을 보고 얼른 달려가 단귤의 소매를 잡아끌며 애교를 부렸다.

"언니, 제가 잘 이해가 안 되는 게 하나 있어요. ……언니가 가르쳐주세요. 들리는 바로는 전에 화란 아가씨께서 시집가실 적에는 계집종 네 명만 데리고 가셨고, 그 뒤에 묵란 아가씨가 출가하실 때도 네 명만 데리고 가셨다지요. 그런데 어째서 여란 아가씨와 우리 아가씨는 이렇게 많은 계집종을 데리고 가시는 건가요?"

단귤이 입가의 긴장을 풀고 그녀를 바라보며 웃었다.

"어떻게 같을 수 있겠니? 화란 아가씨와 묵란 아가씨 시댁은 모두 작위가 있는 가문이니 저택 안에 뭐가 부족하겠어? 계집종들을 많이 데려가면 오히려 보기만 안 좋지. 여란 아가씨의 낭군님은 공부하시는 분이고 집 안에 사람도 별로 없으니 몇 명 더 데려가는 게 좋지. 우리 아가씨는 말이야…… 방씨 어멈 말이 고 장군님께서 따로 집을 마련하셨대. 살림을 따로낸 지 얼마 되지 않아 믿을 만한 하인이 몇 명 없다는구나. 그러니 너 같은 계집종도 따라가서 세상 구경을 할 수 있게 된 거지."

줄곧 고개를 숙인 채 맹렬한 기세로 복숭아를 열심히 먹고 있던 소도가 드디어 고개를 들었다. 소도는 입가에 과즙을 잔뜩 묻힌 채로 천진하게 물었다.

"하지만 듣기로는…… 아가씨 혼사는 녕원후부에서 치른다고 하던걸!"

단귤이 소도를 돌아보고 웃으며 말했다.

"혼사는 거기서 치르고, 조상님과 어르신들께 절을 올린 뒤에 도독부로 들어가 살게 될 거야."

모두가 일제히 '아' 하고 외마디 소리를 내며 문득 깨달았다. 곧이어 모두의 얼굴에 희색이 돌았다. 관리하는 어르신이 안 계시니 명란이 그 도독부의 주인이 되지 않겠는가? 그녀들도 훨씬 더 잘 지낼 수 있을 것이다.

3월 10일, 하늘이 막 희끄무레하게 밝아올 때였다. 박 노장군의 부인이 서둘러 당도했다. 단귤이 즉각 커다란 붉은 봉투 두 개를 바치며 연신 "고생이 많으십니다."라며 인사했다. 박 노부인의 시중을 드는 계집종이 봉투를 받아 갔다.

명란을 보자마자, 박 노부인의 입가에 웃음기가 어렸다.

"너는 복이 있는 아이로구나. 귀댁은 참으로 복이 많은 집안이구려. 아드님과 사위가 모두 훌륭하니!"

왕 씨가 만면에 웃음을 띠며, 공손하게 회답했다.

"덕담 감사합니다."

명란은 목욕을 마친 뒤, 거울 앞에 앉아 정식으로 단장을 시작했다. 박 노장군 부인은 비록 나이는 많았으나 손놀림이 매우 부드러웠다. 명주실로 얼굴의 솜털을 뽑을 때도 손놀림이 재빠르고 깔끔하여 명란이 미처 비명을 지를 새도 없었다. 그리고 나서는 명란의 얼굴에 두텁게 향고를 바르고, 그다음에는 마치 하얗게 회칠한 담장처럼 서너 층으로 백분을 덧발랐다. 다음 단계는 눈썹을 그리고 연지를 바르는 것이다.

명란은 참을성 있게 앉아 있었다. 단장을 마친 뒤에는 거울을 볼 흥미마저 모두 사라진 상태였다. 언니 세 명이 출가하는 장면을 본 적이 있기에, 이미 잘 알고 있었기 때문이다. 지금 자신의 모습은 아마 연지를 바른 하얀 밀가루 반죽 같을 것이다.

그래도…… 가보옥은 과연 안목이 예리하구나. 이렇게 천 명의 얼굴을 똑같이 만들어버리는 궁극의 화장술 하에서도 설보채와 임대옥을 분간할 수 있었으니 말이다.[5] 설보채야, 네가 만약 분을 좀 더 두텁게 발랐다면 화촉을 밝힌 첫날밤에 가보옥을 속일 수 있었을 거야. 어쨌든 가보옥을 먼저 재웠어야지. 그랬다면 배때기가 부른 학자들이 허구한 날 진지한 얼굴로 '설보채는 성욕 없는 혼인을 한 게 아닐까' 운운하며 가십성 화제를 내놓지 못했을 텐데.

그다음 이어지는 과정은 명란에게는 뭐가 뭔지 알 수 없는 어수선한 광경이었다. 마치 머리 위를 무겁게 짓누르며 수많은 물건들이 얹혀진 듯했고, 슬쩍 움직이기만 해도 댕댕거리며 어지러이 소리가 울렸다. 즉각 목의 길이가 3촌은 짧아졌다.

달콤한 제비집 대추죽을 조금 먹고 나니, 청년부터 노년에 이르는 여인들이 우르르 들어와 왁자지껄하게 무수한 덕담을 해주었다. 명란은 일일이 대답할 필요가 없었다. 그저 고개를 숙이고 부끄러워하기만 하면 족했다. 소도가 곁에서 작은 도자기통을 하나 받쳐 들고 있었다. 안에는 간식거리와 인삼편이 들어 있었다. 갑자기 필요할 때를 대비한 것이었다. 단귤은 뭐 하나 빠트린 게 없길 바라며, 명란이 몸에 지닌 물건들을 점검하느라 분주했다.

얼마나 시간이 지났을까, 바깥에서는 펑펑 폭죽이 터졌고 한참 소란스러운 소리가 들렸다. 신부를 맞이하러 온 무리들이 당도한 것이다.

고정엽은 붉은색 예복을 걸치고 고개를 높이 쳐들고 큰 말 위에 올라타 있었다. 왼편에는 막 대두하기 시작한 위북후 심종흥이 있었고, 오른편에는 무영전대학사의 장자 구담이 있었다. 그도 새로이 급제한 탐화

---

5) 소설 『홍루몽』에서 가보옥은 신부가 임대옥인 줄 알고 혼인하나 신방에서 신부가 임대옥이 아닌 설보채라는 사실을 알아채고 몸져누움.

랑이었다. 뒤쪽에는 어림군 총지휘사 정준 및 황후의 제부 정효 형제가 뒤따르고 있었다.

장백이 문 앞에 서서 입술을 실룩대고 있었다. 참으로 훌륭하구나. 문무 신흥 귀족들과 황제의 외척들이 모두 모였구나.

관례에 따르면 새신랑을 괴롭혀야 했다.

량함이 긴 창을 사용하는 요령 한두 가지를 언급하자 젊은 장군 정효가 나서서 바로 소매를 걷어 올리며 기꺼이 시범을 보이겠다는 의사를 표시했다.

문염경은 목청을 가다듬고 시험 문제 두 개를 출제했다. 하나를 보면 열을 아는 인재 구담이 청산유수처럼 대답했다. 문염경이 그의 훌륭한 대답에 얼른 물러났다. 새로이 과거에 급제한 두 진사는 손을 맞잡고 기쁘게 이야기를 나누었다. 입을 열자마자 '그해 전시를 돌아보니 어쩌고 저쩌고' 하며 이야기를 꺼냈다. 실제로는 전시가 막 끝난 지 며칠 되지 않았으니, 그 해를 돌아보기는 아직 멀었다. 한구석에 서 있던 낙방생 장풍은 매우 우울한 기분이 들었다.

원문소는 눈치가 가장 빨랐다. 강직하고 아첨할 줄 모르는 얼굴을 하고서 태연히 문가로 다가가 몰래 빗장을 빼고는 암호를 댔다. 고정엽이 얼른 알아듣고 휘파람을 불자 젊은이들이 크게 함성을 지르며 맹렬한 기세로 쳐들어왔다. 성부의 대문이 드디어 함락을 고했다.

장백은 마무리로 다음과 같은 대련을 지었다. 상련은 이러했다. '안으로는 배신자가 있어 전투 의지가 굳세지 못하고.' 하련은 이러했다. '밖으로는 강한 적이 있어 생각이 교활하고 수법이 사나웠네.' 그리고 횡비는 이러했다. '벼락이 치고 비가 오니 모두들 얼른 의복을 거두어들이고

잠자리에 드세.[6]

장백의 곁에 있던 어린 장동이 아까 건네받은 붉은 봉투를 살그머니 어루만졌다. 안에서 은표가 부스럭대는 소리가 들렸다. 여섯째 매부의 정다운 후의에 완곡히 감사를 표하던 장동이 결국 참지 못하고 입을 열었다.

"……그런데 큰형님, 형님은 조금 전에 문을 막는 것도 돕지 않으셨잖습니까!"

저들은 비록 전력을 다해 막진 않았지만 어쨌든 시늉은 냈다. 문을 지키는 수호신처럼 서 있기만 한 사람은 장백뿐이었다.

장백이 태연하게 팔짱을 끼고 천천히 대답했다.

"왜냐하면, 나는 네 여섯째 매부가 보낸 전수지錢秀之의 〈오강수조도烏江垂釣圖〉를 받았기 때문이지."

"뭐라고요?"

장동이 입을 크게 벌리고 더듬거렸다.

"그, 그…… 그런데 형님께서는 다른 매부들에게……."

장백이 정색하고 어린 아우를 진지하게 타일렀다.

"나야 그림을 받아 문을 막기가 어려웠지만 그게 저들과 무슨 상관이 있느냐? 장동아, 새겨 듣거라. 일을 처리할 때는 옳고 그름을 잘 따져야 하느니라."

말을 마친 장백은 태연한 얼굴로 몸을 돌려 천천히 자리를 떴다. 옷자

---

6) 종이 등에 대구對句의 글을 써서 대문 기둥에 붙이는 것을 대련對聯이라 하는데, 좌측에 쓰이는 것이 상련上聯, 우측에 쓰이는 것이 하련下聯, 위쪽에 제목처럼 붙이는 것이 횡비橫批.

락을 펄럭이는 모습이 위진시대 오의자제烏衣子弟[7]처럼 고상해 보였다.

남겨진 장동은 탄복한 표정을 지었다.

---

7) 위진남북조 시대의 이름난 귀공자.

제104화

새 신부 下

이날 노대부인은 여섯 가지 복을 상징하는 둥근 여섯 장 겹꽃잎 무늬를 은은하게 수놓은 짙푸른 새 배자를 입었다. 하석에서 자신을 올려다보는 고정엽을 바라보며 그가 올린 차를 받은 뒤 아무 말 없이 붉은 봉투를 내밀었다. 그러고는 서늘하고 번개같이 날카로운 눈빛으로 그를 훑어보았다. 그나마 고정엽이 그동안 산사람과 죽은 사람을 무수히 봐왔기에 시종일관 미소를 잃지 않고 노대부인의 시선을 버텨낼 수 있었다.

고정엽을 다시 만난 왕 씨는 입안이 쓰고 마음이 복잡했으나 그저 상석에 단정히 앉아 몇 마디 겉치레 인사를 건넬 수밖에 없었다. 마지막으로 성굉이 등장하여 상황을 장악했다. 역시 그는 연기파였다. 품위 있게 '참으로 기쁘고 마음이 놓인다'는 부류의 말을 하는가 하면, 놀랍게도 눈가에 은근히 눈물을 비추기도 했다. 지적할 필요 없는 완벽한 표정과 행동으로 자애로운 아버지의 모습을 생생하게 그려내고 있었다.

고정엽이 성굉 부부를 향해 차를 올리고 정중히 엎드려 절을 하고 나자 붉은 비단 머리쓰개를 쓴 신부가 박 노부인의 인도에 따라 천천히 정당으로 들어왔다. 고정엽은 곁눈질 한번 없이 명란과 함께 성굉 부부를 향해 몸을 숙였다가 고개를 들고 작별을 고하는 예를 올렸다. 거의 눈물 범벅이 된 성굉이 연신 덕담을 날렸다.

"기쁘고 기쁘도다! 너희들은 앞으로 서로 존경하고 아끼며, 서로 돕고 백년해로해야 하느니라. 자손 번성하고, 아이들에게 귀감이 되는 언행을 보이거라."

드디어 감정을 끌어낸 왕 씨가 부드러운 어조로 당부했다.

"앞으로 공경하는 마음을 갖고 매사에 삼가야 할 게야. 부군과 시부모님의 말씀 잘 듣고, 분별없이 제멋대로 행동해서는 안 되느니라."

왕 씨는 자신이 참 말을 잘했다는 생각이 들었다. 그녀는 원래 문어체로 말하는 데 서툴렀다. 여란이 출가했을 때는 거의 기절할 정도로 울어 결국에는 아무 말도 하지 못했다.

마지막 절을 올릴 때 노대부인은 그만 참지 못하고 명란의 손을 힘껏 끌어당겼다. 노대부인의 눈가에 눈물이 반짝였다. 명란은 머리쓰개 아래로 손바닥만큼 좁다란 바닥밖에 볼 수 없어 노대부인의 표정을 전혀 알 수가 없었다. 고개를 숙이는 동안 오직 노인의 메마른 손이 관절 부위가 하얗게 되도록 힘을 주어 자신의 통통한 손을 꼭 쥐고 있는 것밖에 볼 수 없었다. 명란은 코끝이 시큰해졌다. 커다란 눈물방울이 서로를 꼭 잡은 조모와 손녀의 손 위로 뚝뚝 떨어졌다.

노대부인은 뜨거운 물에 데인 것처럼 잡았던 손을 얼른 놓고 겨우 낮은 목소리로 입을 열었다.

"앞으로 잘……."

명란은 감정이 복받쳐 가슴이 아려왔다. 한마디 말도 할 수가 없었다. 그저 힘껏 고개를 끄덕일 따름이었다. 머리에 쓴 머리쓰개가 흔들리다 자칫 바닥으로 떨어질 뻔했다.

명란은 화장이 번질까봐 애써 고개를 숙여 눈에 맺힌 눈물이 곧장 바닥으로 떨어지게 했다. 명란은 누군지도 모를 이에게 이끌려 밖으로 천천히 나와 대문간에 다다랐다. 장백이 그녀를 업어 가마에 태웠다. 가마의 휘장이 내려지고 가마가 휘청거렸다. 명란은 가마가 출발했음을 깨닫고 얼른 소매 속에서 섬세한 비단 손수건을 꺼내 손수건 모서리로 눈가에 맺힌 눈물을 조심조심 닦았다.

여덟 명이 짊어진 커다란 가마의 넓은 내부는 비취와 진주로 장식되어 있었고, 금박을 입힌 무늬가 그려져 있었다.

흔들림이 거의 없이 평온하게 전진하는 가마 안에 앉은 명란의 귓가에 북소리와 폭죽 소리가 시끄럽게 울렸다. 사람들의 웃고 떠드는 소리가 거리를 가득 채우고 있었다.

그제야 명란은 얼굴이 은근히 아파져 오는 것을 느꼈다. 실면도를 해준 노부인은 연약해 보이는 겉모습과는 달리 손길이 매웠다. 생각하면 할수록 얼굴 피부가 아프다는 느낌이 들었고, 결국 조용히 '아야' 하고 외마디 감탄사를 내뱉고 말았다.

가마 밖에서 바짝 붙어 수행하던 소도는 귀가 밝았다. 소도가 휘장 주변을 두리번거리며 조용히 물었다.

"아가씨, 혹시 시장해서 배가 아프세요? 저한테 요깃거리가 있어요!"

명란은 웃음을 참지 못하고, 피식 웃었다. 이 먹보 같으니! 명란이 휘장 너머로 조용히 대답했다.

"시장하진 않구나!"

소도가 여전히 걱정스럽게 말했다.

"아가씨, 억지로 참으시면 안 돼요!"

명란이 어쩔 수 없다는 듯 대답했다.

"참는 게 아니야!"

고대의 풍수는 대부분 거기서 거기였다. 경성의 외성 동쪽은 부유하고, 서쪽은 고귀했으며, 남쪽은 가난하고, 북쪽은 천했다. 내성 안에는 황제의 친척과 외척, 권문세가들이 모여 살았다. 저택을 구입한 성 노대인의 예리한 안목 덕분에 성가의 부동산은 성 안쪽과 무척 가까웠고, 녕원후부와도 그리 멀지 않았다. 명란은 대략 두 끼를 먹을 시간 동안 가마 안에서 흔들리다 내릴 수 있었다.

명란은 단귤의 팔에 한 손을 얹고, 다른 한 손으로는 가마에서 내리자마자 건네받은 붉은 비단 끈을 잡아끌며 어디가 어딘지도 모른 채 앞을 향해 걸었다. 녕원후부에 발을 내딛자마자 시끌벅적한 폭죽 소리와 축하 인사가 들려왔다. 바닥에 깔린 긴 붉은 융단은 곧장 본채의 대청으로 이어져 있었다. 명란은 붉은 융단 위를 걸으며 천천히 앞으로 나아갔다. 색색의 무늬가 조각된 문지방에 이르고 나서야 명란은 녕원후부에 도착했음을 깨달았다.

그 뒤 한참 동안, 명란은 꼭두각시처럼 예관의 제창과 지시를 따라 현기증이 나도록 쉼 없이 절하고, 몸을 돌리고, 다시 절하고, 다시 몸을 돌리고, 또다시 절을 한 뒤 강아지처럼 어딘가로 끌려갔다. 그런데 신방 안이 바깥보다 더 시끄러울 줄 누가 알았겠는가? 신방 침상에 앉혀진 명란의 귀에 방안에 모인 여자 권속들의 웃고 떠드는 소리가 들려왔다.

난처한 명란과 달리 고정엽은 능숙한 태도로 희 유모가 건네는 은을 박아 넣어 장식한 흑단 저울대를 받아 들고 화염처럼 붉은 머리쓰개를 살며시 걷었다. 두 번째 혼인이니 이리도 능숙한 것이다.

명란은 그저 눈이 부시기만 했다. 머리 위로 키가 큰 그림자가 자신을 덮고 있었다. 고개를 들자 바로 앞에 고정엽의 눈동자가 있었다. 깊고 맑은 눈이었다. 유달리 까만 눈시울 선이 가늘고 길게 기울어져서 사람을 볼 때 마치 깊은 의미가 담겨 있는 같았다. 명란은 순간 얼굴이 빨개져서 고개를 숙였다. 부끄러워하는 모습이 꼭 새색시의 그것이었다. 고정엽은 슬며시 입가에 미소를 지었다. 그의 눈은 온통 웃음기로 가득 차 있었다.

잠시 뒤, 그가 명란의 곁에 앉아 무언가를 속삭였다. 명란이 어렴풋하게 알아들은 그의 말은 이러했다.

"……어쩌다 얼굴에 그리 칠을 한 게냐?"

명란은 하마터면 소리를 지를 뻔했다. 이 아씨께서 온종일 고생했는데, 네 녀석이 감히 불만이란 게냐?

"어머! 신부가 참 곱기도 하지!"

화려한 자수가 놓인 진홍색 배자를 입은 어떤 부인이 웃으며 말했다. 방 안의 여자 권속들은 그 부인을 따라 희희낙락하며 제각기 농을 걸기 시작했다.

명란은 눈을 들어 방에 가득한 보석과 비단으로 치장한 부인들을 바라보았다. 비단옷과 화려한 장식으로 한껏 치장한 여인들 틈바구니에서 명란은 얼굴을 한껏 붉혔다. 세상에, 이렇게 얼굴에 떡칠했는데 고운지 안 고운지 어떻게 아세요?

이어서 명란과 새신랑의 머리 위로 사람들이 던지는 땅콩과 대추 등이 쏟아져 내렸다. 명란은 감히 꼼짝달싹할 엄두도 못 내고, 그저 순순히 사람들이 던지는 대로 맞고만 있을 수밖에 없었다. 고정엽은 순간적인 조건반사로 몇 개를 받아냈다가 한바탕 떠들썩한 웃음을 유발하기도 했다.

"아이고! 이보게나, 여긴 신방이지 무예 훈련장이 아닐세. 자네 솜씨는 여기선 필요 없어!"

아까의 진홍색 배자를 입은 풍만한 부인이 농담을 던졌고, 방 안의 사람들이 모두 큰소리로 웃었다. 고정엽은 천천히 손을 거두었고 말없이 슬며시 미소를 지었다.

그러나 자리에 모인 수많은 여자 권속들은 고정엽의 신분과 성격을 두려워하고 있었기에, 결국 과도하게 그를 놀리는 데까지는 이르지 않았다. 한 부인이 쟁반을 받쳐 들고 등장하더니 교자 같은 것을 젓가락으로 집어 명란의 입가에 대령했다. 명란은 이 풍습을 잘 알고 있었기에 고개를 들고 그녀가 건넨 교자를 한입 깨물었다. 과연 안에는 익지 않은 속이 들어 있었다. 그 부인이 빙그레 웃으며 물었다.

"생生[1]이냐, 아니냐?"

명란은 속으로 욕설을 퍼부으면서도 겉으로는 얌전히 고개를 숙인 채 조용히 대답했다.

"생입니다."

방 안의 여자 권속들이 다시 한바탕 큰소리로 웃었다. 아까 그 부인이 고개를 돌리더니 웃으며 말했다.

"여기 모이신 마님들 모두 들으셨지요. 새색시가 '생'이라 약조했습니다. 장차 필시 자손이 번성하고 다복하겠습니다!"

명란은 붉게 달아오른 얼굴을 하고 사람들의 장단에 맞추어 실없이 하하 웃으며, 속으로는 열심히 자신에게 주의를 환기시켰다. 이 시대는 가족계획 같은 건 없는 시대다. 아이를 점지해달라고 관음보살께 비는

---

1) 생生은 '날것'과 '출산'의 뜻이 있으며, 여기서는 언어유희를 통해 새색시에게 '생'이란 답으로 다산을 다짐받음.

것보다 어미 돼지에게 비는 게 더 가성비가 좋았다.

마지막은 합환주를 마시는 것이었다. 붉은 옻칠 바탕에 금박으로 자잘하게 무늬를 넣은 둥근 쟁반 위에 붉은 끈으로 함께 묶은 붓꽃무늬 백자 술잔 한 쌍이 놓여 있었다. 명란이 살짝 몸을 돌리고 얼굴을 붉히며 고정엽과 서로 잔을 바꾸어 마셨다. 몸이 가까워질 때, 슬쩍 올려다본 맞은편 남자의 깔끔하고 잘생긴 턱에 명란은 일순 가슴이 두근거렸다.

어쨌든 상등품이로구나, 등불을 끄고 눈 한번 꽉 감으면 못 지나갈 게 뭐 있겠나.

혼례 의식을 마친 뒤, 고정엽은 서둘러 손님 접대를 하러 나가야만 했다. 문을 나서기 전, 고정엽은 뒤를 돌아보며 무언가 말을 하려 했으나 방을 꽉 채운 여자 권속들을 보고 입을 다문 채 그대로 나갔다. 아까 그 풍만한 부인은 계속 웃음을 참고 있다가, 그가 나가는 것을 보고서야 명란에게 다가가 친근하게 말을 걸었다.

"동서, 내가 자네 사촌 시아주버님의 부인일세. 동서는 무서워할 필요 없네. 우리 집안에 왔으니 앞으로 동서도 우리 사람이지!"

상냥하게 웃는 그녀를 보며 명란도 미소 띤 얼굴로 대답했다.

"네, 형님."

이때, 탁자 곁에 서 있던 한 부인이 갑자기 웃음을 터트리더니 손수건을 꺼내 입을 가리고 웃으며 말했다.

"형님도 참 성미가 급하십니다. 진짜 형님은 아직 입도 안 열었는데 먼저 친한 척하시깁니까!"

또 다른 부인이 즉각 맞장구를 치며 말했다.

"그 말은 이치에 맞지 않습니다. 성질이 급하면 아들을 못 낳는다고 하던데 저 형님은 아들이 둘이나 있지 않습니까. 큰형님께서 서두를 때를 아시고 서두르시는 게지요!"

자리에 있던 여자 권속들이 일제히 큰소리로 웃었다. 아까 그 사촌 시아주버님의 부인, 즉 고정훤의 부인이 짐짓 노한 척 꾸미며 손등을 허리에 짚고는 입을 실쭉거렸다.

"그만들 하게! 내가 늙다리가 되었다고 요 몇 년간 자네들 낯짝이 갈수록 두꺼워지는구먼!"

그러고는 고개를 돌려 신방을 밝히는 한 쌍의 빨간 등롱 곁에 단정히 앉아 있는 한 부인을 가리키며 명란에게 웃으며 말했다.

"동서, 이분이 바로 자네 진짜 형님일세!"

그 부인은 서른 가까운 나이로 보였고, 손가락 두 마디 정도 넓이의 검은색 융으로 가장자리를 두른 은은한 길상여의문 무늬의 검붉은색 배자를 입고 있었다. 희고 말간 계란형 얼굴이 대단히 청초해 보이는 단정하고 수려한 용모였다. 은은한 미소를 짓고 있었으나, 미간에는 살짝 우울한 기색이 어려 있었다. 그리고 별다른 장신구도 눈에 띄지는 않는 모습이었다. 그녀가 조용히 자리에서 일어나 명란을 향해 천천히 다가왔다. 방 안이 점점 조용해졌고, 웃거나 말하는 이도 없어졌다.

명란은 그녀가 바로 고가 적장자 고정욱의 아내, 즉 현재의 녕원후 부인 소 씨임을 깨달았다. 명란은 감히 침상에서 내려오지도 못한 채 즉각 그 부인을 향해 고개를 조아리고 공손하게 인사했다.

"형님!"

소 씨가 명란 쪽으로 다가와 살며시 그녀의 손을 잡았다. 명란은 싸늘한 촉감이 들 뿐이었다. 이윽고 그녀가 명란에게 천천히 말했다.

"이제 한 식구가 되었구먼. 집안 살림은 차차 익숙해질 터이니 너무 어려워 말게."

몇 마디 당부를 건네는 어조는 점잖았으나 뭐라 형언할 수 없는 쓸쓸함과 무심함이 담겨 있었다.

소 씨가 다시 몸을 돌려 자리에 모인 사람들을 향해 말했다.

"우리도 이제 얼른 갑시다. 손님들께서 많이 오셨는데 주인집 식솔들이 여기 모여 신부를 놀리고 있는 것도 보기 안 좋겠지요."

여자 권속들이 미소를 지으며 동의를 표했다. 그리고 곧 고정환의 부인이 앞장선 가운데, 한 무리 부인들이 꼬챙이에 꿴 생선들처럼 줄지어 자리를 떴다.

소 씨가 또 몸을 돌려 명란을 향해 조용히 말했다.

"자네 시중들 아이가 있는 것도 알고 있네. 허나 도련님이 이전까지 여기 살지 않았으니 도련님이 데려온 사람이 적당하지 않을지도 모르겠어. 하여 내가 문간에 있는 계집종 둘을 자네에게 주겠네. 만약 필요한 것이 있거든 그 아이들에게 직접 분부하면 될 것이야. 오늘은 자네도 피곤할 테지. 내가 요깃거리를 조금 준비하라 일렀으니 이따 오면 그걸로 요기하게."

말을 마친 뒤 소 씨가 미소를 지었다. 명란이 감사 인사를 마치자, 소 씨가 곧바로 자리를 떴다.

명란은 닫힌 문을 바라보며 놀라운 느낌이 들었다. 소 씨의 인상은 고태부인과 완전히 판판이었다. 정중하고, 상냥하고, 주도면밀했으나 차가운 분위기를 띠고 있었다. 천 리쯤 멀리 거리감을 느끼게 하는 분위기였다. 다른 사람들은 그런 소 씨에게 불편함을 느낄지도 모르겠으나, 명란은 오히려 다행이라는 생각이 들었다. 적당히 데면데면한 배려가 도리어 사람을 자유롭고 편안하게 해주기 때문이다.

사람들이 물러간 뒤, 방 안에는 단귤, 소도 그리고 다른 두 계집종만 남았다.

단균은 명란이 오랫동안 굳은 자세로 앉아 있던 모습을 보고 안쓰러운 마음이 들었다. 사람들이 다 나가자마자 얼른 앞으로 다가가 낮은 목소리로 물었다.

"아가씨, 시장하시겠어요. 차라도 드릴까요?"

"필요 없다."

명란이 거의 뻣뻣해져 버린 허리를 문지르며 대답했다. 몸을 쭉 뻗고 기지개를 켜고 싶은 마음이 굴뚝같았으나 다른 두 계집종에게 그런 모습을 보이기가 꺼림칙한 마음이 들었다. 그래서 명란은 단균에게 분부를 내렸다.

"세수를 하고 싶구나. 따뜻한 물 좀 받아오너라."

회칠한 담장처럼 온 얼굴을 뒤덮은 분가루로 명란은 갑갑해 죽을 지경이었다. 단균이 알겠다며 자리를 떴다.

소도는 명란이 연신 자신의 허리를 문지르는 모습을 보고 얼른 달려가 명란 대신 허리를 주물렀다. 소도는 안마에 대단한 소질이 있었다. 주무르는 힘도 너무 가볍지도 무겁지도 않고 딱 적당했다. 명란은 편안해진 마음에 신음이 나올 뻔했으나, 여전히 방구석을 지키고 있는 그 계집종들의 눈치가 보여 그저 위엄 있는 미소만 짓고 있을 따름이었다. 명란이 손짓으로 그녀들을 불렀다.

"너희들 이름은 무엇이냐?"

두 계집종의 얼굴에 몹시 당황한 기색이 어렸다. 그중 좀 더 언니인 듯한 한 명이 앞으로 나와 공손히 대답했다.

"부인께 대답 올리겠습니다. 저는 하하夏荷라고 하고, 이 아이는 하죽夏竹이라고 하옵니다. 나리께서 부인의 시중을 들라고 분부하셨지요."

명란은 과연 성가에서 십 년간 굴렀던 만큼, 단박에 알아볼 수가 있었다. 이 두 계집종의 언사와 행동거지를 한 번만 보고서도 이 아이들이 비록 공손하고 신중해 보이긴 하나 억지스럽고 뻣뻣하며 부자연스러운 데가 있음을 알아챘다. 명란은 곧바로 그녀들이 안채의 계집종으로서 거쳐야 할 장기간에 걸친 정통 훈련을 받지 못했음을 간파했다. 아마 이 반년간 임시적인 훈련을 마치고 바로 임무에 투입되었을 것이리라.

일반적인 경우, 여러 대에 걸쳐 권세를 떨쳐온 부유하고 지체 높은 집안에서 주인을 가까이 모시는 큰 계집종은 대부분 어렸을 때부터 훈련을 거치기 마련이다. 대체로 열 살을 전후한 나이에 안채에 들어가 일을 시작했고, 말 한마디, 행동거지 하나부터 배워야 했다. 식사, 거동, 차 마시기, 꾸미기, 머리 빗기, 정리하기, 장부 계산하기는 물론이고 말하는 방법, 손님 접대 및 인간관계에 이르기까지 모두 정해진 법도가 있었고, 귀동냥으로 얻은 견문까지 갖추고 있어야 했다.

예전에 명란은 '가난한 여염집 여식에게 장가를 가느니 차라리 대갓집 계집종에게 장가들겠다'는 말에 콧방귀를 뀌었었다. 그러나 방씨 어멈이 엄격하고 세세하게 계집종들을 훈계하는 것을 본 뒤로는 속담이 일리가 있다는 말밖에 할 수 없게 되었다. 그런데도 방씨 어멈은 여전히 안타까워하며 성가가 전보다는 훨씬 유해졌다며 탄식했다. 이전의 용의후부 같았으면 명란 주변의 계집종들 중 적어도 절반은 도태되었을 거라는 것이다.

소도는 그 말을 듣고 혹시 쫓겨나는 게 아닌가 하는 두려움에 며칠간 잠도 제대로 못 잤을 정도였다.

그러므로 어떤 젊은 나리가 길가에서 '몸을 팔아 아비의 장례를 치르려 합니다'라는 소녀를 구하고, 그 소녀가 죽기 살기로 뼈 빠져라 일하며 시중을 들고 은혜를 갚는다는 극적인 사건은 정말로 부유하고 지체 높은 집안에서는 거의 불가능한 것이다. 설령 정말 그런 소녀를 구했다고 할지라도, 일단 관사 어멈에게 보내 천천히 훈련을 거치고 법도와 예절을 배우게 해야 했다. 그러고 나서 바깥쪽 코스부터 한 발자국씩 내딛는 것이다. 그런데 한걸음에 바로 정상에 올라 가까이서 주인의 시중을 들겠다고? 씨알도 안 먹힐 소리다!

대체 보은을 하러 온 것이냐, 아니면 교태를 부려 봉이라도 잡으러 온 것이냐?! 고대 사람들은 똑똑히 알고 있던 것이다. 오히려 머리에 문제가 있는 것은 현대의 드라마 쪽이다.

보아하니 고정엽은 녕원후부 사람들을 믿지 못해 손수 아랫사람들을 고용한 것 같았다. 들리는 바로는 황제가 전답과 저택을 하사하면서 적지 않은 노복과 소작인들을 함께 하사했다고 한다. 이 두 계집종도 어느 곳 출신인지 알 수 없었다.

하하는 명란의 시종일관 말 없는 모습을 보고 작고 참한 얼굴에 당황한 기색을 떠올렸다. 명란이 그녀를 보고 미소 지으며 물었다.

"참으로 듣기 좋은 이름이구나, 누가 지어준 게냐?"

하하가 가볍게 한시름을 놓더니 대답했다.

"상 유모가 지어준 이름입니다……. 저희가 여름에 고부에 들어왔거든요."

명란은 남몰래 그 이름을 외워두었다. 이 두 계집종은 의사 표현도 확실하고 태도도 시원시원하여 다소 마음에 드는 구석이 있었다. 소도가 가만히 못 있고 자신의 의견을 표명했다.

"너희들 이름은 너무, 아니, 그렇게까지 좋지는 않구나."

명란이 힐끔 그녀를 흘겨보았다. 아직까지도 소도는 자신의 이름이 너무 통속적이고 쉽다며 미련을 못 버리고 있었던 것이다.

명란이 그녀들과 잠시 이야기를 나누는 동안 단귤이 세숫대야를 들고 방 안에 들어왔다. 그녀 뒤로 다른 계집종 둘이 각자 큰 물 항아리와 향 이자[2], 수건 등의 물품을 들고 따라 들어왔다.

소도가 얼른 일어나 수건과 손수건을 받아들더니 그중 긴 수건을 명란의 가슴 앞에 둘렀다. 그러고는 자신이 늘 지니고 다니는 비단주머니에서 반투명한 대모玳瑁[3]가 장식된 작은 솔을 꺼내 명란의 귀밑머리를 쓸며 정리한 뒤, 다른 수건 한 장을 물에 담가 두었다. 단귤은 명란의 손에서 반지와 팔찌 그리고 일고여덟 개의 용봉금팔찌를 일일이 벗겨내고 정리했다.

명란은 그녀들이 자신의 얼굴과 손을 씻기기 편하게끔 살짝 고개를 숙였다. 족히 세 번은 세숫대야 물을 갈고서야, 명란 얼굴에 겹겹으로 발린 분이 깨끗이 씻겨 내려갈 수 있었다. 단귤이 또 늘 지니고 다니는 작은 상자를 열더니 정교한 작은 도자기 병들을 꺼냈다. 손가락으로 가볍게 화로花露[4]와 향고를 찍어 명란의 얼굴과 목, 손 위를 살살 두드리며 그것들을 골고루 발랐다.

마지막으로 단귤은 명란이 새로 지은 평상복으로 갈아입는 걸 거들었다. 소도도 명란이 머리와 옷매무새를 정돈하는 것을 도왔다.

일련의 동작이 흐르는 물처럼 매끄럽고 숙련되어 있었으니, 평소 익숙하게 해왔던 것임이 분명했다. 하하와 하죽은 살짝 입을 벌린 채 그 과

---

2) 기름과 향료를 섞어 만든 중국의 전통 비누.
3) 바다거북의 등딱지를 가공해 만든 보석.
4) 연꽃, 인동초 등을 증류해 만든 화장수.

정을 지켜보았고, 소 씨의 지명을 받고 온 또 다른 계집종 둘도 서로 마주 보며 다소 놀란 기색이었다. 내심 4품 경관의 일개 서녀가 의외로 법도가 엄격하고 기품이 있다는 생각이 들었고, 감히 얕봐서는 안 되겠다는 생각이 들었다.

세수가 끝나자 문이 한 번 더 열렸다. 계집종들과 어멈들 몇몇이 여러 가지 술과 요리들을 들고 들어왔다. 뒤따라온 최씨 어멈이 음식들을 탁자 위에 차리고, 단귤과 소도만 남긴 채 다른 계집종들을 모두 방에서 나가게 했다.

최씨 어멈은 줄곧 바깥에서 명란의 짐과 상자들을 관리하다 이제야 겨우 짐 정리를 마친 참이었다. 방에 들어와 명란을 보자마자 최씨 어멈이 웃음을 터트렸다.

"아가씨 성정은 여전하시군요. 얼굴에 분 바른 채로는 못 견디시고 부득불 깨끗하게 씻으셔야 직성이 풀리시니."

명란이 막 젓가락을 들려다가 빰을 두드리며 대꾸했다.

"어멈도 몰랐을 걸세. 그 분가루들이 족히 세 번은 헹궈야 겨우 떨어지더라니까."

최씨 어멈은 자애로운 눈빛으로 명란이 먹는 모습을 지켜보며 단귤과 소도에게 세심히 명란의 시중을 들 것을 당부했다. 소도가 빰을 빵빵하게 부풀리며 최씨 어멈에게 물었다.

"어멈, 바깥은 다 정리된 거예요? 오늘 밤 우린 어디서 자요?"

최씨 어멈이 소도의 코를 손으로 비틀며 대답했다.

"이래서 네가 계집종 노릇을 제대로 하겠느냐? 주인 걱정은 않고, 먼저 자기 걱정부터 하다니! ……다 정리했다. 어차피 며칠 안 머물 테니, 혼수 몇 상자만 정돈하면 될 것이지. 상자 몇 개만 열어놨다가, 도독부에 가거든 다시 천천히 정리하면 될 게야.”

“어멈이 수고했네.”

명란이 입에 넣은 표고버섯을 애써 삼키며 말했다.

“나 때문에 어멈이 고생하는군. 고향에서 유유자적하게 지낼 걸 내가 다시 불러 고생이 많아.”

최씨 어멈이 손수건을 꺼내어 명란이 어렸을 때 그랬던 것처럼 명란 입가의 음식 찌꺼기를 닦아주며 웃었다.

“아가씨 무슨 말씀입니까? 이 늙은이 몸만 성하다면야, 아가씨가 저를 쫓아내려고 해도 제가 떠나지 않을 것입니다.”

명란은 잠시 미소를 지은 뒤, 다시 고개를 파묻고 먹기에 열중했다. 최씨 어멈이 그런 그녀를 바라보다 저도 모르게 말했다.

“바깥손님들의 술주정이 대단합니다. 오늘 밤…… 아가씨께선…… 조심하셔야겠습니다. 나리의 심기를 거스르시면 안 될 겝니다.”

최씨 어멈이 힘겹게 말을 고르고 있었다. 명란의 얼굴이 금세 새빨개졌다.

배불리 먹고 마시고 나자 명란도 느긋한 마음으로 기다릴 수 있었다. 고가에서는 얌전히 거동을 삼가야만 하는 점이 안타까웠다. 안 그랬다면 소도, 단귤과 무슨 놀이라도 하면서 시간을 얼른 보내버릴 수 있었으리란 잡생각이 들기도 했다. 탁자 위의 용과 봉황 그림으로 장식된 어린아이 팔뚝만 한 두께의 붉은 초 한 쌍이 삼분의 일쯤 타들어가고 있었다. 명란이 침상 위에 엎드린 채 막 잠이 들려는 찰나였다. 별안간 방 바깥이 소란스러워지더니 누군가가 외치는 소리가 들려왔다.

“나리께서 돌아오셨습니다!”

명란은 갑자기 잠이 확 깼다. 펄떡거리는 새우처럼 자리에서 벌떡 일어났다가 다시 얼른 자리에 앉았다.

문이 활짝 열리고 술 냄새가 훅하고 들어왔다. 건장한 어멈 둘이 힘겹게 고정엽을 부축하고 들어서더니 살포시 그를 침상 위에 눕혔다. 명란은 곁의 고주망태가 된 그를 들여다보고 싶은 호기심을 억누르고, 대단히 담담한 표정으로 미소를 지어 보였다.

"어멈들이 고생했구려. 단귤, 붉은 봉투 두 개를 내오너라."

단귤은 붉은 봉투에 상금을 채워 넣는 데 벌써 꽤 숙달되어 있었다. 두 어멈이 이마의 땀을 닦으며, 붉은 봉투를 받아 들었다. 묵직한 것이 적어도 은자 다섯 냥은 든 듯했다. 두 어멈은 속으로 환호성을 올리며 공손히 인사를 올리고 자리를 떴다.

두 어멈이 나가자마자, 명란은 두 다리를 바닥 쪽으로 쭉 뻗었다. 그런데 곁에 있던 고주망태가 별안간 깨어나더니 여전히 대단히 맑은 정신으로 나직이 '저 의리 없는 것들'이라고 읊조릴 줄 누가 알았겠는가?

곧바로 풍겨오는 고정엽의 온몸에 밴 진한 술 냄새에 명란은 미간을 찡그렸다. 그는 대충 머리를 흔들며 술을 깨려 애쓰고 있었다. 키 큰 몸체를 침상 난간에 기대고, 길쯤한 눈을 슬쩍 뜨더니 웃는지 아닌지 알 수 없는 미묘한 표정으로 명란을 바라보던 그가 별안간 미간을 찌푸리며 말했다.

"먼저 목욕하고 올 테니 너도 벗어버리거라."

한쪽에 있던 하하와 하죽이 이 말을 듣더니 얼른 옆방으로 달려가 목욕통에 뜨거운 물을 준비했다. 고정엽이 손을 휘휘 저으며 일어나 걸었다. 처음에는 취기에 발걸음을 다소 휘청거리는 감이 있었으나 곧 균형을 잡았다.

명란은 멍하니 뒤쪽에 서 있었다. 최씨 어멈이 얼른 눈치를 채고 소도와 단귤에게 명란의 귀걸이와 비녀 등을 빼게 했다. 진홍색 신부 의상을 옷걸이에 걸고, 면으로 된 부드러운 내의를 명란에게 입힌 뒤 머뭇거리고 있는 단귤과 소도를 끌고 밖으로 나갔다.

명란은 손가락을 깨물며 새빨간 비단 이불이 깔린 침상을 바라보았다. 그 새빨간 색에 눈이 시렸다. 잠시 후, 고정엽이 홀로 돌아왔다. 눈처럼 새하얀 능라비단 중의中衣 차림에 머리카락은 다소 축축하게 젖어 있었다. 키 큰 몸체로 단번에 침상 위에 쓰러지듯 눕더니, 대영침 위에 비스듬히 몸을 기대고 그윽한 눈동자로 가만히 명란을 바라보았다. 말 한마디 없는 채였다.

명란은 작렬하는 그의 눈빛에 온몸이 연기를 내며 타오를 것 같았고, 목이 마른 기분이 들었다. 명란이 마른기침을 하며 말했다.

"방금 밤참을 먹었으니, 저…… 저…… 저는 다시 입을 헹구고 와야겠습니다."

말을 마치자마자 명란은 재빨리 옆방으로 뛰어갔다.

격선 뒤에서 명란은 다섯 번이나 입을 헹구었다. 열여덟 번 마음의 준비를 하며, 혼인법 중 부부간의 의무와 관련된 대목을 거듭 암송했다. 그러고는 용감하게, 결연하게, 굳은 의지를 다지며 뒤도 돌아보지 않겠단 각오로 발걸음을 내디뎠다. 침실로 돌아와 막 침상에 오르려던 그때, 명란은 침상 머리에 기대 잠들어 있는 고정엽의 모습을 발견했다.

명란은 한껏 마음이 놓였고, 편안한 기분이 들었다. 명란은 맨발로 탁자 쪽으로 다가가 차를 따르고 단숨에 들이켰다. 아직 한숨 돌리지도 못했는데, 등 뒤에서 목소리가 들릴 줄 누가 알았겠는가?

"입은 다 헹궜느냐?"

명란은 하마터면 심하게 사레가 들 뻔했다. 얼른 찻잔을 내려놓고 연신 기침을 하며 몸을 돌렸다. 어느새 잠이 깬 고정엽이 그윽한 눈빛으로 자신을 똑바로 바라보고 있었다. 예리한 그의 눈빛이 마치 유리 조각처럼 날카롭게 느껴졌다. 용과 봉황으로 장식된 붉은 초의 불꽃은 여전히 밝게 빛나며 휘황찬란하게 그의 눈동자를 비추고 있었다.

명란은 몇 초간 굳어진 채 있다가 다급히 차를 따라 그의 눈앞에 대령하며 간절한 목소리로 말했다.

"차 드세요, 차."

고정엽은 옥처럼 윤기가 흐르는 명란의 하얀 팔을 바라보며 문득 입안이 마른 느낌이 들었다. 찻잔을 받아 들고 단숨에 들이켜더니 명란에게 빈 찻잔을 돌려주었다. 명란은 찻잔을 탁자 위에 되돌려 놓고 서서 머뭇댔다. 고정엽이 가볍게 웃더니 미묘한 눈빛으로 그녀를 바라보며 말했다.

"안 잘 게냐?"

명란이 크게 심호흡을 하고 큰소리로 대답했다.

"드릴 말씀이 있어요!"

고정엽이 대수롭지 않다는 듯 손을 휘휘 저으며 말했다.

"내일 다시 말하고 우선 쉬자."

이렇게 말하며 고정엽이 침상에서 내려왔다. 그는 키가 크고 다리가 길었다. 두 걸음 만에 명란 곁에 오더니 명란의 손을 꼭 잡았다.

"실은 긴히 드릴 말씀이 있다고요!"

명란이 마지막 발악을 했다.

"다음에 하자니까."

그가 건장한 어깨 위에 명란을 들쳐 멨다. 명란은 두 다리가 허공에 떠 있는 기분이 들었다. 고정엽이 그녀를 안아 올린 것이다. 정확히 말하자면 거꾸로 들쳐 멨다. 머리를 아래로 향한 명란은 바닥을 마주하자 문득 무서운 기분이 들었다. 그저 그를 꽉 붙들 수밖에 없었다. 곧이어 명란의 몸이 침상 위로 던져졌다.

고정엽은 이불을 끌어다 덮고, 손을 놀려 석류와 백자문이 수놓인 얇은 분홍빛 비단 휘장과 두꺼운 비단 휘장을 내리고 고개를 돌려 명란을 바라보았다. 명란은 침상 구석에서 조그마한 몸을 웅크린 채 연신 떨고 있었다.

"저, 저, 저, 저는……."

명란은 완전히 말더듬이가 되었다.

"온종일 바빴으니 필시 지쳤을 게야. 얼른 쉬거라."

고정엽이 그녀의 작은 손을 쥐고 보드라운 손등을 살살 쓰다듬었다. 살이 부드러워 더듬을 때마다 가늘고 긴 손가락뼈가 느껴졌다.

"안 피곤해요!"

명란이 얼굴을 붉히며 가슴속에 꽉 막혀 있던 무언가를 쏟아냈다.

"안 피곤하다고?"

고정엽의 가늘고 긴 눈에서 푸른빛이 뿜어져 나오는 것 같았다.

고정엽은 명란을 침상 머리맡으로 끌어온 다음 큰 몸으로 내리눌렀다. 몸을 꼭 붙인 채 옷 속으로 손을 집어넣자 따뜻하고 부드러운 여린 소녀의 피부가 느껴졌다. 한 줌에 쏙 들어갈 듯한 가냘픈 허리가 힘을 주면 끊어질 듯 연약해 보였다. 위로 더듬어 올라가자 봉긋하게 솟은 풍만한 가슴이 느껴졌다. 그윽한 향기가 코를 간지럽혔다.

명란은 몸을 덜덜 떨었다. 남자의 근육은 억세고 단단했다. 마찰로 인해 온몸이 아팠다. 명란은 흐느끼기 시작했다.

"흑흑, 저는 몰라요……."

아니, 사실 그녀는 대단히 잘 알고 있었다.

"…… 흑흑, 해본 적 없단 말이에요."

남자의 몸은 이미 뜨겁게 달아올라 있었다. 그녀가 하는 말은 귀에 들어오지도 않았다. 그저 끊임없이 그녀의 몸을 주물러댈 따름이었다.

명란은 주물러대는 손을 피해 몸을 둥글게 말아 옆으로 몸을 돌렸다. 머리를 베개 속에 파묻고 깜짝 놀란 작은 짐승처럼 낮게 흐느꼈다. 그러나 반투명한 뺨과 귓불은 미처 감추지 못했다. 고정엽은 그곳을 멍하니 바라보다 귀신에 홀린 듯 입술로 깨물었다. 명란은 아파서 소리를 질렀다. 그를 피해 숨고 싶었으나 침상 위에 단단히 고정되어 꼼짝도 할 수 없었다.

남자가 혀끝으로 입안의 통통한 귓불을 살살 건드리며 소녀의 옷을 뜯어버렸다. 백옥처럼 연약하고 가냘픈 작은 짐승은 두려움에 거의 비명을 지르고 싶었지만, 감히 그러지는 못하고 그저 흐느낄 따름이었다. 흥분한 남자가 그녀의 목을 따라 입맞춤을 하다 조급하게 깨물었다. 그녀의 가슴 앞에 이르렀을 때 남자의 눈은 빨갛게 충혈되어 있었다. 봉긋하게 솟은 가슴 위로 작고 귀여운 것이 잔뜩 움츠리고 있었다. 그는 입을 벌려 그것을 머금고 계속해서 빨고 핥았다.

명란은 결국 참지 못하고 울면서 매끄러운 다리로 벌거벗은 그의 가슴팍을 힘껏 걷어찼다. 그러나 예기치도 못하게 발이 붙들리고 말았다. 고정엽은 어린 아내의 복사뼈를 움켜쥐었다. 너무도 가냘파 꽉 쥐었다가는 부서질 것 같았다. 그는 다급히 그녀의 다리를 벌려 구부리게 한 다음 자신의 몸을 포개며 다시 한번 그녀의 몸을 내리눌렀다.

그의 입술이 어린 아내의 가녀리고 부드러운 목과 귓불을 더듬었다. 거친 숨을 헐떡이며 부단히 입을 맞추고 핥았다. 명란은 자신의 다리가 들리는 듯한 기분이 들었고, 그다음 뭐가 뭔지 모를 뜨거운 것이 스쳐 간 뒤 일순 하반신을 날카롭게 찌르는 통증이 엄습했다.

명란은 울음을 터트렸다. 이번은 진짜로 운 것이었다. 흐느끼는 명란의 눈에서 바로 눈물이 흘러내렸다. 명란은 입술을 깨물며 소리를 내지 않기 위해 안간힘을 썼다.

고정엽도 한참을 참았다. 하지만 어린 아내의 긴장이 어느 정도 풀렸다는 생각이 들자 참지 못하고 맹렬히 덮치기 시작했다. 그녀의 작은 입에 입맞춤하며 힘껏 몸을 움직였다. 명란은 그저 머리를 베개 속에 파묻었다. 눈물로 베갯잇을 반쯤 적시며 격렬히 흐느꼈다.

"……흑흑, 하지 말아요. ……다음에 하세요, 흑흑…… 날 놔주세요! 저는 못 견디겠어요……."

명란은 줄곧 자신이 비실용적인 생물에 속한다고 알고 있었다. 정신 상태가 강해서 웬만한 조롱이나 공격에는 아무런 감흥도 없었다. 그러나 몸 상태는 형편없었다. 추위에 약했고, 더위에 약했고, 간지러움에 약했고, 특히 통증에 약했다. 조금이라도 통증을 느끼면 바로 눈물을 줄줄 흘리며 울었다.

고정엽은 부단히 그녀를 달랬다. 그녀가 앙탈을 부릴수록 더 예쁘고 사랑스럽게 보였다. 혼을 빼앗길 정도로 맛있는 몸이었다. 그는 더 참지 못하고 그녀의 엉덩이를 밀어 올리고는 자신의 하체로 힘껏 눌렀다. 한층 더 힘껏 리듬감 있게 몸을 움직이기 시작하자 밑에 깔린 명란이 새우처럼 몸을 웅크렸다. 명란은 몹시 화가 났고, 분노를 발산할 곳을 찾다가 두툼한 살을 붙잡았다. 그러고는 남자의 어깨인지 팔인지는 알 수 없는 그것을 힘껏 깨물었다. 그러나 그것이 도리어 그의 흥분을 자극할 줄은 누가 알았겠는가? 그는 부단히 그녀의 가슴을 주물러댔고, 그녀의 하체는 더더욱 고통스러워졌다. 두 다리가 한껏 벌려졌고, 온몸이 노곤해져 거의 기진맥진해질 지경이었다.

명란은 속수무책으로 그저 눈을 비비며 낮게 흐느낄 수밖에 없었다. 이 네모난 침상은 그녀에겐 마치 이 세상의 끝과 같았고, 그녀를 막다른 궁지로 몰고 있는 것 같았다. 그저 남자의 몸에 깔려 관계를 맺을 수밖에 없는 것이다.

얼마나 오랫동안 견뎠을까, 명란은 허리가 끊어질 것 같았다. 이윽고 고정엽이 거친 숨을 헐떡거리길 멈췄고, 명란은 마치 죽을 고비를 넘긴 사람처럼 온몸을 덜덜 떨고 있었다. 두 사람 모두 온몸이 땀으로 흠뻑 젖어 있었다. 명란은 기진맥진하여 진흙처럼 흐물흐물해질 지경이었으나, 고정엽은 여전히 그녀를 껴안고 있었다.

"명란, 아프냐?"

그가 물었다.

명란은 부끄러운 나머지 삶은 새우처럼 온몸이 오그라들었다. 또 수치심과 분노로 그를 잡아먹어 분풀이하고 싶은 마음이 들었다. 명란은 원망스러운 기색으로 고개를 돌렸다. 고정엽은 그녀의 그런 모습을 보고 피식하고 웃더니 그녀의 목과 가슴에 부드럽게 연신 입을 맞췄다. 명란은 기진맥진한 나머지 꼼짝도 할 수 없었다. 그저 속으로 이 색마에게 대대적으로 욕설을 퍼붓고, 어퍼컷을 날려 그를 흠씬 두들겨 패는 상상을 할 따름이었다.

한창 유쾌한 정신승리에 빠져 있던 명란은 별안간 허리 쪽에 뭔가 단단한 것이 닿는 듯한 느낌이 들었다. 소스라치게 놀란 명란은 어디서 힘이 났는지 손발을 동원해 그의 몸 아래에서 빠져 나와 몸을 떼굴떼굴 굴려 이불 속으로 파고들었다. 머리부터 발끝까지 이불로 꽁꽁 싸매고 그

속에서 오들오들 떨었다.

고정엽은 그녀가 깜짝 놀라는 모습을 보고 화가 나는 한편 우습다는 생각이 들기도 했다. 건장한 팔을 뻗어 이불째로 명란을 끌어오더니, 종자粽子[5] 껍질을 벗기듯 이불을 내려 명란의 머리를 끄집어냈다. 그러고는 낮은 목소리로 장난스럽게 웃으며 말했다.

"뭘 그리 두려워하는 게냐. 내가 널 잡아먹는 것도 아닌데."

"흑흑…… 또 덮치지 말라고요……. 날 놔주세요, 아저씨……. 아니, 흑흑, 상공, 낭군님, 날 놔주세요. 앞으로는 뭐든지 시키는 대로 할게요! 날 놔주세요, 놔주세요! 흑흑…….”

자칫하면 무릎이라도 꿇고 애원할 기색이었다.

고정엽은 웃음을 참지 못하고 낭랑한 목소리로 웃기 시작하더니, 명란을 껴안고 또 입맞춤하기 시작했다. 그러면서 쉼 없이 명란의 몸을 만졌다. 그는 견문이 넓은 사람이었다. 이 아이는 자비를 구할 수만 있다면 얼마든지 듣기 좋은 말을 할 수 있는 아이다. 그러나 위험을 벗어나기만 하면 곧바로 시치미를 뗄 것이 분명했다. 태도를 바꾸는 속도가 책장을 넘기는 속도보다 빨랐다. 자신이 처음에 어떤 식으로 사정했는지조차 완전히 까먹어버리는 것이다.

"아가, 착하지! 우린 이만 자자꾸나. 내가 건드리진 않으마."

말은 이렇게 했지만, 그의 손은 여전히 점잖지 못하게 안쪽을 더듬대고 있었다. 부드러운 가슴에 손이 닿자 순간적으로 그의 아랫배 쪽이 뜨거워졌다. 다시 한참이나 손으로 주물러대고 나서야 다소 가라앉는 기

---

5) 꿀을 섞어 빚은 찹쌀밥을 대나무 잎에 싸서 찐 것.

분이 들었다.

명란은 당연히 그를 믿을 수가 없었다. 그와 한참 이불을 당기며 실랑이를 벌인 끝에 명란은 각자 얇은 이불을 한 장씩 덮고 자자고 결연히 요구하기에 이르렀다. 고정엽이 웃으며 이불째로 어린 아내를 끌어와 품 안에 껴안고 그녀의 부드러운 입술에 입맞춤했다.

"아까 내게 할 말이 있다고 하지 않았더냐?"

고정엽이 갑자기 기억을 떠올렸다.

"얘기 못 하겠어요."

명란은 기진맥진해 말할 기력도 없어졌다.

"중요한 일이라고 하지 않았더냐?"

남자의 눈은 생기로 가득 차 있었다.

"까먹었어요……."

제105화

녕원후부 중생들의 모습 上

두 사람의 소동은 한밤중이 돼서야 끝났다. 명란은 기진맥진 녹초가 되었다. 견딜 수 없을 만큼 몸이 끈적끈적했지만, 손가락 하나 까딱하고 싶지 않았다. 눈꺼풀은 마치 태산이 누르고 있는 것 같았다. 고정엽은 요 몇 년간 밖에서 풍찬노숙[1]하며 몹시 거친 생활을 했다. 그래서 침상에서 내려와 목욕을 해야겠다는 생각은 하지 않았다. 그저 비몽사몽 상태의 명란을 다정하게 껴안고만 있을 따름이었다.

명란은 아주 깊은 잠에 빠졌다. 대학 때 교련 시간으로 되돌아간 듯한 느낌이 들었다. 야영 훈련 때는 하루 8시간 군복을 입고 차렷 자세로 구보를 했다. 그러다 밤이 되면 베개에 눕자마자 세상모르고 곯아떨어졌던 것이다. 온몸이 심하게 두들겨 맞은 것처럼 아팠다. 허리는 흐물흐물해졌고, 다리는 욱신거렸고, 뼈는 새로이 해체 조립된 것 같았고, 머리는 흐리멍덩해졌다. 그때와 지금의 유일한 차이는 본래 아프지 않았어야

---

1) 객지에서 많은 고생을 겪다. 바람을 먹고 이슬에 잠잔다는 뜻.

할 곳이 특히 아프다는 사실이었다.

　하늘이 어슴푸레 밝아 왔다. 명란은 갑갑한 느낌에 잠이 깼다. 물을 벗어난 붕어처럼 가까스로 입을 벌려 숨을 내쉬고, 눈을 감은 채 잠시 더듬다가 웬 거대한 돼지 뒷다리 하나가 자신의 목을 누르고 있는 걸 발견했다. 명란은 남자의 얼굴을 할퀴고 싶은 충동을 애써 억누르며 벗어나기 위해 열심히 몸을 비틀었다. 그러나 의도와 달리 그녀의 노력은 곁의 오지산五指山²⁾을 깨우는 결과를 초래하고 말았다. 그가 팔을 뻗어 명란을 품에 꼭 껴안더니, 고개를 숙이고 그녀의 뺨에 거듭 입을 맞추었다. 따뜻하고 말랑말랑하고 매끈매끈한 피부가 느껴지자 또 참지 못하고 한참을 주물럭거렸다.

　잠에서 깨어난 고정엽의 욕정이 또 꿈틀대기 시작했다. 명란은 자라처럼 필사적으로 이불로 뛰어들어 베개 속에 머리를 파묻었다. 고정엽도 그 자라를 뒤집는 대신 인간 탑을 쌓듯이 그녀 위에 올라타 가녀린 등줄기를 따라 입맞춤을 했다. 턱수염을 기른 턱이 지나가면서 눈처럼 하얀 등에 분홍빛 자국을 남겼다.

　고정엽의 무게에 눌린 명란은 숨을 제대로 쉴 수 없어 눈이 뒤집힐 것만 같았다. 명란이 가까스로 고개를 틀고 말했다.

　"빠, 빨리 비켜주세요! 숨 막혀 죽을 것 같단 말이에요!"

　고정엽이 껄껄 웃으며 몸을 뒤집었다. 그러면서 어린 아내를 껴안아 자신의 몸 위에 올라오게 하였다. 명란은 그의 가슴팍 위에 엎드려 가쁜 숨을 쉬었다. 명란은 통쾌하게 웃는 남자를 보자 너무 화가 나 주먹으로

---

2) 해남도 한가운데에 위치한 큰 산.

그를 몇 번 세게 내리쳤다. 그러나 그의 몸이 강철처럼 단단한 탓에 거꾸로 그녀의 손에 충격이 전해졌다. 명란은 저도 모르게 아파서 소리쳤다.

"놔요. 연고를 찾아야겠어요!"

고정엽이 웃으며 대답했다.

"괜찮다. 아프지 않단다."

명란이 대로했다.

"제가 아프단 말이에요!"

이 세상에서 가장 저속하고 거친 두 곳, 강호와 군영을 고정엽은 모두 섭렵했다. 게다가 그곳에서 두각을 드러내기까지 했다. 과연, 고정엽은 즉각 엉뚱한 쪽으로 명란의 말을 이해했다. 그가 엉큼한 눈빛으로 명란의 뺨을 가볍게 어루만지며 낮은 목소리로 자못 귀엽다는 듯이 말했다.

"앞으로는 아프지 않을 것이다."

명란은 2초쯤 지나서야 겨우 그의 말뜻을 알아들었다. 상기된 얼굴이 타는 것처럼 화끈거렸다. 화를 참으며 명란이 말했다.

"거기가 아픈 게 아니라고요!"

"네가…… 아프지 않다고?"

고정엽의 눈이 다시 반짝였고, 목소리에는 기대감이 서려 있었다. 그의 손이 제멋대로 아래쪽을 더듬기 시작했다. 명란은 씩씩대며 힘껏 그의 손을 꾹 눌렀다. 몸의 절반이 욱신거리며 아팠다. 명란이 그를 흘겨보며 말했다.

"난 안 할래요!"

두 가지 함의를 품은 말이었다. 명란은 자신이 의미심장한 말을 했다는 생각이 들었다.

아침햇살이 희미하게 비쳐들었다. 동틀 녘의 햇살이 침상 휘장을 투과해 들어왔고, 부용장芙蓉帳[3] 안은 봄 햇살로 몽롱하게 보였다. 고정엽이 아침햇살에 비친 명란을 바라보았다. 눈처럼 새하얀 조그만 얼굴은 피곤한 기색으로 가득했고, 눈 밑의 검은 그늘은 아침햇살에 더 뚜렷하게 두드러졌다. 오직 큰 두 눈만이 여전히 아름다운 모습으로 기쁜 듯 화가 난 듯 알 수 없는 미묘한 표정을 하고 있었다. 고정엽은 내심 기쁜 마음이 들었고, 그녀의 작은 손을 끌어당겨 자신의 입가에 놓고 가볍게 후후 불었다. 그윽한 눈빛의 잘생긴 눈이 반짝거리며 광채를 발했다.

명란은 그의 눈빛을 바라보며, 그 눈빛에 대단한 암시가 담겨 있다는 느낌이 들었고 일순 뺨이 달아올랐다. 한참 동안 마음을 빼앗겼다가 겨우 이 한마디를 내뱉을 수 있었다.

"그러니까…… 음…… 푸른 산만 남겨 놓으면 땔나무 걱정은 없잖아요……."

갈수록 목소리가 기어들어 갔지만, 이걸로 놓아달라는 사정은 한 셈이었다.

고정엽이 실소하며 명란을 꽉 끌어안았다. 그녀를 꽉 끌어안고 정신 없이 입맞춤하며 웃음을 참는 고정엽의 가슴이 들썩였다.

그때 바깥의 계집종이 문에 쳐둔 휘장 너머로 조용히 외쳤다.

"둘째 나리, 둘째 마님. 기침하실 시간입니다."

명란은 한참 뒤에야 자신을 부르고 있음을 깨닫고 황망히 몸을 일으키려 했다. 그런데 곁에 있는 고정엽은 여전히 낮은 목소리로 낄낄거리며 웃고 있었다. 명란이 작은 주먹을 꽉 쥐고 힘껏 그의 두툼하고 넓은

---

3) 부용꽃으로 물들인 명주 모기장.

어깨를 내리치며 조용히 으름장을 놓았다.

"웃지 말아요! 누가 왔는데…… 아직도 웃어요? 아직도? ……또 웃으면 바로 포졸을 불러 잡아가라 하겠어요!"

예전에 요의의는 이런 식으로 사촌오빠 집의 네 살짜리 조카에게 으름장을 놓은 적이 있었다. 당시 원문은 이러했다. 또 울기만 해봐, 바로 경찰 불러서 잡아가라 할 테니! 너무 다급한 나머지 저도 모르게 이 낡은 수법이 튀어나온 것이다.

고정엽은 더 심하게 웃음을 터트렸다. 웃다가 이불 위에 엎드린 그의 몸이 부르르 떨릴 정도였다. 명란은 수놓인 비단 침구 사이에 매복했다. 그의 키 큰 몸체에 가려져 생긴 그늘 속에서 부끄럽고 분한 마음에 성을 내며 그를 깨물었다. 이빨을 드러내고 발톱을 세우는 막 젖니가 나기 시작한 새끼 짐승 같은 그녀의 공격은 아무런 위협이 되지 않았고 오히려 귀엽게만 보였다. 한참 소란을 떤 끝에 고정엽은 그만하면 족하다는 기분이 들었다. 이에 사람을 불러 세수하고 머리 빗는 시중을 들게 했다.

일찌감치 준비를 마친 최씨 어멈이 단귤과 소도를 이끌고 먼저 방에 들어왔다. 헐렁한 포자袍子로 명란을 감싸 옆방에 데려가 목욕을 시키고 머리를 감게 하고, 대야와 물수건 등을 든 바깥의 계집종들과 어멈들이 차례로 들어오게 했다. 한 무리의 사람들이 고정엽의 시중을 들었고, 또 다른 한 무리의 사람들이 명란의 시중을 들었다.

명란이 목욕을 마치고 속치마와 중의를 입고 나왔다. 고정엽도 세수와 입 헹구기를 마치고, 하하를 시켜 한창 머리를 빗고 상투를 틀고 있었다. 두 사람이 몸단장을 거의 마쳤을 무렵, 관사 차림의 어멈이 한 명 들

어오더니 방 안에서 하얀 비단으로 만든 희파喜帕[4]를 꺼내 왔다. 그러고
는 그것을 몇 번 살펴본 뒤, 미소를 지으며 붉은 옻칠 바탕에 꽃무늬가
조각된 금박 장식 나무상자에 그것을 담더니 방을 나섰다.

혼인 첫날은 거창하게 차려입어야만 했다. 명란은 새빨간 바탕에 금
실로 모란을 수놓은 화려한 비단옷을 입고, 태양을 바라보는 다섯 마리
봉황 모양으로 금실에 진주를 꿰고 붉은 보석을 박아 장식한 커다란 보
채를 머리에 꽂고, 붉은 산호와 진주를 박아 넣은 순금 귀걸이를 귓가에
늘어뜨렸다. 가슴께에는 복을 가져다주는 의미를 지닌 두 마리 물고기
와 자물쇠 장식이 달린 붉은 구슬 목걸이를 길게 늘어뜨렸고, 팔에는 용
과 봉황으로 장식된 순금 팔찌 열일고여덟 개를 꼈다.

몸에 걸친 이런저런 장신구들의 무게로 명란은 깔려 죽을 지경이 되
었다. 하필이면 어젯밤 명란은 과도한 전투를 치르느라 온몸의 근육이
욱신거리고 쑤시는 상태였다. 한 번 팔만 뻗으려 해도 아팠고, 한 번 다
리만 들려 해도 아팠다. 최씨 어멈은 안쓰러운 마음이 들었다. 명란의 몸
군데군데에 난 빨갛고 푸른 자국들이 떠올랐고, 고정엽을 바라보는 눈
초리도 얼마간 밉살스러울 수밖에 없었다.

고정엽도 경사스러운 날에 입는 선홍색 도포를 걸치고 있었다. 비단
바탕에 금실로 수놓인 편복문을 둥근 원형으로 배치한 무늬가 양쪽 어
깨를 따라 쭉 이어지고 있었고, 허리에는 담홍색 물감을 흩뿌려놓은 듯
한 바탕 위에 옥을 박아 넣어 만든 허리띠가 매여 있었다. 하죽이 큰 전
신거울 앞에 선 그의 옷매무새를 가다듬고 있었다.

---

4) 혼인 첫날밤 신방의 침상 위에 깔아 신부의 정조를 시험하는 흰 보자기.

명란이 흘끔 그를 보며 지나다 저도 모르게 감탄했다. 활활 타오르는 불처럼 화려하고 열렬해 보이는 홍색이긴 하지만 전체적으로 어딘가 은근히 부드러움을 띠고 있었고, 게다가 고정엽처럼 건장하고 키 큰 남자가 우람한 어깨에 등을 꼿꼿이 세우고 생생한 기세를 발하며 서 있으니 절로 위풍당당한 기백이 느껴졌다.

고정엽은 거울을 통해 명란이 자신을 바라보고 있는 것을 발견하고 바로 몸을 돌려 그녀를 쳐다보았다. 위아래로 명란을 훑어본 뒤에야, 그가 미소를 지으며 말했다.

"그렇게 꾸미니 보기 좋구나."

명란은 고개를 끄덕였다. 눈에는 장난기가 어렸으나, 얼굴은 대단히 정중한 표정을 짓고 있었다. 명란이 낮은 목소리로 말했다.

"나리도 그렇게 꾸미니 보기 좋군요."

고정엽이 일부러 험악한 눈빛으로 응수했고, 명란은 소매를 치켜들고 불쌍하기 짝이 없는 표정으로 웃어 보였다. 그러던 찰나, 둘은 두 눈을 마주 보며 서로 웃었다. 이미 그들 사이에는 조금의 어색함이나 서먹서먹함도 사라진 뒤였다. 그러고 보면 세간에 떠도는 새로 사귄 친구가 오래 사귄 친구 같다는 말도 과연 일리가 있다 할 것이다.

방 안의 계집종들과 어멈들은 모두 고개를 숙인 채 말이 없었으나 내심 깜짝 놀라고 있었다. 성부 측에서는 속으로 '아가씨가 의외로 전부터 나리와 친했구나'라는 생각을 했고, 고부 측에서는 속으로 '둘째 도련님이 이렇게 기분 좋은 모습을 언제 본 적이 있던가' 하고 의아해했으며, 좀 더 약삭빠른 이들은 명란을 슬쩍 훔쳐보고는 속으로 이렇게 곱고 요염한 새 부인을 둘째 도련님이 어찌 마음에 들어하지 않겠느냐는 생각을 했다.

정상적인 순서대로라면 혼인 첫날 신부의 일정은 다음과 같다. 먼저 직계 어르신들에게 절한 뒤 방계 친척들의 얼굴을 익힌다. 그다음, 사당에 가서 족보에 이름을 올린다. 중간에 비는 시간에 식사를 한다. 그러나 녕원후부의 상황은 특수했기에 명란은 미리 슬며시 고정엽에게 물어보았다. 고정엽은 한마디로만 답했다.

"당연히 먼저 부모님께 인사를 드려야지."

이 대답에는 너무 깊은 함의가 담겨 있어서 너무 애매모호했다.

우선, 그의 부친은 일찌감치 돌아가신 상태다. 둘째, 그의 모친은 훨씬 더 일찍 세상을 떠났다. 셋째, 지금의 그의 모친은 계모였다. 소문에 듣기로는 이 계모와 의붓아들 간의 관계는 그다지 화목하지 않다.

명란은 영문을 알 수 없어 너무 갑갑한 마음이 들었다. 이런 상황에서 어떻게 새로운 지도자의 숨은 뜻을 이해해야 할 것인가?

한창 잡생각을 하고 있던 찰나, 별안간 소박한 무늬가 들어간 암갈색 비단 배자를 입은 관사 어멈이 문밖에 도착했다. 문가에 서서 누가 올 때마다 휘장을 걷어 올리는 계집종이 살짝 몸을 숙이며 인사했다.

"향씨 어멈, 안녕하세요."

향씨 어멈은 하얀 얼굴에 온화하고 선량한 인상이었다. 들어오자마자 고정엽과 명란에게 몸을 굽히고 인사를 올린 뒤, 미소를 지으며 말했다.

"둘째 나리, 둘째 마님, 태부인께서 먼저 사당으로 가 후부 나리와 마님께 절을 올리라고 하십니다. 태부인께서는 먼저 가서 기다리고 계십니다."

고정엽이 웃는 얼굴로 대답했다.

"어멈이 수고하는구려. 곧 가리다."

대단히 온화한 웃음이었으나 그의 눈은 웃고 있지 않았다.

명란이 급히 단귤을 불러 향씨 어멈에게 붉은 봉투를 건네라 일렀다. 향씨 어멈이 만면에 웃음을 띠우며 붉은 봉투를 받아 들고, 공손히 인사하고 물러갔다. 명란이 향씨 어멈을 향해 따뜻하게 웃고 있는 모습을 고정엽이 담담하게 바라보았다. 잠시 후 명란 내외는 일행들을 거느리고 사당으로 향했다.

사당은 조상들의 위패를 모셔 놓고 제사를 지내는 곳이다. 고대는 출신과 조상을 중시하는 시대였으니, 조상님들의 위패가 많을수록 그 집안 조상들이 대단했다는 말이 된다. 즉 그 집안이 얼마나 역사가 유구한 명문세가인지를 나타내는 것이다.

예전에 유양에서 제사를 지낼 때, 명란은 아래쪽에 꿇어앉아 있다 너무 따분한 나머지 성가 조상의 위패를 세어보다 깜짝 놀란 적이 있었다. 세상에! 어쩐지 아무리 성가가 명망이 있고 재산이 많아도 고향에서 감히 대장 노릇은 못 하더라니.

품란이 들려 준 소문에 따르면 성 노대인은 원래 거지 출신에 자기 이름조차 몰랐다고 한다. 그러던 어느 날, 점쟁이를 겸하던 다른 거지로부터 이런 말을 들었다고 한다.

"성세盛世⁵⁾가 곧 올 것이니라."

굶주리던 비참한 거지들의 마음속에 희망이 솟아올랐다. 그때부터 성 노대인은 살아남고자 이를 악물었고, 나중에는 '성盛'자를 자신의 성으로 삼아 이름도 지었다. 그러나 품란이 전해주는 이런 소문의 십 할 중 구 할은 허구였다. 사당에 오래 꿇고 있는 게 짜증이 나서 그런 비방을

---

5) 태평성대.

지어낸 것이다.

실제로는 이랬다. 성 노대인은 비록 어렸을 때 부모를 잃고 떠돌아다니며 동냥을 하긴 했으나 어렴풋하게 자신의 부모를 기억하고 있었다. 그러나 더 위로 거슬러 올라가는 조상님은 죽어도 기억이 나지 않았다. 하지만 족보를 위조해 부인을 시켜 조상 삼대를 일괄적으로 만들어 낸 다음 조정에 올려 봉작을 받을 담력도 없었다. 이런 까닭에 성가 사당에는 위패가 별로 많지 않았다. 전부 합쳐서 일곱 명도 채 되지 않았다.

그렇기에 명란은 고가 사당 안에 들어서자 뭐라 말할 수 없는 열등감을 느끼게 되었다.

고요하고 엄숙한 분위기에 높은 기둥이 세워진 사당 안의 북쪽 벽 쪽에는 제사상과 제단이 놓여 있었다. 8, 9촌 높이의 단상이 계단처럼 층층이 쌓여 있어 17, 18층은 족히 되어 보였다. 빽빽이 들어찬 위패를 바라보며 명란은 저도 모르게 숨이 가빠졌다.

고 태부인은 벌써 사당에 도착해 있었다. 고정엽과 명란을 보자마자, 살짝 몇 걸음 다가오더니 온화하고 우아한 미소를 지으며 말했다.

"어제는 많이 피곤했겠구나. 자, 어서 향을 올리고 절을 하거라."

계집종들이 이미 제사상 앞에 부들방석과 선향을 준비해놓고 있었다. 명란의 시선이 미끄러졌다. 가장 아래쪽 중앙에 아주 새것처럼 보이는 위패가 하나 있었는데 거기엔 '선부고공언개지위先父顧公偃開之位'라고 적혀 있었다. 상황을 파악한 명란은 고정엽 곁에서 그가 하는 대로 따라 했다. 공손하게 부들방석 위에 꿇어앉은 뒤 향을 태우고 기도를 올렸고,

마지막으로 선향을 정로鼎爐⁶⁾에 넣었다. 이윽고 예를 올리는 의식이 끝이 났다. 명란이 옆쪽을 쳐다보았다. 고정엽이 가만히 오른쪽에 있는 낡은 위패를 바라보고 있었다. 위에는 '선비고문백씨지위先妣顧門白氏之位'라고 적혀 있었다. 그의 눈빛이 다소 어두웠다.

명란은 다시 정신을 가다듬었다. 고정엽 부친의 위패 곁에 다소 조그마한 크기의 위패가 두 개 놓여 있었다. 하나는 자신의 진짜 시어머니인 백 씨의 것이었다. 다른 하나는 더 정교하게 만들어진 금색 위패로, '선비고문진씨지위先妣顧門秦氏之位'라고 적혀 있었다. 명란은 저도 모르게 옆쪽의 고 태부인을 힐끔 바라보며 속으로 생각했다. 만약 고 태부인도 세상을 떠난다면 위패 위에 뭐라고 써야 할까? 이 시대는 위패 위에 여자 이름을 새기지 않았으니 글자가 겹치지 않겠는가?

고정엽이 재빨리 몸을 돌리더니 고 태부인을 향해 말했다.

"어머님께 예를 올릴 차례군요."

사당 한쪽에 앉아 있던 고 태부인이 감상적인 표정으로 손수건을 꺼내 눈가를 닦더니 가볍게 손사래를 쳤다.

"괜찮다, 괜찮아."

"예법을 무시할 수는 없는 법이지요. 부디 사양하지 마십시오."

고정엽의 목소리는 매우 낮았으나, 태도는 대단히 결연했다. 명란은 부군을 좇는 매우 현숙한 아내처럼, 얼른 단귤을 불러 아까의 부들방석 두 개를 고 태부인 앞에 놓게 시키고 꿇어앉을 태세를 취했다.

고 태부인은 더 사양하지 않고 단정하게 앉아 웃으며 절을 받았다. 두

---

6) 세 발 향로.

사람의 절이 끝난 뒤, 명란은 금사에 비취가 박힌 투명한 옥팔찌를 받았다. 거기 더해 연녹색 바탕에 진주를 꿰어 장식한 묵직한 조롱박 모양의 비단 두루주머니까지 얻었다.

이번에는 엎드려 절할 만했다.

"가서 네 형을 만나보거라."

고 태부인이 흐뭇하게 둘을 바라보았다. 그녀의 눈가에 물기가 어려 있었다.

"요 두 해 동안 네 큰형은 잘 지내질 못했다. 작년부터 병세가 더 심해지더니 지금은 자리보전을 하고 있지. 네가 이렇게 일가를 이루었으니 네 형이 얼마나 기뻐하겠느냐."

고정엽은 어두운 표정이었다. 대단히 난처한 것처럼도 보였다. 그가 낭랑한 목소리로 대답했다.

"당연히 찾아뵈어야지요."

곧이어 명란 일행은 무리 지어 정원正院으로 향했다. 정원으로 향하는 길은 대단히 조용했고, 오직 고 태부인이 이따금 고정욱의 병세에 대해 몇 마디 푸념하는 소리만 들릴 뿐이었다. 그러나 고 태부인 역시 집안의 웃어른이었기에 침착하지 않은 모습을 너무 많이 드러낼 수도 없었다. 몇 마디 푸념을 한 뒤 그녀도 조용해졌다.

명란은 갓 시집온 어린 며느리였기에 너무 말을 잘하는 것도 적절치 않았다. 그저 민물조개처럼 입을 꾹 다물고 부끄러워하는 모습을 연출할 수밖에 없었다. 고정엽은 아예 말을 할 생각이 없었다. 어두운 낯빛에 우울한 기색이었다. 명란은 속으로 내기를 걸어보았다. 만약 그에게 묻는다면, 분명 바로 입을 열 것이다. '형님이 병세가 위중하니 마음이 괴롭다.'라고.

명란은 곁눈질로 그를 바라보았다. 이 녀석, 가식을 부리고 있는 게 분명해.

대략 차 한 잔 마실 만큼의 시간이 걸려 명란 일행은 드디어 정원에 도착했다. 중간 정원에 들어서자마자 진한 탕약 냄새가 풍겨왔다. 명란은 고 태부인의 뒤를 따라 안으로 들어갔다. 커다란 침방의 바닥에는 불벽돌이 깔려 있었고, 그 위는 융단으로 덮여 있었다. 장식품 하나 없이 벽쪽의 책상과 탁자에서부터 침상 앞까지 온통 각종 약탕관과 약풍로가 즐비하게 놓여 있었다. 심지어 동쪽의 백보각[7] 위에까지 약병과 약통들로 가득했다. 바깥은 벌써 춘삼월이었으나 이 방 안에서는 아직도 화로에 왕성히 불길이 타오르고 있었다.

덩굴과 새, 나비 등의 무늬가 조각된 자단나무 침상에 한 남자가 누워 있었다. 침상 곁에는 소 씨가 앉아 있었다. 소 씨가 남몰래 눈물을 흘리고 있다가, 발걸음 소리를 듣고 얼른 얼굴의 눈물을 닦더니 일어나 사람들을 맞이했다.

"정욱아, 네 동생이 널 보러 왔구나!"

고 태부인이 조용히 그를 불렀다. 고정욱이 몸을 일으켜 앉으려는 모습을 보자마자, 다급히 다가가 그대로 있으라 말리더니 그의 손을 잡고 가볍게 다독였다. 고 태부인이 작게 걱정하는 말을 건네며 눈시울을 붉혔다.

자신을 투명인간 취급하는 고 태부인의 행동이 대단히 불만스러웠으나 명란은 미소를 지으며 앞으로 다가가 고정엽과 함께 정중히 몸을 굽

---

7) 장식장.

혀 인사를 올렸다.

"아주버님, 인사 올립니다. 형님, 인사 올립니다."

소 씨가 얼른 자리에서 일어나 답례를 올렸다. 고정욱이 살짝 몸을 일으키자 소 씨가 그의 등에 베개를 괴어주었다. 그가 고정엽을 향해 고개를 끄덕인 뒤, 명란을 바라보며 미소 띤 얼굴로 말했다.

"제수씨 보기 부끄럽네요. 변변치 못한 모습을 보였습니다."

명란이 다급히 말했다.

"아닙니다. 아주버님께서 어서 쾌차하셔야지요."

명란은 눈을 들어 그를 쳐다봤다가 깜짝 놀랐다. 비록 병으로 생명이 위독하고 초췌하고 바싹 말라 뼈만 앙상한 모습이긴 하나 눈매가 고 태부인과 아주 비슷했고, 훨씬 더 아름답기까지 했다. 명란이 고대에 와서 만난 사람들 중에 저 외모에 대적할 수 있는 사람은 제형뿐이었다.

차이가 있다면 제형은 쾌활하게 생긴 반면 고정욱은 좀 더 부드러운 인상이었다. 말을 마친 고정욱이 다시 나지막하게 기침을 내뱉기 시작했다. 창백한 목 위로 병약해 보이는 정맥이 도드라졌고, 뺨 위에는 비정상적인 홍조가 떠올랐다.

"우리 아들, 잠깐 쉬려무나."

고 태부인은 가슴이 미어지는 듯 고정욱의 손등을 어루만지며 살짝 몸을 떨었다. 모자간의 정이 참으로 진실되고 간절해 보였다.

고정욱이 미소 지으며 고 태부인의 손을 쥐었다. 그의 눈은 고정엽을 계속 바라보고 있었다. 고정엽의 건장한 몸과 생기로 충만한 얼굴을 쭉 바라보던 고정욱의 눈에 선망과 우울함이 서렸다. 그는 몇 번 기침을 한 끝에 가까스로 입을 열었다.

"네가 드디어 나를 보러 와줬구나. 모든 게 결국 하늘의 뜻이다. 자리를 비켜줘야 한다면 비켜줘야지. 처음에도 그랬고, 두 번째도 그렇지 않았느냐."

고정엽도 그를 한참 바라보다가 위로하는 표정으로 말했다.

"형님, 무슨 말씀을 그리 하십니까? 형님께서는 잠시 건강이 좋지 않은 것뿐입니다. 요양을 마치고 나면 모든 게 다 순조로워질 것입니다."

고정욱이 쓸쓸하게 웃으며 말했다

"네가 많이 발전했구나. 이런 말도 할 줄 알다니. 보아하니 요 몇 년간 바깥에서 수련한 게 헛되지 않은 모양이야. 다행한 일이지. 이제 이 고부도 네가 감당할 수 있겠구나."

고정엽은 고개를 숙인 채 말이 없었다. 잠시 후, 그가 다시 미소를 지으며 몇 마디 위로의 말을 건넸다. 형제간의 정이 담뿍 담긴 말이었다. 고정욱은 몇 마디 말을 하다 다시 기침을 시작했다. 열이 오른 그는 곧 깊이 잠들었다. 자리에 있던 사람들은 조용히 밖으로 물러났다.

고 태부인은 우울한 기색으로 자리를 뜨다 고개를 돌려 소 씨에게 말했다.

"아직 식사를 못 했겠구나. 계집종과 어멈들을 불러 정욱이를 보게 하여라. 너는 일단 우리와 함께 식사를 하자꾸나."

소 씨가 몇 번 사양하다가 결국 일행을 따라 밖으로 나섰다. 일행들은 동측 상원庙院[8]을 향해 걸었다. 상원에 도착해 안으로 들어가자 탁자 한 가득 차려진 음식이 보였다. 젊은 부인 한 명이 분주히 식탁을 준비하고 있었다.

---

8) 곁채.

부용과 같이 긴 얼굴형의 그 부인은 부용화전지문이 들어간 장밋빛 비단 배자를 입고, 사타마계斜墮馬髻[9] 위에는 순금 바탕에 모란 모양의 붉은 보석이 장식된 주채를 꽂고 있었다. 애교 있고 친근해 보이는 용모였다. 그녀는 사람들이 오는 걸 보고 큰 두 눈을 둥글게 구부리고 웃으며 말했다.

"어머님, 큰형님, 둘째 아주버님, 둘째 형님, 모두 오셨군요. 한참을 기다려도 안 오시는 바람에 너무 배가 고파서 저 혼자 먼저 먹어버릴 뻔했습니다."

이 말을 듣자마자 소 씨가 먼저 기쁜 표정을 지으며 웃기 시작했다. 그러나 고 태부인은 여전히 담담한 기색이었다. 소 씨만큼 다정하지는 않은 것이다. 고 태부인은 그저 이렇게만 말할 뿐이었다.

"이제 먹자꾸나. 다들 시장하겠구나."

소 씨가 그 부인을 끌고 와 명란에게 소개했다.

"자네 손아래 동서일세. 셋째인 정위 서방님의 안사람이지. 셋째 동서의 친정은 승평백承平伯 주가朱家일세. 평소에도 가장 열성적으로 집안일을 돌보고 있지. 자네도 앞으로 지내다가 갑갑한 일이 있거든 셋째 동서와 이야기하게나. 셋째 동서도 아주 좋아할 걸세."

'위가偉哥'[10]라는 두 글자를 듣자마자 명란은 하마터면 사레가 들려 죽을 뻔했다. 고대에 그런 물건이 어찌 존재했을 것이며, 만약 존재했다면 저런 호칭은 사용하지 않았을 것이란 생각이 들었다. 정위 서방님은 아

9) 비스듬히 한쪽으로 틀어 올린 머리.
10) 소 씨가 고정위를 '정위 서방님'이라고 했는데, 중국어 원문에서의 표기는 위가偉哥라고 되어 있으며 '비아그라'의 중국어 발음 역시 위가偉哥임.

마도 고가의 셋째 아들인 고정위일 것이다. 고 태부인의 친아들이다.

웃으며 고개를 끄덕이던 명란은 갑자기 난처한 기분이 들기 시작했다. 나이로 보면, 그녀는 셋째 동서 주 씨보다 몇 살이 더 어렸다. 그러나 항렬로 인해 그녀의 둘째 형님이 되는 것이다. 명란이 한창 호칭을 어떻게 불러야 하나 생각하고 있을 때, 그 주 씨가 전혀 개의치 않는 듯한 기색으로 다가오더니 생긋 웃으며 허리를 굽혀 인사했다.

"둘째 형님, 안녕하세요. 둘째 형님께 문안드립니다."

명란은 얼굴을 붉히며 그저 이렇게 대답할 수밖에 없었다.

"동서도 안녕하세요."

그리고는 단귤 수중에 있던 미리 준비해둔 두루주머니를 주 씨에게 건넸다. 주 씨는 꾸밈없는 상냥한 표정으로 환하게 웃으면서 그것을 받아 들었다.

"손아래 동서 노릇이 참 좋다니까요. 형님들이 더 많았다면 더 좋을 거예요!"

자리에 모인 사람들이 모두 웃기 시작했다. 고 태부인조차도 참지 못하고 웃음을 보였을 정도였다.

음식이 다 차려지자 사람들이 각각 자리에 앉았다. 명란은 소 씨와 주 씨가 여전히 서 있는 것을 보고 자신도 식사 시중을 들 양으로 눈치껏 곁에 섰다. 고 태부인이 황망히 손을 휘저으며 말했다.

"너희들도 앉아서 먹거라. 신혼 사흘간은 손위 손아래 구별을 못 해도 상관없고 또 우리 집안은 그런 딱딱한 법도에 연연하지 않느니라. 얼른 와서 앉아라."

그리고는 또 고정엽을 손가락으로 가리키며 말했다.

"너는 바깥 곁채에 가 보거라. 네 셋째 동생이 기다리고 있을 게야. 너희 형제가 오랫동안 서로 만나질 못했으니, 이참에 이야기를 잘 나누거라. 그리고 돌아와서 아침을 들거라. 우린 그때 다시 인사하자꾸나."

고정엽이 허리를 숙이고 인사한 뒤 명란 곁에 다가가 낮은 목소리로 말했다.

"나는 먼저 갈 테니, 너는…… 잘 먹고 있거라."

비록 무표정한 얼굴이었으나 다정하게 염려하는 마음이 드러나는 언사였다.

고 태부인이 고개를 돌려 계집종에게 뭔가를 분부했다. 이쪽은 쳐다보지도 않는 듯했고, 오직 입가에 웃음을 띨 뿐이었다. 소 씨가 미소 띤 얼굴로 쳐다보았다. 내심 떨떠름하고 부러운 심경인 듯했다. 주 씨는 숨기고 꾸미는 바 없이 웃으며 말했다.

"둘째 아주버님, 저희가 둘째 형님을 잡아먹진 않을 겁니다!"

고정엽이 여자 권속들을 향해 읍을 하고, 웃음을 머금은 얼굴로 문을 나섰다.

명란은 얼굴을 붉힌 채 고개를 숙이고 서 있었다. 다소 당황하여 어찌할 바를 모르는 듯한 기색이었다. 잘됐다, 잘됐어. 명란은 이제 얼굴의 홍조를 조절할 수 있게 되었다. 언제든 자유자재로 얼굴이 붉어지는 정도를 조절할 수 있게 된 것이다. 이제 수련을 마치고 하산할 수 있게 된 셈이다.

명란은 가볍게 얼굴을 들고 슬며시 주위의 여자 권속들을 둘러보았다. 현재로서는 모든 것이 아주 정상적이다. 어멈은 사근사근했고, 큰형님은 단정하고 엄숙하며 현숙했다. 손아래 동서는 활발하고 친근했다. 부모 형제간의 분위기가 대단히 화목하고 따뜻했다. 만약 이 모든 것들이 진짜라면, 자신의 운이 실로 대단히 좋은 것이다.

그러나 산사태에 매몰되었다가 살아난 뒤로 명란은 한 가지를 똑똑히 알게 되었다. 삶은 언제나 놀라움으로 가득 차 있다는 사실이다. 그저 녕원후부가 자신에게 어떤 놀라움을 안겨줄지 모를 따름이다.

제106화

녕원후부 중생들의 모습 下

모란문이 새겨진 커다란 홍목 원탁 위에 몇 가지 음식들이 차려졌다. 뜨거운 김이 모락모락 오르는 소롱포가 담긴 대나무 찜통 하나가 가운데 놓였고, 그 옆으로 팥을 넣은 옥수수 증편과 거위 기름에 튀기고 참깨를 버무린 팥소 경단, 다진 쪽파를 섞어 반죽한 네 가지 색 꽃빵, 마화과자[1], 그리고 대추산약갱이 즐비하게 놓였다. 옆쪽의 작은 탁자 위에는 단맛과 짠맛의 두 가지 죽 ― 찹쌀호박죽과 표고닭죽이 놓여 있었다.

명란은 순간적으로 식욕이 동했으나 끊임없이 자신에게 주의를 주었다. 이곳은 시댁이니 품위에 신경 써야 하는 것이다.

고 태부인이 먼저 자리에 앉고 좌우를 둘러보더니 웃으며 물었다.

"정찬이는 어디 있느냐? 올케들은 다 왔는데 아직도 안 온 게냐?"

마침 옆쪽에 서서 죽을 뜨고 있던 향씨 어멈이 이를 듣고 몸을 돌리더니 대답했다.

---

1) 꽈배기 과자.

"정찬 아가씨는 애기씨, 도련님과 함께 먹겠답니다. 이따가 들러 둘째 마님에게 인사를 하겠다고 했습니다."

고 태부인 곁에 앉아 있던 소 씨가 옅은 미소를 지으며 말했다.

"요 며칠간 정찬 아가씨의 신세를 참 많이 졌습니다. 아가씨가 한이를 돌봐 준 덕분에 제가 마음을 놓았지요."

주 씨는 벌써 명란을 잡아끌어 자리에 앉히고, 무슨 죽을 먹겠는지 조용히 묻고 있었다. 그러던 중 주 씨가 소 씨의 이야기를 듣고 바로 웃으며 말했다.

"정찬 아가씨는 성격이 아주 좋지요. 공손하고 효성도 깊고. 게다가 아이들을 좋아하기까지 하니, 장차 어느 집의 복 많은 자제가 데려갈지 모르겠습니다!"

고 태부인이 가볍게 꾸짖었다.

"허튼소리 말거라, 네 둘째 동서가 속으로 웃겠구나."

명란은 표고닭죽을 받아 들었다. 향긋한 죽 냄새가 진동했다. 명란이 죽을 받아 들면서 말했다.

"어머님, 무슨 말씀이십니까? 저는 시집오기 전부터 정찬 아가씨가 다방면으로 재주가 뛰어나 경성 규수들 중에서도 으뜸이라 들었습니다. 그런데 이제 보니 시문에만 재주가 있는 게 아니라, 마음씨도 자애롭고 우애도 깊군요. 그런 규수를 얻기란 참으로 어려운 일이지요."

이 말은 헛소리가 아니었다. 연이와 묵란이 말싸움했을 때, 일찍이 연이가 큰소리로 '우리 녕원후부의 정찬 당고모는 너보다 훨씬 시도 잘 쓰고 그림도 잘 그려.' 운운하며 외쳤던 적이 있었기 때문이다.

고 태부인이 기쁜 표정을 짓더니 연신 말했다.

"괜히 너무 그 아이를 추켜세우지 말거라! 그 아이는 아직도 너무 철이 안 들었느니라!"

명란은 미소를 지으며 고개를 숙이고 음식을 먹었다. 짭짤한 죽에 바삭바삭하게 마화과자와 튀긴 경단을 곁들여 먹자 고소한 향이 입안에 확 퍼졌다.

기억이 틀리지 않았다면 고정찬은 자신보다 몇 개월 더 일찍 태어났을 것이다. 고가처럼 경성에서 오랫동안 살아온 권문세가 집안의 규수들은 모두 일찌감치 혼사가 결정되어 있었다.

그런데 어째서 고정찬은 여태껏 정해진 혼처가 없었을까? 선황제 폐하께 애도를 표하기 위해서였다면 한 해쯤 뒤로 미루는 것도 도리어 정상적이랄 수 있을 것이다. 그러나 들리는 바로는 혼사를 맺고 싶어하는 집안마저 없다는 모양이었다.

그렇다면 이유는 하나밖에 없었다. 원래 점찍어 놨던 집안에 변동이 생긴 것이다. 그들이 고가를 무시하는 게 아니라면, 고가가 그들을 무시하는 것이다. 선황제가 승하하고 새로운 황제가 즉위한 이 2, 3년 사이에 경성의 지체 높은 집안 중 절반 이상이 죄에 연루되어 벌을 받았다. 권문세가들이 영광과 치욕이 교차하는 변동을 대대적으로 겪게 되었으니, 이것도 하등 이상할 데가 없는 것이다.

식사 중에는 말을 하지 않고, 잠을 잘 때도 말을 하지 않는다. 후자를 고정엽은 지키지 못했다. 하지만 그의 계모는 전자를 끝까지 지켜냈다. 여자 권속들이 식사를 마치자, 계집종들이 물이 담긴 대야며, 주발이며, 잔이며, 수건을 들고 줄줄이 들어왔다. 명란은 대강 입을 헹군 뒤, 차를 따라 마셨다.

손을 들고, 손가락을 빼서 물에 적시고, 입을 헹구고, 차를 마신다. 이 일련의 동작이 부드럽고 온화하게, 흐르는 물처럼 대단히 우아하고 아름답게 진행되었다. 곁에 앉은 주 씨는 곁눈질로 바라보다 속으로 슬쩍 놀랐다. 이 사품 문관 가문의 서녀가 참으로 교양이 있구나. 요란하게 겉 치장하지도 않았고, 엄숙하게 법도도 잘 지키는구나. 아무것도 보지 않 았다는 듯이 시종일관 놀라지도 두려워하지도 않고 당황해하거나 허둥 대지도 않는구나. 서 있을 때도 곱게 미소 짓고, 앉았을 때도 차분하게 여유를 지키는구나.

들은 바로 성가 노대부인은 원래 금릉 용의후부의 적장녀 출신이라고 하니 참으로 고귀한 신분에 자존심도 높겠구나. 성가 노대부인 댁이 지 금은 기울었다고 하나, 당시는 대단히 번성했다지. 여기까지 생각이 미 치자 주 씨는 분명히 알 수 있었다. 이 새색시가 어렸을 때부터 성가 노 대부인 곁에서 자랐다고 하더니 과연 행동거지에 풍기는 기품이 범상 치 않은 것이다.

그런 주 씨 곁에서 명란이 어렵사리 세 손가락을 사용해 찻잔 받침 접 시를 받쳐 들고 있었다. 명란은 의미심장한 미소를 지으며 내심 생각했 다. 공 상궁마마가 처음에 성가에 와서 수업할 때만 해도 예상도 못 했을 것이다. 그녀가 가르친 여자아이 네 명 중 세 명이 그녀가 가르친 내용을 써먹게 될 줄을 말이다.

엘리트 교육자는 과연 다른 법이다. 대단히 효율이 높았다.

식사 시간이 다소 길어지자 향씨 어멈이 고개를 돌려 물시계를 확인 하고는 조용히 보고했다.

"마님, 시진이 거의 다 되었습니다. 넷째 어르신 댁 분들께서 이미 한 참 기다리셨습니다. 제가 정찬 아가씨에게 말해 먼저들 가 계시라고 합 지요. 그분들 식사하는 곳에서 가는 게 더 가까우니까요."

고 태부인이 잠시 생각하다 고개를 끄덕였다.

"그것도 좋겠군."

고 태부인이 고개를 돌려 명란 쪽의 좌중을 바라보며 미소 지었다.

"우리 집안에 경사가 찾아왔으니 다들 입맛이 도는 모양이구나. 이렇게 오랫동안 식사를 하다니. 이제 우리도 건너가자꾸나. 모두들 기다리시게 해서는 안 좋을 게야."

명란을 비롯한 세 여인은 고개를 숙이고 공손히 일어나 대답했다. 그리고 고 태부인을 따라 일제히 밖으로 나섰다.

밖으로 나와 막 몇 걸음인가 걸었을 때, 고정엽과 또 한 명의 젊은 남자가 정원에 서서 이야기를 나누는 모습이 눈에 들어왔다. 명란 등의 일행이 가까이 스쳐 지나치면서 슬쩍 본 그 남자는 눈이 아름답고, 붉은 입술에 이가 희었다. 생김새가 고정욱과 대단히 닮았으나, 좀 더 명랑하고 씩씩해 보이는 인상이었다. 고 태부인 일행을 보자마자, 그가 곧장 몸을 숙이고 읍을 하더니 쾌활한 표정으로 말했다.

"어머니, 방금 둘째 형님과 정원 이야기를 하던 참입니다. 조만간 우리도 정녕후부처럼 정원 가득 회화나무를 심으면 좋겠다는 이야기를 하고 있었지요."

고 태부인은 작은아들을 보자 저도 모르게 살짝 웃음이 나왔다. 고 태부인이 가볍게 꾸중하며 말했다.

"철딱서니 없는 것. 온종일 놀 궁리만 하고, 공부를 하거나 무예를 연마해 발전할 줄은 모르는구나. 네 둘째 형이 보고 흉보겠어!"

고정위가 팔을 뻗어 고정엽의 어깨 위에 얹더니 눈웃음을 치면서 말했다.

"어머니, 제가 어렸을 때부터 쭉 이랬는데 둘째 형님이 언제 저를 보고 흉본 적이 있습니까? 어릴 적에 제가 새 둥지를 가져오려고 나무에 올랐다가 못 내려온 적이 있었지요. 또 혼이 날까 두려워 감히 어머니를 부르지도 못했는데, 그럴 때마다 둘째 형님께서 몰래 저를 업어 내려주셨어요! 그렇지요, 둘째 형님?"

고정엽이 미소 지으며 그를 힐끔 쳐다봤다.

"너도 아비 된 자로서 벼슬길에 올라 나랏일을 할 줄도 알아야지."

고 태부인이 한층 밝은 함박웃음을 지었다.

"네가 이 아이를 다독여 끌어준다면 내 마음이 훨씬 놓이겠구나."

그러고는 바로 고개를 돌려 명란에게 말했다.

"이 철없는 것이 바로 네 셋째 시동생이다."

명란이 살짝 발걸음을 옮기며 앞으로 다가가 고개를 숙이고 눈을 내리깔더니 조용히 인사했다.

"셋째 서방님."

고정위가 엄숙한 얼굴로 읍을 하며 인사했다.

"둘째 형수님."

명란 일행과 고정엽 일행이 한 무리로 합쳐졌다. 주 씨가 눈치껏 자신의 남편 곁으로 달려갔으나, 명란은 멍하니 굼뜬 반응이었다. 기다리다 못한 고정엽이 직접 다가가 명란 곁에 섰고, 답답한 마음에 명란을 힐끔 쳐다봤다. 그녀의 크고 촉촉한 두 눈이 멍하니 깜박거리고 있었다. 정원의 이른 아침 물안개가 막 걷히며, 그녀의 긴 속눈썹에 살짝 물기가 어리게 했다. 일순 마음이 누그러진 고정엽이 낮은 목소리로 물었다.

"배불리 먹었느냐?"

명란이 얼굴을 찡그리며 가볍게 고개를 가로저었다. 슬프고 분한 듯한 기색이었다.

고정엽이 조용히 말했다.

"돌아가거든 더 먹자꾸나."

명란이 즉각 고개를 끄덕였다. 표정에 애교가 가득했고, 입가에는 온통 웃음기가 어려 있었다. 고정엽의 입가가 살짝 올라갔다. 고정엽이 천천히 고개를 제자리로 돌리며 점잖은 표정을 지었다.

소 씨가 고 태부인을 부축하며 앞장서서 걸었고, 두 쌍의 부부가 그 뒤를 따랐다. 일행들은 화려한 수화문을 지나, 동측 상원 앞문의 자갈이 깔린 고요한 오솔길을 따라 전진했다. 얼마 안 있어 정원 옆쪽으로 들어서게 되었고, 질주하는 말 떼가 조각된 거대하고 높은 대리석 조벽照壁[2]을 우회하자 탁 트인 전망이 펼쳐지며 널따란 용도甬道[3]가 눈에 들어왔다. 정면을 향해 오십여 보쯤 걸으니, 넓고 환하게 탁 트인 큰 청당이 나타났다. 일렬로 늘어선 열여섯 개의 밝은 주홍색으로 옻칠이 된 커다란 여닫이 문짝들이 모두 열려 있었고, 위쪽에는 해서체로 크게 '훤녕당萱寧堂' 세 글자가 적힌 편액이 걸려 있었다. 중후하고 힘 있는 글씨가 자못 강건한 기세를 띠고 있었다.

명란은 이제야 눈을 들어 주위를 훑어볼 수 있었다. 눈에 들어오는 모든 것들이 간략하고 중후하게 배치되어 있었다. 양양후부의 사치스럽고 화려한 배치와 비교하면, 이곳은 훨씬 더 소박하나 고급스러운 긍지가 느껴졌고 범상치 않은 기품이 흘러나오고 있었다.

일행들은 청당을 향해 다가갔다. 문가에 있던 마흔은 훌쩍 넘어 보이는 관사인 듯한 사람이 다가와 고개를 숙이고 읍을 했다. 야무져 보이는

---

2) 밖에서 대문 안쪽이 들여다보이지 않도록 앞마당에 세운 벽.
3) 큰 정원 한가운데에 난 길.

얼굴을 한 그가 낭랑한 목소리로 말했다.

"큰마님, 첫째 마님, 둘째 나리, 둘째 마님, 셋째 나리, 셋째 마님. 어서 들어오시지요. 두 어르신께선 벌써 와 계십니다."

고 태부인이 살짝 고개를 끄덕였다. 소 씨가 곁의 그녀를 슬쩍 보더니, 고개를 돌려 말했다.

"수고가 많네. 진 관사, 우리가 왔다고 통보 좀 해주게."

진 관사가 대답하더니 안으로 들어갔다.

고정엽 곁에 서 있던 명란은 불현듯 그를 감도는 기운이 차가워지는 듯한 기분이 들었고, 의아한 마음에 슬쩍 그를 쳐다보았다. 그는 담담한 표정이었으나 눈썹은 살짝 위로 치켜올라가 있었다. 명란이 눈을 내리깔자 이번에는 소매 속에 감춰진 그의 손이 주먹을 꼭 쥐고 있는 게 눈에 들어왔다. 얼마나 힘을 주어 주먹을 쥐었는지 손가락 관절 부분이 다소 하얗게 변해 있을 정도였다. 그가 오늘 입은 헐렁하게 펄럭거리는 선홍색 넓은 소매 덕분에 가려지는 부분이 많은 게 다행이었다.

명란은 조심스러운 마음으로 몰래 주의를 기울였다.

발걸음을 떼고 안으로 들어가니 안에는 이미 사람들이 잔뜩 앉아 있었다. 잡담을 나누는 목소리가 가득했는데 양쪽에 줄지어 놓인 의자 위에는 남녀가 나이순으로 앉아 있었다. 상석에는 노부부 두 쌍이 앉아 있었는데 가운데 한 자리가 비어 있었다. 고 태부인을 위해 비워둔 자리인 듯했다. 고 태부인 일행이 들어오는 모습을 보고 상석에 앉아 있던 노부부를 제외한 전원이 자리에서 일어나 일행을 맞이했다. 고 태부인이 미소를 지으며 말했다.

"서방님들께서 흥보셨겠습니다. 저희 아녀자들이 수다를 떨다가 이리 시간을 지체했네요. 참으로 송구합니다."

오른쪽에 있던 한 중년 부인이 자리에서 일어나 웃으며 말했다.

"형님, 무슨 말씀이십니까? 잠깐 기다린 것뿐인데 송구할 게 뭐가 있겠습니까!"

고 태부인이 앞으로 나아가더니 자리에 앉았다. 소 씨는 오른쪽 여자 권속들이 줄지어 앉아 있는 좌석 중 상석에 앉았고, 주 씨가 그다음 자리에 앉았다. 고정위는 왼쪽의 남자들이 앉아 있는 좌석으로 향했다. 이어서 고정엽 부부가 어르신들을 향해 예를 올릴 차례였다. 계집종과 어멈들이 미리 부들방석과 찻잔을 준비해 두고 있었다. 고정엽이 명란과 함께 나란히 꿇어앉아 예를 올렸고, 고 태부인은 옆쪽에서 상냥한 목소리로 그들을 소개했다.

직계 친족에게 예를 올리는 것이 아니었기에 이번에 명란은 바닥에 머리를 조아릴 필요가 없었다. 차를 올리며 어르신들에게 문안인사를 올리는 것으로 족했다. 투자가 적었으니, 당연히 수확도 적었다. 명란은 그저 소소한 두루주머니 두 개만 얻을 수 있었다.

어르신들에게 절을 올리고 일어난 다음은 자리에 모인 동년배 사촌 형제자매들에게 인사를 올릴 차례였다. 고정엽보다 연장자들에게는 고정엽이 읍을 하고 몸을 숙여 인사를 해야 했고, 고정엽보다 어린 사람들은 거꾸로 명란에게 인사를 올려야 했다. 이번에는 해설자가 고 태부인에서 주 씨로 바뀌었다. 그녀는 목소리가 낭랑하며 시원시원했고, 해설도 대단히 상세하고 분명했다.

실은 명란이 여기 시집오기 전, 노대부인이 미리 고가의 속사정을 알려 주었다. 명란은 게으름을 피우지 않는 모범생의 정신으로 열심히 필기했다. 현재 녕원후부에는 고언개의 가족과 고언개의 넷째, 다섯째 동생 가족 이렇게 세 집이 살고 있었다.

실제로는 옛날 고 대인의 부친이 세상을 뜰 때 이미 분가가 이루어진 상태였다. 서출들 몇 집은 일찌감치 이사를 갔고, 또 몇몇은 주변에 살면서 녕원후부 가주의 도움에 기대어 생활했다. 또 몇몇은 독립하여 성공을 거둔 뒤 아예 바깥에 따로 저택을 지어 나가 살았다.

원래는 넷째 동생과 다섯째 동생도 나가 살 작정이었다. 그러나 고 대인이 변경을 지키느라 일 년 내내 바깥에 있어야 했고, 후부를 관리할 사람이 없어서는 안 되었기에 자신의 두 친동생에게 계속 살게 한 것이다. 고 대인이 황제의 명으로 부서를 옮기고 가족들과 경성으로 돌아온 뒤에도 위의 세 집은 서로 사이좋게 함께 생활했다.

넷째 숙부는 통통하고 다부진 체격에 부유하고 지체 높은 신사의 모습을 하고 있었으나 두 눈동자가 조금 탁한 감이 있었다. 다섯째 숙부는 문인의 차림새를 하고 있었다. 길게 기른 수염이 고상하고 우아하게 보였다. 그는 고가에서는 보기 드문 지식인이었다. 젊었을 때 과거에 급제하긴 했으나 끝내 진사 급제는 못 했고, 관직을 얻어 몇 번 관청에서 일하긴 했으나 지금은 관직을 사임하고 집에서 한가로이 시를 읊고 그림을 그리고 있었다. 경성에서는 제법 우아한 명성을 떨치고 있었다.

명란은 간신히 그들에 관한 정보를 외웠다.

그다음은 '고정○'로 불리는 사람들로, 남자도 있고 여자도 있었다. 저마다 딸린 식솔들을 줄줄이 데리고 나와 인사를 했다. 명란은 그들의 이름을 듣는 것만으로도 퓨즈가 나갈 지경이었다. 생각나는 거라곤 자신이 전부 합해서 조롱박 모양 두루주머니 여덟 개와 연꽃 모양 두루주머니 다섯 개, 그리고 금덩이 한 보따리와 옥으로 만든 장신구 서너 개를 선물로 주었다는 것이다. 명란은 그저 두 눈이 흐릿해지도록 아까운 마음이 들 따름이었다.

마지막으로 주 씨가 해설을 마치고 찻잔을 들었을 때, 명란은 오직 자신의 직계 친족만 똑똑히 파악할 수 있었다. 고 대인은 전부 합해 3남 2녀를 두었다. 세 명의 아내가 각각 아들 (과연 모두에게 평등하게 애정을 베푸셨구나, 명란은 매우 탄복했다.) 하나씩을 낳은 것이다. 한편, 딸은 이미 출가한 서녀 고정연顧廷煙―오늘은 오지 않았다―과 아직 시집을 못 간 과년한 규수인 적녀 고정찬이 있었다. 고정찬은 갸름한 얼굴을 지닌 미모의 소녀로 눈동자가 맑고 아름답고, 영민하고 단정하며 신중하여 대단히 긍지 높은 재녀의 풍모를 갖추고 있었다.

그밖에, 명란은 전날 신방에서 자신에게 웃으며 말을 걸었던 그 '사촌 시아주버님 부인'이 바로 넷째 숙부의 큰아들 고정훤의 부인이라는 사실도 알게 되었다.

단귤은 청당 한구석에 서서 이마에 힘껏 핏대를 세우고, 예쁜 눈은 험악해 보일 정도로 동그랗게 부릅뜬 채 이를 악물며 이들 친척을 외우느라 고생하고 있었다. 처소에 돌아간 뒤 명란에게 복습시킬 준비를 하는 것이다. 명란은 오늘의 대출혈을 아까워함과 동시에, 또 한편으로는 자신의 아둔함에 부끄러움을 느끼고 낮은 목소리로 몇 마디를 웅얼거리고 있었다. 곁에서 시중들던 소도가 이를 듣고 연신 명란을 격려했다.

"아씨, 아씨는 그 뭐라더라. 뭐시기를 잘 알고 뭐시기를 잘하는 그런 분이세요."

"사람을 잘 파악하고, 적재적소에 잘 배치한다고?"

명란의 마음이 훨씬 편안해졌다.

친지 소개 의식이 끝나자, 한 무리 계집종들이 다반과 다과를 들고 줄줄이 들어왔다. 남자들은 그대로 청당 안에 앉아 차를 마시며 환담을 나누었고, 여자 권속들은 자리에서 일어나 몇 걸음 걸어 자리를 옮겼다. 이 청당은 대단히 넓었다. 꽃무늬를 투각하고 옻칠을 한 격선隔扇으로 공간이 나누어져 있어서 양쪽에서 서로 웃음소리를 들을 수 있었고 얼굴도 볼 수가 있었다.

격선 안쪽에는 이미 수많은 원탁이 준비되어 있었고, 그 위에 네 가지 색 다과들이 즐비하게 놓여 있었다. 명란은 친절한 주 씨에게 이끌려 옆자리에 앉았고, 부인들과 규수들 몇 명이 다가와 명란에게 말을 걸었다. 명란은 누가 누군지 알아볼 수 없어, 일률적으로 쑥스러운 미소를 지으며 대응했다. 처음 얼굴을 본 사이였기에, 무슨 실질적인 내용이 담긴 대화를 할 필요가 없어 다행이었다.

누군가 명란의 새 옷이 예쁘다고 칭찬하면, 명란은 웃으며 대답했다.

"아니에요, 아니에요."

누군가 명란의 머리 장신구가 정교하다고 칭찬하면, 명란은 계속 웃으며 대답했다.

"과찬이십니다, 과찬이십니다."

누군가 명란의 용모와 거동이 아름답고 고상하다고 칭찬하면, 명란은 얼굴을 붉히며 계속 웃는 얼굴로 대답했다.

"천만의 말씀입니다, 천만의 말씀이에요."

이로써 대강 그 분위기를 추측할 수 있을 것이다.

몇 마디 말을 나눈 뒤, 아까의 그 젊은 부인들과 규수들은 명란과 이야기하기가 따분해졌다. 농담을 걸어도 재미있지가 않았고, 말을 걸어도 몇 마디 더 이어지지가 않았으니 자기들끼리 흩어져 끼리끼리 모여 앉아 잡담을 하기 시작했다. 명란이 앉은 탁자에는 오직 고 태부인, 넷째 숙모, 다섯째 숙모, 그리고 소 씨와 고정환의 부인인 주 씨만 남게 되었다.

"큰형님은 복도 많으십니다. 이 집 며느리들이 하나같이 다들 준수하니 말이지요. 정엽이 처만 봐도 참으로 하늘에서 뚝 떨어진 미인 같으니 보기만 해도 너무 좋습니다!"

넷째 숙모가 만면에 웃음을 띠고 쉼 없이 명란을 훑어보았다. 화려하고 값비싸 보이는 보라색과 금색의 두 가지 색 비단 대금 배자를 걸친 넷째 숙모가 말했다.

"조카며느리와 비교하면 우리 집 며느리들은 어디 내놓지도 못하겠습니다!"

고정훤의 부인이 입에 머금고 있던 차를 얼른 삼키고 끼어들었다.

"아이고, 우리 시어머니, 어머님께서 이 선녀 같은 아우와 저를 비교하시면 제가 할 말이 없지요. 어느 누가 저더러 곱다고 하겠습니까! 허나, 어머님께서도 이 며느리의 체면은 조금 살려 주셔야지요!"

이렇게 말하면서 고정훤의 부인이 넷째 숙모의 품으로 뛰어들었다. 넷째 숙모가 웃으며 꾸짖었다.

"이런 뻔뻔한 장난꾸러기를 봤나, 오늘도 체면이 필요하다는 게냐?"

사람들이 모두 한바탕 웃었다. 명란은 다소곳하게 부끄러워하는 표정으로 미소를 지으며 고개를 숙였다. 고부간의 이렇듯 친근한 모습을 보고 이 사실을 눈치챌 수 있는 사람은 아무도 없을지도 모른다. 이 넷째 숙모는 계실이었고, 고정훤은 먼젓번 정실부인이 남기고 간 아들이었다.

넷째 숙모와 비교하면 다섯째 숙모는 훨씬 점잖았다. 그저 명란의 손을 잡아끌고 몇 마디 말을 조용히 건넬 뿐이었다.

"네가 시집온 지 얼마 안 돼서 모르겠지만 요 몇 년간 네 시어머니가 참으로 고생이 많았다. 집안사람들과 온유하고 화목하게 지내고, 가난하고 미천한 사람들을 가엾이 여기고, 노인들을 돌보고 아이들을 귀여

위하는 사람이니 이보다 훌륭한 사람도 없을 게야."

넷째 숙모도 거들었다.

"누가 아니랍니까? 정욱이 몸이 안 좋으니 돌봐 줘야 하고, 정욱이 며느리 집안일도 도와줘야 하고, 한이도 돌봐야 하고, 안팎으로 집안일 살피느라 큰형님이 늘 시름했지요. 참으로 고생이 많습지요!"

고 태부인이 미소를 지었다.

"두 아우님도 참……. 그런데 제가 낯짝이 두꺼워서 그런가 부끄러움이 없네요. 계속 칭찬해 보시지요."

이 말에 사람들이 또 한 차례 크게 웃었다. 소 씨는 감격으로 가득 찬 눈빛으로 고 태부인을 쳐다보았다.

다섯째 숙모는 얼굴이 수척했지만 온화하고 우아한 기품이 있었다. 그녀가 낮은 목소리로 계속 말을 이었다.

"남들이 멋대로 하는 말을 듣지 말거라. 네 시어머니는 정말 고생이 많단다. 이제 네가 우리 집안에 들어왔으니, 앞으로 정엽이를 더 채근해야 할 게야. 일가가 화목하게 잘 지내야 가문이 번성할 수 있는 게다."

넷째 숙모가 열렬하게 '아무렴, 아무렴' 하며 맞장구를 쳤다. 명란도 저도 모르게 열심히 고개를 끄덕이게 될 정도였다.

한창 웃고 떠들던 와중, 별안간 바깥쪽에서 고성을 지르며 다투는 소리가 들려왔다. 넷째 숙부가 노기등등하게 외쳤다.

"……고정엽, 참으로 잘났구나! 네가 지금 출세했다고 숙부 체면을 망치느냐! 내가 너더러 칼산에 오르라 하더냐, 불바다에 뛰어들라 하더냐. 고작 밤에 술 한 잔 마시러 주연에 나오라고 한 것뿐이지 않느냐. 네 사촌의 호의를 저버리다니. 네가 이리 사람을 무시하겠다는 게냐?"

고정엽은 조용히 앉아서 의연한 태도로 대답했다.

"군영의 군무를 아직 다 정리하지 못했습니다. 황상께서 분부하신 몇 가지 일도 얼른 처리해야 합니다. 오늘 점심 식사를 마치자마자 도독부에 돌아가봐야 합니다. 그 술은…… 다음에 마시지요."

넷째 숙부가 수염이 휘날릴 정도로 노여워하더니 힘껏 탁자를 내리쳤다.

"네가 공무 핑계를 대는 게냐! 내가 세상 물정도 모르는 줄 아는구나. 네 부친은 너보다 열 배는 더 바빴거늘, 언제 한 번이라도 집안 형제들의 부름을 거절한 적이 있더냐? 숙부가 얘기하는데 네가 감히…… 거절하려 들어?!"

호통을 치면서 다가가는 그의 모습이 마치 달려드는 것처럼 보였다. 곁에서 고정훤이 필사적으로 자신의 부친을 붙잡고 있었다. 그제야 넷째 숙부는 고정엽이 자기 아들도 아니니 멋대로 때리고 욕할 수도 없음을 깨닫고 씩씩거리며 자리에 앉았다.

"저는 태어나길 제 부친처럼 유능하지 못해 두 가지를 다 돌볼 수 없습니다. 넷째 숙부님께서 양해해주십시오."

고정엽이 냉랭한 눈초리로 넷째 숙부를 쳐다보았다. 무시무시한 눈빛이 그의 눈에서 불쑥 떠올랐다가 순식간에 자취를 감추었다. 넷째 숙부는 순간적으로 그의 온몸에 넘친 살기에 낯빛이 어두워졌고, 일순 공포스러운 전율이 일었다. 감히 그에게 덤비지 못하겠단 생각이 들자 이내 얼굴을 돌리고 잠잠히 있었다.

다섯째 숙부는 이 상황을 보고 대단히 못마땅한 기분이 되었다. 미간을 찡그리고 수염을 쓰다듬으며 그가 말했다.

"네가 공무로 분주하여 주연에 나오기가 불편하다니 어쩔 수 없구나. 허나, 어찌 부득불 고부를 떠나 따로 나가 살려는 게냐? 자기 집에서 사는 게 어찌 더 좋지 않겠느냐. 남들 입방아에 올라야 네가 속이 시원하겠느냐?"

명란은 가슴이 덜컹했다. 어젯밤 고정엽이 고 태부인께서 이미 밖에 따로 나가 사는 것을 허락했다고 말했는데, 어찌 또 변고가 생긴 걸까? 명란은 의아해하며 고 태부인을 슬쩍 바라보았다. 고 태부인이 난처한 얼굴을 하고 자리에서 일어나더니 걱정스러운 기색으로 바깥쪽을 바라보며 소리쳤다.

"다섯째 서방님, 됐습니다, 됐습니다! 그만하십시오! 정엽이가 나가 살려는 것은 필시 자기 나름의 이치가 있어서일 겝니다!"

넷째 숙모가 고 태부인을 끌어 다 자리에 앉히며 점잖게 일렀다.

"무슨 이치가 있다는 겝니까. 모친이 아직 건재한데, 아들이 돼서 곁에서 효도를 하지 않다니, 이게 무슨 이치입니까? 아무리 정엽이가 바깥에서 출세한들, 모친에게 불효하는 건 가장 큰 잘못이지요!"

넷째 숙모가 말하면서 슬쩍 명란을 바라보았다.

명란은 계속 고개를 숙인 채 속으로 혼잣말했다. 저를 끌어들이시다니요, 누굴 협박하는 겁니까? 저를 바보로 아십니까! 맞습니다, 불효는 확실히 중죄이지요. 어떤 관원에게 이 죄명이 떨어지건, 죽지는 않아도 혼쭐이 나겠지요. 허나, 여기서 말하는 것은 예법에서 인정하는 친부모 혹은 적모, 양모養母의 경우입니다! 앞에 계신 저분은 계모이지요. 예법 상의 규정은 비껴 나간 경우입니다. 자고로 계모와 적자 간엔 늘 알력 다툼이 있었지요. 종법宗法을 중시하는 조정에서도 별로 관여하지 않을 겁니다.

예전에 성굉이 등주에서 판결했던 안건 중 어머니가 외간 남자와 결탁해 아버지를 죽인 두 개의 사건이 있었다. 한 사건은 서자가 적모를 죽

172

였는데 참감후斬監侯[4]에 처해져야 했으나 나중에 군에서 노역형을 사는 것으로 판결이 수정되었다. 다른 한 사건은 적자가 계모를 죽였는데 몇 백 리 밖으로 유배되었다가 몇 년이 지나고 집으로 돌아와 가족들과 단란하게 사는 것으로 끝이 났다. 성굉은 이 두 사건을 판결한 일을 계기로 현지의 세도가들과 명사들로부터 대대적인 칭송을 받았다. '공정한 판결'이라고 적힌 편액까지 받았을 정도였다.

하지만 이 말을 대놓고 할 수는 없겠지. 흑흑, 둘째 아저씨, 당신도 참 안됐구려.

과연, 저편의 고정엽은 한동안 말이 없었다. 그의 미간에 깊이 주름이 잡히기 시작하더니, 온몸에 노여운 기운이 은근히 퍼지기 시작했다. 하필이면 다섯째 숙부는 고아한 지식인이었으니, 조금도 두려워하는 기색 없이 고정엽을 똑바로 쳐다보며 훈계를 계속했다.

"네 도독부는 황상께서 하사하신 것이니 거기서 살든 말든 네 마음이 겠지. 그렇지만 꼭 거기 가서 살아야 할 이유가 뭐냐? 소위 말하는 백 가지 선善 중에 효孝가 으뜸이고, 키워준 은혜는 낳아준 은혜보다 더 크다고 했거늘. 너도 어렸을 때 서책에서 읽었을진대 어찌 이리 아둔한 게냐?! 얼른 네 모친께 가서 사죄하거라. 안 나가겠다고 말씀드리거라!"

고정엽이 주먹을 꽉 쥐었다. 그의 얼굴 위로 차츰차츰 냉혹한 표정이 굳어졌다. 그가 조용히 다섯째 숙부를 한참 바라보았고, 다섯째 숙부도 노기등등한 눈으로 그를 마주 보았다. 잠시 후, 고정엽이 천천히 자리에서 일어났다. 키 큰 몸으로 우뚝 선 그가 화를 드러내지 않고 위엄을 부

---

4) 사형 집행 유예.

리며 담담히 말했다.

"성상을 거역하긴 어려우니 점심때 바로 가겠습니다."

짤막하게 말을 마친 고정엽이 공손하게 읍을 하더니 소매를 휘날리며 몸을 돌려 자리를 떴다. 청당에 남겨진 사람들이 서로 얼굴을 쳐다보았고, 다섯째 숙부는 거의 숨이 넘어갈 지경이 되었다. 고정엽이 공공연하게 말할 수 없던 것처럼 다섯째 숙부 역시 진짜로 아문에 가서 고정엽을 불효자라고 고발할 수는 없었다. 고정엽, 네놈이 사람을 잘도 농락하는구나!

명란은 저도 모르게 손뼉을 쳤다. 그러나…….

고정엽이 저런 식으로 자리를 뜬 건 너무 거친 행동이었다. 남아 있는 명란이 난처해지는 결과를 초래하는 것이다. 여자 권속들이 불만스러운 눈빛으로 일제히 그녀를 쳐다보았다. 명란도 철수하고 싶었지만, 그녀가 앉은 자리는 구석에 위치해 있었다. 하필이면 주 씨와 넷째 숙모에게 갇힌 것이다. 명란은 사람들이 쳐다보는 눈빛에 머리가 지끈거릴 지경이었다. 명란은 속으로 고정엽은 의지가 안 된다고 큰소리로 욕을 했다. 자기만 살려고 철수하고, 그녀는 맨 뒤에 남겨둔 것이다!

고정훤의 부인이 보다 못해 분위기를 풀려고 나섰다. 실내가 온통 조용하고 경직된 가운데, 그녀가 가볍게 웃으며 말했다.

"어머나, 동서, 봤지? 자네 부군이 저렇게 성미가 괴팍하다네! 자네도 앞으로 조심해야 할 게야!"

명란이 연신 고개를 끄덕였다.

그제야 분위기가 다소 누그러졌다. 바깥의 넷째 숙부가 세게 찻잔을 내려놓더니 불쾌한 기색으로 말했다.

"이리도 예법을 모르다니. 아무리 큰 공을 세운들 다 헛수고지!"

이 말을 시작으로 안팎 양쪽에서 사람들이 분분히 고정엽을 비판하기 시작했다. 비록 말 자체는 대단히 은근했지만, 대략의 의미는 모두 비슷했다.

고정찬은 특히 심하게 분개하고 있었다. 큰소리로 '어머니는 둘째 오라버니를 잘 대해주었는데 둘째 오라버니가 이렇게 불효한다'며 성토했고, 명란이 아무 말 없이 고개를 숙이고 있는 모습을 힐끔 보더니 더욱 소리를 높여 말을 이었다.

"둘째 올케 생각은 어때요? 듣자 하니 올케는 어렸을 때부터 유교 경전들을 많이 읽었다던데 그럼 효도가 무엇인지 잘 알겠지요. 오늘 일에 대해 올케가 말 좀 해보세요! 올케가 보기에 오라버니가 잘한 것 같습니까?"

고정훤의 부인도 일순 미간을 찌푸리고, 걱정스럽게 명란을 쳐다보았다. 사람들의 시선이 일제히 자신 쪽으로 쏟아졌다. 심지어 바깥의 남자들도 잠잠해졌다. 명란은 속으로 살짝 냉소했다. 명란이 천천히 고개를 들었다. 담담하고 느긋한 표정이었고, 입가에는 두 개의 깜찍한 보조개도 패어 있었다. 여자 권속들은 대단히 어리둥절한 기색이었다.

명란은 직접적인 대답 대신 목소리를 높여 말했다.

"두 해 전, 공부의 전상서이셨던 노 노대인은 황상께 '늘 신중하고 분발하니 갈수록 덕이 드높아진다'는 상찬을 받으셨지요. 그뿐만 아니라 내각차보로 승진되셨고, 얼마 안 있어 서복문 안에 저택까지 하사받으셨고요."

"올케, 무슨 말을 하는 거예요……."

고정찬이 저도 모르게 말참견했으나 즉각 소 씨에게 저지당했다.

명란이 손가락을 꼽으며, 느긋하고 우아하게 말했다.

"사실 노 노대인의 원래 저택도 참으로 훌륭했지요. 비록 황성과는 조금 떨어져 있었지만, 산수가 빼어나고 풍광이 아름다웠어요. 가장 훌륭한 장점은 노 노대인과 오랫동안 사귀어온 친구 분들과 몇몇 친지 분들이 모두 근처에 살고 있어 평소에도 자주 서로의 안부를 살필 수 있었다는 거지요. 가볍게 한잔하며 한담을 나눌 수 있었으니 참으로 아름다운 일이지요! 당시 들리던 바로는 적지 않은 친지 분들과 친구 분들이 이사 가지 말라고 말렸다고 합니다. 원래 살던 곳에 살라며, 어쨌든 황상께서 하사하신 것이니 그 저택이 어디 가겠느냐며 말이지요. 아아…… 허나, 노 노대인께서는 황상의 뜻을 받들어 두말하지 않고 바로 이사를 가셨다고 합니다. 노 노대인께서는 군주의 은혜는 하늘과 같은 것이니 그 은혜를 거절한다면 불경을 저지르는 것과 마찬가지라 말씀하셨다지요."

청당의 안팎 양쪽이 갈수록 잠잠해졌다. 들리는 소리라곤 넷째 숙부가 벌컥 찻잔 뚜껑을 여는 바람에 나는 맑고 투명한 도자기 소리뿐이었다. 다섯째 숙부가 답답한 가슴에 한숨을 쉬었으나 그도 아무 말이 없었다. 황상이라는 거창한 이름이 나오자 아무도 다시는 욕을 할 수가 없었던 것이다. 한참 실내가 잠잠하던 끝에 이윽고 고 태부인이 탄식하며 말했다.

"제가 두 분 서방님과 정엽이를 난처하게 했습니다. 이 늙은이 때문에 소란이 일어 불쾌하셨겠습니다."

주 씨가 눈치 빠르게 얼른 자리에서 일어나 웃으며 말했다.

"둘째 아주버님은 충忠 때문에 그러신 게고 넷째 숙부님과 다섯째 숙부님께선 효孝 때문에 그러신 것이니 아무도 잘못이 없습니다. 잠깐 나가서 살펴봐야겠습니다. 어쨌든 점심 식사는 하고 가셔야지요. 이따가 좋은 술을 내올 테니 숙부님과 둘째 아주버님께서는 술을 드시면서 말쏨을 잘 나눠보세요!"

넷째 숙모도 분위기를 풀려고 애쓰며 큰 소리로 말했다.

"우리 조카며느리가 참으로 사려가 깊구나. 우리도 우리끼리 술자리라도 마련합시다. 모두 한집안 식구들인데 무슨 못할 말이 있겠습니까!"

이렇게 몇 마디가 나오고 나자 분위기가 훨씬 부드러워졌다. 다들 조금씩 말을 하기 시작했고, 분위기가 다시 화기애애해졌다. 명란은 한시름을 놓으며 고개를 숙이고 고정훤의 부인과 웃으며 이야기를 나누었다. 그녀와 막 몇 마디를 하고 있는데 별안간 문가 쪽에서 계집종 한 명이 쭈뼛거리며 들어오더니 조심조심 잽싸게 안쪽으로 다가왔다. 명란이 눈을 가늘게 뜨고 바라보니 다름 아닌 하죽이었다. 하죽은 창백한 얼굴로 부들부들 떨며 명란에게 조용히 말했다.

"둘째 마님, 둘째 나리께서 건너오시라고 하십니다. 저 많은 상자를 어떻게 처리해야 할지 모르시겠다며……."

방 안의 여자 권속들이 모두 괴이쩍은 표정을 하고 있었다. 다들 기묘한 웃음을 지으며 명란을 쳐다보고 있었다. 명란은 얼굴이 달아올랐고 속으로 단단히 화가 났다.

이 몸이 전쟁터를 다 수습했는데 네 녀석의 도움이 필요하겠느냐? 네 녀석에게 기대라고? 내가 벌써 총알받이가 되었느니라!

역시 남자는 과연 의지가 안 되는 것일까?

제107화

화성에서 온 남자

명란은 수줍어하는 표정을 그대로 유지하며 방으로 돌아갔다. 그녀가 고개를 숙인 채 막 방으로 들어선 순간, 커다란 손이 나와 그녀를 확 끌어당겼다. 고개를 들어보니 고정엽이 걱정스럽게 자신을 쳐다보고 있었다. 자못 미안한 듯한 눈빛이었다.

"미안하다. 너를 잊었구나."

하지만 명란은 화를 내지 않았다. 신혼 첫날의 격렬한 전투로 피곤했던 그녀가 낮게 탄식했다.

"당신 아내 노릇 하기가 녹록지 않네요."

고정엽은 말없이 그저 명란을 가볍게 끌고 안쪽으로 들어갈 뿐이었다. 명란은 갑작스러운 음식 냄새에 고개를 들어 주변을 둘러보았다. '쌍희囍'가 새겨진 작은 홍목 탁자 위에 몇 가지 음식이 차려져 있었다. 윤기가 자르르 흐르는 황금색의 옥수수부침, 우유 향이 향긋한 단팥빵과 제철 간식 몇 가지가 놓여 있었다. 또 명란이 평소 즐겨 먹었던 해물수제비탕이 진한 국물 냄새를 풍기고 있었다. 명란은 즉각 기쁜 마음으로 자리에 앉았고, 고개를 돌려 웃는 얼굴을 드러내며 물었다.

"저를 위해 이걸 다 준비한 거예요?"

마음이 언짢았던 고정엽은 기뻐하는 명란의 모습에 저도 모르게 기분이 누그러졌다.

"방금 준비한 것이다. 네 시중을 드는 어멈의 손발이 참으로 민첩하더구나."

명란의 손에 젓가락을 쥐여 주며 고정엽이 말했다.

"어서 먹거라. 점심때가 되면 또 바빠질 테니."

명란이 머뭇거렸다.

"조금 있으면 또 점심을 먹어야 할 텐데요……."

"그 사람들 앞에서 네가 젓가락질을 할 수 있겠느냐?"

고정엽이 미간을 찡그리며 반문했다.

명란이 얼른 젓가락으로 음식을 집었다. 맛있게 먹는 명란의 모습을 보며 고정엽도 웃으며 음식을 먹었다.

"천천히 먹거라. 아무도 빼앗아가지 않으니."

고정엽이 입가에 웃음을 머금은 채 음식을 잔뜩 입에 넣어 빵빵해진 볼을 하고서도 어떻게든 우아하게 예의를 갖추려는 명란의 모습을 바라보았다. 눈처럼 새하얀 얼굴은 아침 햇살처럼 빛났고, 싱그럽고 연한 분홍빛 입술은 6월의 싱싱한 연뿌리 같았다. 이런 명란의 얼굴을 쳐다보며 고정엽은 저도 모르게 마음이 환하고 따뜻해졌다.

"아까는…… 무서웠더냐?"

고정엽이 머뭇거리며 물었다. 그 친지들의 성격에 아마 명란을 그대로 놔주진 않았을 것이다. 어린 아내를 말로 지독하게 괴롭혔을 것이다.

음식 때문에 볼이 빵빵해진 명란이 고개를 저으며 힘겹게 음식을 삼켰다.

"괜찮아요. 대신 말대꾸도 실컷 한걸요!"

좋은 일을 했으면 반드시 생색을 내야 하는 법이다. 이 시대에는 아직 남몰래 좋은 일을 하는 유행이 없었다.

고정엽이 흥미를 느끼고 눈썹을 치켜세우며 물었다.

"네가 말대꾸를 했단 말이냐?"

자신이 세운 전공戰功 이야기가 나오자 명란은 순간 우쭐한 기분이 들었다. 명란은 수저를 내려놓고 간단명료하게 아까 있었던 일을 서술했다. 노 노대인의 말투를 그럴싸하게 흉내 냈을 뿐만 아니라, 당시 자리에 있던 사람들의 표정과 거동까지 생생하게 묘사했다.

그저 듣기만 하던 고정엽도 눈을 빛내며 입꼬리를 초승달처럼 치켜 올릴 정도였다.

명란은 말을 마치고서도 아직 여운이 다 가시지 않은 모양이었다.

"그나마 저였으니 망정이지요. 만약 장백 오라버니였다면, 쯧쯧……. 장백 오라버니가 충효와 절개를 논했다면 아마 오늘 넷째 숙부님과 다섯째 숙부님 모두 사당에 가서 조상님께 절을 해야 했을 거예요!"

명란의 이 말은 농담이 아니었다. 장백은 말수가 적었지만 일단 입을 열기만 하면 말 한 마디 한 마디가 아주 신랄해서 마치 칼 같았다. 이 점에 대해서는 그의 모친인 왕 씨도 절실히 체감한 바였다.

오랫동안 우울하게 가라앉아 있던 고정엽의 얼굴에 웃음기가 퍼졌다. 고정엽이 손을 뻗어 명란의 귀엽게 뻗은 코를 문질렀다. 짙은 애정이 그의 눈가에 어렸다. 그가 오래 묵은 술처럼 낮고 그윽한 목소리로 말했다.

"널 늑대 소굴에 떨어뜨리고 온 줄 알고 온몸에 식은땀이 잔뜩 흘렸었는데."

젓가락을 입에 문 채 꽃 같은 웃음을 지어 보이며 명란이 다소 붉게 상기된 얼굴로 나직이 말했다.

"늑대는 무섭지 않아요. 그저 제 뒤에 아무도 없을까봐 두려워요."

고정엽은 마음이 누그러지다 못해 거의 녹아버릴 지경이었다.

"내가 뒤에 있지 않느냐! 네가 뭘 하든 언제나 네 편을 들어주마!"

명란은 기쁜 마음에 얼른 귀엽게 애교를 부렸다. 노대부인의 비위를 맞추던 실력을 발휘하여, 고정엽의 어깨에 기대어 헤벌쭉 웃어 보였다. 동글동글한 다람쥐처럼 고정엽에게 죽을 떠주고 반찬을 집어 올렸다. 닳고 닳은 고정엽조차 반쯤 흐물흐물하게 녹을 지경이 되었다. 지금이 밝은 대낮이고, 장소도 마땅치 않은 것이 한스러울 뿐이었다.

고정엽이 어색하게 헛기침을 몇 번 하더니, 명란의 밥그릇에 앵두 빛깔 고기 완자를 얹으며 화제를 바꿨다.

"너는…… 넷째 숙부님과 다섯째 숙부님의 일이 궁금하지 않은 게냐?"

새색시가 이런 장면을 처음 보았으면 남편에게 어찌된 일인지 묻는 게 일반적이지 않겠는가.

명란이 그제야 뒤늦게 깨달았다는 듯이 말했다.

"아, 그렇지요. 대체 어찌된 건가요? 어머님께선 우리가 분가하는 걸 허락하셨다고 했잖아요? 그런데 그분들은 왜 그러신 거예요?"

명란의 물음은 참으로 적절했다. 단번에 그들의 잘못을 지적하자 고정엽의 미간도 활짝 펴졌다. 고정엽은 우울한 심사를 걷어내고 미소를 지으며 대답했다.

"내가 어렸을 때부터 장난이 심했는데 어머님은 계실 신분이라 잔소리를 많이 하는 걸 꺼리셨지. 그래서 숙부님이나 숙모님이 대신 나서서 아버지께 고했다. 수많은 일이 매번 이런 식이었어."

명란은 천천히 그 말의 의미를 곱씹다가 속으로 외마디 탄성을 지르고, 웃는지 아닌지 알 수 없는 미묘한 표정으로 큰 눈동자를 빛내며 예쁜 분홍빛 입술을 깨물었다.

명란이 다소 말꼬리를 길게 끄는 어조로 말했다.

"고가는 참으로 좋군요. 시동생과 형수 사이가 화목하고, 동서 간에 우애가 있으니 말이에요. 일가가 위아래로 화평하고 화기애애하군요. 이런 집에 시집오다니 저도 참 복이 많네요."

고정엽이 웃었다. 그는 명란의 이런 어조가 대단히 마음에 들었다. 장난기 많은 어린아이가 일부러 어리숙하게 성실한 척하지만 하나도 성실해 보이지 않았다. 다시 한참 웃고 떠들던 와중에 바깥에서 누군가 점심을 먹으러 오라는 기별을 전했다. 고정엽은 명란의 작은 손을 잡고 바깥으로 나섰고, 길을 걸으며 조용히 몇 가지를 미리 당부했다.

사실 명란은 이번에는 고정엽이 걱정할 필요가 없다고 생각했다. 아까 막 한 차례 소란이 일었으니 연회를 앞두고 당분간은 화기애애한 분위기를 연출해야 할 것이기 때문이다. '반은 신선이 다 된 요의의'는 과연 명불허전이었다. 식탁에 앉은 어느 누구도 아까 있었던 불쾌한 일을 다시는 입에 올리지 않았기 때문이다.

남자들이 앉은 좌석에서 고정엽도 다시는 냉랭한 표정을 짓지 않았고, 어르신들에게도 공손한 모습을 보였다. 두 숙부도 눈치가 빠른 편이었으니, 막무가내로 나가봤자 좋지 않을 것을 깨닫고 순순히 대세를 따르며 고정엽이 올리는 사죄의 술을 몇 잔 받아 마셨다. 한편, 여자들 좌석에서는 명란이 여전히 쑥스러운 표정을 지으며 수많은 질문에 적당히 답변하고 있었다. 그러다 어려운 질문을 받으면 어쩔 수 없이 성실히 답해야 했지만.

다섯째 숙모는 명란의 범상치 않은 모습을 보고 궁금함을 못 참겠다는 듯 물었다.

"규수 학당에 다닌 적이 있느냐?"

맞은편에 앉아 있던 고정찬이 고개를 숙이고 조용히 식사하다 이 말에 문득 고개를 들고 명란이 대답하는 모습을 쳐다보았다.

명란은 젓가락을 내려놓고 소매 위의 금술장식을 쓸어내리며 미소 띤 얼굴로 대답했다.

"규수 학당에는 다닌 적이 없습니다. 허나…… 예닐곱 살 때 할머님께서 궁에 계시던 상궁마마를 초빙해 저희 자매를 며칠 가르치도록 하셨지요."

고정찬은 훈육 상궁이란 말을 듣자 입을 삐죽거리더니 다시 고개를 숙였다. 다섯째 숙모가 연신 고개를 갸웃거렸다.

"허나 훈육 상궁이 가르치는 건 대개 몸가짐과 법도 아니냐. 다른 스승이 있었던 게 아니냐?"

명란은 그저 이렇게 대답할 수밖에 없었다.

"아버지가 등주지주로 승진하시던 때에 오라버니들의 공부를 위해 경성의 장 선생님을 모셔와 서석西席[1]으로 삼았지요. 그때는 저희 자매들이 어려서 오라버님들 곁에서 고작 며칠간 책을 읽었을 뿐입니다."

이번에는 고정찬도 흥미를 느끼고 눈을 반짝 빛냈다. 그러나 입을 달싹거리기만 할 뿐 말을 하지는 못했다. 고 태부인이 온화하고 우아한 미소를 지었다. 고 태부인의 귀밑머리 언저리에 꽂힌 은사로 장식된 영롱한 백옥 비녀 위의 커다란 진주가 살며시 광채를 발하고 있었다.

---

1) 가정교사.

"장 선생이라면 신 수보 댁에서 사숙을 열었던 그 장 선생을 말하는 것이냐?"

명란은 잠시 호흡을 멈추었다가 곧 태연한 표정으로 대답했다.

"그렇습니다."

고 태부인이 손뼉을 치며 웃었다.

"그분은 참으로 훌륭한 글 선생이지. 너희 자매들이 그 선생의 가르침을 받았다니 참으로 복이 많았구나! 어쩐지 네가 말하는 게 참으로 조리가 있다 싶었거늘, 과연 훌륭한 스승 아래서 배운 덕택이었구나. 너희들은 앞으로 네 올케를 보고 배우도록 해라. 생각 없이 허튼소리를 해선 아니 될 게야. 얘야, 오늘 일로 정찬이를 질책하지 말거라. 어렸을 때부터 내가 너무 오냐오냐했더니 버릇을 잘못 들였구나."

고정찬이 결국 못 참고 나섰다. 귓가에 늘어뜨린 청금석 귀걸이가 흔들거렸다. 고정찬이 고 태부인을 향해 샐쭉거렸다.

"어머니, 이게 다 어머니 때문이에요. 지금껏 좋은 선생을 붙여주지도 않으셨으면서 인제 와서 저희 자매를 탓하시다니요!"

고 태부인의 안색이 순식간에 변했다. 하지만 사람들 앞에서 고정찬을 야단칠 수도 없었다. 곁에 있던 고정훤의 부인이 웃으며 끼어들었다.

"아가씨도 참! 장 선생이 어찌 규방 규수를 가르치겠어요. 그분은 거인이나 진사를 가르치는 글 선생이잖아요! 탓하려거든 글공부를 하지 않은 아가씨 오라버니들을 탓해야지요! 아아…… 그이들한테 기대야 소용이 없지요. 다행히 현이와 다섯째 숙부님 댁의 조카들이 분발하고 있으니 앞으로는 그 아이들에게 기대를 해야 할까봐요!"

이 말을 들은 다섯째 숙모와 주 씨의 얼굴이 반짝 빛났고, 모두가 흡족한 기분이 되었다. 명란은 슬쩍 고정훤의 부인을 바라보았다. 고정훤의 부인은 비록 다소 솔직하고 경솔한 발언을 하는 감은 있지만, 행동거지가 시원시원하고 상쾌하고 주도면밀한 데가 있었다. 참으로 주변을 잘 돌볼 줄 아는 동서였다. 계실로 들어온 넷째 숙모의 유일한 딸로는 고정형이 있었다. 이들과는 상대적으로, 다섯째 숙부댁의 큰며느리는 그리 앞에 나서려 들지 않는 나약해 보이는 사람이었다. 그와 대조적으로 다섯째 숙부댁의 서녀인 고정령은 시원시원하고 화기애애하게 웃고 말하는 사람이었다.

그러고 보면 고정찬, 고정형, 고정령 이 세 규수는 용모가 서로 닮았고 아름다웠다. 고정찬은 높은 절벽 위의 영지초처럼 맑고 고고한 데가 있었고, 고정형은 좀 더 단정하고 유순해 보이는 데가 있었다. 한편 고정령은 한 떨기 해어화 같은 미인으로 은근히 호감을 불러일으키는 인상이었다.

가까스로 식사를 마치고, 계집종과 어멈들이 자리를 거의 정돈하고 이제 막 문을 나서려는 찰나였다. 고 태부인이 명란더러 내당으로 들르라고 일렀다. 가슴이 덜컹 내려앉은 명란이 속으로 혼잣말했다. 또 시작이군, 이번에는 무슨 소리를 하려는 걸까.

고정엽이 다소 가라앉은 표정으로 고개를 숙이고 잠시 생각에 잠겼다가, 고개를 들어 명란을 똑바로 쳐다보며 말했다.

"이따가 나와 함께 건너가자꾸나. 너는 별말 하지 말거라, 내가 처리하겠다."

명란이 고개를 끄덕였다.

정원 서측 상방 안에 고 태부인이 상석에 앉아 있었다. 양옆으로 소 씨와 주 씨가 앉아, 셋이서 이야기를 나누고 있었다. 이 셋은 문가의 계집종이 기별하는 소리를 듣고 웃으며 맞이하려다가, 고정엽도 같이 온 것을 보고 깜짝 놀랐다.

고 태부인은 태연한 표정이었고, 주 씨가 얼른 일어나 계집종에게 차를 내오라고 분부했다. 주 씨는 소 씨의 옆자리로 돌아갔고, 고정엽은 고 태부인과 소 씨를 향해 읍을 하며 인사했다. 명란도 옷깃을 여미며 허리를 숙여 인사했다. 고정엽이 오른쪽 상석의 의자에 앉자, 명란은 또 잠깐 멍해졌다. 며느리들이 있는 저쪽에 가서 앉아야 할지, 아니면 고정엽 쪽에 가서 앉아야 할지 몰랐기 때문이다.

고정엽이 두어 번 큰소리로 헛기침한 뒤 명란에게 눈짓했고, 이에 명란은 즉각 고정엽 쪽으로 달려가 자리에 앉았다. 둘의 이런 거동을 보고, 소 씨와 주 씨가 서로 의미심장한 눈빛을 교환했다.

"어쩐 일로 너도 온 게냐?"

고 태부인이 찻잔을 내려놓고 친절한 목소리로 물었다.

"이 일은 네 처가 알기만 하면 될 일인 것을."

고정엽이 대답하기를 기다리지도 않고, 고 태부인이 다시 가볍게 한숨을 내쉬며 말을 이었다.

"어쩌면 네가 함께 온 게 잘된 일인지도 모르겠구나. 네 처가 이 집안에 들어온 지 아직 채 하루도 안 지났으니, 이렇게 많은 일을 그 아이가 처리하지는 못할 테니 말이다. 너도 내가 왜 너희를 불렀는지 정도는 알고 있겠지?"

고정엽이 허리를 꼿꼿이 세운 자세로 조용히 대답했다.

"용이 때문이겠지요."

명란은 일순 가슴이 두근거렸다. 그것 때문에 부른 것이었구나. 하지만 그녀도 용이에 관해서는 이미 알고 있는 바였다.

고 태부인이 미소를 지으며 고개를 끄덕이더니 향씨 어멈을 향해 신호했다. 향씨 어멈이 몸을 돌려 밖으로 나가자, 고 태부인이 다시 고개를 이쪽으로 돌리고 말했다.

"네가 이미 다 짐작하고 있었다니, 나도 잔소리는 더 하지 않겠다. 아, 원래는 며칠 더 있다가 새 며늘아기가 안정이 되거든 그때 가서 상세히 일러줄 작정이었거늘, 너희들이 당장 떠나겠다고 하니 이번에 이야기할 수밖에 없겠구나."

고정엽이 몸을 일으키더니, 고 태부인과 소 씨를 향해 깊이 몸을 숙이며 절했다. 그가 가라앉은 목소리로 말했다.

"제가 어렸을 때 품행이 좋지 않아, 황당한 일을 벌였습니다. 요 몇 년간 형수님 도움에 신세가 많았습니다. 저 대신 용이를 돌봐 주신 은혜를 가슴에 새기고 잊지 않겠습니다."

소 씨가 얼른 자리에서 일어나 인사에 답하며 말했다.

"모두 한집안 사람들인데, 이렇게 남 대하듯 하실 게 뭐 있겠습니까? 용이도 착한 아이이고, 한이와 아주 친하게 지냈지요. 실은 제가 뭘 도와드린 것도 없었습니다. 홍초가 도맡아서 용이를 돌보고 있었으니까요."

고정엽이 다시 가라앉은 표정을 하며 자리에 앉았다. 그가 미처 입을 열기도 전에, 문가의 발이 흔들거리더니 향씨 어멈이 다른 두 여인과 함께 안으로 들어왔다. 가운데에 어린 여자아이를 데리고 있었다.

아까의 두 여인이 자리에 앉은 사람들을 향해 공손히 절하고, 머리를 조아리고 두 팔을 내린 채 하석에 섰다.

명란은 자세히 그들을 살펴보았다. 왼쪽의 여인은 여의문이 들어간 살구색 대금 장오長襖를 입고 있었고, 대략 18, 19세쯤 되어 보였다. 생기 있어 보이는 갸름한 얼굴에 눈은 살구씨처럼 크고 둥글었고 뺨은 복사꽃처럼 화사해 보였다. 오른쪽의 여인은 평범해 보이는 상아색 바탕에 옷깃 가장자리를 장밋빛 여의문으로 두른 대금 오자를 입고 있었고, 나이는 대략 27, 28세로 많아 보였다. 길쭉한 얼굴이 꽤 고운 인상이었다. 가운데에 있는 그 여자아이는 대략 일고여덟 살쯤 되어 보였고, 엷은 홍색 바탕에 진홍색으로 가장자리를 두른 우사 오자를 입고 있었다. 마르고 허약해 보이는 몸집에 겁먹은 듯한 표정이었으나, 눈매는 한창때의 만랑처럼 꽤 수려한 데가 있었다.

고 태부인이 온화하게 명란을 바라보며 말했다.

"용이야, 얼른 아버지, 어머니께 인사드리지 못할까?"

여자아이는 눈으로 소 씨의 눈치를 살폈다. 소 씨가 가볍게 고개를 끄덕이는 것을 보고, 이윽고 조심스럽게 앞쪽으로 다가와 공손하게 바닥에 엎드려 절한 뒤 말했다.

"……아버지."

고정엽은 복잡한 표정으로 그 아이를 바라보며 고개를 끄덕였다.

"네 어머니도 있잖느냐?"

고 태부인이 웃으며 아이에게 상기시켰다.

용이는 쭈뼛거리며 명란을 슬그머니 훔쳐보았다. 입술을 깨물며 목소리를 차마 내지 못하는 용이를 보자, 명란은 자신의 의견을 말하고 싶은 생각이 들었다. 힐끔 고정엽의 눈치를 살피다, 그가 가볍게 손짓을 하는 것을 보고 용이에게 말을 건넸다.

"나를 마님이라 부르거라."

자리에 앉아 있던 사람들의 낯빛이 싹 바뀌었다. 소 씨가 저도 모르게 끼어들었다.

"그래도 어머니라고 불러야지. 용이야, 얼른 어머니라고 부르라니까!"

용이는 기어코 입을 열려고 들지 않았다. 오른쪽의 여인이 몇 번 입을 달싹대다 왼쪽의 여인을 바라보았으나, 결국 아무 말도 할 수가 없었다. 고정엽은 사람들 눈치도 아랑곳하지도 않고, 용이를 지그시 쳐다보다가 말했다.

"네가 어머니라고 부르기 싫거든 마님이라고 부르거라."

그러자 고집 센 표정을 한 용이가 곧바로 대답했다.

"마님!"

소 씨는 안타까운 마음에 더는 말을 하지 않았다. 주 씨는 고개를 숙이고 차를 마셨고, 고 태부인은 찬찬히 명란을 쳐다보았다. 명란은 내심 너무나 억울하단 생각이 들었다. 자신이 처음부터 끝까지 무슨 이야기를 한 것도 아닌데 말이다.

한쪽에서 어멈들이 다가오더니 용이를 구석의 작은 걸상 쪽으로 데려가 앉히고 다과를 먹게 했다. 잠시 후, 고 태부인이 아까의 두 여인을 가리키며 명란에게 말했다.

"이 두 아이들은 정엽이 처소의 아이들이다. 이 아이는 공 이랑이라 하는데 요 몇 년간 용이가 신세를 많이 졌지. 이 아이는 추랑이라고 하는데 정엽이가 어렸을 때부터 시중들던 계집종인데 나중에 통방이 되었지."

두 여인이 바삐 앞으로 다가와 명란에게 예를 올렸다. 명란은 우울한 기분이 들었다. 이번에는 명란이 두루주머니를 갖고 온 게 없어 소매 속을 한참 뒤적일 수밖에 없었다. 명란은 소매 속을 뒤적인 끝에 금팔찌 두 개를 벗어 각자에게 하나씩 상으로 주었다.

고개를 들어 감사를 표하던 그녀들이 그만 고정엽을 바라보았다. 여인들의 붉어진 눈가에는 깊은 원망이 담겨 있었고, 곧 울며 하소연이라도 할 것 같은 표정이었다. 추랑은 기쁜 마음에 흥분한 기색이었고, 하마터면 뜨거운 눈물을 흘릴 뻔했다. 그러나 고정엽이 미간을 찌푸린 채 저편의 용이만 바라보고 있을 줄 누가 알았겠는가?

두 여인의 소개를 마치자, 고 태부인이 명란을 바라보며 말했다.

"이제 너희들이 고부를 떠나 따로 나가 살기로 했으니, 이 아이들도 따라가야 할 게야."

명란은 고개를 끄덕였다. 그런데 명란이 채 입을 열기도 전에, 다시 고정엽이 선수를 가로채며 입을 열었다.

"당연히 같이 가야겠지요. 허나 저쪽도 어수선할 테니 차라리 며칠 더 있다가 저쪽이 정돈되거든 사람을 시켜 데리러 오게 하겠습니다."

고 태부인의 눈이 번뜩였고, 잠시 침묵이 흘렀다. 공 이랑이 명란 쪽으로 와락 엎드리더니 말했다.

"쇤네는 지금 따라가고 싶습니다. 쇤네가 비록 아둔하오나, 마님께서 집안일을 처리하실 때 제가 이리저리 뛰어다니며 조금이라도 거들 수 있을 것입니다!"

고정엽이 담담하게 말했다.

"너는 용이를 돌봐야 하지 않느냐?"

공 이랑의 얼굴이 핼쑥해졌다. 곁에 있던 추랑이 막 입을 열려던 찰나, 고정엽이 그녀를 힐끔 보더니 어조를 누그러뜨리며 말했다.

"너희들은 남거라. 나중에 데리러 오겠다."

추랑은 즉각 입을 다물었으나 대단히 흥분한 기색이었다.

명란은 소매 속에 손을 넣어 팔에 걸쳐진 한 꾸러미 팔찌들을 만지작거리며 곰곰이 생각했다. 어째서 겨우 두 명뿐이지? 두 팔의 팔찌들을 전부 상으로 내줘야 바깥에서 들려오는 고정엽의 명성에 부합할 텐데?

곰곰이 생각한 끝에 명란은 깨달았다. 당시 고정엽이 쫓겨나듯 집을 나올 때, 몇몇 통방, 이랑들은 이제 고정엽은 가망이 없다고 생각했을 것이다. 자칫하면 나가서 따로 살길을 찾아야 했을 터이고, 물론 주인에게 내쳐졌을 가능성도 있을 것이다.

집에서 쫓겨난 데다 기본적으로 다시는 돌아올 리 없을 탕자를 위해 그 많은 입을 먹여 살릴 필요가 있겠는가? 그렇다면, 이 남겨진 두 명은 뭘까? 음, 대단히 치밀한 계획이구나.

고 태부인은 명란을 잡아끌고 더 이야기하고 싶었지만 고정엽이 같이 있고, 여자 권속들도 거리끼는 듯한 기색이기에 별수 없이 얼른 자리를 파할 수밖에 없었다. 추랑과 홍초가 따라오고 싶어하는 듯한 기색이었으나 고정엽이 너무 빨리 자리를 떠버릴 줄 누가 알았겠는가? 명란은 종종걸음으로 뛰다시피 걸은 끝에 겨우 그를 따라잡을 수 있었다.

동쪽 측원을 나와 측문을 따라 난 오솔길에 들어서고 나서야, 고정엽은 걸음을 늦추고 명란을 부축하며 천천히 숨을 골랐다. 명란이 호흡을 가다듬고 나서야, 둘은 나무가 우거진 오솔길을 따라 천천히 발걸음을 옮겼다.

"네가…… 그러고보니 할 말이 있다고 하지 않았더냐?"

한참 걷다가, 고정엽이 물었다.

한참 벼르고 있던 명란이 즉각 석연치 않음을 표했다.

"보아하니 추랑은 공 이랑보다 나이도 훨씬 많고 온화해 보이던데 어째서 이랑으로 승격시키지 않은 건가요? 신분이 낮아서 용이를 보살필 수 없는 겁니까?"

고정엽은 명란이 대뜸 이 질문부터 할지는 예상치 못했으나, 느긋한 표정으로 나지막이 대답했다.

"홍초는 여가에서 보낸 몸종이었지. 언홍이 손수 이랑으로 승격시켰어. 추랑은…… 남을 수 있던 것도 쉽지 않았지."

두 마디, 두 사람, 두 가지 태도. 명란은 몰래 이 말을 가슴속에 새겨두었다.

둘은 다시 걷기 시작했다. 고정엽이 한참 기다리다, 더는 못 참겠다는 듯 물었다.

"너는 달리 또 할 말은 없는 게냐?"

명란은 고개를 숙인 채 생각에 잠겨 있다가, 멍하니 고개를 들더니 의아하다는 듯이 물었다.

"……뭐라고 하셨어요?"

고정엽이 발걸음을 멈춘 채 지그시 명란을 바라보다 한숨을 쉬고는 말했다.

"기분이 안 좋은 게로구나."

"제가 왜 기분이 안 좋아요?"

명란이 이상하다는 표정으로 되물었다.

고정엽이 명란을 찬찬히 들여다보았다. 그윽하고 칠흑처럼 검은 눈동자였다. 고정엽이 천천히 말했다.

"추랑과 홍초 때문에 네가 기분이 안 좋은 게야."

명란이 웃으며 말했다.

"그럴 리가요? 사람을 잘못 보셨……."

명란의 말이 채 끝나기도 전에 고정엽이 끼어들었다.

"너는 그녀들이 마음에 들지 않는 게지, 그렇지?"

고정엽이 단도직입적으로 물었다.

명란이 손을 휘저으며 큰소리로 웃었다.

"제가 어디 그렇게 포용력이 없는 사람인가요. 저는……."

명란의 말이 또 중간에 가로막혔다.

"질투하는 것이냐?"

고정엽이 깊이 미간을 찡그렸다.

"아니라니까요. 제 말씀 좀 들어보세요. 『여계』에 이르길…….”

명란은 해명하는 데 열심이었으나, 다시 고정엽에 의해 가로막혔다.

"닥치거라!"

고정엽이 별안간 낮은 목소리로 소리를 질렀다. 명란은 깜짝 놀랐다.

고정엽이 깊이 숨을 들이마셨다. 음험한 표정에, 새까만 눈동자는 깊이를 헤아릴 수 없을 정도로 깊었다. 자연히 위용을 뿜어내는 커다란 그의 몸이 커다란 산처럼 명란을 덮쳐왔다. 명란은 놀란 나머지 감히 말도 할 수 없을 지경이었다.

고정엽이 천천히 말했다.

"내가 전에 일렀었지. 평생 거짓말은 질리도록 들었으니 네게는 솔직한 말을 듣고 싶다고 말이다."

명란이 속으로 혼잣말했다. 하지만 그녀는 전부 솔직히 털어놓을 수는 없을 것이다. 그랬다간 요괴로 몰려 불태워질 테니까!

명란은 고개를 숙인 채 말이 없었다. 고정엽은 적막한 분위기를 이용해 명란을 압박하며 그녀가 입을 열길 조용히 기다렸다. 이윽고 명란이 견디다 못하고 가볍게 한숨을 쉬더니 에둘러 의미심장하게 대답했다.

"선대 황제 폐하께서는 신하들에게 미인을 상으로 내려주시길 즐기셨지요. 허나 미인을 내리실 때마다 자신의 공주를 아내로 맞이한 장군이나 재상은 피하셨습니다. 어째서겠습니까? 똑같이 천하를 평정하고, 똑같이 제후로 봉해지고 재상으로 임명되어 혁혁한 공을 세운 자들인데 어찌하여 누구에겐 미인을 주고 누구에겐 주지 않았던 것입니까?"

고정엽의 눈이 차츰 가늘어지더니 반짝 빛이 났다. 명란이 미소 띤 얼굴로 그를 쳐다보며 조용히 말했다.

"태조 폐하처럼 자질구레한 데 얽매이지 않는 호방한 호걸도 훤히 알고 있는 일이지요. 사실 사내들도 모두 속으로는 똑똑히 알고 있는 것이거늘 더 물을 필요가 있겠습니까?"

자신의 딸은 자신이 가장 아끼는 법이다. 만약 남편이 첩을 들이는 것을 보고 아내가 정말 기뻐한다면 황제가 어찌 먼저 공주부터 챙기지 않았겠는가?

황제가 미인을 선사한 역사는 이미 오래된 유래를 지닌 사실이다. 당시 방현령房玄齡[2]의 아내가 독약을 가장하고 쌀로 만든 식초를 마심으로써 결판을 냈던 일화는 황제가 선사한 미녀에 대항하는 사나운 아내의 선례를 개척한 것이다.

태조는 풍류를 즐기는 추남이었고, 남들도 자신과 같으리라 판단하고 미녀를 선사하길 가장 즐겼다. 소문에 의하면 당시 영국공 부인은 식칼 두 자루를 들고 문 앞에 지켜 섰다가 만약 미녀가 문지방을 넘기라도 하면 당장 그 자리에서 피를 보고 자신도 목숨으로 죗값을 치르겠다고 공언했다고 한다. 혼비백산한 영국공이 궁궐 계단에 엎드려 사흘간 애원한 끝에 태조가 겨우 명령을 거두었다고 한다.

태종 무 황제도 미녀를 선사한 적이 있었다. 당시 한국공 부인은 더욱 용맹했다. 어린 자녀를 데리고 장작더미에 불을 붙인 뒤, 만약 미녀가 문지방을 넘기라도 하면 자식들과 함께 죽어버리겠다고 으름장을 놓았다. 혼비백산한 한국공이 무 황제의 넓적다리를 붙들고 눈물 콧물 범벅

---

2) 당나라 때의 정치가.

이 되어 반나절은 애원한 뒤에야 겨우 상황을 수습할 수 있었다.

물론 그보다 훨씬 더 많은 사내가 기꺼이 미녀를 받아들이며 영광스럽게 여기고들 있었으니, 사실 문제는 사내들에게 있었다.

명란의 말이 자못 신기했던 모양인지, 고정엽이 조용히 고개를 끄덕이더니 명란을 똑바로 바라보았다.

"허나 나는 이미 첩실이 있다."

"그렇지요."

명란이 눈썹을 둥글게 구부리며 생긋 웃었다.

"그러니 저는 용이를 잘 보살필 것이고, 추랑 등과도 화목하게 잘 지낼 것입니다. 정말이에요!"

예나 지금이나 남녀는 별로 진화하지 않았다. 포브스 부호 순위에 오른 남자의 아내는 울분을 참는 데 능했으나, 저잣거리의 여염집 아내라면 이혼은 하지 않더라도 최소한 식칼이라도 들고 한판 소동이라도 일으킬 수 있었다. 이유는 다른 게 없었다. 권세와 부의 차이에 불과한 것이다. 현재 그녀는 사품 관원의 서녀지만 고정엽은 정이품의 지체 높은 귀족이었다. 그의 세력이 그녀보다 훨씬 컸기에 그녀는 그저 '현숙'할 수밖에 없는 것이다.

사정은 이리도 간단한 것이다.

명란의 말은 대단히 진지하고 성실했고, 고정엽도 그녀의 말이 신뢰할 만하다고 믿을 수 있었다. 그러나 그의 얼굴은 훨씬 더 험악해졌다. 미간에는 깊이 주름이 잡혔고, 눈빛은 더더욱 험악해지기 시작했다. 무섭게 명란을 노려보는 눈이 마치 한입에 그녀를 삼키기라도 할 것처럼 보였다.

상황이 심상치 않은 것을 보고, 명란이 더 주의를 기울이며 연신 보증을 했다. 자칫 가슴팍을 탕탕 치며 맹세를 할 판이었다.

"저는 절대 딴 마음을 품지 않겠습니다! 당신이 저를 믿어준다면 저도 그녀들에게 잘할 거예요! 믿기 어렵다면 한번 두고보세요!"

팔자 한번 정말 사납네. 공산당 입당 신청할 때 이렇게 정성을 쏟았다면 진즉에 성공했을 것이다!

고정엽의 안색이 솥바닥처럼 새까매졌고, 눈동자 속에는 어두운 먹구름이 가득 들어찬 듯했다. 어둡고 무거운 표정이었다. 그의 코가 거칠게 내뿜는 숨이 명란의 얼굴 위를 뒤덮었다. 둘은 한참 말없이 마주 보고 있었다. 명란은 불안한 마음에 벌벌 떨며, 자신의 진지한 심정을 다시 한번 맹세하고 표명해야 하는 게 아닌가 하는 걱정이 들었다.

한참 뒤, 고정엽이 무겁게 한숨을 쉬더니 명란의 손을 잡아끌었다. 고정엽이 고개를 숙이고 말없이 계속 앞으로 걸었다. 명란은 멍한 채로 조심스럽게 그의 옆얼굴을 슬쩍 쳐다보았다. 명란은 내심 자신이 충분히 함축적으로 말을 했고 결연한 결심도 표명했는데 어째서 그가 이리 화를 내는지가 의아해졌다.

남자와 여자는 과연 서로 다른 별에서 온 것이다.

제108화

신혼 삼일

경성에는 공후백부가 빽빽이 들어차 있었다. 그러나 개국공신에게 작위를 내릴 때 함께 하사한 저택만이 전체 거리를 소유할 수 있었다. 예를 들어 양양후부는 남쪽의 골목 두 개를 소유하고 있고, 영국공부는 북쪽의 거리 세 개를 소유하고 있다. 반면 나중에 전쟁터에서 뛰어난 공을 세웠거나 황제가 친히 작위와 저택을 하사한 경우에는 이만한 영광을 누리지 못했다. 가령 동창후부와 애초에 희생양이었던 부창후부는 비록 호화롭고 귀족적인 기품은 갖추었으나 그저 부지가 좀 더 넓은 것에 불과했다.

명란은 그 이유를 잘 알고 있었다. 막 나라를 세웠을 때만 해도 땅은 넓고 사람은 적었다. 그러니 황제도 통 크게 베풀 수가 있었다. 이후 경성이 번성하게 되면서 경성의 부동산 가격은 금값이 되었다. 개국공신들이 진즉에 한 자리씩 차지해버렸으니 어디 또 그렇게 많은 땅이 남아 있었겠는가?

물론 화란의 시댁인 충근백부처럼 잘 안 풀린 경우도 있었다. 개국공신으로서 충근백부의 정자, 누각, 정원 등이 거리 대부분을 차지했으나 역모 사건에 휘말리면서 작위와 저택을 몰수당한 것이다. 가까스로 가세를 회복하기는 했으나 예전에 하사받았던 그 저택만큼의 위세를 되찾을 수는 없었다.

고가는 후부 나리들이 몇 대에 걸쳐 국경을 수호하러 변방에 머물렀기에 후부가 차지하는 녕원가寧遠街도 그렇게 넓지만은 않았다.

그러나 누차 말하는 바이지만, 이 세상에는 언제나 예외라는 것이 있기 마련이다. 이를테면, 심 국구의 경우가 그러했다. 그는 황후의 친정 사람이었고, 무훈을 세운 공신이기도 했다. 그렇기에 그의 위북후부는 큰 산과 넓은 숲을 차지했다. 앞으로는 절벽을 마주하고, 뒤로는 큰 산에 기대는 형상이었다. 산수 풍광에 둘러싸인 그의 저택은 단연 경성에서 으뜸가는 풍경을 자랑했다.

이것도 명란은 아주 잘 알고 있었다. 요 몇 년간 과오를 범한 공훈 귀족들이 적지 않았고, 몇 차례 피비린내 풍기는 숙청이 행해졌다. 죄를 범한 신하들로부터 몰수하여 국유화한 재산이 헤아릴 수 없을 정도였다. 최근 새로운 황제의 주머니 사정이 아주 넉넉해졌으니, 당연히 자신의 처남에게도 후하게 상을 하사하게 된 것이다. 아, 그뿐 아니라 수행하는 부하들에게도 말이다.

그렇기에 명란은 멀리서 고 도독부의 웅장하고 모습을 보고서도 그다지 놀라지 않았다. 그녀가 놀란 것은 이 저택과 녕원후부의 사이에 고작 반 뙈기만 한 산림과 최근 죄를 지어 황가의 수색을 받은 신하의 정원이 있다는 사실이었다.

"어떠냐? 이 저택이 마음에 드느냐?"

고정엽이 명란의 놀란 얼굴을 보며 웃는 얼굴로 물었다.

명란은 온통 꽃나무들이 우거진 아름다운 경치의 산림 정원을 바라보며 하마터면 입을 벌릴 뻔하다가 한참 뒤에야 겨우 대답했다.

"이렇게 가까이 있는데도 그렇게 오랫동안 다퉈야 했단 말이에요?"

쓸데없이 너무 많은 에너지를 허비했다는 생각이 들었다.

고정엽이 눈을 부라렸다.

"아무리 가까운 데 있어도 딴집살림이지. 남이 이 집을 간섭하진 못할 게야."

명란의 얼굴에 은근히 기쁜 기색이 어렸다. 그 말인즉 일찍 일어나지 않아도 된다는 것을 의미하는 게 아닌가?

신혼 첫날, 온종일 분주하게 보낸 통에 전신이 뻐근해진 명란은 너무나 피로했다. 도독부에 돌아왔을 때는 벌써 하늘이 어둑해져 있었다. 명란은 자신의 신혼집이 어떻게 생겼는지 확실히 볼 새도 없이 단귤의 부축을 받으며 방으로 돌아갔다.

머리를 감고 씻은 뒤, 곧바로 간편한 평상복으로 갈아입고 봉황이 수놓인 붉은 비단 이불 속으로 얼른 파고들었다.

명란은 원래 잠깐 쉬었다가 일어나 저녁 식사를 할 작정이었다. 그러나 눈을 감자마자 곧바로 곤히 잠들어버렸고, 깨우는 이도 하나 없어 한밤중까지 그대로 자버리고 말았다. 겨우 잠이 깬 명란은 비몽사몽간에 여전히 자신이 친정에 있는 줄 착각한 채, 반쯤 몸을 뻗어 침상 머리맡의 작은 탁자를 더듬었다. 그런데 어둠 속에서 벌거벗은 거친 가슴팍에 손이 닿을 줄 누가 알았겠는가?

명란은 멍하니 실눈을 떴다. 저편의 반응은 없었다. 이 사람은 누구지? 명란이 다시 몇 번 그를 더듬어 보았다.

커다란 손 하나가 그녀의 손을 붙들었다. 남자가 씀바귀꽃이 수놓인 두터운 침상 휘장을 걷고, 내친김에 손을 뻗어 창가의 구리 갈고리를 당겄다. 침상 가장자리의 꽃무늬가 조각된 조그마한 자단 원탁 위에 놓인 양각궁등羊角宮燈[1]이 어슴푸레 빛을 발하고 있었다. 희미한 등불 아래, 명란은 이윽고 눈앞의 그가 누군지 알아볼 수 있었다.

고정엽의 칠흑같이 검은 긴 머리가 반쯤 풀어 헤쳐져 있었다. 눈처럼 하얀 능라 비단을 걸친 어깨 위에 머리칼이 반쯤 흩어져 있었고, 속옷 앞섶이 벌어진 채였다. 벌어진 앞섶 사이로 넓고 두툼한 담갈색 가슴팍이 드러나 있었다. 명란이 어둠 속에서 실눈을 뜨고 바라보니, 가슴팍 위로 흉터들이 여러 개 있는 것 같았다. 방 안에 은은히 타오르는 향로가 분홍빛 미향을 뿜어내고 있었으나, 명란 곁의 남자가 발산하는 진한 숨결을 가리지는 못했다.

"왜?"

고정엽이 잠이 덜 깬 듯 반쯤 눈을 감고 명란을 껴안으며 물었다.

"차를 마셔야겠어요."

명란이 고개를 돌렸다. 얼굴은 옥을 깎아 만든 듯이 새하얗고, 여린 입술은 분홍빛을 띠고 있었으나 두 눈 가득 졸음이 담겨 있었다.

"단귤을 불러야겠어요."

고정엽은 원래 잠귀가 밝았다. 요 며칠간 피곤했다고는 하나 이번에도 금방 잠이 깼다. 그가 명란의 몽롱한 얼굴을 보고 긴 팔을 뻗어 탁자 위 난롱에서 찻주전자를 꺼내 섬세한 꽃무늬가 새겨진 자기 찻잔에 따뜻한 차를 따라 명란에게 건넸다. 명란이 통통한 두 손으로 찻잔을 받쳐 들고 꿀꺽꿀꺽 차를 마신 뒤, 멍하니 물었다.

---

1) 양 뿔을 재료로 가공하여 만든 등롱.

"또 있나요?"

고정엽이 명란을 바라보며 또 한 잔을 따라 명란에게 건넸다. 그러나 명란은 이번에는 다 마시지 못한 채 반쯤 남기고 그만 마시겠다고 말하며 찻잔을 남편에게 되돌려 줬다. 그러고는 알아서 자리에 눕더니, 등을 돌리고 이불 속으로 파고들어 계속 잠을 잤다.

고정엽은 손에 찻잔을 쥔 채 새끼 돼지처럼 새근새근 잠든 명란을 바라보았다. 한참 말없이 있던 그가 반쯤 남은 차를 단숨에 들이켜고 찻잔을 원위치에 놓은 뒤, 고개를 돌려 명란이 덮은 이불을 들췄다. 부드럽고 따뜻하며 그윽한 향내가 나는 소녀의 몸, 가녀린 뼈대에 풍만한 살집의 그 몸을 껴안은 고정엽은 흡족한 기분이 들었다. 명란을 더 꽉 끌어안으며 옷 속의 가슴께를 더듬자 매끈한 감촉이 느껴졌다.

처음에는 그저 몇 번 더듬기만 할 작정이었으나, 만지면 만질수록 흥이 일어날 줄 누가 알았겠는가. 고정엽은 몸을 밀착시키며 명란의 부드러운 입술을 찾았다. 방금 차를 마셨기에 입술 위에는 아직도 촉촉한 물방울이 남아 있었다. 명란의 입술을 탐하면 탐할수록 입이 바싹 마르는 듯한 기분이 든 고정엽은 다급하게 명란을 어루만지기 시작했다.

명란은 몸이 이상하다고 생각했다. 몸이 흔들리는 통에 잠이 다 달아난 명란은 멍하니 두 눈을 뜨고 입술은 살짝 벌린 채 어쩔 줄 몰라하며 살짝 발버둥을 쳤으나 어쩔 도리 없이 고정엽에게 단단히 붙잡혀 아래에 깔리게 되었다.

명란의 몸이 불타는 것처럼 뜨거워졌다. 황홀한 가운데 무언가가 깊이 파고들어 왔다. 명란은 처음에는 그래도 버틸 수 있었으나, 결국은 경험이 없었기에 갈수록 쑤시고 뜨겁다는 느낌만 들었다. 힘없이 다리를 그의 어깨에 걸친 채, 슬피 울며 그가 얼른 끝내기만을 바랄 따름이었다.

그러나 그가 충분히 잠을 잔 덕에 기운이 펄펄하여 공격 태세를 취할
만큼 에너지를 갖추고 있을 줄 누가 알았겠는가? 그가 힘껏 명란의 몸을
끌어안고 입맞춤을 해대는 통에 명란은 물처럼 녹아버릴 지경이었다.
명란은 더 버티지 못하고 흑흑 흐느끼며 놓아달라 애원하기 시작했다.
그러나 애원하는 가녀린 외침이 오히려 그의 흥분을 자극했다. 고정엽
은 명란의 하얗고 부드러운 어깨를 깨물며 낮게 으르렁대기 시작했다.

　명란은 그의 목구멍에서 나오는 거칠고 낮은 숨소리를 들으며 몸이
불타는 듯한 기분이 들었다. 명란은 뜨겁게 달아오른 몸을 견디지 못하
고 결국 까무러치고 말았다.

· · ·

　이튿날. 아침 일찍 신방에 온 최씨 어멈은 퇴폐적인 짙은 향내를 맡았
다. 남녀 간 정사의 기색이 온 방을 채우고 있었고, 얼굴을 붉힌 계집종
들이 명란의 목욕 시중을 마친 상태였다. 최씨 어멈은 방에 들어서자마
자 침상 모서리에 나란히 앉아 있는 명란 내외의 모습을 보았다. 명란은
아직 잠이 덜 깬 모습이었고, 고정엽은 기력이 넘치는 모습이었다. 그가
흥미진진한 얼굴로 명란의 백옥 같은 작은 발을 자신의 무릎 위에 올려
놓고 천천히 버선을 신기려는 참이었다.

　앞으로 다가간 최씨 어멈은 고정엽을 노려보고 싶은 것을 꾹 참으며
재빨리 버선을 집어 들고 몸을 숙여 절을 하며 말했다.

　"나리, 어서 단장하러 가시지요. 마님 시중은 제가 들겠습니다."

　고정엽은 화도 내지 않고 키 큰 몸을 일으켰다. 그러고는 긴 소매에 품

이 넉넉한 중의를 걸치고 측상側廂[2] 안쪽 방으로 갔다. 최씨 어멈은 그가 떠나는 모습을 보고 나서야, 몸을 굽혀 명란에게 버선을 신겼다. 최씨 어멈은 명란에게 외오外襖[3]를 입히면서 무심코 옷섶을 열었다가 명란의 목, 어깨에서 시작해 가슴께까지 불그죽죽한 흔적이 희미하게 퍼져 있는 것을 발견했다.

최씨 어멈은 순간 화가 치밀었다. 셋째 날 아침 회문 때 단단히 고자질 하겠다고 내심 이를 갈았다.

명란은 잠을 자도 안 잔 것보다 오히려 더 피곤하단 생각이 들었고, 허리도 쭉 펴지 못할 지경이 되었다. 게다가 너무 배가 고파 뱃가죽이 달라붙을 지경이었다. 탁자 위의 김이 모락모락 나는 아침 식사를 보자마자, 순식간에 눈에 불을 켜고 연속으로 죽을 세 그릇 먹음으로써 기록을 경신했다. 하마터면 너무 먹어 배가 터질 뻔했다. 고정엽도 입맛이 좋은 모양이었다. 적지 않은 양을 먹었을 뿐만 아니라, 명란이 먹는 모습을 보고 미간의 주름을 펴고 눈웃음을 지으며 그녀에게 반찬을 집어서 건네 주기도 했다.

명란은 고정엽이 돼지 농장의 음흉한 돼지치기 같다는 생각이 들었다. 돼지가 통통하게 살이 오를 때 기다렸다가 잡아먹으려는 것이다. 명란이 매서운 눈으로 그를 노려봤다. 하지만 고정엽은 웃는 건지 아닌 건지 모호한 표정으로 그녀를 바라보고 있었다. 명란의 얼굴은 곧 핏방울이라도 떨어질 것처럼 빨갛게 상기되었다.

---

2) 곁채.
3) 겉저고리.

명란은 한마디도 말하고 싶은 마음이 들지 않았다. 어쨌든 이 저택 안에는 어르신들은 아무도 안 계시니 얼른 식사를 마치고 잠을 마저 자야겠단 생각만 들었다. 현재 그녀는 수면 부족으로 인해 머리가 흐리멍덩한 상태이니 그와 싸울 방도가 없었다. 일단 전투력을 회복한 뒤 다시 생각하자.

 고정엽은 원래 이날 명란에게 저택 안의 관사들 몇 명을 소개하고, 집안 살림 관리를 맡길 준비를 하고 있었다. 그러나 명란이 서서 졸 정도로 맥을 못 추는 모습을 보고 계획을 모조리 뒤로 미루었다. 그리고 자신은 급한 용무를 처리하러 바깥채로 갔다.

 아마도 음양이 조화를 이룬 덕분일 것이다. 고정엽은 이날따라 하늘이 특히 맑고 상쾌하단 기분이 들었고, 정원 가득 봄 경치가 아름답고 천지간에 조화를 이루고 있다는 기분이 들었다. 어제 있었던 불쾌한 일도 기억나지 않았고, 온종일 입가에 웃음을 머금은 채 얼른 용무를 끝내고 방으로 돌아가야겠다는 생각만 했다. 어쩌지 못한다 해도 어쨌든 다른 재미를 볼 수 있으면 그만이다.

 낮 동안 쉰 덕분에 피로가 풀린 명란은 드디어 기력이 돌아온 듯한 기분이 들었다. 저녁에는 새신랑과 달과 별 그리고 삶의 이상과 가정 관리 문제를 논해야겠다고 생각했다.

 그러나 애석하게도 고정엽은 명란과 완전히 다른 계획을 세우고 있었다. 명란이 그 화제를 꺼내기도 전에, 다급히 그녀를 침상에 눕히고 흥분한 기색으로 한밤중까지 희롱한 것이다.

 신혼 셋째 날 이른 아침, 고정엽은 걱정스러운 얼굴로 곁의 명란을 바라보았다. 기운 없이 고개를 축 늘어뜨리고 있는 명란을 보자 고정엽은 대단히 안쓰러운 마음이 들었고, 다소 후회가 되기도 했다. 오늘은 신혼 셋째 날이니 회문해야 하는 날이다. 어젯밤에 그렇게 흥분해선 안 될 일이었다.

명란은 노곤한 몸으로 탁자 앞에 엎드린 채 떨리는 손으로 죽사발을 받쳐 들었다. 저도 모르게 눈물이 흘렀다. 법조계 종사자의 한 사람으로서 그녀는 부부간에 성생활의 의무가 있음을 인정하고 있었고, 신혼생활에서 성생활이 중요한 지위를 차지한다는 데 대단히 동의하고 있었다. 게다가 그녀도 기꺼이 최선을 다해 협조하려고 했었다. 그러나, 그러나…… 흑흑, 정말이지 몸이 마음만큼 따라주지 않았다!

신혼 사흘 동안 고정엽은 명란에게 높은 수준의 요구를 하진 않았다. 그녀가 집안을 돌보길 요구하지도 않았고, 집안일에 즉각 착수하길 요구하지도 않았다. 현재 그의 유일하고 가장 중요한 요구는 바로 그녀가 침상 위에서 좋은 성과를 내길 희망하는 것이다.

명란은 얼굴을 찡그리며 연꽃무늬 도자기 접시를 받쳐 들었다. 다소 비참한 생각이 들었다. 다른 부잣집 안주인들은 머리를 쓰는 일을 하며 지혜와 용기를 겨룬다는데 그녀가 하는 건 몸 쓰는 일이다. 심지어 고된 중노동이다! 이게 뭔가, 음기로 양기를 보충하는 건가?

생각하면 생각할수록 우울하고 분한 기분이 들었다. 명란은 대로했다. 현재 그녀는 싱그럽고 여린 롤리타니, 어찌 건장한 그와 대적해 이길 수 있겠는가? 신체 사이즈가 비교도 안 되는 것은 물론이고, 체력의 차이도 현저했다. 그러니 그는 싸우지도 않고 승리를 거두게 될 따름이다! 홍! 자기가 서른이 되어 늑대처럼 사나워지고, 마흔이 되어 호랑이처럼 독해졌을 때도 나이든 남편이 저렇게 쌩쌩할지 두고 볼 일이다!

죽을 먹으면서 머릿속으로 자기합리화에 가까운 정신승리를 하고 나자 명란은 내심 통쾌한 기분이 들었다. 그러다 실수로 몸이 흔들렸는데 허리와 허벅지 사이가 다시 욱신거리며 아파 왔다. 그저 씩씩거리며 숨을 들이쉴 수밖에 없었다. 이 녀석, 어디 두고보자!

제109화

회문

명란이 출가하기 전, 축하 인사를 하러 성가를 찾아온 수많은 마님들과 부인들이 세도가에 시집간다며 그녀를 추켜세웠다. 당시만 해도 명란은 그것이 그렇게 와 닿지 않았다. 그저 고정엽이 보낸 납채 예물이 너무 과하고 요란하단 생각만 들었을 따름이었다. 삼조회문 날, 명란 부부가 성부 대문에 도착해 마차에서 내리자 장백과 장오가 문가에서 기다리고 있다가 맞이했다. 마침 묵란과 여란 부부도 성부에 도착한 참이었다.

명란은 단귤의 부축을 받아 마차에서 내리며 여란이 타고 온 평평한 지붕의 작은 가마와 묵란이 타고 온 평평한 지붕에 말 한 마리가 끄는 작은 마차를 바라보았다. 그리고 자신의 눈부시게 호화로운 석청색 휘장을 드리우고 은색 이무기가 수놓인 띠를 두른 검은색 옻칠 삼두마차를 돌아보았다. 명란은 다소 껄끄러운 마음이 들기 시작했다.

여란은 웃음기를 거두고 냉담한 눈빛을 보였다. 묵란도 잠시 멈칫했다가 태연한 표정으로 돌아왔다. 명란은 저도 모르게 고정엽을 쳐다보았다. 이 마차가…… 법도에 어긋난 건 아니겠지요?

마차에서 내려 예를 올린 뒤, 고정엽이 량함을 향해 담담한 얼굴로 웃어 보이긴 했으나 따로 말을 건네진 않았다. 명란은 그가 량함을 전혀 마음에 들지 않아하는 것을 미묘하게 눈치챌 수가 있었다. 명란을 비롯한 한 무리 일행들이 줄지어 성부 안으로 들어갔다. 신혼부부는 당연히 먼저 수안당으로 가 노대부인을 뵈어야 했다.

노대부인은 상석에 단정히 앉아 명란과 고정엽이 부들방석 위에 꿇어앉아 올리는 절을 받았다. 떨어져 있은 지 며칠 되지 않았지만 노대부인은 마치 반평생 동안 명란을 못 본 것 같은 기분에 명란의 손을 덥석 잡고 연신 훑어보았다. 명란을 훑어보면 볼수록 노대부인의 안색이 어두워졌다.

고작 이틀이 지났을 뿐인데, 명란은 마치 껍질이 한 꺼풀 벗겨진 것 같았다. 눈꺼풀 아래에는 눈썹먹이 번진 듯 연하게 거무스름한 그늘이 저 있었다. 얇게 바른 분으로도 채 가려지지 않을 정도였다. 표정에는 활기가 없었으나 눈가에는 살짝 요염함이 어려 있었다. 노대부인이 곁의 고정엽을 다시 바라보았다. 해맑고 생기 있는 모습이었으나 눈빛 속에 욕구를 채운 자의 흡족함이 은근히 어려 있었다.

노대부인은 속으로 화가 치밀었다. 내심 안쓰러운 마음과 불쾌한 마음이 복잡하게 뒤섞였지만, 입 밖에 낼 수는 없었다. 그저 칼날같이 날카로운 눈초리로 고정엽을 몇 번 쏘아보는 게 고작이었다. 고정엽은 표정하나 바뀌지 않은 채 여전히 태연하고 침착한 모습이었다. 마치 아무것도 모른다는 표정이었다.

노대부인은 속으로 몇 번 화를 삭이고서야 겨우 입을 열었다.

"얼른 네 아버지, 어머니께 가서 절하거라. 마침 너희들 걱정을 하고 있던 참이란다."

할머니와 헤어지기 싫었던 명란은 노대부인 품 안에서 벗어나기 전

조용히 말했다.

"인사하고 다시 돌아와서 할머니와 오랫동안 이야기할게요."

노대부인이 웃는 얼굴로 고개를 끄덕이며 자리를 뜨는 명란 부부를 눈으로 배웅했다. 그러나 잠시 후 노대부인은 곧바로 표정을 바꾸고 방씨 어멈에게 눈짓했다. 방씨 어멈이 노대부인의 의중을 알아채고 몸을 돌려 밖으로 나섰다. 그러고는 곧바로 최씨 어멈을 찾아가 물었다.

최씨 어멈은 원래 무심한 성격으로 평생 세상사에는 무관심했고, 몇십 년간 한 번도 입을 잘못 놀려 말썽을 일으킨 적이 없었다. 이렇게 강렬한 고자질 욕구가 생긴 건, 어쩌면 최씨 어멈에게는 평생 처음 있는 일일 것이다. 방씨 어멈이 최씨 어멈에게 물어보려 찾아오기도 전에, 최씨 어멈이 벌써 수안당 곁채의 포하에서 기다리고 있었다.

"신혼부부들이 좀 더 다정하게 지내는 것도 대수로운 일은 아니겠지요. 허나, 어디 이만큼이나 하겠습니까! ……누가 있건 없건 아씨를 보기만 하면 그 거친 산짐승 같은 분이 두 눈을 이글이글하게 빛내다가 보는 사람만 없으면 바로 집적거리기 시작합니다. 낮이건 밤이건 가리지 않고 난리입니다!"

최씨 어멈이 가볍게 탁자를 치며 이를 악물었다.

"아씨 몸은 이제야 다 자랐다고요! 어찌…… 이렇게…… 이럴 수 있단 말입니까?!"

방씨 어멈이 듣다가 어안이 벙벙해졌고 다소 난감한 기분이 들었다. 만약 최씨 어멈의 과묵하고 올곧은 성격을 몰랐다면 그녀가 하는 말을 믿기 어려울 정도였다.

"나리 나이가 적지 않은데 아직도 어린 소년 같더군. 처소에…… 다른 사람은 없는 겐가?"

이 화제가 언급되자 최씨 어멈의 흥분이 다소 가라앉았다.

"가련한 우리 아씨가 요 며칠은 집안일을 관리할 짬이 없었습니다. 제가 나가서 수소문을 해봤는데 나리가 데리고 있던 이랑 한 명과 통방 한명을 넝원후부에 놔두고 왔답니다. 조금 시일이 지나면 데리러 오겠다고 하면서요. 나리가 너무 분주해 온종일 바깥에서 일을 처리하고 저택에는 별로 돌아오지 않으시니 저택 안은 청정하다고 할 수 있겠지요. '봉선 낭자'라고 불리는 이가 편원偏院¹⁾에 머물고 있기는 하답니다. 무슨 장군님께서 보낸 사람이라더군요. 하지만 한 번도 본 적은 없습니다. 듣기로는 나리가 그다지 찾지 않는다고 하더군요."

방씨 어멈은 최씨 어멈의 말을 듣고 기뻐해야 할지 걱정해야 할지 모른 채, 한참 있다가 겨우 입을 열었다.

"나리가 아씨를 총애하는 건 좋은 일이지. 허나······."

방씨 어멈도 할 말을 잃고, 결국 이렇게만 말할 수 있을 따름이었다.

"노마님께 여쭈어보세."

• • •

노대부인은 원래부터 조용한 걸 좋아해 여러 친척들이 수안당에서 왁자지껄 떠드는 것을 싫어했다. 그래서 친척들은 왕 씨의 정원에서 기다리며 차를 마셨다. 고정엽과 명란이 정당에 들어서자 강씨 부부와 윤아, 묵란, 여란, 부른 배를 받쳐 들고 있는 해 씨, 장오, 장백, 장풍, 장동, 량함,

---

1) 정원 한편에 세워진 곁채.

문염경, 원문소가 한데 모여 있는 정경이 보였다.

서로서로 인사를 나눈 뒤, 명란과 고정엽은 동쪽 차간으로 향했다. 성굉과 왕 씨가 창가에 면한 구들 침상 위에 정좌해 웃는 얼굴로 부부가 올리는 절을 받았다.

왕 씨가 환하게 웃는 얼굴로 고정엽을 바라보며 물었다.

"우리 명란이가 고 서방에게 무슨 폐라도 끼치진 않았나?"

이 말을 듣고 맞은편의 성굉은 몸이 일순 굳어졌다. 그는 자신의 아내에게 참으로 탄복했다. 화란을 제외한 나머지 세 여식들이 삼조회문을 올 때마다 왕 씨가 똑같은 대사로 말문을 열었기 때문이다.

차이는 그저 이러했다. 량함에게는 왕 씨가 눈썹꼬리를 치켜세우고 빚쟁이 같은 얼굴 표정에 냉랭한 목소리로 물었었다.

"우리 묵란이가 량 서방에게 무슨 폐라도 끼치진 않았나?"

문염경에게는 왕 씨가 다정한 눈길로 간절한 기대를 담은 표정을 하고 부드럽고 온화하게 물었다.

"우리 여란이가 문 서방에게 무슨 폐라도 끼치진 않았나?"

마지막으로 고정엽에게 물을 때는 아첨과 경외가 반반씩 섞여 있었으며, 어조도 누그러져 있었다.

성굉은 묵묵히 천지신명께 감사를 올렸다. 명란은 그의 마지막 여식이다. 그러므로 이번이 그가 마지막으로 이 대사를 들을 차례인 것이다.

고정엽이 공손하게 대답했다.

"명란은 법도도 잘 알고 의젓합니다. 점잖고 순해서 집안사람들 모두가 아주 마음에 들어합니다."

명란이 고개를 숙인 채 고정엽을 흘겨보며 속으로 생각했다. 지난 이틀간 그녀는 침상 위에서 가장 훌륭한 성과를 낸 것이다.

"너희들 모두 가정을 이루었으니 아비 된 자로서 마음이 놓이는구나."

성굉이 수염을 쓰다듬으며 고정엽을 향해 미소 띤 얼굴로 말했다.

"앞으로 나와 자네 장모가 경성에 없게 되더라도 자네가 명란이를 잘 돌봐주게나."

"아버님…… 지방관으로 가시게 되었습니까?"

일순 가슴이 덜컹한 명란이 조용히 물었다.

성굉이 흡족한 듯 명란을 바라보았다. 여식 중에서도 명란은 참으로 총명했다. 현을 퉁기며 노래를 하자마자 바로 속에 담긴 우아한 뜻을 알아듣다니 말이다. 성굉이 웃으며 대답했다.

"네 큰오라비가 한림원 편수 임기를 마치게 되었다. 며칠 전에 기별이 왔는데 시독侍讀[2]이나 시강侍講[3]을 맡지 않고 육과六科에 들어가 급사중 給事中[4]으로 경험을 쌓을 예정이라는구나. 부자가 같은 조정에서 관직을 하고 있으면 삼가야 할 게 많을 테니 이 아비가 양보하기로 했느니라. 하하……."

이 말은 비록 명란을 향해 한 말이었으나, 성굉의 눈은 고정엽을 향하고 있었다. 고정엽은 그의 의중을 알아채고 잠시 뜸을 들인 뒤 대답했다.

---

[2] 황자의 교육을 담당하는 관직.
[3] 군주의 고문.
[4] 직언과 감찰 업무를 담당하는 관직.

"장인어른께서 우려하시는 바가 참으로 지당하십니다. 한림원은 고결한 곳이니 경서와 역사를 논하고 기밀문서 초안을 작성하는 곳이지요. 육과 급시중은 실무를 보며 장소章疏[5]를 초록해 발송하고, 명령이 제대로 시행됐는지 조사하는 곳입니다. 지위는 높지 않으나 권한은 막중한 곳이지요. 즉성 처남은 사람됨이 신중하고 기민하니 어디로 가든 필시 감당해낼 수 있을 것입니다."

성굉이 듣고 싶었던 것이 바로 이 대답이었다. 고정엽의 대답을 들은 후, 그의 표정이 훨씬 더 온화하고 다정해졌다. 성굉이 고정엽과 몇 마디 말을 더 나누었다.

명란은 성굉의 계획을 이해했다. 성가에서 각신閣臣[6]이 하나라도 나온다면 몸값이 백배로 뛰는 것이다. 그녀가 알기로 내각에 들어가는 데는 대략 두 갈래의 길이 있었다. 하나는 진사부터 시작해 한림원에 들어간 뒤, 황제 주변에서 시독과 시강을 쭉 맡으며 경력을 쌓아 한림원 대학사가 되어 곧바로 내각에 들어가는 것이다. 또 다른 하나는 한림원 서길사[7] 임기를 마친 뒤, 육부 혹은 육과에 들어가 실력을 발휘하고 다시 경력을 쌓아 승진하는 것이다. 그 사이에 한두 해 지방관을 하며 수련을 할 수도 있었다. 그런 다음 그동안 쌓은 경력을 이용해 육부 시랑 혹은 상서까지 올라가면 이어서 내각에 들어갈 수 있게 되는 것이다.

장백은 매사에 성실하고 신중했다. 원래 그의 위에 있던 대학사들은 모두 해씨 가문 출신이었다. 그들의 보살핌을 받으며 평탄하게 출셋길

---

5) 신하가 황제에게 올리던 글.
6) 한림원 대학사 혹은 내각에서 근무하는 관헌.
7) 한림원 관명으로 진사 중 소양이 뛰어난 사람을 선발하여 임명.

을 걷는다면 아무런 걱정이 없을 터였다. 그러나 대학사들이 '신진의 난' 와중에 거의 전멸할 줄 누가 알았겠는가? 이에 성굉은 고정엽이 나서서 슬쩍 지원해주길 요구한 것이다. 지금은 천자의 세력이 강했고, 장백은 가문도 좋고 정정당당히 과거시험을 통과했다. 다만 내각에 인맥이 없을 뿐이었다. 황제의 마음에만 들면 뭐든지 순탄한 것이다.

명란은 속으로 곰곰이 생각했다. 이게 바로 가문의 힘이란 것이구나! 부단히 혼사를 맺으며 세력을 결성해 가는 것이다. 고대 귀족 계층에서는 혈육으로 맺어진 친척과 혼인으로 맺어진 친척보다 더 확실하고 강력한 권력 유대는 없었다. 대단히 저속하고 우습게 들리겠지만 그게 진리였다.

고대의 예법에서는 종족宗族이 기본 단위였다. 인재를 천거할 때도 친척을 배제하지 않았다. 왜냐하면, 한 사람만 잘못을 해도 삼족이 연루될 수 있었고, 좀 더 범위를 넓히면 구족 혹은 운 나쁘게도 괴팍한 황제를 만난다면 십족에 해당하는 스승과 제자까지 희생양이 될 수 있었다. 어차피 함께 망할 운명이라면, 마땅히 복도 함께 누려야 했다. 그렇기에 친척이 너무 형편없지만 않다면 혹은 그에게 재능이 있다면 친지를 돕는 것은 바로 자기 자신을 돕는 것이 된다. 서로 끌어주고 밀어줌으로써 가문이 대대손손 오래도록 번창할 수 있는 것이다.

가씨, 사씨, 왕씨, 설씨 네 가문[8]이 망한 가장 큰 원인은 바로 삼대 째부터 가문의 후계자가 끊김으로써 누구 하나 멋지게 등장할 기회를 얻지 못한 것이다. 가씨 가문은 어쨌든 귀비가 된 여식을 하나 배출했고,

---

8) 소설 『홍루몽』의 가보옥, 사태군, 왕씨 부인, 설보채의 가문.

왕씨 가문에는 구성도검점九省都檢點⁹⁾까지 오른 왕자등王子騰이 있었고, 유일하게 공부를 잘했던 가주賈珠는 일찌감치 세상을 떠났다. 나머지는 부채 몇 자루 때문에 남의 집안을 망하게 하고 사람을 죽게 한 가사賈赦, 사람을 때려죽인 설반薛蟠, 왕야의 총애를 받는 남자와 결탁한 가보옥이려나? 화를 부르고 일을 벌이는 데는 누구 하나 모자람이 없었다.

후계자가 없는 가문이 쇠퇴하고 멸망하는 것은 시간문제에 불과했다.

명란은 성굉과 고정엽 간의 대화가 무슨 뜻인지 알았기에 조용히 기다리고 있었다. 하지만 왕 씨는 알아듣지도 못했고, 무료함을 참지도 못했다. 원래 왕 씨는 적모의 위엄을 자랑하며 지체 높은 사위 앞에서 명란을 한차례 꾸짖을 작정이었다. 그러나 성굉에게 말할 기회를 빼앗긴 것이다. 국가의 운명에서 시작해 민족의 앞날에 이르기까지 이야기가 줄줄이 이어지니 왕 씨는 시종일관 끼어들 틈이 없었다.

다행히 얼마 안 있어 바깥 정당에서 기다리던 사람들이 몰려왔다. 원문소와 장오 등이 웃으며 들어오더니 술과 음식이 다 식겠다며 떠들기 시작했다. 성굉은 할 말을 다 마쳤다는 듯 웃으며 사람들을 따라 술을 마시러 나갔다.

한편, 명란은 여자 권속들에게 이끌려 내당에서 연회에 참가하게 되었다. 계집종들이 여의문으로 장식된 검은색 옻칠 나무 원탁에 일고여덟 개 의자를 놓았다. 음식이 차려지고, 모두가 탁자 주변에 둘러앉아 음식을 먹으며 이야기를 나누기 시작했다. 왕 씨가 명란을 잡아끌어 곁에 앉혔다.

---

9) 아홉 개 성의 군사를 통괄하는 관직.

자리에 앉은 부인들이 명란의 모습을 바라보았다. 내심 꿍꿍이를 품고 있는 이도 있었고, 부러운 마음을 품고 있는 이도 있었고, 시샘을 느낀 이도 있었고, 기쁨을 느낀 이도 있었다. 각자 저마다의 깊은 생각을 하고 있었다.

묵란은 명란을 뚫어져라 바라보았다. 황금색 난새와 봉황, 구름무늬가 들어간 선홍색의 소매가 넓은 적의翟衣[10]를 매미 날개보다 얇은 금사로 둥근 꽃무늬와 봉황을 수놓은 배자 위에 걸치고, 순금의 오봉조양주채를 머리에 꽂고, 귀에는 순금 귀걸이를 늘어뜨리고, 엄지손가락만큼 커다란 붉은 보석이 광채를 발하는 모습이 눈에 부셨다. 집을 나서기 전, 고정엽이 명란의 손에 예닐곱 개의 금반지, 옥 반지, 보석 반지를 끼워주어 명란은 민망해 손을 내밀지도 못할 지경이었다.

이런 차림새는 화려하고 지체 높은 귀족일 뿐 아니라 아주 좋은 운명을 타고난 부인이 아니면 결코 할 수 없는 것이었다. 묵란은 명란을 바라보다 대단히 언짢은 마음이 들었으나, 겉으로는 아주 유쾌한 표정을 가장하며 명란에게 자꾸 말을 걸었다.

명란은 현기증을 참으며 아예 술잔을 들고 몸을 돌려 왕 씨의 눈을 바라보며 낭랑한 목소리로 진지하게 말했다.

"이 첫 번째 술잔을 우선 어머님께 올리겠습니다. ……병약한 저를 어머님과 큰언니가 세심하게 보살펴주시지 않았다면 이 목숨은 진즉에 부지하지 못했을 것입니다! 이 자리에서 어머님께 감사의 인사를 드립니다!"

---

10) 고대 지체 높은 여인들이 입는 가장 화려한 예복.

이렇게 말하며 명란이 술잔을 단숨에 들이켰다. 명란의 말속에서 적어도 화란에 관한 부분은 진실이었다.

순간 눈시울이 촉촉해진 왕 씨가 술을 한 번에 들이키더니 대단히 감동한 기색으로 명란을 잡아끌며 수다스럽게 말했다.

"애야, 이 좋은 날에 무슨 허튼소리냐! 한집안 사람들끼리 무슨 감사하고 말고가 어딨겠느냐…….너는 어려서부터 말도 잘 듣고 철도 들어 언니들보다 훨씬 걱정을 덜 끼쳤지. 내가 어찌 너를 아끼지 않겠느냐?"

말하다가 감정이 고조된 그녀가 배역에 깊이 몰입되었다.

묵란은 창백한 안색으로 고개를 숙이고 말이 없었다. 명란은 곁눈질로 힐끔 그녀를 바라보았다. 묵란은 아주 위엄 있는 단장을 하고 있었다. 옅은 화장, 단정하게 틀어 올린 머리, 심지어 귀걸이마저 정연한 고리 형태였다. 미동도 하지 않는 모습이 모범적인 정실 마님의 전형이었으나, 눈가에 어린 피로와 불안을 감추지는 못했다. 미간에는 한 줄기 깊은 고민의 흔적이 드러나 있었다.

명란은 슬며시 탄식했다. 자신은 기회를 노려 복수하고 싶은 생각은 없었다. 그저 묵란이 자신을 남처럼 여기지 말고, 솔직하게 요구를 제시하는 것이 진짜라는 걸 알길 바랄 뿐이었다. 그러기에 먼저 예방 주사를 놓아야 할 것 같았다.

모녀간의 화목한 모습에 강 부인은 살짝 질투가 일었다.

"명란이가 출세를 했으니 앞으로 집안사람들이 네게 적지 않게 기대게 될 게야. 네 모친이 네게 잘해주었던 것을 기억해야 할 게다. 근본을 잊어선 안 될 게야!"

강 부인의 혼수 절반은 서자, 서녀의 수중으로 들어갔다. 그럭저럭 아쉬운 대로 혼사를 치르면 족할 것을 굳이 강가에서는 가문의 명성에 집착했다. 가난해도 위세를 부려야만 하는 것이다.

명란은 입꼬리를 올리고 미소를 지을 뿐 대답은 하지 않았다. 오히려 여란이 불쾌한 마음이 들었다. 여란은 원래 성격이 직설적이었다. 강원아가 왕씨 집안에 시집간 뒤부터 여란은 강 부인을 비열한 소인배라 간주하기 시작했다. 만약 강윤아의 앞이 아니었다면, 여란은 진즉에 '성가 여식의 회문이 강가와 무슨 상관이에요? 걸핏하면 찾아와서 밥이나 축내시는군요.' 같은 듣기 거북한 소리를 했을 것이다.

"이모님, 옳으신 말씀입니다! 명란아, 명심해. 네게 잘해주는 사람한테는 반드시 보답해야 할 게야. 설령 보답 받지 못한다고 하더라도 배은 망덕해서는 안 되지!"

여란이 걸친 분홍색 융으로 가장자리를 두른 연분홍 장화裝花[11] 오자가 화사한 빛을 발하며 붉게 윤이 나는 그녀의 얼굴을 돋보이게 했다. 여란은 대단히 혈색이 좋은 얼굴을 하고 있었다. 대단히 훌륭한 신혼생활을 보내고 있는 게 분명했다.

강 부인은 부자연스러운 표정으로 고개를 떨구고 술을 마셨다. 사태를 파악한 강윤아는 자기 모친의 행동에 대단히 송구스러운 마음이 들었다. 장오는 그녀에게 대단히 잘 대해주었다. 요 몇 년간 부단히 강가를 돕기도 했다. 게다가 그녀의 시댁과 성굉의 집안은 더 이상 친근할 수 없을 정도로 자신을 잘 대해 줬다. 미움을 사고 싶지 않은 강윤아는 그저 자신의 모친이 더는 허튼소리를 하지 않기만을 바랄 따름이었다.

강윤아는 여란을 잡아끌며 나직하게 사죄하는 한편 왕 씨에게 연신

---

11) 남경 운금 중 하나로 화려한 꽃무늬를 넣어 짠 비단.

음식을 집어 주었다. 명란은 이 광경을 바라보며 내심 탄식했다.

분위기가 경직된 것을 보고 해 씨가 원만하게 수습하기 위해 나섰다.

"며칠 전 어머님께서 큰올케를 보러 원가에 가셨었지요. 큰올케 배가 저보다 더 불렀다고 하시더군요. 저보다 달수도 적은데 혹시 두 명이 들어서 있는 게 아닐까요? 큰올케가 자주 배가 아프다고 하던데, 어쩌면 안에서 건장한 사내아이 둘이서 권법을 연마하고 있는지도 모를 일입니다."

해 씨의 말에 여자 권속들이 웃기 시작했다. 가장 즐거워한 것은 왕 씨였다. 왕 씨는 너무나 득의양양한 나머지 연거푸 술을 마셨다. 취기가 오르자 혀도 꼬부라지기 시작했다. 여러 번 술잔이 오간 뒤, 바깥에서 계집종 한 명이 들어오더니 명란의 귓가에 몇 마디 속삭였다.

명란이 자리에서 일어나 웃으며 모두에게 고했다.

"할머니께서 제게 하실 말씀이 있다고 하네요. 이만 먼저 일어나야겠습니다."

왕 씨는 이미 인사불성이 되어 있었다. 해 씨가 웃으며 말했다.

"가보세요. 할머님께서 하실 말씀이 많으실 거예요."

명란은 웃으며 작별을 고하고 몸을 돌려 계집종을 따라나섰다. 문을 나서자마자 걸음을 빨리해 수안당으로 달려갔다. 대문을 들어서서 좌측 차간으로 꺾어 들어가니, 과연 탁자 위에 잔뜩 음식들이 차려져 있었다. 노대부인이 창가에 정좌하고 명란을 기다리고 있었다.

명란은 내심 감동했다. 생긋 웃으며 노대부인 쪽으로 달려가, 노대부인의 팔을 껴안고 흔들며 애교를 부렸다.

"저랑 할머니 마음이 통했네요. 할머니께서 저를 기다리실 줄 알고 일부러 배를 채우지 않고 왔답니다."

노대부인이 굳어진 표정을 풀고, 웃으며 명란을 꾸짖었다.

"널 기다리다 뱃가죽이 등에 달라붙는 줄 알았다!"

명란이 노대부인의 품에 뛰어들며 비위를 맞췄다.

"제가 할머니 배를 쓸어드릴게요."

노대부인이 명란의 뺨을 꼬집었다.

"텅 빈 배는 쓸어서 뭣하누. 배가 고파서 아픈지경인 것을?!"

명란이 노대부인을 부축해 탁자 곁에 앉혔다. 명란이 직접 한 그릇 가득 동과버섯갈비탕을 떠서 건네며 말했다.

"할머니, 어서 드세요. 어서요!"

방씨 어멈의 눈시울이 뜨거워졌다.

"노마님께서 저리 기뻐하시는 모습이 참으로 오랜만입니다."

"뭐가 오랜만이란 게냐?"

노대부인이 고개를 돌려 눈을 부라리며 말했다.

"고작 이틀밖에 안 지났거늘."

명란이 자신의 작은 얼굴을 손으로 받쳐 든 채 수심이 가득한 얼굴로 말했다.

"하루만 못 봐도 삼 년을 못 본 것 같다더니. 아이고, 시간이 그렇게나 흘렀네요. 할머니께서는 필시 저를 그리워하시다 상사병에 걸리신 겁니다! 이를 어찌하면 좋습니까. 그러게 누가 저를 그렇게 예뻐하시라 했습니까. 참으로 방도가 없네요!"

노대부인은 결국 웃음을 참지 못하고, 거의 눈물이 나올 정도로 웃음을 터트렸다.

"네가 부끄러운 줄도 모르고 자화자찬을 하는구나! 체면 차릴 낯짝도 필요 없는 게냐!"

명란이 고개를 비스듬히 하고 생기 있는 얼굴을 들이밀며 웃었다.

"필요 없어요. 할머니께서 가져가세요."

노대부인이 명란을 손으로 치며 웃었다. 둘은 이내 일제히 웃음을 터
트렸다.

식사 내내 노대부인은 명란이 재잘재잘 고부 사람들 이야기하는 것을
들으며 웃고 떠들었다. 명란은 내심 괴로운 마음이 들었다. 이날이 지나
고 나면 할머니를 자주 뵙지는 못하게 될 것임을 알았기 때문이다. 그래
서 더욱 태평한 표정을 지으며 신혼집에서 있었던 일을 생생하고 재미
있게 이야기했다. 고가에서 보낸 날들이 온통 행복하고 아름답기만 했
던 것처럼 말이다.

노대부인도 미소를 지으며 명란의 이야기를 들었다. 식사를 마친 뒤,
방씨 어멈이 계집종들에게 식탁의 그릇을 정리하라 분부하고 방문을
닫고 나갔다.

"네게 물을 것이 있으니 앉아보거라."

노대부인이 엄숙한 표정으로 말했다. 명란은 노대부인과 오랫동안 함
께 지냈기에, 노대부인이 이제 본론에 들어가려는 것임을 잘 알았다. 명
란은 얼른 찻잔을 노대부인에게 대령하고 고분고분하게 자세를 바로
하고 앉아 훈계를 들을 준비를 했다.

명란이 애써 가장하는 웃는 얼굴 아래 피곤함을 감추고 있는 것을 본
노대부인은 복잡한 심사를 감출 수가 없었다. 방씨 어멈을 통해 최씨 어
멈의 이야기를 들은 뒤부터 노대부인은 대단히 난감한 기분이 들었다.
이런 내밀한 침실 이야기는 남이 뭐라고 하기 어려운 것이다. 그저 보고
도 못 본 척하는 게 가장 마땅한 법이다. 노대부인이 여러 번 고심하다
결국 입을 열었다.

"고 서방이…… 네게 잘해주느냐?"

명란은 다른 생각이 들지 않도록 애쓰며 얼굴을 붉힌 채 낮은 목소리로 대답했다.

"아주 잘해줍니다."

할머니, 어느 방면을 말씀하시는 걸까요?

노대부인이 입을 달싹거렸다. 어떻게 물으면 좋을지 몰라 갈팡질팡하다가 아예 화제를 돌려 버렸다.

"네 집에서는 지금 누가 관사를 맡고 있느냐?"

명란이 잠시 머뭇거렸다.

"에…… 그건, 잘 모르겠습니다."

노대부인이 마치 질책하는 듯한 눈빛으로 명란을 바라보았다. 노대부인은 곰곰이 생각하다 한숨을 쉬고는 부드러운 목소리로 마저 물었다.

"방이나 정원은 어떠하냐? 듣자 하니 원래는 선황제 때 중신의 저택이었는데 거의 십 년 동안 방치되어 있었다지. 혹여 수리가 필요하진 않느냐?"

명란은 멍한 얼굴이었다.

"어…… 잘 모르겠습니다."

침실 밖으로는 거의 나가지 못했으니 저택이 어떤 상태인지 아직 잘 모르는 것이다.

노대부인의 눈동자가 다소 커졌다. 안색도 다시 어두워졌다. 노대부인이 다급한 목소리로 추궁했다.

"그러면 네 집에서 지금 거둬들이는 소출이 얼마나 되느냐?"

온종일 낭군과 붙어 있었다니 무슨 말이든 했을 게 아니냐!

명란이 머뭇거리며 대답했다.

"그것도…… 잘 모르겠습니다."

침상 위에서는 말을 많이 할 필요가 없었다. '잠' 아니면 '운동'이었다.

아무것도 아는 게 없구나. 노대부인은 아무 말 없이 천장을 올려다보다 멍하니 손녀를 바라보았다. 온갖 재주를 다 가르쳐 보냈거늘 결국에는 어느 것 하나 발휘하지 못했구나. 새로 맞은 사위는 기술적으로 가장 낮은 재능만 있으면 충분하다고 말하는구나.

명란은 부끄러워 면목이 없을 지경이었다. 온통 당황스러운 심정으로 한참 생각하다 우물거리며 말했다.

"할머니, 걱정 마세요. 사실 제게 정말 잘해줘요."

노대부인은 온몸의 힘이 다 빠졌다. 그저 장탄식을 할 따름이었다.

"……할머니, 무슨 뜻으로 하신 말씀인지 잘 알고 있어요. 항상 조심할게요."

명란은 노대부인이 자신을 걱정하고 있는 것을 잘 알고 있었다. 실은 그녀도 자신의 처지가 대단히 골치 아프다는 사실을 알고 있었다. 그녀에게 분투할 마음이 없는 것이 아니라, 지난 이틀간 정말로 짬이 안 났던 것이다.

"됐다. 그러고보니 요 이틀간 고 서방에게 무슨 심기 불편한 일이라도 있었느냐?"

노대부인은 한숨을 쉬는 대신 다시 물었다.

심기가 불편하냐고요? 명란은 그의 심기를 불편하게 할 일이 도처에 깔렸다고 생각했다. 골치 아픈 계모, 반송장이나 다름없는 큰형, 대단한 친척들. 명란은 잠시 생각에 잠겼다가 갑자기 작은 목소리로 말했다.

"할머니, 제가 볼 때……. 나리가 녕원후부 작위를 물려받게 될 것 같아요."

고정욱은 이미 중태였고, 얼마나 더 살 수 있을지가 문제였다. 이제는 아들을 낳을 가망도 없을 것이다.

"뭐?"

흥미가 동한 노대부인이 흥미진진한 눈빛으로 물었다.

"어찌 그리 생각하느냐?"

명란이 찻잔을 노대부인 앞에 대령하고, 어조를 고르며 대답했다.

"저도 직접 보고서야 알았어요. 나리와 고가 사람들은 그냥 사이가 안 좋은 게 아니에요. 거의 '혐오'라고 할 수 있죠. 경성이 이렇게 큰데 만약 나리가 정말로 고가와 담을 쌓고 왕래할 생각이 없었다면 이렇게 가까이 살 필요가 없었을 거예요. 황상께서 하사하셨다고 한들 안 될 게 뭐가 있겠어요?"

노대부인이 고개를 끄덕이더니 찻잔을 받아 찻잔 뚜껑으로 찻잎 부스러기를 쓸며 말했다.

"일리가 있구나."

명란이 노대부인 곁으로 다가가 앉더니 살짝 미간을 찌푸리며 갸웃거리고는 말했다.

"그런데 제가 이해가 안 되는 게 바로 그거예요. 예전에 듣기로 황상께서는 나리가 작위를 계승하길 바라셨고, 양양후까지 연신 부르셨다는데 나리가 왜……?"

말이 다 끝나기도 전에 노대부인은 명란의 마음을 간파했다. 노대부인이 미소 지으며 말했다.

"그러니까 네 말뜻은 고 서방이 정말로 작위를 계승할 생각이 있다면 양양후부가 더 낫지 않겠냐는 것이구나. 재물도 더 많아지고 그 지저분한 무리들로부터 벗어날 수도 있을 테니 말이다. 그렇지?"

명란이 고개를 끄덕였다. 실은 그녀도 그 대단한 친척들을 상대하기 싫었던 것이다.

"속에 감춰진 관계를 깨닫지 못하다니 네가 아직 어리긴 어리구나."

노대부인이 가볍게 웃기 시작하더니, 명란의 손을 다독이며 온화하게 말했다.

"한번 생각해보거라. 똑같이 돌덩이를 머리에 이고 있어야 하는데, 계실 계모가 대응하기 쉽겠느냐 아니면 법도를 엄격히 지켜야 하는 양모가 대응하기 쉽겠느냐?"

명란은 문득 깨달았다. 조금은 알 것 같았다.

노대부인이 눈에 의미가 불명확한 빛이 번뜩였다. 그녀가 웃으며 말했다.

"네 낭군은 본래 녕원후부의 적차자이고, 큰형이 후사가 없으니 작위를 계승하는 것은 마땅한 이치다. 다른 사람에게 기댈 필요가 없는 게야. 그저 황상께서 한번 밀어주시기만 하면 될 일이지. 지금은 양양후부가 전도유망하고, 녕원후부는 퇴락하여 적막하긴 하지만 만사를 겉으로만 판단해서는 안 될 것이다. 지금 당장은 근심을 덜어도 나중에 가면 골치 아픈 일이 생기고 말지."

노대부인의 가르침에 명란은 문득 크게 깨달았다. 고 태부인은 계실이다. 고정엽은 물론이고 자기 자신에게도 진짜 시어머니는 이미 세상을 떠난 백씨 부인인 것이다. 그러니 예의만 차리면 족할 것이다. 하지만 고정엽이 양양후부의 작위를 계승한다면, 그는 외갓집에 입적해야 할 것이다. 그러고 나서는 양양후 노부인은 물론이고 문중의 형제들까지 모두 후하게 대접하고 보살펴야 할 것이다. 안 그랬다간 남들에게 '배은망덕하다'는 험담이나 듣게 될 테니 골치 아픈 일이 끊이지 않게 되는 것이다.

노대부인이 몸을 뒤쪽으로 천천히 눕히더니 침상 머리맡에 기대 한가롭게 말했다.

"네 낭군은 성정이 사납고 고집스러워서 평생 남의 견제 받기를 가장 싫어할 게다."

노대부인의 권위 있는 평가에 명란은 힘껏 고개를 끄덕였다. 정말로 맞는 말이었다.

노대부인이 명란을 힐끔 바라보다 문득 말했다.

"그런 성정을 가진 사내이니 너는 그저 명심하여라. 첫째, 고 서방에게 모질게 굴어서는 안 된다. ……하하. 허나 네가 모질게 하진 못하겠지!"

명란이 쓴웃음을 지으며 탄식했다. 노대부인이 말을 이었다.

"그리고 그 행동을 보아하니 절대 남한테 속지 않겠더구나. 그러니 너도 원하는 게 있거든 바로 말하거라. 속마음과 다른 말을 하지 말아라. 괜히 속앓이하며 '현숙함'을 가장하지도 말아라. 그랬다간 부부 사이가 어긋나고 말 것이다!"

명란은 눈을 내리깔고 연신 고개를 끄덕였다.

최씨 어멈, 참으로 빨리도 말을 전했구려.

노대부인이 명란의 표정을 보고 아직 그녀가 완전히 이해하지는 못했음을 알아차렸다. 이에 아예 단도직입적으로 말하기로 결심하고 명란을 응시했다. 노대부인이 작정한 어조로 말했다.

"'현숙함'이란 그저 진흙으로 빚은 보살, 공자님의 위패에 불과하다. 입으로만 하는 것이지. 네가 정말로 그렇게 산다면 평생을 후회하게 될 게다……. 명심하여라. 고 서방은 네가 적어도 반평생은 의지해야 할 사람이다. 설령 네가 그이를 좋아하지 않더라도 꼭 붙잡아야 하는 게야!

다른 여자가 빈틈을 메우게 해서는 안 돼! 고결한 척하며 꼴사나운 언동을 벌일 필요도 없느니라. 사내가 네게 마음을 써주지 않더라도 너는 끈질기게 감시해야 할 것이야!"

급하게 말한 탓인지, 노대부인이 몇 번 기침했다. 씁쓸한 어조로 노대부인이 가까스로 말을 이었다.

"……너는 나처럼 되지 말거라."

명란은 순간 눈물이 왈칵 쏟아졌다. 그녀는 노대부인의 무릎 위에 엎드려 울기 시작했다. 명란은 아주 오래전부터 이미 알고 있었다. 노대부인이 그녀에게 가르치는 것들 대부분은 노대부인 자신이 젊었을 때 부족했던 점을 메우기 위한 것이었다. 명란의 행복에 대한 노대부인의 기대는 모종의 의미에서는 바로 노대부인 자신의 바람을 기탁하는 것이기도 했다.

명란이 울먹이며 노대부인의 늙고 주름진 손을 가볍게 쓰다듬고는 조용히 말했다.

"예전에 장 선생님께 역사를 배울 때 『전금사 한백』편을 가장 좋아했어요. 한 대장군은 고립된 성에서 병졸 천 명으로 수만 대군을 물리쳤지요. 사람들이 모두 그에게 투항을 권했으나 한 대장군은 굳건히 버텼어요. 목에 칼이 들어왔는데도 '일을 도모하는 것은 사람이지만 일을 이루는 것은 하늘'이라며 응하지 않았지요. 그런데 말이 채 끝나기도 전에 맞은편 봉우리에서 홍수가 일어나 적군들 과반수가 물에 잠겼어요. 위기가 저절로 해결되었지요."

명란의 목소리가 점점 더 낭랑해졌다. 명란이 한 자 한 자 똑똑히 말을 이었다.

"할머니의 가르침을 명심하며 열심히 살겠습니다. 순탄할 때도 힘들

때도 절대 오만하게 굴며 권세에 빌붙지 않겠어요. 횡포를 부리거나 부주의하지 않겠습니다. 절대로 남의 탓을 하지 않을 것이며, 경거망동하지 않을 것입니다. 누가 알겠습니까. 어쩌면 하느님께서 어여삐 여기시어 제가 마침내…… 화창하게 꽃을 피울 봄날을 맞을지도 모르지요."

제110화

명란의 고백,
고정엽의 집안 살림

미시未時[1]의 끝 무렵이 되자 하늘이 황금색으로 물들기 시작했다. 명란 부부는 그제야 자리에서 일어나 작별을 고하고 돌아가게 되었다. 고정엽은 곁눈질로 명란의 빨개진 눈가와 내리깐 눈의 길쭉한 속눈썹에 물기가 촉촉이 어린 모습을 보고 그녀가 울었음을 눈치챘다. 일순 고정엽의 마음이 저절로 약해졌다. 주연에서 사람들과 적지 않은 술을 마신 탓에 애초에 취기가 다소 오른 상태이긴 했으나, 고정엽은 명란의 상태를 보고 아예 비틀거리며 휘청거리는 척을 했다. 장백 등이 고정엽의 심상치 않은 모습을 보고 얼른 사람을 시켜 그도 함께 마차에 태워 보냈다.

널따란 마차 안에는 향로와 작은 탁자가 갖춰져 있었고, 바닥에는 얇은 부용꽃무늬 깔개가 깔려 있었다. 명란은 고정엽을 부축해 등받이에 기대게 한 뒤, 부채를 찾아 그가 술기운을 날릴 수 있게끔 가볍게 부채

---

1) 오후 1시~3시.

질을 했다. 마차가 한 번씩 살짝 흔들렸다. 늦봄의 오후는 상당히 무더웠다. 탁자 위의 적동 향로에서 연한 향기가 흘러나왔다. 있는 듯 없는 듯 미묘한 향기가 반은 밀폐된 공간 안을 뒤덮고 있었다.

고정엽은 원래 취한 척을 한 것이었으나, 마차 안의 이런 광경에 졸음이 왔다. 얼마나 잤을까. 비몽사몽간에 눈을 떠 보니 명란이 분홍색 바탕에 산호구슬로 장식된 사초단紗綃緞[2] 부채를 살며시 쥔 채 살짝 눈을 감고 나른하게 기대고 있는 모습이 보였다.

한창 몽롱한 상태에 빠져 있던 명란은 별안간 얼굴이 간질거리는 느낌이 들었다. 눈을 뜨고 손을 뻗어 더듬어 보려는 찰나, 고정엽이 지긋이 자신을 바라보고 있음을 발견했다. 그가 투박한 손가락 끝으로 그녀의 얼굴을 살살 쓰다듬고 있었던 것이다. 고정엽이 물었다.

"일어났느냐?"

명란은 고개를 끄덕이며 부채를 내려놓고 몸을 일으켜 바로 앉았다. 입가에 보조개를 띠며 명란이 물었다.

"차 마실래요?"

마침 입술이 마르던 참이었던 고정엽이 고개를 끄덕였다. 명란이 작은 탁자 위의 자석磁石 다반에서 따뜻한 차 한 잔을 따라 고정엽이 차를 마실 수 있게끔 입가에 대 주었다. 막 찻잔을 내려놓던 순간, 명란은 천지가 뒤집힌 줄 알았다. 고정엽이 그녀의 몸을 돌려 부용꽃무늬 깔개 위에 눕힌 것이다. 그러자 서로가 코끝을 마주하는 형국이 되었다.

진한 남자의 숨결이 술 냄새와 함께 명란의 얼굴 위로 덮쳐왔다. 게다

---

2) 얇은 비단.

가 키 크고 커다란 몸체에 내리 눌리는 바람에 명란은 거의 기절할 지경이었다. 명란이 그를 힘껏 밀치며 말했다.

"······무거워요. 무겁다고요······."

고정엽이 슬쩍 몸을 비켰으나 시종일관 명란을 응시하는 채였다. 진한 속눈썹이 거의 명란의 얼굴을 찌를 지경이었다. 그가 문득 물었다.

"아까 울었었지? 어째서냐."

명란이 힘겹게 가쁜 숨을 몰아쉬며 조용히 말했다.

"앞으로는······ 할머니를 자주 못 뵈겠죠? 마음이 너무 아파요."

"그 이유가 아닐 텐데. 대체 왜 운 게냐?"

고정엽은 명란의 성정을 꽤 잘 파악하고 있었다. 육체적인 고통이 아니라면 그녀는 대단히 고집스럽게 견뎌내는 사람이었다. 아무 일도 아닌데 감상적이 되어 어물거릴 리가 없었다. 생이별이나 사별을 한 것도 아닌데 눈이 통통 붓도록 울 이유가 뭐란 말인가? 설령 조모와 손녀 간의 이별에 다소 슬픈 감정이 들었다고 할지라도, 그녀의 성정이라면 필시 그것을 재료 삼아 익살을 부릴 터였다.

고정엽이 한밤중처럼 새까맣고 깊은 눈으로 조용히 명란을 응시했다. 명란은 내심 불안해졌고, 뭐라고는 말할 수 없는 압박감을 느꼈다. 그저 떠듬떠듬 대답할 수밖에 없었다.

"할머니, 할머니께 훈계를 들었어요······."

가슴을 짓누르던 압박감이 다소 가벼워졌다. 그러나 눈앞의 남자가 비킬 생각도 않고 버티고 있자 대답을 계속할 수밖에 없었다.

"할머니께선 온종일 제가 잘 지내고 있는지 걱정하셨어요. 저의 터무니없고 주도면밀하지 않은 부분을 꾸짖으셨죠. 혹여 제가 나리의 미움이라도 살까 걱정하신 거죠. 앞으로는 할머니가 저를 보살펴주실 수 없을까봐 걱정을……."

고정엽이 자신의 호리호리한 몸을 옆으로 치우더니 명란을 껴안고 반쯤 일으켜 등받이에 기대게 했다. 그러고는 목소리를 높이며 탐탁지 않다는 듯 물었다.

"그래서 노마님께서 네게 하가를 물색해주셨던 게냐?"

명란은 머리가 지끈거렸다. 갑자기 부모들이 정해주는 대로 대충 혼인한 부부들이 부러워졌다. 비록 남편 될 사람에 대해 잘 알 수는 없더라도, 남편 될 자 역시 아내의 과거를 잘 알 수가 없기 때문이다. 어느 누가 이 양반처럼 속속들이 다 알 수 있겠는가?

"처음에는 그 집안에 시집가는 것도 좋다고 생각했었지요."

명란이 입을 삐죽거리며 작게 말했다.

"그런데?"

고정엽이 심각하게 그녀를 바라보았다. 눈동자에는 아무런 감정도 없었다.

핵심을 찌르는 질문이었다. 게다가 묻고 있지만 묻는 게 아니었고, 묻고 싶은 내용도 실은 그게 아니었다.

명란이 얼굴을 옆으로 돌리며 다른 화제를 꺼냈다.

"그날 어머님께서 공 이랑과 추랑을 불러 인사하게 하셨을 때, 당신이 저 대신 나서서 말씀하셨지요. 실은…… 저는 대단히 기뻤답니다. 그날 당신은 제가 무안해할 상황들을 많이 막아주셨지요. 또 그이들을 나중에 부르겠다 하시어 덕분에 제가 집안일을 먼저 관장할 수 있게 되었고요. 당신은 저를 지켜주셨고, 제게 잘해주셨어요."

고정엽의 눈에서 희미한 안개가 걷히고 웃음기가 떠올랐다. 그는 웃음을 감추고 싶어하는 듯했으나 입꼬리가 올라가는 건 막지 못했다.

명란은 공기 중으로 퍼져 나가는 연하고 가느다란 연기를 바라보며 조용히 말했다.

"할머니께서는 하 공자가 좋다고 하셨지만, 조가가 저를 핍박할 때 그는 제가 내키지 않아 하는 걸 알면서도 일개 아녀자인 제가 직접 응대하게 했어요. 조 낭자에게 저도 잘못한 게 있지요. 하지만 그리된 것 자체가 너무나도 잘못된 것이죠!"

당시의 분하고 억울했던 기억이 떠오르자 명란은 저도 모르게 울먹였다. 잠시 후, 명란이 천천히 시선을 돌려 가만히 고정엽을 쳐다보았다. 마치 물처럼 투명하고 맑은 눈빛이었다.

"하지만 당신은 달랐어요. 앞에 나서서 저 대신 비바람과 곤경을 막아주셨지요. 그때 생각했습니다. 설사 앞에 칼의 산과 불바다가 있더라도, 나리만 계시다면 저는 아무것도 무서울 게 없다고요."

일찍이 유요劉曜[3]가 웃으며 양헌용羊獻容[4]에게 물었다. "나와 사마가의 그 사내를 비교하면 어떠한가?" 양헌용이 주저 없이 곧바로 대답했다. "당신께 시집오고 나서야 누가 천하의 사내대장부인지 알게 되었습니다!" 호쾌하고 힘찬 대답이었다. 젊지 않은 나이에 재가한 황후 양헌용이 두 황실에서 황후를 지내고, 오랑캐 황제인 유요의 총애를 독점해 훗날 자기가 낳은 아들을 태자로 만들 수 있었던 건 다 그럴 만한 이유가 있었던 것이다.

고백은 기술이 필요한 일이다. 구호만 외쳐서도 안 되고, 머뭇거리거

---

3) 남북조시대 전조의 제5대 황제.
4) 서진 사마충의 황후였다가, 영가의 난 때 포로로 잡혀 전조 유요의 황후가 되었다.

나 우물거려서도 안 된다. 내용이 충실해야 하고, 시기 또한 적절해야 한다. 떳떳하게 밝혀야 할 때가 왔을 때 상대가 똑똑히 알 수 있게끔 큰 소리로 말해야 하는 것이다. 고대 여자들은 엄격한 법도에 얽매여 있었다. 명란은 '과거'가 있는 여자이기에 반드시 신속하게 반응을 보여야만 했다. 남편이 자신의 과거를 이해해주겠지 하며 우물쭈물하고 싶은 말을 제대로 못 해서는 안 될 일이었다.

자칫 잘못하면 부부간에 틈이 벌어지는 건 물론이요, 꿍꿍이가 있는 사람이 빈틈을 비집고 들어올 수 있었다.

고정엽의 눈이 진지한 빛을 띠고 있었다. 마치 고요한 우물에 떨어진 돌멩이가 잔잔한 물결을 일으키며 순식간에 빛이 요동치는 것 같았다. 그는 내심 뭐라 말할 수 없는 희열을 느꼈으나 입으로는 짐짓 심술궂게 대답했다.

"이 얌체 같은 것. 나더러 널 위해 악역을 맡으라는 것이렷다? 좋다! 이 나리께서 악당이 되어주마."

이 말을 기다리고 있었던 명란은 바로 아찔한 미소를 지으며 고정엽의 품으로 뛰어들어 그의 얼굴에 재빨리 입을 맞추었다. 고정엽은 옆얼굴에서 향기와 함께 부드러운 입술이 와서 부딪치는 것을 느꼈다.

"둘째 아저씨는 정말 좋은 분이세요……."

하지만 기쁜 마음이 들기도 전에 낯빛이 어두워졌다. 명란 역시 자기의 말실수를 깨닫기라도 한 것처럼 소매를 들어 입을 가리고 눈을 크게 뜬 채 쭈뼛거리며 그를 바라보았다.

사실 명란의 눈은 대단히 곱고 요염하게 생겼다. 요염한 기운이 스며들 것 같은 눈이었으나 순하고 수려하게 생긴 부드럽게 구부러진 눈썹이 얇은 비단처럼 그것을 조심스럽게 덮고 있었다. 무심결에 누군가를 볼 때면 반투명한 물빛을 출렁대며 상대를 안에 가두어 버렸다.

　고정엽은 문득 어린 시절에 부친의 서재에서 장난치다가 미인도가 그려진 진귀한 골동품 두루마리를 펼쳤던 기억이 떠올랐다. 두루마리를 펼치자 오래되어 누렇게 변색된 화폭 위에 한 여인이 완곡하고 아름답게 모습을 드러내며, 마치 흘러나오는 물처럼 부드럽게 보는 이의 넋을 뒤흔들었다. 어렸던 그는 영문도 모른 채 가슴이 두근거렸었다. 단정하고 우아함과 곱고 활기찬 것이 이렇게 융합될 수 있다는 걸 그때까지 몰랐던 것이다.

　"잘못했어요."

　명란은 재빨리 잘못을 인정했다. 고개를 떨구고 손은 내리며 반성의 태도를 보였다.

　"교묘한 말과 얼굴로 아첨하는 얌체 같으니!"

　고정엽이 나직이 꾸짖으며 굳은 얼굴로 그녀를 노려봤다. 하지만 그 눈빛 속에 있던 웃음기는 감추지 못했다.

　그는 일찌감치 간파하고 있었다. 이 얌체는 교묘한 말과 얼굴빛을 꾸밀 뿐만 아니라, 표정을 바꾸고 시치미를 떼는 데도 능했다. 대낮에 좋은 말로 번지르르한 소리를 하여 그의 마음을 동요시키는 것이다. 한 마리 늑대가 되어 그녀를 무섭게 혼내줘야겠다는 생각만 들었다. 간신히 밤까지 참았더니 웬걸, 그녀가 단정한 얼굴을 하고 진지하게 계집종을 시켜 침상에 이불과 요를 두 개 깔라고 분부하고 있었다.

　고정엽은 눈썹을 치켜세우고 그녀를 바라보다 고개를 숙여 차를 따라 마셨다. 명란은 고개를 숙인 채 손가락만 보고 있었다.

· · ·

더 깊은 밤, 명란은 베개를 베고 있었다. 머리는 여전히 몽롱했고, 온몸은 붉게 물들었으며, 뺨은 불에 타는 것 같았다. 하지만 자신의 위에 있는 남자는 멀쩡했다. 그의 거친 숨소리가 너무나 수상했다. 명란은 몸이 노곤했지만 그래도 정신은 있었기에 그저 쉰 목소리로 부드럽게 애원할 수밖에 없었다.

"……내일도 못 일어나게 되면 저는, 저는 그냥 죽을래요……."

하지만 고정엽은 그만두려 하지 않았다. 그저 한결같이 그녀에게 시키는 대로 하라고 달래며 아래쪽으로 손을 뻗었다. 온몸이 욱신거리는 명란이 다급히 말했다.

"일은 무릇 순서대로 차근차근, 서서히 도모해야죠. 나리는 어찌…… 다음에 다시 해요. 오늘 밤은 이미 충분하다고요……."

명란은 조금 전 자신의 행동을 떠올리며 스스로 많이 발전했다고 생각했다. 하루에 천 리를 달린다는 말이 딱 맞았다.

고정엽은 그 말에 그만 웃음을 참지 못하고 키득키득 웃기 시작했다. 그가 낮게 잠긴 목소리로 속삭이듯이 말했다.

"확실히 많이 나아졌구나……. 좋다. 이번에는 일단 용서해주마."

그러면서도 손으로는 힘껏 주물럭댔다.

어쨌든 너무 과하게 할 순 없었다. 오늘 아침 명란의 눈 밑에 드리워졌던 그늘을 떠올리며 고정엽은 적당한 정도에서 그쳐야 한다고 생각했다. 게다가 신혼 사흘째가 지났으니 명란도 집안 살림을 익혀가야 했다. 어쨌든 저쪽에서 손을 쓰기 전에 그녀가 집안 사정을 잘 파악할 수 있도록 해야 했다.

이튿날. 결연한 태도로 아침 일찍 침상에서 일어난 명란은 하품을 참으며 단귤에게 자신을 단장하게 했다. 오늘 고정엽은 감청색 바탕에 둥근 꽃무늬가 들어간 전수箭袖[5] 괘자를 입고, 옥관으로 머리를 단정하게 묶었다. 소나무처럼 꼿꼿하게 선 모습이 위엄 있고 준수해 보였다.

아침 식사를 마친 뒤, 고정엽이 명란을 측상방으로 데려갔다. 사람들을 물린 고정엽은 명란에게 단독으로 집안일을 인계했다.

"……몇 년 동안 나는 줄곧 바깥을 떠돌았고, 도독부를 세운 지도 얼마되지 않았다. 도독부 안의 관사와 하인들은 대부분 황상께서 하사하신것이지. 죄를 지은 신하에게서 몰수한 자들이거나 일찍이 몸을 팔아 빌붙은 사람들이지. 그 사람들은 아무런 기반이 없으니 네가 잠시 지켜보다가 쓸 만하거든 쓰고, 못 쓰겠거든 팔아버리거라."

고정엽이 진지하게 말했다. 그의 옆얼굴은 엄숙해 보였고, 표정도 신중하고 침착하여 성숙한 느낌이었다.

"그리고 또……."

그가 잠시 멈칫하며 단어를 고르는 듯했다.

"내 계모와 숙모들이 보내준 사람들이 있지. 그들도 필히 유심히 살펴봐야 한다."

이 마지막 말에는 대단히 깊은 뜻이 담겨 있었다. 명란은 시큰거리는 등허리를 두드리며 열심히 기억했다. 이런 인수인계 작업은 대체로 시어머니가 며느리에게 해주는 것이었다. 그녀의 혼인은 새로운 상황을 정말 많이 만들어내고 있었다.

---

5) 활쏘기 편하도록 위는 손등을 덮고 아래는 짧게 만든 긴 소매.

"이 집의 전답 목록과 은전 장부는 이따가 공손 선생을 시켜 네게 보내 주마. 모르는 게 있거든 공손…… 아니다. 그냥 내게 묻거라."

고정엽이 뭔가 생각하며 천천히 말했다.

"공손 선생이요?"

이야기를 한참 들은 끝에 드디어 명란에게도 낯익은 단어가 등장한 것이다.

"설마 그때 그 해적……."

"맞다."

고정엽이 미소 지으며 대답했다.

"한동안 두 가지 일을 겸하느라 고생이 많았지. 아마 내가 장가가는 걸 가장 고대했던 사람일 게다."

"공손 선생을 관사로 쓰시려고요?"

한 번 본 게 전부였지만 명란은 공손백석에게 대단히 깊은 인상을 받았다. 이런 유의 사람은 필시 한겨울에 깃털 부채를 흔들며 일부러 심오한 수를 생각해 내길 즐기는 책사일 텐데! 에, 제갈량이 유비의 여인과 아이들, 후궁 등의 일도 처리한 적이 있었던가?

고정엽은 일순 즐거운 마음이 들었으나 표정을 바꾸지 않은 채 슬쩍 차를 마셨다.

"공손 선생은 참으로 만만치가 않지."

둘은 또 몇 마디 이야기를 나눴다. 고정엽은 과연 남자였다. 안채의 자질구레한 일에는 전혀 관심이 없었고, 설명도 그리 명확하지 못했다. 명란은 연신 질문을 했지만 명확한 답을 얻지는 못했다. 명란이 참다못해 말했다.

"……나리께선 대체 아시는 게 뭐예요."

고정엽은 질문을 받다가 약간 짜증이 난 듯 명란을 흘기며 버럭 화를 냈다.

"너야말로 아는 게 무엇이냐?"

명란이 낭랑하게 대답했다.

"위로는 천문에 이르고, 아래로는 지리에 이르지요. 금기서화, 팔괘산수는 물론이요 의술, 점술, 음양오행, 둔갑술, 농사, 상업, 병법까지 전부 알고 대단히 정통……."

고정엽이 듣다가 눈을 부릅떴다. 그런데 명란이 곧바로 굽히고 들어올 줄 누가 알았겠는가?

"하기란 불가능하지요!"

고정엽의 눈에 장난기가 어렸다. 한바탕 조롱을 하려는데 명란이 계속 말을 이었다.

"하지만 저는 적어도 제 머리를 빗고 얼굴을 씻겨주는 사람의 이름은 알고 있습니다."

고정엽은 여태껏 하죽과 하하를 보고 누가 누군지 분간하지 못하고 있었다. 참으로 대단한 사람이었다.

고정엽이 두 눈썹을 치켜세우더니 부끄러워하기는커녕 오히려 큰소리를 쳤다.

"그 아이들의 노비 문서가 내게 있는데 무슨 걱정이냐? 자고로 큰일을 하려면 자질구레한 일에는 얽매이지 않아야 하는 법. 핵심만 붙잡고 있으면 될 일이야. 그러면 아무도 거역할 수 없지!"

확실히 일리 있는 말이었다. 예를 들어 몽고가 남송에게 그러했다. 그때 몽고는 이미 세계의 절반을 정복하고 전력을 다해 남송을 공격했다. 남송이 아무리 비장한 마음을 다져도, 비장한 군대가 반드시 승리를 한다고 해도 결국은 질 수밖에 없었다. 지금 고부 사람들이 이가 갈리게 고정엽을 미워해도 별수 없는 것처럼 말이다.

고정엽에게는 여인도 적지 않았다. 즉흥적으로 만났던 여인들뿐만 아니라, 만랑이나 추랑 같은 여인들도 있었다. 그러나 함께 있을 때 이렇게 가깝게 느끼며 조롱과 욕설을 하고, 눈을 부라리거나 박장대소를 하며 무슨 말이든 할 수 있는 사람은 일찍이 없었다. 대체로 싸움은 친밀도를 높여 주는 법이다. 고정엽은 혼인 전에 이미 명란과 몇 번 말다툼을 한 적이 있었다. 그렇기에 그는 아내를 맞이한 지 고작 사흘째지만 명란이 이미 오랫동안 자신의 심장에 붙어 있던 살점처럼 여겨졌고, 편안함과 애정을 느끼고 있었다.

"됐다."

고정엽은 말문이 막힌 명란을 보고 자못 유쾌하게 찻잔을 내려놓았다. 고개를 돌려 창밖을 바라보는 그의 미간은 활짝 펴져 있었고 웃음기가 가득했다.

"내일부터 나는 평소처럼 조정에 나가야 한다. 군 도독부가 분주해지면 짬이 안 날 테니 또 물어볼 것이 있으면 얼른 묻거라. 다 끝나면 함께 집 안을 둘러보자꾸나. 뒷산의 정원이 아주 크니 네가 보고 마음에 드는 게 있거든 말하거라. 장인을 불러다 과일나무와 꽃을 심게 할 테니. 그리고 저쪽 산림에는 울타리를 두르고 사슴이나 학, 꿩, 닭 같은 것들을 기를 수도 있겠지. 아, 네가 또 묻고 싶은 게 있구나. 좋다……. 큼직큼직한 것들만 묻거라. 자질구레한 걸 들고 와서 성가시게 하지 말고."

명란은 들었던 손을 내리고 잠시 생각에 잠겼다. 그리고 굉장히 머뭇대는 표정으로 진지하게 물었다.

"일 년 동안 이 집에서 쓸 수 있는 은자는 얼마나 되나요?"

그녀가 정말 묻고 싶었던 말은 이거였다.

당신의 수입은 얼마나 되나요?

혼인하고 나서야 이 질문을 하다니 조금은 늦은 게 아닐까.

제111화

그 옛날의 사정, 그 옛날의 정, 그 옛날의 사람, 그리고 그 옛날의 은자

도독부는 원래 태조 고황제 때 책봉된 충경후의 저택으로 녕원후부와는 이웃해 있었다. 그렇기에 문 앞의 큰길은 충녕가忠寧街라고 불리게 되었다. 그러나 충경후부가 태종 무 황제 때 역모 사건에 휘말려 사형에 처한 뒤, 작위는 박탈되었고, 철권鐵券[1]은 파괴되었으며, 가산은 몰수되고 멸족에 이르게 되었다. 그 뒤, 이 저택은 무 황제 때의 이름난 신하 웅린산 대인에게 하사되었고 '징원澄園'으로 이름이 바뀌었다. 웅 대인은 노령으로 관직에서 물러난 뒤 상소를 올려 이 저택을 반환했고, 인종 황제가 이를 접수하며 다시 웅 대인에게 그의 고향에 있는 저택과 무수한 전답을 하사했다.

앞뒤로 있는 산림을 제외한 징원의 점유 면적은 약 90무 정도였고 전원前院과 후원後院 두 부분으로 나눌 수 있었다. 외원外園이라 불리기도

---

1) 황제가 공신들에게 내린 기와 모양의 철판, 사면권의 보장 등 공신들이 향유하는 특권이 적혀 있음.

하는 전원은 남자들이 정무를 처리하는 곳이다. 앞쪽 정문은 가로, 세로 일곱 개씩 구리 못 49개를 박고 붉은 옻칠을 한 문짝 3개로 이루어진 대문이었고, 동쪽과 서쪽 양쪽으로는 각문角門[2])이 나 있었다. 안쪽으로는 반지르르하게 광채가 나는 크고 네모난 석판을 깔았고, 아래로 쭉 내려가면 외서방外書房[3])네 채가 대청을 이루며 두 줄로 늘어서 있었다. 다시 그 바깥쪽은 마구간과 마차 차고였고, 또 노복들이 거주하는 도좌방倒座房이 여러 겹으로 배치되어 있었다. 외의문外儀門[4])을 지나면, 중앙에 탁 트인 다섯 칸짜리 의사청議事廳[5])이 있었고, 그 양 옆으로 난방暖房, 이방耳房 그리고 차수방茶水房[6]) 등이 배치되어 있었다. 세 짝짜리 내의문內儀門[7])을 통과하면 바로 내원內院이었다.

아녀자가 사내들의 공간을 마음대로 돌아다녀서는 안 된다는 금기 때문에, 명란은 얇은 비단 휘장을 드리운 활간滑竿[8])에 앉아 재빨리 전원을 한 바퀴 둘러보았다. 고정엽은 대강 몇 곳을 소개한 뒤, 내원으로 들어가며 명란더러 얼른 활간에서 내려 걷기를 요구했다. 명란은 자신의 몸이 가냘프고 허약하여 장시간 걷는 것은 무리이니 그냥 활간에 앉은 채로 돌아보는 게 좋겠노라 완곡히 부탁했다. 그러자 고정엽이 즉각 기묘한 표정을 짓더니, 훨씬 완곡한 어조로 명란의 귓가에 대고 속삭였다.

---

2) 옆문.
3) 서재.
4) 대문을 지나 나오는 두 번째 큰 문.
5) 회의 및 사무 업무를 보는 대청.
6) 차를 준비하는 방.
7) 안채로 이어지는 대문.
8) 긴 대나무 장대 두 개 사이에 새끼줄을 엮고 그 위에 요를 깔아 만든 간이 가마.

"설마 네가 체력을 보존하려는 목적이⋯⋯?"

명란이 생각하더니 이렇게 대답했다.

"역시 걷는 게 낫겠어요."

고정엽의 얼굴은 윤곽이 뚜렷했다. 콧날은 오뚝했고, 입술은 얇았으며, 눈매는 그윽했다. 마치 그녀를 보고 소리 없이 웃는 것 같았다.

내원의 전면 중앙에는 상방과 이방이 딸린 다섯 칸짜리 대청당이 있었고, 건물 앞에는 생동감이 넘치는 필치로 큼직하게 '조휘당朝暉堂' 세 글자가 적힌 편액이 걸려 있었다. 명란은 내심 훌륭하다는 감탄사를 내뱉으며 고개를 돌렸다.

"웅 대인은 과연 두 분의 황제 폐하를 모신 원로시네요. 고결하고 명망도 높은 학자의 가문이라 기쁨囍이나 경사慶 같은 뜻의 글자 대신 오직 '조휘朝暉[9]' 이 두 글자로 만족하셨네요!"

고정엽도 그 세 글자를 바라보며 고개를 끄덕였다.

조휘당 왼쪽의 작은 정원은 고정엽의 내서방內書房를 에워싸고 있었다. 오른쪽으로는 한 칸짜리 편청偏廳[10]과 초목을 감상할 수 있는 천당穿堂[11]이 놓여 있었다. 그 뒤로 나 있는 하얀 석회석이 깔린 용도와 수화문을 지나면 7칸 7가架[12] 규모의 정원이 나왔다. 양쪽으로 상방과 이방이 각각 세 겹씩 배치되었고, 앞뒤로는 포하가 세 겹씩 놓여 있었다. 방이 족히 스무 개는 넘는 것 같았다. 거대한 기풍에 널찍하고 화려하게 장식

---

9) 아침 햇살.
10) 가족 등 비교적 가까운 손님을 맞이하는 공간.
11) 뜰 사이에 놓인 복도.
12) 기둥을 세는 단위.

된 이 건물 위에는 크게 '가희거嘉禧居'라는 세 글자가 적혀 있었다.

명란은 왠지 낯익은 느낌이 들어 이 건물을 거듭 쳐다보았다. 이윽고 자신이 오늘 아침 바로 이곳에서 출발했음을 깨닫게 되었다.

가희거 후문의 세 칸짜리 도좌 포하 뒤쪽에는 각문이 두 개 있었다. 하나는 후랑後廊[13]으로 이어지는 문으로, 이 문을 지나면 다시 조그마한 의사청이 나왔다. 대체로 여자 권속들이 회의하는 데 쓰거나 손님을 맞이하는 용도의 공간이었다. 그리고 다른 하나의 각문은 천랑穿廊[14]과 연결되어 커다란 화청花廳[15]으로 향하게 되어 있었다.

명란은 구경하다 현기증이 났고, 두 다리에도 힘이 풀렸다. 고정엽은 현기증이 나고 눈이 어질어질하다는 명란의 모습에 우습다는 생각이 들었다. 이에 그녀를 끌고 들어가 일단 점심 식사를 마치고, 낮잠을 자고 휴식을 취한 뒤 다시 이어서 돌아보기로 했다.

가희거를 중심으로 북쪽과 동쪽, 서쪽을 다섯 개의 뜰과 일렬로 늘어선 방들이 둘러싸고 있었는데 이곳들은 일반적으로 노대인과 노마님 혹은 아이들이 사는 곳이었다.

그러나 안타깝게도 현재는 모두 텅 비었다.

가깝게는 뜰과 정원正院이 초수유랑抄手游廊[16]으로 서로 연결되어 있었다. 멀게는 남북으로 놓인 좁은 길을 사이에 두고, 그 뒤쪽으로는 꽃이 만발한 뜰과 산림이 있었다. 명란은 꼼꼼히 한 바퀴 둘러보았고, 연꽃이

---

13) 뒷마당.
14) 두 개의 건물을 연결하는 복도.
15) 화원 등 경치가 좋은 곳에 지어진 밝고 화려한 접객 공간.
16) 수화문을 지나, 쭉 외곽을 따라 껴안듯이 이어지는 복도.

있는 연못이 가장 마음에 든다고 생각했다. 햇살에 물결이 반짝거리고 있었고, 물빛은 그윽했으며, 수면에서는 향기로운 연꽃이 보였고, 수면 아래서는 은은하게 연뿌리가 비쳐 보였다. 이 연못은 우향정藕香亭이란 이름이 붙은 정자와 바로 이어져 있었고, 또 커다란 화청과도 이어져 있었다.

걷다가 피곤해진 명란은 내친김에 아예 우향정 안에 들어가 휴식을 취하기로 했다.

"이렇게 큰 집에 우리 둘만 사는 거예요?"

명란은 주위 팔면八面의 장지문 둘러보고, 연못가의 복도 난간에 기대며 맥없이 물었다.

"이게 뭐가 크다는 게냐."

고정엽이 정랑庭廊[17]에 서서 녕원후부 쪽을 바라보았다. 그곳은 지금 작은 산림이었다. 그가 조용히 말을 이었다.

"너도 양양후부에 가 본 적이 있지 않느냐. 거긴 이 집 두 채를 합친 것보다 훨씬 크지."

명란도 그의 시선을 좇아 녕원후부 쪽을 바라본 뒤, 고개를 숙이고 속으로 혼잣말했다. 이 녀석, 두 집을 합칠 생각이군! 증축 규정 위반만 아니길 바랄 뿐이다.

• • •

요의의의 시대에서는 방학이 끝나고 개학이 코앞에 닥칠 때면 방학

---

17) 정원에 설치된 개방형 복도

내내 날아다니는 용처럼 활발히 뛰어놀던 학생들이 얌전히 집에 틀어박혀 밀린 방학 숙제를 하느라 분주했었다. 이렇게 오랜 세월을 사이에 두고서, 요의의는 신기하게도 다시 한번 그런 광경을 목도하게 되었다.

이날 밤, 저녁 식사를 마친 뒤 고정엽이 외서방에서 문서 한 더미를 들고 방에 들어왔다. 침실과 연결된 서쪽 차간의 책상 위에 잔뜩 그것들을 늘어놓고, 벼루를 꺼내 붓에 먹물을 축이고 고개를 숙인 채 문서들을 세세히 들여다보는 데 열심이었다. 문서를 들여다보았다가 뭐라고 주석을 달았다가 하기를 반복하고 있었다.

명란은 그 광경을 바라보며 멍해졌다. 내일 조정에 나가 황제께 상소문을 올리고 알현해야 하니 밤새 밀린 숙제를 하려는 건가?

고정엽은 고개를 숙이고 세심히 문서들을 들여다보고 있었다. 명란은 원래 '그럼 천천히 수고하세요, 저는 먼저 들어가 자겠습니다.'라고 말할 작정이었다. 그런데 고정엽이 두꺼운 장부 한 뭉치와 노복들의 명단을 갖고 와 명란 앞에 놓을 줄 누가 알았겠는가. 고정엽은 그녀도 '같이 노력하여, 함께 발전'하길 희망하는 것이다.

명란은 하품을 참으며 고정엽 곁의 작은 책상에 앉아 장부를 펼칠 수밖에 없었다. 어른거리는 등불 아래, 고정엽은 아름다운 여인이 자신과 함께 철야하는 모습을 보고 대단히 기쁜 마음이 들었다. 고정엽이 구석에 멍하니 서 있는 단귤에게 시선을 돌리며 분부를 내렸다.

"귤아, 진한 차를 내오너라."

그는 어렴풋하게나마 명란 주변의 계집종들 이름은 기억하고 있었다. 다들 무슨 과일 종류인 것 같았다.

나쁘지 않군. 기억하기 편하니.

단귤은 명란이 안쓰러워 일찌감치 중의와 따뜻한 물을 준비해두고 명란을 얼른 쉬게 할 심산이었다. 그러나 이 상황에서는 그저 밖에 나가 차와 요깃거리를 준비할 수밖에 없었다. 포하 안에서 화롯불을 피우고 있던 진상이 단귤의 시무룩한 얼굴을 보고 물었다.

"무슨 일 있어?"

단귤은 내심 답답한 마음이 들었으나 입 밖으로는 조금도 내색하지 않았다.

"오늘 아침 도착했던 신선한 포도를 내오고, 복숭아 좀 썰어주렴."

이렇게 말하며 단귤은 선반에서 찻잎과 찻주전자를 꺼냈다.

진상이 단귤의 얘기에 얼른 몸을 일으켜 밖으로 나갔다. 곁에 있던 녹지가 의아해하며 물었다.

"아가씨께서는 일찍 주무시겠다고 하지 않으셨어?"

"'마님'이라고 불러야지!"

단귤이 굳은 얼굴로 관요에서 만든 '희작등지' 무늬의 얇은 분채 자기 다기 새것 한 쌍을 꺼냈다.

"나리와 마님께서 하실 말씀도 있고, 아직 다 처리 못 한 저택 일도 많으시단다."

벽사가 입을 가리며 살며시 웃었다.

"그러고 보면 나리는 정말 재미있으세요. 어제도 진상 언니를 '대추'라고 부르고, 소도는 '복숭아'라고 부르고, 또 저는 '자두'라고 부르지 뭐예요. 단귤 언니, 나리께서 언니는 뭐라고 부르시던가요?"

단귤이 문가에 있는 화로에서 커다란 물 주전자를 들어 차를 타다가 낮은 목소리로 말했다.

"고작 이틀 단속 안 했다고 바로 너절한 소리를 하는 게야? 네가 나리에 대해 이러쿵저러쿵 할 수 있는 줄 아느냐! 이 저택의 사람들이 들으면 성가에서 온 사람들은 법도도 모른다 여기겠구나!"

진상이 곱게 썬 신선한 과일을 들고 들어왔다. 녹지가 6촌 크기의 연꽃 모양을 한 수정그릇을 꺼냈다. 두 사람은 손을 씻고 과일들을 그릇에 담기 시작했다. 녹지가 과일을 담으며 말했다.

"쪼그만 게 까불면 이따가 최씨 어멈에게 일러 단단히 혼쭐을 내라고 해야지!"

채환은 둘의 동작이 능숙하고 호흡이 척척 맞는 것을 보고 도저히 끼어들 틈이 없자 웃으며 말했다.

"벽사가 아직 어려 법도도 잘 모르고 소홀할 수도 있지요. 다들 한 식구잖아요. 최씨 어멈에겐 이르지 말자고요."

녹지는 일순 말문이 막혔고, 단귤은 차마 머뭇거리는 기색을 억누르지 못했다. 진상이 고개를 들어 미소 지으며 말했다.

"벽사야, 잘 들어. 우린 어렸을 때부터 마님과 함께했어. 넌 아직도 마님의 성정이 어떤지 모르니? 우리가 여기 온 지 얼마 되지 않았으니 지금이야말로 마님의 체면을 살려드려야 할 때라고. 그러니까 너도 정신 똑바로 차려."

의미심장한 말이었다.

벽사는 일순 두려운 표정을 지으며 입을 다물었다. 채환은 의아한 생각이 들었지만 캐물을 수가 없어서 일부러 이렇게 물었다.

"예전에 성부에 있을 땐 세 아가씨들 중에 여섯째 아가씨가 가장 성격이 좋고 사람들에게도 가장 관대하다고 그랬잖아요. 우리가 잘못을 저지른다고 해도 호되게 벌하시진 않겠죠?"

단귤은 초록 사인방에 대한 정이 깊어 평소에는 그다지 심하게 질책한 적이 없었다. 그러나 채환에 대해서는 다소 경계하는 감이 있었다. 단귤이 채환을 바라보며 천천히 말했다.

"마님께서 말씀하셨지. 성현이 아닌 이상 잘못을 범하지 않는 자가 누가 있겠냐고 말이야. 그릇을 깨거나 물건을 망가뜨리는 건 괜찮아, 설령 한두 가지 잘못을 저질렀다 한들 이유를 따져 묻고 벌을 주면 족하다고 하셨어. 다만 한 가지, 절대로 해선 안 될 게 있지."

"그 한 가지가 뭔데요?"

채환은 사뭇 긴장한 얼굴로 물었다가 얼른 표정을 바꾸고 웃으며 덧붙였다.

"단귤 언니, 알려주세요. 저도 잘 명심하고 있을게요."

"다른 마음을 품는 것이야."

단귤이 채환의 눈을 응시하며, 한 자 한 자 똑바로 말했다.

"별다른 건 아니지. 허나, 마음속에 다른 사람에게 미안할 비뚤어진 생각을 품는다면 아무리 다른 게 백 번 천 번 훌륭해도 결국 쓸모가 없다는 것이지."

채환은 내심 뜨끔했지만, 겉으로는 탄복하는 표정을 짓고 연신 웃으며 말했다.

"마님 말씀이 옳아요. 우리 계집종들에게 가장 중요한 것이 바로 충성이지요. 다른 건 죄다 부차적인 것이지요!"

이렇게 말하며 채환은 뭔가 떠오른 듯 조용히 물었다.

"……참, 원래는 연초라는 동생도 있지 않았나요? 그 아이는 왜 같이 따라오지 않았나요?"

단귤이 채환을 힐끔 쳐다보고 얼른 대답했다.

"그 아이는 나이가 찼잖아. 그 아이 부모가 노마님께 찾아가 자식을 시집보낼 거라고 말씀드렸어."

채환은 또 '우씨 어멈이란 사람도 있지 않았느냐'고 묻고 싶었으나 녹지가 벌써 목소리를 높여 소리치고 있었다.

"소도와 취수 이 녀석들은 상자 몇 개 정리하러 가더니, 어째서 아직까지 안 돌아오는 게야?!"

· · ·

단귤은 쟁반을 받쳐 들고 본채로 향했다. 본채로 가기 전, 잠시 생각을 하다 새빨간 석류를 함께 담았다. 빙그레 웃으며 차와 과일을 방 안에 가져다 놓은 단귤은 명란이 얇은 홑옷만 걸치고 있는 모습을 보고, 다시 안으로 들어가 월백색 바탕에 붉은 매화가 그려진 유삼襦衫[18]을 꺼내 명란의 어깨에 가볍게 둘러 주었다. 마지막으로 방 안의 양피궁등羊皮宮燈[19] 세 개에 모두 불을 밝히고 나서야 천천히 자리를 떴다.

요 몇 년간, 명란은 줄곧 좋은 학습 습관을 유지하고 있었다. 장부를 들춰 보면서 중요한 부분을 남이 알아볼 수 없는 독특한 기호를 사용해 따로 옮겨 적고, 입으로 조용히 소리내 읽어보는 것이다. 고정엽은 고개를 들어 명란을 힐끔 바라보았다. 일렁이는 촛불 불빛 아래 발그레하게 비친 그녀의 옥 같은 얼굴과 복숭앗빛 뺨과 앵두 같은 입술, 구슬처럼 빛나는 눈동자가 너무나 아름답다는 생각이 들었다.

고정엽이 주먹을 모아 쥐고 헛기침을 한 번 하자, 명란이 고개를 들고

---

18) 짧은 저고리.
19) 양가죽을 가공해 만든 등롱.

그를 쳐다보았다. 고정엽이 침착한 얼굴로 담담하게 말했다.

"내일은 우선 날 도와 내서방 정리를 해다오. 옮겨야 할 물건들은 이미 공손 선생에게 부탁해두었으니 다른 건 서두를 필요 없다. 내게 믿을 만한 계집종 둘을 보내다오. ……글을 모르는 아이가 좋겠구나."

명란은 문제없다고 답하려다 마지막 한마디를 듣고는 잠시 생각하다 이렇게 말했다.

"저는 이 집의 사람들은 잘 모르고, 제 계집종들은 모두 글을 읽을 줄 알아요. 소도만 좀 어수룩해서 아는 글자가 많지 않지요. 하지만 믿음직스러우니 일단 그 아이더러 거들게 할게요. 나머지는 제가 천천히 찾아보죠. 믿을 만한 사람이 하루아침에 얻어지는 게 아니니까요. ……그동안은 나리만 괜찮으시다면 제가 정리를 할게요."

사실 핵심은 글을 아는지 여부가 아니라 믿을 만한 사람인가였다. 믿을 만한가 어떤가에 확신이 없었기에, 글을 모르는 자를 필요로 하게 된 것이다. 글자를 읽을 줄 아는 계집종이 뭔가 훔쳐볼 작정을 한다면 슬쩍 훑어보고 몇 글자를 외우기만 하면 끝이었다. 글자를 모르는 계집종이라면 그저 좀도둑질이나 할 수 있을 따름이다. 좀도둑질은 난도가 조금 높을지 몰라도 금방 잡아낼 수가 있다.

고정엽이 흡족한 듯 고개를 끄덕이다가, 곧바로 살짝 미간을 찌푸리며 물었다.

"어떻게 다들 글을 아는 게냐? 설마 네가 가르친 거냐? 그럴 필요가 있더냐."

명란이 고개를 끄덕거리며 진지하게 대답했다.

"계집종들까지 모두 글을 아니 제가 더 고아하고 순결해 보이잖아요."

사실 계집종들에게 글을 가르친 것은 모창재의 규율 제도를 읽게 하기 위해서였다.

고정엽이 눈을 부라렸다. 몸에 걸친 암청색 도포 위에 금실로 아로새긴 무늬가 살짝 반짝거렸고, 환한 월백색의 중의가 그의 준수하고 시원시원한 얼굴을 더욱 두드러져 보이게 했다. 그가 주먹을 쥐고 입을 가리며 가볍게 웃었다.

"훌륭하구만, 훌륭해. 성가의 재녀께서는 이 낭군을 위해 먹을 갈아주시지요."

명란이 웃으며 다가와 먹을 갈기 시작했다. 명란은 먹을 갈며 일부러 얼굴을 찡그리고, 머리를 가로저으며 탄식하는 척했다.

"재주가 아깝도다, 재주가 아까워."

고정엽은 그런 그녀를 보며 껄껄 웃음을 터트렸다. 그는 명란의 눈처럼 하얀 손목과 천천히 먹을 가는 우아한 동작을 지켜보다 저도 모르게 멍한 기분이 들었다. 한참 뒤, 명란이 벼루 한가득 진하게 먹을 갈고 자리로 돌아가려는 찰나, 그가 명란을 잡아끌고 조용히 물었다.

"너는 묻고 싶은 게 하나도 없는 게냐?"

명란은 영문을 모르겠다는 듯 멍하니 물었다.

"뭘 물어요?"

"우리 집안 말이다."

고정엽이 대답했다.

"너는 궁금한 게 없더냐?"

고부의 상황이 괴이한 건 누구 봐도 알 수 있었다. 그런데도 요 며칠 명란은 아무것도 묻지 않았던 것이다.

명란은 그의 의중을 알아채고 눈빛을 맑게 빛내며 대답했다.

"원래는 있었어요. 하지만 할머니께서 말씀하시길 모르는 게 있거든 서둘러 추궁하지 말고 우선은 혼자 잘 생각해보라고 하셨지요. 그러면 제가 훨씬 더 총명해 보일 거라면서요."

고정엽의 냉혹한 눈빛이 누그러들었고, 저도 모르게 웃음이 새어 나왔다.

"좋다, 좋아. 네가 참으로 총명하구나. 그럼 어디 말해봐라. 한번 들어나 보자."

명란은 자신을 꽉 붙든 고정엽의 손을 풀고, 구석의 작은 걸상을 끌어다 앉더니 조용히 말을 시작했다.

"……나리의 집안 분들을 처음 뵈었을 때 첫 번째로 괴이하게 느껴졌던 것이 나이였습니다. 일단, 돌아가신 아버님은 장자이시니 후부를 계승할 분으로서 장가를 일찍 드셨으면 드셨지 늦게 가셨을 리가 없지요. 그런데 넷째 숙부님 댁 아주버님과 다섯째 숙부님 댁 아주버님의 나이가 우리 아주버님보다도 훨씬 더 많더군요. 이는 어째서입니까?"

고정욱은 고작 28세였고 위로는 형도 없었다. 그러나 넷째 숙부와 다섯째 숙부의 장자, 즉 고정환과 고정양은 각각 33세, 34세였다. 게다가 지금까지 큰집의 적손은 오직 고정위의 아들, 즉 두세 살밖에 안 된 꼬마 현이 한 명뿐이었다.

한편 넷째와 다섯째 집의 상황은 어떠한가? 상관없는 사람들은 제쳐놓고 보더라도 고정환의 큰아들은 이미 철이 들 만큼 컸고, 고정양의 큰딸도 시집을 가도 될 만큼 컸다.

고정엽의 눈이 차츰 빛났고, 입가에는 웃음기가 어려 있었다. 명란이 그를 쳐다보며 살짝 탄식했다.

"제 생각에 아버님은…… 첫 번째 마님과 부부의 정이 깊었던 것 같아요."

고정엽의 안색이 서서히 어두워졌다.

이 말은 되는 대로 나온 말이 아니었다. 속뜻을 추측해보자면 이렇다. 만약 고 대인이 첫 번째 진씨 부인에게 깊은 애정을 품고 있었다면, 바로 뒤를 이어 시집온 백씨 부인은 그다지 사랑을 받지 못했을 거란 말이 된다. 반면, 지금의 태부인은 꽤 사랑을 받았을 것이다. 왜냐하면, 자고로 아내가 귀여우면 처갓집 지붕의 까마귀까지도 좋아하게 되는 법이기 때문이다.

고정엽이 살며시 명란을 품 안에 끌어안고 조용히 말했다.

"어렸을 때 나도 다섯째 숙모님께서 그 첫째 부인에 관해 말씀하시는 걸 들은 적이 있었지. 아버님과는 소꿉친구였고 사이가 아주 좋았다더군. 그분이 몸이 약하고 병치레가 잦았기 때문에 아버님은 황상께 자원해 변방으로 나가셨어. 경성에 있는 집안 어른들의 잔소리와 간섭을 피하기 위해서였지. 지금의 태부인은 더 자주 그분에 대해 말하곤 해. 고귀한 외모를 가졌고, 단아하며 온화한 성격에 자애롭고 연약한 사람이라 세상 어디에서도 그처럼 훌륭한 여인은 없었다고 말이야. 더욱이 아버님은 그분을 평생 잊지 못하셨지."

명란이 입을 달싹이다 고정엽의 품을 파고들며 담담히 말했다.

"두 번째, 제가 이해가 안 되는 건 바로 지금 어머님의 연세예요."

명란은 확연히 남자의 근육이 조여드는 것을 느끼며 말을 이었다.

"지금 어머님의 띠를 헤아려려면 올해 그분은 마흔넷이지요. 나리가 태어났을 때는 이미 열아홉이었고, 일 년 뒤 후부에 시집오셨을 때는 스물이었지요. 그러니 첫 번째 진씨 부인께서 돌아가셨을 때 그분은 열여섯 살 전후였을 겁니다. 이건…… 어찌된 일인가요?"

만약 첫 번째 진씨 부인에 대한 고 대인의 애정이 너무나 깊어 진씨 집안의 여식을 후처로 들여 고정욱을 잘 보살피길 원했다면 그때 지금의 고 태부인을 아내로 맞이할 수 있었을 것이다. 그런데 어째서 중간에 백 씨 부인을 들여야 했단 말인가?

명란은 고정엽의 몸이 딱딱하게 굳은 것을 느끼고 천천히 몸을 일으 켜, 그의 눈을 바라보며 결연하지만 조용한 어조로 물었다.

"당시 아버님께서는 무슨 연유로 나리의 어머님을 아내로 맞이하셔 야 했던 겁니까?"

다소 거북한 질문이었으나 이 모든 문제의 근원이 거기에 있었다.

고정엽은 한참 명란을 응시했다. 그 자신도 무슨 말을 해야 좋을지 몰 랐다. 요 몇 년간 고정엽은 마음이 갑갑하고 편안하지 못했지만, 집안일 을 밖으로 꺼내기가 어려웠다. 그래서 정말로 말을 해야 할 때가 왔는데 도 어디서부터 말해야 좋을지 알 수 없었던 것이다. 명란은 별로 길게 묻 지도 않았지만 작은 단서를 통해 문제의 본질을 파악하고, 일련의 상황 들을 똑똑히 이해하고 있었다.

명란은 고정엽의 이런 표정을 일찍이 본 적이 없었다. 눈썹이 높이 치 켜 올라가며 냉혹한 인상이 되었고, 눈두덩은 깊은 그늘 속으로 잠겨 들 어갔다. 대단히 우울하고 위태로운 느낌의 눈빛이었으나, 한편 동요하 지 않는 담담함도 띠고 있었다. 마치 어쩔 도리가 없다는 듯, 한참 뒤에 야 그가 천천히 입을 열기 시작했다.

"내 외조부 댁이 해녕 백가라는 건 너도 들은 적이 있더냐?"

명란은 경앙敬仰하는 마음을 한껏 표시하고 싶었으나, 백가에 대해서 는 정말로 금시초문이었다. 해녕에서 가장 유명한 가문은 일곱 진사를 배출한 진가陳家, 삼부자가 모두 한림원에 있었던 조가趙家, 그리고 각로 를 역임했던 서가徐家였다. 그밖에도 전통 있고 명망 높은 권문세가들이 여럿 있었으나 어쨌든 백가는 없었다. 그래서 명란은 그저 솔직하게 고개를 가로저을 수밖에 없었다.

고정엽이 자조하듯 웃었다.

"당연히 들어본 적 없을 테지. 백가는 벼슬아치 집안도, 학자 집안도 아닌 소금 장수에 불과했으니까."

명란은 멍한 기분이 들었다. 사농공상의 위계질서 속에서 그의 어머니가 가장 낮은 등급의 상인 집안 출신인 것은 그래도 괜찮다. 어쨌든 유상儒商[20]이나 의상義商[21]도 있으니까. 그런데 상인 집안 중에서도 가장 사람들이 무시하는 염상鹽商[22]이라니. 이건…… 어떻게든 백가를 향해 경의를 표하려고 해도 이건 도저히 곤란했다.

고정엽이 계속 말을 이었다.

"염상 집안에 뭐가 가장 많은지 아느냐?"

"소금요."

명란은 생각하지도 않고 입에서 나오는 대로 바로 대답했다. 그러자 곧바로 고정엽의 손가락이 날아와 이마를 툭 튕겼다.

명란이 즉각 이마를 가리며 가볍게 외쳤다.

"은자요! 은자가 가장 많지요!"

고정엽이 길쭉한 집게손가락과 가운뎃손가락을 구부린 채, 웃는지 아닌지 알 수 없는 미묘한 표정으로 명란을 응시하고 있었다. 명란아, 좀 더 진지하게 공감해 줄 수는 없겠니?

---

20) 학자 출신 상인.

21) 자선사업에 열심인 의로운 상인.

22) 소금 상인.

명란은 조마조마하게 그의 여전히 구부러진 상태의 두 손가락을 바라보며 쭈뼛쭈뼛 대답했다.

"설마 아버님께서 은자 때문에 어머님을 아내로 맞으셨다고 말씀하시는 건 아니겠지요?"

상인은 지위가 미천한데 어떻게 지체 높은 사람을 꿰찰 수 있겠는가?

"바로 은자 때문이었다고 말해 봤자 아무도 믿지 않을 테지. 나도 나중에 자세히 조사해 보고서야 전후 사정을 알게 되었다."

고정엽은 어두운 얼굴로 손가락을 거두어 무릎 위에 올려놓았다. 그 늘지고 냉정한 표정이었다.

"정안황후께서 세상을 뜨시자 무 황제께선 너무나도 우울하고 분한 나머지 별안간 난폭하고 의심 많은 성정으로 바뀌셨지. 수많은 후궁과 시녀를 때려죽이신 건 물론이고, 당시의 황귀비皇貴妃에게도 사약을 내리셨을 뿐만 아니라 그 일족까지 모조리 멸하셨다. 당시 황귀비의 족숙族叔이 마침 호부의 관직을 나눠 갖고 있었는데, 무 황제께서 사람을 시켜 숙청한 뒤 호부에 삼백여만 냥의 결손이 있다는 사실을 알게 되셨던 게야. 여러 해 동안 훈작공신들이 저지른 소행이었지. 원래는 나라의 근본을 뒤흔들 만한 큰일도 아니었으니 천천히 은자를 반납하면 그만일 터였다. 그런데 당시 무 황제께서 너무나도 노하신 나머지 엄벌을 내리시고, 또 칙령을 내리시어 반년 안에 반환하지 않은 자는 당장에 작위를 박탈하겠다고 공표하신 게야!"

명란은 완전히 얼이 빠졌다가 한참 뒤에야 겨우 되물을 수 있었다.

"넝원후부에서 갚아야 할 게 얼마였나요?"

"얼마 안 돼."

고정엽이 비아냥을 띤 어조로 대답했다.

"딱 은자 88만 냥이었지."

명란은 하마터면 숨이 넘어갈 뻔했다. 은자 88만 냥이라고? 이런 망할 작자들 같으니라고! 어떻게 은자를 그렇게 써 댈 수 있어?

고정엽이 화려하게 채색된 천장을 올려다보며 길고 긴 한숨을 쉬었다. 자못 복잡한 표정이었다.

"고가에선 전 재산과 조상님들로부터 물려받은 가산을 연일 처분했지만 아무리 처분해도 부족했지. 당장 기한이 다가오고 있었고, 영국공부는 이미 가산을 몰수당하고 식솔들이 평민으로 강등돼 몰골이 처참했다. 고가 사람들은 위아래를 막론하고 모두 실성하기 일보 직전이었지. 그때, 누군지는 모르겠지만…… 백가를 언급한 거야."

명란은 이미 깜짝 놀라 어안이 벙벙해져 있었다. 그저 멍하니 고정엽이 계속 말하는 것을 듣고만 있을 따름이었다.

"내 외조부는 대단한 인물이라 할 수 있는 분이셨지. 선원 출신이셨는데, 어느 정도 자금을 번 다음 뭍으로 올라오셨다. 어느 연줄을 통했는지는 모르겠으나 관가 쪽 인맥을 뚫어서 염상을 시작하셨어! 20년을 그렇게 해 오자 가산이 대단히 풍족해졌지. 젊었을 때부터 본가 형제들과는 사이가 좋지 않아서 곁에는 오직 여식인 내 어머니 하나뿐이었다."

명란은 할 말을 잃고, 그저 길게 한숨만 쉴 따름이었다. 의지할 형제도 없고, 비천한 신분이지만 풍족한 재산을 가지고 있었으니 그 백씨 부인은 이마 위에 '기름진 먹잇감'이라고 써 붙인 것이나 다름이 없었다.

"그래서 아버님께서 어머님을 아내로 맞이하신 건가요?"

이 말을 할 때, 명란마저도 자신의 말에 비아냥거리는 어조가 담겨 있었음을 의식하지 못할 정도였다.

고정엽은 쓴웃음을 지었으나 침울한 기색을 감추지는 못했다.

"그 이후의 일은 사람들마다 이야기가 다 다르고, 나도 여러 이야기를 듣긴 했지만 잘 모르겠다. 허나…… 가장 많이 나오는 이야기는 당시 아버님께서 백가에 어머님을 편방(偏房)[23]으로 삼겠다며 혼담을 넣으셨다는 것이지. 흥, 일개 상인 집안의 여식이 후부에 들어가 편방이 될 수 있는 것만 해도 그쪽에는 하늘에서 뚝 떨어진 복이 아니겠냐며 생각하신 게 지. 그런데 백가에서는 수락하려 들지 않고 반드시 정실이 되어야 한다고 요구했고, 협박을 가한 끝에 첫 번째 진씨 부인을 죽음으로 몰아넣었다는 것이다."

명란은 숨을 크게 한 번 들이쉬고, 벌떡 일어나 허리를 꼿꼿이 세우고 단호하게 말했다.

"말도 안 되는 소리예요! 전부 허튼소리예요! 어느 미친 작자가 이렇게 사실을 왜곡한답니까?"

고정엽은 고개를 들어 명란을 쳐다보았다. 눈빛은 맑고 서늘했고, 입가에는 조소하는 듯한 미소가 어려 있었다.

"네가 어찌 아느냐? 어쩌면 진짜일지도 모를 것을."

명란이 한껏 심호흡하고 낭랑한 목소리로 말했다.

"맞아요. 풍요로운 상인 집안의 여식은 권세 있는 가문에 첩으로 들어가지요. 하지만 그건 무엇을 위해서겠어요? 혼인을 통해 금전과 권세를 교환하기 위해서지요! 여식 하나를 시집보내 상인 집안은 사업의 편의를 얻고, 권문세가는 은전을 나눠 갖습니다. 쌍방이 다 좋은 일이지요. 허나, 백가는 그렇지 않았어요. 백 노대인께는 여식 하나만 있었으니 소

---

23) 첩.

금 사업을 누가 이어받겠습니까. 게다가 그분은 권세를 빌릴 필요도 없었고, 도와주는 형제도 없었으니 믿을 만한 사위만 하나 찾고 싶으셨을 거예요! 그런데 어떻게 고가에 자기 여식을 아내로 맞이하라며 '협박'을 할 수 있겠어요? 그리고 정실부인을 '죽음으로 몰아넣다'니요? 원수를 지는 게 아닙니까? 말도 안 되는 허튼소리예요! 잠꼬대도 이보다는 더 그럴싸할 거예요!"

명란은 아직도 분이 풀리지 않았음을 느끼며, 남몰래 속으로 혼잣말했다. 그렇게 엄청난 혼수가 있는데 백씨 부인이 시집 못 갈 데가 어디 있겠어? 설마 천하 사내들이 다 죽어 없어졌겠냐고? 고 대인이 아니면 안 된다고 고집을 피울 필요가 있어? 이건 백가가 고가의 등에 업힌 게 아니라, 당시 절체절명의 위기에 빠진 고가가 백가에 구원을 요청했다는 게 맞는 소리지.

은자를 가지고 가서 목숨을 구해주는데도 첩이 되라니?! 됐네! 아라비안나이트가 이보다는 더 현실적이겠다.

고정엽은 의자에 비스듬히 기대어 앉아 몇 차례 짧게 냉소를 던지다 가만히 명란을 바라보았다. 그의 눈빛이 차츰 맑게 변하고 있었다.

"그 소문 때문에 큰형님은 어려서부터 나를 미워했지. 나도 큰형님을 탓하진 않았어. 어쨌든 나는 항상 말썽만 피우는 집안의 골칫덩이였으니까. 수많은 세월이 지난 뒤에 당시 어머님의 유모였던 상 유모가 나를 만나러 경성에 찾아와서 내게 전후 사정을 설명해주었다. 첫 번째 진씨 부인은 원래 몸이 약했고, 백씨 여식을 아내로 들이기만 하면 집안의 곤경이 바로 해결되리란 소문이 고부 안에 도는 것을 듣고 슬퍼하다 난산으로 세상을 뜬 것이었어. 백가에선 아예 이런 사정을 몰랐으니 내 외조부께서 어머님을 여기로 시집보내신 게지. 그때부터 나는 아버님과 더 자주 충돌하게 되었고, 성질도 갈수록 나빠졌지…….”

명란은 눈을 크게 뜨고 고정엽을 바라보았다. 명란은 난생처음으로 그가 가련하다는 생각이 들었다. 상인 집안의 여식을 후부인으로 삼은 것은 고가에게는 크나큰 치욕이었고, 백씨 부인의 존재는 고가가 절체절명의 위기에 빠졌음을 드러내는 표지였다. 그렇기에 고 대인은 백씨 부인을 모욕하는 소문이 퍼지는 것을 그대로 내버려두었고, 그녀를 위해 해명하려 들지도 않았다. 고정엽이 울분과 절망에 빠져 점점 타락하는 것을 보면서도 솔직히 터놓고 해명하려 들지도 않았다.

물론 그 첫 번째 진씨 부인도 대단히 가련하긴 했다. 그러나 그녀는 어쨌든 복을 누렸고 좋은 나날을 보낸 것이다. 하물며 가문에 큰 고난이 닥치게 되었다면, 후부인으로서 그녀는 그 어려움을 함께 짊어져야만 하는 것이다. 게다가 고 대인이 훗날 백씨 부인과 고정엽에게 적잖게 화풀이를 했으니, 첫 번째 진씨 부인으로서는 밑진 게 없다고 할 수 있었다.

“……아버님께선 먼젓번 부인을 그리워하셨고, 어머님께선 성미가 급하시어 집안의 모든 게 마음대로 되질 않았지. 두 분께선 더더욱 반목하시게 되었고, 그러다 어머님께서 둘째를 회임하셨을 때 아버님과 한바탕 다투시고 조산하게 되셨지. 그때 피를 너무 많이 흘린 탓에 돌아가시게 된 거야.”

고정엽은 차분하게 설명했다. 마치 남의 일이라도 이야기하는 것처럼 이상하리만치 담담한 기색이었다.

“지금 생각해보면, 사실 아버님께서 내게 나쁘게 대하기만 하신 건 아니야. 내가 변변치 않기는 했어. 아마도 내가 지금 이렇게 그분의 아내와 자식, 형제들을 소홀히 대접하는 걸 보고 지하에서 편히 눈을 못 감고 계시진 않을까?”

이렇게 말하며 고정엽은 연신 냉소했다. 눈빛 속에는 온통 냉랭함과 조소만이 가득했다.

"어떠냐?"

고정엽이 멍하니 있는 명란을 쳐다보며 입술을 달싹였다.

"내가 해선 안 될 짓을 많이 했지?"

"왜 안 되나요?"

명란은 가까스로 정신을 되찾았다. 고부의 지난날은 너무나 파란만장했다. 배반, 기만, 음모, 소문, 그리고 몽테크리스토 백작식의 반격까지. 단시간에 받아들이기가 곤란할 정도였다.

명란은 예상외의 반문을 던지고, 적극적으로 이유들을 열거하기까지 했다.

"그런 상황에서 다들 이익을 얻었는데 나리 모자만 손해를 봤잖아요. 고가는 온전히 체면을 차릴 수 있게 되었고, 진가는 전처럼 혼인으로 관계를 유지할 수 있었는데, 백가는 무엇을 얻었나요? 어머님께선 터무니없는 구정물을 뒤집어쓴 채 돌아가신 후에도 편치 못하셨고, 아들은 가문에서 쫓겨나 혈혈단신으로 강호에 뛰어들게 되었지요. 나리는 생각해 본 적이 있으십니까. 애초에 사왕야가 역모를 꾸미지 않았다면 어찌 되었을지 말입니다. 만약 그분이 안분지족하며 삼왕야가 태자에 오르는 것을 받아들였다면요?"

고정엽의 눈이 갑자기 불꽃처럼 이글거리더니 순식간에 그의 눈에 어려 있던 자조적인 비아냥을 모조리 불태워버렸다. 그가 명란을 가만히 응시하며, 마음속에 맺혀 있던 냉소를 터트렸다.

"만약 사왕야가 역모를 꾸미지 않았다면, 삼왕야가 순조롭게 즉위하게 되었을 테고 팔왕야니 뭐니 하는 사건도 없었겠지. 그리고 녕원후부는 모든 게 예전 그대로였겠지. 백가의 피땀을 먹고 살아남은 자들은 변함없이 부유하고 화려하게 번성했을 것이다. 분명…… 우리 모자를 짓밟은 자들이 계속 편안하게 권세와 영예를 누렸을 것이야. 아버님께서 세상을 뜨시고 나도 없으니, 어쩌면 얼마 안 있어 내 어머님의 위패도 사당에서 치워졌겠지. 나는 여전히 천한 일을 하며 강호에서 구르고 있을 테고 말이다."

명란이 힘껏 고개를 끄덕이고는 곧바로 고정엽 쪽으로 시선을 주며 되받아쳤다.

"그러니 나리께서 만약 노여움과 증오를 느끼신다고 해도 절대로 잘못된 게 아니지요."

명란의 어조는 예전에 그녀가 입당 신청을 했을 때보다 훨씬 더 진실했고 간절했다.

고정엽은 저도 모르게 실소가 나왔다. 상 유모도 자주 성난 얼굴로 녕원후부를 저주하고 욕하곤 했다. 그러나 그는 전혀 공감을 느끼지 못했고, 오히려 다소 귀찮다는 느낌마저 들기도 했었다. 그가 보기에는 백가도 잘못이 있었던 것이다. 걸맞지 않은 혼처임을 똑똑히 알면서도 구태여 욕심을 부리며 그 혼사를 맺었고 기적이 발생하길 바랐던 것이다. 백씨 부인도 앞날이 대단히 험난하리란 것을 똑똑히 알고 있었으면서도 좀 더 방도를 강구하여 대책을 세우지 않고 그저 일찍 세상을 떠나기만 했을 따름이었다.

매번 그 일들을 떠올릴 때마다 고정엽은 냉소와 냉담만 늘었다.

어린 시절의 분노와 설움도 지금에 이르러서는 그렇게까지 강렬하게 느껴지지 않았다. 강호에서 고생을 하며 세상사의 영예와 치욕, 삶과 죽음을 이골이 나도록 보고 나니 그렇게 쉽게 흥분하지도 않게 되었다. 마치 다시 불붙은 화염이 불타오른 뒤 그저 약간의 잿더미만 남기는 것과 마찬가지인 것이다. 지금 그를 괴롭히는 문제는 단 한 가지였다. 그가 이 세상에 오게 된 것이 모두 은자가 초래한 인연 때문인가?

오늘, 아까 명란이 한차례 말한 이야기를 듣고서야 고정엽의 마음속에 오랫동안 싸늘하게 식어 있던 기억이 이윽고 다시 불타오르기 시작했다. 그렇다. 실은 그는 줄곧 남몰래 증오하고 있었던 것이다. 그들을 증오했으나 배설할 곳을 찾지 못해 그저 옛일을 싸늘하게 비웃을 수밖에 없었던 것이다.

고정엽은 한숨을 쉬었다. 자신의 친척들을 증오하고 있다는 사실을 인정하는 것이 실은 그렇게 어려운 일은 아니었구나. 오랫동안 남에게 털어놓을 수 없던 비밀을 오늘에야 이렇게 시원하게 터놓게 된 것이다. 그는 편안하고 통쾌한 마음이 들었다.

자신에게 친척들을 증오할 충분한 명분이 있다는 걸 짚어주는 아내가 있다는 건 참으로 좋은 일이었다.

"참."

명란이 손가락을 꼼지락거리며 다소 머뭇거리는 기색으로 물었다.

"저기…… 어머님께선 도대체 혼수를 얼마나 갖고 오신 거예요?"

"대략 은자 백만 냥쯤이었을 것이다. 그것 말고도 전답과 가게들이 더 있었지."

고정엽이 별생각 없이 바로 대답했다.

명란은 어안이 벙벙해졌다. 가슴을 치며 큰소리로 외치고 싶을 지경이었다. 하늘이시여, 땅이시여, 은자 백만 냥이라니요! 그렇게 많은 돈이 있고, 자신을 몹시 아끼는 아버지까지 있다면 그분이 마음대로 하지 못할 게 뭐가 있습니까? 호위대를 하나 고용해서 충성스럽고 믿음직한 사부를 찾아 해외를 여행하고, 서역의 기이한 것들을 구경하러 다녔다면 세상이 얼마나 아름다웠겠어요! 맞아 죽는 한이 있어도 절대로 의붓자식이 딸리고 전처를 깊이 사랑하는 홀아비에게는 시집가지 않았을 겁니다!

백씨 부인이여, 백씨 부인이여. 백 노대인이여, 백 노대인이여. 대체 왜 남 좋은 일을 시키신 겁니까?

"……필부는 죄가 없어도, 좋은 것을 가지고 있으면 그것이 죄가 된다더니."

명란이 조용히 읊조렸다. 쓸쓸하고 슬픈 표정을 하고, 손을 가만히 늘어뜨린 채 힘없이 서 있었다.

고정엽이 살며시 명란을 잡아끌어 품에 안았다. 내심 몹시 감동한 그가 그녀를 끌어안고 한참 쓰다듬은 끝에 말했다.

"상심하지 말거라. 이미 오래전에 지난 일이다."

제112화

안주인의 집안일 上

이날 밤, 두 사람은 밤이슬이 맺히는 한밤중까지 이야기를 나누다 겨우 잠자리에 들었다.

명란은 자면서도 마음이 너무 아파서 꿈속에서조차 한바탕 가슴을 치며 발을 구르고 싶었다. 고정엽은 그다지 뒤척이는 기색도 없이 명란을 끌어안은 채 깊이 잠들어 있었다. 명란은 내심 생각했다. 돌아가신 어머니를 회상한 직후이니, 그도 뭔가를 하기엔 민망하겠지.

남자의 몸은 불처럼 뜨거웠다. 그런 그가 꼭 끌어안고 있으니 명란은 마치 화로와 딱 붙어 자는 것 같은 기분이 들었다. 곧 온몸에서 땀이 흐르기 시작했다. 비몽사몽 중에 이불을 걷어차려 발길질을 했으나 발가락만 아플 뿐이었다. 명란은 잠결에 흑흑 흐느끼며 "발가락 아파."라고 중얼거렸다. 그러다 문득 굳은살이 박인 큰 손이 자신의 통통한 발가락을 어루만지는 듯한 느낌이 들었다.

처음에는 분명 아픈 발가락을 어루만지는 손길이었는데, 어루만지면 어루만질수록 손길의 느낌이 달라졌다. 그 큰 손이 명란의 매끄러운 다리를 훑으며 서서히 위쪽으로 올라온 것이다. 명란은 허리를 비틀어 그

손으로부터 벗어나고자 했다. 명란은 '가련한 어머님을 생각하세요!'라고 말하고 싶었으나 그럴 배짱은 없어 그저 이렇게 말할 수밖에 없었다.

"내일 조회朝會에 나가셔야지요."

남자는 잠시 멈칫하는 듯하더니 사람이 괴로울 정도로 몸을 비틀어 명란을 더욱 옭아맸다. 그가 명란의 몸 위에서 몇 차례 그녀를 성가시게 했다.

얼마의 시간이 지났을까. 하늘이 어슴푸레 밝아 왔다. 명란은 반쯤 실눈을 뜨고 멍하니 침상의 휘장을 바라보다 손을 뻗어 옆쪽을 더듬어보았다. 그녀 곁은 텅 비어 있었다. 화들짝 놀란 명란이 자리에서 일어나 조용히 불러보았다.

"……나리?"

금사로 장식된 분홍빛 얇은 비단 휘장이 젖혀지더니 단귤이 옅은 미소를 머금은 얼굴로 다가와 대답했다.

"마님을 기다렸다가는 나리께서 지각을 면치 못하셨을 거예요! 지금쯤이면 아마 조회에 드셨을걸요."

명란은 멍하니 침상 머리맡에 앉았다. 조회는 인정寅正[1]에 시작한다. 가는 시간을 계산해 보면 고정엽은 아마 두 시간도 못 자고 바로 일어나야 했으리라. 어쩐지 어젯밤에 그렇게 쉽게 물러나더라니. 고대의 관리 노릇도 참으로 녹록지 않구나.

"나리의 세수 시중은 누가 들었느냐?"

명란이 여전히 잠이 덜 깬 아득한 목소리로 물었다.

---

1) 새벽 4시.

"저희들도 늦게 일어났어요. 다행히 하하와 하죽이 잊지 않고 나리 시중을 들었지요. 이따가 아가씨께서 당번을 정해주세요. 아침 일찍 조정에 드시는 나리 시중을 잘 들 수 있게요."

단귤은 비단 이불 속에 처박힌 명란의 몸을 힐끔 바라보았다. 벌거벗은 어깨 위에 저번에 생긴 흔적이 아직 사라지지도 않았는데 또 새로운 흔적이 더해져 있었다. 울긋불긋한 흔적이 온통 희미하게 퍼져 있었다. 목에는 오직 검붉은 색의 영롱한 여의승如意繩[2]만 하나 걸려 있었고, 그 아래로는 황록색 바탕에 진한 녹색으로 자잘하게 붓꽃무늬가 수놓인 배두렁이만 걸쳐져 있었다.

단귤은 명란의 눈 밑이 여전히 어두운 것을 보고 분노와 안쓰러움을 느꼈다. 그녀는 하얀 비단 중의를 가져와 명란에게 입혀주었다.

명란은 멍하니 단귤의 부축을 받으며 침상에서 내려왔다. 그러다 문득 뭔가 떠오른 듯 단귤을 뿌리치고 맨발로 푹신한 융단 위를 내달리더니 물시계 앞에 멈추고 연신 시간을 확인했다. 어? 아직 묘초卯初[3]잖아.

명란은 얼빠진 사람처럼 멍해지기 시작했다. 현재 상황은 대단히 기이했다. 이 저택에서는 그녀가 문안을 드려야 하는 사람이 없었고, 출근 도장을 찍을 필요도 없었다. 게다가 남편도 출근하고 없는 상태다. 그렇다면 이건 혹시…… 더 자도 된다는 뜻이 아닐까?

여기까지 생각이 미치자 명란은 맨발로 침상을 향해 달려갔다. 그러고는 이불을 젖히고 다시 이불 속으로 파고들었다.

---

2) 복을 기원하며 붉은 비단실을 밧줄처럼 꼬아 만든 목걸이.
3) 새벽 5시 30분.

단귤은 명란의 이러한 일련의 동작에 익숙할 대로 익숙해져 있었다. 단귤이 다급하게 명란을 일으키더니 가볍게 나무랐다.

"아가씨, 더 주무시면 안 돼요. 오늘 처리하셔야 할 일이 많다고요. 조금 전에 저번에 왔던 어멈한테서 기별이 왔는데 계집종과 어멈들이 다들 정방에 모여 아가씨의 훈시를 기다리고 있대요. 아가씨, 또 주무…… 또 주무실 거예요? 그럼 전 최씨 어멈을 불러오겠어요!"

명란은 괴로워하며 자리에서 일어났다. 널찍한 목욕통 안에 한참 몸을 담그고 나니 그제야 겨우 몸이 편안해지는 기분이 들었다. 방 안을 부드럽게 밝히던 양각궁등이 차츰 그 빛을 잃을 때쯤 하늘은 어느새 이미 밝아 있었다. 명란은 경대 앞에 앉아 단귤에게 머리 빗기와 단장을 맡겼다. 소도가 들어와 기별을 전했다.

"관사를 맡고 있는 뢰씨 어멈과 료용댁이 왔습니다."

"들어오라고 해라."

명란이 조용히 말했다.

"단귤아, 오늘은 외출을 안 하니 단정하게 빗어서 간단히 틀어 올리기만 하면 된다. 주변에 조금 머리카락이 흐트러져도 괜찮아. 두피가 아프니 너무 꽉 당길 필요는 없어."

단귤의 손재주는 방씨 어멈으로부터 직접 전수받은 것이었다. 십 년여 동안 명란의 시중을 들다 보니 이미 익숙해서 손동작이 무척 간결했다. 민첩하게 머리를 틀어 올리고, 남은 머리카락은 곱게 땋아서 틀어 올린 머리 아래쪽에 말아 넣어 정리했다. 그리고 조그마한 진주 꽃과 금 구슬이 장식된 발채髮釵⁴⁾를 천천히 위쪽에 꽂았다.

오래지 않아 둥근 얼굴에 다부진 체격을 가진 키 작은 중년 부인과 마른 체격에 다소 까무잡잡한 피부의 젊은 부인이 안으로 들어왔다. 만면에 웃음을 띤 그녀들이 명란을 향해 자못 공손한 태도로 몸을 숙여 인사했다. 명란이 살짝 고개를 끄덕였다.

"뢰씨 어멈, 료용댁."

두 여인이 몸을 일으켰다. 뢰씨 어멈이 먼저 웃으며 말했다.

"마님께 문안 올립니다. 오늘 기분은 괜찮으신지요? 원래는 이 늙은이가 진작 마님께 문안을 올렸어야 했는데 요 며칠 마님께서 분주하시어 찾아뵙기가 좀 그랬습니다. 어제 나리께서 분부하셨습니다. 오늘 마님께서 저택의 하인들을 둘러보실 것이라고요."

명란이 연신 웃으며 온화하게 대답했다.

"괜찮네. 다들 모인 겐가?"

"네, 마님. 마님의 첫 훈시를 들으려고 다들 일찍부터 일어나 기다리고 있습니다."

뢰씨 어멈이 공손한 태도로 웃으며 말했다.

"혹시……."

명란이 한쪽에 있던 물시계를 확인한 뒤 말했다.

"반 시진 뒤에 조휘당에서 보세. 자네들은 우선 집안사람들을 나누어 놓도록 하게."

뢰씨 어멈은 어리둥절한 기색이었다. 이때 료용댁이 별안간 고개를

---

4) 두 다리 뒤꽂이.

들더니 신중한 어조로 물었다.

"감히 마님께 여쭙겠습니다. 어떻게 나누어놓을까요? 임무에 따라 나눌까요, 아니면 식구별로 나눌까?"

명란은 약간 감탄하는 듯한 표정으로 그녀를 바라보며 대답했다.

"임무에 따라 나누게. 같은 종류의 임무를 맡는 자들끼리 한곳에 세우면 될 게야."

그러다 뭔가 하고 싶은 말이 있는 듯한 뢰씨 어멈을 본 명란이 고개를 돌려 뢰씨 어멈에게 말을 걸었다.

"뢰씨 어멈은 원래 어머님 처소에서 일을 했었지. 자네가 녕원후부에서 온 사람들을 추려서 한쪽으로 세우게."

뢰씨 어멈이 억지웃음을 지어 보였다.

"다 한식구인데 그렇게 나눌 필요가 뭐 있습니까? 이곳에 오기 전에 큰마님께서 특별히 분부하셨습니다. 마님은 성정이 너무 좋으시니 잘 모시라고 말입니다."

명란은 경대에서 천천히 고개를 돌려 가만히 그녀를 응시했다. 뢰씨 어멈은 내심 두려운 마음이 들었다. 잠시 그녀를 응시하던 명란의 입가에 담담한 웃음기가 어리더니 차갑게 예의를 차려 말했다.

"자네는 내가 하자는 대로 하면 될 게야."

한마디 이유도 없이 그뿐이었다.

료용댁은 의아해하며 잽싸게 명란을 훔쳐보고는 고개를 숙였다. 뢰씨 어멈은 명란의 백설처럼 아름다운 얼굴을 보고 저도 모르게 경외심이 일어 고개를 떨구고 알겠다고 말했다.

가희거에서 나온 뢰씨 어멈과 로용댁은 웃으며 서로 작별 인사를 나눈 뒤 각자 다른 방향으로 향했다.

료용댁은 젊고 걸음이 빨랐다. 친당을 따라 걷다 재빨리 오솔길을 빠져 나왔다. 저쪽에서 한 무리의 어멈들이 기다리고 있다가 그녀를 보자마자 얼른 몰려들었다. 그녀를 에워싸고 구석에 들어간 어멈들이 저마다 시끄럽게 이것저것 묻기 시작했다.

"마님은 어떤 분이셔?"

"성정은 좋아?"

료용댁이 낮은 목소리로 대답했다.

"정말 깜짝 놀랐지 뭐야. 나이도 어리고 생긴 것도 꽃송이처럼 여리고 고운데 그렇게 위세가 있을 줄이야! 방금 뢰씨 어멈도 혼쭐이 났다니까. 자네들도 좀 더 고분고분해져야 할 게야. 망신당할 짓 하지 말고!"

한편 뢰씨 어멈도 노복들의 처소에 돌아가 사람들의 질문에 대답하고 있었다. 뢰씨 어멈은 그저 무겁게 한마디만 할 따름이었다.

"대단하신 분 같네!"

· · ·

명란은 우초간에 홀로 앉아 아침을 먹고 있었다. 미간을 가볍게 찡그린 채 그다지 입맛에 맞지 않는 떡 튀김을 먹으며 어젯밤에 봤던 것들을 천천히 떠올렸다. 그리고 장부를 한쪽에 펼쳐 놓고 사람들에 관한 항목부터 살펴보았다. 명부를 훑어본 명란은 머릿속으로 재빨리 정보를 정리했다.

도독부의 노복들은 총 예순두 명이었다. 저택 크기에 비해 사람 수가 적기는 했다.

그들은 대강 세 부류로 분류할 수 있었다. 첫 번째는 고정엽이 부府를 세운 뒤 최근에 바깥에서 사 온 사람들이었다. 아무런 기반도 없는 사람들이었으나, 어느 세력에 붙을지 아직은 알 수 없는 이들이었다. 두 번째는 황제가 하사한 사람들로, 대부분 죄지은 신하들로부터 몰수한 가노家奴들이었다. 문제는 개중에 아가씨나 도련님이었던 사람들도 섞여 있을지 몰랐다. 이 점은 주의가 필요했다. 세 번째는 녕원후부에서 보내온 네 가족이었다. 고 태부인이 두 가족을 보냈고, 넷째 숙모와 다섯째 숙모가 각각 한 가족씩을 보냈다.

아, 그렇지. 그리고 명란이 시집오면서 데리고 온 사람들도 있었다.

아침 식사를 마친 명란은 대강 옷매무새를 가다듬었다. 담황색 바탕에 녹악매綠萼梅[5] 꽃가지 무늬가 있는 평범한 대금 배자를 입고, 겉에는 연한 버들가지 빛깔의 계금系襟[6] 사의紗衣[7]를 걸쳤다. 밝은 느낌으로 단장한 명란은 계집종들의 안내를 받으며 조휘당으로 향했다.

날은 완전히 밝아 있었다. 사면의 격선隔扇[8]이 모두 열려 있었다. 동쪽과 서쪽의 벽에는 네 폭의 중당화中堂畵가 걸려 있었고, 북쪽에 자리 잡은 벽에는 현재의 황제가 하사한 편액이 높이 걸려 있었다. 그 아래쪽에 번쩍번쩍 광택이 나는 홍목 팔선탁八仙卓[9]이 하나 놓였고, 양쪽으로는 같은 재질의 팔걸이가 달린 커다란 의자가 놓여 있었다. 다시 그 아래쪽에는 등받이가 낮고 널찍한 의자들이 양쪽으로 나란히 배치되었다. 의

---

5) 흰 꽃에 푸른색 꽃받침이 있는 매화.
6) 끈으로 옷섶을 여미는 옷.
7) 얇은 비단 옷.
8) 내부 공간을 나누는 칸막이 문.
9) 한 면에 두 명씩 앉을 수 있는 크고 네모난 탁자.

자 한 쌍마다 가운데에 여의문이 투각된 작고 네모난 탁자들이 하나씩 놓였다. 바닥에는 반짝반짝 광이 날 정도로 잘 연마된 청석판이 깔려 있었고, 또 한가운데에는 암홍색 융단이 깔려 있었다.

참으로 훌륭한 대청당이구나! 광대한 기세와 드높은 기개를 사방으로 펼치는 것 같구나.

명란은 그 높다란 등받이가 달린 커다란 홍목 의자를 바라보며 속으로 이런 의자는 사실 노대부인같이 연세 지긋한 사람이 앉아야 비교적 그 기세에 걸맞을 텐데 하고 혼잣말을 했다. 그러나 명란이 현재 이 저택의 안주인이니, 그녀를 제외하면 그곳에 앉을 수 있는 사람은 아무도 없었다.

명란은 침착한 걸음으로 앞으로 걸어가 그 의자에 앉았다. 다반을 받쳐 든 어멈이 곁에 미리 대기하고 있다가, 얼른 차를 대령하며 인사를 올렸다. 명란은 살짝 고개를 끄덕이며 눈을 들어 주위를 둘러보았다. 청당 바깥쪽의 계단 밑으로 사람들이 빽빽하게 서 있었다. 그들은 몇 개 무리로 나뉘어 있었다. 몇몇 무리들은 비좁을 정도로 빽빽하게 사람들이 들어차 있었고, 또 몇몇 무리들은 듬성듬성하게 몇 안 되는 사람들이 서 있었다.

료용댁이 앞으로 다가오더니 고개를 숙이고 공손히 말했다.

"마님 분부대로 저택의 사람들이 모두 모였습니다. 대문을 지키는 네 명만 빼고, 주방에서 일하는 자들까지 전부 왔지요."

명란은 료용댁의 시원시원한 일 처리에 대단히 흡족한 마음이 들었다. 자못 칭찬하는 듯한 눈빛으로 그녀를 쳐다보고 고개를 끄덕였다.

이에 료용댁은 마치 격려라도 얻은 듯한 기색이었다. 그녀가 바깥의 줄 서 있는 사람들을 가리키며 간략하게 소개했다.

"여기 이 사람들은 청소와 정리를 전담하는 자들입니다. 여기는 바느질을 하는 자들이고, 여기는 장을 보거나 필요한 물품들을 사 오는 자들이지요. 이들은 저택을 관리하고 수리하는 자들이고, 저쪽은……."

한참 소개를 마친 료용댁이 다시 구석에 있는 열 명 남짓한 아직 어린 여자아이들을 가리키며 말했다.

"저 아이들은 아직 정식으로 도맡은 임무가 없습니다. 상 유모가 마님께서 이 저택에 오시면 그때 천천히 법도를 가르쳐 일을 시키자고 했지요. 지금은 일단 잡다한 심부름을 맡기고 있습니다."

여자아이들 몇몇이 움츠린 자세로 명란을 훔쳐보고 있었다. 그러다 명란의 물처럼 맑고 빛나는 눈동자가 자신들 쪽을 향하자 얼른 고개를 떨구고 자세를 바로 했다.

명란은 료용댁이 가리키는 대로 하나하나 둘러보며 황제의 안목이 과연 대단하다고 생각했다. 황제가 하사한 노복들은 대부분 젊고 건장했으며, 딱히 늙고 쇠약해 보이는 사람이 없었다. 여자들도 생기발랄해 보였다. 명란은 어느 일에 사람들이 몰려 있고 한산한지를 세세히 기록했다. 그리고 각각의 우두머리가 누군지도 기억해두었다.

마지막으로 료용댁이 잠시 머뭇거리다 낮은 목소리로 말했다.

"그리고 뒤쪽 과원跨院[10] 있는 형비각…… 아니, 영정각에 계신 그 봉선 낭자를 보필하는 큰 계집종 둘은 이 저택 사람이 아니라서…… 안 왔습니다."

명란이 살짝 미간을 찌푸렸다.

---

10) 안채 곁의 뜰.

"그 처소의 이름이 대체 뭐란 말인가?"

료용댁이 재빨리 대답했다.

"원래는 형비각이라 불렸는데 나중에 봉선 낭자가 영정각으로 이름을 바꿨지요. ……나리께서는 들여다볼 시간이 없으시니 다들 그리 부르게 되었습니다."

명란은 한마디도 입 밖에 내지 않은 채 그저 료용댁을 보며 웃기만 할 따름이었다. 료용댁은 갑자기 심장이 두근거렸고, 이윽고 고개를 떨군 채 물러났다. 명란은 내심 웃음이 나왔다. 보아하니 봉선 낭자는 참 고결한 것 같았다. 뇌물을 써서 인심을 사지도 않았고, 적지 않은 이들의 미움까지 샀으니 말이다.

이제 명란은 고개를 돌려 뢰씨 어멈 쪽을 바라보았다. 다른 노복들과 확연히 구분되는 고운 옷을 걸친 사람들이 편문(偏門)[11] 쪽 계단 위에 서 있는 모습이 보였다. 뢰씨 어멈이 웃으며 그들을 소개했다. 뢰가와 화가는 고 태부인이 보낸 사람이었다. 전가는 넷째 숙모가 보낸 사람이었고, 조가는 다섯째 숙모가 보낸 사람이었다.

소개가 끝나자 사람들이 일제히 명란에게 절을 하며 소리 높여 인사를 올렸다.

이렇게 대대적으로 사람들이 머리를 조아리며 소리 높여 인사하는 광경에 명란은 다소 어색한 기분이 들었다. 그러나 어색함을 애써 꾹 참으며 침착하게 미소를 지어 보이고, 가볍게 찻잔을 내려놓고 느긋하게 두 손을 다리 위에 엇갈리게 포개며 낭랑한 목소리로 말했다.

---

11) 옆문.

"나리께서 이 조휘당은 아무 때나 개방하는 곳이 아니라 명절 때나 귀한 손님이 오셨을 때 개방하는 곳이라고 하셨네. 오늘은 내가 자네들과 첫 대면을 하니 그것도 나름 큰 행사다 싶어 과감히 이 청당을 열었네. 자네들과 정식으로 만나는 거니까."

아래쪽의 사람들이 보인 반응은 제각각이었다. 감동하는 이가 있는가 하면, 기뻐하는 이도 있었고, 의심을 품은 이가 있는가 하면, 거짓 웃음을 꾸미는 이도 있었다.

명란은 사람들의 반응을 유심히 살핀 뒤 미소 지으며 말했다.

"앞으로 우리는 모두 한 식구일세. 이전까지 내가 자네들을 알지 못했으니 오늘은 다른 말할 것 없이 자네들을 한 명씩 알아가도록 하세."

명란의 말을 듣고 계단 아래의 사람들이 모두 무슨 영문인지 모르겠다는 듯 어리둥절한 표정을 지었다.

명란도 별다른 설명이 없이 그저 뒤쪽을 향해 손을 흔들 따름이었다. 진즉에 준비를 마친 단귤이 사람을 불러 청당 안에 작은 탁자를 놓고, 그 위에 종이와 먹, 벼루, 붓을 늘어놓게 했다. 그러자 악미가 앞에 나와 붓을 쥐고 자리에 앉았다. 단귤은 곁에 서 있었고, 하죽이 쭈뼛거리며 앞으로 걸어 나왔다.

단귤이 미소 지으며 물었다.

"무서워할 것 없다. 너는 올해 몇 살이고, 태어난 곳은 어디냐?"

하죽이 어리둥절한 표정으로 멍하니 대답했다.

"열세 살이고, 토……돈촌, 통주 서쪽의 토돈촌에서 왔습니다."

"식구는 몇 명이냐? 다들 무슨 일을 하느냐?"

단귤이 손에 종이 한 장을 들고 간결하게 물었다.

"아버지, 어머니, 외할머니, 그리고 오라버니 셋과 언니 둘이 있습니다. 저…… 저는 막내고요. 식구들은 모두 농사꾼입니다."

"도독부에는 어떻게 오게 됐느냐?"

하죽이 명란의 눈치를 살폈다. 명란이 온화한 눈빛으로 고개를 끄덕였다. 하죽이 겨우 용기를 내어 대답했다.

"열한 살이 되던 해에 날이 계속 가물어 흉년이 들었습니다. 오라버니들은 장가를 가야 했고요. 아버지가 노비 상인에게 저희 세 자매를 계집종으로 팔았습니다. 저는 운 좋게 여기 와서 날마다 맛있는 음식을 먹습니다!"

계단 아래쪽에서 키득거리는 웃음소리가 들려왔다. 명란이 담담한 눈초리로 한 차례 둘러보자 웃음소리가 사라지고 사람들이 숙연해졌다. 약미가 빠른 속도로 하죽의 대답을 기록하고 있었다. 붓이 종이 위를 슥슥 스치는 소리만 들릴 따름이었다.

"그 이후에는?"

단귤이 온화한 목소리로 물었다.

하죽은 점점 담이 커졌다.

"상 유모가 저를 뽑아 반년쯤 법도를 가르치고 처소에 들어가 시중을 들게 했습니다."

단귤 등을 보며 하죽은 저도 모르게 열등감을 느꼈다. 한 회사 안에서 중학생이 석사생을 봤을 때와 같은 부러움이었다.

곧이어 약미가 붓을 내려놓더니 무표정한 얼굴로 말했다.

"이리 와서 지장을 찍거라. 나중에라도 네가 주인을 기만했다는 것이 밝혀지면 이게 바로 증거가 될 것이다. 그때 가서 남 탓을 하지 말거라."

"절대, 절대 그럴 일은 없을 겁니다!"

하죽이 연신 고개를 저으며 황급히 지장을 찍었다.

명란이 웃음 띤 얼굴로 말했다.

"됐다. 착한 아이로구나. 이쪽으로 오거라."

하죽은 마치 대사면이라도 받은 듯, 안도의 한숨을 내쉬며 종종걸음으로 달려와 명란 주변에 섰다. 청당 아래쪽의 사람들은 차츰 무슨 일인지 이해하게 되었다. 어떤 이들은 안색이 하얗게 질렸고, 어떤 이들은 걱정스러운 표정을 지었고, 또 어떤 이들은 다소 억울하다는 듯한 표정을 지었다.

명란은 그들을 아랑곳하지 않고, 뢰씨 어멈 쪽을 바라보았다. 그러고는 예쁘게 생긴 한 여자아이를 향해 손짓했다. 그 여자아이는 눈썹이 버들잎 같았고, 눈이 컸다. 허리는 잘록하고 가슴은 풍만했으며 생기발랄하고 사랑스러워 보이는 것이 꽤 고와 보였다.

"그래⋯⋯. 너 말이다. 이리 나와보거라."

그 여자아이는 걱정 가득한 얼굴로 옆에 있던 중년 어멈을 한번 쳐다보더니 심호흡을 하며 앞으로 나왔다. 단귤은 만면에 온화한 미소를 띠고 그녀를 잡아끌어 자신 앞에 서게 했다. 그 여자아이는 제법 담력이 큰 듯했다. 부끄러워하거나 두려워하는 기색도 없이, 두 눈을 똑바로 뜨고 명란을 훑어보고 있었다. 그 모습을 본 녹지는 불쾌한 기분이 들었다. 녹지가 앞으로 걸어 나와 단귤을 밀치더니 고개를 돌리고 웃으며 말했다.

"마님, 제가 이 아이에게 질문해도 되겠습니까?"

명란은 미소를 지으며 고개를 끄덕였고, 곁에 있던 진상을 불러 약미와 자리를 바꾸게 했다.

녹지가 채 질문을 시작하기도 전에, 그 여자아이가 생긋 웃으며 입을 열었다.

"제 이름은 명월입니다. 저는⋯⋯."

"그 이름은 안 되겠구나!"

녹지가 재빨리 그녀의 말을 가로막았다.

"이름은 마님과 겹치니 돌아가서 네 부모에게 이름을 바꿔달라 해라. 앞 글자를 떼란 말이다!"

명월의 얼굴이 순간적으로 빨개졌다. 고개를 돌려 뢰씨 어멈 옆의 그 중년 어멈을 바라보는 눈빛에 분노가 담겨 있는 듯했다. 녹지는 그런 그녀를 아랑곳하지 않고 곧장 다음 질문을 시작했다.

"올해 몇 살이냐?"

"열다섯 살 하고도 반년이 지났습니다."

"가생자냐, 아니면 바깥에서 사 온 아이냐?"

"가생자입니다!"

명월이 자못 자랑스럽다는 듯 대답했다.

"바로 조씨 어멈이 제 어머니입니다. 다섯째 노마님께서 시집오실 때 따라온 계집종이셨지요. 제 아버지는……."

녹지가 다시 그녀의 말을 가로막았다.

"그럼 네 부모도 이 저택 안에 있다는 게냐?"

"당연하지요!"

명월이 자랑스럽다는 듯 고개를 돌려 손가락으로 저쪽 어딘가를 가리켰다. 뢰씨 어멈 곁의 어멈과 뒤쪽에 있던 한 남자가 앞쪽을 향해 굽실거리는 것이 보였다.

"그럼 더 말할 필요 없다. 이따가 저 이들에게 물으면 자연히 알게 될 테니."

녹지가 마치 재판관이라도 된 듯한 어조로 말했다.

"다른 식구들도 있느냐? 다른 식구들은 지금 어디에 있느냐?"

"있습니다."

명월이 이를 갈며 대답했다.

"저 말고도 언니 한 명과 오라버니 두 명이 있습니다. 언니는 정령 아가씨 곁에서 시중을 들고 있고, 오라버니들은…… 아직은 맡고 있는 임무가 없습니다. 둘째 나리와 둘째 마님의 분부를 기다리는 중이지요."

녹지는 여전히 무표정이었다.

"그러니까 너희 식구 전부가 이리로 온 것은 아니란 말이로구나? 좋다. 너는 이전에 임무를 맡은 적이 있더냐?"

명월이 우쭐거리며 대답했다.

"저는 원래 혜이 아가씨의 시중을 들 계집종으로 뽑혔는데……."

"몇 등 시녀냐?"

녹지는 이미 그녀의 말을 가로막는 데 대단히 능숙해져 있었다.

명월이 난처한 표정을 지었다.

"삼…… 삼등입니다. 하지만 저는 자주 아가씨 곁에서……."

"그 저택에 들어와 시중을 들기 시작했을 때는 몇 살이었지?"

"열…… 열세 살입니다. 하지만 저는……."

"그러니까 너는 고작 한두 해 정도만 시중을 들었다는 말이로구나. 언제 삼등 시녀가 되었느냐?"

"그러니까…… 반년 전입니다. 하지만 다섯째 어르신 댁 나리께서 자주 저를 칭찬하시고……."

"글은 읽을 줄 아느냐?"

"조금은 압니다……."

"얼마나 아느냐? 똑똑히 말해보거라! 『삼자경』은 읽어본 적이 있느냐? 『천자문』은?"

"『삼자경』은 반쯤 읽었고, 다른 건 본 적 없습니다……."

아까 약미가 글씨를 쓰는 모습을 봤었던 명월은 이 대답을 하면서 얼굴이 새빨개졌다.

"그간 상을 받은 게 있느냐? 은자? 장신구? 옷?"

"있습니다!"

명월이 상기된 얼굴로 대답했다.

"다섯째 노마님께서 상으로 멋진 새 옷을 주셨습니다. 여기 와서 둘째 마님과 나리를 잘 모시라면서요, 또 저를 칭찬하시며 말씀하시길……."

"그럼 무슨 벌을 받은 적은 있느냐? 욕을 들었느냐? 매를 맞았느냐? 무슨 연유로 벌을 받았느냐!"

"절대 없습니다!"

"똑똑히 생각해봐야 할 것이야!"

녹지가 냉랭하게 말했다.

"이따가 지장을 찍어야 하니 말이다. 네가 이전에 저지른 사소한 잘못들은 중요하지 않다. 어쨌든 새로운 곳에 왔으니까. 허나 마님을 처음 뵙는 자리에서 거짓말을 한다면 너를 쓸 수가 없다!"

이렇게 많은 사람들 앞에서 고하자니 명월은 일순 난처한 얼굴이 되었다. 뒤돌아 조씨 어멈을 거듭 쳐다보는 그녀의 낯빛이 잿빛으로 변해 있었다. 명월이 모기만 한 목소리로 간신히 대답했다.

"다섯째 노마님께 몇 번 욕을 들은 적이 있습니다. 제가 혜이 아가씨의 물건을 부숴서. 다른 건 없습……."

"됐다!"

녹지가 손뼉을 한 번 쳤다. 문답이 끝났다는 표시였다.

명월은 참담한 몰골로 지장을 찍고, 천천히 자리에서 물러났다. 눈가에 눈물이라도 당장 흘러내릴 것만 같았다. 자리로 돌아가자마자 명월이 조씨 어멈을 끌어안고 조용히 훌쩍였다.

명란은 녹지를 향해 고개를 끄덕이며 흡족함을 표시했다. 대면식에 앞서 명란은 미리 주의를 환기시켰었다. 저택 안에 이렇게 많은 사람이 있으니 저마다 길고 긴 사연을 늘어놓기 시작한다면 한밤중까지 문답해야 할 것이다. 그래서 이번 문답은 사건을 가능한 한 명확하고 엄중하게 묻고, 개인 이력을 가능한 한 똑똑히 밝히는 데 주안점을 두었다. 불평이나 비참한 과거사 같은 것은 잠시 생략하기로 했다. 필요한 때가 되었을 때 다시 물으면 그만이었다.

그때 청당 한쪽에 서 있는 익숙한 그림자가 명란의 눈에 들어왔다. 명란은 고개를 숙이고 잠시 생각을 하며 남몰래 웃었다.

두 사람의 문답이 끝나자 나머지 사람들 모두 명란의 의중을 깨닫게 되었다. 어떤 이들은 상관없다는 태도를 보였고, 어떤 이들은 대단히 분개한 기색을 보였고, 또 어떤 이들은 다소 의뭉스러운 태도를 보였다. 어쨌든 아래쪽에서 한바탕 웅성거리는 소리가 일었다.

명란은 얼추 자신의 의도가 전달되었다는 생각을 하며 자리에서 일어났다. 사람들은 즉각 잠잠해졌다. 명란이 웃음 띤 얼굴로 말했다.

"다들 보았을 것이네. 자네들 중 대부분은 앞으로 여기서 일을 하게 될 것이야. 사람을 쓰려면 당연히 자네들의 능력을 알아야 하지. 이전에는 어떤 임무를 맡았는지, 일솜씨는 어땠는지 말일세. 그래야 각각의 장점을 발휘할 수 있지 않겠나?"

명란의 말에 아래쪽의 대다수 사람들이 안정되기 시작했고, 적지 않은 사람들이 담담한 표정을 짓기 시작했다. 특히 료용댁과 그 주변의 몇몇 어멈들은 속으로 이렇게 하는 편이 바깥에서 사 온 자기 같은 사람들에게 더 유리하겠단 생각을 하기도 했다.

료용댁이 한 발짝 앞으로 나서더니 큰 소리로 맞장구를 치며 말했다.

"마님 말씀이 참으로 옳습니다! 이리 하는 것이 품도 덜 들고 확실해지지요. 마님께서는 저희들을 알지 못하시니 몰래 탐문하는 것보단 이게 훨씬 분명하고 정당하지요."

뢰씨 어멈 쪽의 사람들은 다소 보기 흉한 표정을 짓고 있었다. 하지만 당장은 반박할 수 없었으니 그저 고개를 숙인 채 서로 눈짓을 교환할 따름이었다.

명란이 료용댁을 향해 살짝 웃어 보이더니 앞으로 나와 사람들을 내려다보며 말했다. 여전히 온화한 어조였다.

"이 문답이 끝나면 저택 안에 일손들을 배치할 것이네. 그 전에 내 먼저 한마디 하지. 주인과 하인은 서로를 대할 때 '정성'을 다해야 하네. 앞으로 우리가 오랫동안 함께하려면 상하 간에 존중하는 것이 이치에 맞을 것이야. 하여 나는 자네들이 그저 아둔하게 굴지 않기를 바라네. 만약 주인을 '기만하는' 죄를 범한다면 우리 고가에서는 다시는 일할 수 없을 게야! 이런 듣기 거북한 소리는 일단 여기까지만 하겠네."

나이 어린 마님이 단정하고 아름다운 모습으로 고개를 꼿꼿이 세우고 점잖게 말하고 있는 모습이 우아하고 온화해 보였다. 아래쪽 사람들 중 어느 누구도 감히 그녀를 얕잡아 볼 수가 없었다.

뢰씨 어멈 쪽의 무리들은 서로 얼굴만 쳐다볼 뿐 어찌할 바를 모르고 있었다. 이 저택에 왔을 때부터 그들은 말썽을 일으키고 권력을 휘두를 작정을 하고 있었다. 그런데 살아 있는 염라대왕 같은 고정엽을 먼저 맞닥뜨리게 될 줄 누가 알았겠는가? 고정엽은 온종일 무서운 얼굴을 하고 그들이 아무것도 묻지 못하게 했다. 고 태부인이 몇 마디 다그치자 그는 저택의 모든 사람들 앞에서 거친 말과 성난 표정으로 안채의 일은 안주인이 주관해야 한다고 말했다. 그러나 당시는 아직 안주인이 없었던 것이다!

그래서 그들은 기다렸고, 드디어 명란이 시집을 왔다. 고가에서 오랫동안 일했던 이들은 명란이 나이가 어린 데다 세상 물정을 모르고, 생각한 바가 그대로 얼굴에 드러나는 듯한 모습을 보고 고부 어르신들의 체면을 앞세우면 뭐든지 얻어 낼 수 있으리라 여겼다. 그런데 처소에 틀어박혀 있다가 이틀 만에 모습을 드러낸 명란이 임무를 분배하는 대신 '신원 조사'부터 할 줄 누가 알았겠는가!

안색이 여러 번 바뀌던 뢰씨 어멈은 결국 참지 못하고 앞으로 나서며 큰소리로 따지듯 외쳤다.

"마님의 생각이 참으로 주도면밀합니다. 밖에서 사들여 온 사람들에 대해서는 당연히 따져 물어야겠지요. 허나 저희들은 고가에서 대를 이어 오래도록 일해 온 사람들입니다. 이렇게 조사하실 필요가 있겠습니까? 이해가 되지 않는 부분은 큰마님이나 넷째 노마님, 다섯째 노마님께 여쭤시면 족하지요!"

명란이 웃음을 거두고 담담하게 그녀를 바라보았다. 차갑고 맑은 눈빛 안에 서늘함이 어려 있었다. 뢰씨 어멈의 이마에 식은땀이 흐르기 시작했다. 뢰씨 어멈은 정말로 이해가 안 갔다. 열댓 살밖에 안 되는 낭자가 어찌 이렇게 위세가 있단 말인가!

청당 전체가 정적에 휩싸였다. 모두가 조용히 명란의 반응을 기다리고 있었다.

명란이 뢰씨 어멈을 응시하며 천천히 말했다.

"뢰씨 어멈, 자네는 오늘 벌써 두 번이나 내게 대들었네."

뢰씨 어멈이 즉각 엎드리더니 떨리는 목소리로 말했다.

"쇤네가 어찌 감히 그러겠습니까. 쇤네는 그저 마님께 알려드린 것뿐입니다."

명란이 냉랭하게 말했다.

"어르신들께서 자네들을 여기로 보낸 건 와서 일을 거들라는 뜻이지 내게 상전 노릇을 하라는 뜻은 아니실 게야."

뢰 씨의 등줄기에 일순 식은땀이 흘렀다. 뢰 씨가 연거푸 사죄했다.

"쇤네가 어찌 감히 그렇겠습니까, 쇤네가 어찌 감히……."

명란이 살짝 실눈을 뜨며 느릿느릿하게 말했다. 목소리는 달콤했으나 여전히 모종의 싸늘함을 품고 있었다.

"뢰씨 어멈, 자네가 오늘 아침 내게 대들었을 때 내가 자네에게 뭐라고 했던가?"

뢰씨 어멈이 고개를 들고 움츠러든 눈빛으로 명란을 쳐다봤다. 더듬거리며 감히 말을 못 하는 기색이었다. 명란이 미소 지으며 낮은 목소리로 덧붙였다.

"기억이 안 난다는 소리는 말게. 조금 전의 일인데도 기억이 나지 않는다고 하면 차라리 고향에 돌아가 요양을 하는 게 낫겠군."

뢰씨 어멈이 흠칫 몸을 떨며 다급히 대답했다.

"……저, 저희들이 그저 마님께서 말씀하시는 대로 따르면 된다 하셨습니다!"

명란이 은근하게 보조개를 드러내며 찬란하게 웃어 보였다. 비길 데 없이 아름다운 모습이었다.

"뢰씨 어멈은 정말 기억력이 좋구려."

그러고는 곧바로 웃음을 거두고 담담하게 말했다.

"앞으로는 절대 잊지 말게."

뢰씨 어멈이 연신 머리를 조아리며 물러났다. 이미 온몸이 땀으로 흠뻑 젖어 있었다.

명란은 다소 피곤해진 듯 나른하게 말했다.

"료용댁, 말해보게. 이 저택에서 누가 가장 존귀한가?"

"당, 당연히 나리이시지요."

료용댁이 재빨리 대답했다.

명란이 다시 물었다.

"그럼 나는 누구냐?"

료용댁이 큰소리로 대답했다.

"마님께선 이 저택의 안주인이십니다!"

"……대답 한번 잘했네."

명란의 얼굴에 은근히 피곤한 기색이 떠올랐다. 명란은 다시 천천히 상석의 높은 등받이가 달린 큰 의자에 앉더니 찻잔을 들어 가볍게 차를 홀짝였다.

"이를 잊는다면 이 저택에서는 쓰임이 없을걸세."

이런 상황에서 누가 감히 허튼소리를 할 수 있겠는가? 단귤과 녹지 등은 내심 뿌듯한 마음이 들었고, 이상하리만치 만족스럽고 자랑스러운 기분이 들었다. 심지어 자못 거만스러운 기색마저 비칠 정도였다. 그녀들은 일개 사품 문관의 서녀인 명란이 이렇게 지체 높은 대저택 안에서 혹여 괴롭힘을 당하고 무시라도 당하지 않을까 걱정하며 내심 겁을 먹고 있었던 것이다.

그러나 명란의 마음이 무쇠나 바위처럼 굳건하여 아무것도 겁내지 않고, 태연한 표정으로 가볍게 미소 지으며 꾸짖을 줄도 알고, 심지어 화도 내지 않고 말도 몇 마디 하지 않으면서 장면을 장악할 줄 누가 알았겠는가. 그녀들의 두 눈이 절로 반짝거릴 수밖에 없었다.

하인들이 차례대로 물러나며 묻는 말에 답을 했다. 청당 바깥이 차츰 텅 비기 시작했다. 명란의 곁에는 소도와 하죽 두 사람이 시중을 들고 있었다. 그밖에 막 부름을 받고 온 장방 선생[12] 몇몇과 심부름을 하는 머슴아이 여럿이 한쪽에 서 있었다.

의자에 나른하게 앉아 있던 명란이 고개를 돌리며 작은 목소리로 물었다.

"공손 선생, 구경은 잘하셨습니까?"

청당 한구석에 서 있던 청색 장삼長衫[13] 차림의 중년 문인이 천천히 나오더니 명란의 앞까지 와서 읍을 한 뒤 웃으며 말했다.

"무지한 소생이 무례를 범했습니다. 부인께 문안인사드립니다."

명란도 자리에서 일어나 옷깃을 여미며 공손히 인사했다. 그러고는 공손백석에게 하석의 제일 첫 번째 자리에 앉으라 권했다.

"부인께선 무슨 연유로 이리하신 겁니까?"

공손백석이 찻잔을 들며 물었다. 그의 웃는 얼굴에는 다소 노회하고 교활한 기색이 어려 있었다.

"소생은 부인께서 오늘 사람들에게 임무를 분배하실 줄 알았습니다."

명란이 그를 한참 쳐다보다가 천천히 대답했다.

"어렸을 때 짧은 이야기를 하나 들은 적이 있었습니다. 옛날에 그다

---

12) 회계사.
13) 남자들이 입는 긴 두루마기.

지 어리석지 않은 황제가 한 명 살고 있었는데 하필 그에겐 어리석고 교활한 신하들이 있었답니다. 황제는 분명 미인을 두 명만 뽑고 싶어 하는데도 아랫사람들이 멋대로 전국을 헤집으며 미녀를 찾아다닌 탓에 백성들의 원성이 자자해졌지요. 또 황제가 작은 정원을 수리하려고 했는데 아랫사람들이 전국적으로 은전을 수탈해 백성들의 살길이 막막해졌지요. 몇 년 지나지 않아 그 나라는 망해버렸습니다. 황제는 목이 베이는 순간에도 억울하다고 생각을 했지요."

공손백석이 자못 흥미롭다는 듯 명란을 쳐다보며 명란이 계속 이야기하기를 기다렸다. 명란이 말을 이었다.

"예로부터 '적절치 않은 인재 운용'은 수많은 일들을 그르쳐 왔습니다. 위에서는 동쪽이라고 말하는데, 아래에서는 서쪽이라 말하는 꼴이었으니까요. 그러니 무릇 일을 처리하려면 먼저 사람을 다스려야 하는 법입니다. 무슨 일이든 믿음직하지 못한 사람에게 일을 맡기면 아무리 잘하려고 해도 소용이 없는 게지요!"

고개를 돌려 청당 밖을 바라보는 명란의 표정이 여유로웠다.

"저들을 쓰려면 우선 저들이 어떤 사람인지 알아야 합니다."

기업 경영에 있어 정확하고 상세한 인사 자료는 필수다. 또한 저들이 거짓말을 한다면 명란에게는 그들을 내칠 수 있는 명분도 갖게 되는 셈이다.

공손백석의 표정이 차츰 엄숙해졌다. 한참 명란을 가만히 바라보던 그가 이윽고 공경하는 태도로 두 손을 모아 읍을 하며 낮은 목소리로 말했다.

"도독께서 참으로 훌륭한 아내를 맞이하셨습니다."

제113화

안주인의 집안일 中

내의문 옆 천당이 시끌벅적했다. 문답은 모두 세 개 조로 나뉘어 이루어 졌다. 그중 열 몇 살짜리 어린 계집종들에 대해서는 취수가 질문을 맡고, 벽사가 서기를 맡았다. 한편 나머지 사람들에 대해서는 단귤과 약미 그리고 진상과 녹지가 두 조를 이루어 문답을 행했다. 문답 시간은 저마다 제각각이었다. 젊은 사람들은 이력이 간단하니 몇 마디만 물으면 끝이었고, 나이 든 사람들은 할 이야기가 산더미처럼 쌓여 있었기 때문이다.

단귤은 세심하게도 안쪽에서 병풍 몇 개를 가져와 칸막이를 설치했다. 이렇게 해 놓고 문답을 진행하면 만약 개인적인 비밀과 관련된 내용이 나왔을 때도 남이 듣지 못하게 할 수 있었다. 이를테면 바느질을 담당하는 학대성 부인은 재가를 했는데 그녀의 전남편은 여러 해 전에 주인집이 재산을 몰수당할 때 무고하게 맞아 죽었고, 외원 관사 학대성도 죄를 지은 관리 집안의 하인으로 아내와 사별 후 둘이 만나 자식까지 낳아 기르게 된 이야기 같은 것 말이다.

조휘당은 너무 기세가 거창해서 명란은 이곳이 늘 박물관의 전시실 같다는 느낌이 들었다. 그래서 아예 조휘당 곁의 편청으로 자리를 옮겨 공손 선생의 장부 조사 보고를 듣기로 했다. 공손백석이 느긋한 표정으로 여러 가닥의 긴 수염을 쓰다듬는 모습은 성굉보다 훨씬 그럴 듯해 보였다. 하석에는 관사들과 장방 선생이 몇 명 서 있었고, 명란이 장부책을 손가락으로 짚으며 잠시 몇 마디 질문을 할 때마다 자못 적절하고 공손한 태도로 일일이 대답하고 있었다.

"공손 선생, 수고가 많습니다."

명란이 고개를 돌려 감사 인사를 했다.

"선생 같은 인물께서 지금 여기 오셔서 이런 자질구레한 일을 하시게 되다니, 참으로 선생님을 난처하게 했군요!"

명란이 손가락으로 장부책을 가리키는 것을 보고, 공손백석이 쓴웃음을 지으며 말했다.

"소생은 본디 제멋대로 거칠게 살아온 자이니, 이런 일은 소생의 특기가 아니지요. 도독께서 저택을 세운 다음부터 이 늙은이가 참으로 고생이 말이 아닙니다."

명란이 소도를 가리키며 차를 내오라 분부하고는 공손백석을 향해 미소 지으며 말했다.

"선생, 어찌 그런 말씀을 하십니까? 이런 자질구레한 일들을 도독이 친히 관리하는 건 닭 잡는 데 소 잡는 칼을 쓰는 격이지요. 소 잡는 칼로 닭을 잡는다면 대부분의 경우 제대로 잡지 못할 것입니다."

공손백석이 일순 입가를 일그러뜨리며 저도 모르게 생긋 미소를 지어 보였다.

"그 말씀이 참으로 옳습니다!"

이야기를 나누는 동안 그는 명란의 어조가 맑고 우아하며, 사고방식이 활발하고 남다른 것을 보고 대단히 흥미롭다는 생각이 들었다. 그러나 남녀가 유별하고, 그는 고부에 계약된 노복도 아니었기에 얼마 이야기를 더 나누지 못하고 바로 몸을 일으켜 작별을 고해야만 했다. 공손백석이 떠나면서 사환을 하나 남겨두고 내서방을 안내하게 했다.

"소인은 고전顧全이라고 합니다. 마님께서는 저를 전이라고 부르시면 됩니다."

고전은 열서너 살쯤 되어 보였고, 둥근 얼굴에 눈은 가늘어, 웃는 얼굴이 시원시원하고 매우 영리해 보이는 아이였다. 그가 앞쪽으로 비스듬히 명란을 앞서가며 생긋 웃는 얼굴로 말했다.

"……나리는 소인의 평생의 은인이십니다. 옛날 소인이 거리에서 밥을 구걸할 때, 만약 나리를 못 만났다면 저는 진즉에 뼈도 못 추렸을 겁니다."

그런 고전의 말을 듣고 명란은 이 말을 하고 싶었다. 그건 모를 일이란다. 어쩌면 네가 개방 방주가 될 수 있을지도 모르는 일이지.

조휘당 바깥의 동서쪽으로 난 오솔길을 따라 걷다가 꽃나무가 병풍처럼 둘러쳐진 수화문을 통과하자 내서방 문 앞이었다. 내서방은 좌우를 하나로 터서 만든 두 칸짜리 큰 방이었다. 좌우로 이방이 놓였고, 앞뒤로는 조그마한 난각과 포하가 두 칸 더 있었다. 휴식을 취하는 용도로 쓰는 공간이었다. 명란은 속으로 고개를 끄덕였다. 만약 장차 고정엽과 다투게 된다면 홧김에 여기서 잘 수도 있겠구나.

내부로 들어서자, 방 안에 책상, 화안畫案[1], 금탁琴卓[2], 공안供案[3] 등이

---

1) 서화를 그릴 때 쓰는 탁자.
2) 거문고를 올려두는 탁자.
3) 제사상.

즐비하게 놓여 있었다. 남쪽을 향한 육각형 창틀은 선명하고 깨끗한 것이 막 물청소를 마친 것처럼 보였다. 바닥에는 양철로 테두리를 두른 커다란 너도밤나무 상자가 두 개 놓여 있었다. 벽 옆에 붙여둔 네모난 책상 위는 텅텅 비어 있었다. 명란은 주위를 둘러보고 쓴웃음을 지으며, 고전에게 상자를 열어 안에 있는 한 무더기 책들을 한 권 한 권 전부 꺼내라고 시켰다. 그러고는 장백의 서재를 참고삼아 대강 책들을 정리하고 분류했다. 명란의 지휘 아래 소도와 고전이 이마에 땀을 뻘뻘 흘리며 차례대로 책들을 서가에 진열하기 시작했다.

명란은 손가락으로 참신한 책 표지들을 쓰다듬었다. 『논어』, 『대학』, 『중용』, 『맹자』, 『회남자』……. 서재에 필요한 책들이 완벽히 구색을 갖추고 있었다. 명란은 또 한 권밖에 없는 희귀한 책들도 몇 권 발견하고 매우 기뻤다. 그러나 표지에 먼지가 쌓여 있는 모습을 보니, 이 모든 서적의 용도는 단 하나인 듯했다. 바로 장식을 위한 것이다. 그러니 그녀도 새삼스럽게 서가의 책들을 분류하기 위해 고심할 필요는 없었다. 어쨌든 이렇게 많은 서가 공간을 비워 두는 것도 보기 흉하니, 내일쯤 밖에 나가 재미있는 야사나 잡문 종류를 잔뜩 사 오면 족할 것이다.

서가 정리가 끝나자 명란은 책상을 정리하기 시작했다. 호주湖州[4]의 자수정 벼루, 소남의 운연묵, 경림瓊林[5]의 백옥 수세, 두필頭筆[6]부터 시작해 종류별로 맞추어 구비된 자서호紫犀毫[7], 그리고 책상 한구석에 한 무

---

4) 절강성 북쪽 끝에 위치한 도시.
5) 금문도 중앙부의 고을.
6) 큰 붓.
7) 붉은 물소 털로 만든 가는 붓.

더기로 쌓여 있는 설백색의 섬세한 연자전과 이금전泥金箋[8]을 일일이 손수 보기 좋게 늘어놓았다. 명란은 책상을 정리하면서 속으로 한탄했다. 싱싱하고 어여쁜 꽃아, 네가 일편단심으로 쇠똥만 사랑[9]하는 이유가 무엇이냐?

서재 정리를 마친 명란이 방에 돌아와 온몸을 늘어뜨리고 막 휴식을 취하려던 찰나, 고정엽을 따라다니며 심부름을 하는 또 다른 머슴아이인 고순이 급히 말을 달려 저택으로 돌아와 명란에게 보고했다. 고정엽이 오늘은 점심때 저택에 돌아와 점심을 함께 먹을 수 없으니 명란더러 알아서 혼자 먹으라는 내용이었다. 사실 명란은 아무렇지도 않았다. 실제로 아이를 낳는 것을 제외하면, 대부분의 일은 여자 혼자서 할 수 있는 것들이기 때문이다. 혼자 점심을 먹어도 식욕에는 아무런 영향도 끼치지 않았다.

그러나 한 명의 현명한 아내로서, 명란은 그래도 몇 마디 묻기는 해야 했다.

"그럼, 나리께선 어디서 식사를 하신다는 게냐?"

고순이 소매로 얼굴의 땀을 연신 훔치면서 숨 가쁘게 대답했다.

"오늘 아침 조정이 대단히 시끄러웠다고 합니다. 족히 사시巳時[10] 끝 무렵은 되어서야 겨우 해산했대요. 조정 조례를 파하고 황상께서 나리와 장군님들 몇 분을 불러 궁 안에서 회의를 하신답니다. 식사도 거기서 하신대요."

---

8) 금가루를 섞어 만든 종이.
9) 서로 어울리지 않는 배필을 뜻하는 중국 속담.
10) 오전 9시부터 11시.

명란은 아무 표정 없이 가볍게 '아' 하는 감탄사를 한 번 내뱉었다. 오히려 지친 고순이 가엾다는 생각에 소도를 시켜 차가운 물수건을 가져다주고 땀을 닦게 했다. 소도는 따로 차도 한 잔 준비하여 그에게 마시게 했다.

고순은 단숨에 차를 들이켜고 숨을 고른 뒤 웃으며 감사 인사를 올렸다. 명란의 우울한 표정을 본 그는 한마디를 덧붙였다.

"마님, 걱정하시지 않으셔도 됩니다. 예전에도 자주 있던 일입니다. 어떤 때는 황상께서 부르셨고, 또 어떤 때는 주변의 장군님, 대인들께서 나리를 붙잡으시곤 하셨지요."

명란은 그저 피곤했을 뿐이지 결코 마음이 불편한 것은 아니었다. 명란이 고순의 말을 듣고 웃으며 대답했다.

"네가 피곤하겠구나. 다음에도 이런 일이 있거든 또 이렇게 힘들지 않겠느냐. 조금 있다간 다시 나리를 뵈러 가야 할 테고."

"마님, 무슨 말씀이십니까?!"

고순이 밝은 목소리로 외쳤다. 온통 흥분한 기색이었다.

"소인의 목숨은 나리께서 살려 주신 겁니다. 뭐가 피곤하겠습니까! 나리와 마님께서 부르기만 하시면, 뛰다가 다리가 부러져도 소인은 불평 하나 않을 것입니다!"

명란이 실소했다.

"그래도 다리는 멀쩡히 남겨 둬야지. 소도, 얼른 고순에게 간식거리 좀 내오너라. 그리고 따로 간식이라도 사 먹게 돈 좀 챙겨 주고."

소도가 얼른 안으로 뛰어 들어갔다. 안에서 나온 소도는 한쪽 손에는 꿀에 절인 대추가 가득 담긴 민무늬 도자기 접시를 들고 있었고, 다른 한쪽 손에는 동전을 한 움큼 쥐고 있었다. 소도가 그것들을 한꺼번에 고순의 호주머니 안에 쑤셔 넣었다. 고순이 활짝 웃는 얼굴로 감사 인사를 하고 나갔다.

단균은 머리 회전이 영민하다 할 것이다. 먼저 주방에서 일하는 사람들부터 불러 일찍 문답을 마치게 하고, 얼른 그들을 돌려보내 바삐 화덕에 불을 넣고 밥을 짓게 했다. 점심 식사 시간을 지체하지 않기 위해서였다. 명란이 식탁 위에 차려진 음식들을 바라보며 조용히 일렀다.

"약미 등을 불러 먼저 식사를 하게 하려무나. 숨 좀 돌리고 나서 오후에 다시 천천히 문답을 해도 늦지 않을 게야."

소도가 절도 있게 소매를 세 번 접어 걷어 올리고, 그릇을 집어 명란에게 음식을 덜어 주며 말했다.

"아가씨, 안심하세요. 녹지랑 게네들이 얼마나 눈치가 빠른데요. 절대 굶지 않을 거예요."

곁에 있던 채환도 웃으며 말했다.

"마님, 걱정 마세요. 아까 제가 계집종더러 물어보고 오라고 시켰습니다. 주방의 몇몇 아주머니들이 직접 찬합에 음식들을 담아 가져다주었답니다."

그제야 명란이 젓가락을 들며 웃으며 말했다.

"너는 참으로 총명하구나."

채환의 얼굴에 다소 부끄러운 듯한 기색이 어렸다.

"제가 온 지 얼마 안 되어 아둔합니다. 아직도 마님 처소의 법도를 잘 몰라서, 그저 눈치껏 배우고 있지요. 그저 마님께서 저를 내치지만 마시길 바랄 뿐입니다."

명란이 점잖게 생선살 한 조각을 삼키더니 웃으며 대답했다.

"서두르지 말거라. 천천히 하다 보면 다 좋아질 게야. 길이 멀어야 말의 실력을 알고, 시간이 오래 지나야 사람의 마음을 안다지 않더냐."

채환이 공손하고 붙임성 있는 표정으로 웃으며 또 덧붙였다.

"예전에 성부 마님께서 아가씨들 중에 마님이 가장 뛰어나고, 마음씨도 좋고, 사람 쓸 줄도 잘 아신다며 늘 칭찬하셨지요. 성부 저택의 자매분들 중에 가장 법도를 잘 지키신다면서요."

명란이 젓가락을 내려놓고 숟가락을 들어 국물을 한입 가볍게 들이켜고, 채환을 한 번 쳐다본 뒤 담담히 웃으며 말했다.

"법도니, 기량이니 하는 것은 약으로도 고칠 수 없을 정도의 바보만 아니면, 그리고 기꺼이 주의만 기울인다면 누구든 언젠가 익힐 수 있는 것이지. 중요한 것은 정이다. 저 아이들은 나와 함께 한 지 벌써 십 년이 다 되었지. 그러니 당연히 좀 더 친근한 것이다. 네가 좋은 아이란 걸 알고 있다. 천천히, 함께 오래 있다 보면 좋아질 게야. 됐다, 너도 가서 식사하거라. 오후에 소도더러 처소를 지키고 있으라 하고, 너는 나와 함께 나가서 둘러보자꾸나."

순식간에 얼굴이 밝아진 채환이 신이 난 기색으로 자리를 떴다.

그녀가 나가기를 기다려, 명란이 숟가락을 내려놓고 곰곰이 생각하다 낮은 목소리로 물었다.

"……네가 보기엔, 저 아이는 어떠하냐?"

"말이 많고 이것저것 묻기를 좋아합니다."

소도가 입술을 삐죽거리며 대답했다.

"하지만 바느질 솜씨는 참 대단하지요. 행동거지도 신중하고 민첩하고요. 뭐든지 자원해서 하려고 열심이지요."

명란이 젓가락으로 쌀밥을 집으며 말했다.

"이것저것 묻기를 좋아하는 건 오히려 대수로울 게 없지. 새로 온 사람들은 궁금한 게 좀 더 많을 테니까. 그저 걸리는 건…… 됐다, 초목이 죄다 적병으로 보인다더니, 의심만 하고 있을 수도 없는 노릇이지. 소도, 명심하여라. 그 아이가 내 방에 들어가지 못하게 하거라. 밖에 바느질감이 적지 않으니, 그 아이가 할 일도 충분할 게야."

소도가 정색하고 대답했다.

"그 아이가 총명하다면 절대 나서서 허튼수작을 부리진 않을 거예요. 잘만 하면 아가씨께서 절대 서운하게 하시진 않을 테니까요."

"그럼 좋겠구나……."

명란은 믿음이 부족했다. 법조계 종사자의 고질병이었다.

식사를 마친 뒤 명란은 자신의 가련한 한 줌 뼈대를 주무르며, 차라리 얼른 한잠 자고 살을 좀 더 찌우는 편이 든든하겠다는 생각이 들었다. 그래야 앞으로 침상에서도 좀 더 버틸 수 있기 때문이다. 명란은 하품을 하며 이불 속으로 파고들었다. 비몽사몽간에 머릿속에 요 이틀간 본 것, 생각한 것들이 주마등처럼 스쳐 지나갔다.

경성은 쌀이 진주만큼 비싸고, 땔나무가 계수나무만큼 비싼 곳이었다. 해 씨가 시집온 뒤, 성부의 주인은 모두 열 명이 되었다. 그밖에도 이랑이 세 명, 통방이 네 명 있었으니, 전부 합치면 열일곱 명이었다. 그 밑으로 계집종, 어멈, 노복들, 관사들까지 포함하면 쉰여덟 명이다. 해 씨가 점차 집안일을 관리하게 된 이래, 명란은 해 씨를 도와 자주 전이를 돌보곤 했다. 그러다 가끔 얻어듣게 된 몇 마디를 통해 이만한 식구들이 남들처럼 인간관계도 챙기며 지내려면 일 년에 대략 4천 냥가량의 지출을 하게 된다는 사실을 알게 되었다.

왕 씨는 돈 계산이 빨랐고, 해 씨는 근검절약했으며, 생활비는 적당했으니 언제나 집안이 풍족했다. 전답과 가게에서 나오는 잉여 소득과 유양현의 고향 집에서 다달이 보내오는 것까지 합치면, 매년 적지 않은 은 자를 축적할 수 있었다. 그걸로 자손들의 혼사를 준비하는 것이다.

그렇다면 자신의 신혼집은 어떠한가? 정이품 관헌인 고정엽의 연봉 은 150냥이었고, 녹봉으로 받는 쌀인 녹미가 61석이었다. 그러나 녹미 로 받는 이런 묵은 쌀은 성부의 노복들조차도 먹지 않았고, 바로 쌀가게 로 가져가 은자로 바꿔 오곤 했다. 그리고 고정엽은 무관이었기에 별도 로 군사 보급으로 받는 것이 220냥이었다. 이렇게 받는 녹봉을 다 합치 면 약 500냥이었다. 또 관례에 따라, 지방 관리들이 여름과 겨울에 경성 관리들에게 보내는 선물인 빙경氷敬과 탄경炭敬이 있을 것이다.

명란이 현재 입수한 논밭 문서에 따르면 고정엽은 경성 교외의 연묘 하延卯河 일대에 농장을 두 곳 가지고 있었다. 하나는 흑산 장원이라 불 리는 농장이었고 80여 경의 비옥한 밭이 딸려 있었다. 다른 하나는 고암 장원이라 불리는 농장으로 100경이 넘는 비옥한 밭이 딸려 있었다. 그 밖에도 황제가 경성의 서산 중 반을 그에게 하사했다. 온천이 딸린 땅이 었다. 이것들을 전부 합쳐 놓고 보니, 전부 대략 5천 냥이 되는 수입이었 다. (추신: 상업적인 산업은 아직 없는 듯하다.)

그날 명란이 고정엽에게 저택에서 쓸 수 있는 돈이 얼마냐고 묻자, 그 는 이유도 묻지 않고 그저 이들 고정 수입을 명란이 알아서 쓸 수 있게 하겠다고 대답했다. 그밖에도 장방에 따로 5만 냥 은자를 놔둘 테니, 명 란이 일단 써보고 부족하거든 다시 말하라고 일러두었다.

달마다 고작 한 냥 반의 용돈을 받던 서녀가 이렇게 많은 돈을 주관할 수 있는 부유한 마님이 되다니, 명란은 불현듯 복권이라도 당첨된 듯한 기분이 들었다. 당장에 매일같이 제비집죽을 세 그릇씩 시켜서 한 그릇 은 먹고, 한 그릇은 보고, 한 그릇은 쏟아 버리지 못하는 게 한스러울 정도였다.

고부에 고작 이 정도밖에 사람이 없는데, 어디 이렇게 많은 돈을 쓸데가 있겠는가! 명란은 거듭 자신에게 주의를 환기시켰다. 자신에겐 오직 이 돈을 사용할 권리만 있고, 소유권은 없다. 그러니까 함부로 쓸 수 없는 것이다……. 하지만, 조금만이라도 챙길 수는 없는 걸까, 음, 관리비 조로 말이다.

명란은 자기 자신이 경멸스러웠다. 보아하니 자신에게 탐관오리가 될 만한 잠재적 소질이 다분했다.

고정엽과 명란, 그리고 용이를 더한 세 명이 이 집의 정식 주인이라 할 것이다. 그밖에 이랑 두 명, 봉선 낭자 한 명이 있었다. 녕원후부의 서열에 따른 월급 분배에 따르면, 명란은 마님 즉, 일급에 속하니 매달 30냥(혼인 뒤 수입이 20배는 오른 것이다)을 받게 된다. 만약 작은 마님(장래 명란의 며느리) 등급이라면 20냥이다. 용이와 이랑은 각각 2냥씩 받는다.

골치 아픈 것은 봉선 낭자였다. 만약 통방이라면 월급이 1냥인데, 하필이면 고정엽에게 그녀를 처리할 생각이 전혀 없는 것이다. 그날 명란이 물었을 때 그는 잠시 멍하긴 했으나 그녀를 상기한 뒤 어두운 표정이 되었다.

나중에 명란이 하하에게 슬쩍 물어보고 나서야 알게 된 사실은 이랬다. 이 봉선 낭자는 원래 죄지은 신하의 식솔로 교방사로 끌려간 사람(듣고 있던 진상이 한참 손가락을 퉁기며 소리를 냈다)이었다. 아직 청관인[11]이었기에, 반년 전에 감 노장군이 고부로 보낸 것이다(듣기로는 합법적인 수속을 밟았다고 한다).

당시, 거문고, 장기, 서화에 두루 정통하기로 명성이 높았던 그녀는 고정엽이 자신을 데려와놓고 7, 8일간 까맣게 잊고 있는 걸 못 견뎌, 어느 날 밤 '유유히 흐르는 맑은 물' 같은 가락을 밤새 거문고로 연주했다고 한다. 안타까운 것은 양춘백설陽春白雪[12]이 시정잡배 같은 자제와 만났다는 사실이었다. 고정엽은 어렸을 때부터 권법을 훨씬 더 많이 공부했고, 저잣거리에서 싸움박질을 하거나 전장에서 적을 해치우는 데는 능했으나 문화적 소양은 미달한 상태였다(명란은 속으로 그녀가 만약 유행가를 불렀다면 고정엽이 어쩌면 손뼉을 치며 장단을 맞췄을지도 모르겠단 생각이 들었다). 게다가 당시 그는 너무나도 피로한 상태였으니, 잠결에 시끄러운 소리에 잠을 설치니 더더욱 짜증을 냈다. 당장에 문짝을 걷어차 열고서는 고래고래 질러대는 소리가 담장 밖으로 반 리는 퍼질 정도였다고 한다.

이튿날, 날이 밝자마자 고정엽이 사람을 시켜 그녀를 저택 안에서도 가장 외진 곳인 서측원 구석으로 옮기게 했다고 한다.

또다시 한 달이 지나, 봉선 낭자는 이윽고 사내들에게는 청각보다 시각이 훨씬 더 직관적이고 중요하다는 사실을 깨달았다. 이에 또 어느 날 밤, 그녀가 하늘거리는 얇고 새하얀 홑옷만 입고 야식을 갖다 주러 그의 처소에 들렀다. 그러나 운 나쁘게도 그녀가 맞닥뜨린 건 촛불을 켜놓고

---

11) 기예를 팔고 몸은 팔지 않는 기녀.
12) 춘추시대 초나라의 노래. 너무 고상하고 난해한 예술의 통칭.

일하는 고정엽이 아니라 마침 방을 정리하던 상 유모였다.

염상 집안에서 유모를 하던 사람의 수준이 높아 봤자 얼마나 높겠는 가? 상 유모는 성미가 거칠고 입도 사나웠다. 들리는 바로는 젊었을 때 돼지 잡는 백정과도 싸운 적이 있었다고 한다. 상 유모는 즉각 차가운 조 소와 신랄한 풍자를 한바탕 퍼부었다. 봉선 낭자의 18대 조상들부터 시 작해 미래의 자손 18대에 이르기까지 욕을 한 것뿐만 아니라, 그녀와 청 루 기녀들의 기술 수준에 대해서도 생동감 있는 묘사를 곁들여 비교하 니, 저택 전체의 여자 하인들이 죄다 몰려와 그녀를 에워싸고 놀려댈 지 경이었다.

상 유모가 침방울을 튀기며 욕을 하고도 아직도 성에 안 찼다는 듯 아 예 형비각까지 쫓아가 계속 욕을 해댔다. 그때 봉선 낭자는 철저히 낭패 를 보게 되었고, 창피하고 분한 마음에 통곡하다 하마터면 목이라도 맬 지경이 되었다(결국 목을 매진 않았다. 교방사 안에서도 자결하지 않았 으니 필시 강인한 사람일 것이다). 명란은 바로 이런 이유 때문에 그녀 가 처소 이름을 영정각[13]으로 바꾸었으리란 짐작이 들었다.

명란은 상 유모가 그렇게 나온 것이 혹시 고정엽의 뜻이 아닐까 하는 깊은 의혹이 일었다. 이 녀석은 온갖 종류의 사람들 속에서 더러운 꼴을 보며 굴렀던 자이니, 주변의 지체 높은 집안의 나리들과는 비교가 안 될 정도로 교활하고 음흉한 꿍꿍이를 쓸 줄 알 것이다. 연로한 상사께서 보 내신 '선물'을 때릴 수도 없고 버릴 수도 없으니, 차라리 독으로 독을 제 압한 것이다. 나이 많고 경력도 오래된 상 유모를 시켜 한바탕 모욕을 줌

---

13) '영정伶仃'은 고독하고 의지할 데 없는 신세를 가리키는 중국어 형용사.

으로써, 그녀가 스스로 문밖에 나설 면목이 없게 한 것이다.

그 이후 봉선 낭자는 문밖에 나오지 않게 되었다. 벌써 반년은 된 일이었다.

도대체 그녀에게 월급을 얼마나 줘야 할까? 명란은 생각하면 할수록 머릿속이 뒤죽박죽되었고, 얼마 지나지 않아 곧 깊이 잠들고 말았다. 태양이 서서히 기울고 따사로운 햇살이 비치고 있었다. 얼마나 오랫동안 잠들었을까, 저도 모르게 잠든 명란은 소도가 흔들어댄 뒤에야 겨우 잠에서 깨어났다.

"왜 그러느냐?"

명란이 여전히 실눈을 뜬 채로 힐끔 곁눈질해 보니 정오가 이미 지난 뒤였다.

소도는 도리어 잔뜩 흥분한 기색이었다. 얼른 명란의 귓가에 다가가 조용히 속삭였다.

"다섯째 노마님께서 오셨습니다!"

"이렇게 빨리?"

명란의 눈동자가 순식간에 커졌고, 잠이 확 달아났다.

"혼자서 오셨더냐?"

"그 댁 첫째 며느님과 둘째 며느님도 오셨어요."

소도가 고개를 숙이고 명란의 귓가에 속삭이며 히죽히죽 웃었다.

"아가씨는 과연 귀신같이 정확하십니다. 제가 문지기들 몇몇에게 보고 있으라고 시켰는데, 누군가 밖에 나간 자가 있었답니다. 바로 그 조가였지요!"

명란은 멍하니 침상 위에 앉아 살짝 한숨을 쉬었다.

"이렇게 가까이서 사는데, 어찌 여긴 들르지도 않는 게야?"

그녀는 뭔가가 분명해진 기분이 들었다. 이렇게 힘들게 일을 하고 있으니, 무조건 관리비를 조금은 챙겨야 마땅할 것이야!

제114화

안주인의 집안일 下

적절히 몸단장을 마친 명란은 소도의 원망하는 듯한 눈총을 받으며 채환의 팔을 짚고 천천히 문지방을 넘었다. 고개를 숙이고 눈을 내리깐 채환이 명란의 팔에 걸쳐진 진주 팔찌를 힐끔 쳐다보았다. 엄지손가락만큼 크고 둥근 진주알들이 밝게 빛나며 눈부시게 광채를 발하고 있었다.

채환은 고부의 재력에 새삼 놀랐다. 이렇게 커다랗고 고운 진주는 왕씨라 해도 비녀나 팔찌에 몇 알 박아 넣는 게 고작이었기 때문이다. 명란처럼 아예 진주를 한 꾸러미를 가져다 알알이 엮어 손목에 척 걸치고 다닐 수 있다는 건 생각조차 못 해봤다.

채환의 생각이 채 끝나기도 전에 주인과 하인 두 사람은 가희거 편청에 다다랐다. 커다란 붉은 기둥 옆으로 물총새 깃털처럼 푸른 잎이 무성한 해당화나무가 두 그루 있었다. 3, 4월의 날씨가 상쾌하게 서늘했다. 여염집에서는 좀처럼 보기 힘든 유리가 이곳에서는 한 장씩 통으로 창틀에 박혀 있었다. 수정처럼 투명해서 청당 전체가 맑고 환하게 보였다.

청당 안으로 들어서자 다섯째 숙모와 그녀의 두 며느리가 안쪽에 자리 잡고 앉아 있는 모습이 보였다. 마침 계집종이 다반을 받쳐 들고 차를 올리고 있었다. 명란은 웃는 얼굴로 들어와 천천히 몸을 굽히며 인사했다.

"숙모님, 오셨어요. 제가 좀 늦었네요. 부디 너무 나무라지는 마세요."

다섯째 숙모가 상석에 단정히 앉아 있었다. 잔물결무늬 위에 세 가지 복을 상징하는 여의삼보문이 수놓인 자홍색 비단 대금 배자를 걸친 모습이 지난 대면식 때보다 훨씬 더 귀하고 인자하게 보였다. 그녀가 명란의 인사말을 듣고 담담한 얼굴로 웃었다.

"바쁜 자네를 이 늙은이가 찾아와 귀찮게 한다고 탓하지 않으면 좋겠구먼."

명란이 살짝 미소 지으며 간결하게 말했다.

"천만의 말씀이십니다."

그리고는 곧바로 고개를 돌려 다른 두 부인에게도 허리를 숙여 인사했다. 다섯째 숙부의 장자인 고정양의 부인과 차자인 고정적의 부인이 공손히 답례했다.

인사를 마친 네 사람은 자리에 앉았다. 고정적의 부인은 불과 스물여섯, 스물일곱 살로, 대단히 젊었다. 피부가 희고 깨끗했으며, 단정하고 부유한 귀족적인 인상이었다. 청당 안의 분위기가 다소 냉랭한 것을 보고 그녀가 활짝 웃는 얼굴로 말했다.

"그러고보니 여기 들어와본 건 이번이 처음입니다. 아주 기품 있는 저택이군요! 저는 이 저택이 오랫동안 비어 있어서 어떻게 정돈하려나 걱정을 했거든요! 인제 보니 제가 뭘 몰랐네요!"

명란이 겸허하게 웃으며 말했다.

"저도 그랬는걸요. 나중에 알고보니 어용감御用監에서 사람이 나와 관리를 했다더군요. 여러 해 동안 아무도 살지 않았지만 깔끔하게 수리가 되어 있어 저희가 수고를 덜었습니다."

다섯째 숙모의 눈빛이 순간 반짝이더니 점잖지만 다소 무시하는 듯한
어조로 말했다.

"황상께서 그리 큰 은혜를 베푸셨는데 어찌 이리 누추하게 꾸몄느냐?
텅텅 빈 것이 보기 안 좋구나."

명란이 겸연쩍은 표정을 지으며 고개를 숙였다.

"나리의 뜻입니다. 처소에 일손들이 정해지면 그때 가서 천천히 꾸며
도 늦지 않다고 하셨지요. 서두르다보면 도리어 일을 그르칠 수 있으니
까요. 저, 저도 뜻을 거스를 수가 없어서……."

고정적의 아내가 입을 가리고 조용히 웃었다.

"서방님 성미하고는! 정말이지 하나도 안 변했네. 그렇다면 자네를 탓
할 수 없지."

명란이 맞장구를 치며 몇 차례 웃었다. 청당 안의 분위기가 순식간에
화기애애해졌다. 명란은 옆쪽의 또 다른 사촌 동서, 고정양의 부인을 힐
끔 바라보았다. 그녀는 여전히 조심스러운 태도를 보이며 고개를 숙이
고 차를 마실 뿐 감히 입을 열지 못했다.

명란은 의아한 생각이 들었다. 분명 고정양이 다섯째 숙부의 적장자
인데 어째서…….

안부 인사를 나눈 뒤에도 다섯째 숙모의 표정은 여전히 냉담했다. 명
란이 저택에 관한 이야기를 꺼내자, 그녀가 찻잔을 내려놓고 손수건을
꺼내 가볍게 입가를 닦더니 입을 열었다.

"저택에 정리할 것이 많으면 얼른 사람을 시켜 일하게 해야지 왜 손을
놓고 있느냐? 이런 쓸데없는 짓이나 하고 말이야."

명란은 어수룩함을 가장하고 겸손하게 미소 짓기를 계속했다.

"제가 너무 아둔한 데다, 혹여 잘못을 저지를까 두려웠습니다. 어쨌든 서두를 필요는 없으니, 차라리 느긋하게 마음먹고 일단 일꾼들을 잘 파악하고 나서 다음 일을 생각하려고 했지요."

그녀는 이 거만하고 우아한 부인이 어째서 시작부터 시비조로 나오는지가 대단히 궁금해졌다.

안색이 어두워진 다섯째 숙모가 탁자 위에 올려 둔 한 손을 주먹 모양으로 꽉 쥐었다.

"내가 오늘 여기 왜 왔는지 알고 있겠지?"

"당연히 조카며느리를 보러 오신 것이겠지요. 그것 말고 다른 이유가 있겠습니까?"

명란이 대단히 사랑스러운 얼굴로 웃으며 대답했다.

말문이 막힌 다섯째 숙모가 괴팍하게 성질을 부리며 말했다.

"아이고, 황송해라! 정엽이가 벼락출세를 했는데, 어찌 나 같은 늙은이 따위를 안중에 둘까? 발밑에 두고 짓밟지나 않으면 다행이지!"

명란이 생긋 웃는 얼굴로 찻잔 뚜껑을 들고는 차 거품을 쓸어내면서 말했다.

"숙모님께서 또 농담을 하시네요. 안중은 뭐고, 발밑은 또 뭔가요? 저는 무슨 말씀을 하시는 건지 모르겠습니다."

명란은 두 사촌 동서를 힐끔 곁눈질했다. 하지만 사촌 동서들은 똑같이 고개를 숙인 채 차를 마셨다.

다섯째 숙모는 기가 찼는지 안색이 여러 번 바뀌었다. 그녀가 손바닥으로 탁자를 힘껏 내리쳤다.

"좋다! 그럼 네게 묻겠다. 정엽이가 분가를 고집한 건 그렇다 치자. 그건 우리도 막을 수가 없으니까. 하지만 내가 하인들을 보낸 건 너희 두 사람이 믿고 맡길 일손이 없어 이렇게 큰 저택을 잘 관리하지 못할까 염려해 좋은 마음으로 그리한 것이다! 그런데 너희들은 어찌했느냐. 하인들을 몇 달 동안 방치한 것도 모자라 시집온 지도 며칠 안 된 네가 죄인 심문하듯 오래된 일꾼들을 심문하지 않았느냐!"

다섯째 숙모가 연신 차갑게 코웃음을 치며 말했다.

명란은 다섯째 숙모의 행동을 차가운 시선으로 지켜봤다. 하지만 화는 나지 않았다. 사실 명란은 지난번 분가 문제를 놓고 다퉜을 때부터 고가의 이 두 노마님들이 참 재미있는 성격을 가지고 있다고 생각했다.

넷째 숙모는 얼핏 보기에 호들갑스럽고 수다스러운 것처럼 보였지만 실제로는 대단히 신중한 편이었다. 말을 하지 말아야 할 때는 한마디도 입을 열지 않았다. 반면에 다섯째 숙모는 얼핏 보기에는 점잖고 고상해 보였으나 실제로는 충동적인 성격이었다. 조금이라도 뜻대로 되지 않는 것이 있거나 누군가가 몇 마디 부추기기만 하면 곧바로 손발이 나가고 욕을 하는 것이다.

과연, 사람은 겉만 보고는 모르는 법이다.

"저는 또 무슨 일인가 했는데 그것 때문이었군요."

명란은 찻잔을 만지작거리길 멈추고 가만히 다섯째 숙모를 바라보다 갑자기 소리 높여 외쳤다.

"다들 불러 왔느냐?"

"전부 모였습니다, 마님."

바깥에서 어떤 여인의 공손한 목소리가 울려 퍼졌다.

"다들 들어오라고 하게."

살구색의 얇은 비단에 꽃과 대나무가 장식된 휘장이 걷히더니 하하가 들어왔다. 하하가 고개를 숙인 채 휘장을 들고 있자 중년 부인 한 무리가 줄지어 들어왔다. 바로 뢰씨, 화씨, 전씨, 조씨 네 어멈들이었다. 다섯째 숙모가 앉아 있는 것을 보고 그녀들의 낯빛이 바뀌기 시작했다. 네 어멈은 각자 의아한 얼굴로 서로 마주 보았다. 하하가 휘장을 내리고 소매에서 종이 한 뭉치를 꺼내 공손히 명란에게 건넸다.

명란은 종잇장을 받아 대략 훑어보다 살짝 어리둥절했다. 속으로 웃으며 종이를 정리한 명란은 고개를 들고 웃는 듯 마는 듯한 표정으로 네 어멈을 바라보았다.

"다섯째 숙모님께서 참으로 소식이 빠르시군. 자네들과 이야기를 나눈 게 오전인데 숙모님께서 이리 오셨으니 말이야."

네 어멈의 안색이 더 사납게 변했다. 그중 세 어멈이 조씨 어멈을 쏘아보았다. 자못 책망하는 듯한 눈초리로 눈을 부릅뜨고 쏘아보는 탓에 조씨 어멈의 얼굴은 자줏빛으로 변했고 떨군 머리가 거의 가슴팍에 닿을 지경이었다. 이런 광경을 보며, 다섯째 숙모는 대단히 불쾌한 기분이 들었다. 그녀는 명란이 이렇게 민첩하게, 이야기 도중에 바로 사람들을 불러오리라고는 예상도 못 했었다. 재판정에서 대치하는 형국이 되어버린 것이다.

"왜? 나는 묻지도 못하느냐?"

다섯째 숙모가 큰소리로 외쳤다.

명란은 마치 이 상황을 즐기고 있는 듯 여전히 감미로운 목소리로 말했다.

"제가 몇 마디 물은 걸 가지고 숙모님께서 이리 신경 쓰실 까닭이 무엇입니까? 숙모님께서도 조금 전에 제게 저 사람들을 주었다고 하지 않으셨습니까. 그런데 제가 몇 마디 묻는 게 잘못입니까?"

다섯째 숙모가 더더욱 화를 내며 벌떡 자리에서 일어났다.

"네가 두어 마디만 물었으면 나도 이렇게까지 하진 않을 게다. 그런데 너는 꼬치꼬치 캐물었지. 어멈들의 8대 조상까지 파헤치지 못한 게 한이라도 되는 것처럼 말이다. 우리를 못 믿겠다는 게냐? 그렇다면 그렇다고 말을 하거라. 내가 즉각 사람들을 데리고 갈 테니. 네 눈에 거슬리지 않게 말이다!"

명란이 계속 어리숙한 척했다.

"그게 무슨 말씀이세요? 몇 마디 물은 것이 믿는 것하고 무슨 관계가 있단 말씀입니까?"

"어른이 준 사람을 네가 심문할 게 뭐 있더냐!"

다섯째 숙모가 체면도 잊고 막무가내로 나오기 시작했다.

명란이 천천히 찻잔을 내려놓더니 자세를 단정히 하고 다섯째 숙모에게 공손히 말했다.

"숙모님께서 아실지 모르겠습니다. 지금의 황상께서 즉위하시자마자 가장 먼저 하신 일이 무엇입니까? 바로 이부에 분부해 최근 십 년간 신하들의 시험 성적을 제출하라 하신 것이었지요."

다섯째 숙모는 어안이 벙벙해져 명란을 바라보았다. 명란이 무슨 뜻으로 그런 말을 하는지 알아듣지 못했기 때문이다. 명란이 계속 말을 이었다.

"숙모님 말씀대로라면 황상께서 그리 하신 건 선황제 폐하를 믿지 못해서인가요?"

"망발을 하는구나! 내가 언제 그런 말을 했더냐!"

다섯째 숙모가 펄쩍 뛰었다. 어떻게 얘기가 그리로 튄단 말인가. 그녀는 순간 다급한 마음에 큰소리로 외쳤다.

"함부로 뒤집어씌우지 마라!"

명란이 대단히 유쾌하게 웃어 보였다.

"하지만 신하들도 모두 선황제 폐하께서 남겨주신 것입니다. 그런데도 황상께서 조사하셨으니……. 숙모님 말씀이 바로 그런 뜻이 아니겠습니까?"

다섯째 숙모가 입술을 깨물며, 분한 마음에 씩씩대며 가슴팍을 들썩였다. 명란은 더더욱 환한 웃음을 지었다.

"아, 맞다, 장 선생께서도 예전에 이런 말씀을 하셨지요. 선황제께서 즉위하셨던 그해에도 똑같이 이부에 분부해 신하들의 평가 성적을 제출하라 하셨다지요? 어머, 설마…… 숙모님께서는 선황제께서도 무 황제 폐하를 믿지 못했다고 생각하시는 겁니까? 아, 어쩌면 숙모님께선 그런 의도가 아니셨을지도 모르겠네요. 그럼 설마 다섯째 숙부님의 뜻인가요?"

다섯째 숙모는 듣다가 머리가 다 멍해질 지경이었다. 내심 놀라움과 두려움이 일었고, 다시는 감히 억지를 부릴 수 없었다. 다섯째 숙모가 얼른 손사래를 치며 말했다.

"허튼소리 말거라, 나는 절대 그런 뜻이 아니었느니라! ……질문하고 싶다면 마음대로 하거라, 무슨 대단할 게 있다고. 나…… 나도 아무 말 하지 않을 테니, 너 하고 싶은 대로 질문하거라!"

명란은 너무 다그쳐도 좋지 않음을 알기에 이쯤에서 마무리를 짓기로 했다. 얼른 자세를 바로 하고 정색한 얼굴로 말했다.

"제가 일개 아녀자이지만 선황제 폐하와 지금의 황상께서 대단히 현명하시단 생각이 듭니다. 소위 감찰이란 깨끗한 정치를 위함이고, 만백성의 복지를 보호하기 위함이지요. 그렇기에 이부에서는 삼 년에 한 번씩 신하들을 평가하고, 오 년에 한 번씩 시험을 실시하는 것입니다. 바로 하늘의 도리가 번성하게 하기 위함이지요! 숙모님, 그렇지 않습니까?"

황제가 현명하니 어쩌니 하는 말을 끌고 왔으니, 다섯째 숙모가 또 무슨 말을 할 수 있겠는가? 당연히 이마가 땀에 흠뻑 젖도록 연신 고개를 끄덕대며 그렇다고 대답할 수밖에 없는 것이다. 곁에 있던 고정적의 부인이 자신의 시어머니를 거들었으나, 명란은 당연히 그것도 웃으며 격퇴했다.

옆쪽에 서 있던 어멈 넷이 서로 얼굴을 쳐다보았다. 눈빛에서 경계심이 떠올랐다. 그들은 고개를 푹 숙였다.

이제 본론에 들어갈 차례다. 명란은 이번에 다섯째 숙모를 제대로 단속해 두지 않으면 나중에 또 찾아와 자신의 낮잠을 방해할지도 모른단 생각이 들었다. 그래서 아까의 종이 뭉치를 꺼내며 웃는 낯으로 말했다.

"어쨌든 오늘 숙모님께서 오셨으니 마침 잘됐습니다. 제가 이해가 안 가는 부분이 하나 있었습니다. 숙모님께서 이 의문점을 좀 풀어주세요."

명란이 화제를 바꾸는 것을 보고, 다섯째 숙모는 안도의 한숨을 내쉬었다.

"말해보거라."

명란이 여전히 온화하고 우아한 어조로 옆쪽을 가리키며 웃는 얼굴로 말했다.

"여기 조씨 어멈은 숙모님을 따라 녕원후부에 들어간 뒤 총 다섯 가지 임무를 맡았더군요. 석 달은 주방에서 장보기, 두 달은 분과 머릿기름 같은 화장용품 구매, 또 반년은 후원의 정원 관리, 넉 달은 내원의 숙직 관사, 그리고 마지막으로 여섯 달은 새로 들어온 계집종들의 교관을 맡았네요. 제가 의아한 것은 어째서 조씨 어멈은 일 년을 채운 게 없습니까?"

떨어지는 콩고물 순으로 생각해보면 조씨 어멈은 예산도 넉넉하고 실속 있는 부서에서 예산도 적고 떨어지는 콩고물도 적은 부서로 계속 미끄러진 셈이다.

그 말에 한쪽에 서 있던 조씨 어멈은 하마터면 무릎을 꿇을 뻔했다! 다섯째 숙모의 낯가죽도 거무죽죽해졌다. 다섯째 숙모는 가볍게 헛기침을 했으나 실은 자신도 무슨 말을 해야 좋을지 갈피를 못 잡고 있었다. 이에 다섯째 숙모가 고개를 돌려 자신의 두 며느리를 바라보았다.

고정적의 부인이 상황이 심상치 않은 것을 보고 다급히 입을 놀렸다.

"동서가 모르는 것이 있네. 조씨 어멈은 일찍이 어머님을 보필하느라 고생한 나머지 몸이…… 조금 상했지. 그래서 어머님께서 안타깝게 여기시어……."

그녀 자신도 더는 말을 이을 수가 없었다. 고정엽 부부를 거들 일손을 추천한다면서 병으로 골골한 자를 추천한단 말인가? 도움을 주겠다는 건가 아니면 골칫덩어리를 떠맡기겠다는 건가?

그런데 의외로 명란이 고개를 끄덕거리는 것 아닌가? 명란이 대단히 신뢰가 간다는 듯한 표정으로 말했다.

"그랬군요. 제가 여쭤보길 잘했네요. 안 그랬다면 조씨 어멈에게 힘든 임무를 맡길 뻔했습니다. 그랬다면 병자에게 병을 얹어주는 꼴이 아니겠습니까?"

조씨 어멈이 순간적으로 당황한 마음에 황급히 끼어들었다.

"둘째 마님, 쇤네가 말참견하는 것을 용서해주십시오! 예전에는 확실히 몸이 좋지 않았습니다. 하지만 요 몇 년 사이에 다 나았습니다!"

명란이 대단히 관대한 태도로 손을 내젓더니, 아까의 종잇장 위에 적힌 글귀들을 가리키며 웃는 얼굴로 말했다.

"조씨 어멈, 서두를 필요 없네. 나도 자네의 충심과 좋은 마음씨를 알고 있지만, 임무를 맡았던 햇수를 헤아려보니 자네 '몸 상태가 나빴던 것'이 족히 십몇 년은 되는구려. 요 몇 년 사이에 겨우 호전이 되었다 하니 차라리 좀 더 요양을 하는 게 낫겠네. 우리 고가가 아랫사람을 아끼지 않는다는 소리를 들어서야 쓰겠나."

조씨 어멈은 마치 쓰디쓴 약이라도 삼킨 듯 이마에 땀을 뻘뻘 흘렸다. 나머지 세 어멈은 명란을 몰래 훔쳐보며 비록 나이는 어리지만, 확실히 수완이 있다는 생각에 절로 경외하는 마음이 들었다. 새색시가 이리 세게 나올 줄이야.

명란은 여전히 온화하고 우아하며 겸손한 태도를 유지하며 자못 호의적인 어조로 물었다.

"숙모님, 보세요. 역시 질문하길 잘하지 않았습니까?"

다섯째 숙모는 속으로 열불이 났지만 한마디도 못 하고 간신히 고개만 끄덕일 따름이었다.

명란이 평온한 표정으로 웃으며 고개를 돌리더니 가만히 뢰씨 어멈을 응시했다. 명란의 시선에 당황한 뢰씨 어멈이 떨리는 목소리로 물었다.

"둘째 마님, 내리실 분부가 있으십니까?"

명란이 찻잔을 들어 우아한 동작으로 찻잔 뚜껑을 열었다.

"잘 지내고 있다가 까닭 없이 숙모님께 혼이 나고보니 억울한 기분이 드는군. 내가 자네들을 때렸나, 욕을 했나. 그저 몇 마디 물었을 뿐인데 숙모님께서 득달같이 오셔서는 내가 후부를 믿지 못한다는 말씀이나 하시고. 아…… 자네들 전부 귀하신 몸들이라 내 부리기가 참으로 어렵구먼. 앞으로 누구 하나라도 사소한 일에 호들갑을 떨거나 누군가를 앞세운다면 나도 관사를 써서 일을 처리하지 않겠네."

명란의 시선이 줄곧 뢰씨 어멈에게 머물러 있었다. 마치 바늘처럼 따가운 눈빛이었다.

뢰씨 어멈은 심장이 갑자기 쿵쾅거렸다. 그런데 명란의 말은 거기서 끝이 아니었다.

"허나 여러 해 동안 시중을 들었으니 어르신께서 자네들을 아끼는 것도 이유가 있겠지. 뢰씨 어멈……."

뢰씨 어멈이 흠칫 놀라더니, 얼른 공손하게 자세를 바로 하고 명란의 말에 귀를 기울였다.

"오늘 하루 동안 내가 자네를 두 번 타일렀네. 억울한 것이 있는가?"

뢰씨 어멈이 연신 다급하게 대답했다.

"둘째 마님께서 쇤네를 꾸짖으신 것을 두고 어찌 감히 억울하다 하겠습니까?"

"자네처럼 오래 일한 사람이 어찌 잘못이 있겠는가?"

명란의 눈빛이 빛났다. 그 뜻이 매우 분명했다.

뢰씨 어멈이 이를 악물었다.

"전부 이 쇤네가 아둔한 탓입니다. 나이만 믿고 감히 둘째 마님께 대들었습니다. 아랫것이 윗전을 범했습니다!"

명란이 대단히 흡족하다는 듯 고개를 끄덕였다.

"그럼 자네가 보기에 내게 잘못이 있는가?"

뢰씨 어멈이 재빨리 단언했다.

"둘째 마님께선 당연히 잘못이 없으십니다. 다 쇤네의 잘못입니다."

"틀렸네."

명란이 고개를 저었다.

"주인에게 잘못이 있어도 자네는 사람들 앞에서 그걸 지적해선 안 되는 게야."

자리에 있던 사람들이 모두 어리둥절한 기색이었다.

명란이 말을 이었다.

"특히 자네가 두 번째로 대들었을 때 말일세. 내가 시집온 지 얼마 되지 않아 위세가 부족해 이제 막 체면을 세우려던 참이었지. 내가 별로 중요하지도 않은 사소한 일을 갖고 잔소리한다고 생각하진 말게나. 설령 내가 정말 잘못했다 해도 자네는 많은 사람들 앞에서 그걸 지적해선 안 되는 것이야. 나중에 천천히 내게 알려주면 될 일이지! 형님, 안 그렇습니까?"

고정적의 부인이 명란의 자못 의미심장한 표정을 보며 웃는 얼굴로 대답했다.

"동서 말이 옳고말고."

명란이 손뼉을 치고 웃으며 말했다.

"형님께서 그리 말씀하시니 제 마음이 다 놓입니다. 그렇다면 제가 시어머님께 혼날 걱정은 없겠군요."

다섯째 숙모의 낯빛이 어두워졌다. 방금 명란이 한 말이 실은 자기 들으라고 한 말이었다. 우선 다섯째 숙모는 그녀가 집안을 관리하는 첫날에 여기 와서 그녀의 체면을 해쳐선 안 됐다. 둘째, 다섯째 숙모는 그녀의 시어머니도 아닌데 무슨 훈계를 한단 말인가!

이때 바깥쪽에서 떠들썩한 여자 목소리가 들려왔다. 명란이 일순 미간을 찌푸렸다. 채환은 눈치가 대단히 빨랐다. 방금까지의 상황만 봐도 명란은 만만한 사람이 아니었기에 얼른 밖으로 나가 보았다. 돌아온 채환이 명란에게 보고했다.

"마님, 바깥에…… 봉선 낭자의 계집종이 와 있습니다. 마님을 뵙고 싶다고 합니다."

방 안에 있는 사람들의 표정은 제각각이었다. 고정양의 부인은 걱정스러운 표정으로 명란을 바라보았고, 고정적의 부인은 태연한 표정이었다. 다섯째 숙모는 만회할 기회라도 잡은 듯 한껏 기대한 표정이었다.

명란은 그런 그녀를 바라보며 우습다는 생각이 들었다. 자기가 저 계집종을 부르지 않는다면 이 노부인은 분명 한 소리를 늘어놓을 것이다. 명란이 어쩔 수 없다는 듯 대답했다.

"들어오라고 해라."

열일고여덟 살쯤으로 보이는 계집종이 안으로 들어왔다. 분을 바른 얼굴이 예쁘장했다. 분홍색 비갑에 가는 허리가 더욱 도드라져 보였다. 계집종은 고개를 들었다 바로 명란 앞에 엎드렸다.

"마님께 문안드립니다."

"일어나거라. 손님이 계시니 무슨 일인지 어서 말해보거라."

우물쭈물하던 계집종은 명란의 강경한 태도에 이렇게 말할 수밖에 없었다.

"그간 마님께서 바쁘신 줄 알았기에 감히 귀찮게 해 드릴 수 없었습니다. 마님께서 저택 안의 사람들을 전부 만나보셨으니 이제 저희 아가씨 차례겠지요. 저희 아가씨가 마님을 뵙기를 청합니다. 마님께 차 한잔 올리고 싶답니다."

명란은 웃기만 할 뿐 대답이 없었다. 대신 어멈들 쪽으로 고개를 돌려 물었다.

"자네들, 이럴 땐 내가 어찌하면 좋겠나?"

뢰씨 어멈은 머리에 쥐가 날 것 같았다. 명란의 의도를 도무지 알 수 없었기 때문이다. 그녀가 생각을 정리하기도 전에 곁에 있던 화씨 어멈이 냉큼 한 발짝 앞으로 나오더니 큰소리로 호통을 치기 시작했다.

"법도도 모르는 것! 마님께 차를 올리는 일이 그리 쉬운 줄 아느냐? 위로는 어르신들의 동의를 얻어야 하고, 아래로는 나리의 허락을 받아야 하느니라. 또한 마님도 원하셔야 하는 법. 네가 입 한번 놀린다고 되는 줄 아느냐?"

명란이 기쁜 표정으로 화씨 어멈을 바라보며 웃음을 지어 보였다. 화씨 어멈은 명란의 눈빛에 바로 가슴을 펴며 우쭐거렸다.

곁에 있던 전씨 어멈도 명란의 의도를 깨달은 듯했다. 그 계집종이 뭔가 더 말하려는 듯한 기색을 보이자 얼른 달려가 그녀의 팔을 붙잡더니 큰소리로 호통을 치기 시작했다.

"지금 네 아가씨가 무슨 신분이냐? 첩도 아니고 통방도 아니지 않느냐. 그런데 마님이 어찌 만나시겠느냐. 어디 그런 법도가 있단 말이야? 허튼소리 말고 썩 꺼지거라. 가서 나리께서 분부를 내리실 때까지 기다리거라!"

전씨 어멈이 호통치며 그 계집종을 밖으로 밀쳤다. 그리고 하하를 시켜 그녀를 끌어내게 했다.

명란은 이 광경을 보며 대단히 흡족한 기분이 들었다. 명란이 활짝 웃으며 말했다.

"그 봉선 낭자도 바깥에서 온 사람이니 내가 뭐라고 하기 어렵구먼. 자네들이 있어 다행이네. 과연 노련한 어멈들이야. 법도도 잘 알고, 엄격함도 잘 아니 말일세!"

비록 누구라고 가리키진 않았지만, 명란의 시선은 화씨 어멈과 전씨 어멈을 향해 있었다. 두 어멈이 감격한 듯 연신 겸손을 떨었다.

고대의 법도에 따르자면 양산梁山에 오르기 위해서 투명장投名狀을 제출해야 했다.[1] 네 어멈은 소속 회사를 옮긴 셈이니 새로운 주인의 신임을 얻기 전에 먼저 뭔가를 보여줘야만 하는 것이다. 이를테면 능력, 결심, 충성심 등을 말이다. 어쨌든 아무런 이유도 없이 무조건 새로운 주인더러 자신들을 중용해달라고 요구할 수는 없는 것이다. 조씨 어멈처럼 몸은 조조의 진영에 있으면서 마음은 한나라에 가 있는 사람이 제일 쓸모가 없었다.

네 어멈이 물러갔다. 명란은 웃음을 잃지 않은 채 계집종을 시켜 차와 간식을 더 내오게 했다. 다섯째 숙모의 표정은 차마 못 볼 지경이 되어 있었다. 오늘 그녀는 참패했다. 아무것도 건지지 못했을 뿐만 아니라, 한바탕 신랄한 야유를 듣기까지 했다. 그렇다고 화를 낼 수도 없는 노릇이었다. 만약 화를 냈다간 황제가 현명하지 않다고 간주하는 꼴이 되기 때문이다. 황제가 어찌 현명하지 않을 수 있겠는가? 그러니 다섯째 숙모는 그저 입을 다물 수밖에 없었다.

명란은 다섯째 숙모의 종잡을 수 없이 불안한 표정을 보면서 내심 그녀의 심경이 이해되었다. 고가의 노마님 셋 중 오직 다섯째 숙모만 진정한 정실부인이었다. 아들과 딸도 있고, 손자도 많았으며, 사위도 공명을 떨치고 있다 할 만했다. 한편, 고 태부인은 두 번째 재취 자리에 시집온 사람이었고, 넷째 숙모는 재취였을 뿐만 아니라 친자식도 딸 하나밖에 없었다. 그러니 진지하게 따져보면 다섯째 숙모가 나머지 두 사람보다 더 꼿꼿하게 허리를 세울 수 있는 것이다.

그런 까닭에 다섯째 숙모는 일을 처리하는 데 있어 종종 계산을 소홀

1) 『수호지』의 임충이 양산에 들어가기 위해 징표로 내놓은 투항 문서 혹은 그런 행위.

히 했다.

그녀가 오늘 여기에 시비를 걸러 온 목적은 아주 간단했다. 고정엽의 기세가 높아지는 모습을 보는 게 눈꼴 시려서 명란의 코를 납작하게 눌러 주러 온 것이다. 명란의 결점을 하나 잡아 고정엽에 대한 녕원후부의 우위를 확인하고, 뭔가 요구를 할 수 있을 권리를 잡을 작정이었다. 이 점에서 그녀는 상황 파악을 잘못했다. 하지만 화씨 어멈과 전씨 어멈은 제대로 파악하고 있었다.

명란은 고정적의 부인과 농담을 주고받고 또 웃으며 몇 마디를 나누었다. 다섯째 숙모 일행이 떠나기 전, 명란이 낮은 목소리로 한마디 덧붙였다.

"숙모님, 오늘은 제가 죄송했습니다. 부디 마음에 담아두지 마세요. 하지만 생각해 보세요. 어째서 녕원후부 전체에서 숙모님 한 분만 여기 오시게 된 걸까요?"

이 부인은 분명 말뜻을 이해하지 못할 것이다. 명란은 그녀의 두 며느리라도 알아듣기를 바랐다.

다섯째 숙모는 늘 그랬듯 자신이 아끼는 둘째 며느리와 함께 마차에 올랐다. 집으로 돌아가는 도중, 다섯째 숙모가 씩씩대며 투덜거렸다.

"홍! 저것이 이간질을 하려 드는구나. 넷째 형님은 쓸모가 없어. 아들이 없으니 남의 눈치를 보느라 감히 오지 못한 게지! 큰형님도 참 훌륭하시지. 하지만 정엽이가 노골적으로 무시하는 티를 내니 자기 며느리에게 뭐라고 할 수나 있겠느냐! 그러니 당연히 나밖에 갈 사람이 없는 게지!"

고정적의 부인은 맞장구를 치지 않았다. 누가 누구를 이간질하느냐 하는 문제는 실은 하등 중요한 게 아니었다. 중요한 것은 현재 고정엽이 훨씬 더 세력이 강하다는 사실이다. 자기 집 아이들에게 누가 더 도움이 될까……. 적어도 밉보이지 않는 게 최선일 것이다.

고정양의 부인은 뒤쪽의 작은 마차 안에 혼자 앉아 있었다. 곁에 있던 몸종이 조용히 말했다.

"새로 오신 마님도 참 대단하시네요. 한마디 한마디 말씀하실 때마다 노마님께서 아무 말도 못 하시니 말이에요. 이런 건 처음 봅니다. 하지만 …… 속이 참 후련하네요."

"허튼소리 하면 안 된다!"

고정양의 부인은 조금 전까지의 나약한 모습을 버리고 어두운 얼굴로 계집종을 꾸짖었다.

"그 새로운 마님이 오늘 얼마나 위험했는지 모르겠느냐!"

영문을 모르겠단 표정을 하고 있는 몸종을 바라보며 고정양의 부인이 낮은 목소리로 말했다.

"사실 어머님께선 분란을 일으키러 가신 게다. 마땅한 명분도 없으면서 말이야. 솔직히 말해 이치에 맞는 이유가 하나도 없었어. ……진짜 문제는 '부모는 절대 틀리지 않는다'는 말이다. 어른에게 잘못이 있어도 손아랫사람들은 면전에서 반박할 수 없는 게야. 시집온 지 며칠밖에 되지 않은 어린 며느리가 숙모와 삿대질하며 다퉜다고 해봐라. 누가 옳건 그르건 간에 그 사실이 밖으로 퍼지는 순간, 모조리 그 며느리 허물이 되는 게야!"

그 계집종이 조용히 감탄했다.

"아, 이제야 알겠습니다. 만약 그 둘째 마님이 이번 일을 꾹 참고 넘겼다면 노마님께서는 더 마음껏 휘두르시겠지요. 그렇다고 둘째 마님이 분을 못 이기고 노마님과 다툰다면 불효하는 꼴이 되고요! 새로 오신 마님이 총명하시어 계속 생긋 웃는 얼굴로 화 한번 안 냈으니 안타깝게 됐군요!"

고정양의 아내가 길게 한숨을 쉬더니 마차 천장을 바라보며 낮게 중얼거렸다.

"참으로 대단한 사람이구나. 꿍꿍이를 품은 자들이 도처에 널렸는데 말이야……."

그러던 그녀가 다시 가볍게 웃으며 말했다.

"허나 그이도 만만한 사람은 아니니까! 처음 서녀를 들이게 되었단 말을 듣고 어머님께서 그렇게 기뻐하셨는데……. 하하……."

제115화

퇴근하고 돌아온 남편

다섯째 숙모와 두 사촌 동서를 배웅하고나니 벌써 신시 초각[1]이 되어 있었다. 더 자고 싶은 생각이 없어진 명란은 방으로 돌아가 옷을 갈아입었다. 소도가 따끈한 해물수제비탕을 한 그릇 들고 왔다. 명란은 해물수제비탕을 먹으며, 막 도착한 노복들의 문서를 천천히 뒤적거렸다.

"보아하니 마님께선 이런 따끈한 국물이 있는 음식을 좋아하시나봐."

채도가 차간을 정리하러 가는 소도를 따라 나오며 웃었다.

"네가 만들 줄 알아 다행이야."

소도가 허리를 굽힌 채 한낮 동안 햇볕에 말린 옷가지들을 하나하나 개키며 말했다.

"해물수제비탕 하면 역시 우리 성부의 구씨 아주머니 솜씨가 최고지. 수제비 반죽이 정말 쫄깃쫄깃해. 나는 그저 흉내만 냈을 뿐이야."

"나도 앞으로 배워야 할 게 많겠구나."

---

1) 오후 3시 15분경.

채환이 숯불을 피워둔 초두焦頭[2]를 꺼내며 물었다.

"여기서 다림질할 거야?"

"아니, 나가서 해야지."

소도가 낮은 목소리로 대답하며 옷을 한 아름 품에 안고 살금살금 방 밖으로 나섰다. 이방에 와서야 소도의 발걸음이 멈췄다.

채환이 그제야 말했다.

"우리들이 다 나가버리면…… 마님께서 누군가 부르실 때 불편하실 텐데."

소도가 눈처럼 하얀 능라 비단 중의를 집어 들고 천천히 펼치며 말했다.

"그게 우리 아가씨 처소의 법도지. 손님 계실 때를 제외하면 아가씨께선 혼자 계실 때 남이 방 안을 왔다 갔다 하는 걸 좋아하지 않으시니까."

채환이 명심하며 또 물었다.

"그럼 만약 차라도 마시고 싶어지시면 어떡해?"

소도가 초두를 받아들고 다림질을 시작하며 대답했다.

"그러니까 평소에는 우리 중 하나가 옆방에서 늘 대기하는 게지. 아가씨께서 뭔가 필요하실지 모르니까 말이야. 우리도 얼른 다림질 끝내고 초간에 가자꾸나."

채환은 명란 처소의 이런 법도가 다소 기이하다는 생각에 한참 머뭇거렸다.

"그럼…… 만약 나리께서 뭔가 필요하실 땐 어떡해?"

소도가 의아하다는 표정으로 고개를 들었다.

---

[2] 다림질용 인두를 달구는 데 쓰는 긴 손잡이가 달린 작은 세 발 향로.

"나리께서 뭐가 필요하시든 말든 우리랑 무슨 상관인데?"

대뜸 핀잔을 들은 채환이 겸연쩍게 웃었다.

"하긴, 우린 일단 마님의 계집종이고, 이 저택 사람인 건 그다음 문제
니까."

해가 막 질 무렵, 별안간 먹구름이 잔뜩 끼더니 하늘이 온통 어둑어둑
해졌다. 곧이어 멀리서 천둥소리가 울려 퍼졌고, 콩알만큼 굵직한 빗방
울들이 천지를 뒤덮듯 쏟아지기 시작했다. 와르르 소리를 내며 퍼붓듯
쏟아지는 폭우로 순식간에 온 땅이 흠뻑 젖었다.

바깥에 내리는 장대비를 바라보던 명란이 고개를 돌리더니 소도의 어
깨를 다독이며 연신 칭찬했다.

"네가 오후에 옷들을 걷어 놔서 다행이다. 과연 소도 네 일솜씨가 신묘
하구나."

소도는 겸손이란 것을 모른다는 듯, 오히려 고개를 끄덕거리며 대답
했다.

"쇤네는 마님 말씀이 참으로 옳다고 생각하옵니다."

명란이 참을성 있게 소도의 대답을 교정해주었다.

"아니지. 이럴 땐 '이게 다 마님께서 잘 가르치신 덕분입니다.'라고 대
답해야지."

가르친 보람이 있게도, 소도는 하나를 들으면 열을 알았다.

"이게 다 마님께서 잘 가르치신 덕분이지요. 마님의 일솜씨가 신묘한
것입니다!"

명란이 생긋 웃으며 고개를 끄덕여 칭찬과 격려를 표했다.

"그럼 너는 네 지아비가 비에 젖을 것도 예견했더란 말이냐?"

장난스러운 남자 목소리가 문가에서 울렸다. 주인과 노복들이 일제히 돌아보았다.

고정엽이 온몸이 흠뻑 젖은 채로 문가에 서 있었다. 기린문 흉배가 장식된 주홍빛 비단 조복朝服[3]에서 떨어진 물로 바닥이 흥건했다.

깜짝 놀란 명란이 흠뻑 젖은 고정엽을 위아래로 훑어보며 의아한 기색으로 말했다.

"예, 예상했지요. 낮에 날씨가 너무 흐리기에 고순을 시켜 우산을 가져가라 했어요."

명란은 자신이 참으로 현명하단 생각만 들었다.

고정엽이 반쯤 어두운 낯빛을 하고 그녀를 한참 응시하던 끝에 겨우 한마디를 내뱉었다.

"······나는 조정에 나갈 때 말을 타고 간단 말이다."

명란이 두 눈을 깜빡이며 머리를 굴리다, 말을 타는 건 자전거를 타는 것과는 다르며 한 손으로 채찍을 쥐고 다른 한 손으로는 우산을 받쳐 드는 유행도 없었다는 데 겨우 생각이 미쳤다. 부끄러워 얼굴이 빨개진 명란은 '아' 하는 나직한 탄성을 뱉은 뒤 호의적인 제안을 했다.

"아니면······ 다음부터는 가마를 타고 가시지요. 그럼 바람이 불고 비가 와도 무서울 게 없지요."

이 말을 들은 고정엽의 나머지 얼굴 반쪽도 어두워졌다.

그가 말없이 방 안으로 성큼성큼 들어섰다. 명란이 얼른 소도에게 분부했다.

---

3) 국가의 중요 의례 때 입는 예복.

"소도, 가서 하하를 불러오너……!"

고정엽이 어두운 얼굴로 몸을 돌리더니 명란을 와락 잡아당겼다.

"너 스스로는 자기 지아비 시중도 못 드느냐? 부르긴 누굴 부르겠단 게냐, 얼른 들어오지 못하겠느냐!"

고정엽이 명란을 방 안으로 잡아끌며 말했다.

명란은 말문이 막힌 채로 그저 다급히 안쪽을 향해 한마디를 더 분부할 따름이었다.

"소도, 뜨거운 목욕탕 물을 준비하거라. ……그리고 생강탕을 가져오너라!"

뒷방으로 들어가니 고정엽이 병풍 뒤에서 팔을 벌린 모습으로 기다리고 있었다. 명란이 겸연쩍게 코를 만지작거리며 고개를 숙인 채 다가가 단추를 풀었다. 물방울이 뚝뚝 떨어지는 옷을 벗기자 그의 건장한 육체가 드러났다. 고정엽은 명란이 건넨 긴 포자를 걸치고 정방淨房⁴⁾으로 들어갔다. 첨벙거리는 물소리가 들리더니 잠시 후 깨끗한 설백색 능라 비단 중의 차림으로 나왔다. 그는 침상 모서리에 단정히 앉아 길쭉한 손가락을 무릎 위에 얹고는 바위산처럼 침묵을 지키며 차가운 눈으로 명란을 응시했다.

명란은 어찌할 바를 모르고 시선을 피하며 잠깐 멍하니 있었으나, 결국 화를 피해야겠단 생각이 먼저 들었다. 명란은 마른 수건을 들어 물에 젖어 새까맣게 보이는 그의 머리카락을 얌전히 닦았다. 고정엽의 코에 그윽한 향내가 스쳤다. 마치 난꽃 같기도, 사향 같기도 한 깨끗한 향기였

---

4) 욕실.

다. 그는 어린 아내의 가느다란 허리를 끌어안고 반쯤 젖은 자신의 뺨을 갖다 댔다. 일순 편안하고 고요한 기분이 들었다.

"화내지 말아요."

명란이 마른 융 수건으로 머리카락의 물기를 가볍게 닦으며 말했다.

고정엽이 명란의 허리를 끌어안아 자신의 무릎 위에 앉힌 뒤, 긴 팔로 힘껏 감싸 안더니 그윽한 눈으로 바라보았다.

"너는 내가 뭐 때문에 심기가 불편하다고 생각하는 게냐?"

명란이 조심스럽게 그를 떠보았다.

"제가 사람을 시켜 수레나 가마를 보내 나리를 맞이해야만 했는데 그러지 않았으니까요, 그렇지요?"

고정엽이 명란의 아득한 눈동자를 응시하며, 연신 영문을 알 수 없는 한숨을 쉬었다.

"됐다, 비 좀 맞았다고 죽는 것도 아니니까. 너는 오늘 어찌 보냈느냐? 저택 일은 괜찮았고?"

골치 아픈 화제가 일단락되자 명란은 크게 안도의 한숨을 쉬었다. 그리고 얼른 책상에서 종잇장 한 뭉치를 가져와 고정엽의 눈앞에 들이밀며 말했다.

"보세요, 이렇게 하니 참 훌륭하지요. 제가 참 총명하지요?"

고정엽이 몇 장 넘겨 보다 저도 모르게 실소했다.

"과연 네가 좋은 생각을 했구나."

명란을 올려다보는 그의 눈빛에 얼마간 웃음기가 어려 있었다.

명란은 고정엽이 내심 그녀를 비웃고 있음에 틀림없다는 생각에 뽀로통하게 입술을 삐죽이며 반박했다.

"저는 근본이 불확실한 사람들을 부리고 싶진 않단 말이에요."

고정엽이 제일 앞부분의 몇 장을 넘겨보다 웃으며 말했다.

"하하, 우리 집에 숨은 능력자가 있구나. 이전에 령국공부에서 일하던 자들도 다 있으니 말이다. 아, 이 요리사들은 수준이 좀 떨어지지, 다들 주방에서 보조하던 자들이로구나……. 뢰씨 어멈의 아들들은 이젠 하인 계약에서 벗어난 게냐? 화씨 어멈은 갈수록 형편없어지고 있지. 넷째 숙모님이 참으로 시원시원하시게도 전씨 어멈 일가를 전부 보내주셨구나……."

고정엽은 몇 장을 훑어보더니 점차 웃음을 거두고는 이런 명란의 일 처리 방식이 뚜렷한 목적을 지닌다는 걸 인정하게 되었다. 간단한 이력에서 여러 가지를 알 수 있었다. 출신 내력, 상벌 상황, 사람들의 경향성과 그간 맡아온 직무 경력 등 단 몇 줄로 간명하게 정리되어 있었으나, 그 안에는 깊은 의미가 숨어 있어 막간의 수많은 숨겨진 사정을 수면에 떠오르게 했다.

"훌륭한 방책이로구나!"

그가 진지하고 엄격한 눈빛을 띠며 말했다.

"집안은 반드시 깨끗해야 하고 어지러워선 안 되지. 언행과 행동거지가 지저분한 자가 있어 벌을 내리거나 매질을 하거나 혹은 팔아 치워야겠다는 생각이 들거든, 다 네 뜻대로 하여라! 만약 허튼소리 하는 자가 있다면 모조리 내게 고하거라! 어느 생각 없는 자가 감히 꿍꿍이를 품고 이 집에 들어왔는지 나도 봐야겠구나!"

명란은 심상치 않은 그의 어조에서 오늘 조정에서 풍파가 있었을지도 모르겠단 생각이 들었다. 그러나 더 캐묻기도 적절치 않아 그저 연신 고개를 끄덕이다 넌지시 물을 뿐이었다.

"혹 누가…… 나리께 수작이라도 부리려 했던 건가요?"

우선 마음의 준비를 해두자.

고정엽이 미간을 찌푸렸다. 명란이 마지막에 언급한 그 단어가 대단히 불만스러운 모양이었다. 그가 가라앉은 표정으로 말했다.

"조심하지 않으면 간밤에 한 말이 바로 다음 날 바깥으로 퍼지기 십상이지. 지금은 바깥에 이런저런 일들이 많으니, 집안에 말썽이 일어나면 안 될 게야."

명란은 흥미로운 얼굴로 그를 바라보았다. 사실 오늘 그녀가 얻은 가장 큰 수확은 노복들의 속사정을 알게 된 것이 아니라, 이 남자의 행동 패턴이 참으로 흥미진진하다는 사실을 알게 된 것이다.

며칠 전부터 명란은 고부의 집안일 처리가 주먹구구식임을 간파했다. 인사 처리는 어지러웠고, 일꾼들은 게을렀으며, 그들을 단속하는 제도도 매우 허술했다. 한차례 문답을 거치며 명란은 노복들이 문제라기보다는 오히려 고정엽이 문제라는 생각이 들었다.

고정엽은 도독부를 세우고 일 년여가 지나는 동안, 저택에 대한 일 처리를 게을리 했다. 그저 관사 몇 명에게 일상적인 업무를 맡겨 두고, 군영에서 호위병 한 부대를 뽑아 엄중히 저택 대문을 지키게 했다. 저택 안에서 일하는 노복들을 마치 범죄자처럼 감시하기만 한 것이다. 그들이 잘못을 저지르거나 말썽을 일으키지만 않는다면, 그리고 무슨 수상한 거동만 보이지 않는다면, 그들이 뭘 먹고, 입고, 어떻게 지내든 일절 관여하지 않았던 것이다.

고방 대문에는 겹겹으로 커다란 자물쇠가 채워져 있었다. 필시 안에는 상으로 받은 하사품들이 산더미처럼 쌓여 있고, 보석들이 상자를 가득 채우고 있을 것이다. 그러나 그는 귀찮아서 제대로 진열해두지도 않았다. 되는 대로 내버려둔 탓에 저택은 마치 몰락한 집안처럼 초라했다.

그러나 공손 선생의 처소만은 경비를 삼엄히 해두었다. 문지기가 밤낮으로 입구를 지켰고, 두어 마디 암호를 틀리기라도 하면 외서방에 들어가기가 감옥의 죄수를 면회하는 것보다 훨씬 어려울 정도였다. 게다가 들고 나갈 때 몸수색도 거쳐야만 했다.

한참 곰곰이 생각하던 명란은 문득 장백을 떠올렸다.

장백의 신중함은 마치 타고난 천성 같았다. 별다른 주의를 환기시킬 필요도 없이 행동거지 일체가 조심스러웠다. 양호가 그의 곁에서 십여 년간 시중들면서 이 점을 잘 알고 주의했으나, 종잇장 귀퉁이가 조금 들려 있기만 해도 장백은 바로 눈치챌 정도였다. 주의 깊고, 신중하며, 성실할 것. 이는 성공한 문관이 반드시 익혀야 하는 필수 덕목이다. 성굉도 소년 시절 수련을 거침으로써 이런 덕목을 갖추게 된 것이다.

그러나 고정엽은 결코 천성적으로 조심스럽고 신중한 사람이 아니었다. 허나 많은 일을 다 막기엔 역부족이니, 다른 방법을 생각해낼 수밖에 없었다.

고정엽의 이런 스타일은 얼핏 거칠어 보였으나 실은 매우 똑똑한 방법이었다. 방법이 거칠고 직접적이긴 해도 효과는 좋았다. 고정엽은 자신의 저택이 그다지 평화롭지 않고, 누군가가 염탐꾼을 심어 놓으리라는 사실을 알고 있었다. 심지어 녕원후부에서 보내 온 사람들이라도 다 안심할 수 없다는 것도 잘 알고 있었다. 그러나 그들을 관리할 시간이 없고 귀찮기도 해서 이런 방도를 쓴 것이다.

어쨌든 이 영광스러운 임무를 맡을 사람이 드디어 등장한 것이다. 여기까지 생각이 미치자 명란은 몹시 입이 근질거렸다.

"나리, 마음 놓으세요. 저도 이해관계를 잘 파악하고 있으니까요."

명란이 고정엽의 가슴팍에 두 손을 얹고 열심히 자신의 침착함과 노

런함을 호소했다.

"이따가 우선 일손들을 정리하고 다시 임무를 안배할 거예요. 만약 모르는 점이 있다면 나리께 여쭈면 되겠지요."

고정엽이 살짝 고개를 끄덕였다. 요 며칠간 명란을 지켜보면서 그도 그녀가 믿을 만한 사람임을 알게 되었다. 예전에 성부의 상황을 살펴봤을 때도 그랬다. 그때도 그 저택 안은 질서정연하게 정리되어 있었던 데다 평판도 훌륭했다. 원가에 시집간 성가의 첫째 규수도 집안을 관리하는 데 매우 뛰어났다. 명란도 필시 그에 못지않으리라. 만일 정말 안 되겠다면, 어쨌든 고정엽 그도 있는 것이다.

이때, 소도가 다반을 받쳐 들고 들어왔다. 명란이 일어나 생강탕을 받아 들고 고정엽의 손에 건넸다.

"어서 마셔보세요. 한기가 가실 겁니다!"

고정엽이 생강탕을 한 모금 들이키고는 곧바로 이 생강탕이 흑설탕과 생강을 오랫동안 달여낸 것임을 알 수 있었다. 입에 들어갈 때는 진하고 순수한 생강 맛이 느껴졌고, 배 속으로 들어간 다음에는 온몸이 은근한 불에 살짝 구워지는 듯한 느낌이 들었다. 배 속이 뜨끈한 것이 매우 편안한 기분이 들었다. 저도 모르게 찬탄이 흘러나왔다.

"생강탕이 제법 칼칼하구나!"

명란이 웃으며 대답했다.

"당연하지요. 제가 직접 재료를 고르고 족히 두 시진은 끓인걸요. 두 사발쯤 더 마시고 땀을 조금 흘리시면 가장 좋답니다. 오늘 나리를 모시고 함께 출타했던 호위병, 하인들에게도 사람을 시켜 생강탕을 보내두었으니 안심하세요."

명란이 온화하고 부드러운 목소리로 세세하게 재잘거리는 모습이 마치 병아리들을 돌보느라 분주한 작은 어미 닭 같았다. 방 안이 온통 따뜻한 기운으로 가득했다. 고정엽은 생강탕 사발을 들어 단숨에 들이켜고 왼팔로 입술을 훔쳤다. 그는 문득 한마디 묻고 싶은 마음이 들었다.

'네가 응당 나를 염려해야 함을 알고 그러는 게냐, 아니면 정말로 나를 염려하는 게냐?'

그러고는 자신이 오늘 너무 멍한 나머지, 이런 유치한 생각을 다 하는구나 하고 자신이 몹시 우습단 생각이 들었다.

제116화
CEO의 일일 업무 기록

고정엽이 만족스러운 표정으로 건장한 팔을 뻗어 명란을 이불째 끌어안고 그녀의 따뜻하고 부드러운 볼에 입을 맞추었다. 명란은 노곤한 탓에 눈도 제대로 못 뜨고, 비몽사몽간에 몇 마디 웅얼대다 곧장 이불 속으로 머리를 파묻었다. 고정엽은 그 모습에 웃음이 나왔다. 그는 사람을 불러 조복으로 갈아입은 다음 집을 나섰다. 바깥의 땅은 여전히 젖어 있었다. 밤새 폭우가 내리다 날이 밝아지고 나서야 비가 그쳤기 때문이다.

4월 초의 날씨는 상쾌하고 서늘하여 편안한 기분이 들었다. 빗줄기가 창문을 따라 투명한 호를 그리고 있었고, 처마 아래로 물방울이 똑똑똑 경쾌한 소리를 내며 떨어졌다.

또다시 한 시진 반이 지나서야 단귤이 방으로 들어와 억센 힘으로 이불 속에서 몸을 말고 있는 명란을 끄집어냈다. 명란의 목욕과 환복 시중을 들면서 단귤은 명란의 눈처럼 하얀 허리와 다리 위에 누적되어 가는 퍼런 손가락 자국과 명란의 반신을 가득 채우고 있는 울긋불긋 깨문 자국을 애써 못 본 척했다. 그저 창문을 열어 방 안의 야릇한 공기를 환기시킬 따름이었다.

명란은 얼굴이 빨갛게 달아오르는 것을 참으며, 가엾어 하는 단귤의 눈빛을 애써 무시했다. 노동이 제일 영광스러운 일이라면 육체노동도 정신노동과 마찬가지로 영광스러운 것이다!

어제는 대충 사람들을 정리했으니 이제 저택 내 임무를 배분할 차례였다.

고부의 일손들이 명란 부부 두 사람의 시중만 든다면 아주 넉넉했지만, 이 커다란 도독부를 돌보기엔 충분하지 않았다. 후원의 화초나 꽃나무들과 연못을 관리하고, 저 커다란 산림을 관리하는 데만 적어도 십여 명이 필요했다. 정원, 별원, 편원, 상방, 객방 등 도독부 안의 모든 건물이며 자질구레한 방에 이르기까지 기거하는 이가 없는 곳이라도 해도 계집종들을 시켜 방을 돌보게 해야만 했다. 줄곧 빈 채로 놔두다 황폐해지는 것을 방지하기 위해서였다.

앞으로 용이와 공 이랑, 추랑도 이곳에 와서 살 테니 그들의 시중을 들일손도 필요했다. 거기에 고방 관리, 숙직, 바느질, 세탁, 장보기, 크고 작은 예닐곱 개 주방에서 일할 요리사들, 처소에서 시중을 들 일등·이등·삼등 시녀들, 별원의 계집종, 잔심부름꾼, 막일할 어멈들, 내원 관사, 외원 관사, 마구간, 문간방, 회사처, 머슴아이들……. 명란은 손가락을 접으며 두 번이나 계산을 했지만 아무리 세어봐도 부족하기만 했다. 그래서 명란은 어제 해 씨에게 편지를 보내 믿을 만한 노비 상인을 추천해달라고 부탁했다.

해 씨는 곧 출산을 앞두고 있었다. 원래는 많이 움직일 수 없는 몸이었으나 갑갑해 미칠 지경이던 차에 명란의 편지를 받게 된 것이다. 해 씨는 즉각 명란의 부탁을 실행에 옮겼다. 날이 밝자마자 노비 상인 두 명이 해 씨의 명첩名帖을 손에 쥐고 한 무리 사람들을 이끌며 찾아왔다. 명란은 외원 편청을 열어 그들에게 청당에서 기다리라 한 뒤 천천히 그곳으로 향했다.

두 노비 상인은 삼사십 대 전후의 부인이었다. 산뜻하고 깔끔한 차림새에 공손하고 적절한 말투를 갖고 있었다. 평소 지체 높은 관리 집안과 자주 왕래해서인지 언행이 대단히 절도 있었다. 과도하게 목소리를 높이지도 않았고 눈알을 굴리며 여기저기 어지럽게 둘러보지도 않았다. 그녀들 뒤로 사내아이와 여자아이들이 두세 줄로 서 있었다. 나이가 제각각이었지만 대체로 열 살에서 열세네 살쯤 되어 보이는 아이들이 머리를 숙이고 공손한 자세로 서 있었다.

명란은 대단히 흡족한 기분이 들었다. 해씨 집안은 경성에서도 지체 높은 가문이었으니 해 씨를 보필하는 관사라면 제법 훌륭한 노비 상인을 추천해 줄 거란 예측이 맞아떨어진 것이다.

어느 분야든 열심히만 하면 뛰어난 인재가 될 수 있듯이 고대의 노비 상인들도 등급이 천차만별이었다. 저급한 노비 상인은 남부끄러운 청루 사업에 전문적으로 종사했고, 더 악독한 자들은 양갓집 아이들을 납치해다 돈을 벌었다. (불운한 견영련甄英蓮[1]의 사례를 보라) 그런 저급한 상인들이 파는 아이들은 종종 계약 절차가 지저분하고, 과거 내력도 불분명했다. 잘못 샀다가는 사달을 일으킬 뻔했다. (더더욱 불운한 풍연馮淵[2]의 사례를 보라)

---

1) 『홍루몽』의 등장인물인 향릉香菱으로, 본래 문벌 귀족 견사은의 딸이었으나 노비 상인에게 납치되어 설씨 가문에 팔려 감.
2) 『홍루몽』의 등장인물로 노비 상인에게서 견영련을 사서 해방시키고 그녀와 혼인하고자 했으나, 노비 상인이 그녀를 다시 납치해 설씨 집안에 팔아버림.

진짜 높은 대갓집에서는 사람이 필요할 때마다 고정적으로 거래하는 노비 상인이 있어 그들에게 일 처리를 맡기곤 했다. 신원이 확실한 사람을 원했고, 명쾌한 수속과 후환이 없어야 함을 강조했다. 더 등급이 높은 노비 상인은 재난을 당해 황폐해진 지역에서 사 온 남녀 아이들을 미리 교육해 얼마간의 법도를 익히게 한 다음 비로소 시장에 내놓았다. 지금 여기 서 있는 아이들 중에는 유달리 장난기가 심하거나 천방지축인 아이들은 없었다. 그렇기에 드라마 〈황제의 딸〉의 주인공인 제비는 기예를 팔아 살 수밖에 없었던 것이다. 노비 상인도 제비가 성에 차지는 않았으리라.

　최씨 어멈이 입을 앙다물고 엄격한 눈초리로 아이들을 한 명 한 명 훑어보며 몇 가지 주문 사항을 말했다. 너무 말주변이 좋아도 안 되고, 너무 요염하거나 예뻐서도 안 되며, 너무 움츠러들거나 뒤에서 허튼수작을 부려도 안 되었다. 의사 표현이 확실하고, 손발이 민첩하고, 바느질 솜씨가 좋은 아이들을 요구했다. 하지만 가장 중요한 것은 성실함과 신중함이었다. 외모는 보기에 너무 흉하지만 않으면 족했다. 그렇게 여자아이 아홉 명과 남자아이 다섯 명이 단번에 선택되었다.

　명란은 곁에서 미소를 지으며 이 광경을 바라보았다. 자신을 향한 일군의 시선들, 아첨하는 마음을 품고 있거나 간절함을 품고 있거나 혹은 탐색하는 듯한 그들의 시선을 명란은 짐짓 못 본 척했다. 몇몇 수려하고 유순해 보이는 아이들이 대단히 마음에 들기도 했지만 그래도 법도에 따라 일을 처리해야 했다. 명란은 최씨 어멈에게 아이들을 데리고 가게 했다. 저택에 원래부터 있었던 아이들이나 가생자들도 모두 이 아이들과 함께 소소한 일부터 시작하게 될 것이다. 우선 가르치며 상황을 지켜보고 이후 다시 근무처를 분배할 생각이었다.

이 일을 마무리 지은 명란은 어멈들을 소집한 뒤 임무를 분배하러 후원으로 향했다. 업무 중에는 일하는 자들이 쏠쏠한 부가 수입을 얻을 수 있는 것과 그렇지 않은 것이 있었다. 이론적으로 보면 쏠쏠한 재미를 볼 수 있는 일을 '자기 사람'에게 남겨줘야 마땅했다. 그러나 명란은 결코 그 이론에 동의하지 않았다. 그녀는 핵심 부서를 장악하는 게 가장 중요하다고 생각했다.

또 '자기 사람'이란 대체 무엇이란 말인가? 화신和珅[3]은 건륭제에게 충성했지만, 그 충성심은 그가 엄청난 뇌물을 수수하는 데 결코 아무런 장애도 되지 않았다. 과연, 충성심과 횡령은 아무런 관계도 없는 것이다.

그러니 어떤 사람이 쓸 만한지는 일단 시험해 봐야 알 수 있는 법이었다. 당분간은 일단 그들의 장기에 따라 업무를 분배해야 했다.

명란은 두 사람이 드는 대나무 가마에 올랐다. 한쪽에서는 단귤이 어린 계집종 두 명을 데리고 다니며 공책을 든 채 따라다녔다. 한 무리의 사람들을 빼곡히 둘러싸고 저택 곳곳을 다니며 임무를 분배하기 시작했다. 그녀는 이미 어제 충분한 연구를 마친 상태였다. 미리 생각해 둔 바에 따라 정원과 연못을 구역별로 나눠 한 구역씩 그곳을 도맡아 관리할 일손들을 지명했다.

이전에 대나무를 길렀던 자는 계속해서 대나무 숲을 관리하게 했다. 대나무 숲은 대나무들이 호리호리하게 높이 뻗고 우아하게 자라도록 조성하고, 신선한 죽순과 버섯을 수확하여 바치면 되었다. 잘하면 그늘지고 서늘한 공간을 조성해 추후에 대나무를 이용한 작은 피서 정원을

---

3) 청대 건륭제 때의 권신.

만들 수 있을 것이다. 이전에 꽃을 길렀던 자는 계속해서 화원을 돌보게 했다. 계절마다 각 처소의 주인들에게 꽃을 보내는 일 외에도 보기 좋게 화원을 정돈할 필요가 있었다. 겨울을 제외한 나머지 계절에는 날마다 온 화원에 향기롭고 아름다운 꽃들이 가득 피게 하면 되었다……. 나머지 구역들, 이를테면 연못, 매화나무 숲, 뒤뜰의 건물들도 모두 제각기 일손들을 분배했다. 이어서 각 처소의 빈방들을 돌볼 일손들, 고방에서 숙직을 담당할 일손들, 내원 및 외원 등 일손이 필요한 곳곳에 사람들을 안배했다.

이렇게 차례차례 일손들의 분배가 끝나는 것을 보고 놀란 것은 황제가 하사한 사람들만이 아니었다. 뢰씨, 화씨, 전씨, 조씨 어멈들도 내심 놀라며 허둥댔다.

솔직히 말해 명란의 겉모습과 행동은 얼핏 보기에는 '유능하고 노련함' 것과는 실로 무관한 것처럼 보였다. 하지만 이들이 모르는 것이 있었으니, 이 대단한 안주인은 날이 밝기도 전부터 일 처리에 착수해 대패對牌[4]를 배포하고, 장부를 확인하고, 은전을 지불하며 각 부서의 업무를 검사하고 확인했다.

하지만 명란은 겉으로는 부귀하고 한가로운 사람처럼 굴었다. 꽃이나 옥처럼 아름다운 미인의 자태를 뽐내며 우아하고 고상하게 말했고, 화기애애하고 즐거운 표정으로 사람들을 대했다. 게다가 일상생활 중에는 나른하고 게으른 모습을 보이기도 했다. 매일 족히 다섯 시진은 자려 했고, 식사 후에는 반 시진쯤 산책을 했다. 절기마다 계절에 맞은 탕 요

---

[4] 한 쌍으로 이루어진 목패로 하인이 필요한 물건 등을 요청할 때 주인이 확인, 허락을 했다는 증표로 사용.

리, 찜 요리 등을 고집하며 섭생과 휴식 등 몸보신 방법에 각별히 주의를 기울였다. 온종일 윤기 나고 매끄러운 살결과 희고 혈색 좋은 피부 관리에 신경 썼고, 항상 편안하고 상쾌한 기분을 유지하려고 했다. 여타의 사무들은 모두 뒤로 미루곤 했다.

이렇게 '부지런하지 않은' 안주인의 모습에 일부 어멈들은 경솔하다고 하긴 뭣하지만 다소 나태한 마음을 품고 있던 것이 사실이었다. 한술 더 떠 교활한 수단으로 이익을 챙기려는 꿍꿍이를 품은 자들도 있었으나 그날 명란이 직접 나서서 개인 내력을 세세히 조사하고 그 자리에서 뢰씨 어멈을 벌하는 것을 보고서 마님이 절대 만만하지 않다며 내심 경각심을 품게 되었다.

그러다 오늘에 이르러 명란이 사리에 딱딱 맞게 임무를 분배하기 시작했다는 것을 듣게 된 것이다. 각자 잘하는 바에 따라 임무를 맡기니 이치에 딱 들어맞았고, 관계에 따라 불공정한 안배가 이루어질 여지가 없었다. 예외라면 오직 한 사람, 명란이 시집올 때 데리고 온 유만귀가 외원을 관장하는 관사 중 한 명으로 임명되었을 따름이었다. 원림 등을 관리하는 업무를 맡긴 듯했고, 심지어는 영리를 거둘 수 있는 여지를 남겨주어 격려한 것 같았다.

명란은 '내외원에 우두머리가 둘 있으면 안 된다'는 가문의 법도를 명확히 천명했다. 최씨 어멈이 내원의 관사를 담당했기에, 최씨 아범 일가는 밖에서 명란이 혼수로 갖고 온 장원과 산림을 계속 관리하게 되었다. 계강은 성실하고 묵묵한 성정을 높이 사서 마차 차고와 마구간 관리를 거들게 했다.

명란의 이런 일 처리에 모두가 존경하고 감탄하는 마음을 품었다.

"사람은 겪어야 안다고 자네들의 재능과 능력도 천천히 드러나게 되겠지."

명란이 꽃무늬가 조각된 복도에 기대어 나른하게 미소를 지었다.

"내가 아직 나이가 어려 임무를 분배하는 데 적절치 못한 부분이 있었을지도 모르겠네. 우선은 일 년간 지켜보세. 만약 적절치 않은 데가 있다면 임무를 조정할 수 있을 걸세. 아니면 내게 와서 아뢰어도 되고……."

내심 충격을 받은 어멈들은 다시는 명란을 얕보지 못하게 되었고, 더욱더 경외심을 갖게 되었다. 임무를 분배받은 어멈들은 가슴을 치며 다짐을 한 뒤 공손한 태도로 자리를 떠났다.

그러나 가장 충격을 심하게 받은 것은 역시 뢰씨, 화씨, 전씨, 조씨 어멈들이었다. 애초에 그들은 명란이 젊고 가냘픈 데다 저택 안에 위엄을 부릴 만한 어르신이 한 명도 없고, 죄지은 신하의 집안에서 일했던 몇몇 노복들은 믿을 만하지 않으며 새로 사 온 사람들은 아직 쓸 만하지 않다는 걸 알고 일손이 부족하다는 걸 핑계 삼아 콩고물을 얻어먹을 수 있는 위치를 꽉 틀어쥘 작정이었다. 그런데 명란이 나약하고 쓸모없는 모습을 '가장'하긴 했지만 허둥대지도 않고 미리 계획을 세워 적절하게 임무를 안배하면서 시종일관 침착함을 유지할 줄 누가 알았겠는가?

이해가 안 가면 물었고, 묻고 나면 다시 조사했다. 조사가 끝나고 나면 다음 날 완벽한 방안이 나왔으니 그녀들이 참견할 틈 자체가 없었다. 명란이 저택의 업무를 정리해 나가면서 사람들은 저마다 임무를 맡았다. 하인들이 바쁘게 움직이면서 커다란 도독부가 질서정연하게 정돈되는 것을 보며 네 어멈은 당황해서 어쩔 줄 몰라했다.

빈자리가 모두 채워졌으니 오래된 무처럼 시들시들해진 그녀들은 어떻게 해야 한단 말인가? 특히 뢰씨 어멈과 조씨 어멈은 이 집에 오자마자 명란에게 밉보였다. 화씨 어멈은 장차 용이가 기거하게 될 구향원의 정리를 맡고 있었고, 전씨 어멈도 딱 적당한 임무를 맡고 있었다. 오직 그녀들 두 명만이, 하나는 일 없이 놀고 있었고 다른 하나는 '요양 중인 몸'이었으니 이를 어쩌면 좋단 말인가?

명란은 그녀들의 원망을 무시한 채 사람들을 이끌고 고방으로 갔다. 고방을 열어 일단 안에 있던 물건들을 일일이 장부에 기록하고, 종류별로 분류하여 정리했다. 장부에 적는 일이 끝나자 미리 작성해 둔 목록에 따라 물건들을 세 발 솥, 화로, 자기, 금으로 된 기물, 옥으로 된 기물, 법랑, 청동, 병풍, 옥이나 돌을 깎아 만든 화분 등으로 나누어 길게 늘어놓았다. 또 서른 필 정도의 좋은 옷감을 꺼내 침선방에 주어 사람들의 여름옷을 두 벌씩 지으라고 분부했다. 이 일이 전해지자 저택 안의 노복들은 크게 기뻐했다. 가련하게도 그들은 작년 사계절 내내 바깥의 옷가게에서 사 온 옷만 입었던 것이다. 옷감의 질이 떨어지는 것은 말할 것도 없고, 치수도 제대로 맞지 않았던 것이다. 이 시대는 기성복이 보급되지 않던 시절이었다.

고방을 떠올리자 명란은 또다시 화가 치밀었다. 어제 물건을 조사하려고 고방 문을 연 순간, 은은한 약 냄새가 풍겨왔다. 몇 칸이나 되는 큰 공간을 한 바퀴 돌아보고 나서야 구석진 모서리에 귀중한 약재들이 한 무더기로 쌓여 있는 모습이 눈에 들어왔다. 인삼, 당귀, 물소 뿔, 우황, 사향, 녹용, 동충하초, 호랑이 뼈, 표범 뼈, 후조[5], 해구신, 웅담 등등……. 마치 잡화점처럼 온갖 약재들이 방 반 칸은 채울 만큼 쌓여 있었다.

이 광경을 보고 명란이 두 눈을 부릅떴다. 일부 약재들은 적절한 장소

---

5) 원숭이 쓸개.

에 보관하지 않은 탓에 약재로서의 효능을 상실한 상태였다. 이런 낭비에 그녀가 화가 나서 고정엽에게 물었다. 그런데 고정엽의 대답은 유쾌하기만 했다.

"······호랑이 뼈와 웅담이 아직 있던가? 참으로 잘되었네! 성잠이 머지않아 묘강苗疆[6]으로 변경을 수비하러 가는데 전에 다친 무릎이 아직 다 낫지 않았다지. 남쪽은 습하고 독충도 많아 내 좋은 호랑이 뼈 연고를 두 개쯤 만들어주려던 참이었어. 당신이 내일 가서 가져오게."

명란은 할 말을 잃었다. 이 녀석은 내가 하는 말의 핵심을 완전히 놓치고 있었다. 황제의 말을 들을 때도 이러는지 알 수 없었다.

명란은 한숨을 쉬며 고개를 절레절레 저었다. 그리고 약재들을 전부 정리하고, 장부에 세세히 기록했다. 기진맥진할 정도로 피곤했지만, 수확이 없는 것도 아니었다. 명란은 대단히 실해 보이는 묵은 산삼을 몇 뿌리 발견했고, 그중 가장 큰 것 한 뿌리를 골라 할머니께 보냈다. 또 임산부와 갓난아기가 먹어야 할 몇 가지 약재와 보양식을 발견하고 그것을 해 씨와 화란에게 보냈다.

분주하게 고방을 정리하다보니 어느덧 오시삼각午時三刻[7]이 되었다. 명란은 점심 식사가 늦어진 것에 깜짝 놀랐다. 보양에 힘써야 한다는 자신의 원칙을 위반한 데다 점심 식사 후의 낮잠도 영향을 받게 생긴 것이다. 명란은 저도 모르게 몹시 원망스러운 기분이 든 나머지 즉석에서 엄중히 선포하기에 이르렀다. 오늘 업무는 모두 종료했으니 용건이 있거

---

6) 중국 호남성 상서 지방 일대의 묘족 거주지.
7) 12시 45분.

든 나중에 말하여라.

　명란은 세안을 마치고 작은 원탁에 앉아 잔뜩 차려진 음식들을 바라보았다. 국물을 한 모금 마시고 나서야 명란은 개운한 기분이 들었다. 국물을 떠먹은 숟가락을 막 내려놓았을 때, 소도가 찬합을 든 어멈 한 명을 데리고 방으로 들어왔다.

　그 어멈은 마흔 살 전후의 나이로, 우람한 몸집에 눈썹이 짙고 눈이 컸다. 기름진 피부에 살집이 있는 여인이었다. 깨끗하고 단정한 옷차림을 한 모습이 시원시원해 보였다. 그녀는 명란을 보더니 조심스럽게 앞으로 다가와 문안을 올렸다. 그러고는 찬합 안에서 요리 한 접시를 꺼내더니 탁자 위에 올려놓았다. 얇은 팔각원반형 청화백자 접시에 비취색 연잎이 담겨 있었다. 그 연잎을 벌리자 삽시간에 온 방 안에 진한 향기가 진동했다.

　"마님, 연잎찹쌀갈비찜이 다 되었습니다. 마님께서 분부하신 대로 먼저 생강 끓인 물로 핏물과 비린내를 없애고, 다시 향신료를 넣어 한 시진 동안 담가 두었다가 끓는 기름에 살짝 튀겼지요. 마지막에 잘 불린 찹쌀과 미주米酒에 담가둔 연잎을 같이 큰 찜통에 넣어 족히 한 시진은 찌고, 식지 않게 시루에 넣어뒀다가 이제 막 꺼내 온 겁니다."

　그 어멈은 목청이 거칠고 컸으나 애써 목소리를 가라앉혀 말하는 모습이 자못 명란의 환심을 사려는 것 같았다.

　명란은 먼저 연잎찹쌀갈비찜의 색깔과 모양을 확인하고 가볍게 고개를 끄덕였다. 그제야 그 어멈이 다소 안도의 한숨을 쉬는 듯했다. 그다음, 명란이 젓가락을 들어 한입 맛보았다. 명란의 얼굴에 만족한 웃음이 떠올랐다. 드디어 그 어멈의 어깨에 실려 있던 긴장감이 풀리는 듯했다.

　"갈씨 어멈, 수고했네."

명란이 젓가락을 내려놓고 미소 지으며 말했다.

"이 요리의 핵심은 '스며드는 것'이네. 찹쌀에는 고기 향이 스며들어야 하고, 고기에는 찹쌀 향이 스며들어야 하며, 모든 재료에는 연잎 향기가 스며들어야만 하지. 양념에 푹 재서 갈비와 찹쌀을 함께 쪄야만 재료도 부드러워지고 맛도 스며들게 되지. 참으로 잘 만들었어. 갈비가 식탁에 오른 지 얼마 안 되었는데 위에 얹힌 찹쌀이 고기랑 같이 천천히 무너지는군."

갈씨 어멈이 활짝 웃었다.

"마님의 가르침에 감사드립니다. 거칠고 늙은 어멈을 마님께서 거리끼시지만 않길 바랄 뿐입니다."

"사람이 거칠고 말고는 중요하지 않네."

명란이 찻잔을 들어 가볍게 한 모금 홀짝이며 입가심을 했다. 대단히 고상하고 우아하기 짝이 없는 동작이었다.

"음식을 만드는 곳은 중요한 곳이네. 내 처소의 주방을 자네에게 맡겼으니 난 그저 자네가 최선을 다하고, 소홀함이 없길 바랄 뿐이네."

갈씨 어멈이 웃으며 연신 허리를 굽신거렸다.

명란이 계속 말을 이었다.

"내가 다른 말은 않겠네. 다만 한 가지, 청결해야 하네. 음식도 청결해야 하고, 손도 청결해야 하고, 장부도 청결해야만 하지. 특히 나와 나리가 먹고 마시는 것에 조금이라도 문제가 생긴다면 자네가 뭐라고 해명하든 간에 크게 혼쭐을 낼 것이야!"

명란이 냉랭한 표정으로 엄숙하게 말했다. 갈씨 어멈이 상기된 얼굴로 충성을 다하겠다며 큰 소리로 장담했다. 목청이 얼마나 큰지 복도가 쩌렁쩌렁 울릴 지경이었다.

"됐네. 이따가 어멈들과 계집종 몇을 자네 수하로 보내줄 테니 이제 물러가 보게. 이 음식이 참으로 훌륭하니 저녁에 하나 더 만들어서 나리께 올리게."

명란이 손을 휘휘 내저었다. 갈씨 어멈이 연신 허리를 숙여 인사하고 자리를 떠났다.

갈씨 어멈의 모습이 멀어진 뒤, 소도가 다가와 명란에게 음식을 덜어주며 낮은 목소리로 말했다.

"참으로 풍채 좋게 생긴 어멈이네요."

명란이 실소했다.

"원래 주방에서 일하는 사람들은 다 그렇단다. 많이 먹지 않아도 기름 연기 때문에 살이 찌지."

"하지만 솜씨 하나는 참 훌륭합니다."

소도가 그 연잎찹쌀갈비찜을 바라보며 가슴을 두근거렸다.

"아가씨께서 무슨 요리를 주문하시든 저 어멈은 거의 다 만들 수 있을 것 같아요."

명란은 주변에 아무도 없는 것을 확인하고 새로 꺼낸 젓가락으로 연잎찹쌀갈비찜을 한 점 집어 소도의 입에 넣어주고 웃으며 말했다.

"작위를 박탈당한 령국공부는 원래가 사치스러운 생활을 하기로 유명했어. 갈씨 어멈은 성미가 직선적이어서 남들이 비밀 장부를 꾸미는 걸 보고 못 참았지. 그러다 주방으로 쫓겨나게 된 거야. 지금은 나도 더 나은 일손이 없으니 일단 저 어멈을 쓰기로 했어. 저 어멈의 일가족도 모두 내 수중에 있으니까 말이야."

소도가 맛있는 연잎찹쌀갈비찜을 입안에 머금은 채로 말했다.

"마님, 서두르실 필요 없어요. 조만간 취미 언니가 금릉에서 오면 일손도 늘어날 테니 늙은 어멈들이 허튼소리도 못 할 거예요!"

"세월이 참 빠르구나. 취미가 시집간 게 어제 같은데 어느새 나도 마님
이 되었고 말이야."

명란은 취미를 떠올리며 저도 모르게 아득한 표정을 지었다. 그러다
곧바로 표정을 가다듬고 말했다.

"저번에 그이들이 어디까지 말했느냐? 이어서 말해 봐라."

그 말에 소도는 바로 신이 났다. 소도는 얌전하고 무던하게 생겨서, 많
은 사람들이 그녀와 말을 하고 싶어했다. 게다가 소도는 사람들과 이야
기를 할 때마다 경계하는 기색을 보이지도 않았기에 수많은 가십거리
를 수집할 수가 있었다. 사람들에게 소식을 수소문하는 능력으로 보자
면, 정말이지 아무도 그녀와 비길 수 있는 자가 없는 것이다. 요 며칠간
소도는 그 네 어멈의 가족들과 빈번히 접촉했고, 녕원후부와 관련된 소
식을 많이 얻어냈다.

"화씨 어멈은 고가의 가생자였대요. 성정이 직설적인데 제가 묻는 말
에는 별로 대답하고 싶어 하지 않더군요. 말도 적게 하고, 뒤에서 주인
험담을 하려 들지 않더군요. 전씨 어멈은 반대로 무척 수다스러웠어요.
제가 입을 열기도 전에 수다를 떨며 뭐든 다 말하더라니까요. 하지만 말
할 때 분수를 지키긴 하더라고요. 하지만 나머지 둘은 그다지 말을 하고
싶어 하지 않더라고요."

소도가 보고를 시작했다. 명란은 젓가락을 쥐고 천천히 식사하며 진
지하게 귀를 기울였다.

"괜찮아. 오늘 임무를 분배했으니 얼마간 시일이 지나고 나면 더 많은
이야기가 나올 게야. 네게 물어보라고 시킨 일들이나 말해보거라."

"아, 네."

소도가 재빨리 기억을 되짚기 시작했다.

"먼저 공 이랑은 평범한 계집종 출신이 아니더라고요. 원래는 수재 집안의 여식이었고, 돌아가신 여씨 마님의 친정과 연고가 있었다고 합니다. 나중에 집안이 어려워져서 여부에 의탁을 했답니다. 알고 보니 여씨 마님의 계집종과 자매지간이었다지 뭡니까. 이름에도 같은 글자가 있고요. 훗날 여씨 마님께서 이랑으로 승격시켜줬답니다. 이건 화씨 어멈한테 들은 거예요."

"전씨 어멈은 뭐라더냐?"

명란이 자못 흥미를 보이며 먹던 걸 멈추고 젓가락을 그릇 위에 걸쳐 두었다.

들은 이야기를 생생하게 전하는 재주가 있는 소도가 신이 났는지 웃으며 말했다.

"전씨 어멈 말이 다른 건 몰라도 이건 확실하대요. 여씨 마님께서 바깥에 나가 한바탕 소란을 피우신 뒤에 나리께서 저택에 돌아오셔서 휴처를 하려고 하셨답니다. 큰어르신의 압박이 있고 나서 공홍초가 이랑으로 승격이 됐고요."

명란이 '아' 하고 감탄사를 내뱉었다. 여언홍이 만랑 모자를 팔아 버리려고 해서 고정엽이 화가 났었군. 그래서 여언홍은 공홍초를 이용해 보상을 하게 된 거고.

소도는 서 있느라 다리가 아팠다. 명란이 친절하게 소도를 잡아끌어 곁에 앉혔다. 소도가 이야기를 계속했다.

"훗날 나리께서 경성을 떠나시게 되고, 여씨 마님도 세상을 떠나게 되었지요. 처소에 있던 사람들도 죄다 뿔뿔이 흩어지고요. 오직 공 이랑과 추랑만이 자리를 지키며 나리께서 돌아오실 때까지 기다리겠다고 했답니다. 그래서 고부 큰마님이 두 사람이 기거할 수 있도록 작은 처소를 내주었답니다."

조용히 소도의 이야기를 듣는 명란의 눈동자가 살짝 반짝였다. 아주 예전부터 명란을 사로잡고 있던 생각이 하나 있었다. 나리들에 의해 첩이 되었으나 결실을 보지 못한 여인들은 대체 어떤 결말을 맞이했을까?

일반적으로 인자한 주인이라면 혼수를 한몫 주어 성실하고 믿을 만한 사람을 골라 따로 시집을 보냈다. 하지만 그 계집종들은 아주 좋은 혼처에는 시집갈 수가 없었다. 같은 저택 안의 머슴이나 하인, 아니면 저택 바깥의 장원에서 일하는 사내나 저잣거리의 상인 부류에게 시집을 가는 게 보통이었다. 물론 광대와 혼인하는 경우도 있었다(장옥함蔣玉菡[8]이 그 사례다).

냉혹하고 야박한 주인을 만나거나 혹은 주인의 미움을 샀거나 무슨 잘못을 저지른 경우에는 밖으로 내쳐졌다. 그렇게 될 경우 그녀의 운명이 어찌 될지는 헤아릴 길이 없었다.

공홍초는 총명한 사람이다. 추랑은 아마 애정이 깊고 두터운 사람이리라. 명란이 살며시 미소를 지었다.

"다음은 용이 애기씨 이야기입니다."

소도가 명란의 표정이 태연한 것을 보며 계속해서 이야기를 했다.

"용이 애기씨는 대략 삼 년 전에 녕원후부로 들어왔다고 합니다. 그때는 큰어르신께서 막 세상을 떠난 직후였고, 나리도 경성을 떠나 계셨을 때였지요. 첫째 마님과 큰마님께서 마음씨가 고우셔서 애기씨를 거두

---

8) 『홍루몽』의 등장인물. 유명한 배우로, 가씨 집안이 몰락한 뒤 가보옥의 통방이었던 습인과 혼인함.

셨다고 합니다. 원래는 첫째 마님께서 데리고 계시며 한이 애기씨의 벗으로 삼으셨대요. 그러다가 대략 일 년쯤 전부터 큰마님께서 갑자기 공이랑과 추랑에게 용이 애기씨를 데리고 가라고 하셨답니다. 먹고 입는 것과 용돈은 모두 법도에 따라 한이 애기씨와 똑같이 주시고요. 이 이야기도 다 화씨 어멈이 해줬어요."

명란이 또 웃었다. 화씨 어멈이란 사람은 참으로 묘한 사람이었다. 말하는 게 참 재미있었다.

"아, 그리고 몇 가지가 더 있어요."

소도는 말을 계속하다 보니 목이 말랐다. 명란이 생긋 웃으며 격려의 뜻으로 탕을 한 그릇 퍼 주었다.

"그 다섯째 노마님께서는 자기 첫째 며느리를 좋아하시지 않는답니다. 그 며느님은 태어나기 전부터 혼사가 약조된 분으로, 다섯째 어르신과 같은 해에 급제한 친구 분의 따님이셨대요. 원래는 관리 집안이었는데 십여 년 전에 친정아버님이 죄를 지어 관직도 잃고, 적지 않은 가산을 몰수당했답니다. 그래서 노마님이 그 혼사를 원하지 않으셨대요."

명란이 빈 사발을 가져가며 웃었다.

"이해가 되는구나. 분명 다섯째 숙부님께서 신의를 지켜야 한다며 고집을 부리셨을 게야."

소도가 엄지손가락을 치켜들었다.

"마님, 참으로 총명하십니다!"

명란이 입술을 삐죽이며 고개를 저었다. 이런 종류의 혼사도 녹록지 않았다. 시집와 아들을 낳았는데도 다섯째 숙모는 여전히 며느리를 못마땅해했다.

"다섯째 어르신께서 큰며느님을 참으로 아끼신다고 합니다. 첫째 아드님이 바깥에서 여러 번 말썽을 일으켰는데 그때마다 큰며느님이 어르신께 애원해서 겨우 용서를 받았다고 하니까요. 그 댁 나리는 변변치 않지만, 도련님들이 참으로 훌륭하다고 합니다. 책을 읽고 지식을 열심히 쌓아, 스승님들께 여러 번 칭찬을 받았다고 해요."

소도가 마지막 기억까지 짜냈다.

명란이 밥그릇을 들고 젓가락을 쥔 채 웃었다. 머저리 같은 아비에게는 대개 훌륭한 아들이 있었다. 아미타불. 부디 이 법칙이 반대로 작동하지 않기를.

제117화

고명 받기 전날

저녁 시간이 다 되어 가는데도 고정엽은 아직 저택에 돌아오지 않고 있었다. 명란은 일단 저녁밥을 데우며 기다리라고 주방에 분부를 내렸다. 갈씨 어멈은 눈치가 빨랐다. 요 며칠간 명란의 식성을 알아내어 유자로 맛을 낸 은어 완자탕 한 그릇을 먼저 내온 것이다. 은어는 원래 조그마한 생선이니 그 생선을 재료로 빚은 완자도 손가락만 한 크기에 불과했다. 거기에 유자의 새콤달콤한 맛이 배어드니 먹고 나서 속이 거북해지지도 않고 살짝 허기를 가시게 할 수가 있었다. 명란이 맛보고 대단히 흡족함을 표했다.

그런데 두 입 정도 먹었을 때 고정엽이 성큼성큼 방 안으로 들어올 줄이야. 명란은 얼른 조그마한 탕 그릇을 내려놓고 자리에서 일어나 그가 옷을 갈아입고 씻는 것을 거들려고 다가갔다. 그런데 그가 작은 탕 그릇에서 나는 향긋한 음식 냄새를 맡자마자 뒷방에도 들어가지 않고 곧장 손을 뻗어 남은 탕을 마셔버릴 줄 누가 알았겠는가? 고정엽은 숟가락도 사용하지 않고 꿀꺽꿀꺽 소리까지 내며 단 몇 모금 만에 그릇을 다 비워버렸다.

"어머, 그거 제가 마시던 건데……."

명란이 깜짝 놀라 벌린 입을 다물지 못했다. 굶어 죽은 귀신이 환생이라도 한 것 같잖아.

고정엽이 탕 그릇을 내려놓고 명란의 작은 얼굴을 어루만졌다.

"자기 색시가 먹다 남긴 건데 거리낄 게 뭐 있나!"

명란은 그와 함께 뒷방으로 들어가 옷을 갈아입는 것을 거들었다. 고정엽은 키가 크고 몸집이 커서 매번 그의 앞에 설 때마다 명란은 마치 태산이 내리누르는 것 같은 느낌을 받았다. 정신을 집중해 매듭을 풀고 있던 명란은 문득 왼쪽 뺨이 따뜻해지는 것을 느꼈다. 고정엽이 그녀의 뺨에 살짝 입을 맞춘 것이다. 그가 편안한 표정으로 말했다.

"우리 색시가 참 곱구나."

명란이 옥 같은 얼굴을 살짝 붉히며 겸손하게 대답했다.

"나리 안목이 참으로 높으십니다."

고정엽이 황당한 표정을 지었다가 곧바로 껄껄 웃었다. 그가 명란의 가냘픈 몸을 번쩍 안아 올리며 제자리에서 두 바퀴를 빙빙 돌았다. 명란은 그의 어깨를 꽉 붙든 채 바닥을 보다 무서운 마음이 생겨 그를 힘껏 내리쳤다. 그럴수록 고정엽은 그녀를 더더욱 힘주어 껴안으며 그녀의 얼굴과 목에 정신없이 입맞춤을 퍼부었다.

명란의 부드럽고 연약한 피부가 그의 거친 수염에 쓸리길 수차례, 명란은 일순 얼얼하고 간지러운 기분이 들었다. 명란이 그의 가슴팍을 밀치며 큰 소리로 화냈다.

"짐승!"

매일 퇴청을 하고 오면 늘 이런 식이었다. 이러다 피부가 예민해질 것 같았다.

고정엽이 크게 웃으며 그녀를 내려놓았다. 그러나 여전히 그녀를 품 안에 안고 흔들거렸다. 그녀의 작은 입에 연신 입을 맞추며 이마를 맞댔다. 진하고 거친 호흡을 그녀의 얼굴 위로 쏟아내며 그가 낮은 목소리로 말했다.

"귀여운 것."

말투에는 친밀함과 애정이 담뿍 담겨 있었다. 명란은 순간 얼굴이 화끈거렸다.

명란은 씻고 나온 고정엽의 상투를 아예 풀어버렸다.

"풀고 계세요. 처소 안이라 보는 사람도 없잖아요."

고정엽은 처음에는 다소 망설였으나 온종일 머리를 바짝 묶고 있었더니 두피가 아프긴 했다. 게다가 명란이 열 손가락을 자신의 머리카락 속에 넣고 섬세하게 두피를 안마해주니 아주 편안한 기분이 들었다. 이에 고정엽은 순순히 명란의 조언을 따르기로 했다.

저녁 식사가 차간에 차려졌다. 널따란 방의 중앙에 사계절을 대표하는 꽃이 새겨진 배나무 원탁이 놓였고, 남쪽에 면한 세 짝짜리 큰 창문이 활짝 열려 있었다. 창밖으로 내다보이는 하늘은 맑고 아름다운 가운데 어스름이 내려앉고 있었다. 하늘가의 불같은 짙은 노을이 땅을 온통 황금빛으로 물들이고 있었다. 창밖의 해당화나무는 비단처럼 아름다웠고, 반쯤 핀 꽃봉오리들이 가지마다 한가득 달려 있었다. 해당화는 향기가 없지만, 과일나무 특유의 맑고 상쾌한 기운이 있는 나무였다. 솔솔 불어오는 밤바람에 실려 나무 향기가 온 방 안에 퍼졌다. 고정엽은 가볍고 부드러운 설백색 능라비단 중의와 장포로 갈아입고, 숱 많은 긴 머리를 풀어헤친 채 느긋하게 식탁 앞에 앉았다. 이런 저녁 정경을 마주하니 여유로운 마음이 들면서 하루 동안의 번잡함과 피로가 모두 가시는 것 같왔다.

가짓수는 많지 않지만 요리 다섯 개와 탕 하나가 차려져 있었다. 한 가운데에는 송로버섯과 구릿대를 넣어 끓인 가자미탕이 놓였고 유백색 빛깔의 탕에는 비취색 쪽파가 떠 있었다. 식초와 고추 양념에 버무린 연근고기완자 튀김, 철판에 구운 얇은 전병에 싸 먹는 바삭한 소갈비살 튀김, 연잎찹쌀갈비찜, 간장 양념에 절여 말린 토종닭, 그리고 마지막으로 시금치볶음이 차려져 있었다.

식욕이 오른 고정엽은 머리를 처박고 밥을 먹었다. 명란은 몇 번 젓가락질을 하다가 말았지만, 그는 삼시간에 밥 두 그릇을 비웠고, 소갈비살을 싼 얇은 전병 반 접시를 비웠다. 요리의 양이 그렇게 많지는 않았기에 그는 다 먹고도 여전히 성에 안 찬 기색이었다.

명란은 그가 맛있게 음식을 먹는 광경을 보자 대단히 기쁜 마음이 들었다. 명란이 생선탕을 가리키며 자화자찬하듯 재잘거리기 시작했다.

"이 생선은 제가 직접 잡은 것이랍니다! 연못 안의 물고기들이 너무 오랫동안 태평하게 지낸 탓에 다들 둔하더군요. 자그만 미끼 하나에 바로 낚이다니요…… 우리 집 후원이 아주 크니 사철 내내 피는 꽃과 과일나무 몇 가지를 심을까 합니다. 만약 나리께서 뭔가 마음에 드시는 꽃나무가 있거든 얼른 일러주세요. 제가 사람을 시켜 종자를 사 오도록 하겠습니다……."

쾌활한 명란의 모습을 조용히 바라보며 고정엽은 마음속에 잔잔한 물결이 이는 듯한 기분을 느꼈다.

소도가 계집종을 이끌고 들어와 식탁을 치웠다. 단귤이 맑은 차 두 잔을 내왔다. 사람들이 다 물러나길 기다린 뒤, 고정엽이 명란을 응시하며 갑자기 낮은 목소리로 말했다.

"마냥 참지 말고 언짢은 일이 있으면 전부 내게 말하여라."

명란은 어안이 벙벙해졌다. 잘 있다가 어째서 갑자기 이런 말을 꺼내는 걸까?

"어쨌든 이 저택 안에서의 일이니 혹 누가 너를 언짢게 하거든 벌로 다스려라!"

고정엽의 입꼬리가 험악하게 휘어지고, 눈빛이 어둡게 바뀌었다.

"뭐든 두려워 말고 다 내게 맡기거라. 어느 간 큰 놈이 내게 대드는지 한번 보고 싶구나!"

명란이 눈을 깜박거렸다.

"저는…… 언짢을 일이 없는데요?"

요 며칠 그녀의 권위는 점점 높아지고 있었다. 뢰씨 어멈과 조씨 어멈이 가끔 어른들의 이름을 업고 대드는 것 빼고는 기본적으로는 저택 안의 어느 누구도 감히 불평하지 못했다.

"어제 왜 내게 다섯째 숙모님 이야기를 하지 않은 게냐?"

고정엽의 표정이 무거워졌다.

명란은 약간 짐작 가는 바가 있었지만 그래도 이렇게 대답했다.

"말씀드렸잖아요. 다섯째 숙모님께서 놀러 오셨다고요."

"놀러 오셨다고? 그럴 리가. 시비를 걸러 오신 게지."

고정엽의 눈빛이 더더욱 어둡게 가라앉았다. 그가 차갑게 코웃음 치며 말했다.

"다섯째 숙모님의 그 보물 같은 아들이 바깥에서 수도 없이 말썽을 일으킨 걸 보면 애초에 글러 먹은 게야. 다들 녕원후부의 위세 때문에 감히 어쩌지도 못하고 있는 게지. 이제 편액도 떼어버렸는데 나 없이 숙모님이 그렇게 태평하게 지낼 수 있겠느냐? 흥! 주제도 모르고 날뛰다니!"

명란이 미소를 짓고 탄식하며 그의 곁으로 다가가 손을 잡았다.

"나리, 안심하세요. 저도 만만하진 않으니까요. 그날 다섯째 숙모님께서 제게 몇 마디 하셨는데 제가 다 받아쳤답니다."

명란은 그래도 그의 분이 다 풀리지 않은 모습을 보고 또 덧붙였다.

"나리, 함부로 성질을 부려서는 안 돼요. 지금 나리께선 조정에 계시니 수많은 눈이 지켜보고 있을 거예요. 남들에게 빌미를 주진 말아야지요. 걱정 마세요. 저는 그저 어리숙한 척을 할 뿐이니까요."

고정엽이 저도 모르게 웃음을 터트리더니 한참 명란을 응시하다 입을 열었다.

"그렇다면 다행이다. ……난 네게 수모를 주려고 널 아내로 맞이한 게 아니다."

명란은 내심 몹시 감동했다. 하지만 이런 감동은 잠자리에 들기 전까지만이었다. 고정엽은 남이 명란을 괴롭히는 것은 용납지 않으면서 정작 본인은 거리낌 없이 괴롭혔다. 밤이 되고, 명란은 침상 위에서 그에게 깔린 채 버둥거렸다. 허리가 당장이라도 끊어질 것만 같았다. 놔달라고 한참을 애원하자 고정엽은 친절하게도 그녀의 허리 아래에 비단 베개를 깔아주었다. 그리고 충혈된 눈으로 가쁜 숨을 내쉬며 계속해서 그녀를 괴롭혔다.

얼마나 시간이 지났을까. 정사가 가까스로 끝이 났다. 명란은 베갯머리를 끌어안고 흐느껴 울었다. 고정엽은 몸을 반쯤 명란의 위에 얹고 그녀의 부드럽고 윤기 나는 피부를 세심히 어루만지고 있었다. 자못 만족한 듯한 기색이었다.

명란이 버벅대며 말했다.

"얼른 쉬세요. 내일 또 아침 일찍 조정에 나가셔야지요."

고정엽이 고개를 숙여 입을 맞추더니 미소를 지으며 말했다.

"휴가를 냈다. 조회에 안 가도 된다."

"왜요?"

명란이 순간 경계 태세를 갖췄다.

명란의 그런 모습에 고정엽은 갓 태어난 새끼 고양이를 떠올렸다. 여린 발톱과 이빨을 가지고 있으면서 경계하는 표정을 짓다니. 그가 웃으며 대답했다.

"내일 아침 일찍 궁에서 선지宣旨[1]가 올 것이다. 선지를 받고 나면 너를 데리고 궁에 들어가 감사 인사를 올려야지."

"선…… 무슨 선지요?"

명란은 어안이 벙벙해졌다.

고정엽이 그녀의 작은 코를 쓸며 웃는 얼굴로 말했다.

"네 지아비가 네게 고명을 내려달라고 청했단다."

---

1) 황제가 신하나 일반 백성에게 내리는 각종 명령, 임명장.

제118화

태후, 태후, 황후, 비빈, 국구 일가

이튿날, 날이 밝자마자 명란은 고방에서 자단나무 향안을 꺼내 오게 했다. 꼼꼼히 물걸레질을 하고 천당에 놓고 말리며 살펴보니 나뭇결이 섬세하고 윤기가 흘렀다. 번쩍이는 나무색 사이로 암적색의 광택이 은은히 드러나는 과연 유서 깊은 좋은 물건이었다.

"이만한 물건을 대령해놓고 선지 받을 준비를 했으면 충분히 성의를 표시하는 거겠지."

명란이 향안의 나뭇결을 어루만지며 남몰래 감탄했다.

고정엽은 주홍색 바탕에 기린이 수놓인 비단 도포를 입고 상석에 단정히 앉아 있었다. 눈가에 다정함을 머금고, 입가에 웃음을 띠며 의미심장한 말을 던졌다.

"부인의 성의를 지아비 된 자가 어찌 모를까?"

명란은 얼굴이 붉게 달아올랐다. 어젯밤 이 녀석은 이 일을 빌미로 상을 달라고 요구했다. 실질적인 행동으로 자신에게 감사를 표하라고 요구한 것이다. 상벌 체계가 분명한 법조계 종사자인 명란은 젖 먹던 힘을 다해 그에게 큰 상을 주었다. 쑤시고 결린 등허리를 문지르며 명란은 우울한 기분이 들었다. 전체적으로 보면 저 녀석은 다음 날 궁에 들어야 한다는 걸 알고 있었기에 절제를 하긴 한 것이다.

대략 진시초각辰時初刻[1]이 되었을 때, 태감太監[2]과 궁궐 호위병이 커다란 양산을 바치고 징을 울리며 도독부에 선지를 전하러 왔다. 고정엽이 침착한 모습으로 명란을 데리고 나와 조휘당 문을 활짝 열고 향안 아래 꿇어앉아 선지를 받았다. 선지를 들고 온 태감은 하夏 씨로 이십 대 정도 돼 보였다. 네모난 얼굴에 눈썹이 반듯했으며 웃는 얼굴이 선량하고 온화해 보였다. 고정엽과는 아는 사이인 듯했으나 별로 티를 내지 않고 곧장 선지 전달식을 거행했다.

황제가 내리는 선지의 내용은 오늘날의 뉴스 멘트와 별반 차이가 없었다. 오랜 세월이 지났어도 격식 자체는 별로 바뀌지 않는 것이다. 우선 황제의 은혜에 대해 말하고 이어서 '얌전하고 온화하며, 현숙하고 법도를 잘 지키고, 순종적이고 공손하다'며 명란을 칭찬하고, 마지막으로 이품 부인으로 책봉한다고 선포하면 끝나는 것이다.

명란은 난새와 사자 무늬가 들어간 비단과 무소뿔로 만든 권축, 즉 고명 문서를 두 손으로 받아 들었다. 이어서 진주관과 하피霞帔[3]가 담긴 쟁반을 받아 들고, 공손하게 머리를 조아리며 황제의 은혜에 감사를 표했다. 절을 마치고 몸을 일으키자 고정엽이 명란에게 얼른 옷을 갈아입으라고 했다. 그러고는 하 태감에게 안으로 들어가 차를 마시자고 권유했

다. 하 태감이 겸손하게 두어 번 사양하다가, 고정엽과 함께 안으로 들어 갔다.

"역시나 자네였군."

방에 들어서자마자 고정엽이 재빨리 표정을 풀고 하 태감을 자리에 앉히며 웃는 낯으로 말했다.

"작년에 자네가 상선감尚膳監[4]에 들어가 무나 배추 같은 재료의 구입을 맡게 되었다는 소문을 들었는데 어떻게 여기로 발걸음을 한 겐가?"

하 태감이 여전히 웃는 얼굴로 한숨을 쉬며 대답했다.

"아이고……. 그 쏠쏠한 부서가 저한테까지 차례가 오겠습니까! 일단은 그냥 이렇게 심부름이나 다녀야지요. 그나저나 나리께선 근래 참으로 승승장구 중이시군요."

고정엽이 그를 힐끔 바라보더니 짓궂게 웃으며 말했다.

"궁궐 바깥의 신하가 궁궐 안에서 일하는 신하와 사사로이 접촉해선 좋을 게 없겠지. 자네를 더 붙잡지 않겠네. 지금 궁궐 안의 경계가 삼엄하니 자네도 각별히 조심하게."

이렇게 말하며 고정엽이 소매에서 뭔가를 꺼내 하 태감의 손에 건네주었다.

"자네가 좋아하는 걸 알고 내 일찌감치 준비해두었네. 원래는 오늘 궁에 들면 주려 했네만."

하 태감이 웃는 얼굴로 소매 속에 그것을 감추더니 다시 진지한 표정을 지으며 말했다.

---

4) 황제의 식사와 궁궐의 연회 음식을 만드는 부서.

"나리께서 진국이신 걸 제가 진즉에 알고 있었습니다."

둘은 몇 마디를 더 나눈 뒤 고정엽이 친히 그를 배웅했다. 그리고 다시 방향을 틀어 처소로 돌아오자 벌써 옷을 다 갈아입은 명란의 모습이 보였다. 정복正服 위로 짙은 청색 비단 바탕에 금색 채운과 봉황무늬가 새겨진 하피를 걸치고, 아래에는 봉황무늬가 장식된 황금추를 늘어뜨렸다. 허리에는 옥이 박힌 가죽 허리띠를 두르고, 둥근 모양으로 단단하게 틀어 올린 머리에는 진주와 비취로 만든 꽃과 구슬을 물고 있는 두 마리 봉황이 장식된 난봉관鸞鳳冠을 쓰고 있었다. 관이 어찌나 화려한지 머리 전체가 번쩍거릴 정도였다.

이날, 고정엽은 말을 타지 않고 명란과 함께 말 세 필이 끄는 널따란 마차 안에 앉았다. 마차 안에는 몸을 눕힐 수 있는 자리와 작은 찻상이 있었다. 부부 두 사람은 찻상을 사이에 두고 단정히 앉았다. 갖춰 입은 옷의 매무새가 망가지는 걸 방지하기 위해서였다.

고정엽이 머리에 쓰고 있던 얇은 검은 비단으로 만든 전각복두展角幞頭[5]를 확실히 고정시키며 말했다.

"궁에 들어가면 먼저 자녕궁에 가 태후마마를 뵈어야 한다."

"……어느 분을 알현한다고요?"

명란이 머리 위의 육중한 난봉관을 손으로 받친 채 장난기 어린 눈빛을 반짝거렸다.

고정엽이 미묘하게 말꼬리를 늘리며 대답했다.

"두 분 다 한꺼번에 알현할 거라고."

---

5) 조정에서 관리가 쓰는 관모로, 검은색 두건 양쪽으로 같은 재료를 사용해 만든 날개를 달아 장식함.

명란이 난봉관을 받쳐 든 채로 머리를 들어 마차 지붕을 멍하니 쳐다 보았다. 마차 벽 너머로 왁자지껄한 저잣거리의 소음이 들려왔다. 수많은 점포에서 목청껏 흥정을 하는 모양이었다.

"……어째서 황태후마마를 두 분 세우신 걸까요?"

명란의 입에서 저도 모르게 질문이 나왔다.

"네가 묻지 않을 줄 알았더니."

고정엽이 팔을 뻗어 명란의 머리를 자기 쪽으로 돌리며 그녀가 난봉관을 바로 하는 것을 거들었다. 옅은 화장이 단정하고 우아한 맛은 있었으나 그녀의 맑고 고운 얼굴색을 가리고 있었다. 여전히 아름다운 미모이긴 했으나, 자못 온화하고 겸손해진 느낌이었다. 이것이 그가 두 번째로 본 그녀의 분 바른 모습이었다. 그가 첫 번째로 그녀의 분 바른 얼굴을 본 것은 희파를 걷던 날이었다. 고정엽은 명란이 무엇을 묻고 있는지 눈치챘다.

명란이 자신을 멍하니 바라보는 고정엽의 손을 가볍게 툭툭 쳤다.

"말씀 좀 해보세요."

고정엽이 연신 웃으며 말했다.

"그러고 보면 성덕태후마마도 운이 나쁘시지. 전해지는 바로는 그 해 사왕야가 역모를 일으키기 전날 이미 선황제께서 삼왕야를 황태자로 책봉하고 덕비마마를 황후로 책봉하려 하셨다는 게야. 그런데 하루 만에 전부 물거품이 된 것이지. 선황제께서 덕비마마에게 미안한 마음에 그분을 황귀비로 책봉하신 것이다. 그리고 병으로 쓰러지시기 전에 황상께 덕비마마 일족을 잘 보살펴달라고 당부하셨지. 선황제께서 승하하신 뒤, 어떤 이가 조정에 상소를 올려 덕비마마를 태후로 책봉해달라고 청한 게야. 그럼 태후마마가 두 분이 되는 셈이지만, 황상께서 허락하셨던 것이다."

명란이 한참 멍하니 있다가 가까스로 '아' 하고 감탄사를 내뱉었다.

"황상께서 참으로 효심이 깊으시군요."

고정엽은 이내 웃는지 아닌지 알 수 없는 미묘한 표정으로 명란을 응시했다.

"허나 네 얼굴 표정은 네 말과 다른 것 같구나."

명란이 실눈을 뜬 채 고상한 척하며 고개를 가로저었다.

"그래도 모자하고 머리하고 어울려야 좋잖아요."

고정엽이 명란의 작은 손을 꼬집었다. 그의 눈에 갑자기 광채가 어렸고, 입가에는 웃음이 떠올랐다. 예로부터 태후란 황제의 적모 혹은 그의 생모를 가리켰다. 그러나 덕비는 그 두 가지 중 어느 쪽에도 해당되지 않았다.

"허나."

고정엽이 다시 말을 이었다.

"그래도 성덕태후마마께서 여러 해 동안 봉인鳳印⁶⁾을 대신 관장하셨으니 그 기반이 두텁고 깊기로는 아무도 비길 자가 없지."

명란은 고정엽의 이야기를 듣다가 순간적으로 긴장했다. 고정엽이 그녀의 손을 다독이며 위로했다.

"긴장할 것 없다. 고명을 받는 사람이 너 하나만은 아니니까. 오늘 위북후 부인과 어림군 좌부통령 장효의 부인도 감사 인사하러 궁에 올 것이다."

---

6) 황후를 상징하는 봉황 모양 도장으로 '후궁, 비빈을 단속하는 권한'이라는 의미도 뜻하게 되었음.

명란이 갸름한 얼굴을 처들며 환호했다.

"혹시 황상께서 나리가 장가들 때까지 기다렸다 이제 고명을 내리신 게 아닐까요?"

둘째 아저씨가 황제 앞에서 이렇게나 면이 서는 사람이었단 말인가?!

고정엽이 그녀의 통통한 손을 가볍게 두드리더니 심술궂은 얼굴로 그녀를 힐끔 흘겨보았다.

"그분들 중 한 분은 국구 부인이시고, 다른 한 분은 황후의 친동생이니 원래부터 마땅히 책봉되셨어야 할 분들이지. 너는 거기에 얹혀서 받는 것이다!"

명란은 살짝 충격을 받은 듯 자신의 손을 어루만지며 웅얼거렸다.

"지어미는 지아비의 지위를 따르고, 어머니는 아들의 지위를 따른다고 하지 않습니까? 그럼…… 그 황후마마의 여동생은……."

어림군 부통령은 등급이 부족하잖아요.

고정엽이 웃으며 명란의 작은 손을 잡아끌고 어루만지며 말했다.

"황상께서는 유능한 군주이시지. 정도를 지키시어 심 씨를 3품 숙인으로만 봉하셨다."

명란이 연신 황제의 영민함을 찬탄하다 문득 의아한 감이 들었다.

"나리는 어째서 황후마마의 그 여동생을 아내로 맞이하지 않으신 겁니까? 그럼 모두 한 식구가 되지 않습니까?"

말을 마치자마자 명란이 작은 토끼처럼 얼른 몸을 피했다.

고정엽은 화가 나기는커녕 오히려 우스운 마음이 들었다.

"황상께선 이 년 전에 경성에 돌아왔기에 기반이 약했지. 정준 장군은 여러 해 동안 금군을 장악하고 있었던 데다 삼대 군영에도 연줄이 많았다. 하물며 영국공께선 나라의 중신이셨고, 이 두 가문은 황위 쟁탈전에도 참여하지 않았으니 당연히 황상께서는 그들과 연을 맺으셔야 했던 게야."

명란이 고개를 끄덕였다. 이제 모든 게 완전히 이해가 된 것이다.

성안태후에게는 아들이 한 명뿐이었다. 게다가 두 모자는 오랫동안 푸대접을 받았기에 처족妻族을 제외하면 황제 주변에는 신뢰할 만한 사람이 많지 않았다. 고정엽은 원래부터 자기 사람이라 할 수 있었으니 만약 고가와 심가가 혼인을 맺으면 자원 낭비일 뿐만 아니라 장기적으로는 황제에게도 유리할 게 없었다. 더 깊이 파고들자면 고정엽이 평범한 문관의 여식을 아내로 맞이하는 것이 근본적으로는 황제의 이익에도 훨씬 더 부합할 터였다.

마차 바퀴가 계속 굴러갔다. 명란은 바깥에서 들려오는 소리를 듣고서 외황성에 들어섰음을 깨달았다. 거기서 마차로 조금 더 달리자 내성 대문이 나왔다. 명란 부부는 마차에서 내려 미리 대기하고 있던 청색 휘장의 작은 가마와 말에 올랐다. 부부가 가마와 말에 올라 다시 조금 더 가자 동화문이 나왔다. 일단 동화문에 도착하면 거기서부터는 걸어가야만 했다. 명란 부부는 내시들의 길 안내를 받으며 앞으로 나아갔다.

가는 내내 명란은 감히 고개를 들어 함부로 둘러볼 엄두가 나지 않았다. 그저 고정엽을 좇아 고개를 숙이고 천천히 걸으며 궁궐 내부의 건물 배치가 광활하고 장엄하다고 생각했다. 계단은 한백옥석漢白玉石[7]으로 만들어져 있었고, 복도의 기둥은 금박과 화려한 채색으로 장식이 되어 있었다. 곳곳이 전부 크고 광활했고, 웅대한 기세를 뽐내고 있었다.

---

7) 하얀 대리석.

옆쪽의 전각으로 들어가자 은은한 무늬의 석청색 비단옷을 걸친 중년의 궁녀가 나와 웃는 얼굴로 기별했다.

"고 대인과 고 부인께서는 어서 안으로 드시지요. 태후마마께서 기다리고 계십니다."

고정엽이 곁눈질로 명란을 힐끔 보았다. 명란이 이상하리만치 침착하고 조금도 당황한 기색이 없는 것을 보고 그도 마음을 놓았다. 두 사람은 궁녀를 따라 천천히 걸었다. 궁궐 복도 두 곳을 돌고, 높다란 문지방을 넘어 정전正殿에 들어갔다.

적동 향로 안에서 진귀한 용연향龍涎香[8]이 타올랐다. 푸른 연기가 사방으로 퍼지면서 코끝을 덮는 기묘한 향내가 실내를 가득 채웠다. 광택이 흐르는 대리석 바닥은 사람들의 그림자가 고스란히 비칠 정도로 반질거렸다. 상석에는 태후 두 사람이 단정히 앉아 있었고, 왼쪽에는 밝은 노란색의 궁중 의상을 차려입은 귀부인이 한 분 앉아 있었다. 대략 스물일고여덟 살로 보이는 그녀가 아마 황후일 것이다. 양쪽으로는 병풍이 설치되어 있었는데, 병풍 뒤쪽에서 은은한 분 향기가 풍겨 왔고 주채의 보석 장식이 찰랑거리며 움직이는 게 보였다. 또 병풍 아래쪽으로는 수놓인 비단 치맛자락이 보였으니, 한 무리 여자 권속들 혹은 후궁, 비빈들이 거기 있는 모양이었다.

고정엽과 명란은 우선 꿇어앉아 머리를 조아리고 소리 높여 감사 인사를 올렸다. 그러자 위쪽에서 온화한 목소리가 들려왔다.

"일어나거라. 헌데, 자네들이 좀 늦었구나. 황후의 올케와 동생은 벌써

---

8) 향유고래의 내장 분비물을 굳혀 만든 고급 향료.

와 있느니라."

황후가 고개를 돌려 가볍게 웃으며 말했다.

"어마마마, 저들을 탓하지 마시옵소서. 누가 저들에게 먼 집을 주었습니까. 선지를 동시에 보냈으니 거리에 따라 일찍 오고 늦게 오는 자도 있기 마련인 것이지요."

명란이 몸을 일으켜 재빨리 고개를 들고 한 차례 둘러보았다. 아까의 목소리는 오른쪽에서 나온 것이었다. 그 태후마마는 수려한 용모에 살결이 희었다. 거동이 화려하고 귀족적이었으며, 웃는 얼굴이 부드럽고 친근해 보였다. 한편, 왼쪽에 앉은 또 다른 태후마마는 비록 훌륭히 관리된 모습이긴 했으나 다소 늙은 티가 났고 거동도 약간은 부자연스러운 데가 있었다.

명란은 곧바로 이 태후 두 분 중 누가 누군지를 구별할 수 있을 것 같았다.

성덕태후가 고정엽을 두어 번 훑어보더니 웃으며 말했다.

"혼인을 하더니 확실히 예전과 다르구나. 훨씬 더 온화해 보여."

황후의 용모는 결코 대단히 빼어나다고는 할 수 없었으나 눈매가 쾌활하고 맑고 고왔다. 한쪽 뺨 위에는 보조개도 하나 깊이 패여 있었다. 그녀가 말없이 일단 웃었다.

"어마마마께선 눈썰미가 참으로 좋으십니다. 저도 고 장군이 전보다 훨씬 온화해졌다고 느꼈습니다. 그해 황상께서 촉蜀 변경에 계셨을 적에, 고 장군이 일 년 내내 덥수룩하게 수염을 길러 멀리서 얼핏 보면 참으로 흉악해 보였지요. 고 장군이 오기만 하면 혜아가 경기를 일으키며 감히 나오려고 들지 않았을 정도였답니다. 재복이와 재순이는 고 장군을 좋아했지만 말입니다. 이번에 아내를 맞이했으니 앞으로는 좋은 나날을 보내게 되겠지요. 어마마마께서 보시기에도 그렇지요?"

옆쪽의 성안태후는 그저 웃으며 몇 마디만 거들 뿐 별로 말을 하지 않았다. 성덕태후는 거의 명란은 거들떠보지도 않고 그저 고정엽을 향해 '수신제가치국평천하'와 '군주에게 충성하고 나라에 애국하라' 같은 장황하고 거창한 교훈을 늘어놓기 시작했다. 한참 공자 이야기를 하다가, 또 한참 맹자 이야기를 했고, 그러다 급기야는 순자까지 끌고 와 한참 이야기를 했다. 명란은 곁눈질로 고정엽을 슬쩍 쳐다봤다. 고정엽은 대단히 협조적인 태도를 보이며 지루한 기색 하나 드러내지 않고 있었다. 게다가 황상께서 새로이 하사하신 7만 냥 은자와 7경 전답 그리고 무수한 비단에 몹시 감격하기까지 했다.

성덕태후는 달변가였고, 황후는 가끔 장단을 맞추기만 할 따름이었다. 성안태후와 명란은 청중 입장에 놓였다. 이야기가 계속 전개됨에 따라 어느덧 화제가 변경 지역의 무역 문제까지 도달하게 되었다. 성덕태후가 자신의 친정인 부녕후부의 변경 지역 수비 임무를 언급했다.

"당시 갈노족이 수시로 침범하자 황상께서 임기응변을 발휘하시면서 내 아버님과 형제들을 변경에서 물러나게 하셨지. 지금은 변경이 태평하니 변경 지역의 무역이 회복될 수 있을 것 같으냐?"

고정엽이 대답했다.

"비록 갈노족을 격퇴하긴 했으나 변경 지역 군사들의 손실이 막중하옵니다. 만약 변경 지역 무역을 수호할 군사력이 없다면 무역을 재개한다고 하더라도 이득을 얻기는 어려울 것 같사옵니다……."

이때 바깥에서 내시 한 명이 들어와 기별을 전했다.

"황상께서 어서방御書房⁹⁾에서 대인들과 접견하시면서 고 대인이 도착했는지 하문하셨습니다. 황상께서 따로 뵙자고 하시니 고 대인은 감사 인사가 끝났으면 얼른 저쪽으로 드시지요."

성덕태후는 자못 실망한 기색이었으나 그래도 웃는 얼굴을 보이며 말했다.

"황상께서 정사를 논하신다니 고 장군은 먼저 가보게. 자네의 처는 나와 이야기하게 여기 남겨두게나."

고정엽이 몸을 굽혀 인사하고 자리를 뜨기 전에 곁눈질로 슬쩍 명란을 바라보았다. 걱정 어린 눈빛이었다. 명란이 안심하라며 고개를 살짝 끄덕이자 그가 아까의 내시와 함께 자녕궁을 나섰다.

고정엽이 가자마자 황후가 양쪽에 설치되어 있던 병풍을 걷으라고 분부했다. 병풍을 걷자 왼편에서 젊은 귀부인 세 명이 걸어 나왔고, 오른편에서는 궁중 의상을 갖춰 입은 미인 네 명이 걸어 나왔다. 생긋 웃으며 걸어 나온 그녀들이 천천히 상석 주위를 에워싸더니, 위쪽에서 명란을 찬찬히 훑어보았다. 명란은 속으로 구슬프게 비명을 질렀다. 큰일이다! 목표물이 바뀌었어.

"이리 오너라. 좀 더 가까이 와보거라. 한번 보자꾸나."

성덕태후가 미소를 지으며 명란을 향해 손짓했다.

성덕태후의 말에 명란이 천천히 발걸음을 뗐다. 그렇게 열심히 정성을 기울여 걸어 본 것은 태어나서 처음일 것이다. 공 상궁의 가르침대로 걸을 때 치맛자락이 움직여서는 안 되었고, 동작이 과장돼서도 안 되었

9) 황제의 서재.

다. 하지만 그러면서도 공경하는 마음과 친근함이 동작과 표정에 드러나야만 했다.

성덕태후가 명란의 손을 잡아끌더니 그녀를 세세히 훑어보며 감탄한 듯 말했다.

"다들 고 장군 부인이 미인이라고 하더니 과연 곱구나."

명란은 대답하기가 멋쩍어 그저 기다란 속눈썹을 내리깔고 부끄러워하는 척했다. 그러면서 한편으로는 속으로 혼잣말했다. 태후마마도 미모가 훌륭하시군요. 만약 기회가 있다면 마마께 궁설화宮雪花[10]를 소개해드릴게요.

황후도 고개를 들어 명란을 연신 훑어보았다. 명란의 거동이 물 흐르는 것처럼 대단히 자연스럽고 한 치의 실수도 없는 것을 보고 황후가 몹시 궁금하다는 듯 물었다.

"고 장군이 참으로 복이 많구나. 미모는 둘째 치고, 법도를 지킬 줄 아는 것이 참으로 마음에 든다. 집안에서 훈육 상궁을 청한 적이 있느냐?"

명란이 공손히 대답했다.

"오래전에 상궁마마 한 분을 청해 가르침을 받았습니다."

"그게 누군고? 궁에서 나간 사람이더냐?"

황후가 물었다.

"예, 궁에서 오신 분이십니다. 상궁국에 있던 공 상궁이옵니다."

"공 상궁 말이더냐?"

성안태후가 처음으로 적극적으로 말을 하기 시작했다. 그녀의 목소리

---

10) 육감적 몸매와 미모로 유명한 중국 여배우.

는 다소 낮고 잠긴 듯한 감이 있었다. 기침 감기가 아직 채 낫지 않은 듯한 목소리였다.

"네모난 얼굴에 키가 큰 사람 말이더냐?"

"맞사옵니다."

명란이 미소를 지으며 대답했다.

"왼쪽 이마 위에는 사마귀도 하나 있지요."

성안태후의 다소 노쇠한 얼굴 위로 웃음기가 드러났다.

"공 상궁은 오랫동안 궁에 있었지. 자애롭고 단정한…… 참으로 좋은 사람이었어. 지금은 어찌 지낸다더냐?"

"공 상궁이 가끔 서신을 보내오는데 고향에 정착해 한가로운 나날을 보낸다고 하옵니다. 조카도 효성이 깊어 아주 잘 지낸다고요."

명란이 곁눈질로 힐끔 성덕태후를 쳐다봤다. 성덕태후는 마치 아무 관심도 없다는 듯 고개를 숙인 채 차를 마시고 있었다.

성안태후는 자못 공 상궁이 걱정되는 모양인지 명란에게 이것저것 질문을 했다. 사실 공 상궁의 몸은 진즉에 쇠약해진 상태였으니, 마지막으로 남은 몇 년을 보내는 데 지나지 않았다. 그러나 명란은 그 사실을 직설적으로 말할 수는 없어, 그저 말을 고르며 완곡한 어조로 은근하게 표현할 수밖에 없었다.

성안태후가 쓸쓸한 표정을 지으며 낮게 가라앉은 어조로 말했다.

"공 상궁은 궁에서 평생을 보냈지. 몇 년만이라도 말년을 편히 보낼 수 있다면 좋겠구나."

명란이 조용히 그녀를 바라보았다. 성안태후에게서는 궁에서 흔한 영합 같은 것을 볼 수가 없었다. 오히려 타고난 천진함과 솔직함 같은 것을 지니고 있었다. 그녀도 자신이 주도면밀하게 말하는 재주가 없음을 알고 거의 말하지 않는 것 같았다.

몇 마디를 더 주고받다 황후가 모두에게 앉을 자리를 안배해주었다. 명란은 그제야 쑤시는 다리를 쉴 기회를 얻게 되었다. 방 안의 여인들이 하는 말들을 들으며 명란은 속으로 그들을 한 명 한 명 가늠해봤다. 저기 궁중 의상을 갖춰 입은 네 미녀는 모두 후궁들이었다. 그중 특히 눈에 띄는 서늘한 미모의 여인이 현재 가장 황제의 총애를 받는다는 용비였다. 깜찍하고 요염하게 생기고 눈처럼 피부가 하얀 또 다른 한 명은 새로 후궁으로 책봉되었다는 옥소의였다. 나머지 두 명은 황제가 즉위하기 전부터 데리고 있던 시첩侍妾이었다. 한 명은 첩여婕妤[11]로 봉해졌고, 한 명은 재인才人[12]으로 봉해졌다. 정리해 보자면 황제가 수효守孝[13]하느라 아직 수녀秀女[14] 간택을 하지 않았으니 후궁들에겐 노력할 수 있는 여지가 있었다.

여기 와서 크게 되고 싶어하는 타임슬립녀가 있을지 모르겠네.

그리고 황후 주위에 앉아 이야기를 나누는 젊은 귀부인 세 명이 있었다. 그중 가장 화려하게 차려입고 웃음소리도 가장 큰 사람은 당연히 황후의 친여동생 심청평이었다. 그녀는 생김새가 황후와 매우 비슷했다. 뒤쪽의 청초하고 아름다운 젊은 부인은 심 국구가 새로 맞이한 부인, 즉 영국공부의 규수였다. 마지막의 아름답고 유순하게 생긴 여인은 명란도 누군지 전혀 추측하지 못하고 있다가 한참 뒤에야 누군지 알 수 있었

---

11) 내명부에 오른 후궁의 작위 중 하나, 시녀와 후궁을 겸하는 궁녀.
12) 내명부에 오른 후궁의 작위 중 하나, 말단 등급의 후궁.
13) 탈상 전까지 오락이나 교제를 삼가고 애도를 표함.
14) 후궁을 포함한 궁녀 후보.

다. 놀랍게도 심 국구의 편방 추鄒 씨였던 것이다! 심 국구의 첫 번째 정실부인의 여동생이었다.

그녀도 5품 의인宜人으로 책봉된 건가? 황후와 제법 친밀하던데 영국공부가 이렇게 친화력이 좋았단 말인가?

어젯밤, 고정엽은 명란에게 황후의 집안사에 대해 열심히 보충 설명을 해주었다.

팔왕야는 총애받지 못하던 황자였다. 번지도 저 멀리 외진 곳에 있는 궁색한 지방이었다. 그렇기에 그와 기꺼이 혼사를 맺고자 하는 권문세가도 없었다. 심 황후의 부친은 원래부터 진晉[15] 지방에서 명망 높던 선비 심왕이었고, 가족들 역시 현지에서는 유명한 명문가였다. 그러나 애석하게도 심 황후는 일찍 부모를 여의게 되었고, 심씨 집안의 형제자매들은 친척들에 의지해 생활할 수밖에 없게 되었다. 그러다가 훗날 숙부의 주선으로 팔왕야에게 시집을 가게 된 것이다.

당시 이야기를 듣던 명란이 곧바로 단언했다.

"심가 사람들이 분명 그들을 잘 돌보지 않았을 거예요!"

고정엽이 아연실색하여 물었다.

"네가 어찌 아느냐?"

명란이 대답했다.

"황상께서 인재들을 등용하실 때 심가의 친척들 중 관직을 얻은 사람이 없잖아요. 그러니 얼마나 원망을 품고 있는지 알 만하지요!"

고정엽은 칭찬과 긍정의 의미로 명란을 꼭 끌어안았다.

---

15) 현산서성.

팔왕야의 처가는 이미 별 볼 일 없게 되었으니 심종홍의 처가는 더 말할 필요도 없을 것이다.

추가는 그저 평범한 학자 집안에 불과했다. 조부는 현령으로 몇 년 전에 세상을 떠났다. 부친은 거인이었다. 장녀가 심가에 시집가서 아이를 낳긴 했으나 지금까지 걸출한 인재를 배출하진 못했다.

그러나 추가의 가장 큰 불운은 자제 중에 인재가 없는 것이 아니었다. 큰사위의 매형이 하루아침에 황제 자리에 올라 큰사위가 국구 나리가 되면서 이제 부귀영화가 눈앞에 왔다고 생각한 순간, 여식이 죽어버린 것이다…….

위아래를 막론하고 추가의 온 집안사람들은 피를 거의 3리터나 토할 지경이었다. 이 얼마나 비통한 일이란 말인가!

만약 심종홍이 그저 평범한 홀아비에 불과했다면, 아내의 여동생을 계실로 맞이해도 하등 문제될 것이 없었다. 그러나 지금의 심가는 비단길을 걷고 있는 제일의 외척 가문이 되고 말았다(성안태후는 한미한 가문 출신이니 애초에 친정이라고 할 만한 곳이 없었다). 그로서 추가의 등급은 더더욱 떨어지게 되었다.

명란이 국구부인을 힐끔 바라보았다. 그리고 황후와 웃으며 이야기를 나누는 추 이랑을 보며, 명란은 마음속이 환하게 밝아오는 듯한 기분이 들었다. 순간적으로 모든 게 똑똑히 이해가 된 것이다. 마지막으로 타협을 한 결과가 바로 이런 것이로구나. 왠지 이유를 알 수는 없으나, 명란은 문득 고정엽의 생모 백씨 부인이 떠올랐고, 별안간 이 국구부인에게 얼마간의 연민이 솟아났다.

영국공부는 심가를 통해 새로운 황제와의 관계를 돈독히 할 필요가 있었다. 한편, 심 국구는 기반이 탄탄하고 번창 중이던 영국공부를 통해 자기 가문의 세력을 강화할 필요가 있었다. 추가는 심가와 계속 혼인 관계를 유지하고, 세상을 떠난 추씨 부인이 남긴 자녀들의 이익을 보호할 필요가 있었다. 모두가 저마다 바라던 바를 손에 넣었으니, 이렇게 기형적인 화해 국면을 형성할 수 있는 것이다.

명란은 공연히 우울한 기분이 들었고, 불편할 정도로 가슴이 갑갑해지기 시작했다. 명란은 가슴에 손을 얹고 자문해보았다. 만약 그녀 자신이 이런 신세에 처하게 된다면, 그녀는 가족들의 압력에 항거하며 결연히 그런 혼사에 반대를 표할 수 있을 것인가? 명란은 이를 악물었다. 이 망할 고대는 정말이지 여자가 살 곳이 못 된다!

이야기를 나누다 보니 어느덧 얼추 차 한 잔쯤 마셨을 만한 시간이 흘렀다. 황후가 대충 분위기를 보고, 명란을 비롯한 새로 고명을 받은 네 사람을 이끌고 두 태후에게 작별 인사를 고했다. 자녕궁에서 나오자 황후가 명란과 심청평에게 먼저 돌아가라고 분부했다. 국구부인, 추 이랑과 곤녕궁에서 따로 할 이야기가 있다는 것이다.

심청평이 황후의 소매를 잡아끌며 애교를 부렸다.

"언니는 너무 편애한다니까요. 설마 처소에 맛난 음식을 숨겨놓고 새 언니들 둘만 먼저 챙기려는 건 아니겠지요?"

황후가 심청평을 손가락으로 가리키며 웃는 얼굴로 꾸짖었다.

"네가 지금 나이가 몇인데 아직도 온종일 먹을 생각만 하는 게냐? 이따가 네 시어머니에게 일러 단단히 혼내라 할 것이야! ……됐다. 남들이 보고 웃겠구나. 내가 두 올케와 할 이야기가 있단다. 고 부인은 오늘 처음으로 궁에 들어온 것이니 네가 가는 길을 안내해주거라. 같이 가는 것도 친해지기 좋은 방법이지."

심청평이 웃으며 대답했다. 명란은 공손하게 몸을 숙여 인사했다. 자세가 단정하고 우아한 것이 허둥대는 기색 하나 없이 나긋나긋하고 부드러운 모습이었다. 심청평은 그런 명란을 보고 멍하게 있다가 얼른 황후에게 작별 인사를 고하고 명란의 팔을 붙잡아 자리를 떴다.

돌아가는 내내 명란은 심청평이 재잘거리는 소리를 듣기만 했다. 심청평이 쉬지도 않고 명란에게 주변의 풍경을 계속 소개해주었고, 명란은 그저 웃음 띤 얼굴로 듣다가 가끔 몇 마디 맞장구를 쳤다. 차츰 자녕궁 범위를 벗어나 동화문을 향해 나가던 도중 심청평이 뜬금없이 명란에게 물었다.

"……황후마마가 무슨 일로 새언니 둘을 남으라고 한 걸까요? 대체 무슨 이야기기에 제가 들어선 안 된다는 걸까요?"

명란은 일순 심장이 멎는 듯했으나 미소를 지으며 대답했다.

"아마도 심 국구 나리의 집안과 관련된 일이겠지요. 사람이 적을수록 진솔한 이야기를 할 수 있을 테니까요."

추측하기 어려울 게 뭐가 있겠는가? 자녕궁에 있었을 때 국구부인은 단아하고 우아한 태도를 보였고, 추 이랑도 공손하게 예의를 지켰다. 얼핏 보기에는 두 사람이 서로 화목한 것처럼 보였으나, 둘은 시종일관 서로 눈도 마주치지 않았고, 심지어는 말 한마디도 나누지 않았다. 궁궐 밖의 여염집 아녀자들이 날마다 궁에 들어올 수 있는 것도 아니니, 황후는 이번 기회를 이용해 심 국구의 정실과 첩에게 한차례 사상 교육을 실시하려는 것이다. 처첩 간에 서로 사이좋게 지내야 하는 도리에 관해 설교하려는 것일 터이다.

하지만…… 명란은 문득 우습다는 생각이 들었다. 애초에 처첩 간의 법도를 깬 게 바로 심가가 아닌가?

첩실이 고명을 받는 것은 본래 대단히 드문 일이었다. 아들이 대단히 우수하고 뛰어나거나 국가와 사직을 위해 공을 세움으로써 그 모친이 아들의 지위를 근거로 고명을 받는 경우가 아니라면, 아들이 없는 첩실 가운데 고명을 받을 수 있던 사람이 역사상 몇 명이나 있었던가?

아마도 심가가 어려웠을 때 추가의 도움을 받았던 데 대한 미안함 때문에 이 고명으로 미안한 마음을 벌충하려는 것일 터이다. 하지만 영국공부의 세력을 신경 쓰지 않을 수 없었다. 안 그랬다면 추 이랑은 정실의 지위를 차지할 수 있었을 것이다. 그러나 오늘 형세를 보아하니 편방인 추 이랑의 기세도 정실부인에 못지않았다.

심청평이 명하니 저 멀리 어화원 쪽을 바라보다 갑자기 발걸음을 멈추고 명란을 가만히 응시했다.

"고 부인은 심가가 너무 염치없다고 생각하시나요? 제 오라버니가 장씨를 아내로 맞이하고 추 이랑도 들였으니 조강지처의 정을 저버린 건 물론 부귀와 권세를 탐한다고 말입니다."

심청평이 잡아끄는 바람에 명란은 뒷걸음질을 치게 되었다. 심청평의 말을 듣고 난 명란이 담담하게 미소 지으며 대답했다.

"그런 소문은 대개 질투에 눈이 먼 자들이 퍼뜨리는 것이지요. 그런 소문을 진지하게 받아들일 필요가 없습니다."

헛소리, 이득을 두 배로 취하고 싶다면 당연히 쑥덕공론도 두 배를 감수해야만 하는 법이다.

"그럼 고 부인 생각은 어떤가요?"

심청평이 여전히 명란을 꽉 붙든 채 다그치듯 물었다.

명란이 전방의 굳게 닫힌 궁궐 문을 바라보았다. 엄숙한 수비군들의 모습과 바삐 오가는 궁녀와 태감들의 모습이 보였다. 명란은 가볍게 한숨을 쉬고 천천히 대답했다.

"이런 종류의 일에 곤란한 부분이 있다면, 바로 이득을 얻는 자는 대체로 사내들이지만 손해를 보는 자는 대부분 아녀자라는 점이지요."

심청평의 표정이 싹 바뀌었다. 심청평이 장난기와 애교를 거두고 진지하고 숙연한 표정으로 한참 명란을 응시했다. 한참 그러고 있던 심청평이 갑자기 활짝 웃었다.

"부인은 참으로 재미있는 사람이군요. 마음에 듭니다. 앞으로 댁에 자주 놀러 가야겠습니다!"

심청평의 이 말에 명란도 우스운 마음이 들어 실소가 나왔다.

"영광입니다."

이런 질문을 할 수 있는 걸 보니 심청평도 전혀 생각이 없는 사람은 아니로구나. 이렇게 발랄하고 상쾌한 기개가 있는 여인이라면 또한 친구로 사귀어볼 만한 것이다.

제119화

제가 죽으면 제 여동생을
아내로 맞이할 건가요?

명란은 정오가 되어서야 겨우 저택에 돌아왔다. 단귤이 명란의 장신구들과 하피를 조심스럽게 벗겨냈다. 하나씩 정리해서 장롱에 넣어 둘 심산이었던 것이다. 명란이 짐짓 근엄한 얼굴로 반쯤 농담을 섞어 웃으며 말했다.

"그 고명 문서와 난봉관, 하피는 잃어버려선 안 돼. 그랬다간 네 마님이 받은 고명이 취소될 테니까."

그런데 단귤이 명란의 농담을 진담으로 받아들일 줄이야. 단귤이 그 물건들을 자세히 살피며 진지하게 말했다.

"이 난봉관과 하피는 그리 진귀한 것이 아니니 재료만 있다면 만들 수 있을 것 같습니다. 이 문서 두루마리가 가장 중요한 것이니 얼른 나가 아주 커다란 자물쇠를 찾아오겠습니다."

말을 마친 단귤이 엄숙한 얼굴로 나갔다.

점심 식사를 마친 뒤, 명란은 미끄러지듯이 침상 위에 올라가 낮잠을 잤다. 단귤이 명란의 퉁퉁 부은 다리를 부드럽게 주물러주었다. 몽롱해진 명란은 곧 잠이 들었다. 얼마나 오래 잠이 들었을까. 뭔가가 무겁게 내리누르는 듯한 느낌에 명란이 눈을 떴다. 역시나 고정엽이었다.

고정엽이 월백색 내의만 걸친 차림으로 곤히 잠든 명란을 껴안고 있었다. 무쇠 같은 사내의 팔이 꽉 끌어안고 있는 통에 명란은 그의 몸 아래서 빠져나올 방도가 없었다. 차라리 눈을 질끈 감고 계속 잠을 청할 수밖에 없었다.

해가 서쪽으로 기울고 나서야 두 사람은 멍한 모습으로 일어나 앉은 채로 서로를 바라보았다. 부부 두 사람 모두 실컷 잠을 자다 이제 막 깨어 몽롱한 모습이었다. 풀어헤쳐진 짙고 숱 많은 머리카락이 도리어 고정엽의 잘생긴 얼굴에 나른하고 사랑스러운 느낌을 더해주고 있었다. 명란의 백옥 같은 작은 얼굴 위에는 여전히 빨갛게 베개 자국이 남아 있었다. 명란은 멍한 표정으로 작고 통통한 주먹을 들어 연신 눈을 비비고 있었다.

고정엽은 그 모습이 너무도 사랑스러워 저도 모르게 명란을 끌어당겨 그녀의 뺨과 목에 여러 번 입맞춤을 퍼부어댔다. 명란은 새끼고양이처럼 몇 번 웅얼대며 천천히 잠에서 깼다.

"오후 내내 낮잠을 잔 것만으로도 흉이 잡힐 일인데, 부부가 나란히 낮잠을 자다니. 세상에……."

명란이 이불을 받쳐 들고 고개를 가로젓다가 한숨을 쉬며 고개를 떨궜다. 그녀의 말뜻은 남들이 수군대지 않게끔 낮잠은 서로 떨어져서 자는 게 좋겠단 것이다.

"진정한 명사는 모름지기 풍류를 즐기는 법. 남들이 무슨 상관이냐."

고정엽이 여전히 명란의 말랑말랑한 몸을 끌어안은 채 그녀의 눈처럼 하얀 목에 연신 입맞춤했다.

명란이 비스듬히 그를 쳐다보며 물었다.

"문사의 풍류와 낮잠이 무슨 상관입니까?"

"문을 단단히 걸어 잠그면 될 일이지."

고정엽이 그녀를 품에 안고 침상 머리맡으로 베개를 밀며 정색한 얼굴로 말했다.

"아는 사람이 없으면, 우리 애길 하는 자도 없겠지."

명란이 눈을 동그랗게 뜨고 그를 바라보았다. 그도 명란을 바라보았다. 한참 바라보던 명란이 눈을 돌렸다. 용맹스러운 그 상대방의 얼굴에 관해선 따로 주석을 달 필요가 없으리라.

낮잠을 자고 일어나 약간의 갈증을 느낀 명란은 고정엽을 피해 침상 머리맡의 작은 탁자에 있는 차를 가지러 가려 했다. 그러자 고정엽이 그녀를 누르며 아예 찻주전자째로 들어다 명란에게 건넸다. 명란은 작은 두 손으로 찻주전자를 받아 찻주전자 주둥이에 입을 대고 꿀꺽꿀꺽 물을 마시기 시작했다. 게으른 한 마리 살진 다람쥐 같은 그녀의 모습을 고정엽이 흐뭇한 얼굴로 지켜보았다.

저녁 식사 후에 고정엽은 공손 선생과 이야기를 나누기 위해 외서방에 갈 생각이었다. 하지만 오후 대부분을 낮잠을 자느라 보내버렸기에 부부는 자포자기식으로 계집종에게 저녁 식사를 준비하라 분부하고 계속해서 침상 위에 누워 있었다. 고정엽이 명란의 가느다란 허리를 껴안고 그녀의 품에 머리를 살짝 올려놓았다. 명란이 부드럽고 유연한 손으로 고정엽의 관자놀이와 머리를 안마했다.

명란의 안마 기술은 방씨 어멈에게서 직접 전수받은 것으로, 노대부인의 몸을 안마하며 충분한 실습을 거친 결과 숙달케 된 것이다. 고정엽은 눈을 가늘게 뜨고 잠깐 졸았다. 개운하고 편안한 모양이었다.

명란이 재잘거리며 오전에 자녕궁에서 본 것을 이야기했다. 고정엽도 살짝 눈을 감은 채 몇 마디 보탰다.

"……심 국구의 첫째 부인인 추씨 부인은 나도 본 적이 있지. 심지가 굳고 너그러운 성정을 가진 대단한 여인이었지. 촉 변경은 외지고 거친 곳인데 연약한 아녀자임에도 불구하고 심 국구와 황후마마를 위해 그 멀고 고독한 촉 지방에 정착하여 부군을 전력으로 보필했다. 심 국구가 변경의 군대에서 임무를 도모하는 동안, 추씨 부인이 자주 황후마마를 찾아가 함께 시간을 보내며 말벗이 되어주었지. 고향을 그리워하는 황후마마를 위로하고, 곤궁함을 보살펴 주어 현지에서 덕망이 높았다. 듣자 하니 그해 황후마마께서 첫째 황자를 조산하셨을 때 왕부에서 제대로 된 유모를 구하지 못해 고생이었는데 마침 추씨 부인도 그때 아들을 낳았다더군. 그런데 추씨 부인이 친아들 대신 첫째 황자에게 젖을 물리며 세심하게 보살폈다는 게야. 추씨 부인은 그때 산후조리를 제대로 못한 탓에 지병을 얻게 되었지."

이야기를 듣던 명란도 탄식을 금하지 못할 정도였다. 그러니 봉사에도 정도가 있어야 했다. 자기 목숨까지 희생해서는 안 되는 것이다.

"그럼 나리는 어떻게 팔왕야와 알게 된 건가요?"

고정엽이 명란의 중의 저고리 안으로 손을 뻗어 그녀의 부드러운 피부를 쓰다듬으며, 실눈을 뜨고 웃으며 말했다.

"그 해, 거래를 하러 촉으로 가던 길에 팔왕야의 영지를 지나게 되었지. 그러다 마침 촉 왕부의 태의를 찾아가던 팔왕부 관사와 맞닥뜨리게 된 게야. 그런데 그 태의가 아주 가증스러운 작자라 이리저리 피하면서 안 가려고 하지 않았겠느냐? 내가 가장 싫어하는 게 바로 높은 자들에게 아첨하고 저보다 못한 자들은 거들떠보지도 않는 계산적인 작자들이니

라. 화가 너무 나서 그날 밤 당장 복면을 쓰고 형제들과 태의 집 대문을 부수고 들어가 약 상자는 물론이고 그 태의까지 납치해서 팔왕부로 보내버렸지!"

"나리……? 촉왕의 세력이 대단한데 팔왕야가 휘말리지 않았나요?"

명란은 말문이 막혔다.

"그다음엔 어찌되었나요?"

고정엽이 거리낄 게 아무것도 없다는 표정으로 웃으며 대답했다.

"관아에는 관아의 법도가 있고, 도적에겐 도적의 법도가 있기 마련이니 나도 다 방도가 있었다. 저런 작자들은 원래가 약한 자들을 괴롭히고 강한 자들을 무서워하는 자들이야. 내가 칼을 태의의 목에 겨누고 으름장을 놓았지. 만약 네놈이 촉왕에게 고자질이라도 했다간 그 즉시 네놈의 저택과 장원을 불태워 버릴 것이며, 또 네놈의 첩실들과 자식, 손자들까지 모조리 없애 버리겠다고 말이야. 그가 잠깐은 숨을 수 있을지 몰라도 평생 숨지는 못할 테고, 제 한 몸을 숨길 수는 있을지 몰라도 일가족을 다 숨길 수는 없지! 나는 길 가다 불의를 목도한 강호의 사나이이니, 홀연히 와서 홀연히 사라지는 자다. 나를 못 잡을 게다!"

이야기를 듣던 명란이 환한 얼굴로 눈웃음 짓다가, 고정엽의 품에 파고들며 웃었다.

"나리는 심보가 고약한 장난꾸러기예요!"

옛일을 떠올리자 고정엽도 통쾌하고 우스운 기분이 들었다.

"사건을 해결하고 원래는 바로 자리를 뜰 작정이었다. 그런데 황상께서 번지를 받으시기 전에 경성에서 나를 몇 번 보셨을 줄이야. 잠깐 방심했는데 그사이에 날 알아보신 게지! ……그다음엔 말이다. 이래저래 하다가 팔왕부의 상객常客이 되었지. 어떤 때는 산해진미를 보내기도 했고, 어떤 때는 독특한 특산물이나 서화 같은 것들을 가져가기도 했고, 또 어떤 때는 황상을 대신해 임무를 수행하기도 하면서 말이다. 그러다 병을 얻거나, 다치거나, 돈이 떨어졌을 때는 체면 차리지 않고 바로 왕부에 가서 사나흘 신세를 지기도 했다. 그때 자주 내 시중을 들던 자들 중에 한 명이 바로 그 하 태감이었지. 그 무렵엔 황상께서 적막한 나날을 보내고 계셨으니, 내가 전국을 돌아다니며 보고 들은 것들을 장황하게 들려드리곤 했다. 심 국구가 짬이 날 때면 셋이서 술잔을 기울였지. 술 취해서 욕지거리도 좀 하고 말이야. 속이 다 시원해지더구나."

"황상께선 눈썰미가 참으로 대단하시군요. 복면 사이로 나리를 알아보시다니요!"

명란이 손뼉을 치며 웃었다.

"나리께서 참 잘하신 겁니다. 남의 어려움을 돕고 난 뒤 먹을 것과 마실 것 신세를 지셨으니 서로 주고받으며 황상과 나리 사이에 진심이 통하게 되었으니까요."

고정엽이 명란의 작은 손을 끌어 자기 입가에 대고 입을 맞추었다. 그러고는 칭찬하는 눈빛으로 그녀를 바라보았다.

"강호에서 구르며 처세술을 익힌 셈이지. 너무 과분한 은혜를 베풀다간, 그 과분한 은혜 탓에 원수가 되기도 하는 법. 하물며 팔왕야는 황실의 후손이니, 그분이 불편한 마음을 품게 해선 안 된다는 생각이 들었지. 허나 그렇다고 해서 전부 고의로 그런 것은 아니다. 전염병을 몇 번 앓았을 때 만약 팔왕부의 보살핌이 없었더라면 아마 완쾌하지 못했을 게야."

명란은 그가 원래는 어렸을 때부터 노복들에게 둘러싸여 시중을 받으며 자란 사람이었음을 떠올렸다. 그러나 홀몸으로 강호를 떠돌던 시절에는 휴식과 생활은 물론이고 마실 차며 먹을 음식에 이르기까지 모든 게 익숙지 않았을 것이다. 그리고 그동안 그가 얼마나 고생을 겪고, 겨우 거기서 벗어나 버티기까지 이르렀는지도 감히 짐작이 가지 않을 정도였다. 이런 생각들을 머릿속에 떠올리다, 명란의 눈에 저절로 연민과 탄복이 떠올랐다. 명란의 이런 표정을 보고, 고정엽은 가슴이 두근거렸다. 그가 낮은 목소리로 말했다.

"당시에는 오늘 같은 날이 오리라고는 상상도 못 했지. 그저 은자를 많이 벌어서 출세해 아무도 날 깔보지 못하게 하겠단 생각뿐이었다……."

자기 앞날을 예상할 수 없던 이가 어찌 그 하나뿐이겠는가. 몇 차례의 전투로 앞길 창창한 목숨을 잃은 관원이 한둘이겠는가. 명란이 조용히 한숨을 쉬었다.

"그 추씨 부인이 참으로 안타깝네요."

"안타깝긴 하지만 그 일은 심형이 잘못한 게야."

고정엽이 잘라 말했다.

고정엽의 반응에 깜짝 놀란 명란은 잠깐 멈칫했다가 겨우 말할 수 있었다.

"심 대인께서도 어쩔 수 없으셨겠지요. 어쩔 방도가 없었을 거예요."

그런데 명란의 대답에 고정엽이 가타부타 말도 없이 고개를 가로저을 줄 누가 알았겠는가? 그가 슬쩍 비스듬히 입술을 일그러뜨리더니, 불만이라도 있는 듯한 눈빛으로 별안간 물었다.

"너도 오늘 추 이랑을 봤을 것이다. 네가 보기엔 어떻더냐?"

명란은 머뭇거리기 시작했다. 처음 본 사람에 대해 단언을 내리고 싶지 않았기 때문이다. 명란은 그저 이렇게 대답하는 게 고작이었다.

"황후마마와 사이가 아주 좋아 보이더군요."

"그러니 골치가 아픈 게지!"

고정엽의 눈빛이 차가웠다.

"나도 예전에 그 추 이랑을 몇 번 본 적이 있다. 겉보기엔 유순하고 약해 보여도 실제로는 아주 강해. 황후마마께선 먼젓번 추씨 부인과의 정 때문에 추 이랑을 우대하며 차마 질책을 못 하고 계시지. 게다가 이번엔 고명까지 하셨다. 국구부인은 장가의 적장녀로 저보다는 못한 집안에 시집간 셈이다. 심형이 이런 식으로 일을 처리하면 영국공부의 체면이 어찌되겠느냐?!"

"그럼 나리께선…… 심 대인이 애초에 추 이랑을 들이지 말아야 했다는 말씀인가요?"

명란이 의심스러운 눈빛으로 물었다. 명란은 고정엽이 자신의 분노를 전가하고 있는 듯한 느낌이 들었다. 설마 그도 백 씨를 연상하고 있었던 건 아닐까?

"아니다."

예상치도 않게, 고정엽이 대뜸 부정했다.

"심형이 누굴 아내로 삼든 간에 나름대로 이유가 있겠지. 중요한 것은 심형의 일 처리가 적절치 않았다는 게야."

고정엽이 몸을 일으키고, 두툼하고 넓은 어깨를 침상 머리맡에 기댄 채 낮게 탄식했다.

"심형이 정과 의리를 중시하는 건 좋은 일이다. 허나 세상에는 둘 다 얻을 수 없는 것도 있는 법. 끊어야 할 때 끊지 못하면 필시 분란이 일어나게 마련이야. 심형은 장가 여식이든 추 이랑이든 한쪽만 아내로 맞이해야 했어. 덕 많고 인자했던 추씨 부인의 정 때문에 황상께서도 심형더러 장가 여식과의 혼인을 강요하진 않으셨을 게야. 누이동생을 영국공부에 시집보내고, 단段가의 여식과 정가를 혼인시키면 될 일 아니냐? 심형은 너무 질질 끌었어. 정과 의리도 챙기고 싶었고, 순조로운 앞길도 확보하길 바랐지. 세상 천하 어디에 이렇게 호락호락한 게 있더냐?"

처음으로 이런 내막이 있었음을 듣고, 명란은 가슴속이 세차게 출렁였다. 고정엽이 계속 말을 이었다.

"그래, 심형이 정말로 영국공부와 혼인을 맺고 싶었다면, 그것도 인지상정이니 뭐라 할 순 없겠지. 허나 일 처리는 깨끗하게 했어야지! 계모를 잘못 들였다가 아이들이 고생할까 걱정이라면 전처의 누이동생을 첩으로 들인 것도 괜찮아. 허나, 그래도 분수를 지켰어야지. 먼젓번 부인이 이미 적자, 적녀를 낳았음에도 영국공부에선 적녀를 후처로 보냈으니 충분히 성의를 다한 것이다. 그런데도 심가에서 이런 식으로 추 이랑을 떠받들다니, 아아……. 두고 보거라, 조만간 사달이 날 것이다. 정말로 영국공부를 건드려 화나게 한다면 그때 가서 황상께서 또 뭐라 하실 수 있겠어? 어쩌면 황후마마까지 말려들게 될지도 모를 일이야."

남들에게는 심 국구의 집안사가 한가할 때 심심풀이로 삼을 수 있는 얘깃거리에 불과할지도 모르나 고정엽에게는 심각한 정치적 문제였다. 영국공부에게 한 가지 선택지만 있는 게 아니었기 때문이다. 만약 정말로 심가와 사이가 틀어지게 된다면 영국공부에서 다른 비빈들에게 투자하는 쪽으로 방향을 틀지도 모를 일이었다. 친한 친구로서, 고정엽 역시 심종흥이 집안사람 때문에 피해를 당하길 바라지 않는 것이다.

명란은 고개를 갸웃거리며 고정엽을 바라보았다. 사실 그녀는 심가에 대해 딱히 관심이 없었다. 오히려 그녀가 흥미를 느낀 것은 고정엽의 사고 패턴과 행동 스타일이었다. 명란이 조심스럽게 고정엽 곁에 다가가 작은 손을 그의 어깨 위에 얹었다. 명란이 달콤한 목소리로 속삭였다.

"있잖아요. ……하나 여쭐게요. 만약 나리가 심 국구라면 누구를 아내로 맞이할 거예요?"

한 명은 전도양양한 앞날을 의미하고, 다른 한 명은 본처와의 깊은 정과 남겨진 가련한 아이들을 의미한다. 어떻게 해야 할 것인가?

고정엽이 실소했다.

"그걸 어찌 알겠느냐?"

강에서 명란을 구해준 다음부터 온종일 그녀의 주의를 끌 방도를 고심하던 그였다.

"잘 생각해보세요. 만약 제가 죽으면요? 나리는 지체 높은 집의 다른 규수를 아내로 들일 건가요, 아니면 제 여동생을 아내로 맞이하여 아이들을 돌보게 할 건가요?"

명란이 눈을 빛내며 가차 없이 질문을 퍼부었다. 고정엽이 천천히 눈을 가늘게 떴다. 왠지 위험스러워 보이는 눈빛이었다. 명란은 침을 꼴깍 삼키며 뒤로 살짝 물러났다. 한참 그녀를 응시하던 고정엽이 이윽고 천천히 입을 열었다.

"마땅히 지체 높은 집안의 다른 규수를 아내로 들여야지. 교만하고 사나운 사람이라도 상관없다. 어쨌든 내 아이를 또 낳아줄 테니 말이다."

명란은 경악했다. 하마터면 숨이 안 쉬어질 뻔했다. 가까스로 호흡을 고른 뒤 번개같이 다리를 들어 새하얀 발로 고정엽의 어깨를 차며 화난 목소리로 외쳤다.

"당신, 당신, 당신…… 당신은 악당이에요!"

고정엽이 잽싸게 그녀의 발을 붙잡더니, 손을 뻗어 그녀의 매끈하고 여린 다리를 껴안았다. 그러고는 새하얀 이를 드러내며 그녀의 다리를 살짝 깨물었다. 명란이 아파 비명을 지르며 주먹으로 그를 내리쳤다. 그가 도리어 즐겁다는 듯 낭랑한 목소리로 껄껄 웃었다.

"하오니 부인께선 돌아가시면 아니 되옵니다. 부디 건강하셔야 합니다. 적어도 부군보다는 오래 사셔야지요."

제120화

안채 정비, 해 씨의 출산,
하가의 의약서

명란이 여전히 졸린 얼굴을 하고 홀로 아침 식탁에 앉았다. 숟가락으로 죽을 뜨는 모습이 마치 몽유병에라도 걸린 것처럼 보였다. 보고 있던 단귤이 연신 고개를 절레절레 흔들었다.

"마님께서 여자아이로 태어나셨기에 망정이지, 만약 사내아이로 태어나셨으면 삼경에 책을 읽고 사경에 조회에 나가야 하는데 어쩔 뻔했겠습니까?

명란은 하마터면 박장대소를 할 뻔했다.

그러고 보니 스파이더맨이 예전에 그런 소릴 했었다. "큰 힘에는 큰 책임이 따른다."라고. 고대의 남자들은 현대의 남자들보다 이렇게나 많은 특권을 누리고 있으니 당연히 더 고생을 해야 했다. 물론 그녀도 저번 생애에서 한밤중까지 책상 앞에 앉았다가 동틀 때 일어나는 생활을 안 한 건 아니었다.

아…… 참으로 저번 생애가 그립구나. 비록 하늘은 잿빛이고, 땅은 새카맣고, 강물은 더러웠지만 바람피우는 남편에게 이혼과 동시에 재산분할을 청구할 수 있었다. 외도 상대자를 알아내어 쳐들어갈 수도 있었고, 트집 잡는 시어머니에게 말대꾸를 할 수도 있었다. 또 자신의 애인을 가로챈 단짝친구를 인터넷 게시판에서 고발할 수도 있었다. 그리고 무엇보다도 가장 중요한 것은 유부녀가 외도를 해도 저롱猪籠[1]에 갇혀 물에 담가지는 형벌을 받지 않아도 된다는 사실이었다.

에잇, 관두자. 공상에 빠져 있던 명란이 침을 닦았다. 어쨌든 현실을 살아야 했다.

고대의 유명한 '삼팔홍기수三八紅旗手[2]' 왕희봉[3] 같은 사람은 명란이 결코 다다를 수 없는 높은 경지라 할 것이다. 이런 노력형 인재가 어디 있단 말인가. 급여가 더 나오는 것도 아니고, 승진할 가능성이 있는 것도 아니지 않는가. 비록 직책을 이용해 약간의 돈을 챙길 수 있다고 할지라도 자산이 채무보다 많아지는 것 아니었다. 매일같이 한밤중에 일어나 해 뜨기도 전에 집안일을 돌보며 집안의 어른과 아이들을 어르고 달랜다. 그럼에도 자신의 노력이 부족할까 걱정하며 자진해서 할 일을 찾아 녕국부를 찾아가다니! 얼마나 미련한가.

결국은 과로로 자기 몸을 해치고 혼수도 모조리 써버렸다. 아들도 낳지 못해 남편이 아들이 없다는 이유로 우이저[4]를 편방으로 들이기에 이르렀으니 그게 전설 속의 '성취감'을 위해 노력한 결과란 말인가? 이해할 수 없구나, 이해할 수 없어.

---

1) 대나무를 듬성듬성하게 얽어 만든 원통형 통.
2) 여성의 날을 맞아 중국의 우수한 여성에게 주는 명예 칭호.
3) 『홍루몽』의 등장인물. 가련의 아내.
4) 『홍루몽』의 등장인물. 가련의 첩.

명란의 성격은 모범적 노동자와는 거리가 멀었다. 그렇기에 료용댁 등 몇몇 관사 어멈들을 시켜 교대로 묘정卯正[5] 점호를 맡아 그날의 임무를 배정하게 했다. 명란은 아침 식사를 마치고 나서야 사무를 점검하고 장부를 확인했으며, 이튿날 할 일은 그 전날 저녁 식사 시간 전에 분배해 놓고 불시에 그중 하나를 골라 점검하는 식으로 관리했다. 지금까지의 상황을 놓고 보면 그래도 업무 성과는 대단히 훌륭했다.

최씨 어멈은 명란의 이런 '나태함'을 대단히 불만스럽게 생각했고, 늘 그녀의 귓불을 잡아당기며 한바탕 잔소리를 퍼부으려 했다. 그런데 명란이 오히려 당당하게 반문할 줄이야.

"어차피 결과는 비슷한데 군이 사서 고생할 필요가 있어?"

최씨 어멈의 얼굴이 굳어졌다.

"젊었을 때 조금 고생을 하더라도 마님의 자손들이 온 저택을 채울 만큼 번성하게 되면 저절로 편히 쉬시게 될 겁니다."

"그건 아니지, 아니야."

명란이 손가락 하나를 들어 까딱거리며 말했다.

"최씨 어멈, 어멈은 요새 늦잠을 자는가?"

명란이 맑은 눈빛으로 그녀를 바라보았다. 최씨 어멈이 명란의 눈을 피하며 대답했다.

"자는 걸 그다지 좋아하지 않습니다."

"그러면 안 되네! 소위 말하는 '꽃 피어 꺾을 만할 때 꺾어야 하느니,

---

5) 새벽 6시.

안 그럼 빈 가지만 꺾게 될 것이라[6]'는 말처럼 늦잠 자는 것도 다 때가 있는 게야. 젊음도 다 한때인데 내가 날 챙기지 않는다면 젊음을 낭비하는 것 아니겠소? 최씨 어멈, 아니 그러오?"

최씨 어멈은 말재주가 없고 과묵한 성격이라 그저 명란이 화내는 것을 지켜보기만 할 따름이었다. 사람들이 모두 성가 여섯째 규수가 총명하고 온순하다고들 하지만 그녀는 남들이 말하는 그 '총명함'은 바로 '영리함'이며, '온순함'도 실은 '겉으로는 복종하지만, 속으로는 그렇지 않다'는 것을 의미함을 잘 알고 있었다. 자못 일리 있는 것처럼 들리는 궤변을 늘어놓으며 웃는 얼굴과 공손한 태도로 생글생글 눈웃음을 지으며 마치 가르침이라도 청한다는 듯한 자세를 취하지만 명란은 실은 상대방과 '토론'을 벌이고 있는 것이다.

최씨 어멈은 별도리 없이 승복할 수밖에 없었다. 명란이 아홉 살이었을 때부터 최씨 어멈은 애초에 그녀의 적수가 되지 못했던 것이다.

명란이 슬쩍 눈치를 살피더니 최씨 어멈이 승복했음을 알아채고 즉각 빙그레 웃음을 지으며 최씨 어멈을 달랬다.

"어멈의 마음은 내가 잘 아네. 허나, 이렇게 좋은 나날도 얼마나 더 보낼 수 있을지 나도 알 수 없다네. 어느 날 당장에 녕원후부로 돌아가게 된다면 나도 꼬박꼬박 해가 뜨기도 전에 문안을 드리러 가야겠지. 법도를 지키느라 제대로 앉지도 못할지도 모르고 말이야. 그러니 이 기회에 잘 쉬어야 하네."

"녕원후부로 돌아가시게 될까요?"

---

6) 당나라 때의 명기 두추랑杜秋娘의 시 〈금루의金縷衣〉 중 한 구절.

최씨 어멈이 의심 가득한 말투로 물었다.

명란이 큰소리로 웃으며 대답했다.

"어차피 한 식구잖나, 그러니 돌아갈 수도 있지."

최씨 어멈이 연신 한숨을 쉬었다. 당장으로서는 더 할 말이 없었기 때문이다. 그저 저택의 계집종들을 엄히 단속하는 수밖에 없었다.

거기에 대해선 명란도 아무런 이의가 없었다. 그녀는 인터넷 시대에서 온 사람이었으니 유언비어의 힘을 잘 알고 있었다. 만약 안채 일손들의 기강이 해이해진다면 무슨 말이 밖으로 나돌지 알 수 없었다. 지금 녕원후부에서는 많은 이들이 자신을 주시하고 있었다.

그만큼 중요하고도 중요한 곳이 바로 가희거였던 것이다.

안채 계집종들의 출신은 크게 세 부류로 나뉘었다. 명란이 데려온 사람, 밖에서 사 온 사람, 가생자.

지난번 상 유모는 안채로 보낼 계집종들을 두 패로 나누어 골랐었다. 여름에 고른 아이들은 밖에서 사 온 아이건 가생자건 모두 이름에 '여름 하夏'자를 붙였다. 그중 하죽과 하하는 상 유모가 안채로 보낼 아이들 중 가장 먼저 선택한 아이들이었다. 후에 또 고른 아이들은 겨울에 골랐기에 이름에 '겨울 동冬'자를 붙였다. 명란은 이 명명 방식이 참 괜찮다는 생각이 들었다. 지금은 봄이라 할 수 있으니 최근 안채 계집종으로 선정된 아이들은 모두 '봄 춘春'자를 넣어 이름을 지었다.

소도가 명란을 향해 흰자위를 번뜩였다.

자고로 법률 제정 초기에는 법을 어긴 이들을 엄중히 처벌하는 것이 관례였다.

이 계집종들은 대부분 훈련 기간이 얼마 되지 않았고, 아직 나이가 어려 한창 놀기 좋아할 때였다. 도독부에서는 먹고 입고 쓰는 것이 매우 풍족하고 고급스러웠다. 특히 명란의 처소에 들어가면 아가씨처럼 비단옷을 입고 진수성찬을 먹을 수 있었다. 예전에는 구경도 못했던 도자기나 옥그릇도 이제는 일상이 된 것이다.

명란은 저택의 지출 항목을 볼 때마다 남몰래 탄식했다. 어쩐지 대관원大觀園[7]의 계집종들은 '머리를 벽에 부딪쳐 죽을지언정' 한사코 저택을 떠나려 하지 않으려 하고 앞다투어 이랑이 되고 싶어하더라니. 한쪽에는 거친 옷을 입고 초라한 집에 사는 백성의 삶이 있었고, 또 다른 한쪽에는 비단옷을 입고 진수성찬을 먹으며 아가씨처럼 대접받는 삶이 있었던 것이다. 물질의 유혹은 과연 끝이 없었다.

입고 먹고 쓰는 것이 고급스러운 건 말할 것도 없고 금은 장신구도 적지 않게 상으로 받았다. 평소에 해야 하는 노동도 그다지 고되지 않았고, 주인인 명란도 성격이 온화해 엄하게 단속하는 것 같지도 않아 보였다.

어떤 아이는 성정이 교만해 말다툼하기도 했고, 어떤 아이는 옷과 장신구를 놓고 싸웠다. 또 어떤 아이는 게으름을 피우다 당번을 잊거나 임무를 소홀히 하기도 했고, 제멋대로 명란의 안채에 들어가거나 다른 마음을 품고 버릇없이 구는 아이들도 있었다. 고작 7, 8일밖에 안 지났는데도 녹지와 약미에게 걸려 혼이 난 계집종이 벌써 대여섯은 되었다.

법도란 규율을 깬 자를 처벌하는 예술이었다. 명란은 삼류 예술가가 되기로 결심했다.

책임을 명확히 하기 위해 각자의 책무를 먼저 정한 다음 종이에 해서는 안 되는 일과 가면 안 되는 곳, 하면 안 되는 말, 적절하지 않은 치장에

---

7)『홍루몽』속 대저택.

대해 적었다.

위반하는 자는 가볍게는 훈계를 들을 것이고, 무겁게는 손바닥을 맞을 것이다. 더 중한 잘못을 한 경우에는 한 달 월급을 몰수하고, 더 심한 경우에는 쫓겨나게 될 것이다. 안채에서 쫓겨난 자는 바깥채에서도 일할 수 없고, 부모에게 데려가라고 하거나 멀리 농장으로 보내 일을 하게 될 것이다. 그리고 팔아 치우는 것은 최후의 보루로 남겨두었다.

매번 잘못을 저지를 때마다 무슨 이유로 잘못을 저지르게 되었는지, 어떤 처벌을 받았는지, 잘못을 인정하는 태도는 어땠는지를 일일이 기록으로 남기게 했다. 티끌 모아 태산격으로, 쭉 누적시켜 조사하는 데 도움이 되게끔 하기 위해서였다. 만약 한도 끝도 없이 잘못을 범하는 자가 있다면 그것이 사소한 잘못이라 할지라도 횟수가 많은 경우 안채에 남겨 둘 수 없었다. 약삭빠른 계집종들 몇몇이 궤변을 늘어놓는 것을 막고, 다른 아이들이 보고 배우는 것을 막기 위해서였다.

사실 가장 심한 처벌은 팔아 버리는 게 아니라 죽기 직전까지 매질을 가하는 것이었다. 그러나 명란은 그런 처벌 방법을 결코 높이 사지 않았다. 그동안 쌓아 둔 음덕을 손상시킬 뿐만 아니라, 자칫하면 자신의 명성마저 흠집이 날 수 있기 때문이다. 오히려 변경이나 벽지, 심지어는 황폐하기 짝이 없는 지역으로 팔아 치워 버리는 것이 결과적으로는 더 비참할 것이다.

벌로 월급을 몰수하거나 내쫓는 경우를 제외하면 나머지는 명란에게 보고할 필요 없이 큰 계집종들이 알아서 처벌 강도를 결정했다. 그중 오직 단귤만이 계척을 들 권한을 갖고 있었다. 단귤은 비교적 신중하고 온화한 성정이었기에 불공평하게 벌을 내리거나 함부로 매를 듦으로써 분란을 일으키지 않았다. 다른 큰 계집종들은 자질과 서열에 따라 저보다 아래의 계집종들을 독촉하고 훈계하는 역할을 담당했다.

명란은 냉담한 눈으로 방관했다. 단귤이 갈수록 주도면밀하고 엄격해지는 모습을 보고 다소 안심하게 되었다. 처음에는 단귤이 너무 순해서 위세가 부족한 게 아닌가 걱정했으나, 지금 돌이켜 보면 전부 단귤 탓만은 아니었다. 성가에서 명란은 서출인 여섯째 아가씨에 불과했기에 허리를 제대로 펼 수조차 없었다. 그러니 어찌 단귤에게 엄격하고 신속하게 단속하라고 주문할 수 있었겠는가?

이렇게 며칠 동안 기강을 잡았다. 매질이 필요하면 매질을 하고, 벌금을 물려야 하면 벌금을 물렸다. 거기다 몇몇 튀는 아이들을 내쫓고 나니 가희거가 많이 조용해졌다. 안채가 청정해진 것을 보며 명란도 대단히 흡족한 기분이 들었다. 소도가 촐랑거리며 달려와 명란에게 아첨했다.

"마님은 참 대단하세요. 참으로 총명하세요!"

명란이 심오한 말로 말했다.

"대갓집에서 하인 몇을 처분하는 건 사실 그리 어려운 일이 아니지. 어려운 건 하인 뒤에 있는 주인이지."

그래서 지체 높은 대갓집의 물이 그리도 혼탁해 도저히 속에 뭐가 있는지 알 수 없는 것이다.

소도는 사실 명란의 말뜻을 그다지 알아듣지는 못했으나, 그렇다고 그 사실이 그녀가 계속 아첨하는 데는 아무런 방해가 되지 않았다.

"마님은 참으로 총명하십니다. 마님은 참 대단하세요!"

명란이 짐짓 굳은 표정을 지으며 몸을 돌렸다.

"좀 새로운 단어로 네 주인을 칭찬해주지 않겠니?"

소도가 난감한 듯 입술을 삐죽거렸다.

"마님……. 마음만 전해지면 된 것 아니겠습니까. 마님께서는 늘 겉만 봐서는 아니 된다고 하시지 않으셨습니까?"

명란은 눈을 부릅뜨고 한참 동안 소도를 쳐다보다 한숨을 쉬며 그녀를 다독였다.

"그렇구나."

며칠 후, 기별이 왔다. 해 씨가 딸을 낳았다는 소식이었다.

명란은 눈부시게 빛나는 금화 두 꾸러미를 꺼냈다. 한 꾸러미에 정교하게 만들어진 금색 찬란한 작은 금화 19개가 꿰어 있었다. 각각의 금화마다 복을 기원하는 서로 다른 어구들이 새겨져 있었다. 붉은 비단실로 엮은 금화 꾸러미 아래에는 동그란 금원보가 하나 늘어뜨려져 있었다. 명란이 득의양양하게 말했다.

"내 선견지명은 알아줘야 해. 큰언니도 곧 출산을 할 테니 세삼례洗三 禮[8]를 지낼 때 큰언니와 새언니에게 하나씩 줘야지."

"저…… 선물이 다소 약소한 건 아닐까요?"

단귤이 조심스럽게 귀띔했다. 고가는 량가나 문가보다 훨씬 더 부유하지 않은가?

"그리고 두 분께 똑같은 걸 드리실 건가요?"

단귤이 입술을 깨물며 머뭇거리듯 말했다. 그녀가 보기엔 해 씨가 화란보다 명란에게 훨씬 더 잘해줬기 때문이다.

명란이 진지한 얼굴로 단귤을 일깨워주었다.

"아둔한 단귤아, 무릇 사람들 있는 데서 보내는 선물은 너무 눈에 띄

---

8) 출생 뒤 사흘째 되는 날, 아기를 목욕시키고 건강과 장수를 기원하는 행사.

어선 안 되는 법이야. 안 그러면 남들이 너를 벼락부자라고 생각할 테니까! 게다가 넷째 언니와 다섯째 언니는 어떡하라고? 그럼 언니들은 뭘 선물하란 말이야? 큰언니와 새언니의 출산 날짜가 이리도 가까운데 만약 내가 세삼례 선물을 다르게 준비하면 공연히 분란을 일으키는 셈이 되지 않겠니? 선물을 보내려거든 보내는 사람도 받는 사람도 모두 기뻐할 만한 것을 보내야지. 나중에 만월주 마실 때가 되거든 그때 다시 후하게 선물을 준비하면 될 것이야."

성가의 세삼례는 햇살이 따사롭게 비추는 날에 거행되었다. 명란은 먼저 고정엽에게 인사를 한 뒤 작은 가마를 타고 떠났다. 오늘은 마침 성굉도 휴목休沐[9] 중이었기에, 명란은 우선 그에게 인사를 하러 갔다. 방에 들어가니 성굉이 굳은 얼굴로 왕 씨를 나무라고 있는 모습이 보였다. 여란이 고개를 숙인 채 구석에 서 있었다. 침울한 표정이었다.

명란이 성굉에게 인사를 올리고 생긋 웃으며 일어났다. 그리고 웃는 얼굴로 애교를 부리며 말했다.

"아버지, 수염을 더 길게 기르셨네요. 신 수보 나리의 그 훌륭한 수염을 곧 따라잡으시겠는걸요."

성굉이 웃음을 못 참고 입가를 씰룩거렸다. 자못 만족스럽다는 듯 어렵사리 기른 긴 수염을 쓸어내리며 짐짓 위엄 있는 목소리로 대답했다.

"아무 말이나 지껄이기는. 시집도 간 것이 아직도 이렇게 어린애 같은 소리를 하는 게냐!"

명란이 앞쪽으로 한 발짝 더 다가가더니 애교스럽게 웃으며 성굉의

---

9) 휴가.

비위를 맞췄다.

"아버지 말씀이 옳으십니다. 제가 마침 전변滇邊[10]의 물소 뿔로 만든 수염 빗을 하나 구했는데 특별히 아버지를 위해 남겨두었지요. 나중에 보내 드릴게요. 이런 말씀도 드리니 어린애 같지 않지요?"

성굉이 표정을 누그러뜨리더니 웃으며 명란을 꾸짖었다.

"네 낭군에게나 주거라!"

명란이 고개를 절레절레 흔들었다.

"아니에요. 그 사람은 무관이잖아요. 수염을 길게 기르고도 싸움을 잘한다는 사람은 관운장 말고 들어 본 적이 없는걸요? 말 위에서 얼마나 성가시겠어요! 제가 보기에 아버지 사위는 관운장보다 실력이 한참 떨어지는 것 같아요!"

성굉이 저도 모르게 큰 소리로 웃음을 터트리기 시작했다. 손가락으로 명란을 가리키며 연신 고개를 가로저으며 웃음을 멈추지 못했다.

명란이 다시 고개를 돌려 왕 씨를 바라보고는 웃으며 말했다.

"오랜만에 뵙습니다. 어머님께선 훨씬 더 젊어지신 것 같네요! 여식은 빚이고 근심거리라더니 저희 네 자매를 시집보내시더니 홀가분해지셨나봐요."

왕 씨의 긴장된 입꼬리가 풀렸다. 여란은 문득 뒷방의 발이 올라가 있는 것을 보았다. 유곤댁이 필사적으로 여란에게 눈짓을 하고 있었다. 여란이 성굉의 눈치를 살피며 웃는 얼굴로 명란의 말에 장단을 맞추었다.

"그야 당연하지. 네가 마지막으로 어머니의 머리를 아프게 한 아이니

---

10) 현재의 중국과 베트남 사이의 국경 지대.

까 말이다."

명란이 고개를 돌려 위아래로 여란을 훑어보더니 별안간 커다란 깨달음이라도 얻었다는 듯한 기색으로 말했다.

"갑자기 생각이 나네요. 다섯째 언니가 출가하자마자 어머님께서 바로 편안해지셨지요."

여란이 짓궂게 웃으며 다가와 명란을 꼬집었다.

"몹쓸 계집애 같으니라고. 네가 또 나를 놀리는구나!"

이리하여 방 안의 긴장된 분위기가 사라졌다. 유곤댁은 내심 감탄했다. 그러고 보면 여섯째 아가씨도 참 대단하구나. 나리와 마님을 마주하고도 어색함 없이, 그 두 분과 한 방에 있을 때면 언제나 생글거리며 웃는 얼굴로 자연스럽고 적절하게 행동하다니.

특히 성굉에 대해 명란은 단 한 번도 푸대접을 받았다는 이유로 그를 원망하거나 냉대를 받았다는 이유로 그를 서먹하게 대한 적이 없었다. 마치 그가 정말로 자애로운 아버지라도 되는 듯, 늘 그를 볼 때마다 기쁜 얼굴로 대하며 호감을 얻었다. 요 몇 년간은 성굉도 대단히 그녀를 아끼게 되었고, 무슨 좋은 물건만 있으면 명란을 빼놓지 않을 정도였다.

몇 마디 이야기를 더 나눈 뒤, 왕 씨가 일행들을 이끌고 해 씨의 처소로 향했다. 무거운 얼굴을 한 왕 씨가 계집종들과 어멈들에 둘러싸여 앞서 가고 있었다. 명란과 여란은 서로 팔짱을 끼고, 왕 씨 일행을 뒤따라가며 조용히 귓속말을 주고받았다.

"언니, 무슨 일이야? 오자마자 아버지를 화나게 한 거야?"

명란이 앞쪽의 왕 씨 눈치를 살피며, 앞의 일행들과 일부러 간격을 벌렸다.

여란이 한숨을 쉬었다.

"한림원은 청빈한 곳이잖니. 최근에 외방을 나갈 일이 생겼는데 서방님이 참 가고 싶어 하는 눈치더라고. 근데 천중川中[11]은 풍요로운 땅이잖아. 나는……."

명란은 대충 무슨 소린지 알 것 같았다. 여란을 잡아끌고 걸음을 늦추며 명란이 물었다.

"그래서 아버지와 오라버니에게 도움을 청하려 했어?"

"아니야. 나는 그저 어머니에게 몇 마디 하소연만 했어. 그런데 어머니가 아버지에게 그 얘길 하는 통에 나까지 혼이 났지 뭐야."

여란이 작은 얼굴을 떨궜다. '일을 성사시키기는커녕 도리어 망쳤다'며 왕 씨를 원망하는 기색이었다.

명란은 긴장한 어깨를 하고 앞장서 가는 왕 씨를 바라보며 내심 한숨을 쉬었다. 저 여자는 정말이지…….

여란이 괴로운 마음에 명란의 소매를 잡아끌며 말했다.

"아버지도 참 그렇지 않니. 도와주실 수 있으면 한번 도와주시면 될 것을. 그러실 수 없다면 어쩔 수 없는 건데 그렇다고 나를 야단치실 것까진 없잖아?"

명란은 자신이 한밤중에 밀회했던 사실까지 전부 알고 있는 자매였다. 그래서 여란은 오래전부터 명란에게는 속마음을 터놓았다.

명란이 여란의 귓가에 대고 속삭였다.

"형부는 아버지와 오라버니가 도와줬으면 하고 바라는 거야?"

"아니."

---

11) 사천성 중앙부.

"그럼 형부가 언니 앞에서 뭔가 암시한 적이 있어? 이를테면 한숨만 연거푸 쉰다거나 고민하는 모습을 보여준다거나?"

"아니."

여란이 고개를 가로저었다.

"서방님은 내게 아무것도 숨기지 않는걸. 그날 조정에서 돌아온 뒤에 나와 그 일에 대해 웃으며 이야기한 게 전부야. 웃으면서 동료 중 누가 그 연줄을 잡을 수 있을지 모르겠다는 말씀도 하셨지."

"그럼 다섯째 언니가 잘못한 거네."

명란이 고개를 끄덕거렸다.

"첫째, 형부가 처가에서 그 일에 나서 주길 바랐다고는 할 수 없잖아. 둘째, 언니는 형부의 동의도 없이 멋대로 아버지에게 도움을 청했어. 어쩌면 도리어 형부가 불쾌하게 여길지도 모르잖아. 형부 나름대로 방도를 생각해 두었을지도 모르고. 셋째, 오라버니와 아버지가 그러는 게 좋겠다고 생각했다면 필시 알아서 형부를 도와 연줄을 찾아보실 거야. 좋지 않게 생각하고 있는데 언니가 억지로 나서서 도움을 청하면 오라버니와 아버지는 형부가 무능해서 처가만 바라본다고 생각하시겠지."

명란이 단숨에 세 가지 이유를 들며 여란을 꼼짝 못 하게 했다. 여란이 웅얼거렸다.

"네…… 네 말이 일리가 있는 것 같구나."

앞서가는 일행들이 점점 멀어져 가는 것을 바라보며, 명란이 모기만 한 목소리로 말했다.

"어렸을 때 할머니께서 하시는 말씀을 들은 적이 있어. 아주 오래전에는 어머님과 아버지 사이가 무척 좋았대. 부부간에 서로 공경하며 즐겁고 원만하게 지내셨다지. 그런데 어머님께서 아버지의 바깥일을 자꾸

간섭하신 탓에 사이가 벌어졌다는 거야. 그 바람에서 임 이랑이 두 분 사이의 빈틈을 비집고 들어오게 된 거고."

사실 안채의 여자들이 남편이나 아들의 공무에 간섭하는 것은 결코 드문 일이 아니었다. 문제는 개입이 잘 됐느냐, 적절했느냐에 있었다. 왕 씨가 이처럼 대의를 이해 못 하고 사사로운 이익만 신경 쓰니 애초 성굉은 적잖이 귀찮았을 것이다.

이 사례는 너무나 전형적이었고, 초래된 결과 역시 너무 비통했다. 여란은 자신을 이 사건의 가장 큰 피해자라고 생각했다. 여란은 꿈에서 퍼뜩 깬 것처럼 자신의 손바닥을 주먹으로 치며 물었다.

"그 얘긴 나도 어렴풋하게 들었던 것 같아. 그럼…… 명란아, 내가 어떻게 해야 할까?"

명란은 자기가 잘 지내고 있는 만큼 진심으로 여란이 잘 지내길 바랐기에 이렇게 말했다.

"일단 형부가 어떤지부터 봐봐. 만약 형부가 이 일을 한 번 더 언급하거든 그때 언니가 새언니를 찾아가는 거야. 새언니는 해가의 여식이니 조정 내 연줄을 가장 잘 알고 있을 테지. 그런 다음 새언니가 오라버니에게 상의를 하면 필시 방도가 있을 거야. 앞으로도 이런 일은 이렇게 하면 될 거야."

"좋은 방법이야!"

여란이 웃으며 연신 고개를 끄덕거렸다. 새언니 해 씨에 대해서 여란은 대단히 신뢰하고 복종하는 마음을 품고 있었던 것이다. 여란이 또 물었다.

"만약에 서방님이 다시 언급하지 않는다면 어떡해?"

명란이 힐끔 그녀를 흘겨봤다.

"그렇담 형부가 그 파견 임무에 별로 생각이 없다는 뜻이니 언니는 더 신경 쓸 필요가 없지. 한림원이 청빈하다고 너무 걱정하지 마. 만약 언니가 형부의 벼슬길까지 성급하게 나서서 좌지우지하려 했다간 형부가 언니를 싫어하게 될지도 모르니까!"

여란은 '애정'을 대단히 중시하는 사람이었다. 그에 비하면 시시한 한림원 학사 부인이 되는 것쯤은 아무것도 아니었다. 여란이 명란의 말에 힘껏 고개를 끄덕였다.

한참 있다가 여란이 문득 뭔가를 떠올린 모양이었다.

"참, 그러고보니 네게도 도와달라고 할 수 있겠구나! 다들 네 부군이 지금 참으로 대단하다고들 하잖니! 명란아, 도와줄 거지?"

여란이 비스듬히 명란을 흘겨보며 허리에 손을 얹고 있었다. 어조도 방자해지기 시작했다. 시집가기 전의 모습으로 되돌아온 것 같았다.

명란이 여란에게 팔짱을 끼며 큰 소리로 웃었다.

"우리가 누구야. 언니가 말만 꺼내면 내가 당연히 나리께 말씀드렸겠지. 허나, 언니도 생각해봐. 문관과 무관은 서로 관장하는 바가 다르잖아. 같은 일이라도 아버지나 오라버니에게 부탁하면 물 위를 지나간 바람이 흔적을 남기지 않듯 아무런 흔적도 남기지 않게 되겠지. 그런데 언니 제부에게 도와달라고 하면…… 하하, 그때 가서 사람들이 다 알게 되더라도 날 탓하면 안 돼."

여란은 불안한 마음에 가슴이 두근거렸다. 문인은 체면을 가장 중시하는 법이다. 처가 도움으로 발탁되는 건 그럴 수 있었다. 동서에게도 도와달라 부탁할 수도 있었다. 그러나 그런 부탁을 한 게 알려지면 낭패였다.

명란이 미소를 지으며 여란을 바라보았다. 저마다 예민하게 남의 눈치를 살피고 말속에 숨은 뜻을 알아차리고자 전전긍긍하는 고대에 여란처럼 직설적인 성정을 지닌 이를 만날 수 있는 것도 참으로 쉽지 않은 일이었다. 쉽지 않은 일이야.

"명란아, 내가 비록 아둔하긴 해도 시시비비를 가릴 줄 모르는 사람은 아니야. 네가 한 말은 모두 나를 진심으로 걱정해서 해준 말이로구나. 네가 내게 잘해주는 건 나도 알아. 내가 가끔 못되게 성질을 부리기도 한다만 마음에 두지는 마."

여란이 갑자기 고개를 떨구더니 가만히 명란의 손을 쥐었다.

명란은 순간 뜨끔해 여란의 손을 쥐며 따뜻하게 말했다.

"한집안 자매끼리 무슨 그런 섭섭한 소릴 하는 거야! 참, 형부는 언니한테 잘해줘?"

명란이 물으며 여란의 모습을 훑어보았다. 선홍색 바탕에 나비가 수놓인 배자를 입은 모습이 다소 과한 느낌이긴 했지만, 복사꽃 같은 얼굴을 돋보이게 하는 차림새였다. 얼굴 혈색이 좋은 걸 보니 아주 잘 지내고 있는 모양이었다.

과연 여란이 자랑스럽게 고개를 처들더니 분칠한 얼굴을 붉히며 부끄러운 듯 말했다.

"당연하지. 서방님이 내게 참으로 잘해준단다. 짬만 나면 내게 시를 써주고 그림도 그려줘."

"어떤 그림을 그려주는 거야?"

명란이 눈을 동그랗게 떴다.

"당연히 나지!"

여란이 매섭게 눈을 부릅떴다.

"경 오라버니 말이 내 외모가 청량하고 동작도 자연스러워서 그림 그리기 가장 좋다고 했어!"

"네에, 하나도 틀린 말씀이 아니고말고요."

명란이 만회하기 위해 연신 맞장구를 쳤다.

"그럼…… 시어머님은?"

여란이 여전히 득의양양하게 말했다.

"시어머니가 날 귀찮게 하면 서방님은 일단 한림원으로 피신해. 시어머니가 심한 말을 하면 서방님이 바로 '남의 집 귀한 여식을 무시하면서 어찌 뻔뻔하게 남의 집에 사실 생각을 하십니까. 얼른 이사 가시지요'라고 대꾸하지. 그럼 시어머니도 더는 말 못 해."

명란이 그 자리에서 소리를 내며 웃음을 터트리는 바람에 앞서가던 왕 씨가 뒤를 돌아보았다. 명란이 황급히 웃음소리를 억눌렀다. 이 시대의 여자들은 얼마나 불편한가, 명란은 여란의 행복한 모습에 진심으로 기뻐했다. 어쨌든 문염경은 성굉과 장백이 마음에 들어했던 사람이었으니 형편없는 사람일 리 없었다.

아…… 만약 그녀의 자매들이 모두 여란처럼 매듭을 잘 짓고, 행복해하며 소탈하게 잘 지낸다면 얼마나 좋을까! 그러나 그건 불가능했다. 명란의 눈에 그녀의 또 다른 언니가 들어왔다. 묵란이었다.

묵란은 해 씨의 방 안에 앉아 축하해주러 온 다른 여자 권속들과 환담하고 있었다. 청초하고 우아한 얼굴은 다소 어두워 보였고, 몸에 걸친 뒤얽힌 모란꽃 가지 무늬가 있는 자홍색 배자는 비록 귀족적이긴 했으나 그녀를 몇 살 더 늙어 보이게 했다. 커다란 순금의 오봉조양주채는 찬란한 광채를 사방으로 내뿜으면서 온 방 안을 빛내고 있었다.

여란이 묵란을 보자마자 입술을 삐죽이더니 부러 명란에게 딱 붙어 귓속말을 했다.

"쟤는 뭘 저렇게 꾸미고 온 거야? 경성 바닥에서 영창후부 사정이 좋지 않다는 걸 모르는 사람이 누가 있다고! 황제 폐하께서 몇 번이나 경고를 하시고, 영창후 나리의 군직도 중단된 마당에 넷째 형부가 원래 관직을 보전하고 있는 게 그나마 다행이지. 승진은 물 건너갔지만.”

묵란도 그녀들을 보았으나, 그저 어색하게 고개를 끄덕일 뿐이었다. 명란에게 하고 싶은 말이라도 있는 듯한 기색이었으나 무표정한 여란이 가로막고 있었다. 명란은 아무것도 내색하지 않은 채 그저 방 안의 여자 권속들과 웃으며 몇 마디 이야기를 나누다 새로 태어난 여자아기를 보러 갔다. 가늘고 기다란 눈매와 살짝 치켜올라간 입매가 해 씨를 쏙 빼닮은 아기가 명란의 눈에 들어왔다.

남편이 대리시에 있는 류柳 부인이 아기를 보고 웃으며 말했다.

“참으로 예쁘게 생긴 아기군요. 어머니처럼 장차 교양 있는 숙녀가 되겠습니다.”

해 씨가 머리를 천으로 감싼 채 다복과 장수를 상징하는 무늬가 은은하게 들어간 자주색 융으로 만들어진 등받이에 비스듬히 누워 미소를 지었다.

“저를 닮아서 뭐가 좋겠습니까? 고모들을 닮아야지요. 고모들이 다들 미인이니까요.”

또 다른 유劉 부인이 웃으며 말했다.

“아무렴요. 다들 훌륭하지요. 고모들이 다들 복이 많으니까요.”

그러면서 그녀가 저도 모르게 명란 쪽으로 시선을 향했다. 해 씨가 자신의 딸이 명란을 닮기를 바라고 있음을 다들 알고 있던 것이다.

여란이 아기를 바라보다 문득 뭔가가 떠올랐는지 명란을 잡아끌고 낮은 목소리로 말했다.

“얼마 안 있어 큰언니도 아기를 낳잖아. 너 아기 옷하고 신발 만들어났지? 근데…… 내가 만든 것도 있어?"

명란이 말문이 막혀 그녀를 돌아보며 목소리를 죽였다.

"언니는 시집도 갔으면서 아직도 나한테 바느질을 떠맡기려는 거야? 언니 시어머니한테 다 이를 거야!"

여란이 명란에게 달려들더니 무섭게 목소리를 깔고 으름장을 놓았다.

"네가 감히? 널 비틀어 죽일 테다!"

명란이 얼른 봐달라 사정하며 말했다.

"준비할게, 준비할게! ……하지만 미리 말해두겠는데 올해까지만이야. 내년부턴 없어!"

둘이 웃으며 투덕거리는 장면을 보며 묵란이 손수건을 꽉 움켜쥐었다. 묵란은 내심 원망스러운 마음이 들었다.

방에는 대략 일고여덟 명의 여자 권속들이 있었다. 입으로는 모두 환담하고 있었으나, 다들 저도 모르게 시선은 명란 쪽을 향하고 있었다. 다들 성가의 막내 여식인 이 서출 규수가 시집을 가장 잘 갔다는 걸 알고 있는 것이다. 부군이 영민하고 용맹하며 지위가 높을 뿐만 아니라, 지금은 단독으로 저택을 세워 따로 나가 살고 있으니 위로는 잔소리하는 시아버지, 시어머니도 없고 아래로는 견제하는 동서도 없다. 거대한 그 저택을 그녀 마음대로 꾸미고, 장방에 가득한 그 많은 은자도 그녀가 마음대로 관리하고 있다. 그 누구의 간섭도 받지 않는 것이다. 게다가 얼마 전에는 정이품 고명부인으로 책봉되기까지 했으니 참으로 복 받았다 할 것이다.

방 안에 있던 사람들이 명란을 훑어보았다. 명란은 백합 꽃무늬와 여의문이 들어간 연한 청록색의 얇은 비단 오자와 연녹색 바탕에 청록색 버들가지가 수놓인 장치마를 입고 있었다. 그리고 법도에 따라 만월계로 올린 머리에는 휘황찬란하게 빛나는 금사와 은사를 꼬아 산호를 박아 넣은 매화잠梅花簪이 하나 꽂혀 있었다. 매화잠 끝에는 조그마한 술이 세 갈래 늘어뜨려져 있었고, 각각의 술 끝단에 늘어뜨린 매끈하게 윤기가 도는 선명한 붉은색의 산호 구슬이 한 개씩 뺨 언저리에서 흔들거리고 있었다.

단장은 차분했지만 명란의 양쪽 손목에서 가늘게 빗금이 새겨진 팔찌 한 쌍이 서로 부딪치며 맑은 소리를 내고 있었다. 얼핏 보기에도 색이 균일한 새하얀 백옥 팔찌였다. 부드러운 광채와 고상한 느낌을 더하고 있었다. 정말로 대단한 것은 이 네 개의 팔찌가 모두 동일한 순도와 무늬를 갖추고 있다는 점이었다. 필시 조정에 진상되는 진귀한 것임이 틀림없었다.

방 안의 사람들은 그녀를 여러 번 훑어보며, 명란이 참으로 아름답다는 생각을 할 따름이었다. 부드러운 곡선을 그리는 청아하고 아름다운 눈매를 하고, 찡그리고 웃는 표정이 천진하고 고왔고, 찬란한 미모를 과시하고 있었다. 여자 권속들은 저도 모르게 찬탄하는 마음이 들었다.

상석에 앉은 왕 씨는 명란의 귀족적인 거동과 여자 권속들이 저절로 명란 주위로 몰려들어 그녀를 에워싸고 아첨하는 모습을 보며 저도 모르게 속이 부글부글 끓었다. 그러면서도 명란과 여란이 줄곧 가까이 붙어 앉아 친밀한 자매처럼 희희낙락하며 속닥거리는 모습을 보니 한편으로는 마음이 편안해지기도 했다.

그러나 왕 씨 곁에 앉아 있는 강 부인은 오랫동안 냉대를 받아온 데다, 방 안의 여자 권속들이 그녀와는 기꺼이 이야기하려 들지 않고, 해 씨도 그녀에게 심드렁한 태도를 보이는 와중에 일개 서녀에 불과한 명란이 이렇게 환대받는 광경을 보니 내심 불쾌한 기분이 들었다.

"명란아."

강 부인이 갑자기 목소리를 높여 차갑게 내뱉었다.

"네가 오늘 같은 좋은 나날을 보내고 있을지언정, 네 모친과 성가를 잊어서는 안 될 게야. 네가 고명을 얻은 건 차치하고, 아무리 매사가 바라는 대로 성사된다고 한들 여기서 위세를 부려선 아니 되느니라! 안 그랬다간, 본분을 잊는 꼴이 될 테니 말이다."

명란이 다소 의아하다는 듯 고개를 들더니 강 부인을 바라보았다. 강부인의 얼굴은 부자연스러운 웃음을 띠고 있었고, 입가도 한쪽으로 비뚤어져 있었다. 여자 권속들도 의아하다는 표정을 지으며 서로의 얼굴을 마주 보고 있었다. 그제야 명란이 미소를 지으며 대답했다.

"네, 알겠습니다."

비록 태도는 공손했지만, 냉담한 어조였다. 강 부인은 저도 모르게 더더욱 화가 치밀어 냉랭한 목소리로 덧붙였다.

"네가 지금은 다른 저택에서 따로 나와 살고는 있다만, 법도를 어겨서는 안 될 게야. 네 시어머니 거처도 멀리 떨어져 있지 않으니 응당 매일 아침저녁으로 문안을 드려야지. 사촌 형제분들과도 자주 왕래하고, 어르신들께 순종하고 효도해야 한다. 그분들을 거슬러서는 아니 될 게야! 네가 고명을 받았다고 어른들은 안중에도 없이 네 집에서 법도도 지키지 않고 지내면서 네 모친과 성가의 체면을 망쳤다간 내 당장 혼쭐을 낼 게야!"

깜짝 놀란 강윤아의 얼굴이 새하얗게 질렸다. 강윤아가 연신 강 부인의 소매를 잡아당기며 말렸으나, 강 부인은 아랑곳하지 않고 오히려 더심한 말을 퍼부어댔다.

방 안의 분위기가 일순 썰렁해졌다. 여자 권속들이 서로 얼굴을 마주

보며, 강 부인이 밑도 끝도 없이 명란을 나무라는 것을 듣고만 있을 따름이었다. 왕 씨는 곁에서 한마디 말도 하지 않고 있었다. 명란은 그저 천천히 차를 마시기만 할 뿐이었다. 강 부인의 말이 한 단락 끝나고 나서야, 명란이 천천히 우아하게 대답했다.

"이모님, 이모님께서 하신 말씀을 모두 명심하겠습니다. 안타깝네요. 원아 언니가 봉천에 있으니 언제가 돼야 저희 자매들이 한자리에 모일 수 있을지요."

이 한마디에 강 부인은 즉각 바람 빠진 풍선처럼 한숨을 내쉬었다. 강윤아의 안색도 좋지 않았다. 강원아와 그녀의 시어머니인 왕 외숙모는 하루에도 몇 번씩 다툼을 벌였고, 말리지도 못할 정도로 난리를 치는 통에 왕 노대부인은 화병을 얻었을 뿐만 아니라 곧 휴서를 내릴 것 같았다.

명란이 지그시 강 부인을 응시했다. 입가에는 냉담한 웃음기가 어려 있었다. 강 부인이 또 한 번 방자하게 군다면 절대로 참지 않을 것이다. 고대에 오고 난 뒤부터 명란은 뭐든 꾹 참아 왔다. 그런데 지금 이 약아빠진 강 부인마저 그녀에게 인내를 강요한다면 더 참을 이유가 없었다.

강 부인이 다급한 마음에 고개를 돌려 왕 씨를 바라보며 도와달라는 신호를 보냈다.

왕 씨가 신호를 접수하고 즉각 무거운 얼굴로 입을 열었다.

"명란아, 너……."

"어머니!"

여란이 절묘한 순간에 왕 씨의 말을 가로막았다.

여란이 웃으며 말했다.

"상관없는 이야기는 그만하시고요. 얼른 세삼례를 지내야지요. 우리 조카를 추위에 떨게 해선 안 되지요. 그랬다간 나중에 아버지와 오라버니가 어머니에게 뭐라 하실 거예요!"

자못 즐거운 기색으로 웃는 얼굴을 하고는 있었으나, 여란의 눈동자는 힘 있게 왕 씨를 응시하고 있었다. '상관없는 이야기'과 '아버지과 오라버니' 몇 글자를 힘주어 발음하는 여란의 의중을 왕 씨가 알아차렸다. 성굉은 원래부터 강가를 싫어했다. 나중에 혹 누군가로부터 이 일에 대해 듣게 된다면 성굉은 또 왕 씨를 질책하게 될 것이다. 왕 씨가 이를 악물며 더는 잔소리하길 그만두고, 곧바로 세삼례를 시작하겠다고 선포했다.

사람들이 모두 웃으며 세삼례를 올리는 광경을 구경하러 앞으로 다가갔다. 덩그러니 홀로 남겨진 강 부인은 화가 나서 졸도할 지경이 되었다.

세삼례가 끝나고 명란은 홀로 수안당으로 향했다. 수안당은 여전히 청아하고 그윽했고, 부처님께 올린 향냄새가 은은하게 풍기고 있었다. 명란은 커다란 계화나무 아래 멈춰 서서 한차례 심호흡을 했다. 다시 즐거운 마음을 회복한 명란이 웃으며 경쾌하게 안쪽을 향해 달려가다 하마터면 문가에 있던 방씨 어멈과 부딪칠 뻔했다.

"명란 아가씨! 뛰지 마세요, 뛰지 마세요. 남들이 보면 어쩌려고 이러세요……."

방씨 어멈이 문 바깥쪽을 살피며 조용히 외쳤다.

명란이 단걸음에 노대부인 품에 뛰어들더니 마화당처럼 몸을 배배 꼬며 애교스럽게 인사했다.

"할머니, 할머니가 보고 싶어 병 날 뻔했어요!"

"누가 병이 날 뻔해? 나는 아주 멀쩡한 것을!"

노대부인의 고요한 얼굴이 기쁨으로 활짝 펴졌다. 노대부인이 명란을 껴안고 웃으며 어루만졌다. 방씨 어멈이 얼른 간식거리를 가지러 밖에 나갔다.

한참 수다를 떨다 명란이 집안이 두루 평안한지 물었다. 노대부인이 흥미진진한 이야기를 들려주었다.

"……저번에 네 올케가 상태가 안 좋아져서 잠깐 병을 앓았느니라. 한동안 요양을 해야 해서 네 어미가 다시 집안을 관리하게 되었지. 전이는 나한테 데려다놓았고."

혈색이 꽤 좋아진 노대부인이 안쪽의 휘장을 슬며시 가리켰다.

명란이 얼른 뒷방으로 뛰어가 살펴보았다. 뽀얗고 통통한 아기가 노대부인의 침상 위에 누워 있었다. 대추처럼 조그마한 크기의 백옥 같은 주먹을 발그레한 뺨 언저리에 올린 채 고른 숨소리를 내며 새근새근 잠자고 있었다.

명란이 얼른 뒷방에서 나와 노대부인의 곁으로 다가갔다. 명란이 사뭇 기쁜 기색으로 노대부인에게 말했다.

"참으로 잘되었네요. 전이가 할머님 곁에 있으니 적적하지 않으시겠어요! 아…… 그런데 어머님이 어찌 전이를 흔쾌히 보내셨대요?"

노대부인은 얄궂게도 우스운 마음이 들었다. 최근에 왕 씨가 암암리에 손해를 보게 된 것이다.

임 이랑이 맥성으로 쫓겨나고 여식들도 모두 출가한 데다 집안일을 관리할 필요도 없어지고 나자 왕 씨는 갑자기 한가해지게 되었다. 한가해진 왕 씨는 며느리 해 씨가 편안하게 지내는 모습에 문득 질투를 느꼈다.

해 씨가 회임 중이라는 것을 빌미로 왕 씨는 아들에게 통방을 보내야겠다는 생각을 하게 되었다. 왕 씨는 아들이 공부하고 일하느라 고생일 테니 살뜰하게 돌봐 줄 사람이 필요하다는 구실을 댔다. 이에 장백이 아버지야말로 가족들을 부양하느라 고생하시니 좋은 사람이 있으면 먼저 아버지께 보내시라고 응수했다. 이후 누가 소식을 전했는지는 알 수 없으나, 이를 알게 된 성굉이 즉각 서재에서 시중을 드는 계집종 두 명이 마음에 든다는 의사를 표시했다.

분해서 죽을 지경이 된 왕 씨가 뜰 안에 푸드덕거리는 닭과 뛰어다니는 개처럼 한바탕 난리를 쳤다. 결국 성굉은 통방 두 명을 더 얻게 되었고, 왕 씨는 주름살이 몇 줄 더 늘게 되어버리고 말았다.

그러고나자 왕 씨는 양호를 이랑으로 승격시키자며 해 씨를 압박했다. 그러자 장백이 당시 성굉이 데리고 있던 몇몇 통방들은 어디로 갔냐고 물었다. 왕 씨가 곧 새파랗게 질린 얼굴로 탁자를 내려치며 큰소리로 호통쳤다.

"네가 지금 감히 어미에게 대드는 것이냐! 네가 참으로 한가한 모양이로구나?"

이에 장백이 아들인 자신이 어찌 어머니께 대들 수 있겠느냐며 정말로 궁금해서 그런 것이니 아버님과 할머님께 여쭤보겠다고 말했다.

왕 씨는 거의 피를 토할 지경이었다. 그럼에도 불구하고 해 씨는 이 이야기를 들은 뒤 한참을 우울해하다 상태가 불안정해지게 되었다. 태의를 불러오고, 하 노대부인을 불러 위급 상황을 해결하는 등 며칠간 난리를 치고 나서야 겨우 안정을 찾을 수 있었다.

성굉은 해가를 대단히 중시했기에 며느리인 해 씨 역시 대단히 아꼈다. 상대적으로 왕 씨는 그다지 대우를 받지 못하고 있었다. 해 씨가 손자를 돌볼 기력이 없는 것을 보고, 성굉은 아예 전이를 수안당으로 보내어 믿을 수 있는 노대부인이 대신 길러달라 청했다.

왕 씨가 조금이라도 반대를 하거나 해 씨에게 시비를 걸려고 하면 성굉은 기다렸다는 듯이 아주 이상적이고, 재능도 있으며, 신세가 딱한 예쁜 여자아이들을 발견하고 호감을 느꼈노라는 소리를 했다. 다시 처첩 투쟁의 제일선에 나설 수밖에 없게 된 왕 씨는 아들과 손자를 괴롭힐 여유가 없게 되었다.

명란은 하마터면 웃다가 넘어질 뻔했다. 노대부인의 팔에 얼굴을 파묻고 온몸을 부르르 떨며 웃다가 고개를 든 명란의 얼굴이 온통 새빨개져 있을 정도였다. 명란이 웃다가 흘린 눈물을 닦았다. 장백은 이미 날개를 다 단 셈이었다. 해 씨의 풍부한 혼수에다 왕 씨의 집안 배경까지 있으니, 성굉에게 서자, 서녀가 더 생긴들 그의 지위를 위협할 가능성은 없었다.

하물며 문을 지키는 신 같은 왕 씨와 총애를 받고 있는 아름다운 첩 국방이 버티고 있으니 다른 통방들도 쉽사리 아이를 낳지는 못할 것이다.

노대부인도 명란을 껴안은 채 웃음을 멈추지 못했다. 그러다 노대부인은 또다시 전이 이야기를 하기 시작했다. 귀여운 데다 말도 잘 듣고 성격도 쾌활하고 잘 웃는 손이 별로 안 가는 착한 아이라는 것이다. 노대부인은 아이들 돌보는 것을 낙으로 삼으며, 아이들을 품에 안을 때마다 큰 위안을 얻었다. 전이를 돌보며 즐겁게 지낸다는 이야기를 하는 노대부인의 눈은 따사롭고 자애로우며 기쁜 눈빛을 띠고 있었다.

명란은 그런 노대부인을 보며 짠한 마음과 기쁜 마음이 들었다. 노대부인이 적적하지 않은 말년을 보낼 수 있으니 참으로 하느님께서 보우하셨구나.

"장백이가 내게 그러더구나. 지금 자기 처의 몸이 안 좋아서 아이 둘을 돌볼 수가 없으니 아들이건 딸이건 하나는 수안당에 보낼 수밖에 없다고 말이야. 그 아이 성정에 나한테 아이를 봐달라고 말하기 어려웠겠지. 나더러 '번거로우시겠지만, 아이들을 돌봐주십시오.'라고 하는 게야."

노대부인의 어조는 느긋했고, 표정은 평온했으며 입가에는 웃음기가 어려 있었다. 예전과 비교하면 거만함은 줄어들고 유연함은 훨씬 더 늘어난 모습이었다.

"할머니, 정말 잘되었네요!"

노대부인의 무릎 위에 엎드려 있던 명란이 진심을 담아 감탄을 표했다. 노대부인은 남에게 무리한 요구를 하는 것을 가장 싫어하는 성정이었다. 속으로는 원하는 바가 있더라도 상대방이 입을 열기 전에는 절대로 본인이 먼저 나서서 요구하지 않았다.

조모와 손녀가 웃으며 한참 이야기를 나누는 가운데 방씨 어멈이 다과를 내왔다. 그러고는 뒷방으로 들어가더니 상자를 하나 꺼내 왔다. 노대부인이 방씨 어멈으로부터 상자를 건네받고 뚜껑을 열었다. 상자 안에는 조그맣고 두툼한 책이 한 권 들어 있었다. 노대부인이 그 책을 명란에게 내밀었다.

"가져가거라. 하가 노마님이 보낸 것이다."

"······이게 뭔가요?"

명란이 의아해하며 책을 받아 들고 몇 장 넘겨보았다.

"의약서니라. 주로 부인병에 대해 쓰여 있다."

노대부인이 미소를 지으며 말했다.

"회임 전에 몸 관리를 어떻게 하고, 회임 기간에는 태아를 어떻게 보호하며, 출산 후에는 어떻게 아기를 기르고 자기 몸을 보양할 것인지, 그리고 주의해야 할 음식은 무엇인지가 적혀 있다. 하가 노마님이 가장 정통한 게 이런 내용들이다. 내가 벌써 훑어보았느니라. 간결하고 알기 쉽게 적혀 있으니 읽어볼 만할 게야. 마지막 한 장에는 부인병을 잘 보는 의원들 여럿과 장가의 며느리들 몇 명도 추천했더구나. 나중에 혹 필요한 일이 생기거든 찾아갈 수 있을 것이다."

"……하가 노마님께 감사드려야겠네요."

한번 훑어보기만 해도, 이 책이 대단히 실용적이란 것을 알 수가 있었다. 명란은 감동을 금할 수가 없었다.

노대부인이 감격한 명란의 얼굴을 보며 느릿하게 말했다.

"네가 하가 노마님께 죄송해할 필요는 없다. 그 사람은 누구보다도 사리 분별을 잘하는 사람이야. 사실 네가 고가에 시집가겠다고 하자 그 사람은 네가 쓸데없는 걱정을 할까 염려했었다."

명란이 고개를 끄덕이며 다소 섭섭한 듯한 어조로 말했다.

"하가 노마님께선 집착해 봤자 이득이 없다는 걸 아시고 시원하게 정리해 버리신 것이지요. 저희 집안이 하가의 좋은 점을 기억하도록 말입니다. 마음 씀씀이가 영민하시고, 주도면밀하게 고려하시며 앞날을 미리 내다보시니 대단하신 분이십니다."

노대부인이 미소를 지으며, 가볍게 조소하는 듯한 어조로 말했다.

"그 사람은 원래부터 대단했지. 황제께서 하 노대인이 올린 퇴직 상소를 허락하셨으니 곧 경성을 떠나게 될 게야. 허나 하가에는 아직 관직에 있는 자손들이 있으니 도와줄 사람들이 필요하겠지. 지금 우리가 그 사람의 좋은 점을 감사하게 마음에 새겨두고 있으니 앞으로 어떻게 안 돕겠느냐? 이게 바로 총명한 사람의 처세니라."

명란은 내심 노대부인의 말에 감동하며 힘껏 고개를 끄덕였다. 그러고는 또다시 가볍게 한숨을 쉬며 말했다.

"어쨌든 하가 노마님은 우리 집안의 은인이시지요. 안타깝습니다. 그 댁에 그런 일이 생기다니……."

노대부인이 또다시 가볍게 웃음을 터트리더니, 명란을 손가락으로 가리키며 말했다.

"이 아둔한 것! 너는 하가 노마님이 어떤 사람이라고 생각하는 게냐? 그 사람이 열다섯 살에 하가에 시집와서 허풍 떨고 풍류를 즐기는 부군을 만났지만 그래도 단단히 집안에 기반을 잡았다. 지금은 자손들이 번성하는데 모두가 친혈육 아니더냐? 온 집안의 존경을 받는 게 어디 보통 능력으로 가능하겠더냐?"

곁에 있던 방씨 어멈이 노대부인의 말을 듣더니 그만 참지 못하고 끼어들었다.

"그게 바로 정말 대단한 것이지요. 미륵보살 같은 얼굴에 일 처리는 민첩하고 깨끗하니 말입니다. 우리 노마님처럼 얼굴은 무서워도 마음은 여려 차마 모질게는 못하는 그런 분은 아니지요."

이 말에 노대부인이 방씨 어멈을 힐끔 흘겨봤다. 흘겨보길 마친 노대부인이 다시 고개를 돌려 명란에게 말했다.

"나도 젊었을 때는 그 사람의 처세법이 마음에 들진 않았다. 허나 지금 생각해보니 어쩔 수가 없더구나! 그 사람이 내게 자주 이런 말을 했었느니라. '다른 사람이 나를 해치려 하면 나도 자연히 그 사람을 해치려 할 수 있지요. 지극히 당연한 이치입니다.'라고 말이다. 너도 조금은 새겨듣도록 하거라!"

"그럼 요즘은요?"

명란이 멍하니 고개를 끄덕이며 물었다.

"요즘? 하 노대인은 영예롭게 퇴직하게 되었고, 홍문이는 먼 지방에 가 있고, 며느리 체면도 살려주었지. 그 천박한 조가가 하가 사람이 되었으니 말이다. 이제 문을 걸어 잠그고 천천히 혼내주겠지."

노대부인이 조소하며 말했다.

"조가에서는 제 여식에 기대 하가의 재산을 더 뜯어낼 심산이겠지만 그리 쉽지는 않을 게야."

• • •

조모와 손녀가 한창 하가에 대해 이야기를 나누던 그 시각, 마침 하가에서는 위아래 할 것 없이 모두가 짐을 싸느라 분주했다. 며칠 내내 정리한 끝에 드디어 거의 짐 정리가 마무리되고 있던 차였다. 그러나 하가의 정원正院 안쪽에서는 냉랭한 분위기가 감돌고 있었다.

방 안에는 모두 다섯 사람이 있었다. 하 노대부인이 상석에 단정히 앉아 있었고, 양쪽으로 하 노대부인의 심복인 관사 어멈이 한 명씩 서 있었다. 아래쪽에는 두 여인이 꿇어앉아 있었다. 하홍문의 모친과 조금수였다. 둘의 얼굴은 온통 눈물범벅이었다.

"어머님, 부탁드립니다!"

하홍문의 모친이 울면서 말했다.

"제게 잘못이 있거든 얼마든지 꾸짖어주세요. 허나 금수를 이렇게 박대하시면 안 됩니다!"

"내가 너를 어찌 벌하겠느냐?"

노대부인이 서릿발 같은 얼굴로 말했다.

"너는 홍문이의 친어미이니 홍문이를 누구와 짝지어주건 간에 내가 감히 너를 막을 수는 없지! 허나 조 이랑이 우리 가문 사람이 되었으니 내가 관여하지 않을 수 없다. 됐다. 조 이랑, 너는 멍하니 있지 말고 얼른 돌아가 짐을 정리하여라. 며칠 있다가 나와 함께 백석담 옛집으로 돌아가자꾸나!"

놀란 조금수의 낯빛은 이미 산 사람의 것이 아니었다. 그녀는 한 번도 상황이 이렇게 되리라고는 상상하지도 못하고 있던 것이다. 조금수가 벌벌 몸을 떨며 말했다.

"아니 되옵니다, 아니 되옵니다. 노마님, 부탁드립니다. 저는 이모를 떠날 수 없습니다. 오라버니도 없으니 제가 돌봐드려야 합니다!"

하 노대부인이 빈정거리는 표정으로 말했다.

"그건 네가 걱정할 필요 없다. 네 사촌 오라비가 몇 달을 멀리 나가 있어도 네 이모가 죽을 지경이 된 걸 본 적이 없으니 말이다. 친아들보다 외조카인 네가 더 중하다고 한들 네 이모는 아무 탈 없이 잘 살 게다!"

냉혹하기 짝이 없는 하 노대부인의 목소리에 하홍문의 모친이 슬쩍 고개를 들었다. 하 노대부인의 얼음 같은 눈초리와 은근한 비아냥에, 하홍문의 모친은 시어머니가 자신을 혐오하고 있음을 깨달았다. 이십 년간에 걸친 고부간의 정이 끝난 것이다. 하홍문의 모친이 그만 바닥에 쓰러지고 말았다. 그러나 아무도 그녀를 부축하는 사람은 없었다. 오직 조금수만이 한탄하며 하늘과 땅을 원망하고 있을 따름이었다.

하 노대부인이 냉랭한 눈으로 그 둘을 바라보고 있었다.

"내가 오늘 똑똑히 일러주마. 조 이랑, 나는 너를 꼭 데려가야겠다. 이미 너 때문에 홍문이의 중차대한 혼사를 망쳤는데, 네가 홍문이의 일생을 그르치게 놔둘 수는 없어! 홍문이를 위해 이미 혼처를 물색해두었느니라. 그 규수도 의원 집안 출신이지. 비록 지체 높은 가문은 아니지만, 시원시원한 성정에 부지런하고 유능한 아이이니 우리 가문을 잘 지탱할 수 있을 게야. 다만 그 아이 부친이 세상을 떠난 지 얼마 안 되어 아직 탈상을 못했지. 내가 대충 일자를 헤아려보니, 일 년 뒤에 홍문이가 돌아올 때쯤 해서 혼사를 치르면 되겠더구나."

조금수는 심장이 찢어질 것 같은 느낌이 들었다. 조금수가 믿기지 않는다는 듯 하 노대부인을 쳐다보았다.

"노마님, 노마님께서 오라버니의 혼담을 넣으셨다고요?"

이렇게 빨리?!

"그래."

하 노대부인이 혐오스럽다는 듯 그녀를 바라보았다.

"그러니 내가 너를 여기 남겨둘 수 없다. 네가 있으면 홍문이 부부가 불쾌할 테고, 하가에 분란이 일 테니 말이다."

"절대 그럴 일은 없을 겁니다. 저는 절대로 오라버니와 새로 오실 마님을 불쾌하게 만들지 않을 겁니다!"

조금수가 즉각 정신을 차리고는 연신 머리를 조아렸다.

"오라버니와 새로 오실 마님을 성심껏 보필하고, 자매처럼 잘 지낼 것입니다."

하홍문의 모친이 애걸했다.

"어머님, 금수가 이렇게까지 말하는데, 부디……."

"나는 못 믿겠구나!"

하 노대부인이 잘라 말했다.

"너희 둘 다 못 믿겠구나."

조금수와 하홍문 모친이 두렵고 당황스럽다는 듯 하 노대부인을 쳐다봤다. 하 노대부인이 천천히 말했다.

"당시 일을 내 똑똑히 기억하고 있느니라. 조 이랑이 이 집에 들어올 때 조가는 하늘에 맹세했지. 앞으로 다시는 하가를 성가시게 하지 않겠다고 했던가. 허나 몇 달도 지나지 않아……."

하 노대부인이 매섭게 하홍문의 모친을 응시했다.

"너는 조가에게 또 얼마나 은자를 줬던 게냐? 흥! 내가 모를 줄 알았더냐? 조가가 조 이랑에게 우는 소리를 하는 서신을 보내면 네가 조 이랑에게 은자를 주고, 그 은자가 다시 조가로 전달되었다. 참으로 총명하더구나. 잘도 빈틈을 이용했겠다!"

하홍문의 모친은 자신의 시어머니가 얼마나 머리 회전이 빠른지 잘 알고 있었다. 그래서 감히 즉석에서 반박하진 못한 채 그저 통곡하며 애걸할 따름이었다.

"그래도 제 친언니인데 저러러 친언니가 굶어 죽는 꼴을 보란 말입니까! 어머님, 어머님께선 어질고 너그러우신 분이십니다. 그저 그들을 가련하게 여겨주세요……."

"굶어 죽어?"

하 노대부인이 냉소를 날렸다.

"그들이 경성을 떠날 당시, 내가 이미 충분할 만큼의 은자를 줬었느니라. 정착해서 전답이라도 샀다면, 백 무는 넘는 땅을 살 수 있었을 게야. 그 이후에도 네가 끝도 없이 갖다 바친 것까지 더하면 고향에서 지주 노릇하기에 모자라지 않았을 터! 허나 그 작자들이 어떻게 했더냐? 내 이미 서신을 보내 알아봤느니라. 조가 사내들은 허구한 날 기방을 출입하며 계집질을 일삼고, 네 언니는 허구한 날 진수성찬을 먹었다. 게다가 고리대까지 놓아 남의 집 딸과 아들을 팔도록 닦달했다더구나! 네가 나더러 그 작자들을 가련하게 여기란 말이더냐? 내가 오늘 여기서 한마디하마. 나는 돼지가 가련하고, 개가 가련하고, 황성 성벽 아래서 구걸하는 자가 가련하구나. 그래도 절대로 네 집안 작자들이 가련하단 생각은 안 드는구나!"

하 노대부인의 질책에 조금수의 낯빛이 창백해졌고, 입술은 하도 깨문 통에 피라도 곧 배어나올 지경이 되었다. 조금수가 못 참고 반박했다.

"노마님, 혹시 오해하신 게 아니신지요? 제 부모님 말씀으로는 쭉 농사를 열심히 짓고 계신다던데……."

"아, 그러하냐?"

하 노대부인이 별안간 웃음을 터트렸다.

"나와 백석담 옛집으로 가다 보면 네 친정을 지나게 될 테니 그때 한번 들여다봐도 좋다. 만약 내가 틀렸거든 내 너를 다시 데리고 오마. 만약 내가 맞다면 너는 평생 영원히 백석담에서 지내야 할 게다. 어떠냐?"

조금수는 완전히 말문이 막혔다. 훌쩍거리며 몇 마디 웅얼거렸으나 더는 말을 못 잇고 고개를 떨군 채 꿇어앉았다.

하 노대부인은 자신의 혐오감을 드러내며 무섭게 호통쳤다.

"너희 둘은 겉 다르고 속 다른 천박한 것들이야! 설령 냄새 나는 구정물에 사는 두꺼비라 할지라도 너희들보다는 양심이 있을 것이다! 그러고도 내게 무슨 말을 하려는 게냐? 아직도 홍문이에게 시집오고 싶다고? 꿈 깨거라!"

조금수가 힘없이 바닥에 쓰러졌다. 온통 새빨개진 얼굴로 부끄러움과 분함을 억누르지 못하고 큰 소리로 통곡하기 시작했다.

하 노대부인이 또 고개를 돌려 하홍문의 모친을 바라보며 무거운 목소리로 말했다.

"얘야, 네가 비록 젊어서 과부가 되었다만 하가에서도 너를 서운하게 한 적이 없었느니라. 매사에 뭐든지 네가 주도권을 쥐게 했지. 나도 고루한 사람은 아니니 첩실이 재가한 것쯤이야 아무렇지도 않아. 허나 저 아이, 그리고 저 아이의 식솔들은 다들 인품이 저열하고 비겁하며 염치도 모르는 족속들이다. 저들이 홍문이에게 엉겨 붙었다간 홍문이의 일생을 완전히 그르치게 될 게야!"

하 노대부인이 가쁜 숨을 쉬며 목소리를 높였다.

"오늘 네게 똑똑히 일러두었느니라. 홍문이는 비록 네가 낳은 아이이긴 하나 하가 자손이기도 하다. 네가 사사로운 인정에 이끌려 그 아이를 조가에 넘기도록 두지는 않을 것이다!"

하홍문 모친의 얼굴이 새파랗게 질렸다. 이미 두려움과 당혹감에 그저 몸을 벌벌 떨고만 있을 따름이었다. 하홍문의 모친이 상심한 얼굴로 고개를 들어 하 노대부인을 쳐다보았다.

"어머님, 어찌 며느리인 제게 그런 말씀을 하십니까? 제가 무슨 낯짝으로 살아갈 수 있겠습니까?"

"너는 당연히 살아갈 수 있을 게다!"

하 노대부인이 냉혹하게 일갈했다.

"조 이랑, 나는 꼭 너를 데려가야겠구나. 홍문이가 효심 때문에 네게 꽉 붙들려 죽는 꼴을 보느니 차라리 내가 한번 악독한 할미가 되어 네가 죽는 꼴을 보는 게 낫지!"

하홍문의 모친은 더 울지도 못하고, 두렵고 당혹스러운 기색으로 하 노대부인을 바라보았다. 하 노대부인이 기괴한 웃음을 짓고 있었다.

"친아들보다 조가가 더 소중하다면 내가 모질게만 보이겠지. 그저 자기 손자만 중히 여기는 것 같겠지!"

하홍문의 모친이 멍하니 바닥에 엎드려 있었다. 온몸이 얼음처럼 차가워졌다. 그런 그녀의 머리 위로 하 노대부인이 한 자 한 자 똑똑히 말하는 목소리가 울려 퍼졌다.

"너는 똑똑히 새겨들어야 할 게야. 우리 하가는 하가고, 너는 그저 하가의 며느리에 불과할 뿐이니 네가 하가의 돈을 갖고 가서 조가에 보낼 자격이 없느니라! 하가가 너 때문에 반쯤은 더럽혀졌으니 다시는 너를 못 믿겠구나! 너는 홍문이의 사업을 일단 내게 넘기거라. 나중에 내가 직접 홍문이의 처에게 줘야겠다. 네가 네 혼수를 써서 인심을 베풀겠다면 내 막지 않으마. 허나 똑똑히 알아야 할 게야. 아들에게 물려줄 혼수가 없는 어미는 우리 하가에서도 아쉬워하지 않으리란 것을 말이다! 그리고 만약 조가가 다시 찾아와서 지저분하게 엉겨 붙거든 난 즉시 현지 아문에 고할 것이다. 죽일 놈은 죽일 것이고, 매질할 놈은 매질을 하게 할 것이야. 만약 업보를 치러야만 한다면, 내가 다 감당할 것이다!"

하 노대부인이 기세등등하게 그 둘을 바라보았다. 하홍문의 모친과 조금수는 그 눈빛에 질려 한마디도 못 하고 그저 두려워하며 간절히 애걸할 따름이었다. 애석하게도 하 노대부인의 마음은 무쇠나 바위 같았으니 저 둘의 하소연은 한마디도 먹히지 않았다. 조금수가 더는 참지 못하고 욕을 하려 들었다.

"이 간교한 노친네 같으니……."

다급히 하홍문의 모친에 의해 입을 틀어 막힌 조금수는 아마 모를 것이다. 그러나 하홍문의 모친은 알고 있었다. 시어머니 손에 자신들의 목숨이 달렸음을. 얼마나 많은 첩실, 통방 그리고 서자, 서녀들이 소리 소문 없이 사라졌던가.

하 노대부인이 웃는 얼굴로 그 둘을 바라보며, 상황을 마무리 짓기 시작했다.

"너희들은 너무 상심 말거라. 나도 조 이랑을 평생 가둬 두지 않을 것이다. 홍문이가 자식들을 낳고, 팔 년이나 십 년쯤 지나거든 조 이랑을 돌려보내 주마. 그때 가서 일가족이 단란하게 모이면 될 것이야."

하 노대부인의 표정을 바라보며 하홍문의 모친은 오싹한 기분이 들었다. 그녀는 자신의 몸 상태를 잘 알고 있었다. 그녀는 결코 앞으로 팔 년, 십 년을 더 살 수 없을 것이다. 원래 그녀는 자신의 숨이 붙어 있을 때 아들과 조금수가 정을 키우게 할 작정이었다. 그럼 그녀가 죽고나서도 조금수가 기반을 다질 수 있으리라 생각했기 때문이다. 그러나 지금 시어머니가 이렇게 하는 것은…… 자신을 말려 죽이려는 게 아닌가!

자신은 죽어 없고 아들 부부는 금슬도 좋고 슬하에 아이들까지 생겼을 텐데 그때 가서 다 시들어 늙어빠진 조금수가 돌아와 봤자 무슨 소용이 있겠는가? 그저 밥이나 얻어먹고 굶어 죽지나 않을 따름일 것이다.

하홍문의 모친은 망연자실해 있다가 문득 가슴이 두근거렸다. 뭔가 방도라도 떠올린 모양이었다.

하 노대부인은 그런 그녀의 모습을 보자마자 즉각 그녀가 무슨 생각을 하고 있는지 눈치챌 수 있었다. 느긋하게 찻잔을 들며, 하 노대부인이 천천히 말했다.

"나중에 홍문이 처를 부추겨 내게 애걸할 생각은 말거라. 만약 홍문이 처가 내게 와서 조 이랑을 다시 데려오자고 부탁하게 되거든, 아둔한 노인네인 나는 이유도 묻지 않고 바로 네 그 외조카 딸을 비구니 암자로 보내 버릴 것이야. 아, 그러고보니 백석담 주변에도 아주 엄격한 비구니 암자가 있다던데……."

조금수는 더는 버티지 못하고 졸도해버렸다. 하홍문의 모친은 넋 나간 표정으로 멍하니 그 자리에 멈춰 서 있었다.

제121화

외식, 집안일, 나랏일, 화란,
칼로 사람 목 베기……

"말씀드렸잖아요, 제가 알아서 오겠다고. ……나리께선 뭐 하러 오신 거예요?"

얇은 석청색 비단 융단이 깔린 삼두마차 안에서 차 단지를 껴안은 명란이 굳은 얼굴로 목소리를 낮춰 물었다.

산모가 출산한 지 만 한 달이 안 됐을 때라 세삼례는 대부분 여자만 참석한다. 떠들썩하게 주연을 마련하지 않는 게 일반적이었으므로, 왕 씨도 간단히 점심만 마련했다. 점심을 마친 뒤 잠깐의 휴식을 취하고 각 집안 여인들은 제각각 자리를 뜨기 시작했다. 명란이 막 작별 인사를 하려던 그때, 고정엽이 찾아왔다. 그는 성굉과 몇 마디를 나눈 뒤 명란과 함께 작별 인사를 하고 나왔다.

고정엽은 이러지도 저러지도 못하고 있었다. 조금 전 성부에 명란을 데리러 갔을 때 명란이 새색시처럼 부끄러워하더니 양순하게 그를 맞으며 '상공, 말을 타고 왔다 갔다 하시느라 너무 피곤하시죠. 함께 마차를 타고 돌아가요.'하는 암시를 주었었다.

빨갛게 상기된 명란의 분 바른 얼굴과 촉촉한 눈동자에 고정엽의 가슴은 일순 뜨거워졌다. 신나게 마차 위에 올랐거늘 마차에 오르자마자 명란이 이렇게 찬물을 끼얹을 줄이야…….

"마침 지나는 길이라 들렀을 뿐이다. 이게 뭐 어떻다는 게냐?"

명란이 어쩔 줄 몰라 하는 모습을 보며 고정엽이 우습다는 듯 물었다. 고정엽은 순간 손이 근질근질해졌다. 그녀를 한번 꼬집어보고 싶었다.

"제가 길도 모르는 줄 아세요?"

명란은 자기 지능이 놀림 받고 있다는 생각에. 그리고 즉각 찻잔 세 개를 탁자 위에 늘어놓기 시작했다.

"황성은 여기 있고, 우리 집은 여기 있고, 제 친정집은 여기 있지요……. 어찌 '지나는 길에' 들렀다고 하십니까?!"

간단하게 설명하자면, 고부는 대략 1환環[1]에 있고, 성부는 2환에 있고, 고정엽이 일하는 곳은 황성 가까이에 있다.

고정엽은 명란이 뾰로통하게 볼을 부풀리고 찻잔을 늘어놓는 모습이 마치 어린아이가 소꿉놀이하는 것처럼 보여서 저도 모르게 명란의 뺨을 꼬집고 웃으며 말했다.

"아침 조례를 마치고 박 우대도독을 따라 서산 군영에 들러 한 바퀴 순시하고 온 참이다. 마침 그쪽도 끝날 때가 된 것 같아서 내친김에 찾아간 거지……. 네 친정에서 네 체면을 살려줬는데 그래도 나쁘단 게냐?"

"그리 좋지도 않아요."

명란이 뺨을 가리며 진지한 얼굴로 대답했다.

---

1) 자금성을 중심으로 동심원을 그리며 놓인 큰 도로를 부르는 단위. 숫자가 작을수록 자금성과 가까움.

"사람들 앞에선 저를 좀 더 서먹서먹하게 대하시는 게 가장 좋아요. 적당히 예의만 차리시고, 다른 친절은 보이지 않는 게 제일이라고요."

고정엽이 눈을 크게 뜨고 의아하다는 듯 명란을 바라보았다. 그는 예전에 친정에 간 여언홍을 마중 가지 않았다는 이유로 여언홍이 지붕이 들썩이도록 소란 피웠던 일을 대충 기억하고 있었다. 말하자면, 첫 번째 혼인이 그에게 남긴 대단히 심각한 교훈인 것이다.

"아까 어머님과 이모님, 언니들 안색도 못 보셨어요? 솥바닥처럼 새카매졌잖아요."

그나마 문염경의 선례가 있는 게 다행이었다. 일찍이 문염경은 한림원 근무를 일찍 마치고, 일부러 산 입구로 달려가 향불을 올리고 내려오는 아내를 마중한 적이 있었다. 그랬기에 여란은 별다른 반응 없이 득의양양하게 몇 마디 자화자찬을 한 뒤 명란을 살짝 놀리고 그냥 넘어갔다.

명란은 어리둥절해하는 고정엽을 바라보며, 답답한 마음을 억누르고 참을성 있게 설명했다.

"전 어머님이 직접 낳은 여식이 아니에요. 다른 언니들보다 시집 잘 간 것은 그렇다고 치자고요. 하지만 고명 봉호도 받고, 분가해서 따로 사는 데다 나리께서 제게 잘해주시니 좋은 건 모조리 제가 다 차지한 것처럼 보이잖아요. 세상 천하에 이리 좋은 경우가 어디 있어요? 불평등은 원한을 부르는 법이에요. 제가 공연한 분노를 사지 않게 해주세요!"

아녀자들의 이러한 법도는 난생처음 듣는 소리였다. 잠시 생각에 잠긴 그는 문득 왕 씨 곁에 서 있던 매서운 표정의 중년 부인을 떠올렸다. '강 부인'인가 하는 이름의 그 부인 눈에 은근히 포악한 기운이 떠올라 있었다. 고정엽이 명란을 바라보며 무거운 목소리로 물었다.

"혹 누가…… 너를 시샘하더냐? 너를 괴롭히더냐?"

명란이 머리를 가로저었다.

"쓸데없는 일을 하느니 삼가는 편이 낫다는 것이지요. 소위 말하는 '화광동진和光同塵[2]'의 이치예요. 애초에 모두가 한 식구이니 다들 고만고만하게 지내는 게 가장 좋아요. 너무 특별하게 보여도 좋을 게 없어요. 이게 첫 번째 이유예요. 두 번째로는, 제가 만약 나리 앞에서 너무 체면이 서는 것처럼 보이면, 나중에 나리의 도움을 청하기 위해 저를 찾아올 거예요. 승진이니, 고과니, 외방[3]이니, 추천이니 하면서 온갖 번잡한 것들을 끌고 들어오겠지요. 그럼 전 어떻게 해야 하나요?"

시집간 여인은 친정 친지들 앞에서 자세를 낮추는 것이 좋다. 설령 정말 재산이 많더라도 함부로 과시하지 말아야 한다. 안 그랬다간 돈 빌려달라, 집에 묵게 해달라, 일 처리를 도와달라, 이거 해달라, 저거 해달라 소리에 골치가 아파진다. 또 그런 요청들을 재깍 받아 주지 않았다간 비아냥이 밀려들 것이다. '그러게 애초에 왜 허세를 부리고 그래!' 하며 말이다.

고정엽이 한참 멍하니 있다가 주저하며 물었다.

"그러니까…… 내가 네 친정에서 너무 너를 아끼면 안 된다는 게냐?"

"그렇지요."

명란은 그가 이제야 깨달았구나 싶어서 희색이 만연해졌다.

"나리께서 더 엄격하고 무서운 모습을 보이는 게 가장 좋겠지요."

고정엽이 말도 안 된다고 생각하며 명란에게 물었다.

---

2) 빛을 감추고 속세와 어울림.
3) 경관이 지방관으로 임명되는 것.

"그럼 네 체면은 어쩌고?"

"어르신들이 나리한테 고자질하면 나리는 저를 혼내실 건가요?"

명란이 웃으며 물었다.

"절대 그럴 일 없다."

고정엽이 단박에 부정했다.

"제 집안 관리 권한을 도로 가져가실 건가요?"

"내가 그런 배부른 소릴 한다고?!"

고정엽이 실소했다.

"제가 새 옷을 지어 입고, 새 장신구를 주문하고, 제가 하고 싶은 일을 하는 걸 허락 안 하실 건가요?"

"네가 이상한 생각만 하지 않으면 뭘 하든 상관없다!"

고정엽은 정색하고 말했으나 눈에는 웃음기가 묻어 있었다.

명란은 그의 건장한 팔뚝을 애교스럽게 껴안으며 환하게 웃었다.

"그럼 된 게 아닌가요? 내실은 다 갖추었으니 체면이야 될 대로 되라지요! 남들이 보기에 제가 나리 밑에서 힘들게 사는 것처럼 보이면 도리어 제게 더 잘해줄지도 모르잖아요!"

고정엽의 눈이 반짝이고 잘생긴 눈썹이 살짝 치켜 올라갔다. 그가 유쾌한 기색으로 명란을 끌어당기더니 그녀의 한 손을 붙잡고 미소 지으며 말했다.

"이제 정리해 보자꾸나. 그러니까 네 말뜻은 지아비인 내가 하얗고 보들보들한 새끼 양 가죽을 가져다가 요 교활한 새끼 여우에게 단단히 덮어씌워주면 된다는 것이렸다?"

명란이 맑은 두 눈동자를 반짝이며 천진무구하게 대답했다.

"나리는 군대를 통솔하는 분이니 병법에 빗대어 말씀드려야겠군요.

435

'적군은 밝은 곳에 두고 아군은 어두운 곳에 두면 그것이 최고의 방책이 니라.'랄까요."

여기에 병법까지 끌어들이다니! 고정엽은 화도 나고 한편으로는 우 습기도 한 마음에 명란을 꽉 껴안고, 명란이 젖먹이 짐승처럼 앵앵 소리 를 내며 발버둥 칠 정도로 두 팔에 힘을 주어 바싹 조였다. 그러고는 그 녀의 목과 어깨 사이에 머리를 파묻고 따뜻하고 맑은 향내를 들이마시 며 키득거렸다.

그가 곧 고개를 들고 웃으며 물었다.

"점심은 잘 먹었느냐?"

명란은 귀밑머리를 감싸며 가까스로 그의 무쇠 같은 팔에서 벗어났 다. 그런 다음 흐트러진 모양새를 열심히 가다듬으며 대답했다.

"모처럼 간 친정에서 제가 어찌 굶어 죽은 귀신처럼 마구 먹을 수 있겠 어요?"

하물며 맞은편에는 신랄한 표정을 한 강 부인이 앉아 있었다.

"잘됐구나! 박 우대도독이 사십 년간 지켜온 규칙이 있지. 군영에서는 반드시 병졸들과 똑같이 먹고 마셔야 한다는 것이다. 내가 병기고를 둘 러봐야겠다는 핑계를 대고 피신했다가 아직도 점심을 못 먹었느니라. 내가 너를 천향루天香樓에 데려가주마."

고정엽이 우렁찬 목소리로 웃으며 말했다.

입가에 보조개를 띠며 장난스러운 표정을 지은 명란이 가느다란 검지 로 고정엽을 손가락질하며 짐짓 가녀린 목소리로 말했다.

"귀하게 자란 도련님이시라 조그마한 고생 하나 못 견디시는군요. 박 우대도독께서 아셨다간 단단히 혼나실 거예요!"

"나처럼 무예가 출중하고 유능한 도련님이 있더냐?"

고정엽이 짐짓 눈을 부릅뜨며 말했다.

"허튼소리는 그만하거라. 갈 거냐 말 거냐?"

"가고말고요!"

명란이 다급히 대답했다. 기뻐서 어찌할 바를 모르겠단 표정이었다.

"사람들이 다들 천향루의 비둘기 튀김과 불도장佛跳墻[4]이 경성 최고 진미라고 하는데 맛볼 기회가 없었단 말이에요."

천향루는 경성에서도 이름난 요릿집이었다. 주로 권문세가들을 접대하는 곳으로, 위층에는 특별히 지체 높은 집안의 여인들이 연회를 벌일 수 있도록 별실도 마련되어 있었다. 왕 씨가 여란을 데리고 간 적이 있었고, 임 이랑도 묵란을 데리고 간 적이 있던 곳이다. 이 사실을 알게 된 뒤 화란이 명란을 데리고 가려고 했으나 하필이면 화란이 문을 나서려던 찰나 그녀의 시어머니가 일을 시키는 바람에 포기해야 했다.

고정엽은 뛸 듯이 기뻐하는 명란을 보며 살짝 짠한 마음도 들었으나 겉으로는 내색하지 않았다. 그는 명란을 껴안고 웃으며 말했다.

"경성에는 천하의 맛있는 요리들이 다 모여 있지. 나중에 다른 요릿집에도 데려가 주마. 사해표향四海飄香의 두반장 생선조림과 매운 닭볶음은 참으로 별미지. 또 구수각□水閣의 동파육과 꿀을 발라 구운 고기 요리도……."

그는 마치 제 손금이라도 들여다보듯 막힘없이 요릿집들을 품평했다.

곁에서 손뼉 치며 환호하던 명란은 속으로 웃었다.

'한량 귀족 도령이라고 불러도 억울할 거 없네. 내가 아내가 아니라 친

---

4) 갖가지 재료를 소흥주에 고아 만든 상어 지느러미 수프.

구였다면, 나를 데리고 홍등가에 갔을지도 모르겠어. 어쩌면 경성의 이름난 기루를 1, 2, 3등으로 나누며 품평할지도 모르지. 내친김에 서비스 태도, 가격, 기녀 수준에 따라 순위를 매기면서 말이야.'

"그런데……."

문득 뭔가를 떠올린 명란이 머뭇거리며 말했다.

"시간이 벌써 이렇게 됐는데 천향루에 아직 자리가 있을까요?"

그녀가 남자라면 탁 트인 1층에 앉아도 상관없지만, 이 시대의 여인이 어찌 함부로 얼굴을 드러낼 수 있겠는가? 별실이 아직 남아 있는지 어떤지도 알 수 없는 것이다.

한창 거들먹거리듯 이야기하던 고정엽이 명란의 말에 코웃음을 치며 거만하게 말했다.

"내가 누군지 아느냐? 내가 가면 없던 자리도 있게 될 게야!"

부자에게서 재물을 빼앗아 가난한 자를 돕는 영웅 같은 말투였다. 명란은 별안간 깨달았다. 이는 그녀의 상상력이 빈곤하다고 탓할 것이 아니라는 걸. 가련하게도 그녀는 지난 생에 권력자 한번 못 만나 보고 공무를 수행하다 순직했다. 이 세계로 떨어진 다음에는 성굉이 자기 명성을 중시하느라 선을 넘는 것을 경계했다. 그런데 생각지도 못하게 자신이 특권 계급이 된 것이다.

명란은 들뜬 얼굴로 통통한 두 손을 고정엽의 어깨에 얹었다. 흥분한 듯 눈을 번쩍이며 더듬더듬 말했다.

"설마, 설마, 우리가…… 천향루의 손님들을 쫓아내고 그 사람들 자리에 앉는 건가요?"

"천향루의 주방장을 쫓아내고, 너를 주방에 들여보내 생선탕을 끓이게 할 수도 있지."

고정엽은 코웃음 치며 그녀를 흘겨보더니 슬쩍 꾸짖었다.

"네 신분을 생각해 보거라. 너도 그럴듯한 지위에 있지 않으냐."

명란의 눈이 빛났다. 명란이 더더욱 흥분된 기색으로 말을 더듬지 않으려 애쓰며 말했다.

"그, 그럼…… 우리 돈, 돈도 안 내고 밥을 먹을 수 있는 건가요?"

공짜 식사를 즐기는 것은 드라마 속 악질 도련님들의 두 번째 필수항목이었다. 그럼 첫 번째는 뭐냐고? 아직도 그걸 모른단 말인가?

고정엽이 족히 일각은 명란을 응시하다 땅이 꺼지게 긴 한숨을 내쉬었다.

"부인, 좀 더 체통을 지키는 것이 어떻겠소?"

• • •

그 요릿집에서 명란이 즐겁게 먹는 모습을 보고 난 뒤부터 고정엽은 종종 유명한 요릿집의 간판 요리들을 사 들고 오곤 했다. 어떤 때는 연잎 양념갈비구이를 들고 오기도 했고, 어떤 때는 생선, 양고기, 해물을 넣고 끓인 탕을 들고 오기도 했고, 심지어 어느 구석에 있는지 모를 노점에서 오리 선지탕과 표고로 속을 채운 만둣국을 사 들고 오기도 했다. 명란은 만둣국이 너무 향긋하고 맛있어서 하마터면 숟가락까지 삼킬 뻔했다. 과연 그 명성에 걸맞게 고정엽은 이제까지 단 한 번도 같은 음식을 들고 온 적이 없었다.

명란은 그가 가져온 요리들을 먹으며 진심으로 감탄했다.

'과연 이 세상에는 아름다운 것들이 넘치는구나. 다만 그 아름다움을 발견하는 안목이 부족할 뿐. 풍류를 즐기며 부유하게 자란 도련님에게 시집오니 좋은 점도 있네. 온종일 서재에 틀어박혀 사는 장백 오라버니도 이렇게 맛있는 장어 요리는 맛본 적 없을걸?'

매번 명란이 맛있게 음식을 먹을 때마다 고정엽은 곁에서 그 모습을 지켜보며 껄껄 웃었다. 명란은 먹느라 바빠 남편의 시선에 섞인 묘한 염탐의 눈빛을 눈치채지 못했다. 다 먹고 나면 강호의 재미난 소문에서 조정의 풍파에 이르기까지 이런저런 잡다한 이야기들을 나누기도 했다. 고정엽은 이런 훈훈하고 장난스러운 분위기를 대단히 좋아했으니, 종종 정신없이 잡담을 나누다 급기야는 외원 서재에서 한참 그를 기다리던 공손 선생이 참다못해 고정엽을 불러오라 사람을 보낼 지경이 되었다.

이런 일이 몇 번 반복되자 공손 선생은 저도 모르게 긴 한숨을 쉬었다.

"이러니 방옹 선생의 모친이 당완을 소박 내리려고 했던 겁니다![5]"

부부 사이가 너무 좋으면 남자들은 종종 향상심을 잊어버리고 만다는 말이다.

그 말에 명란이 눈을 빛내더니 냉큼 물었다.

"그 부인이 재가하여 만난 부군은 가문과 재능, 용모는 물론이고 모든 것이 육유보다 훨씬 나았다던데 정말인가요?"

요의의도 어렴풋하게나마 이 가십을 들어 본 적이 있었다.

공손 선생이 막 답하려는데 고정엽의 형형한 눈빛이 보였다. 선생은 가볍게 헛기침을 한 후 정색하며 말했다.

"절대 그런 일 없습니다. 당완 부인은 재가하고 나서도 계속 우울해하

---

5) 방옹放翁은 북송시대의 유명한 시인 육유陸游이고 당완唐婉은 그의 아내로, 육유의 어머니는 육유가 2년 연거푸 시험에 낙방하자, 육유와 당완의 사이가 너무 좋아 공부를 소홀히 한 것이라고 여겨 당완을 쫓아냄.

며 온종일 육무관陸務觀[6]을 그리워했지요."

고정엽은 미소를 지으며 공손 선생의 찻잔에 차를 채워주었다.

섬서성 남부 중류 세도가 출신인 공손백석은 과거 시험에 낙방한 뒤 아예 자연에 기탁했다. 어쨌든 위로는 부모님을 모실 큰형님이 있었고, 가산이 풍족하여 생계 걱정이 없었던 터라 이름난 지방들을 유람하며 기탄없이 시국을 논했다. 이십여 년간 명승고적을 돌아다니다보니 점점 더 외진 곳으로 향하게 되었는데, 몇 년 전 어느 황량한 들판에서 직업윤리도 없는 산적 패거리와 맞닥뜨리게 되었다. 재물 강탈은 물론이요, 목숨까지 위협하는 패거리였다. 다행히 마침 길을 지나던 고정엽이 정의롭게 칼을 뽑아 그의 목숨을 구해주었다.

공손 선생은 은혜를 갚고 싶어 고정엽의 사부가 되었다. 훗날 큰형님이 세상을 떠나고, 큰형님의 아들 공손맹이 과거시험 공부를 싫어하는데 조부모도 그를 단속하지 못한다는 소식을 들었다. 공손 선생은 아예 조카를 불러서 숙부인 자신이 직접 가르치고, 겸사겸사 고정엽을 따라다니며 실력을 연마하게 했다. 원래는 여행 중에 소일거리로 시작한 것이었으나 훗날 고정엽의 운이 트이고 자기 상황까지 바뀌게 될지 누가 알았겠는가? 현재 그는 고정엽 측근 중 으뜸가는 참모가 되었고, 경성에서도 다소 이름이 알려지게 되었다.

뛰어난 무예 실력을 자부하는 고정엽은 지위가 높아진 뒤에도 호위무사들을 데리고 다니길 성가셔 했다. 그러나 공손맹의 끈질긴 주장으로 경성 밖으로 나갈 때는 군의 근위병들이, 경성 안을 돌아다닐 때는 호위

---

6) 육유.

무사들이 그를 뒤따르게 되었다. 도룡, 도호 형제가 고수들을 이끌며 그를 수행했다. 공손맹은 도씨 형제들을 따라다니며 무예를 배웠고, 가끔 짬이 날 때면 책을 읽었다.

"태평성대라면 이 늙은이도 괜한 걱정 않겠지요. 하지만 지금 황상께서는……"

공손 선생은 깊은 수심에 잠겼다. 정자에 미풍이 솔솔 불고 있었다. 그는 하얀 바둑돌을 하나 쥐고 바둑판을 마주한 채 머뭇거렸다.

"대리시, 형부, 조옥詔獄[7]이 밤낮으로 돌아가고 있습니다. 매달 누군가를 데려가 심문하고, 그중 더러는…… 풀려나지 못하고 곧장 감옥으로 보내지지요."

명란이 잠시 생각하다 말했다.

"형왕이 반역을 기도하고, 갈노족이 침입하는 중차대한 고비에 삼대영三大營[8]의 반은 제대로 동원되지 않았고, 경성의 반이 넘어갈 뻔했어요. 다행히 황상께서 대비책을 마련해 두셔서 위험은 넘겼지만요. 황상께선 이쯤에서 그만두시진 않으실 거예요."

공손 선생이 고개를 끄덕였다.

"지금 조옥의 금위군을 통솔하는 사람은 유정걸입니다. 원래 팔왕부 친위대의 교위校尉[9]였으니 황상의 신임도 두텁고 일 처리도 매서운 분이지요. 당시 황상께선 선황제 폐하의 수효를 명분으로 귀족 친지들을 벌했습니다. 원래는 그들을 겁주려던 의도였으나, 개탄스럽게도 그중

---

7) 황제가 직접 심문한 죄수들을 가두는 감옥.
8) 세 개 군영으로 편제된 경성의 군대를 부르는 통칭.
9) 무관 관직명. 현재의 부대장에 해당.

몇몇은 상황 분별을 못 하고 도리어 더 방자하게 날뛰었지요. 어제 황상께서 몇몇 봉강대리封疆大吏[10]의 잘못을 들며 조정에서 격론을 펼치셨습니다. 헤쳐 나가야 할 것이 얼마나 많은지 알 수 있는 대목이지요. 다시 군영 얘기로 돌아가면, 도독께서 막 군 통솔권을 쥐셨을 때 군대 안에 폐단이 얼마나 많은지 알게 되셨지요. 사람 수를 부풀려 보고하여 녹봉을 더 받아먹고, 군량미를 훔치고, 백성들의 전담을 점용하고, 군인들에게 갈 급료로 고리대를 놓고, 사사로이 변경 무역을 벌이고, 병기고는 태반이 텅텅 비어 있고…… 갖가지 폐단에 깜짝 놀랄 정도입니다!"

명란이 미소 지었다. 하등 개의치 않는다는 듯한 모습이었다.

"선황제께서는 어질고 너그러우시어 백성들의 노역과 세금을 줄여주셨지요. 근검하고 겸손하게 생활하시며 백성들의 생활을 안정시키고, 문무백관과 귀족을 후대하며 문경文景[11]의 기풍을 일구셨고요. 지금은 국고가 가득 차 있고…… 백성들도 당분간 먹고사는 데 걱정은 없습니다."

"허나 권세를 믿고 횡포를 부리는 작자들이 백성의 재물을 가혹하게 수탈하고, 사사로운 이익을 도모하며 중간에서 자기 주머니를 채우고 있으니……."

"그러니 그들의 가산을 몰수하여 갑절로 수확을 올리지 않았습니까!"

명란이 냉큼 말을 이었다.

"단번에 한몫 건진 거지요! 안휘 지방의 순무巡撫[12] 한 명의 가산은 반

---

10) 성급 지역을 관장하는 고급 관리.
11) 한무제의 태평성세.
12) 중앙에서 파견 나온 지방관.

년간의 염세鹽稅에 맞먹었죠. 반역을 저지른 두 백부伯府와 후부侯府에게서 몰수한 가산은 반년간의 국고 여유 자금이 되었고요!"

공손 선생이 웃음을 참지 못하고 결국 수염을 휘날리며 껄껄 웃었다.

"과연 그렇군요! 두 차례나 전투를 벌였는데도 국고가 비지 않았으니 말입니다."

명란이 장난기 가득한 웃음을 지었다.

"태평성세에는 늘 조그마한 말썽거리가 있게 마련이잖아요. 선황제께서는 인과 덕을 정치 강령으로 삼으셨고, 지금의 황상께서는 강직하고 과감하게, 활시위를 당겼다 놓았다 하듯 엄격한 통제와 관대한 처분을 병행하고 계세요. 우리 조정이 흥할 기상을 보이고 있는 거죠. 형담의 난 때 수많은 지방에 화가 미쳤으나 황상께서 몇몇 번왕들과 역모에 가담한 자들의 전답을 모조리 백성들에게 나누어주셔서 백성들의 생활이 천천히 회복되고 있지 않습니까?"

정치하는 사람들은 늘 나라와 백성을 근심하기 마련이다. 명란이 또 덧붙였다.

"더구나 도독께서 황상을 따르지 않으면 또 어쩌겠습니까?"

공손 선생이 곰곰이 생각하다 쓴웃음을 지으며 고개를 끄덕였다. 팔왕야가 없었다면 고정엽은 여전히 강호의 호걸에 불과했을 것이다.

"일 처리를 신중히 하고, 만용을 삼가야지요. 밉보인 사람이 너무 많은 건 늘 좋지 않으니까요."

명란이 목소리를 낮추었다. 마오 주석의 말이 맞다. 전략상 적을 경시할지언정, 전술상 중시하는 태도를 보여야만 하는 것이다.

공손 선생이 가볍게 웃으며 말했다.

"오히려 그건 걱정할 필요 없을 겁니다. 고 도독은 거칠면서도 세심한 데가 있으신 데다 온갖 부류의 사람들과 두루 교제를 맺으셨으니까요. 귀족 가문의 애송이와는 다르시죠."

내리 바둑 세 판을 둔 결과, 명란과 공손 선생은 각각 1승 1패 1무를 거뒀다. 두 사람 모두 대결 결과에 만족하지 않았다. 둘 다 자신을 바둑 고수라고 여기고 있었기 때문이다. 몹시 분했던 둘은 추후에 다시 승부를 겨루기로 약속했다! 기억력에 자신이 있었던 공손 선생은 바둑판을 보며 뭐라 웅얼거리더니 빈손으로 자리를 떴다. 더 겸손한 명란은 소도에게 바둑판을 들고 방으로 가져가게 했다. 막판 형국을 보며 연구할 심산이었다.

이때, 바깥에서 누군가가 고했다. 취미가 남편과 아이를 데리고 왔다는 전갈이었다.

몇 년간 못 본 새에 취미는 딸을 낳았고 족히 두 배는 덩치가 커졌다. 동그랗고 혈색 좋은 얼굴이 보기 좋았다. 취미는 명란을 보자마자 울음을 터트렸고, 소도와 녹지 등 몇 명의 손을 잡고 함께 울었다. 웃으며 이야기를 나누던 가운데, 모두가 너무 보고 싶어 못 견딜 지경이었다는 그녀의 말에 자리에 모인 소녀들은 모두 기뻐하며 정신없이 서로의 근황을 물었다.

"저는 노마님께서 아가씨를 좀 더 데리고 계시다 시집보내실 줄 알았어요! 아무리 계산해봐도 내년쯤 가시겠구나 했는데, 이렇게 빨리 시집가실 줄은 몰랐어요. 제가 경성에 돌아오기도 전에 가시다니!"

취미가 눈물을 닦으며 미소를 지었다.

"우리 마님이 인기 있는 걸 어쩌겠어요! 나리께서 아침 댓바람에 찾아오셔서 혼담을 넣으시더니 얼른 혼사를 치르자고 하셨다니까요!"

녹지가 생긋 웃었다.

취미가 웃으며 눈을 부릅떴다.

"주둥아리가 아직도 이리 재빠르다니. 나중에 시집 못 갈지도 모르니 조심하렴!"

얼굴이 새빨개진 녹지가 벌컥 화를 내며 달려들었다. 단귤이 진지한 표정으로 얼른 녹지를 달랬다.

"녹지야, 화내지 마. 마님께서 분명 좋은 배필을 찾아주실 거야!"

더 민망해진 녹지가 그들을 쫓아다니며 때리기 시작했다.

한바탕 왁자지껄하게 웃고 떠들던 계집종들이 물러간 뒤, 명란은 따로 취미 부부를 불러 이야기를 나누었다. 취미의 남편은 하유창이라는 사람으로, 원래는 금릉에서 옛 저택을 돌보던 관사 하씨 아범의 아들이다. 동그란 얼굴에 야무지고 충직하고 세심해 보이는 인상이었다. 부부가 함께 서 있으니 서로 몹시 닮아 보였다.

"자네 아버지는 할머님의 사람이니 진작부터 믿을 만하다고 생각하고 있었네. 그래도 아직 자네 나이가 젊으니 일단은 문간방 일부터 하게. 그리고 천천히 관사 업무를 배우며 분위기 살피는 법과 법도에 맞는 언행을 익히고. 어쨌든 우선은 외원의 일을 잘 익히고 난 뒤에 다시 이야기하세."

이렇게 인사를 나눈 뒤 명란은 찻잔을 들고 느긋하게 미소 지으며 말했다.

"아이가 아직 어리니 취미가 온종일 아이와 떨어져 있으면 좋지 않겠지. 그러니 우선은 료용댁 곁에서 일을 거들며 나 대신 이것저것 살펴보아라. 료용댁은 똑똑한 사람이니 어떻게 해야 할지 잘 알 거야."

취미와 하유창은 둘 다 총명한 사람이었고, 고부의 상황에 대해서도 잘 알고 있었다. 현재 명란은 내원, 외원을 통틀어 믿을 만한 사람이 아무도 없었다. 그들이 그녀의 눈과 귀가 되어 각각 관사들의 속내와 내원, 외원에서 일어나는 사건들 간의 상호관계를 똑똑히 알아내면 장차 명란이 그들을 중용하고 상을 내릴 것은 자명한 일이었다.

밖으로 나온 취미 부부는 활짝 웃는 얼굴로 저택의 경치를 둘러보며 낮은 목소리로 이야기를 나누었다.

"과연 마님께선 옛정을 소중히 생각하는 분이군. 원래는 성부 마님께서 마님 시집가실 적에 다른 사람들을 보내려 했는데 마님께서 노마님께 간청해서 금릉에서 우릴 불러오라고 하셨다잖소."

하유창이 감탄하며 말했다. 마침 그는 한창때의 청년이라 금릉 옛 저택을 관리하는 것과 경성의 권문세가에서 일하는 것은 천양지차라는 걸 잘 알고 있었다.

"이게 다 당신 덕이야."

"······우리가 일을 잘해야죠. 마님의 시름을 덜 수 있게요."

취미가 부드러운 표정으로 남편을 바라보다 말을 이었다.

"제가 아가씨 처소에 들어갔던 그해, 아가씨께서 저와 단귤이 등 몇몇을 앞에 두고 '너희에게 어린 계집종들을 다스릴 권한을 주는 건 그 아이들을 단속하라는 뜻이기도 하지만 너희를 시험하겠다는 뜻이기도 하다.'라고 말씀하셨어요. 지금 생각해보니, 아가씨께선 진즉에 연초가 적합하지 않다는 걸 눈치채셨던 것 같아요. 우리가 곧은 마음을 품고 일해야 할 거예요. 실수를 하거나 일을 망치는 건 괜찮아도, 만약 비뚤어진 마음이라도 품었다간······. 마님은 예리한 분이니 마님 눈을 속일 수는 없을 거예요!"

하유창은 아내를 존경하고 아꼈다. 그가 웃으며 대답했다.

"그야 당연하지. 우리가 집을 나서기 전에 아버지가 족히 이틀은 나를 붙잡고 훈계를 하셨소. 아버님 말씀이 사리에 밝은 좋은 주인을 만나면 그게 가장 좋은 일이라시며 매사에 충심을 품고 있으면 주인께서 결코 서운하게는 하지 않으실 거라 하셨지."

사실, 명란은 취미가 너무 바쁘지 않길 바랐다. 취미의 딸이 아직 어려서 보살핌이 필요해서인 것도 있지만, 젊을 때 아들을 몇 명 낳아 두는 것이 가장 바람직하기 때문이었다. 그래야 장차 희망도 있을 것이다. 어쩔 수 없다. 고대 아닌가? 가령, 명란이 아들을 딱 한 명 점지해줄 수 있다면 화란과 해 씨 중 화란에게 줄 것이다. 화란은 아들이 없으면 처지가 더 딱해질 테지만 해 씨는 아들이 없어도 그런대로 편히 살 수 있기 때문이다.

그런데 며칠 지나지 않아 기별이 왔다. 화란이 정말로 아들을 낳은 것이다.

세삼례 당일, 명란은 지각하지 않기 위해 아침 일찍부터 일어나 단장을 시작했다. 은은한 무늬가 수놓인 월백색 비단 장오를 수수하게 차려입고, 은은한 꽃무늬가 들어간 자주색 비갑을 겉에 걸쳤다. 머리는 한쪽으로 비스듬히 틀어 올리고, 뒤쪽을 둥글둥글 맑게 빛나는 엄지손가락만 한 진주 서너 알로 보일락 말락 하게 장식했다. 그러고는 자색 보석을 박아 넣은 정교한 순금 호접잠蝴蝶簪[13] 하나를 머리에 꽂았다. 나비의 더듬이가 끊임없이 흔들렸다. 소도가 갓 꺾은 신선한 꽃송이들을 갖고 왔다. 여전히 조그맣게 새벽이슬이 맺혀 있는 상태였다. 명란이 찻잔 입구만 한 크기의 옥란화 한 송이를 골라 귀밑머리 쪽에 꽂았다. 그러고선 거

---

13) 나비 모양 비녀.

울 앞에 서서 비춰보니 그윽한 향기와 싱싱하고 윤기 나는 청초한 꽃이 그녀의 아름다움을 더더욱 돋보이게 해주고 있었다.

명란이 몇 번째인지도 모를 깊은 감탄을 내뱉으며 또 허튼 공상을 시작했다.

'이 얼굴은 진짜 짱이야! 이 얼굴을 하고 난세로 갔다간 요녀가 되는 것도 아마 문제없을걸. 아둔한 군주와 함께 몰락할지, 아니면 계속해서 새로운 군주를 모시게 될지는 알 수 없지만.'

충근백부는 3환에 위치해 있어 덜컹대는 마차를 타고 두 시진쯤 달려 겨우 도착할 수 있었다. 소도가 마차로 올라와 명란의 매무새를 다듬어 준 뒤 둘이 나란히 마차에서 내렸다. 왕 씨는 명란이 제법 일찍 온 것을 보고 얼굴에 살짝 웃음기를 띠웠다. 강 부인은 여전히 이상야릇한 표정을 하고 있었다. 여란은 명란을 보자마자 그녀의 소매를 잡아끌며 귓가에 대고 속삭였다.

"오늘 서방님이 날 마중 온대!"

말을 마치고는 비스듬히 명란을 쳐다보며 득의양양하게 웃었다.

순간 어이가 없었던 명란은 이를 악물고는 여란에게 다가가 낮게 속삭였다.

"언니가 한밤중에 달려 나와 형부와 밀회하던 보람이 있네."

여란의 얼굴이 순식간에 새빨개졌다. 여란이 매섭게 명란을 노려보았으나 입가의 웃음기를 감추지는 못했다. 그저 명란의 팔을 힘껏 두 번 꼬집을 따름이었다. 명란은 저도 모르게 작게 아야 하고 소리를 냈다. 어젯밤 그 늑대가 꼬집은 데가 아직 낫지 않았다고.

묵란은 한쪽에서 싸늘한 눈으로 그들을 지켜볼 뿐이었다.

들어가서 화란의 모습을 본 순간 명란은 깜짝 놀랐다. 화란은 머리에 화사한 비단 수건을 두르고 푹신한 침상에 비스듬히 몸을 기대고 있었다. 비록 정성껏 정돈한, 깔끔하고 정결한 차림이었으나 누렇게 뜬 얼굴과 초췌한 모습을 감출 수는 없었다. 뽀얗게 살이 오르고 윤기 나는 얼굴의 해 씨와는 대조적으로, 화란은 정말이지 아이를 낳은 사람이라기보다는 큰 병을 앓고 있는 사람처럼 보였다.

왕 씨가 다급하게 화란에게 달려가며 "얘야." 하고 소리쳤다. 화란은 그저 웃었다.

"……이번에 회임했을 때는 몸이 좀 안 좋았어요. 천천히 요양하면 좋아질 거예요."

목소리엔 힘이 없었고, 자꾸 가쁜 숨을 내뱉었다.

아기도 비실비실해 보였다. 심지어 울음소리도 잘 들리지도 않았다. 세삼례를 올리려고 옷을 벗길 때는 병든 새끼고양이처럼 몇 번 칭얼거릴 뿐 그다지 버둥대지도 않았다. 명란은 해 씨의 딸이 세삼례를 올릴 때를 기억하고 있었다. 그 작고 통통한 손발을 버둥거리며 온 바닥에 물을 튀기고 기운 좋게 소리를 냈었다.

그 자리에 있던 사람들이 모두 의심스러운 표정으로 원 부인과 첫째 며느리 장 씨를 쳐다봤다. 장 씨는 다소 부자연스럽게 고개를 숙이고 곁에 있는 자기 친정어머니와 이야기하고 있었다. 원 부인은 태연한 얼굴로 자신을 의심스럽게 쳐다보는 사람들을 보더니 대수롭지 않다는 듯 말했다.

"제가 진즉에 둘째 며느리에게 회임 상태가 좋지 않으니 좀 더 조심해야 한다고 일렀거늘 저 아이가 굳이……."

원 부인이 화란의 잘못을 열거하기 시작했다. 자리에 있던 사람들은 말참견하기도 뭐해서 그냥 웃으며 듣고만 있었다. 왕 씨는 내심 원망스러웠으나 사람들 앞에서 당장 따질 수도 없어 그저 이를 악물며 꾹 참았다. 묵란은 묵묵히 차를 마시며 내심 통쾌해했다.

명란이 살짝 시선을 돌려 화란을 보았다. 화란은 고개를 숙이고 있었으나 눈에는 은근히 분노와 원망이 담겨 있었다. 괴로운 마음이 든 명란이 화란의 침상 머리맡으로 가서 앉아 그녀의 메마르고 야윈 손등을 가볍게 어루만졌다. 명란은 갑자기 가슴이 뜨거워졌다. 화란의 손등 위로 눈물 한 방울이 떨어졌다.

문득 애처롭고 쓸쓸한 마음이 든 명란이 화란의 손을 꼭 쥐었다.

여란은 신경이 둔감해서 다른 사람들보다 반응이 한 박자 느렸다. 그제야 겨우 화란의 몸 상태가 좋지 않음을 안 여란이 즉각 화를 내며 벌떡 일어나 원 부인에게 큰소리로 물었다.

"감히 사돈어른께 여쭙겠습니다. 저희 언니가 어찌 이렇게 야위게 된 거죠? 혹시 병이 난 건가요?"

이 말이 나오자마자 방 안이 삽시간에 조용해졌다. 때로는 굼뜬 사람이 훨씬 더 무서운 법이다. 여란이 눈을 부릅뜨고 똑바로 원 부인과 장 씨를 응시했다. 원 부인이 즉각 가라앉은 표정으로 대답했다.

"사돈댁 아가씨는 무슨 말을 그렇게 하는 겐가? 아녀자가 회임하면 당연히 고생이지 않나! 사돈댁 아가씨도 아이를 낳아보면 바로 알게 될 걸세!"

일반적인 젊은 여성의 입을 막는 데는 아주 효과적인 말이었다. 그러나 애석하게도 여란에게는 아니었다. 그녀는 한밤중에 바위 위에 올라 밀회를 했던 이 시대의 최앵앵이었던 것이다. 과연, 화가 치민 여란은 분을 삭이지 못하고 큰소리로 외쳤다.

"뭐 하러 그때까지 기다리나요. 지금 바로 여쭤보면 되는 것을요! 혹시 또 제 언니 처소에 첩실들과 통방들 한 무리를 보내신 건가요? 큰형부 방의 사람이 백부 나리 방의 사람보다 더 많을지도 모르겠군요. 참으로 자상하신 어머니시네요!"

이것은 화란이 처음 유산했을 때 원 부인이 쓴 절묘한 술수였다.

"그 무슨 허튼소린가?"

원 부인의 얼굴이 빨갛게 달아오르고, 손에 들고 있던 찻잔이 쉼 없이 달그락거렸다. 사방에서 비웃는 소리가 나왔다.

"그렇담 또 제 언니가 부른 배를 받쳐 들고 법도에 맞게 서 있으라 다 그치신 거로군요!"

여란의 손가락이 거의 원 부인의 코끝에 닿을 지경이었다. 이것은 화란이 장이를 회임했을 때 원 부인이 고안한 방법이었다.

"그것도 아니면 회임한 제 언니더러 사돈어른 대신 집안일을 관리하라며 무리를 시키신 건가요?"

원 부인이 성찬도 아니니 여란은 아무것도 두려울 게 없었다. 이것은 화란이 실이를 회임했을 때 원 부인이 내놓은 새로운 술책이었다.

"가, 가, 감히……."

원 부인은 이렇게 직설적으로 말하는 발칙한 여인을 생전 처음 만난 터라 순간 무슨 말을 해야 할지 몰랐다. 명란은 속으로 통쾌한 마음에 환호했다.

일이 생겨 고향에 가느라 참석하지 못한 수산백 부인과 원문영을 제외하고 적잖은 사람이 모인 자리였다. 그중에는 충근백부와 자주 왕래하며 집안 속사정까지 꽤 알고 있는 이가 적지 않았다. 그들 대부분은 몰래 웃으며 이 공짜 연극을 즐기고 있었고, 소수의 몇 명만이 살짝 미간을 찌푸리고 있었다.

장 씨가 얼른 원 부인을 부축하며 큰소리로 비아냥거렸다.

"사돈댁 아가씨도 구덕口德 좀 쌓으세요. 동서에게 무슨 일이 생겼다고 그게 다 우리 잘못이겠어요?"

그런데 여란이 단박에 반박하고 들 줄 누가 알았겠는가? 여란은 당연하다는 듯이 소리쳤다.

"그야 당연하죠! 제 언니한테 안 좋은 일이 하나라도 있다면 분명 두분이 괴롭혔기 때문일 거예요! 본인들 얼굴을 좀 보세요. 얼마나 잘 먹고 잘살았는지 뽀얗고 통통하게 살도 오르고, 턱도 이중 턱이 되셨네요. 정말 제 언니를 잘 돌봤다면, 돌보는 데 신경 쓰느라 오히려 조금 수척해져야 맞지요!"

명란은 거의 웃음이 터져 나올 뻔했다. 여란이 이렇게 막무가내로 나오자 ─ 왕 씨도 제지하지 않았다 ─ 장 씨는 아연실색했다. 그러다 슬쩍 자신의 이중 턱을 만져 보고는 수치와 분노로 말도 잇지 못하고 고개를 떨군 채 자리에 앉았다. 화란이 기운 없는 목소리로 말했다.

"여란아, 그만하거라……."

원 부인은 호흡을 가다듬고 사나운 목소리로 말했다.

"성가 규수들은 귀하신 분들이라 우리 원가에서는 모시기 어렵겠네. 냉큼 데리고 돌아가시게!"

상황이 여기까지 이르자 사람들은 사태의 심각성을 깨닫고 화를 풀라며 원 부인을 연신 달래기 시작했다. 그런데도 원 부인은 냉랭한 얼굴로 거드름을 피웠다. 화란은 화가 나는 한편 초조해지기 시작했다. 명란이 자리에서 일어나 싸늘하게 원 부인을 바라보았다.

"말씀은 분명히 하셔야지요! 데리고 돌아가라는 게 무슨 뜻입니까? 휴서를 내리시겠다는 겁니까!"

싸늘하고 강경한 어조였다.

원 부인은 성씨 집안 쪽에서 감히 그 단어를 꺼내리라고는 꿈에도 생각하지 못했다. 저쪽에서 듣기 좋은 말을 늘어놓으면 그때 적당히 자리를 수습하면 되겠거니 했던 것이다. 원 부인은 일순 말문이 막혔다. 생각한 대로 대답하자니 큰일이고, 그렇다고 대답을 하지 않자니 체면이 상하는 것이었다.

명란은 눈을 가늘게 뜨고 날카로운 눈빛으로 한 자 한 자 천천히 뱉었다.

"사돈어른께선 말씀을 분명히 해주세요! 원가에서 휴서를 내리려는 건지 아닌지를요!"

현재 성씨 집안의 권세는 최고는 아닐지언정 원씨 집안보다는 훨씬 더 나은 상황이었다. 원 부인은 알고 있었다. 만약 화란이 소박을 맞고 내쳐지게 된다면, 자신도 곧 쫓겨나게 되리란 것을 말이다. 원 부인은 분개하며 고개를 돌릴 뿐 대답하지 않았다.

장씨 부인이 사태가 심상치 않음을 보고, 분위기를 원만히 하고자 다급히 나섰다.

"사돈댁 아가씨는 홧김에 무슨 말을 하는 게요. 우리 언니 의도는 며느리가 친정에 돌아가 몸조리를 하면 더 좋지 않겠냐는 것 아니겠소?"

"그런 뜻이었군요."

명란의 눈에는 경멸이 어려 있었다.

"제가 오해했군요."

가벼운 웃음 속에 경멸이 가득 차 있었다.

명란이 천천히 다가와 뾰로통해 있는 여란을 잡아끌어 자리에 앉혔다. 그러고는 온화하고 우아한 미소를 지으며 말했다.

"여러분, 제 언니가 거친 말을 했다고 나무라지 마세요. 여란 언니는 누구보다 솔직하고 시원시원한 성정이다 보니 마음속에 답답한 게 있으면 숨기지 못하거든요."

현재 명란은 정이품 고명 봉호를 받은 부인이라 이 자리에 모인 사람 중 가장 지위가 높았다. 그런 그녀에게 비위를 맞추면 맞췄지 어디 이의를 제기할 수 있겠는가? 몇몇 부인들이 웃으며 '아무렴, 아무렴.' 하고 맞장구를 쳤다. 원 부인은 씩씩거리며 등을 돌렸다.

명란이 다시 살짝 웃으며 말했다.

"우리 여란 언니가 허튼 추측을 한 것도 이상할 건 없지요. 어찌된 건지 큰언니가 회임했을 때마다 무슨 일이 있었으니까요. 사정을 아는 사람들은 '참으로 공교롭다'라고만 하겠지만, 모르는 사람들은 사돈어른께서 일부러 큰언니를 각박하게 대하시며 자신의 외조카만 예뻐하는 줄 알 거예요! 저희야 한 식구이니 잘 알고 있지요. 사돈어른께서 결코 그러실 리가 없다는 것을요!"

말도 안 되는 소리! 설사 시어머니가 본의 아니게 과실을 저질렀다 해도 며느리가 회임 기간에 여러 번 사고를 당하게 되었다면 응당 주의하고 조심해야 할 것이다. 어디 이렇게 나서서 말썽을 초래한단 말인가? 원 부인은 약이 올라 가슴팍을 들썩거렸다. 복장이 터질 지경이었으나 아무 말도 할 수 없었다. 주위의 사람들은 더러는 냉담하게, 또 더러는 조소하며 그녀를 쳐다보았다. 쏟아지는 눈총을 받으며, 그녀는 더더욱 분통이 터져 졸도할 지경이 되었다.

"과연 사돈댁 아가씨 말재주가 대단하구려."

원 부인이 화난 목소리로 빈정거렸다.

"성가 여식한테 장가드는 사람은 참으로 복도 많소!"

명란이 생긋 웃으며 말했다.

"과찬이세요. 저는 사실이 그렇단 말씀을 드렸을 뿐인걸요. 제가 뭔가 적절치 않은 말씀을 드렸다면, 사돈어른께서 너그럽게 봐주시고 어디가 잘못인지 짚어주시면 될 일입니다. 그럼 다음에 꼭 고치겠습니다!"

왕 씨의 낯빛이 아주 좋아졌다. 왕 씨는 몰래 한숨을 쉬었다. 겨우 한시름 놓은 셈이었다. 왕 씨가 소리 높여 말했다.

"사돈께서 우리 집안 걱정을 하실 필요는 없습니다. 우리 집안 여식들은 마침 지난달에 다들 시집을 가버렸으니까요! 지금 우리 성가에 시집 못 간 여식이라곤 태어난 지 십여 일밖에 안 된 그 통통한 손녀밖에 없어요. 출가하려면 아직 멀었답니다."

왕 씨가 말을 마치자 방 안에 한바탕 폭소가 일었다. 분위기가 풀어진 것을 본 사람들은 얼른 맞장구를 치며 웃고 떠들기 시작했다.

원 부인은 이를 드러내며 욕을 하는 여란을 보고, 또 다정한 얼굴을 하고 있는 명란을 보았다. 하나는 무뢰한이고, 하나는 웃는 얼굴을 한 호랑이였다. 오늘 좋은 결과를 얻긴 글렀으니 차라리 아무 말도 하지 않는 게 상책이구나 싶었다. 화가 난 원 부인은 두통도 있고 몸도 안 좋다며 점심까지 취소했다. 손님들은 원 부인의 축객령에 줄줄이 인사를 하고 떠나기 시작했다.

명란이 냉정한 눈으로 살펴보니 불만을 드러내는 손님이 적지 않았고, 그중 더러는 아예 비아냥을 입 밖에 내고 있었다. 원 부인의 인간관계도 그다지 시원치 않음을 알 수 있었다.

과연 문염경이 여란을 마중 왔다. 명란은 그가 특별히 여란의 체면을 세워 주기 위해 계속 근처에서 몰래 기다리고 있던 건 아닌가 하는 의심이 들었다. 사람들의 부러운 시선을 받으며, 여란이 유쾌하고 득의양양한 모습으로 기분 좋게 자리를 떠났다. 명란도 자리를 뜨려던 찰나, 갑자기 머슴아이가 하나 다가와 말을 전했다.

"둘째 나리께서 곧 고 도독님과 함께 돌아오신답니다. 오늘에야 박 우 대도독님의 부인께서 병이 나셨단 소식을 들으셨답니다. 그래서 마님 께서도 잠시 남아 계시다가 둘째 나리와 고 도독님께서 돌아오시거든 함께 병문안 가자고 청하십니다."

박천주는 병부를 반납한 뒤 거의 반 은퇴 상태로 줄곧 경성 교외의 장원에서 휴양하고 있었다. 그 별장은 충근백부와는 가까운 위치에 있었다. 명란이 잠시 망설이다 원 부인을 바라보며 웃는 얼굴로 물었다.

"이를 어쩌죠?"

왕 씨가 얼른 불난 집에 부채질을 했다.

"만약 사돈께서 불편하시다면 우리 명란이는 대문간에서 기다리면 됩니다."

오늘 거의 몇 달분의 화를 다 내버린 원 부인은 조만간 뇌출혈로 쓰러질 것만 같았다. 만약 명란이 정말로 대문간에서 기다리게 된다면, 내일 원씨 집안이 온 경성의 웃음거리가 될 것이다. 원 부인은 이를 악물며 화를 꾹 참고, 곁에 있던 계집종에게 버럭 호통을 쳤다.

"얼른 가서 부인의 차를 준비하지 않고 뭐 하느냐!"

• • •

명란은 느긋한 걸음으로 화란의 처소로 돌아갔다. 진즉에 기별을 받은 화란이 웃는 얼굴로 명란을 자기 곁에 앉혔다. 화란은 계집종에게 다과를 내오라 분부하는 한편, 명란이 혼인 후 잘 지내고 있는지 물었다.

명란이 재미난 일화를 말하면 화란은 손수건을 들어 눈가를 닦으며 기뻐했다. 명란이 힘든 점을 말하면 화란은 얼른 잔꾀를 일러 주었다. 두 자매는 그렇게 한참 이야기를 나누었다.

명란은 주위를 살피다 취선에게 문가에서 망을 보고 있으라 눈짓했다. 그러고는 낮은 목소리로 물었다.

"언니, 대체 무슨 일이에요? 정말로 얘기 안 해 줄 작정이세요? 하 노대부인이 언니한테 주의 사항을 당부한 다음부터 언니가 회임 기간에 몸 관리를 소홀히 했을 리가 없잖아요."

일순 멈칫한 화란의 눈가가 금방 촉촉해졌다.

하지만 화란은 산모가 울면 안 된다는 것을 떠올리고 얼른 눈물을 참으며 잠긴 목소리로 답했다.

"알고 있었어……. 다른 사람은 몰라도 너는 못 속인다는 걸."

"대체 무슨 일이에요!"

화란이 갑자기 목소리를 높였다.

"취선아, 가서 실이를 데려오너라. 장이도 데려오고. 은이야, 문을 잘 지키거라!"

바깥에 있던 몸종들이 화란의 분부에 대답하는 목소리가 들렸다.

화란이 명란의 손을 꼭 쥐고, 끊어질락 말락 한 잠긴 목소리로 말했다.

"그, 그…… 그 노인네 탓이야! 사람을 괴롭히는 게 어찌나 지독한지! 내가 회임하자마자 실이를 자기 처소에 데려가 키우겠다고 했단다!"

"진짜요?"

명란이 깜짝 놀라 외쳤다.

화란이 원망스럽게 말했다.

"평범한 집이라면 할머니가 손자를 기르는 것도 흔히 있는 일이지. 허나, 허나…… 그 노인네는 줄곧 나를 괴롭힐 궁리만 하고 있으니 내가 어찌 마음을 놓을 수 있겠니? ……네 형부도 달가워하지 않아서 두 달 전까지 계속 질질 끌었지. 그런데 그 망할 노인네가 별안간 끙끙대며 꾀병을 부리기 시작하더니 비구니 스님을 하나 데려왔어. 그 비구니가 말끝마다 실이 팔자가 시어머니보다 더 세니 시어머니 병이 나으려면 반드시 실이를 시어머니 곁에서 길러야 한다지 뭐니! '효도'를 빌미로 삼기 시작하니 네 형부가 어찌 거스를 수 있겠어?"

명란은 잠자코 있었다. 이런 수법을 쓰다니 참으로 비열하고 염치도 없다!

화란의 몸 상태가 가장 허약할 때를 노려 수작을 부린 것이다. 아직 화란의 배 속에 있는 게 아들인지 딸인지도 알 수 없는 상황에서 실이는 화란의 유일한 아들이었다. 실이를 데려가 버리면 화란은 밤낮으로 안절부절못하게 될 게 뻔한데 어찌 태교를 잘할 수 있겠는가? 이런 상황에서 시어머니가 분부를 내리면 화란은 감히 따르지 않을 수 없다.

화란은 눈물을 훔치며 괴로운 표정으로 계속 말을 이었다.

"그 두 달간 내가 어찌 지냈는지도 모르겠구나. 눈만 감으면 실이가 사고를 당하는 꿈을 꿨단다. 밥도 제대로 못 먹고, 잠도 제대로 못 이루고 거의 미칠 지경이었단다!"

명란은 연민을 느끼며 화란의 손을 잡고 살살 어루만졌다. 원 부인이 자기 손자에게 나쁜 짓을 하진 않겠지만, 그래도 만에 하나 일이 생긴다면 할머니더러 손자를 해쳤으니 목숨으로 갚으라고 할 수도 없잖은가? 부주의했다 한마디로 끝낼 테니 가슴앓이만 할 게 분명했다.

"열흘쯤 전에 외원이 갑자기 소란스러워졌지. 이유를 알고 놀라서 죽을 뻔했단다."

화란이 참담한 얼굴로 말했다.

"그 음흉한 노인네가 실이 혼자 낮잠 자게 내버려두고, 돌볼 사람 하나 남겨놓지 않고서 밖에 나가버렸다지! 실이는 이제 잘 기어 다니니 잠에서 깨자마자 침상 위를 여기저기 기어 다녔겠지. 침상 곁에 향로가 하나 있었는데, 실이가 모르고 그걸 엎어버리면서 침상 아래로 굴러떨어졌는데 그 향로에 있던 불똥이 그 아이 몸에 떨어졌던 거야!"

"아!"

명란이 외마디 비명을 질렀다.

"그럼 다친 거예요?!"

"가련한 우리 실이, 한참을 울어도 달려오는 사람 하나 없고."

화란의 목소리에는 공포가 서려 있었다. 화란은 떨리는 목소리로 말했다.

"다행히 장이가 있었는데……"

"장이가 어쨌는데요?"

화란의 얼굴에 일순 자괴감이 떠올랐다.

"……다 내 잘못이야. 실이만 걱정하다가 장이를 소홀히 했으니까. 장이가 내가 안절부절못하는 걸 보고, 유모를 따돌리고 매일같이 몰래 외원으로 가서 동생을 훔쳐봤대. 아직 몸집도 작은 데다 그 아이를 경계하는 사람도 없으니 장이의 행동을 아무도 눈치 못 챘지. 장이 유모가 고해서 내가 속상한 마음에 장이를 심하게 혼냈단다. 그날, 장이가 또 몰래 동생 보러 갔다가 방 안에서 실이가 우는 소릴 들은 거야. 얼른 안으로 달려가 봤더니 동생이 바닥을 구르며 울고 있었고, 얼굴에 온통 화상 물집이 잡혀 있었다더구나! 장이가 동생을 안아 옮기질 못하니 그저 동생 몸 위에 떨어진 불똥들을 털어내는 게 고작이었지. 가련하게도 장이 손도 여기저기 화상을 입었단다……. 아, 얼른 들어오너라. 장이야, 얼른 와서 명란 이모한테 인사하렴!"

조그마한 여자아이가 바삐 뛰어왔다. 명란이 그 아이를 덥석 끌어안고, 이마 위에 힘껏 입을 맞추었다.

"착하기도 하지, 이모에게 손을 보여주렴."

장이의 앳된 얼굴에 어른에게서나 보일 법한 두려움이 떠올랐다. 장이가 쭈뼛거리며 조그마한 두 손을 내밀었다. 희고 부드러운 짤뚱한 손가락에 여기저기 진홍색 얼룩이 져 있었다. 장이가 수줍은 듯 손을 움츠리더니 앳된 목소리로 말했다.

"이모, 저는 이젠 안 아파요. 동생 몸의 화상이 큰일이지요."

명란이 다급히 취선 품속의 남자아이를 살펴보았다. 곤히 잠든 아이의 투명하고 뽀얀 얼굴이, 그리고 관자놀이가 보기만 해도 소스라칠 정도로 빨갛게 부어올라 있었다. 침상에서 굴러떨어져서 생긴 것이리라. 오른쪽 눈썹을 따라 뺨 아래쪽까지 일렬로 점점이 진홍색 화상 흉터도 보였다. 그중 가장 아슬아슬한 곳은 바로 오른쪽 눈꺼풀 위였다! 당시 까딱 잘못했으면 실이의 한쪽 눈은 아마 못 쓰게 되었을 것이다.

실이가 잠에서 깬 듯 살짝 칭얼거렸다. 장이가 얼른 다가가 조심스레 동생을 토닥이며 아이 티가 나는 목소리로 달랬다.

"착하지, 착하지……."

조그마한 남자아이는 누나의 목소리를 알아들었다는 듯 다시 곤히 잠들었다.

명란은 순간 안쓰러운 마음을 참지 못하고, 장이를 힘껏 껴안았다. 눈물이 하염없이 흘러내렸다. 화란은 두 아이를 지켜보다 슬픔이 솟구쳐 침상 머리맡에 엎드려 소리 죽여 흐느끼기 시작했다. 취선이 얼른 실이를 곁에 있던 유모에게 맡긴 후 다급히 화란을 부축해 일으키고는 눈물을 닦아주며 연신 당부했다.

"마님, 절대 우시면 안 됩니다. 그랬다간 평생 눈에 말썽이 생길 거라고요!"

명란은 재빨리 눈물을 닦고 장이를 안고서 대견하다는 듯한 표정으로 말했다.

"착한 아이로구나. 어머니 시름도 덜어드릴 줄 알고, 동생도 구할 줄 알다니 참으로 훌륭한 딸이고, 훌륭한 누나야. 이모는 네가 있어 기쁘단다! 절대로 남들이 업신여기고 괴롭힐까 두려워할 필요 없단다. 너는 원씨 집안의 적장녀이고, 성씨 집안의 큰외손녀다! 감히 누가 널 괴롭히겠느냐!"

장이의 작은 얼굴이 활짝 펴졌다. 장이가 힘껏 고개를 끄덕였다.

취선이 두 아이들을 데리고 나갔다. 명란이 눈으로 그들을 배웅하고, 고개를 돌려 눈물이 그렁그렁한 얼굴로 웃으며 말했다.

"언니가 아이들을 참으로 잘 가르쳤군요. 언니는 장차 꼭 복을 받을 거예요! ……그래서 그다음엔 어떻게 되었나요?"

화란도 아이들이 자못 자랑스러운지 흐뭇하게 웃다가 곧 감정을 가라앉히고 천천히 이야기를 이어나갔다.

"그 노인네 속에는 귀신이 들어차 있는 게 틀림없어. 노인네가 도리어 장이를 모함할 줄 누가 알았겠어? 장이가 향로를 엎어서 실이를 다치게 했다고 하더구나! 장이를 벌하려고까지 했어!"

"허튼소리!"

명란도 입이 거칠어졌다.

"뭘 어떻게 말한들 어쨌든 방 안에 돌보는 사람이 없었으니 사달이 난 것이지요. 만약 누군가 있었다면, 설령 장이가 향로를 엎었다고 해도 실이가 다치지 않았을 거라고요!"

"누가 아니라니!"

화란이 쓴웃음을 지었다.

"집안에 한바탕 소동이 일어나고, 집에 돌아온 네 형부는 화나서 죽을 지경이 되었단다. 채찍으로 그 몇몇 어멈들을 때려죽일 참이었는데 어머님께 저지당했지. 불효자라며 고래고래 욕하고, 사당에 가서 조상님 앞에 가서 꿇으라지 뭐니! 시아버님께서 이 일을 아시고선 바로 그 어멈들을 내쫓아 버리고, 시어머니도 '정양'하고 있으라며 시골로 보내버리려 하셨지. 어디서 배운 지저분한 수작인지는 모르겠다만, 시어머니가 별안간 밧줄을 찾아오더니 목을 매려고 하시더구나. 말끝마다 '천하에 며느리 때문에 본처를 푸대접하는 도리는 없다'면서 말이야. 시아버님도 화가 나서 혼절하실 뻔했단다! 결국 이 일은 흐지부지 넘어가게 되었지만, 다행히 실이를 되찾아올 수 있었지……."

명란은 말없이 화란의 이야기를 들었다. 화란의 입가에 엷은 미소가 떠올랐다.

"네 형부가 실이 상처를 보고는 깜짝 놀라 식은땀을 뻘뻘 흘렸단다. 도무지 화가 나서 견딜 수가 없는데 그 화를 풀 곳이 없어서 글쎄……. 하하."

화란이 기묘한 웃음을 지었다.

"그 노인네가 여기로 보냈던 일고여덟 명 통방과 첩들이 있잖느냐. 네 형부가 그날 밤 그중 가장 나서기 좋아하던 두 명에게 각각 50대씩 곤장을 치게 했단다. 반죽음이 되도록 곤장을 치고 난 뒤 충근백부 대문 밖으로 던져버리셨지. 또 다른 두 명은 옷을 발가벗겨 밤새 정원에 꿇어앉게 했지. 이튿날 그 아이들은 병이 났고, 밖으로 옮겨졌단다. 남은 몇 명은 지금 아주 고분고분하단다. 네 형부가 자기한테 화풀이하면 어쩌나 하며 감히 얼굴도 못 내밀고 있지."

명란이 실소했다.

"그런 일이 있었군요."

"망할 노인네가 그 사실을 알고 나서 또 한바탕 난리를 쳤어. 그때 내가 비녀를 쥐어서 목에 갖다 대고 말했단다. '어머님께서 또 우리 아이를 데려가시겠다고 하면 이 자리에서 바로 죽어버리겠어요.'라고 말이야. 그러니 그저 자기 아들을 때리고 욕할 수밖에 없었지. 네 형부 얼굴에 온통 손톱자국을 내놓은 바람에 며칠간 문밖에 나가 누굴 만날 수도 없을 정도였어."

한차례 소름 끼치는 과거사를 이야기한 뒤, 두 자매는 한동안 말없이 서로 머리를 기댄 채 앉아 있었다. 둘 다 속상하고 심란했다. 한참 후 화란이 겨우 입을 열었다.

"대체 언제쯤 끝날는지! 지금은 노인네가 또 무슨 수작을 부릴지 두려울 뿐이야."

"그래도…… 퇴치법이 없는 건 아니에요."

명란이 느긋하게 말했다.

화란이 얼른 몸을 일으키더니 두 눈을 빛내며 명란을 붙잡고 낮은 목소리로 물었다.

"무슨 방법인데? 어서 말해주렴! 어서!"

명란이 머뭇거리자 다급해진 화란이 연신 추궁했다. 현기증이 날 정도로 물어대는 통에 명란은 좀 난감했다.

"무슨 좋은 일도 아니고, 그저 잔꾀에 불과하단 말이에요."

"잔꾀라니 더 좋지! 그 할망구한테 딱 어울리지 않느냐!"

화란의 두 눈이 이글거렸다.

명란은 이를 악물었다. 그래, 좋아. 그녀의 인생 최초의 대형 음모가 시작되었다.

"얼마 전 성부에 소동이 있었다는 얘길 들었어요. 어머님께서…… 큰오라버니에게 첩실을 보내주려고 하셨고, 그것 때문에 새언니가 바로 병이 났었다고요."

화란이 가볍게 빈정거렸다.

"우리 올케는 복도 많지. 나보다 훨씬 낫잖아. 첩실 좀 들여도 안 죽는다고."

명란은 속으로 탄식했으나 화란의 심정도 이해할 수 있었다. 명란이 계속 말을 이었다.

"큰오라버니가 달가워하지 않은 건 물론이고, 아버님께서도 어머님이 공연히 소란피우셨다고 생각하셨죠. 그래서…… 흠흠, 아버님께서 단박에 통방을 몇 명 들이신 거예요."

화란은 대강 명란의 말뜻을 알아들을 것 같았다. 화란이 명란에게 조용히 물었다.

"그래서……?"

명란이 두 손을 펴 보이고, 겸연쩍어하며 마지막 결론을 말해버렸다.

"지금 어머님께선 새언니를 간섭하실 여유가 없어졌답니다."

화란이 눈을 크게 떴다. 전부 이해가 된 것이다.

"그게 가능할까?"

화란은 주저했다.

명란이 담담하게 대답했다.

"원씨 집안에서 언니 시어머님께 휴서를 내리겠어요?"

화란이 무너지듯 앉으며 고개를 가로저었다.

"그럴 리 없지. 어쨌든 자식도 낳았으니 충근백부에서 그 노인네를 내치진 못할 거야. 그때 그 휴서도 그냥 겁주기 용이었는걸."

"그럼 원 대인께서 언니 시어머님을 평생 장원에 두고 '정양'하게 할 가능성은요?"

화란이 절망적인 표정을 지었다.

"그것도 불가능할 거야. 다른 사람은 몰라도 네 형부는 자기 어머니가 평생 장원에서 고생하는 꼴은 못 볼 테니까."

"그럼 또 무슨 방법이 있겠어요?"

사실 역으로 말하자면 원씨 집안에서도 화란을 내칠 수는 없는 것이다.

"네 말이 맞다! 네 말이 맞아!"

화란이 힘껏 침상을 내리치며 낮은 목소리로 말했다.

"누가 어머니를 그리 편히 살게 놔둔 것이야! 당연히 아버님께 젊고 예쁜 첩실들을 몇 명 보내 드려야지……. 헌데 어머니가 아버님 처소의 첩실들을 엄히 단속하고 계시단다!"

명란이 왼손을 휘저으며 잔뜩 목소리를 낮추어 말했다.

"첫째, 어디 며느리가 시아버지에게 첩을 드리나요, 소문이 났다간 웃음거리가 되지요. 둘째, 아무나 첩으로 들이면 안 되지요. 언니 시어머님께서 함부로 매질해 죽일 수 없는 첩을 들여야 할 거예요."

총명한 화란은 조용히 있다가 곧 말귀를 알아들었다.

"나더러 시고모님을 찾아뵈란 소리냐?"

"맞아요."

명란이 대답했다.

"수산백 부인을 찾아가세요."

"시고모님께서 기꺼이 나를 도와주실까?"

화란은 의심이 들었다. 수산백 부인이 자신을 좋아하긴 하지만…….

명란이 명쾌하게 대답했다.

"언니를 도와주는 게 아니라 시고모님 자신의 친정을 돕는 거지요. 언니 시고모님께서는 고향에서 돌아오시면 필시 언니를 보러 들르실 거예요. 그때 언니가 단독으로 그분을 뵙고 모든 걸 솔직히 말씀드리세요. 먼저 언니의 고충과 수모를 말씀드리고, 다친 아이들을 보이면서 상처의 심각성을 말씀드리는 거예요! 그런 다음 정장공鄭莊公과 공숙단共叔段의 고사를 말씀드리세요……."

"네가 무슨 말을 하는지 알겠다!"

드디어 화란의 눈에 광채가 일었다.

"춘추시대의 정장공과 공숙단도 한 배에서 태어난 친형제였다. 그러나 무강태후가 편애하며 늘 공숙단 편만 들며 도리에 역행한 탓에 결국 형제끼리의 다툼을 초래했지! 결국……."

"결국 정장공이 제 손으로 동생인 공숙단을 죽였지요! 솔직히 말하면, 이건 태반이 무강태후 잘못이에요."

명란이 보충했다.

"이건 단순히 고부간의 분쟁이 아니라고요. 언니 시어머니께서 난리 피우는 걸 그대로 뒀다간 원씨 집안 양쪽 형제분들은 멀어지지 않으려고 해도 멀어지게 될 거예요. 그때가 되면 원씨 집안은 뿔뿔이 흩어질 수밖에 없을걸요."

이렇게 말하고나니 이 모든 사건이 즉각 새로운 차원으로 상승하게 되었다. 가족의 단결을 수호하는 문제로 바뀐 것이다.

화란이 상황을 되짚어가며 여러 번 헤아려보니 제법 가능성이 있어 보였다. 수산백 부인에게 온유한 성격에 예쁘고, 명석하고, 신원이 확실한 빈한한 가문의 여식을 물색하게 하는 것이다. 수산백 부인은 첩실이야말로 자신의 조력자라는 걸 알 것이다. 큰누이가 몸이 안 좋은 동생에게 시중들 첩실을 보내겠다는데, 원 대인만 동의한다면 아무도 뭐라고 할 자격은 없는 것이다. 만약 원 부인이 소란을 피운다면 '칠거지악'을 범하는 꼴이 될 것이다. 원 부인이 아들에게 여자들을 보낼 때도 이 '칠거지악'이란 말을 즐겨 하면서 화란의 입을 막았다.

반평생을 청빈하게 보낸 원 대인은 아마 그 첩실을 마음에 들어할 것이다. 설사 서자를 낳는다고 해도 문제 될 게 없었다. 서자가 있건 없건 첩실은 재산을 나눠 가질 수 없기 때문이다. 결정적으로, 시어머니는 매일같이 며느리를 괴롭힐 수 있지만, 며느리는 매일같이 시아버지를 찾아가 고자질을 하기가 어렵다. 차라리 유능한 첩실을 하나 심어놓고 베갯머리송사를 하는 것이 나을 것이다. 그때 가서도 원 부인이 허구한 날 와서 시비 걸 여력이 있을지 없을지 볼 일이다!

화란은 생각하면 할수록 묘안이란 생각에 점점 더 기운이 났다. 당장이라도 바닥에 내려와 몇 바퀴는 돌 수 있을 것 같았다.

명란이 미소 지으며 화란을 바라보았다.

첫째, 장백이 첩을 들이는 걸 화란이 개의치 않는 것처럼 원 부인과 사이가 좋지 않은 수산백 부인도 필시 동생인 원 대인이 첩을 들이는 걸 개의치 않을 것이다. 둘째, 원씨 집안의 장자는 공부에서 성과를 내지도 못했고 무예를 익히는 것도 실패했다. 어딘가 틀어박혀 한가하게 지내는 것만 좋아한다. 한편 원문소는 똑똑하고 유능하니 전도가 유망할 것이다. 수산백 부인도 분명히 잘 알고 있을 것이다. 장차 그녀와 그녀의 아이들이 믿고 의지할 수 있는 게 어느 쪽인지 말이다.

이것이야말로 가장 결정적인 요인이었다.

"이 일은 오직 세 사람만 알고 있어야 해요."

명란이 화란에게 주의를 주었다.

"언니와 수산백 부인이지요. 일이 성사되고 난 뒤에 형부께 털어놓으셔도 돼요. 언니 부부는 사이가 좋은데 이 일 때문에 감정이 상해선 안 돼요."

"네 말뜻을 잘 알겠다. 첩실이 들어오고 나면 내가 낱낱이 네 형부한테 털어놓을 것이야."

화란이 간교한 웃음을 지었다. 마치 아무런 근심 걱정 없던 소녀 시절로 돌아간 듯한 모습이었다. 당시 그녀의 유일한 숙제는 어떻게 임 이랑에게 덫을 놓을까 하는 것이었다.

"안심하렴! 처음부터 끝까지 네게는 아무 영향도 없을 거야."

명란은 한시름 놓았다. 똑똑한 사람과 협력하는 것은 언제나 대단히 유쾌한 일이다.

사실, 이 시대 대부분의 아들은 자기 이익과 지위에 위협만 없다면 부친이 첩을 들이는 데 아무 이의도 없었다. 이의가 있다 한들, 그때 가서 화란이 온몸에 흙이 진 두 아이를 안고서 남편 앞에 꿇어앉아 울며 애원하고, 완곡하고 교묘하게 말만 잘한다면 기본적으로 아무 문제가 없을 것이다.

다시 한참의 시간이 지나고, 고정엽과 원문소 두 사람이 왔다. 원문소가 웃으며 명란에게 길을 나서자고 청하는 지금, 그는 아마 영원히 눈치채지 못할 것이다. 조금 전 그 짧은 시간 동안, 그의 인생 곡선이 살짝 다른 각도로 휘어졌음을. 아주 오랜 시간이 지난 뒤, 그는 대단히 말 잘 듣고 충성스러운 어린 서자 동생을 얻게 될 것이며, 대단히 행복하고 평화로운 후반생을 보내게 될 것이다.

한편, 이 시각 구들 위에 앉아 표독스럽게 악담을 퍼부으며 신세 한탄을 하고 있는 원 부인도 결코 알 수 없을 것이다. 그녀가 진정으로 신세 한탄을 하게 될 날이 이제 막 시작되었음을.

• • •

외원의 문간방 근처에서 고정엽이 명란을 부축해 마차에 오르게 했다. 그늘진 표정을 짓고 있는 명란의 모습을 보고, 고정엽은 의아한 마음이 들었다. 그는 주위를 둘러보더니 아직 원문소가 나오지 않았음을 알고 아예 자기도 마차에 올라 명란에게 까닭을 물었다. 명란이 간단하게 상황 설명을 해주었다.

고정엽이 살짝 미간을 찌푸렸다.

"동서도 너무 우유부단해서 탈이야. 그렇게 바보 효자 노릇만 하다간 아내를 곤란하게 하는 건 물론이고, 집안까지 어지러워지거늘."

"우유부단이라고 할 것까지는 없고, 그럴 만한 가치가 있느냐 없느냐의 문제겠지요."

명란이 마차 벽에 비스듬히 기대어 담담한 표정으로 말했다.

"형부는 큰언니가 힘들게 지내고 있다는 걸 알지만, 자기 어머님께 순종하는 것이 더 중요하다고 생각하신 거예요. 수많은 처첩을 거느린 사내들은 집안의 화목함을 가장하며 살지만, 그렇다고 아내가 상심하고 있다는 사실을 모르지는 않아요. 다만 아내의 상심보다 자신의 풍류와 쾌락이 더 중요할 따름이지요. ……허나 이것도 틀렸다고만은 할 수 없어요. 사람은 자신의 쾌락을 더 중시하기 마련이니까요."

왠지 이상해 보이는 명란을 고정엽은 다소 놀란 기색으로 바라보았다. 내심 뭔지 모를 거북한 기분이 들었으나 애써 그 기분을 억누르며 조용히 물었다.

"그럼 너는 어떠하냐? 상심하게 되면 어찌할 것이냐?"

명란은 별로 고민하는 기색도 없이 곧바로 웃으며 대답했다.

"계속 상심하다가…… 좋아지겠지요. 어쨌든 삭이고 버틸 수 있을 거예요."

고대에 오고 나서야 알았다. 고대 여인들의 생활 방식이야말로 가장 현명한 것임을. 재산을 잘 관리하여 물질적 기반을 닦고, 그다음 자신을 사랑하고, 아이들을 사랑하고, 호의적인 친정집을 사랑하고, 그러다가 간혹 남편을 사랑하는 것이다. 너무 많은 것을 바라서는 안 된다. 그가 다른 여인을 들이더라도 힘들어하지 않을 수 있고, 적절할 때 그에게 여전한 애정을 표시하면서도 역겨움을 느끼지 않을 수 있다면 그걸로 좋은 것이다.

아무 때나 혐오스러운 감정을 품지 않는 것이 가장 최선이었다. 자신이 깊이 혐오하는 사내와 어쩔 수 없이 평생을 보내는 것이야말로 불건전한 생활 방식일 것이다.

명란은 열심히 이를 훈련하는 중이다. 며칠간 저택 정리를 마치면, 명란은 상량주上樑酒[14]를 올리고 주연을 마련해 친지들을 초대해야 한다.

---

14) 집을 새로 짓거나 새집에 이사 갈 때 신께 안녕을 빌며 올리는 술.

그 이후부터는 자주 녕원후부에 찾아가 어르신들께 문안인사를 올려야 한다. 휴가가 끝나가고 있었다. 그때가 돼서도 모든 게 순조롭기를 바랄 뿐이었다.

"너는 못 하는 말이 없구나."

고정엽이 눈을 가늘게 떴다. 예리함을 품은 눈빛이었다.

명란은 고개를 갸웃거리며 조심스레 말했다.

"나리는 솔직한 말을 좋아한다고 하셨잖아요. 더구나…… 전 나리를 못 속입니다. 나리가 속내를 말하라며 저를 다그치는 것보다 제가 스스로 털어놓는 게 낫지요."

"네가 결코 나만 바라보며 사는 게 아니란 게냐?"

고정엽이 한쪽 눈썹을 추켜세웠다.

"그렇지 않아요."

명란이 손가락을 만지작거리다 손을 쫙 폈다.

"저는 나리만 바라보고 사는걸요. 허나……."

명란이 그윽하고 고요한 눈으로 똑바로 고정엽을 응시했다. 보는 이가 슬퍼질 만치 맑고 고요한 눈빛이었다.

"만약 나리께서 변심하시면 제가 또 무슨 방도가 있겠어요?"

고정엽의 눈빛이 어두워졌다. 그가 또 물었다.

"그럼 너는 어쩔 것이냐?"

명란은 턱을 받치고 고심했다.

"모르겠어요. 그때 가서 봐야겠지요. 그래도…… 자살하려 들진 않을 거예요."

명란이 애초에 자매들에게 바랐던 건 그저 자신을 해치지 않는 것뿐이었다. 이 점만 충족되면 그녀에게 화란과 여란은 좋은 자매가 될 수 있었다. 그녀가 성굉과 왕 씨에게 유일하게 바란 것은 바로 그들이 그녀를 다른 큰 이익과 교환하지 않는 것이었다. 그저 그들이 조금이라도 그녀의 혼인과 행복을 생각해준다면 그것만으로도 좋은 부모라 생각할 수 있었다.

지금 돌아보니 기본적으로 성명란의 생활은 그래도 즐거운 편이었다. 앞으로 그녀는 틀림없이 자신에게 가장 편안한 생활 방식을 찾게 될 것이다. 그를 떠나건 말건 말이다.

고정엽은 눈 한 번 깜박이지 않고 쭉 명란을 응시했다. 어두운 마차 안, 장막을 통과해 들어온 한 줄기 빛이 옥처럼 하얀 그녀의 얼굴을 비추고 있었다. 내리뜬 눈의 긴 속눈썹이 검은 수정 같은 눈동자를 가리고 있었다. 힘없이 기댄 고개. 연약함, 의기소침함, 망연함과 함께 일종의 체념 어린 냉소가 보였다.

넋이 나갈 정도로 아름다운 요정의 가슴속에 자조적인 슬픔이 가득 차 있었다. 그녀는 삶을 열렬히 사랑했으나, 한편으로는 삶을 방기하기도 했다. 그녀는 낙관적이고 열성적이었으나, 또 동시에 의기소침하고 냉담하기도 했다. 마치 시시각각 모든 것을 긍정하다가, 또 시시각각 모든 것을 부정하는 것 같았다. 모순이 완벽한 대칭을 이루고 있는 것이다. 흠뻑 젖은 그녀를 강물에서 건져 낸 그 순간부터 그는 쭉 그녀에 대해 호기심을 갖게 되었다. 이렇게까지 한 사람에게 사로잡힌 건 처음이었다.

"만약 네가 네 언니 같은 경우를 당한다면 어찌 처리할 것이냐?"

고정엽이 갑자기 물었다.

고요히 가라앉아 있던 그녀의 눈동자가 갑자기 생기를 띠었다. 마치 호수 수면에 아름다운 잔물결이 이는 것 같았다. 그녀가 찻상을 치며 장난스럽게 웃었다.

"관리가 백성을 반란으로 몰아세운 꼴이니 어쩌란 말입니까! 저라면 당장에 식칼 두 개를 들고 와서 하나는 제 목에 겨누고 또 하나는 그 사람 목에 겨누며 소리 지를 겁니다. 나를 못살게 구니 너희도 잘 살게 두지 않겠다!"

말을 마친 명란이 깔깔 웃으며, 화려한 금실 자수가 수놓인 선홍색 방석 위로 쓰러졌다. 마치 개구쟁이 꼬마 같은 모습이었다.

고정엽이 심각한 표정으로 그녀를 응시했다. 그는 웃지 않았다. 그녀는 농담하는 게 아니었다. 그녀의 눈이 웃고 있지 않았기 때문이다. 이런 경우가 벌써 여러 번이다. 그때마다 그녀의 눈에는 이상하리만치 결연한 무언가가 어려 있었다. 그리고 그것은 불 속으로 뛰어드는 불나방처럼 아름다웠다.

고정엽은 명란을 잡아끌어 난폭하게 껴안았다. 힘껏, 필사적으로 꼭 안았다. 그리고 그녀가 숨 막혀 죽을 지경이 되자 그제야 천천히 그녀를 풀어주었다. 명란은 고개를 들고 가쁜 숨을 내쉬었다. 갑갑하게 안겨 있던 탓에 하마터면 숨이 끊어질 뻔한 명란이 새빨개진 얼굴로 멍하니 그를 바라보았다.

고정엽도 자신이 왜 그랬는지 알 수 없었다. 그녀가 자신을 믿지 않는다는 데 대단히 화가 났던 것 같지만, 그럼에도 그녀의 우려가 대단히 일리 있음을 인정하지 않을 수 없었다. 결국 그는 그녀의 아름다운 얼굴을 어루만지며 가볍게 한숨을 쉬고 낮은 목소리로 말했다.

"식칼을 쓸 필요 없다. 네가 베어버리고 싶은 자가 있다면 내가 너 대신 그자를 베어주마."

어쨌든 그의 친어머니는 진즉에 세상을 뜨고 없는 것이다.

명란은 멍했다. 도무지 영문을 알 수 없었다. 대체 그가 무슨 소리를 하는 걸까?

그가 잠깐 멈칫하다가 보충했다.

"내가 너보다 칼 솜씨가 좋으니까."

명란이 멍하니 웃음을 터트리다 동의를 표했다. 고정엽은 갑자기 또 울컥 화가 치밀어 난폭하게 찻상을 엎어버리고, 마차 벽을 주먹으로 세게 내리쳤다. 얼마나 세게 내리쳤는지 마차가 덜컹 흔들릴 지경이었다. 명란이 소스라치게 놀랐다.

고정엽이 나직하게 억누른 목소리로 말했다.

"이 양심도 없는 꼬맹이 같으니라고! 혼사를 치른 지 아직 한 달도 되지 않았거늘, 종일 빠져나갈 구멍만 찾고 있었구나! 못된 녀석!"

그러면서 명란의 옷소매를 휙 걷어 눈처럼 희고 부드러운 팔을 드러내더니 앙 하고 깨물어 가지런한 이빨 자국 두 줄을 남겼다.

깜짝 놀란 명란의 안색이 창백해졌다. 명란은 입을 삐죽이며 눈물이 그렁그렁한 눈으로 고정엽이 씩씩대며 마차에서 내리는 모습을 바라볼 뿐이었다!

제122화

돼지 허벅지 수육이 일으킨 소란

뜬금없이 성질을 부리고 나서 고정엽은 말을 타고 백 년이 다 된 점포인 덕순재에 가서 설탕과 간장을 넣어 만든 튼실한 허벅지 수육을 사서 돌아왔다. 푸른 연잎에 싸인, 고소한 내가 코를 찌르는 수육을 보자 명란은 눈이 휘둥그레졌다.

명란은 참지 못하고 주위를 두리번거렸다. 마침 사람이 없자 달려들어 허벅지 수육을 한입 크게 베어 먹은 후 소매를 걷고 팔뚝과 비교해 보더니 입을 다물고 흡족한 미소를 지었다. 그리고 곧 소도를 불러 반은 갈씨 어멈에게 배우라고 주고, 반은 저녁 반찬으로 올리도록 했다.

그때 막 서재에서 돌아온 고정엽이 연잎에 싼 수육을 받쳐 들고 회랑을 뛰어가는 소도를 봤다. 궁금증에 소도를 불러 세우고 자세히 들여다본 고정엽의 얼굴이 연잎처럼 파래졌다. 기름기가 잘잘 흐르는 잘 익은 허벅지 수육에 깜찍한 잇자국이 아주 깊고 앙칼지게 두 줄 나 있었던 것이다.

뜻은 분명했다.

고정엽은 고개를 들고 하늘을 바라봤다. 화가 나기도 하고 웃기기도 했다.

그날 저녁 식사 시간, 명란은 수육만 계속 먹었다. 먹을수록 기분이 좋아져서 남편에게도 사근사근하게 권했다. 고정엽은 별다른 말없이 명란을 쳐다보며 천천히 입꼬리를 올렸다. 명란은 고개를 박고 수육을 먹느라 여념이 없었다. 이 100년 전통의 수육 맛은 역시 명불허전이었다. 맛이 너무 좋아 명란은 한 접시를 다 먹어 치웠다.

결국, 그날 밤 명란은 체하고 말았다. 속이 더부룩하고 배가 아파서 눈물을 글썽이며 침상에 엎드려 조용히 울었다. 머리를 풀고 건장한 가슴팍이 살짝 드러나도록 하얀 비단 괘자를 풀어낸 고정엽은 사람들을 물린 후 직접 소화에 좋은 신곡차를 타서 명란에게 주었다. 그러나 명란은 차를 넘길 수 있는 상태가 아니었다.

고정엽은 명란이 몹시 괴로워하는 모습에 한밤중에 태의를 부르려고 했다. 그러나 명란은 그의 옷자락을 잡고 울먹거렸다.

"제가 너무 많이 먹어 체했다는 것이 바깥에 알려지면, 전, 전…… 얼굴을 들고 다닐 수 없을 거예요!"

고정엽은 화를 내며 방을 오락가락하다 쌀쌀맞게 말했다.

"흥! 단숨에 허벅지 수육을 반이나 먹어 치우다니! 경성에 너 같은 여인이 어디 있겠느냐!"

명란은 빵빵해진 배를 만지며 울먹이다가 조용히 트림을 했다. 마치 배불뚝이 청개구리 같은 모습이었다. 억울하기도 하고 부끄럽기도 한 명란은 얼굴을 감싸며 말했다.

"……그러니까 왜 절 무셨어요?"

고정엽은 더욱 화를 내며 눈을 부라렸다.

"넌 약자에겐 강하고 강자에겐 약하구나! 그럼 나를 물 것이지 엄한 수육에 화풀이를 하다니."

명란은 답답해서 고개를 숙이며 속으로 자신을 욕했다.

명란이 불편해서 똑바로 눕지 못하자 고정엽은 밤새 침상에 기댄 채 명란의 배를 문질러주며 낮은 목소리로 계속 툴툴거렸다. 명란은 잠결에 용무늬 돌 향로에서 피어오르는 푸른 연기를 보았다. 귓가에는 사내의 묵직한 심장 소리가 들렸다.

비몽사몽간이긴 했지만 명란은 문득 마음이 놓이고 든든해지는 것을 느꼈다.

다음 날 동트기 전, 조회 참석을 위해 침상을 나서려던 고정엽은 갑자기 옷자락이 팽팽히 당겨지는 걸 느꼈다. 고개를 숙이고 보니 백옥처럼 앙증맞은 손이 옷자락을 팽팽히 잡아당기고 있었다. 힘이 들어가서인지 투명한 손톱 밑은 분홍빛으로 물들어 망울진 해당화 꽃잎처럼 여리고 보드라워 보였다.

밤중에 괴로워하다가 이제야 깊이 잠든 명란의 뽀얀 얼굴과 불그스름한 뺨을 보자 고정엽은 이상하게 기분이 좋아졌다. 그는 고개를 숙여 그 희고 오동통한 주먹에 입을 맞춘 후 조심스럽게 옷을 벗고 살금살금 밖으로 나갔다.

날이 완전히 밝고 나서야 명란은 하품하며 침상에서 몸을 일으키다 손에 든 저고리를 발견했다. 옷에는 사내의 진한 체취가 남아 있었다. 명란이 어리둥절해하니 단귤이 다가와 명란의 얼굴을 보며 웃음을 터트렸다.

"아가씨, 나리께서는 아가씨께…… 정말 흠잡을 데 없이 잘하시네요."

명란이 멈칫하다 처연히 웃었다.

"그러게."

하루하루 뜰과 후원이 제대로 모습을 갖춰 나가는 것을 본 명란은 집들이 연회를 준비하기 시작했다. 녕원후부에서도 사람을 보내 도울 것이 있는지 물었다.

눈코 뜰 새 없이 바빴던 명란은 고 태부인이 보낸 향씨 어멈을 보자 망설이지 않고 녕원후부에서 과거에 열었던 연회 관례와 인력, 그리고 탁자, 의자, 식기 등을 요청했다.

향씨 어멈은 웃으며 알겠다 대답했고, 녕원후부와 고부顧府 사이를 오갔다. 그러던 와중에 둘은 이야기를 나누게 됐다.

"……그렇다면 큰시누이는 요 몇 년 동안 경성에 안 계셨나요?"

명란이 구기자와 질경이를 달인 차를 들고 — 이 차의 처방전도 하 노대부인이 써 준 것이다 — 미소 지으며 물었다. 그러고보니 명란은 녕원후의 서녀인 고정연을 아직 본 적이 없었다.

"맞습니다."

향씨 어멈이 차를 가볍게 한 모금 마시고 고개를 들었다.

"풍씨 가문도 선비 집안인데 나리가 지금 복건에서 재임하고 계셔서 거기 따라가셨지요."

명란은 고개를 숙이고 차를 마시다 갑자기 고개를 들고 웃었다.

"좀 민망하긴 한데 한참 이야기를 해도 큰시누이를 '언니'라고 해야 할지 '동생'이라 해야 할지 모르겠네요."

향씨 어멈은 눈을 반짝이며 답했다.

"아가씨는 둘째 나리보다 네 달 빨리 태어나셨습니다."

"그렇다면 '큰언니'라고 불러야겠네요."

명란은 얼굴에 여전히 따사로운 미소를 띤 채 생각했다. 고정연의 생모는 이미 세상을 떠난 이랑이다. 대진大秦 씨는 어쨌든 후임자를 남기고 떠난 셈이다.

"연회에 올릴 음식 명단을 작성하셨나요?"

향씨 어멈이 슬쩍 떠보듯 물었다.

"친척들에게 소홀하지 않게 잘 모르시는 부분이 있으면 큰마님께 여쭙십시오."

명란은 찻잔을 내려놓고 두 손을 무릎에 가볍게 얹은 후 우아한 자세로 웃으며 말했다.

"그래야겠지요. 나도 부족한 점이 있을까봐 큰형님 곁의 관사 어멈에게 집안에서 자주 왕래하는 친척 명단을 보내달라고 요청했어요……. 하지만 도독께서 요새 조정에 여러 일들이 있으니 너무 떠들썩하지 않게 간소히 치르라고 하셨지요. 친지들도 조금만 초대하고요."

향씨 어멈이 눈을 반짝이며 "둘째 나리께서 하신 말씀이니 당연히 옳은 것일 겁니다." 하고 웃더니 잠시 멈칫하고는 말했다.

"보내드린 아이들은 부리기 편하신가요? 큰마님뿐만 아니라 넷째 숙모님, 다섯째 숙모님들께서도 특별히 믿을 만한 사람으로 골라 보내신 거랍니다."

명란은 웃으며 "괜찮은 편이에요." 하고 답하며 단귤에게 손짓했다. 단귤이 곧바로 책자를 가져오자 명란은 몇 장을 넘겨 향씨 어멈에게 보여주었다. 향씨 어멈의 얼굴이 순간 급변했다.

명란이 덤덤히 말했다.

"별건 아니에요. 같은 귤이라도 회남에서 자라면 귤나무가 되고, 회북에 자라면 탱자가 된다고 하잖아요. 아마 제 덕이 모자라서 아랫것들을 제대로 잡지 못한 게지요."

"그 아이가 정말 그리 말했는가?"

조용한 실내에 고 태부인이 염주를 돌리며 불단 앞에 앉아 있었다.

향씨 어멈이 조그맣게 대답했다.

"그 시원찮은 것들이 며칠 되지도 않았는데 약점을 많이 잡혔습니다. 노름에 음주, 아랫것들의 보수를 가로채고 제멋대로 물건을 반출하기도 하고……. 하나하나 분명히 기록되어 있었습니다. 아래에는 수결과 지장이 있고, 옆에는 자백 기록까지 있었고요. 보기만 해도 가슴이 덜컹했습니다."

가까이 있는 화단에 풍기는 싱그러운 향이 창을 넘어 들어왔다. 고 태부인이 얼굴을 찌푸리며 말했다.

"자네가 요 며칠 그 집에 자주 가지 않았나. 어떻던가?"

"뭔가 요령이 있는 듯합니다."

향씨 어멈은 옥 집게로 향로의 재를 들쑤시며 조그맣게 답했다.

"제가 몰래 상세히 알아보니 둘째 마님은 착하고 편하게 보이지만 규율이 몹시 엄격했습니다. 그 정원만 해도 몸종들 서열을 나눠 놓고, 매일 시간별, 장소별로 누가 당직을 서는지 표를 만들었더군요. 또 당직 중에는 마음대로 웃고 떠들거나 소란을 피워서는 안 된다고 명확히 써놨습니다. 특히 그곳의 정방과 내원은 아무나 드나들 수 없더군요. 항상 지키는 사람들이 있고요. 처소 밖에도 열 걸음마다 사람이 있어서 그 처소의 몸종도 일이 없을 때는 함부로 돌아다닐 수 없습니다."

향씨 어멈은 잠시 멈추었다 다시 말하기 시작했다.

"조씨 어멈이 제게 그러더군요."

향씨 어멈이 기억을 떠올리며 말했다.

"둘째 마님의 몸종 춘월이, 아, 원래 명월이라는 이름이죠. 그 아이가 근래 연속으로 두 번이나 벌을 받았습니다. 한 번은 제멋대로 정방에 들어가서, 또 한 번은 처소 밖을 나돌아 다녀서였지요. 춘월이는 벌로 정원에서 쫓겨났습니다."

고 태부인은 갑자기 눈을 뜨고 입가에 옅은 미소를 머금었다.

"그 아이는 총명하구나. 역시 후부의 여인이 키운 아이다워."

향씨 어멈이 고개를 절레절레 저었다.

"상벌을 주는 법을 너무 잘 아시더군요. 절대 원칙에서 벗어나는 일이 없어요. 상도 후하게 내리고 벌도 엄하게 내립니다. 벌을 내릴 때마다 그 이유를 분명히 밝히고, 잘못을 인정하지 않거나 궤변을 늘어놓으면 벌이 더 엄해지지요. 책임을 남에게 떠넘기면 벌은 더욱 중해집니다. 그럴 만한 사정이 있으면 참작하여 가벼운 벌을 내리지요. 그렇게 계속하다 보니 집안의 관사부터 잡부들까지 모두 탄복하고 있습니다. 집안을 철저히 관리하니 소소한 일조차 알아보기가 쉽지 않았습니다. 휴…… 앞으로는 소식을 캐내기가 더욱 어려울 듯합니다. 아이고, 고작 그 나이에, 게다가 서출이 그런 위세와 능력이 있을 줄 누가 알았겠습니까!"

고 태부인은 낯빛이 점점 어두워지더니 차갑게 웃었다.

"양을 데려온 줄 알았건만…… 흥, 두 내외는 어찌 지내고 있는가?"

"말씀드리기 어렵습니다."

향씨 어멈이 다소 머뭇거렸다.

"좋을 때는 몹시 다정하지만 자주 말다툼이 있는 것 같습니다. 둘째 나리께서는 가끔 처소 밖까지 들릴 정도로 호통을 치십니다. 어제도 둘째 마님 수발을 드는 몸종에게 성을 내셨답니다. 자세한 건 알아낼 수 없었지만……. 그래도 둘째 나리는 둘째 마님에게 뭐든 다 이야기하는 것 같습니다. 둘째 마님도 내원과 외원 서재를 자유롭게 드나드시고요."

고 태부인이 미간을 찡그리며 관절이 하얗게 질리도록 염주를 꽉 움켜쥐었다.

"태기가 있던가?"

"아직 없습니다."

향씨 어멈이 쓴웃음을 지었다.

"춘월이가 쫓겨나기 전에 둘째 마님이 막 달거리를 시작했는데……
그때도 둘째 나리는 계속 둘째 마님 처소에 머무셨답니다."

대답이 끝나자 고 태부인은 더 묻지 않고 눈을 지그시 감았다. 향씨 어멈은 조용히 곁에 서 있었다. 한참 후 고 태부인이 갑자기 눈을 뜨더니 가볍게 웃었다.

"그 사람 참 대단하구나."

"누구를 말씀하시는 건가요?"

"사돈댁 성굉 대인."

고 태부인이 무릎을 치며 웃었다.

"처음에는 무슨 배짱으로 적녀를 선비 가문에 시집보내고 서출로 때우려고 하는지 도무지 이해가 안 갔어. 그런데 이제 보니 자신이 있었던 게야."

"그럼 이제 어떻게 합니까?"

향씨 어멈이 다소 초조해하며 말했다.

"둘째 나리는 그때의 일을 알게 된 후부터 마음에 한을 품고 있지 않습니까!"

"어떡하긴 뭘 어떡해?"

고 태부인이 태연하게 미소 지었다.

"아무것도 할 필요 없네. 내가 백 씨를 죽인 것도 아니지 않나. 한이 있다고 해도 나한테 풀면 안 되지! 지금 더 초조한 건 넷째와 다섯째야. 내게는 지위가 있으니 실수만 없다면 누구도 날 어찌지 못해. 조급해하지 말고 일단 넷째와 다섯째가 어떻게 하는지 살펴보자꾸나."

"그런 생각이신데 어째서 둘째 마님을 계속 난처하게 하시나요?"

향씨 어멈은 이해하기 힘들었다.

"잘 구슬려서 마님을 믿고 따르게 만들면 더 좋지 않겠습니까?"

고 태부인이 천천히 염주를 돌리기 시작했다.

"그 아이는 서출이니 정엽이의 뜻을 어길 주제가 못 된다. 그리고 정엽이는 이미 날 경계하고 있어. 내가 잘해 줄수록 의심이 깊어질 게야. 아예 그쪽이 의심하는 대로 내가 둘의 발목을 잡고 늘어지면 오히려 안심하겠지."

"그럼…… 앞으로는 어찌하실 생각이십니까?"

향씨 어멈이 주저하며 물었다.

고 태부인은 염주를 조심스럽게 탁자에 놓고 불단의 관음상을 보며 천천히 미소 지었다.

"시어미가 때를 골라가며 며느리 괴롭히나? 지금만 때인 것이 아니야. 지금은 젊고 어여쁘니 총애를 받는 것뿐이지. 일단 기다렸다가 천천히 계획을 세워보세."

〈5권에 계속〉

시녀명란전 ❹

초판 1쇄 인쇄 2020년 2월 19일 초판 1쇄 발행 2020년 2월 27일

지은이 관심측란关心側乱
옮긴이 (주)호연
펴낸이 연준혁

웹소설본부 본부장 이진영
책임편집 최은정 윤가람
디자인 김태수
표지 그림 감몬/가다랑어

펴낸곳 (주)위즈덤하우스미디어그룹 출판등록 2000년 5월 23일 제13-1071호
주소 경기도 고양시 일산동구 정발산로 43-20 센트럴프라자 6층
전화 031-936-4000 팩스 031-903-3893
홈페이지 www.wisdomhouse.co.kr

값 14,000원
ISBN 979-11-90630-16-0 04820
       979-11-90427-73-9 04820(세트)

* 인쇄·제작 및 유통상의 파본 도서는 구입하신 서점에서 바꿔드립니다.
* 이 책의 전부 또는 일부 내용을 재사용하려면 사전에 저작권자와 (주)위즈덤하우스미디어그룹의
  동의를 받아야 합니다.

* 이 도서의 국립중앙도서관 출판예정도서목록(CIP)은 서지정보유통지원시스템 홈페이지(http://
  seoji.nl.go.kr)와 국가자료종합목록 구축시스템(http://kolis-net.nl.go.kr)에서 이용하실 수 있습니
  다. (CIP제어번호 : CIP2020004913)